MICHAEL
CONNELLY

Trunk Music

트렁크 뮤직

Trunk Music

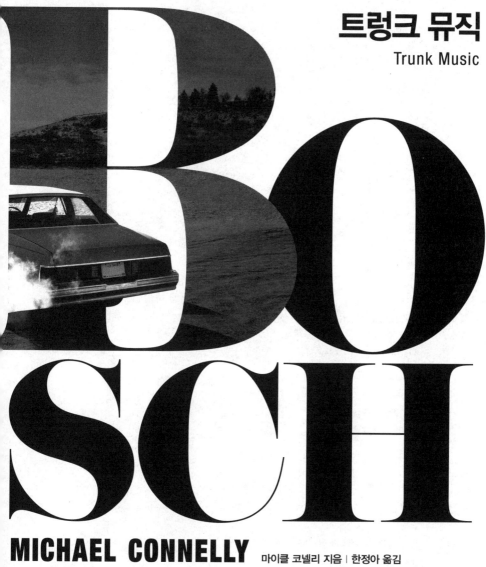

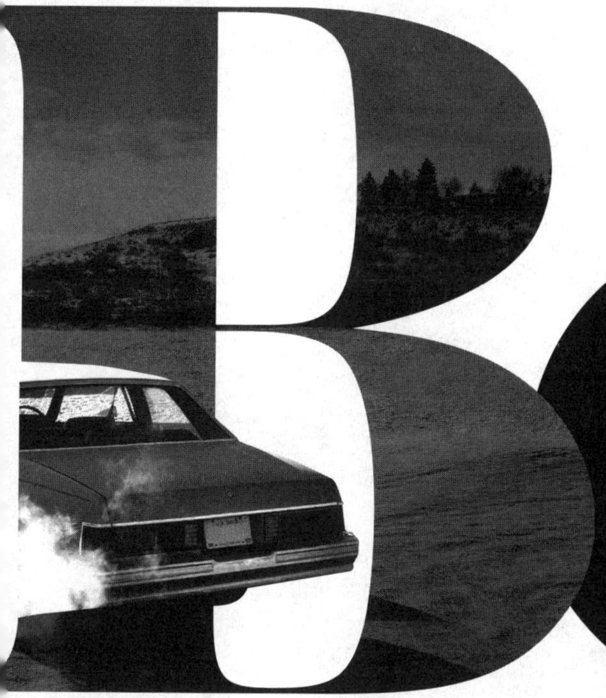

BOSCH

MICHAEL CONNELLY 마이클 코넬리 지음 | 한정아 옮김

RHK
알에이치코리아

Media Review

배리 상 수상작(1998), 매커비티 상(1998) · 해밋 상(1997) 후보작

"강렬하다. 마이클 코넬리는 가진 자와 가지지 못한 자의 극명한 분위기를 작품 속에 멋스럽게 표현한다."_**워싱턴 포스트**

"롤러코스터 같은 사건들, 화려하고 파격적이다. 숙련된 대화체는 물론이고, 탄탄한 플롯, 능수능란한 페이스 조절도 여전하다. 그는 여전히 최고다."_**퍼블리셔스 위클리**

"카지노의 룰렛만큼이나 다양하고 어디로 흐를지 모르는 인간 군상들의 모습. 트렁크 뮤직은 정말 확실한 도박이다."_**피플 매거진**

"비뚤어진 경찰과 르 카레 소설 속 위험한 스파이 사이에서 벌어지는 연인들의 애달픈 이야기."_**커커스 리뷰**

"소설을 읽으며 느낄 수 있는 최고의 카타르시스!"_**세인트 폴 파이오니어 프레스**

“《트렁크 뮤직》에서 마이클 코넬리는 세련되고 지적인 플롯, 열정적인 캐릭터들, 숨 쉴 틈 없는 액션들을 절묘히 혼합시킨다.”_**더 스테이트**

“로스앤젤레스와 라스베이거스를 맹렬한 속도로 넘나들며 벌어지는 눈을 뗄 수 없는 이야기.”_**나폴리 데일리 뉴스**

“관료주의와 독재, 가식적인 인간 관계, 스트립걸, 조직 폭력 등을 통해 할리우드 사회의 얄팍함을 날카롭게 꼬집는다.”_**올랜도 센티널**

“격정적인 피날레. 해리 보슈는 시리즈가 이어짐에 따라 더욱 복합적이고 멋진 캐릭터로 변화해간다.”_**타임 아웃**

“설득력 넘치는 분위기와 디테일, 너무나 현실적인 대화, 속도감 있는 플롯, 성격적 결함이 있는 영웅 등 인상적인 요소들이 조합된 소설.”_**더 타임스**

Contents

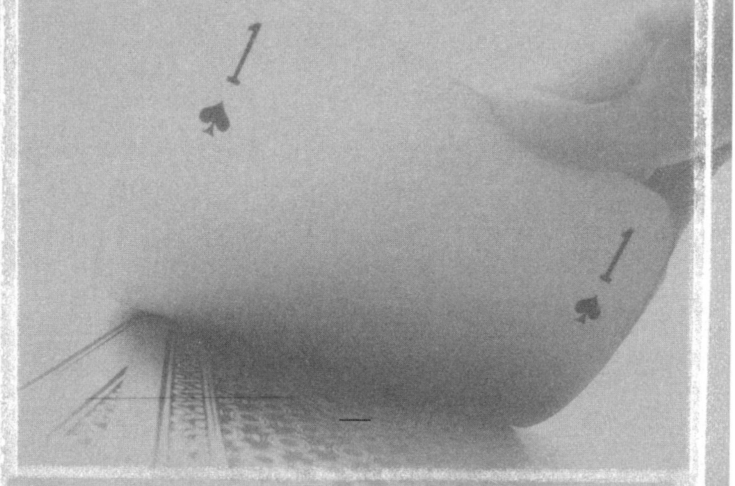

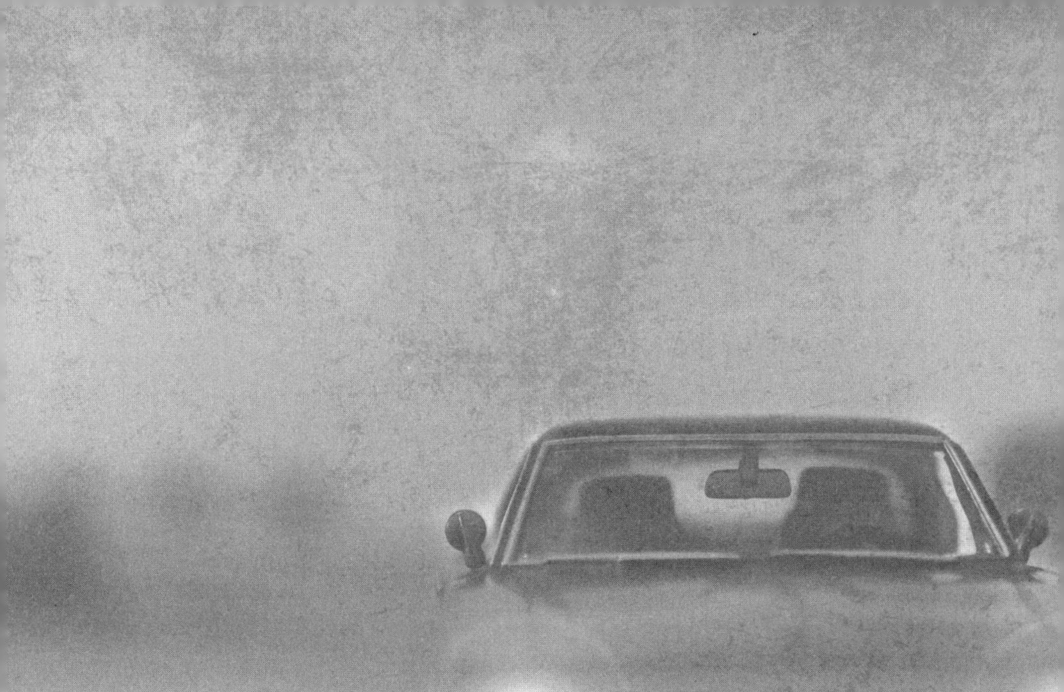

01 트렁크 뮤직

보슈가 카후엥가 산을 향해 멀홀랜드 드라이브를 달려가고 있을 때, 음악이 들리기 시작했다. 할리우드 고속도로에서 올라오는 자동차 소음 때문에 선명하진 않았지만, 현악기와 중뿔나게 튀는 호른의 멜로디가 여름내 바싹 말라 갈색으로 변한 산 위에서 울려 퍼지고 있었다. 보슈는 음악의 정체를 알 수 없었다. 하지만 자기가 그 음악의 진원지를 향해 달려가고 있다는 것은 알 수 있었다.

보슈는 자갈이 깔린 지선도로 한쪽으로 차들이 늘어서 있는 것을 보고 속도를 늦췄다. 형사 차 두 대와 순찰차 한 대가 서 있었다. 제복을 입은 경찰관 한 명이 순찰차 범퍼에 기대서 있는 것이 보였다. 순찰차 사이드미러에서부터 자갈길을 가로질러 맞은편에 서 있는 표지판까지 노란색 비닐로 된 범죄현장 보존 테이프가 쳐져 있었다. 로스앤젤레스에서는 이런 테이프를 1.5킬로미터마다 한 번씩은 보게 되기 마련이었다. 표지판을 보니 흰 바탕에 검은색 글씨로 쓰인 문구가 낙서로 덮여 있어서 읽기가 힘들었다.

산불 진압용 소방 도로

일반인 출입금지. 흡연 금지!

LA 소방국

보슈가 다가가자 순경이 범퍼에서 몸을 떼고 똑바로 섰다. 햇볕에 벌겋게 탄 피부에 머리카락은 빳빳한 금발이었고 덩치가 큰 남자였다. 커다란 덩치 다음으로 보슈의 눈에 들어온 것은 그가 차고 있는 경찰봉이었다. 벨트에 달린 고리에 매달려 있는 경찰봉의 끝부분은 검은색 아크릴 페인트가 벗겨져서 속에 있는 알루미늄이 드러나 보였다. 순경들은 전투의 상흔이 남아 있는 경찰봉을 자랑스럽게 차고 다녔다. 누구든 함부로 까불지 말라는 공공연한 경고였다. 이 순경도 경찰봉을 마법의 지팡이처럼 휘두르고 다니는 사람이었다. 제복 가슴 주머니에 달린 명찰에 파워스라고 적혀 있었다. 노을이 지고 있는 저녁 무렵인데도 그는 레이밴 선글라스를 낀 채로 보슈를 내려다보았다. 선글라스에 오렌지색으로 물든 구름이 보였다. 그 모습을 보자 몇 년 전 폭동의 불길이 하늘을 붉게 물들였던 것도 이런 저녁 무렵이었다는 생각이 들었다.

"해리 보슈 형사님. 언제 복귀했어요?"

파워스가 약간 놀란 목소리로 물었다.

보슈는 대답을 하기 전에 잠깐 그를 바라보았다. 파워스와는 일면식도 없는 사이였지만, 그가 자기 이름을 부르며 아는 척하는 게 놀랍지 않았다. 할리우드 경찰서 사람들이라면 누구나 보슈의 일을 알고 있을 터였다.

"얼마 전에."

보슈가 대답했다.

보슈는 악수를 청하지 않았다. 범죄현장에서 악수를 하는 일은 없었다.

"복귀하고 처음 맡은 사건이군요, 그렇죠?"

보슈는 담배 한 개비를 꺼내 불을 붙였다. 이건 경찰국 규칙 위반이었지만 개의치 않았다.

"그런 셈이지. 저 안에 누가 있어?"

보슈가 화제를 바꿨다.

"에드거 형사와 퍼시픽에서 전출 온 여형사요. 둘이 사이좋은 오누이 같던데요."

"라이더구만."

"라이더인지 뭔지는 내 알 바 아니고."

보슈는 더 이상 말하지 않았다. 순경의 목소리에 담긴 경멸을 읽었기 때문이었다. 키즈민 라이더가 유능한 1급 수사관이라는 것은 중요하지 않았다. 보슈가 그렇게 말해도 파워스는 귓등으로도 안 들을 것이다. 파워스는 자기가 금도금한 형사 배지를 달지 못하고 아직도 푸른색 제복을 입고 있는 이유는 딱 한 가지라고 생각할 것이다. 자기가 고용과 승진에 있어서 여성과 소수민족을 우대하는 시대를 살아가는 불행한 백인이기 때문이라고 생각할 것이다. 이렇게 곪을 대로 곪아 있는 상처는 건드리지 않는 것이 상책이었다.

파워스는 보슈의 무반응이 자기 생각에 동의하지 않는다는 뜻임을 알아차리고 본론으로 들어갔다.

"어쨌든 그 사람들이 에미와 시드가 오면 차를 몰고 들어오게 하라던데요. 수색이 끝났나 봐요. 그러니까 형사님도 걸어가지 말고 차 타고 들어가도 될 걸요."

잠깐 어안이 벙벙하던 보슈는 파워스가 말한 에미와 시드가 법의국

(the Medical Examiner: ME)과 과학수사계(the Scientific Investigation Division: SID)를 뜻한다는 것을 금방 알아차렸다. 처음에는 소풍에 초대받은 커플 이름을 말하나 싶었다.

보슈는 인도로 올라서서 반쯤 피운 담배를 던지고 발로 밟아 껐다. 강력반 살인전담팀으로 돌아오고 나서 처음 출동한 사건현장에서 산불을 내는 것은 현명한 짓이 아니었다.

"걸어가야겠어. 빌리츠 과장은?"

"아직이요."

보슈는 자기 차로 돌아가서 열린 창문 안으로 팔을 뻗어 서류 가방을 집어 들었다. 그러고 나서 파워스에게로 돌아갔다.

"발견한 사람이 자네야?"

"네, 접니다."

파워스는 자랑스러운 표정이었다.

"트렁크는 어떻게 열었어?"

"순찰차에 가느다란 작대기를 넣고 다니거든요. 그걸로 차 문을 열고, 그러고 나선 트렁크 버튼을 눌렀죠."

"왜?"

"냄새 때문에요. 확실했거든요."

"장갑은 꼈어?"

"아뇨. 없어서 말입니다."

"뭘 만졌지?"

파워스는 잠깐 기억을 더듬는 눈치였다.

"문손잡이와 트렁크 뚜껑이요. 그것뿐일 걸요."

"에드거 형사나 라이더 형사가 진술을 받았어? 자네가 직접 진술서를 썼나?"

"아뇨."

보슈는 고개를 끄덕였다.

"이봐, 파워스, 지금 자부심 만땅인 건 알겠는데, 다음번엔 차 문을 함부로 열지 마, 알겠어? 다들 형사가 되고 싶어 하지만, 그렇다고 전부 다 형사는 아니잖아. 아무나 그렇게 나서니까 범죄현장이 훼손되는 거야. 내 말 무슨 뜻인지 알지?"

보슈는 순경의 얼굴이 붉어지고 입 주위가 경직되는 것을 보았다.

"이보세요, 보슈 형사님, 내가 아는 건 트렁크에 시체가 들어 있는 것 같이 악취가 진동을 하는 의심스러운 차량이 있다고 보고를 하면 당신네들은 '도대체 파워스란 놈은 뭐 하는 놈이야, 그런 것 하나 제대로 파악 못하고.' 그러면서, 시체가 뙤약볕에서 썩어 문드러질 때까지 내버려 뒀을 거라는 겁니다. 이 빌어먹을 범죄현장에 아무것도 남지 않게 될 때까지 말이죠."

"그럴지도 모르지. 하지만 그땐 우리가 개판치는 게 되겠지. 그런데 문제는 우리가 일을 시작하기도 전에 자네가 개판을 쳐놨다는 거야."

파워스는 씩씩거리면서도 더 이상 대들지는 않았다. 보슈는 계속 붙어볼 각오를 하고 잠깐 기다리다가 이 문제는 이쯤에서 넘어가기로 했다.

"저 테이프 좀 들어주겠어?"

파워스는 돌아서서 폴리스 라인 앞으로 걸어갔다. 서른다섯 살쯤 되어 보였고, 오랜 세월 거리를 휘젓고 돌아다닌 베테랑 순경답게 으스대며 성큼성큼 걷고 있었다. LA에서는 그런 걸음걸이가 금방 몸에 배었다. 베트남에서도 그랬지만. 파워스가 노란색 폴리스 라인 테이프를 들고 있는 동안 보슈가 그 밑을 지나갔다. 순경이 지나가는 보슈에게 말했다.

"길조심 하세요."

"좋았어, 파워스. 그 입심은 못 당하겠군."

소방 도로는 1차선이었고 길 양옆으로 보슈의 허리까지 오는 키 큰 덤불이 우거져 있었다. 자갈길을 따라 쓰레기와 깨진 유리조각이 널려 있는 것이 보였다. 일반인 출입금지라는 표지판에 대한 일반인들의 답변이었다. 보슈는 아랫동네에 사는 10대들이 밤마다 여기로 올라와 난장을 칠 거라고 추측했다.

보슈가 걸어 들어갈수록 음악 소리가 점점 커졌다. 그런데도 어디서 나는 소리인지는 아직도 알 수가 없었다. 4백 미터쯤 걸어가자 자갈이 깔린 공터가 나타났다. 주변 언덕에서 산불이 났을 때 화재진압 진지로 이용되는 곳인 것 같았다. 오늘은 범죄현장이 되어버렸지만. 공터 끝에 흰색 롤스로이스 실버 클라우드 한 대가 서 있었고 그 옆에 보슈의 파트너인 라이더와 에드거가 서 있었다. 라이더는 클립보드에 범죄현장을 스케치하고 있었고, 에드거는 줄자로 거리를 재면서 측정치를 불러주는 중이었다. 보슈를 발견한 에드거가 라텍스 장갑을 낀 손을 흔들었다. 그가 들고 있던 줄자가 휘리릭 감겨서 케이스 속으로 들어갔다.

"해리, 뭐 하다가 이제 오는 거야?"

"페인트칠. 대청소 좀 하고 버릴 건 버리고."

보슈가 그들에게 다가가면서 대답했다.

보슈가 공터 끝으로 걸어가자, 발 아래로 뜻밖의 풍경이 펼쳐졌다. 그들은 지금 할리우드 볼(LA 할리우드에 있는 야외 콘서트홀—옮긴이) 뒤쪽에 솟은 절벽 위에 있었다. 왼쪽 아래로 4백 미터쯤 떨어진 곳에 원형의 공연장이 보였다. 보슈가 궁금해했던 음악의 진원지가 바로 거기였다. LA 필하모닉 교향악단이 노동절(미국의 노동절은 9월 첫 번째 월요일임—옮긴이) 기념 주말 콘서트를 하고 있었다. 보슈는 협곡 맞은편에 펼쳐진 객석에 앉아 있는 1만 8천 명에 달하는 관객들을 내려다보았다. 그들은 올여름 마지막 일요일 저녁을 즐기고 있었다.

"빌어먹을."

난감해진 보슈가 투덜거렸다.

에드거와 라이더가 다가왔다.

"뭐가 나왔어?"

보슈가 물었다.

"트렁크에서 시신 한 구가 나왔어요. 백인 남자고, 총상이 두 군데 있어요. 그 이상은 살펴보지 못했어요. 뚜껑은 계속 닫아뒀어요. 법의국과 과학수사계는 불러놨고요."

라이더가 대답했다.

보슈는 공터 한가운데에 있는 검게 탄 캠프파이어 자국을 빙 돌아서 롤스로이스 쪽으로 걸어갔다. 에드거와 라이더가 뒤를 따랐다.

"왜 이렇게 깨끗해?"

보슈가 걸어가면서 물었다.

"그러게 말이야. 주변 수색을 해봤는데, 별거 없었어. 차 밑에 기름이 새어 나온 흔적 빼고는. 이렇게 깨끗한 현장은 정말 오랜만이야."

에드거가 말했다.

보슈와 라이더와 마찬가지로 집에 있다가 출동 지시를 받고 뛰어나온 제리 에드거는 청바지에 흰색 티셔츠 차림이었다. 티셔츠 왼쪽 가슴에 경찰 배지 그림이, 그 밑에 'LA 경찰국 살인전담팀'이라고 적혀 있었다. 옆을 지나갈 때 보니 셔츠 등판에는 '당신의 하루가 끝날 때 우리의 하루가 시작된다'라는 문구가 적혀 있었다. 꽉 죄는 흰색 티셔츠는 에드거의 검은 피부와 극명한 대조를 이루었다. 롤스로이스를 향해 운동선수처럼 유연하게 걸어가는 에드거의 우람한 상체가 새삼스레 보슈의 눈에 들어왔다. 보슈와 에드거는 지난 6년간 가끔씩 수사를 함께 해왔지만, 사적으로 친해지진 못했다. 에드거가 정말 운동선수일지도 모른다는, 적어도 규칙적으로 운동을 하고 있는 게 틀림없다는 생각도 이제야 처음 들었다.

웬일로 에드거는 말끔하게 다린 노드스트롬 정장을 입고 있지 않았다. 보슈는 금방 그 이유를 알아차렸다. 캐주얼한 옷차림은 궂은일을, 즉 유족 통지 임무를 면하게 해줄 것이라는 계산이 깔려 있는 것이었다.

롤스로이스가 가까워지자 주위에 전염성이 강한 병균이 득실거리기라도 하는 것처럼 그들의 발걸음이 느려지고 조심스러워졌다. 자동차는 꽁무니가 남쪽을 향하게 주차되어 있었다. 할리우드 볼의 위층 객석에 앉은 관객들에게는 자동차가 보일 것이다. 보슈는 난감한 상황이라고 생각했다.

"그러니까 저렇게 많은 사람들이 포도주를 마시고 도시락을 먹으면서 지켜보고 있는데 이 친구를 여기서 꺼내자는 거야? 오늘 밤 TV에 어떻게 나올 것 같아?"

보슈가 물었다.

"그건 자네 결정에 따르기로 했어, 해리. 자네가 팀장이잖아."

에드거가 웃으면서 윙크를 했다.

"아, 맞다. 내가 팀장이지, 참."

보슈가 냉소적으로 대꾸했다.

보슈는 자기가 팀장이라는 사실에 아직도 적응을 하지 못하고 있었다. 형사 세 명으로 이루어진 팀을 이끌었던 것은 고사하고, 살인사건 수사에서 손을 뗀 게 거의 18개월 전이었다. 비자발적 스트레스 휴직 기간이 끝나고 지난 1월에 복귀한 그는 할리우드 경찰서 강력반 강도

전담팀에 배치되었다. 형사과장인 그레이스 빌리츠 경위는 형사 업무에 서서히 적응하도록 돕기 위해 거기로 배치했다고 설명했었다. 보슈는 그 말이 거짓말이라는 것을, 그를 강도전담팀에 배치하라는 상부의 지시가 있었다는 것을 알고 있었지만, 군소리 없이 좌천을 받아들였다. 결국에는 자기를 살인전담팀으로 다시 불러들일 것임을 알고 있었다.

서류 작업을 하고 이따금씩 강도범들을 검거하면서 8개월이 흐른 후, 보슈는 형사과장실로 불려 들어갔고, 빌리츠 과장은 형사과를 쇄신하겠다고 선포했다. 할리우드 경찰서의 살인사건 종결률이 사상 최저 수준으로 떨어졌고 50퍼센트에도 미치지 못한다고 했다. 거의 1년 전부터 형사과장직을 맡아온 빌리츠 경위는 자기가 지휘봉을 잡은 이후로 종결률이 급격히 떨어졌다는 것을 인정하기 싫지만 인정할 수밖에 없다고 했다. 보슈는 그건 그녀가 전임자인 하비 파운즈 과장처럼, 무슨 수를 써서라도 종결률을 뻥튀기해냈던 파운즈 과장처럼, 통계학적 속임수를 쓰지 않기 때문이기도 하다고 말해줄 수도 있었지만, 그냥 잠자코 있었다. 그는 빌리츠 과장의 설명을 조용히 들었다.

첫 번째 쇄신안은 9월 1일부로 보슈를 살인전담팀으로 불러들이는 것이었다. 대신 살인전담팀에서 빌빌거리던 셀비라는 형사가 강도전담팀으로 옮겨가게 되었다. 빌리츠 과장은 또 퍼시픽 경찰서에서 함께 근무했고 최근에 할리우드로 끌어온 키즈민 라이더라는 젊고 총명한 형사를 살인전담팀에 추가 배치하겠다고 했다. 다음이 가장 급진적인 변화였는데, 빌리츠는 이제까지 2인 1조로 운영되던 살인전담팀 팀제를 바꾸겠다고 했다. 이제부터는 할리우드 강력반 살인전담팀에 배속된 아홉 명의 형사를 3인 1조로 운영하겠다는 것이었다. 팀마다 3급 형사를 한 명씩 배치해 팀을 이끌도록 하겠다고 했다. 보슈가 3급이었다. 그래서 그는 살인전담1팀의 팀장이 되었다.

쇄신안의 논리는 타당했다. 적어도 서류상으로 볼 때는 그랬다. 대부분의 살인사건은 사체 발견 후 48시간 내에 해결되거나, 아니면 아예 해결되지 않는다. 따라서 종결률을 높이고 싶은 빌리츠는 사건마다 형사를 더 배치하겠다는 심산이었다. 서류상으로 볼 때 별로 긍정적이지 않은 부분은, 특히 살인전담팀의 아홉 명의 형사들에게 부담스러운 부분은, 이전에는 두 명의 파트너로 구성된 네 개 조가 사건을 번갈아 맡았기 때문에 형사들은 세 건은 건너뛰고 그다음 건을 맡으면 됐는데, 이제부터는 두 번만 건너뛰고 세 번째 사건을 맡게 된다는 점이었다. 그것은 담당 사건 수와 업무량, 법정 출두 시간, 잔업 시간, 스트레스의 증가를 의미했다. 그중에서 그나마 긍정적인 측면이 있는 건 잔업 시간의 증가뿐이었다. 그러나 빌리츠의 의지는 확고부동했고, 형사들의 반발에도 별로 신경을 쓰지 않았다. 그래서 그녀는 얼마 안 가 그 유명한 '불리츠'('총알'이라는 뜻의 bullets. Billets라는 이름과 발음이 비슷하고, 일을 몰아붙이는 빠르고 단호한 성격 때문에 얻게 된 별명으로 보임-옮긴이)라는 별명을 얻게 되었다.

"불리츠한테 보고했어?"

보슈가 물었다.

"제가 전화했어요. 주말 동안 샌타바버라에 계실 거라고 당직실에 그곳 전화번호를 남겨 놓으셨더라고요. 일정을 앞당겨 내려오신다고는 했는데, 적어도 한 시간 반은 더 기다려야 할 걸요. 먼저 남편을 집에 데려다주고 나서 형사과에 들렀다가 오신댔으니까요."

라이더가 말했다.

보슈는 고개를 끄덕이고 나서 롤스로이스의 트렁크 쪽으로 걸어갔다. 냄새가 났다. 희미하긴 했지만 분명했다. 시체 특유의 냄새. 보슈는 특별히 누구에게랄 것도 없이 다시 고개를 끄덕였다. 그는 서류 가방을 땅바닥에 내려놓고 연 후 그 안에 든 판지 상자에서 라텍스 장갑을 꺼냈다. 그러고는 가방을 닫고 거치적거리지 않게 1미터쯤 뒤에 갖다놓았다.

"자, 한번 볼까."

보슈가 두 손에 장갑을 끼면서 말했다. 라텍스 장갑의 촉감이 싫었다. 그가 말을 이었다.

"바짝 다가서 있어. 볼에 있는 관객들에게 낸 돈보다 더 많은 구경거리를 제공하고 싶진 않으니까."

"나도 이런 구경거리는 별론데."

에드거가 다가오면서 말했다.

세 사람은 콘서트 관객들이 보지 못하게 롤스로이스 뒤쪽에 바짝 다가섰다. 그러나 보슈는 괜찮은 망원경을 가진 관객이라면 무슨 일인지 금방 알아차릴 거라고 생각했다. 여긴 LA니까.

보슈가 트렁크를 열기 전에 자동차의 맞춤형 번호판이 먼저 눈에 들어왔다. TNA. 보슈가 입을 열기 전에 에드거가 나섰다.

"TNA 프로덕션이구만. 멜로즈에 있는."

"T 그리고 A?"

"아니, 철자 그대로 T-N-A."

"멜로즈 어디?"

에드거가 주머니에서 수첩을 꺼내 페이지를 넘겼다. 그가 불러준 주소는 보슈에게도 익숙했지만 정확히 어딘지는 감이 오지 않았다. 5500번대 번지의 블록 북쪽 전체를 차지하고 있는 거대한 파라마운트 영화사 근처라는 것은 알았다. 그 거대한 스튜디오 주위에는 소규모 영화제작사와 스튜디오가 많이 모여 있었다. 마치 거대한 상어가 먹다가 흘린 부스러기를 주워 먹기 위해 상어의 입 주위를 배회하는 빨판상어처럼.

"좋아. 이제 열어보자."

보슈는 다시 트렁크를 바라보았다. 트렁크 뚜껑은 완전히 닫히지 않도록 살짝만 덮여 있었다. 보슈는 장갑 낀 손가락 하나를 사용해서 뚜껑을 살며시 들었다.

트렁크가 열리는 순간, 끔찍한 죽음의 숨결이 확 풍겨져 나왔다. 보슈는 담배 생각이 간절했지만, 살인사건 현장에서 담배를 피울 수 있었던 시절은 지나갔다. 그는 현장에서 경찰이 피우다 흘린 담뱃재만 가지고도 변호사가 무슨 일을 할 수 있는지 잘 알고 있었다. 담뱃재보다 더 하찮은 것을 가지고도 합리적인 의심(reasonable doubt: 이성을 가진 사람이면 가질 수 있는 의혹을 뜻하는 법률용어－옮긴이)을 불러 일으킨 사례가 많이 있었다.

보슈는 바지가 범퍼에 닿지 않도록 조심하면서 트렁크 뚜껑 아래로 고개를 숙이고 안을 들여다보았다. 트렁크 속에 남자의 시체가 누워 있었다. 피부는 회색빛이 도는 흰색이었고, 깔끔하게 접힌 바짓단에 다림질이 된 리넨 바지, 꽃무늬가 있는 하늘색 셔츠와 가죽 재킷을 입고 있었다. 옷은 전부 고급으로 보였다. 그리고 맨발이었다.

죽은 남자는 몸의 오른쪽 옆면을 바닥에 대고 뱃속의 태아처럼 웅크리고 누워 있었다. 이상한 점은 두 손이 뒤로 가 있다는 것이었다. 뒷짐을 진 상태로 묶였다가, 나중에, 아마도 사망한 후에 끈이 풀린 것 같아 보였다. 팔목을 자세히 살피던 보슈는 왼쪽 팔목에서 살짝 긁힌 자국을 발견했다. 아마도 포박을 풀려고 팔을 비틀어대다가 생긴 것 같았다. 꽉 감은 남자의 두 눈가에 반투명한 흰색 물질이 말라붙어 있었다.

"키즈, 시체 상태에 대해 메모 좀 해줘."

"네."

보슈는 트렁크 속으로 깊숙이 윗몸을 숙였다. 피살자의 입과 콧속에 다량의 피가 말라붙어 있는 것이 보였다. 머리카락은 피로 떡이 져 있었고, 피가 양어깨를 다 적시고 트렁크 바닥 매트로 흘러내려서 생긴 피 웅덩이가 말라붙어 있었다. 트렁크 바닥에 작은 구멍이 한 개 있었다. 피가 그 구멍을 타고 흘러내려 자갈에 떨어졌을 것 같았다. 구멍은 피해자의 머리에서 30센티미터쯤 떨어진 곳, 바닥 매트가 접힌 지점에 나 있었고, 구멍의 가장자리가 매끈했다. 총알 구멍은 아니었다. 배수구이거나 볼트가 헐거워져 떨어져 나가 생긴 구멍 같았다.

보슈는 피해자의 으스러진 후두골 아래쪽에서 들쭉날쭉한 모양의 총알 관통 자국 두 개를 발견했다. 후두융기. 법의학 전문용어가 툭 튀어나왔다. 부검을 너무 많이 봤어, 그는 생각했다. 관통 상처 근처에 있는 머리카락은 총구에서 뿜어져 나온 가스 때문에 까맣게 탄 상태였다. 두피에는 화약 가루가 점묘 그림에 찍힌 미세한 점들처럼 다닥다닥 묻어 있었다. 총을 뒤통수에 바싹 들이대고 쏜 것이었다. 총알이 빠져나간 자국은 보이지 않았다. 보슈는 22구경이었을 거라고 추측했다. 22구경 총알은 빈 사탕단지 속으로 떨어지는 구슬처럼 통통 튀면서 몸안을 돌아다닌다.

보슈가 고개를 들자 트렁크 뚜껑 안쪽에 피가 튄 자국이 보였다. 그는 오랫동안 그 핏자국을 살펴본 뒤 뒤로 물러서서 허리를 폈다. 그러고는 지금까지 본 것들을 하나하나 되살리며 상황을 정리해보았다. 공터로 들어오는 도로에 핏자국이 전혀 없는 것으로 볼 때, 남자는 여기 공터에 도착한 후 트렁크 안에서 살해된 것이 틀림없었다. 그래도 의문점이 많았다. 왜 이곳에서? 구두와 양말이 없는 이유는? 팔목을 묶었던 끈은 왜 풀었을까? 보슈는 이런 의문점을 당분간은 제쳐두기로 했다.

"지갑은 살펴봤어?"

보슈가 두 동료를 바라보지 않은 채 물었다.

"아니, 아직. 누군지 알겠어?"

에드거가 말했다.

보슈는 처음으로 피해자의 얼굴을 제대로 바라보았다. 남자의 얼굴에는 두려움이 각인되어 있었다. 남자는 두 눈을 감았다. 자기에게 닥친 운명을 알았던 것이다. 보슈는 눈가에 있는 흰색 물질이 말라붙은 눈물이 아닐까 생각했다.

"아니. 자넨?"

"아니. 훼손이 너무 심해서 아는 사람이라도 못 알아볼 것 같아."

보슈가 가죽 재킷의 등판 끝자락을 조심스럽게 들어 올리고 피해자의 바지 뒷주머니를 살폈지만 지갑은 보이지 않았다. 그 후엔 재킷의 앞면을 펼쳐 들었고, 프레드 하버 양복점이라는 상표가 붙어 있는 안주머니 속에서 지갑을 발견했다. 주머니 속에 항공권 봉투도 한 개 있었다. 보슈는 다른 손을 뻗어 주머니에서 지갑과 봉투를 꺼냈다.

"뚜껑 닫아줘."

보슈가 뒤로 물러나면서 말했다.

에드거는 관 뚜껑을 닫는 장의사처럼 조심스럽게 트렁크를 닫았다. 보슈는 서류 가방이 있는 곳으로 걸어가서 쭈그리고 앉아 지갑과 봉투를 가방 위에 올려놓았다.

먼저 지갑을 열었다. 왼쪽 카드꽂이마다 신용 카드가 꽂혀 있었고, 오른쪽 비닐 창 뒤에는 운전면허증이 들어 있었다. 면허증에는 앤서니 N. 앨리소라는 이름이 적혀 있었다.

"앤서니 N. 앨리소. 앤서니는 토니라고 줄여 부르니까, TNA. TNA 프로덕션 대표구만."

에드거가 말했다.

주소는 히든 하이랜즈였다. 할리우드의 여러 언덕들 중, 멀홀랜드 외곽에 있는 작은 부자 동네였다. 사방이 벽으로 둘러싸여 있고, 경비원이 24시간 경비를 서는 곳이었다. 주로 비번인 경찰관이나 퇴직한 경찰관이 경비를 맡고 있었다. 주소지의 특성이 롤스로이스 자동차와 딱 맞아떨어졌다.

보슈가 지폐 넣는 곳을 열어보니 지폐 한 뭉치가 들어 있었다. 그는 돈을 꺼내지 않고 세어보았다. 1백 달러짜리 지폐가 두 장, 20달러짜리가 아홉 장이었다. 그는 라이더가 받아 적을 수 있도록 금액을 소리 내어 불러주었다. 다음으로 항공권 봉투를 열었다. 봉투 안에는 금요일 밤 10시 5분에 라스베이거스를 출발하는 LAX(로스앤젤레스 국제공항의 공항 코드-옮긴이)행 편도 항공권 영수증이 들어 있었다. 봉투 뒷면을 봐도 항공권 소지자가 짐을 별도 화물로 부쳤다는 스티커나 스테이플러로 찍은 화물 영수증이 보이지 않았다. 호기심이 생긴 보슈는 지갑과 항공권을 서류 가방 위에 내려놓고 자동차로 돌아가서 창문 안을 들여다보았다.

"짐이 없어?"

"네, 전혀요."

라이더가 대답했다.

보슈는 트렁크로 돌아가서 다시 뚜껑을 들어 올렸다. 그러고는 시체를 살펴보다가 한 손가락으로 재킷의 왼쪽 소매를 밀어 올렸다. 팔목에 롤렉스 금시계를 차고 있었다. 시계판 둘레로 작은 다이아몬드가 동그랗게 박혀 있었다.

"제기랄."

뒤에서 투덜거리는 소리가 들리자 보슈가 돌아섰다. 에드거였다.

"왜?"

보슈가 물었다.

"OCID(the Organized Crime Investigation Division: 조직범죄수사계-옮긴이)에 전화할까?"

"왜?"

"이탈리아 새끼 같은 이름에, 강도를 당한 흔적이 전혀 없고, 뒤통수에 총을 두 방이나 맞았어. 조폭 짓이야, 해리. OCID에 알려야 돼."

"아직은 안 돼."

"불리츠는 OCID에 알리고 싶어 할걸."

"두고 보자고."

보슈는 다시 시체를 향해 고개를 돌리고, 흉하게 뭉개지고 피범벅이 된 얼굴을 뚫어지게 쳐다보았다. 그러고 나서 트렁크 뚜껑을 닫았다.

보슈는 공터 끝으로 걸어갔다. 거기 서니 도시가 한눈에 들어왔다. 동쪽으로 고개를 돌리자 엷은 안개 속에 무질서하게 펼쳐진 할리우드 시내의 고층 건물들이 보였다. 다저스타디움은 저녁 경기를 위해 불을 밝혀놓고 있었다. 시즌이 끝나기까지 한 달 정도 남은 지금, LA 다저스는 콜로라도 로키스와 막상막하의 전적을 보이고 있었고, 오늘 경기엔 노모가 선발투수로 나설 예정이었다. 보슈의 외투 안주머니에는 입장권이 한 장 들어 있었다. 그러나 그는 그 입장권을 챙겨들고 나온 것은 희망사항에 불과하다는 걸 알고 있었다. 오늘 밤엔 경기장 근처에도 가지 못할 것이다. 보슈는 에드거의 말이 옳다는 것도 알고 있었다. 이 사건은 어느 모로 보나 조직 폭력배의 짓이라는 게 분명했다. 따라서 조직범죄수사계에 통지를 해야 했다. 사건을 통째로 넘기지는 않더라도 적어도 자문 정도는 받아야 했다. 그러나 보슈는 통지를 미루고 있었다. 참으로 오랜만에 맡은 살인사건이어서 아직은 포기하고 싶지가 않았다.

보슈는 고개를 돌려 전면에 있는 할리우드 볼을 내려다보았다. 전석 매진인지, 반대편 언덕 위로 층층이 올라가게 설계되어 있는 타원형의 객석에 관객이 빼곡히 들어차 있었다. 무대에서 가장 먼 객석은 맨 꼭대기 층이었고, 롤스로이스가 서 있는 이곳 공터와 높이가 거의 같은 맞은편 언덕 위에 자리하고 있었다. 보슈는 지금 이 순간에도 얼마나 많은 사람들이 자기를 바라보고 있을까 생각했다. 자기가 직면한 딜레마가 다시 떠올랐다. 수사를 진행해야 했다. 그러나 이렇게 많은 사람들이 보고 있는 가운데 트렁크에서 시체를 끌어내면, 시민들이 받을 충격을 고려하지 않았다고 시 정부와 경찰국이 혹독한 질타를 받을 것이 분명했다.

이번에도 에드거가 보슈의 생각을 읽은 것 같았다.

"괜찮아, 해리, 별 탈 없을 거야. 몇 년 전에 저기서 재즈 페스티벌이 열렸는데, 남녀 한 쌍이 바로 여기에서 30분간이나 엉겨 붙어서 뒹굴었어. 그 짓이 끝나고 나서, 그 커플은 기립박수를 받았어. 사내새끼는 홀딱 벗은 채로 일어서서 절까지 했다니까."

보슈는 농담이 아닌가 싶어서 동료를 바라보았다.

"〈LA 타임스〉에서 읽었어. '희한한 LA' 칼럼에서."

"제리, 이건 교향악단 연주회야. 관객 수준이 다르다고. 내 말 무슨 뜻인지 알겠어? 그리고 이 일이 '희한한 LA'에 실리는 것도 원치 않고."

"알았어, 해리."

보슈는 라이더를 바라보았다. 그녀는 지금까지 별로 말이 없었다.

"당신 생각은 어때, 키즈?"

"모르겠어요. 선배가 팀장이잖아요."

라이더는 150센티미터 정도 되는 키에 권총을 차고도 몸무게가 45킬로그램을 넘지 않아 보일 정도로 작은 여자였다. 경찰국이 여자 경찰관을 더 배출하기 위해 신체 조건을 완화하지 않았다면, 절대로 경찰이 되지 못했을 것이다. 피부는 옅은 갈색이었고 곧은 생머리를 짧게 자른 모습이었다. 청바지에 분홍색 셔츠와 검은색 캐주얼 재킷을 입고 있었다. 재킷은 오른쪽 엉덩이에 차고 있는 9밀리 구경 글록17 권총을 제대로 가려주지 못하고 있었다.

빌리츠 과장은 퍼시픽 경찰서에서 라이더를 데리고 있었다고 했다. 라이더는 강도 및 사기사건 전담이었지만, 금전적인 문제가 얽혀 있는 살인사건일 경우에는 수사에 차출되기도 했었다. 빌리츠는 라이더의 범죄현장 분석 능력이 살인사건 베테랑 형사들만큼 뛰어나다고 말했다. 빌리츠가 힘을 써서 라이더를 할리우드로 빼내오긴 했지만 할리우드에 오래 머물지는 않을 거라는 걸 알고 이미 체념한 상태라고 했다. 여자에다가 흑인이라서 소수자 우대 정책의 두 가지 조건을 다 갖추었을 뿐만 아니라, 파커 센터에 수호천사까지 있어서 할리우드에는 잠깐만 머물다가 떠날 게 확실하다는 것이었다. 빌리츠는 그 수호천사가 누군지 모르겠다고 했다. 어쨌든 라이더는 이번 가을까지만 할리우드에 있다가 유리 성(경찰국 본부 파커 센터를 가리키는 별칭－옮긴이)으로 들어가게 될 것 같다고 했다.

"OPG(the Official Police Garage: LA 경찰국 산하 자동차 견인소－옮긴이)엔 연락했어?"

보슈가 물었다.

"아직이요. 차를 옮기기 전에 먼저 현장에서 살펴봐야 한다는 생각이 들어서요."

라이더가 대답했다.

보슈는 고개를 끄덕였다. 예상했던 대답이었다. 경찰국 자동차 견인소는 통상적으로 맨 마지막에 불렀다. 그는 결정을 내리기에 앞서 이미 답을 알고 있는 질문들을 던지면서 시간을 끌고 있었다.

마침내 보슈는 결정을 내렸다.

"좋아, OPG에 전화해서 지금 나오라고 해. 평상형 트레일러를 가져오라고 해. 알겠지? 딴 데 나가 있더라도 이리로 보내라고 하고. 꼭 평상형 트레일러여야 한다고 말해. 내 서류 가방 안에 휴대전화가 있어."

"네."

라이더가 대답했다.

"왜 평상형 트레일러야, 해리?"

에드거가 물었다.

보슈는 대답하지 않았다.

"시신이 든 상태 그대로 옮겨갈 거니까요."

라이더가 말했다.

"뭐라고?"

에드거가 되물었다.

라이더는 대답하지 않고 서류 가방 쪽으로 걸어갔다. 보슈는 웃음이 나오는 걸 억지로 참았다. 라이더는 그의 의중을 파악하고 있었다. 그는 빌리츠 과장의 칭찬이 이해가 되기 시작했다. 그는 담배 한 개비를 꺼내 불을 붙였다. 다 쓴 성냥개비는 담뱃갑 셀로판지 속에 넣은 후, 담뱃갑을 외투 주머니에 넣었다.

담배를 피우고 있자니 할리우드 볼에서 올라오는 음악이 훨씬 더 편안한 음악으로 바뀐 것이 느껴졌다. 잠시 후에는 그 음악이 무엇인지도 알 수 있었다.

"'세헤라자데'(림스키 코르사코프의 관현악곡 – 옮긴이)군."

보슈가 말했다.

"뭐라고, 해리?"

에드거가 되물었다.

"음악 말이야. 제목이 '세헤라자데'라고. 들어본 적 있어?"

"지금도 잘 안 들리는데. 메아리 때문에 말이야."

보슈가 엄지손가락에 다른 손가락을 대고 튕겨 딱 소리를 냈다. 스튜디오의 아치형 출입문이 퍼뜩 떠올랐기 때문이었다. 파리의 개선문을 복제한 것이었다.

"그 멜로즈 주소 말이야. 그거 파라마운트 근처야. 근처에 있는 군소 스튜디오들 중에 한 개야. 스튜디오 이름이 아치웨이였던 것 같아."

보슈가 말했다.

"그래? 듣고 보니 그런 것도 같군."

그때 라이더가 다가왔다.

"평상형 트레일러가 지금 오고 있어요. 도착 예정 시각은 15분 후고요. 과학수사계와 법의국에도 다시 확인 전화했어요. 거기도 지금 오는 중이고요. 과학수사계는 니콜스 캐니언의 가택침입사건 수사가 방금 전에 마무리가 됐다면서, 금방 도착할 거라는데요."

라이더가 말했다.

"좋아. 저기 경찰봉 든 친구한테 이야기 좀 들어봤어?"

보슈가 물었다.

"처음에 간략한 설명을 듣고는 끝인데. 우리 스타일이 아닌 것 같아. 그래서 팀장 몫으로 남겨뒀지."

에드거가 말했다.

말은 안 했지만 파워스가 자기와 라이더에 대해 인종적인 적대감을 갖고 있다는 것을 알아차린 것이 분명했다.

"알았어. 내가 맡지. 당신들은 기록 작업을 끝내고 나서, 현장 주변을 다시 한 번 훑어줘. 이번에는 아까 살펴보지 않은 곳을 중점적으로."

보슈가 말했다. 말하고 보니 할 필요가 없는 말이었다는 생각이 들었다.

“미안. 괜한 말을 했군. 뭘 할지는 다들 잘 알고 있을 텐데. 내 말은 엄격하게 규칙대로 하자는 거야. 8×10(사진 크기. 유명 인사를 찍은 대형 사진을 가리키는 말로 유명인이 연루된 사건을 의미함－옮긴이)인 것 같은 느낌이 들어.”

“OCID는?”

에드거가 물었다.

“말했잖아, 아직은 아니라고.”

“8×10이요?”

라이더가 어리둥절한 표정으로 되물었다.

에드거가 대답했다.

“8×10 사건은 유명인 사건을 말하는 거야. 스튜디오 사건. 저 트렁크 안에 누워 있는 친구가 영화계에서 잘나가던 친구라면, 아치웨이에서 일하던 사람이라면 기자들이 좀 달려들 거야. 아니, 좀이 아니라 아주 신났다고 떼거리로 몰려들걸. 평범한 시민이 자기 롤스로이스 트렁크 안에서 시체로 발견됐다고 해도 뉴스거리가 될 텐데, 영화계 인사라면 더 큰 뉴스거리가 되지 않겠어?”

“아치웨이요?”

에드거가 라이더에게 할리우드에서 일어나는 살인사건과 언론과 영화업계의 긴밀한 관계에 대해서 설명하기 시작하자 보슈는 슬며시 자리를 떴다.

보슈는 담배를 톡톡 털어 끄고 나서, 쓰고 난 성냥개비를 넣어둔 담뱃갑 셀로판지 안에 담배꽁초를 넣었다. 그는 멀홀랜드 방향으로 4백미터 정도를 천천히 걸어가면서 자갈이 깔린 도로를 다시 살펴보고 있었다. 그러나 자갈 위와 근처 덤불 속에는 쓰레기가 너무 많아서, 담배

꽁초, 맥주병, 쓰고 난 콘돔 같은 것들 중 어느 것이 롤스로이스와 관련이 있는 것인지 알 수가 없었다. 보슈가 눈에 불을 켜고 찾고 있는 것은 혈흔이었다. 도로 위에 피해자의 것으로 보이는 핏자국이 있다면, 피해자가 다른 곳에서 살해된 후 이곳 공터에 유기되었다고 볼 수 있었다. 혈흔이 전혀 없다면 그건 피해자가 바로 이 공터에서 살해됐다는 뜻이었다.

보슈는 소득이 전혀 없는 수색을 하면서도 마음이 편안하고 심지어 행복하기까지 했다. 이게 다 트렁크 안의 남자가 죽어준 덕분이라는 생각과 함께 죄책감이 들었지만, 그런 감정은 재빨리 떨쳐버렸다. 보슈가 살인전담팀으로 복귀를 했든 하지 않았든 남자는 트렁크 안에서 생을 마감했을 것이다.

멀홀랜드에 다다르니 소방차 두 대가 서 있었다. 소방대원들이 소방차들을 둘러싸고 서서 대기 중인 것 같았다. 보슈는 담배에 불을 붙여 물고 파워스를 바라보았다.

"문제가 생겼어요."

제복 경찰관이 말했다.

"뭔데?"

파워스가 대답하기 전에 소방관 한 명이 다가왔다. 소방대장이 쓰는 흰색 헬멧을 쓰고 있었다.

"당신이 책임잡니까?"

소방대장이 물었다.

"그렇습니다."

"소방대장, 존 프리드맨입니다. 문제가 생겼습니다."

"네, 그렇다고 들었습니다."

"저 아래 할리우드 볼에서 열리고 있는 콘서트가 90분 후에 끝날 예정입니다. 그 후엔 불꽃놀이를 한다네요. 그런데 여기 이 친구 말로는 저 위 공터에서 시체가 발견되었다던데요. 그게 문제입니다. 우리가 그곳으로 올라가서 만일의 사태를 대비해 대기하고 있지 않으면, 불꽃놀이를 하지 못하게 됩니다. 그건 안 될 일이죠. 화재 대비를 하지 않으면, 폭죽 하나가 잘못 날아와서 언덕 전체가 불길에 휩싸일 수 있으니까요. 무슨 말인지 아시겠죠?"

보슈는 파워스가 고소하다는 듯 히죽이는 것을 보았다. 그러나 그를 무시하고 다시 프리드맨을 바라보았다.

"화재 진압 준비를 하는 데 시간이 얼마나 걸립니까, 대장님?"

"길어봐야 10분입니다. 폭죽이 터지기 시작하기 전에 준비를 완료해야 합니다."

"90분 후라고 하셨습니까?"

"이젠 85분 정도 남았군요. 불꽃놀이를 못 하게 되면 화를 내는 관객이 많을 겁니다."

보슈는 이러지도 저러지도 못하겠다는 생각에 난감한 기분이 들었다.

"대장님, 여기서 기다려 주십시오. 75분 안에 철수하겠습니다. 불꽃놀이를 취소하지는 마시고요."

"정말입니까?"

"믿으셔도 됩니다."

"형사?"

"네, 대장님?"

"그 담배, 법규 위반입니다."

소방대장이 낙서에 덮인 표지판을 향해 고갯짓을 했다.

"죄송합니다."

보슈가 담배를 끄기 위해 도로 가장자리로 걸어가자, 프리드맨은 불꽃놀이가 예정대로 진행된다고 무전을 치기 위해 소방차로 돌아갔다. 보슈는 불현듯 위기감을 느끼고 소방대장을 뒤쫓아 갔다.

"대장님, 무전을 치실 때 불꽃놀이가 예정대로 진행된다고는 말씀하셔도, 시체가 발견됐다는 말씀은 하지 말아주십시오. 헬리콥터가 뜨고 기자들이 몰려오는 것은 원하지 않습니다."

"알겠습니다."

보슈는 감사 인사를 한 후 파워스를 돌아보았다.

"75분 안에 철수하는 건 불가능할 걸요. 법의국도 아직 안 왔는데."

파워스가 말했다.

"그런 걱정일랑 내게 맡겨, 파워스. 진술서 썼어?"

"아직이요. 이 사람들하고 이야기를 나누고 있었어요. 무전기 좀 가지고 다니지 그래요. 그럼 편할 텐데."

"그럼 지금 나한테 처음부터 자세하게 말해 봐."

"그 사람들은 뭡니까? 에드거와 라이더였나요? 왜 그 사람들 중 하나가 물어보지 않는답니까?"

파워스가 공터를 향해 고갯짓을 하며 물었다.

"그 친구들은 바빠. 말할 거야, 말 거야?"

"이미 다 말했잖아요."

"처음부터 말이야, 파워스. 아까는 롤스로이스를 살펴본 후에 어떻게 했다는 말만 했잖아. 그런데 애초에 살펴보게 된 이유가 뭐야?"

"별것 없는데요. 순찰할 때마다 여기를 지나가면서 양아치 새끼들이 있으면 쫓아버리거든요."

파워스는 멀홀랜드 너머 산등성이를 가리켰다. 산등성이를 따라 주택이 줄지어 서 있었고, 대부분이 외팔보 주택(한쪽은 기둥으로 고정되고 다른 한쪽은 받쳐지지 않은 상태로 있는 주택 – 옮긴이)이었다. 공중에 떠 있는 이동식 가옥처럼 보였다.

"저 위에 사는 주민들이 시도 때도 없이 경찰서로 전화를 걸어서, 여기 공터에서 캠프파이어를 한다, 맥주 파티를 한다, 미신 숭배 의식을 벌이고 있다고 신고를 합니다. 거슬린다는 거죠. 백만 달러짜리 경관을 훼손하는 건 용서 못 한다는 거예요. 그런 민원이 들어오면 내가 올라와서 쓰레기들을 치워버리죠. 와서 보면 대개가 밸리에 사는 머리에 피도 안 마른 새끼들이에요. 예전에 소방국이 여기 출입구를 자물쇠로 잠가 놨었는데, 어떤 놈들이 자물쇠를 뜯고 출입구를 부수고 들어갔더군요. 그게 6개월 전이에요. 시 정부가 여기를 보수하려면 적어도 1년은 기다려야 될 걸요. 젠장, 나도 3주 전에 맥라이트 배터리를 신청해놨는데, 아직도 지급이 안 됐어요. 내 돈 주고 사서 쓰지 않았으면, 손전등도 없이 야간 순찰을 돌고 있을 걸요. 시 정부는 이런 건 신경도 안 씁니다. 이놈의 도시가…."

"딴 데로 새지 말고. 롤스로이스를 살펴보게 된 이유가 뭐야?"

"평소에는 어두워진 다음에 순찰을 도는데, 오늘은 볼에서 열리는 콘서트 때문에 좀 일찍 나온 거예요. 와 보니까 롤스로이스가 있더라고요."

"자발적으로 나왔다고? 저 윗동네 주민한테서 신고가 들어온 것도 아닌데?"

"네. 오늘은 자발적으로 나왔죠. 콘서트 때문에요. 법을 어기는 놈들이 있을 것 같아서요."

"있던가?"

"서너 명이요. 여기 와서 음악을 들으려고 기다리고 있더군요. 그런데 평소처럼 사고뭉치들은 아니더라고요. 고상한 음악이잖아요. 어쨌든 쫓아버렸죠. 쫓아버리고 나서 보니까 롤스로이스가 남아 있더군요. 그런데 운전자가 없었어요."

"그래서 확인해본 거구만."

"네. 그리고 냄새가 났거든요. 작대기로 열어보니까 시체가 있었어요. 그래서 뒤로 물러나서 프로들을 불렀죠."

'프로들'이라고 할 땐 빈정거림이 느껴졌지만, 보슈는 그냥 넘어가기로 했다.

"쫓아버렸다는 사람들 이름은 적어뒀어?"

"아뇨, 말했잖아요, 그냥 쫓아버렸다고. 그러고 나서 보니까 롤스로이스는 그냥 남아 있었어요. 그땐 다들 가버린 후였고요."

"어젯밤엔?"

"어젯밤엔 뭐요?"

"여기 순찰을 돌았어?"

"어젠 쉬었어요. 원래 난 화요일부터 토요일까지 근무인데, 어젯밤은 동료랑 근무를 바꿨어요. 오늘 밤에 할 일이 있대서요."

"그럼 금요일 밤에는?"

파워스는 고개를 저었다.

"금요일 밤 순찰조는 항상 바빠요. 자유롭게 돌아다닐 시간이 없었어요. 그리고 신고 전화도 없었고요, 내가 알기로는 그래요…. 그래서 여긴 돌아보지 않았어요."

"무전 지시만 쫓아다녔다고?"

"근무 시간 내내 얼마나 순찰 지시가 많았는지 몰라요. 저녁 먹을 시간도 없었다니까요."

"저녁도 안 먹고 일하다니, 정말 헌신적이군, 파워스."

"그건 무슨 뜻이죠?"

보슈는 자신이 말실수를 했다는 것을 깨달았다. 안 그래도 자기 직업에 불만이 많은 파워스가 빈정거림으로 받아들인 것이었다. 얼굴이 붉어진 파워스가 천천히 선글라스를 벗었다.

"이봐요, 형사님, 내 말 잘 들어요. 당신은 형사니까 폼도 나고 대우도 받잖아요. 우린 어떤 줄 알아요? 매일 죽빵이를 치고 있다고요. 우린… 난 기억이 가물가물할 만큼 오래전부터 그놈의 형사 금배지 하나 달겠다고 기를 썼는데, 가능성은 쥐뿔도 없어요. 저 롤스로이스 트렁크 안에 죽어 나자빠진 인간이나 마찬가지로 가능성이 없다고요. 하지만 난 그렇게 죽어 나자빠지진 않을 겁니다. 난 아직도 일주일에 닷새 밤을 무전 지시에 따라 돌아다니고 있다고요. 순찰차 문에 적힌 '보호와 봉사', 그게 바로 내가 하는 일입니다, 형사님. 그러니까 나한테 헌신적이니 어떠니 엿 같은 말은 하지도 말아요."

보슈는 파워스의 말이 끝났다는 확신이 들 때까지 기다리고 있었다.

"이봐, 파워스, 열 받게 하려고 한 말은 아니었어. 알겠어? 담배 한 대 줄까?"

"안 피워요."

"그래. 그럼 다시 시작해보자고."

보슈는 파워스가 다시 선글라스를 끼고, 어느 정도 진정이 된 것처럼 보일 때까지 잠깐 기다렸다. 그러고 나서 다시 말문을 열었다.

"자넨 항상 혼자 근무해?"

"얼룩말이거든요."

보슈는 고개를 끄덕였다. 보통 순경 두 명이 한 조가 되어 순찰차를 타고 돌아다니는 일반 순찰조는 중요하고 위험한 출동 지시를 맡아 처리하는 반면, 얼룩말 순경은 줄무늬가 많은 얼룩말처럼 온갖 잡다한 신고 전화와 출동 지시를 맡아 처리했다. 얼룩말 순경은 혼자 순찰을 다녔고, 경찰서 관할구역 전체를 마음대로 돌아다닐 수 있었다. 경사와 정해진 구역의 순찰을 맡은 일반 순찰조 사이에서 중간 관리자 역할을 했다.

"여기 와서 사람들을 쫓아버리는 경우가 자주 있어?"

"한 달에 한두 번 정도요. 다른 근무 시간대나 일반 순찰조 상황은 모르겠고요. 어쨌든 이런 하찮은 출동 지시는 보통 얼룩말한테 떨어지죠."

"인권 침해 카드는 작성해놨고?"

'인권 침해 카드'는 공식적으로는 불심 검문 카드라고 불리는 3×5 크기의 카드였다. 경찰은 수상한 사람을 검문했지만 체포할 만한 증거가 충분치 않거나, 파워스가 말한 무단 출입 사건처럼 체포를 하는 것이 시간 낭비일 경우에 불심 검문 카드를 작성했다. 미국자유인권협회는 그런 불심 검문을 인권 침해이자 경찰력의 남용이라고 규정했다. 그 표현이 경찰들 사이에서도 통용이 되어 불심 검문 카드가 인권 침해 카드라고 불리게 되었다.

"그럼요, 작성해둔 게 서에 몇 장 있죠."

"잘됐군. 한번 보고 싶으니까 찾아봐줘. 그리고 일반 순찰조 친구들한테 지난 며칠 동안 이곳에서 롤스로이스를 본 적이 있는지도 물어봐주고."

"내가 형사님한테 이 중대한 수사에 일조를 하게 해줬다고 감사를 표하고 순찰대장한테 좋게 말해달라고 부탁해야 되는 시점인가요, 지금이?"

보슈는 한동안 파워스를 노려보다가 대답했다.

"아니, 내가 자네한테 오늘 밤 9시까지 불심 검문 카드를 찾아놓으라고 지시하고, 그러지 않으면 순찰대장한테 일러바칠 거라고 말해야 되는 시점이야, 지금은. 그리고 일반 순찰조 친구들은 신경 쓰지 마. 우리가 직접 만나볼 테니까. 근무일 이틀 연속으로 저녁을 거르고 싶진 않을 거 아냐, 파워스."

보슈는 다시 범죄현장으로 걸음을 옮기기 시작했다. 이번에는 천천히 걸어가면서 자갈길의 반대쪽을 살펴보았다. 중간에 경찰국 자동차 견인소 트럭과 과학수사계 승합차가 지나가도록 길을 비켜주기 위해 자갈길을 벗어나 옆의 덤불 속으로 들어가야 했다.

이번에도 공터에 다다를 때까지 아무런 소득이 없자, 보슈는 피해자가 공터에 도착하고 나서 롤스로이스의 트렁크 안에서 살해됐다고 확신했다. 공터에서는 과학수사계 소속 현장 감식 전문가인 아트 도노반이 함께 온 사진기사 롤랜드 콰트로와 함께 작업을 시작하고 있었다. 보슈는 라이더에게 걸어갔다.

"뭐 좀 건졌어요?"

라이더가 물었다.

"아니. 당신은?"

"전혀요. 범인은 피해자를 롤스로이스 트렁크에 싣고 이곳으로 온 게 틀림없어요. 여기 와서는 범인이 차에서 내려 트렁크 뚜껑을 열고 피해자에게 두 방을 쏜 거죠. 그러고 나서 트렁크를 닫고 사라진 거예요. 멀홀랜드에서 누군가가 기다리고 있다가 그를 태우고 갔고요. 그래서 여기 현장은 아주 깨끗한 거죠."

보슈는 고개를 끄덕였다.

"그를? 범인이 남자 한 명이야?"

"확률에 따라서 그렇게 부른 것뿐이에요."

보슈는 도노반에게 걸어갔다. 도노반은 피해자의 지갑과 항공권 봉투를 증거물을 넣는 비닐봉지에 담고 있었다.

"아트, 문제가 생겼어."

"그러게요. 카메라 삼각대를 몇 개 세워놓고 그 위로 방수포를 쳐볼까 생각 중이었어요. 그래도 볼에 있는 관객 전부의 눈을 가릴 수는 없을 거예요. 일부는 여기에서 벌어지는 쇼를 잘 볼 수 있겠죠. 하긴 그러면 불꽃놀이가 취소돼도 용서해줄 것 같긴 하네요. 아니면 행사가 다 끝날 때까지 잠자코 기다릴 생각이세요?"

"아니, 그러면 늑장 대응을 했다고 법정에서 변호인이 엄청 씹어댈 걸. 요즘 변호사들은 다들 O.J. 심슨 사건에서 한 수 배웠으니까. 알면서 왜 그래, 아트."

"그럼 어떡하죠?"

"여기서 해야 할 일을 신속하게 해치우고 나서 전부 감식용 창고로 옮겨야지. 지금 감식용 창고 누가 쓰고 있나?"

"아뇨, 비었을 걸요."

도노반이 느릿느릿 대답했다. 그러고는 잠깐 있다가 질문을 했다.

"전부 다 옮기자고요? 시신도?"

보슈가 고개를 끄덕였다.

"감식용 창고에 가면 자네 일도 훨씬 더 수월해지지 않겠어?"

"그건 그렇죠. 그런데 법의국은 어쩌고요? 시신까지 감식용 창고로 옮기자면 법의국이 허가를 해줘야 하는데요, 선배."

"그건 내가 알아서 할게. 차를 평상형 트럭에 올려놓기 전에 사진과 비디오를 잘 찍어둬. 혹시라도 수송 중에 상태가 바뀔지 모르니까. 그리고 피해자 지문을 한 장 떠주고."

"알았어요."

도노반이 계획을 설명하기 위해 콰트로에게로 가자, 보슈는 에드거와 라이더에게 걸어갔다.

"당분간은 우리가 이 수사를 맡을 거야. 오늘 밤에 선약이 있었다면, 전화해서 취소해. 긴 밤이 될 거야. 자, 일을 좀 나눠서 하자."

보슈는 산등성이를 따라 늘어선 집들을 가리키면서 말을 이었다.

"우선, 키즈, 당신은 저 위로 올라가서 집집마다 문을 두드려 봐. 탐문 수사를 하라고. 롤스로이스를 본 사람이 있는지, 그리고 언제부터 여기 있었는지 아는 사람이 있는지 알아봐. 총성을 들은 사람이 있을지도 몰라. 언덕 위로 울려 퍼졌을 수도 있으니까. 사건 발생 시각을 정확히 짚어보자는 거야. 그러고 나서, 내가… 키즈, 휴대전화 있어?"

"아뇨. 차에 무전기는 있는데요."

"안 돼. 이 일을 만방에 알리고 싶지는 않아."

"그럼 어느 집에서 전화 좀 쓰자고 하죠, 뭐."

"그래, 탐문이 끝나면 전화해줘. 아니면 내 일이 끝나면 내가 호출을 할게. 일이 어떻게 풀리는지 보고, 그다음에 당신이나 내가 유족이나 회사에 알리도록 하자고."

라이더가 고개를 끄덕였다. 보슈는 에드거를 바라보았다.

"제리, 자넨 서로 들어가서 서류 작업을 해줘."

"해리, 신참은 키즈잖아."

"그럼 다음번엔 티셔츠를 입고 나타나지 말든가. 그런 차림으로 문을 두드리고 다닐 수는 없잖아."

"차에 와이셔츠 있어. 갈아입으면 되지."

"다음에. 자네는 사건 파일을 만들어줘. 일을 시작하기 전에 전산망에 앨리소라는 이름을 넣고 돌려 봐. 작년에 면허증을 발급받았으니까, 자동차국 데이터베이스에 엄지손가락 지문이 있을 거야. 지문감식반원을 시켜서 그 지문하고 이제 곧 아트가 갖고 올 여기 피해자 지문하고 대조해 봐. 최대한 빨리 신원을 확인하자고."

"오늘 밤엔 감식실에 아무도 없을 텐데. 아트가 감식반원이잖아. 아트한테 하라고 해."

"아트는 바쁠 거야. 집에 있는 사람이라도 불러내. 신원 파악이 시급해."

"노력은 해보겠지만 장담은…."

"좋아. 그런 다음에는 이 지역 일반 순찰대 전원에게 연락해서 롤스로이스를 본 사람이 있는지 알아봐. 파워스가, 저기 길에 서 있는 순경 말이야, 여길 배회하던 애들에 대해 작성해둔 인권 침해 카드를 모아올 거야. 그것도 살펴봐줘. 그러고 나서 서류 작업을 시작하라고."

"젠장, 할 일이 산더미 같으니, 다음 주 월요일이 되기 전에 타이핑을 시작하기만 해도 다행이겠네."

보슈는 에드거의 엄살을 못 들은 척하고, 동료들을 바라보았다.

"시신 옆에는 내가 붙어 있을게. 혹시 내가 바쁘면, 키즈, 당신이 피해자 사무실로 가서 살펴봐줘. 유족 통지는 내가 맡을게. 자, 다들 자기가 맡은 일을 잘 알겠지?"

라이더와 에드거가 고개를 끄덕였다. 보슈가 보기에 에드거는 아직도 심기가 편치 않은 것 같았다.

"키즈, 먼저 출발해."

라이더가 자리를 뜨자 보슈는 그녀가 멀찌감치 갈 때까지 기다렸다가 입을 열었다.

"자, 제리, 말해 봐, 뭐가 문제야?"

"이 팀이 계속 이렇게 굴러갈 건지 알고 싶어. 공주님이 스케이트를 타시는 동안 난 계속 뒤치다꺼리나 하게 되는 건가?"

"아냐, 제리, 그렇지 않을 거야. 날 그렇게 모르진 않을 텐데. 진짜 문제가 뭐야?"

"자네의 결정이 마음에 안 들어, 해리. 지금 당장 OCID에 알려야 돼. 이건 누가 봐도 조직범죄 사건이야. 그러니까 당연히 OCID에 알려야 되는데, 자넨 살인전담팀으로 돌아온 지 얼마 안 됐고, 너무도 오랫동안 사건을 기다려왔기 때문에 전화를 하지 않는 것 같아. 바로 그게 마음에 걸려."

에드거는 이게 얼마나 자명한 일이냐는 듯 두 손을 펼쳐 보이면서 말을 이었다.

"이건 자네의 역량을 입증해보일 수 있는 사건이 아니야, 해리. 그리고 앞으로 시체가 부족해질 일도 없을 거고. 여긴 할리우드잖아, 안 그래? 이 사건은 그냥 OCID에 넘기고 다음 사건을 기다리자."

보슈는 고개를 끄덕였다.

"자네 말이 맞을지도 몰라. 아니, 맞아. 대부분은. 하지만 팀장은 나야. 그러니까 당분간은 내 판단대로 가자고. 내가 불리츠에게 전화해서 상황 보고를 할게. 그러고 나서 OCID에도 알릴게. 하지만 OCID가 나온다고 해도, 우린 수사의 일부를 계속 맡을 거야. 그러니까 잘 해보자고, 알았지?"

에드거는 마지못해 고개를 끄덕였다.

"그리고 자네의 반대 의견은 기록에 남겨놓을게, 됐지?"

"알았어, 해리."

그때 법의국의 푸른색 승합차가 공터로 들어오는 것이 보였다. 운전석에 리처드 매튜스가 앉아 있었다. 다행이었다. 매튜스는 다른 검시반원들처럼 관할권에 민감하지 않아서, 롤스로이스와 시신을 지금 상태 그대로 감식용 창고로 옮겨가자고 설득할 수 있을 듯했다. 매튜스도 그게 유일한 방법이라는 것을 이해할 것 같았다.

"계속 연락하자고."

보슈가 걸어가는 에드거의 뒤통수에 대고 말했다.

에드거는 뒤를 돌아보지 않고 손만 한 번 흔들어 보였다.

그 후 한동안 보슈는 부산하게 움직이는 사람들 속에 잠자코 서 있었다. 자기가 진심으로 지금 이 순간을 즐기고 있다는 생각이 들었다. 살인

사건 수사가 시작될 때마다 그는 항상 이런 흥분과 만족감을 느꼈다. 지난 1년 6개월 동안 이 순간을 얼마나 그리워했고 기다려왔는지 몰랐다.

마침내, 보슈는 이런저런 생각들을 접어두고 매튜스를 만나기 위해 법의국의 승합차를 향해 걸어갔다. '세헤라자데'가 끝나자 할리우드 볼에서 박수갈채가 터져 나왔다.

감식용 창고는 제2차 세계대전 때의 퀀셋(벽과 지붕이 반원형으로 연이어진 숙사, 조립 주택－옮긴이) 같은 조립식 건물로, 경찰국 본부가 있는 파커 센터 건물 뒤, LA시 공공서비스 센터 장비가 놓여 있는 마당에 자리하고 있었다. 창문이 하나도 없었고, 폭이 보통 것보다 두 배는 넓은 차고 문만 한 개 달려 있었다. 내부는 검은색 페인트로 칠해져 있었고, 빛이 들어올 수 있는 틈이란 틈은 전부 테이프로 막아 놓았다. 차고 문 안에는 두꺼운 검은색 커튼이 드리워져 있었다. 커튼까지 치자 감식용 창고의 실내는 악덕 사채업자의 마음속만큼이나 시꺼멨다. 그곳에서 일하는 감식반원들은 그곳을 '동굴'이라고 부르기도 했다.

롤스로이스가 경찰국 자동차 견인소 트럭에서 내려지는 동안, 보슈는 감식용 창고 안으로 들어가 작업대에 서류 가방을 내려놓고 휴대전화를 꺼냈다. 조직범죄수사계(OCID)는 경찰국이라는 폐쇄된 사회 속에서도 더 철통같이 폐쇄된 비밀스러운 조직이었다. 보슈는 OCID에 대해 아는 것이 거의 없었고, 그곳 형사들도 아는 사람이 거의 없었다. 같은 경찰들조차도 OCID가 정체를 알 수 없는 불가사의한 조직이라고 생각했다. 그곳에서 어떤 일을 하는지 제대로 알고 있는 사람이 많지 않았다. 당연한 일이겠지만, 이로 인해 의혹과 시기가 생겨났다.

OCID 형사들은 일반 형사들 사이에서 '빅 푸터(big-footers)'라는 별명으로 불렸다. 발을 쿵쾅거리면서 나타나 보슈 같은 일반 형사들을 밟아버리고 그들이 맡은 사건을 채어 갔지만, 자기네 사건을 일반 형사들에게 넘겨주는 경우는 거의 없었다. 보슈는 그동안 수많은 사건들이 OCID의 문 안으로 사라지는 것을 보았다. 그러나 그 사건들에 연루된 조직 폭력배들을 기소하는 경우는 그리 많지 않았다. OCID는 경찰국장과, 대체로 국장의 뜻을 따르는 경찰위원회가 참석하는 비공개 회의에서 승인한 비밀 예산으로 운영되는 유일한 부서였다. 그 돈은 비밀 정보원들의 정보를 사고 최첨단 수사 장비를 들여놓는다는 명목하에 어둠 속으로 사라졌다. 그리고 OCID가 맡은 사건의 상당수도 그 비밀스러운 어둠 속으로 사라졌다.

보슈는 경찰국 통신 센터 교환원에게 OCID 당직 형사를 연결해달라고 요청했다. 전화가 연결되기를 기다리는 동안 그의 머릿속에는 트렁크 안에 있던 시체가 다시 떠올랐다. 앤서니 앨리소는, 정말 그가 맞는지는 좀 더 기다려야봐야겠지만, 죽음이 다가오는 것을 보고 눈을 감았다. 보슈는 결코 이런 식으로 죽음을 맞고 싶지 않다고 생각했다. 자기가 죽는다는 것을 미리 알고 싶지 않았다.

"여보세요?"

수화기 저편에서 목소리가 들렸다.

"네, 저는 해리 보슈라고 합니다. 할리우드 경찰서 강력반 살인전담팀 3급 형사죠. 전화 받으신 분은 누구시죠?"

"돔 카본입니다. 주말 당직이죠. 평화를 깨뜨릴 건가요?"

"그래야 할 것 같은데요."

보슈는 기억을 더듬어보았다. 어디선가 들어본 것 같은 이름이긴 한데, 기억이 가물가물했다. 함께 일을 한 적이 없는 것만은 확실했다.

"어떤 사건에 대해 알고 싶어 하실 것 같아서 전화했습니다."

"어떤 사건이죠?"

“백인 남자 한 명이 자기 롤스로이스 실버 클라우드 트렁크 안에서 뒤통수에 총알을 두 방 맞고 숨진 채로 발견됐습니다. 22구경 같고요.”

“그리고요?”

“승용차가 멀홀랜드 근처 소방 도로에서 발견됐죠. 강도사건 같진 않아요. 적어도 개인을 대상으로 한 강도사건은 아닌 것 같습니다. 지갑에 신용 카드와 현금이 그대로 들어 있고, 손목에는 롤렉스 프레지덴셜 금 시계를 그대로 차고 있거든요. 시계판 숫자마다 다이아몬드가 박혀 있는 시계인데.”

“피해자가 누군지는 말하지 않는군요. 누구죠?”

“아직 확인이 되지는 않았지만….”

“그냥 말씀하세요.”

보슈는 상대방의 얼굴이 그려지지가 않아서 자꾸 신경에 거슬렸다.

“피해자는 앤서니 N. 앨리소라는 48세의 남자인 것 같습니다. 히든 하이랜즈에 살고요. 멜로즈, 파라마운트 근처에 있는 스튜디오에서 영화제작사를 운영하는 것 같습니다. 회사 이름은 TNA 프로덕션이고, 아치웨이 스튜디오에 사무실이 있는 것 같아요. 조만간 더 많은 정보를 얻게 될 겁니다.”

상대방은 말이 없었다.

“뭐 생각나는 것 있습니까?”

“앤서니 앨리소.”

“네, 맞습니다.”

“앤서니 앨리소.”

카본은 고급 포도주를 한 모금 입에 머금고 그 포도주를 주문할까 말까를 결정하기 위해 음미하고 있는 것처럼 이름을 천천히 되풀이했다. 그러고는 또 한참 동안 말이 없었다. 마침내 그가 입을 열었다.

"특별히 떠오르는 게 없군요, 보슈 형사. 몇 군데 전화를 걸어볼게요. 당신은 어디 있을 겁니까?"

"감식용 창고요. 시신을 여기 창고로 옮겨놓아서, 한동안 여기 있을 겁니다."

"네? 시신을 감식용 창고로 옮겼다는 말입니까?"

"말하자면 깁니다. 언제 전화주실 수 있습니까?"

"통화를 끝내는 대로 바로 하죠. 피해자의 사무실에는 가봤어요?"

"아직이요. 오늘 밤 안으로 가볼 생각입니다."

보슈는 카본에게 휴대전화번호를 알려준 뒤 전화기를 덮고 외투 주머니에 넣었다. 그러고는 피해자의 이름을 듣고 카본이 보인 반응에 대해 생각했다. 좀 이상하다는 생각이 들었지만, 지금으로서는 뭐라고 판단할 수가 없어서 접어두기로 결심했다.

롤스로이스 실버 클라우드가 감식용 창고 안으로 들어오고 차고 문이 닫히자, 도노반이 커튼을 쳤다. 그는 천장 위의 형광등은 그대로 켜두고 장비를 준비했다. 법의국 검시반원인 매튜스와 시신 운송책으로 따라온 보조원 두 명이 작업대 앞에 모여서서 상자에서 필요한 도구를 꺼내고 있었다.

도노반이 보슈에게 말했다.

"선배, 서두르지 않고 천천히 할 생각인데, 괜찮죠? 우선 시신이 들어 있는 상태에서 트렁크에 레이저를 비춰볼 겁니다. 그다음엔 시신을 꺼내고 트렁크를 닫고 나서 다시 레이저 검사를 할 거고요. 그러고 나서 뭘 할지는 그때 가서 결정하죠."

"자네 마음대로 해. 시간 걱정은 말고."

"내가 사진을 찍을 때 그 막대기 좀 들고 있어주세요. 롤랜드가 다른 현장에 가버리고 없어서요."

보슈는 고개를 끄덕이고는 과학수사계 감식요원이 니콘 카메라에 주황색 필터를 끼우는 것을 지켜보았다. 도노반은 카메라 줄을 목에 걸고 레이저를 켰다. 레이저 박스는 VCR 크기의 상자로 전선이 달려 있었고, 전선 끝에는 손잡이가 있는 30센티미터 길이의 막대기가 붙어 있었다. 막대기 끝에서 강렬한 주황색 빛줄기가 쏟아져 나왔다.

도노반이 캐비닛을 열고 오렌지색 보안경 몇 개를 꺼내, 보슈와 다른 사람들에게 나눠주었다. 마지막으로 자기도 보안경을 꼈다. 그러고 나서 보슈에게 라텍스 장갑을 건네며 끼라고 했다.

"먼저 트렁크 외부를 빨리 한 번 훑어보고 나서 트렁크를 열 겁니다."

도노반이 말했다.

도노반이 천장 등을 끄기 위해 배전함으로 걸어가는 동안, 보슈의 주머니에서 휴대전화가 울렸다. 도노반은 보슈가 전화를 받을 때까지 기다려 주고 있었다. 전화를 건 사람은 카본이었다.

"보슈 형사, 이번 건은 사양하겠습니다."

보슈는 잠시 아무 말도 하지 않았고, 카본도 말이 없었다. 도노반이 전등 스위치를 끄자, 감식용 창고는 칠흑 같은 어둠에 잠겼다.

"피해자가 조직범죄와 관련이 없다는 뜻입니까?"

마침내 보슈가 어둠에 대고 물었다.

"여기저기 알아보고 전화도 걸어 봤는데, 그 사람을 아는 사람이 아무도 없는 것 같더군요. 그 사람을 고용한 조직도 없는 것 같고…. 깨끗해요, 우리가 아는 한은 말이죠…. 트렁크에 들어 있었고, 머리에 두 방을 맞았다고 했습니까? …여보세요? 보슈 형사?"

"네, 카본 형사. 맞습니다, 트렁크 안에서 총을 머리에 바짝 들이대고 두 방을 쐈더군요."

"트렁크 뮤직이군요."

"네?"

"시카고 조직 폭력배들이 즐겨 쓰는 말이죠. 거치적거리는 놈을 해치우고 나서는, '아, 토니? 토니 걱정은 하지 마. 이젠 트렁크 뮤직이 됐으니까. 토니를 다시 보게 될 일은 없을 거야.'라고 말하죠. 그런데 문제는요, 보슈 형사, 그 사람은 트렁크 뮤직을 당할 사람 같지는 않다는 겁니다. 우리가 모르는 사람이에요. 몇 명한테 물어봤더니 다들 조직범죄와 관련이 있는 것처럼 보이게 하려고 일부러 꾸민 거라고 생각하더군요. 무슨 말인지 알겠습니까?"

보슈는 레이저 광선이 어둠 속으로 뻗어나가 트렁크 뒷면에 쏟아지는 것을 지켜보았다. 보안경을 끼고 있어서, 주황색은 걸러지고 강렬한 흰색 빛으로 보였다. 보슈는 롤스로이스에서 3미터쯤 떨어져 있었지만, 트렁크 뚜껑과 범퍼에 어지러이 찍혀 있는 반짝이는 무늬들을 볼 수 있었다. 이런 걸 볼 때마다 그는 수중 카메라가 깊고 검은 바다 속을 돌아다니면서 침몰한 배나 비행기를 비추는 내셔널 지오그래픽 프로그램을 보고 있는 것 같은 기분이 들었다. 좀 으스스했다.

"저기, 카본 형사, 잠깐 나와서 살펴볼 생각도 없습니까?"

보슈가 물었다.

"이번에는요. 물론 내가 말한 것과 다른 상황임을 보여주는 증거가 나타나면 다시 전화주세요. 그리고 나도 내일 좀 더 알아보죠. 당신 전화번호는 알고 있습니다."

보슈는 OCID의 빅 푸터들한테 밟히지 않게 되어 기뻤지만, 그들이 이 사건을 그냥 무시하고 넘어가기로 한 사실이 놀라웠다. 카본이 이렇게 빨리 사건을 포기한 것이 아무래도 좀 이상했다.

"얘기해줄 세부적인 사항이 더 있습니까, 보슈 형사?"

"아뇨. 이제 금방 수사를 시작해서요. 그런데, 혹시 피해자의 신발을 가져가는 살인범에 대해서 들은 적 있습니까? 그리고 피해자를 살해하고 나서 묶어놓았던 끈을 푸는 살인범에 대해서는?"

"신발을 가져가고, 포박을 푼다…. 어, 아뇨, 지금 구체적으로 떠오르는 사람은 없군요. 하지만 아까도 말했지만, 내일 아침에 좀 더 알아보고, 내부 전산망에도 올려놓겠습니다. 뭐 또 흥미로운 점은요?"

보슈는 찜찜한 기분이 들었다. 카본은 관심이 없다고 하면서도 지나치게 관심을 보이고 있었다. 토니 앨리소가 범죄 조직과는 관계가 없다고 하면서도, 자세한 정보를 알고 싶어 했다. 단순히 도와주기 위해서 그러는 것일까, 아니면 다른 꿍꿍이가 있는 것일까?

"현재로서는 그게 전부군요. 말했다시피, 이제 막 수사를 시작한 상태라서."

무엇이든 쉽게 넘겨주지는 말자고 결심한 보슈가 말했다.

"알겠습니다. 그러면 내일 아침에 좀 더 알아보고, 뭐가 있으면 전화할게요. 됐죠?"

"좋습니다."

"그럼 또. 그런데 내 생각을 말해줄까요, 보슈 형사? 그 친구는 어느 유부녀랑 놀아나다가 당한 게 틀림없어요. 전문가의 솜씨처럼 보이지만 사실은 그렇지 않은 경우가 꽤 많죠. 내 말 무슨 뜻인지 알겠어요?"

"그래요, 알 것 같군요. 그럼 이만."

보슈는 롤스로이스의 뒤편으로 걸어갔다. 가까이 가면서 보니까 조금 전 레이저 광선 속에서 보았던 무늬들은 헝겊으로 닦은 자국 같았다. 차 전체를 말끔하게 닦아놓은 것이다.

그러나 도노반이 레이저 막대기를 범퍼 위로 움직이자, 크롬 범퍼 위에 찍힌 부분 족적이 나타났다.

"누가…."

"아냐. 경찰 중에 거기에 발을 댄 사람은 아무도 없어."

보슈가 말했다.

"좋아요. 그럼 이 막대기를 족적 위에 들고 있어 주세요."

보슈는 시키는 대로 했고, 도노반은 허리를 굽히고 사진을 찍었는데, 한 장이라도 선명한 사진을 얻고 싶은지, 노출 설정을 계속 바꿔가며 찍었다. 신발의 앞쪽 절반의 족적이었다. 엄지발가락 아래 둥근 부분에 동그라미 무늬가 있었고 원을 돌아가며 작은 선들이 햇살처럼 밖으로 뻗어 있었다. 발바닥의 오목한 부분에는 가로줄 무늬가 있었고 범퍼의 끝이라 족적은 거기서 끝이 났다.

"테니스화 같은데요. 작업화일 수도 있고요."

도노반이 말했다.

도노반은 족적 사진 촬영을 끝낸 후, 레이저 막대기를 움직여 가며 트렁크를 다시 살펴보았지만, 헝겊으로 닦은 자국 말고는 아무것도 없었다.

"좋아요. 열어주세요."

보슈는 만년필형 손전등을 켜 들고 운전석으로 걸어가서 허리를 굽혀 몸을 안으로 들이밀고 트렁크 버튼을 눌렀다. 잠시 후, 죽음의 냄새가 감식 창고 안을 가득 채웠다.

시신은 수송 중에 자세가 조금도 바뀌지 않은 듯했다. 그러나 강렬한 레이저 불빛 속에 드러난 피해자는 그 사이에 유령이 된 것 같았다. 얼굴은 유령의 집 복도에 형광색으로 그려져 있는 유령들처럼 거의 해골만 남은 것처럼 보였다. 혈흔은 더 짙은 검은색으로 보였고 들쭉날쭉한 총알 관통 자국 주위에 드러난 뼈 조각들은 혈흔과 극명한 대조를 이루면서 자체 발광이라도 하고 있는 것 같은 모양새였다.

피해자의 옷에서 작은 머리카락과 가느다란 실오라기 몇 개가 반짝이고 있었다. 보슈는 50센트짜리 은화 묶음을 보관하는 원통형 케이스처럼 생긴 작은 플라스틱 병과 핀셋을 집어 들고 피해자에게 다가갔다. 그리고 이 잠재적인 증거물들을 조심스럽게 떼어내 플라스틱 병에 담았다. 그러고 나서 또 유심히 살펴보았지만 달리 눈에 띄는 것이 없었다. 이런 머리카락과 실오라기는 언제든, 그리고 누구한테서나 쉽게 찾을 수 있었다. 특이한 것이 아니었다.

작업을 끝낸 보슈가 도노반에게 말했다.

"재킷 등판 끝자락 말이야. 그건 지갑이 있나 살펴보려고 내가 들어 올린 거야."

"알았어요. 그거 다시 제자리로 내려주세요."

보슈가 재킷 끝자락을 밑으로 끌어내리자, 재킷의 엉덩이 부분 위에 또 다른 족적이 한 개 나타났다. 범퍼에 난 족적과 같은 것이었지만 이번 것이 더 완벽했다. 햇살처럼 밖으로 뻗어나가는 선들이 빙 둘러 나 있는 원 모양이 뒤꿈치에도 한 개 있었다. 발바닥 오목한 부분의 아래쪽에는 신발 상표 같은 게 있었는데 읽을 수는 없었다.

신발의 정체를 확인할 수 있든 없든 상관없이 보슈는 이 족적을 중요한 발견이라고 생각했다. 이건 신중한 살인범이 실수를 저질렀다는 의미였다. 적어도 한 개는. 그렇다면 다른 실수도 했을지 모른다는, 그리고 그런 실수들을 쫓아가다보면 살인범을 잡을 수 있을 것이라는 희망을 가져볼 수 있었다.

"막대기 좀 잡아주세요."

보슈가 시키는 대로 하자, 도노반은 다시 사진을 찍기 시작했다.

"지금 사진을 찍는 건 그냥 기록으로 남겨두기 위해서예요. 시신이 법의국으로 떠나기 전에 재킷을 벗길 거고요."

도노반이 말했다.

잠시 후 도노반은 레이저를 들어 트렁크 뚜껑의 안쪽을 살폈다. 레이저 불빛 속에 지문이 여러 개 나타났는데, 대부분이 엄지손가락 지문이었다. 물건을 싣거나 내리는 동안 뚜껑을 연 상태로 잡고 있으면서 생긴 것 같았다. 지문 상당수가 겹쳐져 있었고, 그건 그 지문들이 오래된 것이라는 뜻이었다. 보슈는 그 지문들이 피해자 본인의 것이 틀림없을 거라고 생각했다.

"이것들도 찍기는 하겠지만, 큰 기대는 하지 마세요."

도노반이 말했다.

"그래, 알아."

지문 촬영이 끝나자 도노반은 막대기와 카메라를 레이저 박스 위에 내려놓고 나서 말했다.

"자, 이제 이 친구를 꺼내서 눕혀볼까요? 떠나기 전에 빨리 한번 훑어봐야죠."

도노반은 보슈의 대답을 기다리지 않고 형광등 스위치를 켰고, 갑작스럽게 방 안이 환해지자 다들 손을 들어 눈을 가렸다. 잠시 후 법의국 시신 운반자들과 매튜스가 트렁크로 다가가 시신을 바퀴 달린 침상 위에 펴놓은, 검은색 비닐로 만든 시신 보관 가방 속으로 옮기기 시작했다.

"사체 경직이 풀어지기 시작했군요."

매튜스가 보조원들과 함께 시신을 내려놓으면서 말했다.

"그러게. 자네 생각은 어때?"

보슈가 말했다.

"42시간에서 48시간 사이네요. 검사 좀 해보죠, 뭐가 나오나."

이때 도노반이 다시 전등을 끄고 레이저 광선이 나오는 막대기로 시신 머리부터 발끝까지 훑어 내렸다. 눈구멍에 말라붙어 있던 눈물 같은 물질이 레이저 불빛 속에서 하얗게 반짝였다. 피해자의 얼굴에도 머리카락과 실오라기가 붙어 있어서 보슈는 조심스럽게 그것들을 수거했다. 오른쪽 광대뼈 위에 살짝 긁힌 자국이 한 개 있었는데, 트렁크 속에서는 피해자가 오른쪽 옆으로 누워 있어서 가려져 있었던 것 같았다.

"한 대 얻어맞았거나, 트렁크 속으로 밀쳐져 들어가면서 생긴 건지도 모르겠네요."

도노반이 말했다.

레이저 광선이 가슴 위를 훑을 때, 도노반이 흥분한 목소리로 말했다.

"이런, 여기 좀 보세요."

가죽 재킷의 오른쪽 어깨 위에 온전한 손바닥 자국 한 개와, 양쪽 옷깃에 한 개씩 번진 엄지손가락 지문이 레이저 광선 속에서 빛을 발하고 있었다. 도노반은 피해자의 가슴에 닿을락말락할 정도로 허리를 굽히고 들여다보았다.

"이건 약품 처리가 된 가죽이라서 지문 속에 있는 산(酸)을 흡수하지 않아요. 큰 걸 건진 거예요, 선배. 이 친구가 다른 옷을 뭘 입었든 그런 건 신경 안 써도 되겠어요. 손바닥 자국은 환상인데요. 이 엄지손가락들은… 스티커를 붙여서 지문을 뜰 수 있을 것 같아요. 선배, 옷깃 한 개를 들춰보세요."

보슈는 왼쪽 옷깃으로 손을 뻗어 조심스럽게 옷깃을 들췄다. 안쪽 부분에 지문이 네 개가 더 있었다. 오른쪽 옷깃 안에도 역시 지문 네 개가 있었다. 누군가가 토니 앨리소의 멱살을 잡은 것이다.

도노반이 휘파람을 불었다.

"두 명이네요. 옷깃에 있는 엄지손가락 크기와 어깨에 있는 손바닥 크기를 비교해보세요. 손이 더 작은 것 같죠? 여자일 것 같네요. 단언할 수는 없지만요. 그런데 이 친구 멱살을 잡았던 손은 컸어요."

도노반은 옆에 있는 도구 상자에서 가위를 꺼내 조심스럽게 가죽 재킷을 잘라 시신에서 벗겨냈다. 그런 다음 보슈가 재킷을 들고 있고 도노반은 레이저 막대기로 재킷을 훑어보았다. 이미 찾아낸 족적과 지문을 제외하고는 아무것도 보이지 않았다. 보슈는 작업대 앞에 있는 의자에 재킷을 조심스럽게 걸쳐놓고 시신 앞으로 돌아왔다. 도노반은 레이저로 하반신을 살펴보고 있었다.

"또 뭐야? 얘기 좀 해 봐."

도노반은 산 사람이 아니라 죽은 자를 향해 말을 하고 있었다.

바지에 실오라기 몇 개와 오래된 얼룩 몇 개가 묻어 있었다. 바짓단을 살펴볼 때까지는 특별히 눈에 띄는 것이 없었다. 보슈가 오른 다리의 접힌 바짓단을 내렸더니 그 속에 먼지와 실오라기가 가득했다. 그리고 아주 작은 금빛 반짝이 다섯 개가 레이저 불빛 속에서 반짝이는 것을 보았다. 보슈는 핀셋으로 이 반짝이들을 조심스럽게 집어 들어 새 플라스틱 병에 넣었다. 왼쪽 바짓단 속에서도 비슷한 반짝이가 두 개 나왔다.

"이게 뭘까?"

보슈가 물었다.

"글쎄요. 반짝이 같은데요."

도노반이 레이저 막대기로 피해자의 맨발을 비췄다. 두 발 다 깨끗했다. 보슈는 범인이 피해자를 롤스로이스 트렁크 속으로 강제로 밀어 넣고 나서 신발을 벗겼을 거라고 추측했다.

"자, 이 정도만 하죠."

도노반이 말했다.

다시 전등이 켜지자 매튜스가 검시를 시작했다. 관절을 돌려보고, 셔츠를 펼쳐 시반(屍班: 사람이 죽은 후에 피부에 생기는 반점. 혈관 속의 혈액이 사체의 아래쪽으로 내려가서 생기는 현상으로, 이를 통해 사망 시각을 추정할 수 있음–옮긴이)을 살피고, 눈꺼풀을 올려보고, 고개를 돌려보았다. 도노반은 법의국 검시반원의 작업이 끝나면 레이저 쇼를 계속하려고 감식 창고 안을 서성이며 기다리고 있었다. 도노반이 보슈에게 다가갔다.

"선배, 이 사건에 대한 과대망상을 듣고 싶어요?"

"과대망상?"

"과학적이고 대략적인 망할 놈의 상상이요."

"그래, 과대망상이 뭔가 한번 들어보지."

보슈가 유쾌한 표정으로 말했다.

"누군가가 이 친구에게 총을 들이댔어요. 그러고는 이 친구를 묶고, 트렁크 속으로 밀어 넣은 다음, 이 친구를 실은 채 저 소방 도로로 갔죠. 그때까진 이 친구가 아직 살아 있었어요. 소방 도로에 도착한 후에, 범인은 차에서 내려 트렁크를 열고 할 일을 하기 위해 범퍼에 발을 올려놓고 준비를 했죠. 그런데 뒤통수에 총구를 들이대고 쏴야 하는데 트렁크 안으로 완전히 몸을 들이밀 수가 없는 거예요. 그건 범인에겐 중요한 문제였어요. 일을 제대로 하고 싶었으니까요. 그래서 범인은 이 불쌍한 친구의 엉덩이에 그 큰 발을 올려놓고 더 깊숙이 몸을 숙여 탕탕 두 방을 쏜 거죠. 어때요?"

보슈가 고개를 끄덕였다.

"그럴듯해."

사실 보슈도 이미 그렇게 추측해봤지만, 반기를 드는 의문이 꼬리를 물어서 잠시 생각을 접어두고 있었다.

"그렇다면 범인은 어떻게 돌아갔을까?"

보슈가 물었다.

"어디로 돌아가요?"

"피해자가 줄곧 트렁크 속에 들어 있었다면, 범인이 롤스로이스를 몰았을 거 아냐. 범인이 몰고 그곳으로 갔다면, 처음에 토니를 납치했던 곳으로는 어떻게 돌아갔냐고."

"공범이 있었죠. 재킷에서 발견한 지문도 두 명 거잖아요. 누군가가 롤스로이스를 뒤따라갔을 수도 있죠. 여자가요. 피해자의 어깨에 손을 올려놓았던 여자요."

보슈는 고개를 끄덕였다. 그도 이미 그런 가능성을 생각해보긴 했지만, 도노반이 짜낸 시나리오는 뭔가 석연치가 않았다. 그게 뭔지는 잘 모르겠지만.

이때 매튜스가 끼어들었다.

"보슈 형사님, 소견을 지금 듣고 싶으십니까, 아니면 소견서를 기다리시겠습니까?"

"지금."

보슈가 말했다.

"좋아요, 바로 말씀드리죠. 시반이 고정되어 있었고 바뀌지가 않았어요. 심장 박동이 멈춘 후 사체가 전혀 움직이지 않았다는 뜻이죠."

잠시 말을 멈춘 매튜스가 클립보드를 확인하더니 다시 말을 이었다.

"가만있자, 또 뭐가 있나. 사후 경직이 90퍼센트 정도 진행되었고, 각막 혼탁 상태고, 피부 변색이 있어요. 이 모든 것을 종합해볼 때, 사망시각은 48시간 전으로 추정됩니다. 거기서 한두 시간 정도 뺄 수도 있을 것 같고요. 다른 표시가 나타나면 알려주십시오. 좀 더 범위를 좁혀볼 수 있을 테니까요."

"그러지."

매튜스의 말은 보슈가 피해자의 마지막 행적을 조사해 피해자가 언제 무엇을 마지막으로 먹었는가를 알아내면, 법의국이 위에 남아 있는 음식물의 소화 정도를 검사해서 정확한 사망 시각을 추정해볼 수 있다는 뜻이었다.

"시신은 이제 당신들 소관이야. 부검은 언제쯤 실시될까?"

보슈가 매튜스에게 말했다.

"불행히도, 공휴일이 낀 주말 연휴 끝자락에 걸렸군요. 가장 최근에 들은 바로는, 지금까지 들어온 살인사건 피해자의 시신이 LA 카운티만 해도 스물일곱 구나 된답니다. 빨라도 수요일은 되어야 이 시신을 열어볼 수 있을 겁니다. 그것도 운이 좋다면 말이죠. 전화하지 마세요, 우리가 연락할게요."

"그래, 매번 그렇게 말하는군."

그러나 보슈는 이번에는 부검이 늦어질 거라는 소식에도 안달이 나지 않았다. 이런 사건은 부검에서 놀라운 결과가 나오는 일이 별로 없었다. 피해자의 사인은 거의 확실했다. 문제는 왜, 누구에게 살해됐는가였다.

매튜스와 조수들이 시신을 실은 들것을 밀고 나가자, 롤스로이스 옆에는 보슈와 도노반만 남았다. 도노반은 대적할 소를 노려보는 투우사처럼 조용히 자동차를 노려보았다.

"이제 요놈의 비밀을 캐내볼까요, 선배?"

그때 보슈의 휴대전화가 울렸고, 보슈는 재킷 주머니에서 휴대전화를 꺼내 펼쳐들었다. 에드거였다.

"신원 확인이 됐어, 해리. 앨리소가 맞아."

"대조해봤어?"

"응. 모슬러의 집에 팩스가 있더라고. 죄다 보내줬더니 눈에 쌍심지를 켜고 들여다봤나 봐."

모슬러는 과학수사계 지문감식반원이었다.

"운전면허증에 있는 엄지손가락 지문하고 대조한 거야?"

"응. 그리고 성매매 전과 기록에서 토니의 지문 한 세트를 찾아냈어. 모슬러에게 그것들도 보냈지. 앨리소가 틀림없대."

"알았어. 수고했어. 더 알아낸 건?"

"전산망에 이 친구 이름을 치고 돌려봤어. 비교적 깨끗해. 성매매 혐의로 체포된 건 1975년이었어. 그 외엔 별다른 게 없었어. 지난 3월에 집에 도둑이 들었다고 신고한 게 하나 있고. 그리고 민사사건 색인표도 찾아봤는데, 몇 차례 고소를 당한 적이 있었어. 전부 계약 위반 때문이었어. 약속을 지키지 않아 열 받은 사람이 꽤 있었다는 얘기지. 동기가 충분한 친구들이 있었다는 말이야, 해리."

"구체적으로 어떤 사건들이야?"

"색인표에서 요약문만 봤기 때문에 지금으로서는 더 이상 알 수가 없어. 법원에 가서 재판 기록을 열람해봐야 할 것 같아."

"그래. 실종자 신고 기록도 확인했어?"

"응. 신고가 안 되어 있던데. 거기선 뭐 좀 건졌어?"

"그런 것 같아. 운이 좋았어. 시신에서 지문을 확보했거든. 두 세트."

"시신에서? 우와, 멋진데."

"정확하게 말하자면, 가죽 재킷에서."

보슈는 에드거가 흥분해 있다는 걸 알 수 있었다. 둘 다 지문이 용의자의 것이 아니라면, 피해자가 사망하기 직전에 만났던 사람들의 것일 가능성이 크다는 걸 알고 있었다.

"OCID에는 전화했어?"

보슈는 그 질문이 나오기를 기다리고 있던 중이었다.

"응. 사양하겠대."

"뭐?"

"포기한다고. 적어도 당분간은. 우리가 구미가 당길 만한 증거를 찾아낼 때까지."

"그건 좀 이상한데, 해리?"

에드거는 보슈가 정말로 전화를 걸었다고 믿지 않는 것 같았다.

"그래, 좀 이상하긴 해. 어쨌든 우린 우리가 할 일을 하면 돼. 키즈한테서는 연락 왔어?"

"아직. OCID의 누구하고 통화했어?"

"카본이라는 친구. 당직이라던데."

"처음 들어보는 이름이군."

"나도 그래. 제리, 이제 그만 끊어야겠어. 새로운 정보를 입수하면 알려줘."

보슈가 전화를 끊자마자, 감식 창고 문이 열리더니 그레이스 빌리츠 형사과장이 들어왔다. 재빨리 안을 둘러보던 빌리츠는 도노반이 롤스로이스를 검사하는 모습을 잠깐 지켜보았다. 그러다가 보슈에게 밖에서 잠깐 보자고 말했다. 그 순간 보슈는 그녀가 화가 나 있다는 것을 알아차렸다.

보슈가 밖으로 나오자 빌리츠 과장이 감식 창고 문을 닫았다. 빌리츠는 40대였고, 경찰 경력이 보슈와 얼추 비슷했다. 보슈보다 한두 해 정도 오래 했는지 적게 했는지는 모르겠지만. 그러나 빌리츠가 보슈의 상관으로 부임하기 전에는 함께 일한 적이 한 번도 없었다. 빌리츠는 보통 체격에 붉은 빛이 감도는 갈색 머리를 짧게 자르고 있었다. 화장은 전혀 하지 않았다. 청바지에 티셔츠, 재킷까지 검은색 일색이었고, 검은색 카우보이 부츠를 신고 있었다. 여성답게 치장을 한 건 금으로 된 얇은 링 귀걸이가 전부였다. 태도에는 여성적인 면모가 전혀 없었다.

"어떻게 된 거야, 해리? 시체가 들어 있는 상태로 차를 옮긴 거야?"

"그럴 수밖에 없었습니다. 안 그랬으면 만 명이나 되는 사람들이 불꽃놀이 대신 우리를 지켜보는 가운데 시신을 꺼내야 했거든요."

보슈가 상세하게 상황 보고를 하자 빌리츠는 조용히 들었다. 보고가 끝나자, 빌리츠가 고개를 끄덕였다.

"미안해. 그런 상황인 줄 몰랐어. 듣고 보니 그럴 수밖에 없었겠군."

보슈는 이래서 빌리츠 과장이 좋았다. 빌리츠의 판단이 항상 옳은 것은 아니었지만, 자신의 잘못을 기꺼이 인정하는 것이 마음에 들었다.

"고맙습니다, 과장님."

"그래, 뭘 알아냈어?"

보슈와 빌리츠 과장이 감식 창고로 들어가 보니, 도노반은 작업대에서 가죽 재킷 감식 작업을 하고 있었다. 그는 380리터 규모의 비어 있는 수족관 안에 있는 전선줄에 걸어놓았던 재킷을 감식 약품 상자 속으로 떨어뜨렸다. 상자가 열리면서 시아노아크릴레이트 가스가 분출되었다. 이 가스는 지문의 아미노산과 지방에 달라붙어 결정을 만들어서, 지문의 융선과 소용돌이 무늬를 부각시켜 가시성을 높이고 촬영을 가능하게 했다.

"어때?"

보슈가 물었다.

"아주 좋은데요. 이제 지문을 뜰 거예요. 안녕하십니까, 과장님."

"안녕."

빌리츠가 말했다. 도노반의 이름이 기억나지 않는 것 같았다.

"이봐, 아트. 지문을 뜨고 나면 지문감식반으로 보내고 나서 나나 에드거에게 전화로 알려줘. 누구든 그리로 보내 코드 3으로 가져오게 할 테니까."

보슈가 말했다.

'코드 3'은 경광등과 사이렌의 사용을 허가한다는 의미의 순찰대 암호였다. 보슈는 지문을 신속히 처리하고 싶었다. 현재로서는 이 지문들이 최고의 단서였다.

"알았어요, 선배."

"롤스로이스는 어떻게 됐어? 지금 차 안에 들어가 볼 수 있을까?"

"어, 아직 끝나지는 않았지만, 들어가셔도 돼요. 조심만 해주세요."

보슈는 차의 내부를 살펴보기 시작했다. 차 문과 좌석 주머니를 먼저 살펴봤지만 아무것도 발견하지 못했다. 재떨이를 열어보니 비어 있었다. 티끌 하나 없이 깨끗했다. 그는 피해자가 비흡연자였던 것 같다고 마음속에 메모를 했다.

빌리츠는 차 옆에 서서 지켜보고만 있었다. 그녀가 형사과장 자리에 오를 수 있었던 것은 행정가로서의 능력을 인정받았기 때문이었지, 수사관으로서의 역량 때문이 아니었다. 그녀는 나서지 않고 지켜볼 때를 잘 알고 있었다.

보슈는 좌석 밑을 살펴보았지만, 흥미로운 것은 전혀 발견하지 못했다. 마지막으로 앞좌석에 있는 사물함을 열었더니 작은 정사각형 종이 한 장이 떨어졌다. 공항 주차 대행업체의 영수증이었다. 그는 영수증의 한 모서리를 쥐고 작업대로 걸어가서 도노반에게 시간 날 때 지문을 찾아봐 달라고 부탁했다.

보슈가 차로 돌아가 살펴본 사물함 안에는 롤스로이스 임차 계약서와 자동차 등록증, 자동차 관리 기록, 손전등이 있는 작은 공구 세트가 들어 있었다. 그리고 반쯤 사용한 프레퍼레이션 H 연고도 있었다. 치질 연고가 왜 여기에 있나 하는 생각이 들었지만, 앨리소가 장거리 운전을 대비해 비상용으로 놔두었을지 모른다는 생각도 들었다.

보슈는 사물함에서 꺼낸 이 모든 것을 따로따로 증거물 봉투에 담았다. 담는 작업을 하면서 보니 공구 상자 안에 들어 있는 여분의 건전지 한 개가 눈에 띄었다. 손전등에는 분명히 건전지가 두 개 들어가는데, 아무 소용도 없는 건전지 한 개는 아무래도 이상하다 싶은 생각이 들었다.

보슈는 손전등의 전원 스위치를 눌렀다. 불이 들어오지 않았다. 뚜껑을 여니 건전지 한 개가 미끄러져 나왔다. 건전지를 넣는 통 안을 들여다보니 비닐봉지가 보였다. 그는 펜을 밀어 넣어 봉지를 끄집어냈다. 봉지 속에는 갈색 캡슐 스물네 개가 들어 있었다.

빌리츠가 다가왔다.

"아질산 아밀이에요. 흥분제죠. 발기를 도와주고 오래 지속시켜주는 효과가 있습니다. 더 환상적인 오르가슴을 느끼게 해주고요."

보슈가 말했다.

이런 지식은 개인적인 경험에 근거한 것이 아니라는 걸 설명할 필요가 있겠다는 생각이 퍼뜩 들었다.

"예전에 수사하다가 종종 본 적이 있어요."

빌리츠는 고개를 끄덕였다. 도노반이 주차 대행업체 영수증이 든 비닐봉지를 들고 다가왔다.

"뭉개진 지문이 두 개 있는데요. 이런 건 떠 봤자 소용없어요."

보슈는 봉지를 받아들었다. 그러고는 갖고 있던 증거물 봉투 몇 개를 작업대로 가져갔다.

"아트, 영수증하고 흥분제, 자동차 관리 기록은 내가 가져갈게. 괜찮지?"

"그럼요."

"항공권과 지갑은 자네한테 맡기고 갈 거고. 그리고 재킷에 있는 지문 빨리 좀 떠줘. 또 뭐가 있더라? 아, 그 반짝이도 있었지. 그것도 뭔지 빨리 좀 알아봐주고. 알았지?"

"내일까지 해보도록 노력할게요. 실오라기는 살펴보긴 하겠지만, 아마 배제용으로 보관할 거예요."

그 말은 그들이 수거한 증거물 대부분이 도노반의 감식을 거친 후에는 보관이 되었다가 용의자가 나타날 경우에만 다시 검사를 받게 될 거라는 뜻이었다. 그때는 그 용의자를 범죄현장에 묶어놓거나 풀어주는 용도로 사용될 것이다.

보슈는 작업대 위에 달린 선반에서 큰 봉투 한 개를 끌어내려서 가져갈 증거물을 챙겨 넣은 후, 그 봉투를 서류 가방에 넣고 가방을 닫았다. 그러고는 빌리츠와 함께 문을 향해 걸어갔다.

"만나서 반가웠어, 아트."

빌리츠가 말했다.

"저도요, 과장님."

"OPG에 전화해서 자동차 가져가라고 할까?"

보슈가 물었다.

"아뇨. 전 여기 좀 더 있을 거예요. 진공청소기로 한번 빨아들여보고, 또 뭐 할 일이 생각나면 해볼 생각이에요. 견인은 알아서 할게요, 선배."

"알았어, 아트, 나중에 또 봐."

보슈와 빌리츠는 커튼을 젖히고 문밖으로 나갔다. 밖으로 나오자마자 보슈는 담배를 붙여 물고, 별 하나 없이 캄캄한 밤하늘을 올려다보았다. 빌리츠도 담배에 불을 붙였다.

"이제 어디 갈 거야?"

빌리츠가 물었다.

"유족한테 알리러 가야죠. 함께 가실래요? 아주 재미있는데."

보슈의 농담에 빌리츠는 미소를 지었다.

"아니, 아쉽지만 이번에는 못 가겠는데. 그런데 해리, 당신 생각은 어때? 난 OCID가 한 번 나와 보지도 않고 사건을 거절했다는 게 자꾸 마음에 걸리는데."

"나도 그래요."

보슈는 담배를 길게 한 모금 빤 후 연기를 내뿜었다. 그러고 나서 말을 이었다.

"꽤 까다로운 사건이 될 것 같아요. 지문에서 뭔가 확실한 게 나오지 않으면 말이죠. 현재로서는 지문이 제일 확실한 단서거든요."

"그렇군. 팀원들한테 내일 아침 8시에 상황 점검 회의라고 다들 모이라고 알려놔."

"9시로 하죠, 과장님. 그때쯤이면 도노반한테서 지문 감식 결과를 받을 수 있을 것 같은데."

"알았어, 그럼 9시. 그때 보자고, 해리. 그리고 지금부터는 이렇게 우리 둘이서만 비공식적으로 얘기할 때는 그레이스라고 불러줘."

"그러죠, 그레이스. 좋은 밤 보내세요."

빌리츠가 담배 연기를 갑자기 훅 내뿜는 소리가 꼭 웃음소리 같았다.

"밤이 얼마나 남았다고 그래."

보슈는 멀홀랜드 드라이브와 히든 하이랜즈를 향해 오르막길을 달려가면서 라이더를 호출했고, 라이더는 방문 중인 집에서 전화를 걸었다. 그녀는 롤스로이스가 서 있던 공터가 내려다보이는 집들 중 마지막 집에 가 있다고 했다. 이제까지 그녀가 만나본 주민들 중 가장 중요한 정보를 제공한 주민은 토요일 아침 10시경 자기 집 베란다에서 흰색 롤스로이스를 본 기억이 난다고 말했다. 그리고 그는 금요일 저녁에 일몰을 감상하기 위해 베란다로 나갔을 때는 그 차가 거기 없었던 것 같다고 말했다.

"법의국이 추정하는 시간대와 항공권에 나온 시각과 맞아떨어지는군. 결국 금요일 밤이겠네. 라스베이거스에서 돌아온 후에 말이야. 공항에서 집으로 가던 길이었겠지. 총성을 들은 사람은?"

"제가 만나본 사람 중에는 없었어요. 초인종을 눌러도 대답이 없었던 집이 두 집 있어요. 지금 다시 가보려고요."

"내일 가 봐. 지금 히든 하이랜즈로 올라가는 길인데, 같이 가자."

둘은 앨리소가 살았던 주택단지 출입구 앞에서 만나기로 약속하고 전화를 끊었다. 보슈가 앨리소의 최근친 유족에게 그의 사망 소식을 전하는 자리에 라이더를 데려가고 싶었던 것은 그 음울한 절차를 직접 보고 배우는 것이 그녀에게 도움이 될 거라는 판단과, 통계로 볼 때 피해자의 최근친 유족이 용의자가 될 가능성이 높기 때문이었다. 나중에 사냥감이 될 가능성이 있는 사람과 처음 만날 때는 증인이 있는 것이 좋았다.

보슈는 손목시계를 보았다. 밤 10시가 다 되어가고 있었다. 유족 통지 임무를 마치고 나면 아무리 빨라도 자정이 지나야 피해자의 사무실에 가볼 수 있을 것 같았다. 그는 경찰국 통신 센터에 전화를 걸어 교환원에게 멜로즈에 있는 TNA 프로덕션의 정확한 주소를 찾아봐달라고 요청했다. 보슈가 예상했던 대로 TNA 프로덕션은 아치웨이 픽쳐스에 있었다. 아치웨이는 군소 독립영화사에 사무실과 영화 제작 시설을 빌려주는 일을 주로 하는 중간 규모의 스튜디오였다. 보슈가 알기로는 아치웨이 픽쳐스는 1960년대 이후로 자체 영화를 제작한 적이 없었다. 다행히도 보슈는 그곳 경비실에 아는 사람이 있었다. 강력반 형사로 일하다가 몇 년 전에 퇴직하고 아치웨이에서 경비실 부책임자로 일하는 처키 미첨이라는 남자였다. 보슈와 라이더가 건물 안으로 들어갈 수 있도록 힘을 써줄 수 있을 것 같았다. 보슈는 미리 전화해서 스튜디오에서 만나자고 할까 생각했지만 그러지 않기로 했다. 자기가 그곳에 갈 거라는 사실을 누구든 미리 알게 할 필요는 없다는 생각이 들어서였다.

보슈는 15분 후에 히든 하이랜즈에 도착했다. 멀홀랜드 드라이브 갓길에 라이더의 차가 서 있었다. 보슈가 다가가자 라이더가 그의 차로 옮겨 탔다. 보슈는 정문 경비실 옆에 있는 출입 차선으로 들어갔다. 경비실은 작은 벽돌 구조물이었고 그 안에 경비원 한 명이 앉아 있었다. 히든 하이랜즈가 좀 더 부유한 동네인지는 모르겠지만, 로스앤젤레스의 언덕과 계곡에 자리하고 있는 소규모의 부자 동네들과 별반 다르지 않은 것 같았다. 벽과 출입구, 경비실, 사설 경비원이 남부 캘리포니아의 '용광로'를 비밀스럽게 지켜주고 있었다.

파란색 제복을 입은 경비원이 클립보드를 들고 걸어 나오자 보슈는 경찰 배지 지갑을 꺼내 펼쳐 보여주었다. 경비원은 몹시 지쳐 보이고 창백한 얼굴에 키가 크고 마른 남자였다. 보슈는 여기에서 일하는 경비원 대부분이 비번일 때 아르바이트를 하는 할리우드 경찰서 순경들이라는 말을 들은 적이 있었지만, 이 남자는 모르는 사람이었다. 예전에 보슈는 점호실 밖 게시판에서 경비 아르바이트 구인 광고를 종종 본 적이 있었다.

경비원은 경찰 배지는 쳐다보지도 않고 조용히 보슈를 한 번 훑어보았다.

"무엇을 도와드릴까요?"

마침내 경비원이 물었다.

"앤서니 앨리소 씨 댁에 가려고 하는데요."

보슈는 피해자의 운전면허증에 적혀 있던 힐크레스트 주소를 불러주었다.

"두 분 성함은요?"

"LA 경찰국의 해리 보슈 형사입니다. 여기 나와 있잖아요. 이 친구는 키즈민 라이더 형사고요."

보슈가 경찰 배지 지갑을 내밀었지만 경비원은 여전히 눈길도 주지 않았다. 경비원은 클립보드에 방문자 이름을 적고 있었다. 주석으로 만든 명찰에는 경비실장 내쉬라고 적혀 있었다.

"앨리소 씨 댁에서는 두 분이 오실 것을 알고 계십니까?"

"아닐 겁니다. 경찰 업무차 방문하는 거라서요."

"네, 하지만 먼저 전화를 걸어 알려야겠습니다. 단지 규칙이거든요."

"안 그러셨으면 좋겠습니다, 내쉬 실장님."

보슈는 경비원의 직함을 부르며 정중하게 굴었으니 자기 뜻을 따라 주었으면 좋겠다고 생각했다. 내쉬는 잠시 망설였다.

"그럼 이렇게 하죠. 먼저 들어가시고 저는 몇 분 기다렸다가 전화를 걸겠습니다. 통지가 늦었다고 불평이 들어오면 오늘 밤엔 저 혼자 근무여서 바빴다고 둘러대고요."

내쉬가 말했다.

그는 경비실로 돌아가서 열린 문 안으로 팔을 뻗었다. 안쪽 벽에 있는 버튼을 누르자 차단막이 올라갔다.

"감사합니다, 실장님. 할리우드 경찰서에서 일하십니까?"

보슈는 그렇지 않다는 것을 알고 있었다. 내쉬는 경찰이 아닌 게 분명했다. 경찰관의 차가운 눈초리가 아니었다. 나중에 내쉬가 중요한 정보원이 될 수도 있을 것 같아서, 안면을 트려고 물어본 것뿐이었다.

"아뇨. 전업입니다. 그래서 경비실장이 됐죠. 다른 경비들은 아르바이트로 일하는 할리우드나 웨스트 할리우드의 순경들이거든요. 일정 조정은 제가 합니다."

내쉬가 대답했다.

"그런데 어떻게 일요일 야간 근무를 하게 되셨죠?"

"다들 가끔씩 잔업 근무를 하잖아요."

보슈는 고개를 끄덕였다.

"그렇죠. 힐크레스트는 어느 쪽입니까?"

"아, 네, 잊고 있었군요. 두 번째 갈림길에서 좌회전을 하면 거기가 힐크레스트입니다. 앨리소 씨 댁은 길 오른편으로 여섯 번째 집이죠. 수영장에서 보면 시내가 한눈에 들어옵니다."

"앨리소 씨를 알고 계셨어요?"

라이더가 허리를 굽히고 보슈가 앉은 운전석 창문을 통해 내쉬를 올려다보면서 물었다.

"앨리소 씨요?"

내쉬도 허리를 굽히고 라이더를 들여다보면서 되물었다. 그러고는 잠깐 생각하다가 대답했다.

"안다고 하기는 좀 그렇군요. 주민들이 여기를 드나들 때 눈인사를 하는 정도로만 알고 있었죠. 여기 주민들한테 저는 수영장 청소부와 다를 바 없는 고용인일 뿐이죠. 앨리소 씨를 알고 있었냐고 물었는데…. 그럼 이제는 앨리소 씨를 볼 기회가 없는 겁니까?"

"예리하시네요, 내쉬 씨."

라이더가 말했다.

라이더가 허리를 펴고 똑바로 앉는 것으로 대화는 끝이 났다. 보슈는 고맙다는 표시로 내쉬를 향해 목례를 한 후 출입구를 통과해 힐크레스트로 향했다. 아파트 건물 규모의 집들을 둘러싸고 있는 관리가 잘 된 드넓은 잔디밭들을 통과해 달려가면서, 감식 창고에서 알게 된 사실과 에드거에게서 들은 정보를 라이더에게 전해주었다. 그러면서도 좌우로

스쳐지나가는 저택들을 경탄의 눈초리로 흘끔흘끔 바라보았다. 저택 상당수가 벽이나 키 큰 나무 울타리에 에워싸여 있었고, 울타리는 매일 아침 깔끔하게 다듬어 놓는 것처럼 보였다. 벽 속에 벽이군, 보슈는 생각했다. 저렇게 굳건하게 울타리를 치고 들어앉아 뭘 하나 궁금했다.

5분 후 그들은 언덕 꼭대기 막다른 골목에서 앨리소의 집을 찾아냈다. 보슈가 열린 대문을 통과해 들어가자 회색 포석이 깔린 둥근 진입로 뒤로 튜더식(화려한 뾰족 첨탑이 특징인 중세의 성당에서 많이 볼 수 있는 건축 양식－옮긴이)의 대저택이 나타났다. 보슈는 서류 가방을 들고 차에서 내려 저택을 올려다보았다. 위압감을 줄 정도로 대저택이었지만, 외관은 별로였다. 자기라면 아무리 돈이 많아도 이런 집을 사지는 않을 것 같았다.

보슈는 현관으로 걸어가서 초인종을 누른 후 라이더를 쳐다보았다.

"이런 일 해본 적 있어?"

"아뇨. 하지만 사우스 LA에서 자랐어요. 차를 타고 가면서 총으로 사람을 죽이는 일이 많이 일어나는 곳이었죠. 유족들이 사망 통지를 받는 걸 종종 본 적이 있어요."

보슈는 고개를 끄덕였다.

"그런 경험을 무시하는 건 아니지만, 이건 많이 달라. 중요한 건 유족의 말을 듣는 게 아니라, 관찰을 잘 해야 한다는 거야."

보슈는 불이 켜진 초인종을 다시 눌렀다. 집 안에서 초인종 소리가 났다. 보슈는 라이더를 바라보았고, 라이더가 뭔가 질문을 하려는 순간, 여자가 현관문을 열었다.

"앨리소 부인?"

보슈가 물었다.

"네?"

"앨리소 부인, 저는 LA 경찰국의 해리 보슈 형사입니다. 그리고 이쪽은 키즈민 라이더 형사고요. 부군에 관해 알려드릴 소식이 있어서 왔습니다."

보슈가 배지 지갑을 내밀자 여자가 지갑을 받아들었다. 의외였다. 움찔해서 손을 도로 내리거나, 만져서는 안 되는 낯설고 매혹적인 물건인 것처럼 바라보는 게 보통이었다.

"도대체 무슨 일인…."

집 안 어딘가에서 전화벨 소리가 울리자 여자는 말을 멈췄다.

"잠깐만 실례할게요. 전화가 와서…."

"정문 경비실에 있는 내쉬 경비실장일 겁니다. 미리 전화로 알려놓겠다고 했는데, 우리 뒤로 차들이 줄을 지어 기다리고 있었거든요. 우리가 먼저 도착했나 봅니다. 잠깐 안으로 들어가서 말씀드리고 싶은데요, 부인."

여자는 뒤로 물러서서 문을 활짝 열어주었다. 남편보다 5년에서 10년은 젊어 보였다. 마흔 살쯤 되어 보였고, 검은 생머리에 늘씬하고 매력적인 모습이었다. 성형외과 의사의 칼이 몇 번은 지나간 것 같은 얼굴에 화장을 진하게 하고 있었다. 그러나 짙은 화장에도 불구하고 피곤하고 지쳐보였고, 술을 마시고 있었는지 얼굴도 발그레했다. 몸의 윤곽이 다 드러나는 연한 푸른색 원피스 차림이었는데, 다리는 햇볕에 갈색으로 그을려 있었고 근육은 아직 탱탱했다. 왕년에는 대단한 미인이라는 소리를 들었지만, 이젠 아름다움이 사라지고 있다고—실제로는 그렇지 않은데도 말이다—자신을 안타까워하고 있는 단계로 들어간 것 같았다. 그래서 저렇게 진하게 화장을 한 건가 하는 생각이 들었다. 아니면 남편을 기다리고 있던 건지도 몰랐다.

라이더와 함께 집 안으로 들어선 보슈는 현관문을 닫고 여자를 따라 커다란 거실로 들어갔다. 거실 벽에는 현대 작가의 판화 작품이 몇 점

걸려 있었고, 흰색의 두꺼운 카펫 위에는 프랑스산 골동품 가구가 놓여 있어서 그다지 조화가 되는 인테리어는 아니었다. 아직도 전화벨이 울리고 있었다. 여자는 보슈와 라이더에게 앉으라고 말한 뒤 거실을 가로질러 다른 복도를 건너가 작은 굴처럼 보이는 곳으로 들어갔다. 잠시 후 여자가 전화를 받더니 내쉬에게 연락이 늦어진 건 괜찮다고 말한 후 전화를 끊었다.

잠시 후 여자는 거실로 돌아와 수수한 꽃무늬가 있는 긴 소파에 앉았다. 보슈와 라이더는 소파 옆에 있는 똑같은 꽃무늬 1인용 의자에 앉았다. 보슈가 재빨리 거실을 둘러보니 사진 액자가 한 개도 보이지 않았다. 그림만 있었다. 사진은 그가 방문한 집 사람들의 관계를 파악하려고 할 때 제일 먼저 찾아보는 것 중 하나였다.

"죄송합니다만, 부인 성함을 모릅니다."

보슈가 말했다.

"베로니카 앨리소예요. 형사님, 제 남편이 어떻게 됐어요? 다쳤어요?"

보슈는 윗몸을 숙였다. 이런 일을 수도 없이 해봤지만 조금도 익숙해지지 않았고, 일을 제대로 하고 있는지 어떤지도 알 수 없었다.

"앨리소 부인…. 대단히 유감스러운 사실을 전해야겠군요. 부군 앤서니 앨리소 씨는 사망했습니다. 살해당하셨죠. 이런 소식을 전하게 되어 정말 유감입니다."

보슈는 베로니카 앨리소를 뚫어질 듯 쳐다보았다. 그녀는 아무 말도 하지 않았다. 본능적으로 가슴에 팔짱을 끼고는 고통스럽게 일그러진 표정으로 고개를 숙였다. 눈물은 없었다. 아직은. 경험으로 볼 때, 눈물은 문을 열고 형사를 보는 순간 바로 쏟아져 나오거나, 훨씬 나중에, 악몽이 현실이 되었다는 사실을 분명히 깨닫고 난 후에 흘러나왔다.

"전 잘…. 어떻게 된 거죠?"

베로니카 앨리소가 바닥을 노려보면서 물었다.

“앨리소 씨의 자동차 안에서 발견됐습니다. 총을 맞았더군요.”

“라스베이거스에서요?”

“아뇨. 여기 LA에서요. 이 집에서 멀지 않은 곳입니다. 공항에서 집으로 오다가… 그러다가 누군가가 차를 세운 것 같습니다. 아직 확실한 건 아닙니다. 앨리소 씨 자동차가 멀홀랜드 드라이브 근처에서 발견됐습니다. 할리우드 볼과 가까운 곳에서요.”

보슈는 베로니카 앨리소를 좀 더 관찰했다. 그녀는 아직도 고개를 들지 않고 있었다. 보슈는 죄책감이 들었다. 이 여자를 연민을 가지고 지켜보고 있는 것이 아니었기 때문에 드는 죄책감이었다. 이런 상황을 수도 없이 경험한 터라 연민이 생기지 않았다. 대신 보슈는 가식적인 태도와 수상한 낌새를 찾아낼 목적으로 여자를 관찰했다. 이런 상황에서는 의심이 동정심을 압도했다. 직업상 그럴 수밖에 없었다.

“뭘 좀 가져다 드릴까요, 앨리소 부인? 물이요? 커피 있으세요? 아니면 더 강한 게 필요하신가요?”

라이더가 물었다.

“아뇨, 괜찮아요. 고마워요. 너무 끔찍하고 충격적인 일이군요.”

“집 안에 어린 자녀가 있나요?”

라이더가 물었다.

“아뇨, 우린… 아이가 없어요. 어떻게 된 거죠? 강도를 만난 건가요?”

“그건 지금 우리가 알아내려고 애를 쓰고 있습니다.”

보슈가 대답했다.

“그렇군요…. 고통스럽게 갔나요?”

“아뇨, 고통은 전혀 느끼지 못했을 겁니다.”

보슈가 말했다.

그의 머릿속에 토니 앨리소의 눈가에 말라붙어 있던 눈물 자국이 떠올랐다. 그 이야기는 하지 말아야겠다는 생각이 들었다.

"참 힘든 일이겠어요, 사람들에게 이런 소식을 전하는 거 말이에요."

베로니카 앨리소가 말했다.

보슈는 고개를 끄덕인 후 그녀를 외면했다. 최근친 유족 통지를 가장 쉽게 하는 방법에 대해 형사들 사이에 오가는 오래된 농담이 떠올랐다. 브라운 부인이 문을 열면, "브라운 씨 미망인이십니까?"라고 말하면 된다는 것이었다.

보슈는 다시 토니 앨리소의 미망인을 바라보았다.

"왜 사건이 라스베이거스에서 일어났느냐고 물으셨죠?"

"토니가 있었던 곳이 거기였으니까요."

"그곳에서 얼마나 머물 예정이었습니까?"

"몰라요. 토니는 돌아올 날짜를 미리 정하고 떠나는 법이 없었어요. 원하면 언제라도 돌아올 수 있도록 항상 날짜 제약이 없는 항공권을 샀죠. 운이 바뀌면, 나쁜 쪽으로 바뀌면 돌아올 거라고 입버릇처럼 말했어요."

"앨리소 씨가 금요일 밤에 로스앤젤레스로 돌아왔다고 믿을 만한 근거가 있습니다. 그런데 자동차는 오늘 저녁 무렵에야 발견됐죠. 이틀이나 지나서 말입니다, 앨리소 부인. 그 사이에 라스베이거스에 있는 남편에게 전화를 해보셨습니까?"

"아뇨. 토니가 거기 갔을 땐 전화를 하지 않았어요."

"얼마나 자주 갔습니까?"

"한 달에 한두 번 정도요."

"갈 때마다 얼마나 머물렀죠?"

"이틀에서 일주일까지요. 일주일을 넘기고 돌아온 적도 한 번 있었어요. 아까도 말했지만, 운이 얼마나 따라주느냐에 따라 달랐어요."

"그런데 그곳에 있는 남편에게 전화를 거신 적이 한 번도 없다고요?"

라이더가 물었다.

"거의 없었어요. 이번에는 한 번도 안 했고요."

"그곳에는 사업차 갔습니까, 아니면 여흥을 즐기러 갔습니까?"

보슈가 물었다.

"토니는 항상 둘 다라고 말했어요. 만나볼 투자자들이 있다고 했죠. 하지만 내가 보기에는 도박 중독이었어요. 도박을 사랑했고 경제적 여유가 있었죠. 그러니까 간 거예요."

보슈는 고개를 끄덕이면서도 자기가 왜 고개를 끄덕이는지 알 수 없었다.

"이번에는 언제 갔습니까?"

"목요일에요. 스튜디오에서 퇴근한 후에요."

"그때 남편을 마지막으로 보신 겁니까?"

"목요일 아침에요. 스튜디오로 출근하기 전이었죠. 거기서 공항으로 바로 갔어요. 더 가깝거든요."

"그리고 남편이 언제 돌아올지 모르고 계셨고."

보슈는 단정적으로 말했다. 여자가 원한다면 아니라고 반박하고 나설 것을 기대해서였다.

"솔직히 말해서, 오늘 밤쯤 돌아오지 않을까 생각하고 있었어요. 그곳에서 가지고 있던 돈을 전부 날리는 데는 시간이 그리 오래 걸리지 않거든요. 이번에는 꽤 길어진다고 생각하고 있었죠. 하지만 연락해볼 생각은 하지 않았어요. 그러고 있는데 두 분이 오신 거고요."

"남편은 그곳에서 어떤 게임을 좋아했습니까?"

"전부 다요. 하지만 포커를 제일 좋아했죠. 유일하게 하우스를 상대로 하지 않는 도박이잖아요. 하우스가 커미션을 챙기긴 하지만 기본적으로는 다른 플레이어들하고 하는 거니까요. 언젠가 토니한테 그렇게 들었어요. 다른 플레이어들을 아이오와에서 온 얼간이들이라고 부르긴 했지만요."

"앨리소 씨는 그곳에서 항상 혼자 지냈습니까, 앨리소 부인?"

보슈는 고개를 숙이고 수첩에 뭔가 중요한 사항을 적고 있는 것처럼 행동하면서 지나가는 말로 묻는 척했다. 그러면서도 자신이 참 소심하다고 생각했다.

"그건 모르죠."

"남편을 따라가 보신 적이 있으세요?"

"난 도박을 좋아하지 않아요. 그 도시도 좋아하지 않고요. 아주 끔찍한 곳이에요. 아무리 멋들어지게 치장을 해놔도 별수 있나요. 그곳은 여전히 범죄와 창녀들의 도시인 걸요. 성적인 의미로만 말하는 게 아니에요."

보슈는 차가운 분노를 담고 있는 베로니카 앨리소의 갈색 눈을 바라보았다.

"질문에 대답을 하지 않으셨는데요, 앨리소 부인."

라이더가 말했다.

"무슨 질문이요?"

"남편과 함께 라스베이거스에 가신 적이 있으세요?"

"그래요, 처음 몇 번은요. 그런데 지루하더군요. 몇 년 전부터는 안 갔어요."

"남편이 심각한 부채에 시달리고 있었습니까, 앨리소 부인?"

보슈가 물었다.

"몰라요. 그랬는지도 모르지만, 들은 적은 없어요. 베로니카라고 부르셔도 돼요."

"문제가 있는지 한 번도 물어보지 않으셨어요?"

라이더가 물었다.

"문제가 있으면 말할 거라고 생각했어요."

베로니카 앨리소가 싸늘한 눈으로 라이더를 노려보았고, 보슈는 그녀가 자기가 아니라 라이더를 바라봐 주어서 한결 부담이 줄어든 느낌이었다. 베로니카 앨리소는 덤빌 테면 한번 덤벼보라고 싸움을 걸고 있었다. 그녀가 말을 이었다.

"이제 나를 용의자로 생각하실 것 같은데, 그래도 상관없어요. 두 분은 두 분이 할 일을 하는 거니까요. 두 분 눈에 분명히 보일 거예요. 토니와 나는… 우린 그냥 동거인 관계였다고 하는 게 맞겠군요. 그러니까 라스베이거스에서 토니의 상황이 어땠느냐는 질문에는, 토니가 백만 달러를 땄는지 백만 달러를 잃었는지 난 모른다고 말씀드릴 수밖에 없어요. 모르죠, 뭐, 대박을 터뜨렸는지. 하지만 그랬다면 자랑이 늘어졌을 거예요."

보슈는 고개를 끄덕이고는 트렁크 속에 있던 시체를 떠올렸다. 대박을 터뜨린 남자의 시체로는 보이지 않았다.

"남편이 라스베이거스에서는 어디에 묵었습니까, 앨리소 부인?"

"항상 미라지 호텔에 묵었어요. 그건 확실해요. 포커 테이블이 있는 카지노가 별로 없거든요. 그런데 미라지에는 괜찮은 포커장이 있어요. 토니는 늘 전화를 하고 싶으면 미라지 호텔로 하라고 했어요. 객실에서 전화를 안 받으면 포커장으로 연결해달라고 하라고 했죠."

보슈는 잠자코 지금 들은 사실을 메모했다. 침묵이 사람들로 하여금 입을 열게 하고 자신에 대한 이야기를 털어놓게 하는 최선의 방법일 때가 종종 있었다. 그는 자신이 탐문하는 중간 중간에 의도적으로 침묵의 덫을 놓고 있다는 사실을 라이더도 깨닫기를 바랐다.

"토니가 그곳에 혼자 갔느냐고 물으셨죠?"

"네."

"형사님들, 수사를 하시다보면 분명히 내 남편이 바람둥이였다는 사실을 아시게 될 거예요. 부탁 하나만 할게요. 그런 얘기는 웬만하면 나한테는 하지 말아주세요. 알고 싶지 않아요."

보슈는 고개를 끄덕였고, 잠깐 침묵하면서 생각을 정리했다. 어떤 여자가 그런 일을 알고 싶어 하지 않을까? 이미 알고 있는 여자겠지, 그는 생각했다. 그는 다시 베로니카 앨리소를 쳐다보았고, 둘의 눈이 마주쳤다.

"도박 말고, 남편이 다른 곤란을 겪고 있지는 않았습니까? 일이나 금전적인 문제와 관련해서요."

보슈가 물었다.

"내가 알기로는 없었어요. 하지만 돈 관리는 토니가 했으니까 모르죠. 난 지금 우리 집 경제 사정이 어떤지 전혀 몰라요. 돈이 필요하다고 토니에게 말하면 항상 수표를 현금으로 바꿔서 쓰라고 했고 나중에 쓴 금액을 말하라고 했죠. 생활비를 쓰는 별도 계좌는 내가 갖고 있고요."

"몇 가지만 더 물어보고 가겠습니다. 남편에게 원한이 있는 사람이 있었습니까? 남편을 해치고 싶어 할 만한 사람이요?"

보슈는 수첩에서 고개를 들지 않고 물었다.

"토니는 할리우드에서 일했어요. 그곳에서는 남의 등에 칼을 꽂는 일이 다반사예요. 토니는 영화계에서 25년을 일한 사람이고 당연히 남의 등에 칼을 꽂는 데 능했죠. 그러니까 토니에게 원한을 품은 사람이 항상 있었을 거예요. 하지만 누가 이런 짓을 했는지는 모르겠어요."

"자동차 말입니다, 롤스로이스요. 아치웨이 스튜디오에 있는 프로덕션 회사 명의로 빌린 차던데, 남편이 그곳에서 일한 지 얼마나 됩니까?"

"토니의 사무실이 거기 있기는 하지만, 토니가 아치웨이를 위해 일한 건 아니었어요. TNA 프로덕션은 토니의 회사예요…. 아니, 회사였죠. 아치웨이 스튜디오 안에 있는 사무실과 주차장을 빌려 썼을 뿐이에요. 아치웨이하고는 아무런 관련이 없었어요."

"남편의 회사에 대해 말씀해주시죠. 영화를 제작했어요?"

라이더가 말했다.

"그렇다고 할 수 있겠네요. 시작은 장대했으나 끝은 미미했다고 해야 할까요. 20년쯤 전에 토니는 첫 영화를 제작했어요. 〈아트 오브 케이프(The Art of the Cape)〉(케이프는 투우사가 소를 대적할 때 사용하는 붉은 천-옮긴이)라는 영화죠. 보셨는지 모르겠지만, 흥행에는 참패했어요. 돈 주고 투우 영화를 보러 오는 사람이 얼마나 됐겠어요. 하지만 평론가들의 주목을 받았고, 영화제에도 출품되었고, 예술 영화관에서 상영되기도 했어요. 토니에게는 좋은 출발이었죠."

베로니카 앨리소는 남편이 그 후로 일반 개봉용 영화를 두 편 더 제작했다고 말했다. 그러나 그 후로는 점점 도덕적으로 해이해지더니 줄곧 삼류 저질 영화를 제작해왔다고 했다.

"그런 걸 영화라고 부를 수 있는지조차 모르겠지만, 하여튼 볼거리라고는 여자들 가슴밖에 없었어요. 업계에서는 비디오용 영화라고 불렀죠. 토니는 그런 영화를 제작하는 것 말고도 문학작품을 거래해서 상당한 성공을 거뒀어요."

"문학작품 거래요?"

"토니는 투기꾼이었어요. 주로 영화 대본을 취급했지만, 가끔은 문학작품 원고에도 손을 댔죠."

"그런 것에 어떻게 투기를 했습니까?"

"사들였어요. 저작권을 사들인 거죠. 그러고 나서 작품을 시판할 가치가 생겼다고 판단되거나 작가가 주목을 받으면, 시장에 내놓았어요. 마이클 세인트 존이라는 사람을 아세요?"

들어본 것 같기는 한데, 정확히는 기억이 나지 않았다. 보슈는 고개를 가로저었다. 라이더도 마찬가지로 고개를 저었다.

"요즘 잘나가는 시나리오 작가예요. 1년 안에 감독으로도 데뷔를 할 거예요. 말하자면 흥행 보증 수표죠."

"그렇군요."

"세인트 존은 8년 전에는 USC(남부캘리포니아대학교) 영화학부에 재학 중인 고학생이었고, 에이전트를 찾아서 영화사의 주목을 받으려고 애를 쓰고 있었어요. 그때 토니는 그의 머리 위를 맴돌던 독수리였고요. 토니가 제작하는 영화들은 전부 저예산 영화라서 토니는 학생들을 싼값에 고용해 영화에 출연시키고 감독을 맡기고 시나리오를 쓰게 했죠. 그래서 토니는 영화학부 학생들을 두루 알고 있었고, 재능을 알아보는 안목이 있었죠. 마이클 세인트 존은 토니가 발견한 유망주였어요. 세인트 존은 돈이 몹시 궁해지니까, 학교에 다니면서 틈틈이 써놓았던 시나리오 세 개를 2천 달러에 토니에게 팔았어요. 요즘에는 세인트 존의 이름이 들어간 건 한 작품당 몇 십만 달러를 호가하는데 말이죠."

"앨리소 씨와 거래를 한 시나리오 작가들이 앨리소 씨에 대해서 어떤 감정을 품고 있었나요?"

"감정이 좋지 않았죠. 세인트 존은 자신의 시나리오를 도로 사려고 애를 썼어요."

"그가 남편을 해칠 수도 있었을 거라고 생각하십니까?"

"아뇨. 토니가 어떤 일을 했냐고 물으셔서 대답을 한 것뿐이에요. 누가 토니를 죽였을 것 같으냐고 물으시면, 난 모른다고 대답할 수밖에 없어요."

보슈는 수첩에 몇 가지 정보를 메모했다.

"앨리소 씨가 라스베이거스에 갈 때마다 투자자를 만난다고 했다고 하셨는데요."

라이더가 말했다.

"그래요."

"그 투자자들이 누군지 아세요?"

"아이오와에서 온 얼간이들이겠죠. 토니가 영화에 투자하라고 꼬드기는 사람들이요. 할리우드 영화에 투자하라고 꼬드기면 물불을 안 가리고 덤벼드는 사람들이 얼마나 많은지 몰라요. 토니는 유능한 장사꾼이었어요. 〈바람과 함께 사라지다〉의 후속작을 찍겠다고 속여서 2백만 달러를 거뜬히 모아들일 수 있는 사람이었죠. 내가 당해봐서 잘 알아요."

"어떻게 말입니까?"

"토니가 자기 영화에 출연시켜주겠다고 꼬드기는 데 넘어갔었거든요. 그때 토니를 처음 만났어요. 토니의 말을 들으니까 내가 제2의 제인 폰다가 될 수 있을 것 같았어요. 섹시하고 똑똑한 여배우 말이에요. 스튜디오 영화였어요. 그런데 감독은 코카인 중독자였고, 시나리오 작가는 대본도 제대로 쓰지 못해서, 완성된 영화는 정말 너무 형편없었어요. 결국 개봉도 못했죠. 내 배우 경력은 그게 전부예요. 토니는 그 후로 다시는 스튜디오 영화를 제작하지 않았어요. 그 후로는 줄곧 저질 비디오 영화 제작에만 몰두했죠."

보슈는 그림과 고풍스러운 가구가 있고 천장의 서까래가 그대로 노출되어 있는 거실을 둘러보다가 말했다.

"그래도 돈은 꽤 버신 것 같은데요."

"그래요, 맞아요. 그 점에 대해서는 아이오와에서 온 얼간이들한테 고마워해야겠죠."

베로니카 앨리소가 말했다.

그녀의 말은 너무 신랄하고 냉소적이었다. 보슈는 그녀와 눈이 마주치는 것을 피하기 위해 수첩을 내려다보았다.

그때 그녀가 말했다.

“이야기를 하다보니까 목이 마르네요. 두 분 뭐 좀 드릴까요?”

“저도 물 한 잔 부탁합니다. 오래 머물지는 않을 거지만요.”

보슈가 말했다.

“라이더 형사는요?”

“전 괜찮아요. 고맙습니다.”

“금방 올게요.”

베로니카 앨리소가 거실을 나가자 보슈는 일어서서 별 관심은 없는 듯한 태도로 거실을 둘러보았다. 라이더에게는 아무 말도 하지 않았다. 베로니카 앨리소가 얼음물 두 잔을 가지고 돌아왔을 때, 보슈는 협탁 옆에 서서 전라의 여성을 조각한 작은 유리 조각상을 보고 있었다.

“지난 한 주에 대해서 몇 가지만 더 여쭤보고 싶습니다.”

보슈가 말했다.

“그러세요.”

보슈는 물을 한 모금 마시고 나서도 계속 서 있었다.

“앨리소 씨가 라스베이거스에 어떤 짐을 가져갔을 것 같습니까?”

“작은 여행 가방 한 개만요.”

“가방이 어떻게 생겼죠?”

“끈이 길어서 어깨에 멜 수 있고 접을 수 있는 가방이에요. 초록색이고 가장자리와 끈은 갈색 가죽으로 된 거죠. 가방에 이름표가 달려 있어요.”

"서류 가방이나 기타 업무와 관련된 짐은요?"

"네, 서류 가방도요. 알루미늄 서류 가방이에요. 가볍지만 쉽게 부수거나 열 수 없는 거죠. 짐이 사라졌어요?"

"확실하진 않습니다. 앨리소 씨가 서류 가방 열쇠를 어디에 두는지 아십니까?"

"열쇠고리에요. 자동차 열쇠와 함께요."

롤스로이스 안에서도 앨리소의 옷에서도 자동차 열쇠는 발견되지 않았다. 보슈는 범인이 서류 가방을 열기 위해 열쇠 꾸러미를 가져갔을지도 모른다고 생각했다. 보슈는 유리컵을 조각상 옆에 내려놓은 후 다시 조각상을 쳐다보았다. 그러고는 수첩에 서류 가방과 어깨에 메는 여행 가방의 특징을 적기 시작했다.

"남편이 결혼반지를 끼고 있었습니까?"

"아뇨. 하지만 꽤 비싼 시계를 차고 있었어요. 롤렉스요. 내가 선물한 거예요."

"시계는 그대로 차고 있었습니다."

"아, 네."

보슈는 수첩에서 고개를 들었다.

"목요일 아침에 남편이 뭘 입고 있었는지 기억나세요? 마지막으로 봤을 때요."

"음, 그냥 평상복이요…. 어, 흰 바지에 푸른색 셔츠, 캐주얼 재킷을 입고 있었어요."

"검은색 가죽 재킷입니까?"

"네, 맞아요."

"앨리소 부인, 혹시 남편을 끌어안거나 남편에게 작별의 키스를 하셨습니까?"

베로니카 앨리소가 어리둥절한 표정을 지었고, 보슈는 불쑥 사적인 질문을 던진 것이 후회가 되었다.

"죄송합니다. 사실, 가죽 재킷에서 지문이 몇 개 발견됐습니다. 한쪽 어깨에서요. 남편이 떠나던 날 부인께서 남편의 어깨를 잡았다면, 그 지문이 누구 건지 설명이 되는 거라서 여쭤본 겁니다."

베로니카 앨리소는 말이 없었다. 보슈는 마침내 그녀가 울음을 터뜨리려나 보다고 생각했다. 그러나 그녀는 울지 않고 대답했다.

"그랬을 수도 있겠지만, 기억이 나질 않네요. …안 그랬던 것 같아요."

보슈는 서류 가방을 열고 지문 전사판을 찾았다. 가방 주머니 속에 한 개가 있었다. 지문 전사판은 사진기 필름과 비슷했지만 가운데는 판이 두 개로 되어 있고 그 속에 잉크가 들어 있었다. A면에 엄지를 누르면 B면에 있는 카드에 지문이 찍히는 방식이었다.

"부인의 엄지손가락 지문을 채취해서 재킷에서 발견된 지문과 비교해보고 싶은데요. 부인의 것이 아니라면, 좋은 단서가 될 수도 있을 것 같아서 말입니다."

베로니카 앨리소가 보슈에게 다가가자 그는 그녀의 오른쪽 엄지를 지문 전사판 위에 눌렀다. 채취 작업이 끝나자 그녀가 자신의 엄지를 바라보았다.

"잉크가 안 묻었네요."

"네, 아주 편리하죠. 손가락을 더럽히지 않아도 되니까요. 몇 년 전부터 사용하기 시작했습니다."

"재킷에 있는 지문 말이에요, 그거 여자 것이었나요?"

보슈는 잠시 그녀의 눈을 바라보았다.

"일치하는 지문을 찾아내기 전에는 확언할 수가 없습니다."

지문 카드와 전사판을 서류 가방에 넣던 보슈는 가방 속에서 흥분제를 넣은 증거물 봉투를 발견했다. 그는 봉투를 꺼내 그녀가 볼 수 있도록 치켜들었다.

"이게 뭔지 아십니까?"

베로니카 앨리소는 눈을 가늘게 뜨고 쳐다보다가 고개를 가로저었다.

"아질산 아밀이라고, 흥분제입니다. 성적 능력과 만족감을 높이기 위해 이걸 사용하는 남자들이 종종 있습니다. 혹시 남편이 이걸 사용했었습니까?"

"그게 토니한테 있었다고요?"

"앨리소 부인, 죄송하지만 제 질문에 대답해주시면 좋겠는데요. 굉장히 고통스러우시다는 건 알지만 제가 지금 당장은 대답해드릴 수 없는 것들이 있습니다. 대답해드릴 수 있는 상황이 되면 대답해드리겠습니다. 약속하죠."

"아뇨, 토니는 그걸 사용하지 않았어요. 적어도… 나하고는요."

"이렇게 지극히 사적인 질문을 드려서 죄송합니다. 하지만 범인을 잡아야 하지 않겠습니까? 부인도 그걸 원하실 거고요. 그런데 앨리소 씨가 부인보다 10년 정도 연상인 걸로 아는데요. 남편이 성적으로 아무 문제가 없었습니까? 부인 모르게 흥분제를 복용했을 수도 있지 않을까요?"

보슈는 최대한 정중하고 부드럽게 말했다.

베로니카 앨리소는 소파로 돌아가 앉으면서 대답했다.

"그건 나도 모르죠."

보슈는 눈을 가늘게 떴다. 베로니카 앨리소가 무슨 말을 하려는 걸까? 보슈의 침묵이 효과가 있었다. 그녀는 보슈가 물어보기도 전에 대답을 했다. 이번에는 라이더를 똑바로 쳐다보면서 말했다. 같은 여자로서 라이더는 자기를 이해해 줄 것이라는 기대감이 있는 것 같았다.

"형사님, 난… 이럴 땐 성관계라는 표현을 쓰는 것 같은데, 어쨌든 남편과 나는… 거의 2년 전부터… 성관계가 없었어요."

보슈는 고개를 끄덕이고는 수첩을 내려다보았다. 펼쳐져 있는 페이지는 비어 있었지만, 베로니카 앨리소가 지켜보는 데서 지금 들은 내용을 받아 적을 수는 없었다. 그는 수첩을 덮고 옆으로 치웠다.

"이유가 궁금하지 않으세요?"

보슈가 베로니카 앨리소를 바라보고만 있자, 그녀는 노기를 띤 표정과 목소리로 자문자답했다.

"흥미를 잃었대요."

"설마요."

"내 면전에 대고 진짜 그렇게 말했어요."

보슈는 고개를 끄덕였다.

"앨리소 부인, 남편을 잃으신 것 정말 유감입니다. 그리고 이렇게 불쑥 찾아와서 사적인 질문을 해서 죄송합니다. 그런데 죄송합니다만, 수사를 진행하면서 뵐 일이 더 있을 것 같군요."

"이해해요."

"알고 싶은 게 한 가지 더 있습니다."

"뭐죠?"

"이 집 안에도 남편의 사무실이 있습니까?"

"네."

"잠깐 둘러봐도 될까요?"

베로니카 앨리소가 일어섰고, 보슈와 라이더는 그녀를 따라 복도를 걸어서 사무실로 향했다. 방 안으로 들어간 보슈는 그곳을 둘러보았다. 책상이 한 개, 파일 캐비닛이 두 개 있는 작은 방이었다. 벽에 붙은 책장 앞에 놓인 바퀴 달린 수납장 위에 TV가 놓여 있었다. 책장 절반에는 책이 꽂혀 있었고, 나머지 공간에는 대본이 차곡차곡 쌓여 있었는데, 대본마다 각 페이지 모서리에 매직으로 제목이 적혀 있었다. 구석에 골프 가방 한 개가 벽에 기대 세워져 있었다.

보슈는 책상 앞으로 걸어가 책상을 관찰했다. 먼지 하나 없이 깨끗했다. 책상에 달린 서랍 두 개 중 한 개는 비어 있었고, 다른 한 개에는 파일이 몇 개 들어 있었다. 재빨리 파일 색인표를 훑어보니, 전부 개인 금융 기록과 세금 기록인 것 같았다. 보슈는 사무실 수색은 나중으로 미루기로 하고 서랍을 닫았다.

"늦어서 지금은 이 정도로 끝내야겠습니다. 하지만 부인, 이런 살인 사건 수사는 다각도로 이루어지게 된다는 걸 이해해주셨으면 좋겠군요. 모든 것을 살펴봐야 합니다. 내일 다시 와서 남편의 유품을 살펴볼 겁니다. 많은 것을 가져가게 될 거고요. 모든 일이 완벽하게 합법적으로 이루어질 수 있도록 압수 수색 영장을 가져오겠습니다."

보슈가 말했다.

"네, 알았어요. 그런데 형사님들이 필요한 건 전부 가져가도 된다고 내가 그냥 허락하면 안 되나요?"

"그래도 되지만, 수색 영장을 갖고 와서 가져가는 편이 더 나을 겁니다. 수표책, 은행 계좌 기록, 신용 카드 명세서, 보험 등등 전부를 가져가게 될 거니까요. 그리고 부인의 생활비가 들고 나는 통장도 가져가야 할 것 같고요."

"알았어요. 언제쯤이요?"

"아직은 잘 모르겠습니다. 먼저 전화드리겠습니다. 제가 아니면 다른 사람이라도요. 그런데 혹시 남편이 유서를 남겼는지 어떤지 아십니까?"

"네, 유서가 있어요. 우리 둘 다 유서를 작성해놨거든요. 변호사한테 있어요."

"그게 언제죠?"

"유서요? 아, 꽤 오래됐어요. 몇 년 전이에요."

"내일 아침에, 부인, 변호사에게 전화해서 경찰이 유서 사본을 달란다고 알려주세요. 해주실 수 있겠습니까?"

"물론이죠."

"보험은 있습니까?"

"물론이죠. 둘 다 몇 개 들어놨어요. 보험 증서도 변호사가 갖고 있어요. 닐 덴턴 변호사라고 센츄리 시티에 사무실이 있죠."

"네, 변호사는 내일 만나보겠습니다. 부인, 이제 이 방을 봉쇄해야겠습니다."

세 사람이 복도로 나간 후, 보슈가 문을 닫았다. 그러고는 서류 가방에서 현장 봉쇄 스티커를 꺼냈다.

범죄현장

출입금지

연락처 : LA 경찰국 214 485-4321

보슈는 스티커를 문설주와 문 사이에 붙였다. 이제 누구라도 방에 들어가려면 스티커를 찢거나 떼어내야 했다. 따라서 보슈는 침입 사실을 알게 될 것이다.

"형사님?"

베로니카 앨리소가 뒤에서 조용히 보슈를 불렀다.

보슈가 돌아섰다.

"내가 용의자죠, 그렇죠?"

보슈는 스티커 뒷면에서 벗겨낸 종이 두 장을 주머니에 넣었다.

"지금으로서는 모두가 용의자고 또 아무도 용의자가 아니라고 할 수 있습니다. 모든 것을 살펴볼 겁니다. 하지만, 맞습니다, 앨리소 부인, 우리는 부인을 용의자로 보고 조사하게 될 겁니다."

"그러면 그렇게 솔직하게 대답하지 말 걸 그랬군요."

"아무것도 숨기는 게 없으면, 진실이 부인을 해치지는 않을 거예요."

라이더가 말했다.

보슈는 오랜 경험을 통해 그런 말은 절대로 하지 말아야 한다는 사실을 알고 있었다. 그런 말은 가식에 불과했다. 베로니카 앨리소의 입가에 살짝 미소가 떠오르는 걸 보니, 그녀도 그렇게 생각하는 것이 틀림없었다.

"신참인 것 같은데요, 라이더 형사?"

베로니카 앨리소가 미소 띤 얼굴로 여전히 보슈를 바라보면서 물었다.

"아뇨, 부인, 형사 6년차인데요."

"아, 네, 그러면 보슈 형사님하고만 상대할 필요는 없겠군요."

"앨리소 부인?"

보슈가 말했다.

"베로니카예요."

"오늘 밤 부인께서 마지막으로 우릴 도와주실 일이 있습니다. 우린 아직 앨리소 씨가 살해된 정확한 시각을 모릅니다. 우리가 부인의 지난 며칠간의 행적을 알고 부인을 용의 선상에서 제외시킬 수 있다면 다른 문제에 집중할 수 있을 것 같은데요."

"알리바이를 대라는 말씀이시죠?"

"우린 그냥 지난 며칠 동안 부인께서 어디 계셨는지 알고 싶은 겁니다. 통상적인 조사죠."

"내 일상을 들으시면 굉장히 지루해하실 것 같아서 걱정이네요. 솔직히 정말 지루하거든요. 토요일 오후에 쇼핑몰과 슈퍼마켓에 갔다 온 것 빼고는, 수요일 밤에 남편과 저녁을 먹은 이후로 단 한 번도 집을 떠난 적이 없어요."

"계속 집에 혼자 계셨습니까?"

"네…. 그리고 정문 경비실에 있는 내쉬 실장한테 물어보시면 내 말이 사실이라는 걸 알 수 있을 거예요. 히든 하이랜즈를 들고 나는 사람을 전부 기록해두거든요. 주민들까지도요. 그리고 금요일 오후에 수영장 청소부가 여기 왔었어요. 청소비를 수표로 끊어줬으니까 확인해보세요. 이름과 전화번호를 드릴게요."

"지금 당장은 그럴 필요까진 없을 것 같군요. 감사합니다. 그리고 다시 한 번 삼가 조의를 표합니다. 지금 우리가 뭐 도와드릴 일이 있을까요?"

베로니카 앨리소는 자기만의 세계로 빠져 들어가고 있는 것 같았다. 보슈는 그녀가 자기 질문을 들었는지도 알 수 없었다.

"난 괜찮아요."

마침내 그녀가 대답했다.

보슈는 서류 가방을 들고 라이더와 함께 복도를 걸어갔다. 복도는 거실을 지나 현관까지 연결되어 있었다. 복도 벽 어디에도 사진이 보이지 않았다. 무슨 이런 집이 다 있나 싶었다. 어쩌면 오래전부터 이 집 사람들은 데면데면한 동거인으로 살아왔는지도 모른다는 생각이 들었다. 보슈는 학자들이 게티 박물관에서 죽은 사람들의 그림을 연구하듯 죽은 사람들의 집을 관찰했다. 그 집 속에 숨은 의미를, 그 사람들의 삶과 죽음의 비밀을 찾아내려고 애를 썼다.

라이더가 먼저 현관 밖으로 나갔다. 보슈도 따라 나가서 뒤를 돌아보았다. 베로니카 앨리소는 현관 등 아래에 서 있었다. 보슈는 잠깐 망설이다가 목례를 하고 나서 그곳을 떠났다.

보슈와 라이더는 차에 타고 나서도 아무 말 없이 베로니카 앨리소와의 대화를 곱씹으며 정문에 다다랐다. 경비실에서 내쉬가 걸어 나왔다.

"어떻게 됐습니까?"

"잘됐습니다."

"돌아가셨죠, 그렇죠? 앨리소 씨 말입니다."

"네."

내쉬는 낮은 소리로 휘파람을 불었다.

"내쉬 실장님, 차들이 언제 들어오고 나가는지 기록해 두시나요?"

라이더가 물었다.

"그럼요. 그런데 여긴 사유지라서…."

보슈가 내쉬의 말을 끊고 끼어들었다.

"압수 수색 영장이 필요하단 말씀이죠? 네, 압니다. 나중에 그 수고스러운 절차를 밟아 영장을 가져오긴 하겠지만, 지금 한 가지만 말씀해주시죠. 나중에 영장을 가져오면, 경비실 기록에서 앨리소 부인이 지난 며칠 동안 정확히 언제 이곳을 나갔다가 돌아왔는지 확인할 수 있습니까?"

"아뇨. 자동차가 나갔다가 들어온 기록만요."

"알겠습니다."

보슈는 라이더의 차 앞에서 그녀를 내려주고 둘은 각자의 차를 타고 언덕을 내려와 윌콕스에 있는 할리우드 경찰서로 갔다. 가는 동안 보슈는 베로니카 앨리소에 대해, 그녀의 눈에서 보았던 죽은 남편에 대한 분노에 대해 생각했다. 그게 이 사건과 어떤 관련이 있는지, 관련이 있는지 없는지도 알 수 없었다. 그러나 그녀를 다시 만나봐야 한다는 사실만은 분명히 알 수 있었다.

라이더와 보슈는 잠깐 경찰서 안으로 들어가서 에드거에게 베로니카 앨리소를 만나본 이야기를 들려주고 커피를 마셨다. 그러고 나서 보슈는 아치웨이 스튜디오 경비실에 전화를 걸어 집에 있는 처키 미첨을 불러내 달라고 요청했다. 보슈는 전화를 받은 당직 경비에게 무슨 일인지, 스튜디오 내에 있는 어떤 사무실에 가려고 하는지는 말하지 않았다. 미첨을 불러내라고만 했다.

자정이 되자, 보슈와 라이더는 창살이 있는 유치장을 지나 후문으로 나가서 보슈의 차로 갔다.

"그래, 어떻게 생각해?"

보슈가 차를 몰고 주차장을 빠져 나오면서 물었다.

"그 한 많은 미망인에 대해서요? 결혼 생활이 행복하지 않았던 것 같아요. 적어도 막판에는요. 그래서 남편을 죽였는지 어떤지는, 글쎄요, 잘 모르겠어요."

"사진이 하나도 없었어."

"벽에요? 네, 저도 그 생각했었어요."

보슈가 담배에 불을 붙였고, 형사 차 안에서 담배를 피우는 건 경찰국 규칙 위반인데도 라이더는 아무 말 하지 않았다.

"선배는 어떻게 생각하세요?"

라이더가 물었다.

"아직 잘 모르겠어. 당신이 말한 대로야. 남편에게 맺힌 게 많은 것 같더군. 그것 말고도 걸리는 게 몇 가지 있어."

"어떤 거요?"

"진하게 화장을 한 거 하며 내 손에서 경찰 배지를 받아들고 확인한 거 말이야. 이제까지 유족을 많이 만나봤지만 그런 사람은 한 명도 없었어. 꼭… 글쎄, 잘 모르겠어, 꼭 우리가 찾아갈 것을 미리 알고 기다리고 있었던 것 같아."

아치웨이 픽쳐스 출입구에 도착하니 미첨이 실물 절반 크기의 복제판 개선문 아래에 서서 담배를 피우며 기다리고 있었다. 골프 셔츠 위에 캐주얼 재킷을 입고 있었고, 차를 대는 보슈를 알아보고는 어정쩡한 미소를 지었다. 10년 전 보슈는 강력반에서 미첨과 함께 일한 적이 있었다. 파트너로 일한 적은 없었지만, 개별 사건 수사전담반에서 함께 일한 적이 몇 번 있었다. 미첨은 그만두기 좋은 시기에 경찰을 그만두었다. 로드니 킹 사건이 터지고 한 달 뒤에 사표를 냈다. 그는 떠날 때가 언제인지를 알고 있었다. 모두에게 그 사건이 끝의 시작이라고 말했다. 아치웨이 픽쳐스가 그를 경비실 부책임자로 고용했다. 좋은 직장에 연봉도 상당히 높았고, 게다가 경찰에서 향후 20년 동안 월급의 절반을 연금으로 받게 되어 있었다. 경찰들은 현명한 판단의 예를 들 때마다 미첨을 들먹이곤 했다. 사실 로드니 킹 구타사건, LA 폭동, 크리스토퍼 위원회(로드니 킹 사건 이후 경찰의 인종차별적인 폭력에 관한 진상을 조사하기 위해 구성된 위원회–옮긴이), O.J. 심슨 사건, 마크 퍼먼(O.J. 심슨 살인사건을 담당했던 형사로 심슨에게 '깜둥이'라고 부르는 등 인종차별적인 발언을 해 물의를 일으켜 경찰에서 물러남–옮긴이) 사건 등, LA 경찰국이 짊어진 짐이 이렇게나 무거울 때, 퇴직한 형사가 아치웨이 같은 곳에서 경비로 일하게 된 건 말 그대로 행운이었다.

"해리 보슈. 웬일이야? 무슨 일이야?"

미첨이 허리를 굽히고 차 안을 들여다보면서 말했다.

미첨의 금니 몇 개가 보슈의 눈에 제일 먼저 들어왔다. 예전에 봤을 때는 없던 것이었다.

"처키. 오랜 만이야. 이쪽은 내 파트너 키즈민 라이더."

라이더가 목례를 하자 미첨도 고개를 끄덕인 후 잠깐 동안 그녀를 바라보았다. 미첨이 경찰을 그만둔 건 5년밖에 안 됐지만, 그가 경찰로 있던 시절에는 흑인 여형사가 드물었다.

"그래, 무슨 일이야, 형사님들? 뭐 때문에 나를 뜨거운 욕조에서 끌어낸 거야?"

미첨은 이를 다 드러내며 웃었다. 보슈는 그가 금니를 자랑하고 싶은 거라고 생각했다.

"사건을 하나 맡았는데, 피해자의 사무실을 보고 싶어서."

"여기야? 피해자가 누군데?"

"앤서니 N. 앨리소. TNA 프로덕션."

미첨은 눈살을 찌푸렸다. 토요일 아침 라운딩을 거르는 법이 없고 주중에도 한두 번은 9홀이라도 꼭 도는 골퍼처럼 검게 탄 모습이었다.

"날 다치게 하지 마, 해리. 그 친구가 정말…."

"찾아 봐, 처키. 여기 사람 맞아. 아니 여기 사람이었지."

"알았어. 이렇게 하지. 차를 저기 주차장에 세워두고, 내 사무실로 가서 커피라도 한잔하면서 그 친구를 찾아보자고."

미첨이 출입구 안쪽으로 정면에 보이는 주차장을 가리켰고, 보슈는 시키는 대로 했다. 주차장은 거의 비어 있었고 옆에는 거대한 방음 스튜디오가 있었는데 스튜디오 건물 외벽에는 푸른 하늘에 흰 뭉게구름이 두둥실 떠 있는 그림이 그려져 있었다. 실제 하늘이 스모그로 너무 흐릴 때 대신 사용할 하늘 세트였다.

보슈와 라이더는 미첨을 따라서 스튜디오 경비실 건물로 들어갔다. 유리 벽으로 된 경비실을 지나가면서 보니 아치웨이 경비원의 갈색 제복을 입은 남자 한 명이 책상 앞에 앉아 있었고 비디오 모니터 여러 대가 놓인 선반이 책상을 둘러싸고 있었다. 그는 〈LA 타임스〉 스포츠 페이지를 읽다가 미첨을 보자 재빨리 책상 옆에 있는 쓰레기통으로 신문을 던졌다.

미첨은 보슈와 라이더를 위해 문을 연 채 잡고 서 있었기 때문에 그 경비원의 행동을 보지 못한 것 같았다. 모두 들어오자, 미첨은 돌아서서 유리 경비실 안에 있는 경비에게 손을 들어보이고는 보슈와 라이더를 자기 사무실로 데리고 갔다.

미첨은 자기 책상 앞으로 걸어가 앉아 컴퓨터를 바라보았다. 컴퓨터 화면에서는 갖가지 모양의 우주선이 우주 전쟁을 벌이고 있었다. 미첨이 자판을 두드리자 화면 보호기가 사라졌다. 그는 보슈에게 앨리소의 이름 철자를 불러달라고 한 후 이름을 컴퓨터에 입력했다. 그러고 나서 보슈와 라이더가 화면을 볼 수 없도록 모니터를 자기 쪽으로 약간 돌렸다. 보슈는 기분이 나빴지만 아무 말도 하지 않았다. 잠시 후, 미첨이 말했다.

"자네 말이 맞군. 여기 사람이었어. 타이론 파워(1950년대를 풍미했던 할리우드의 미남 배우-옮긴이) 빌딩에 세 들어 있었네. 빌빌거리는 친구들에게 빌려주는 코딱지만 한 사무실 한 개를 썼어. 방 세 개짜리 스위트룸식 사무실에서 달랑 한 개. 한심한 새끼들 세 명이 같이 썼겠지. 비서도 임대할 때 제공되는 비서를 같이 썼고."

"여기 있은 지 얼마나 됐어? 거기 자료에 그런 게 나오나?"

"응. 7년 가까이 됐네."

"거기 또 뭐가 있어?"

미첨은 화면을 바라보았다.

"별거 없어. 물의를 일으킨 적도 없고. 딱 한 번 주차장에서 누가 자기 차를 들이받았다고 신고했구만. 차가 롤스로이스였다고 적혀 있네. 할리우드에서 아직까지 롤스로이스를 레인지로버로 바꾸지 않은 사람은 이 친구밖에 없을 것 같은데. 돈벌이가 영 시원찮았나 봐."

"사무실을 한번 보고 싶은데."

"가만있자, 이렇게 하지. 자네하고 라일리 형사는 밖에 나가서 커피

한잔씩 하고 있고 난 전화를 걸어서 물어볼게. 이런 경우엔 절차가 어떻게 되는지 잘 몰라서 말이야."

"처키, 이 친구는 라일리가 아니라 라이더야. 그리고 우린 지금 살인 사건을 수사하고 있는 거야. 당신들 절차가 어떻든, 가서 문을 열어줘야 한다고."

"여긴 사유지야, 친구. 그걸 명심해."

보슈는 의자에서 일어섰다.

"알았어. 그리고 전화를 걸 때 자네도 명심할 게 있어. 지금까지는 언론이 이 사건에 대해서 전혀 낌새를 채지 못했어. 아치웨이가 이런 일로 언론에 오르내리는 건 좋지 않을 것 같은데. 이곳이 사건과 어떤 관련이 있는지 아직 확실하지도 않은 상태에서는 더더욱. 그러니까 누구한테 전화를 걸든, 조용히 하고 있으라고 전해줘."

미첨이 히죽 웃더니 머리를 설레설레했다.

"여전하군, 해리. 자네 뜻대로 안 하면 엿 좀 먹을 각오해라, 그거지?"

"비슷하군."

기다리는 동안 보슈는 바깥 사무실 커피 메이커에 있는 커피포트에서 초저녁에 만들어 놓은 게 분명한 미지근한 커피를 한 잔 따라 마셨다. 커피가 썼지만, 아까 경찰서에서 한 잔 마신 것 가지고는 밤을 버텨내기에 어림도 없을 거라는 생각이 들어서 다 마셨다. 라이더는 커피는 사양하고, 대신 복도에 있는 정수기에서 물을 따라 마셨다.

10분쯤 지나자 미첨이 사무실에서 나왔다.

"됐어. 근데 나나 다른 경비원이 따라가서 쭉 지켜보고 있을 거야. 괜찮겠어?"

"응. 아무 문제없어."

"좋아. 그럼 가지. 카트를 타고 갈 거야."

나가는 길에 미첨은 유리 사무실 문을 열더니 안으로 고개를 들이밀었다.

"피터스, 누가 순찰을 돌고 있어?"

"어, 세루리에르하고 포겔이요."

"그래, 세루리에르한테 무전 쳐서 타이론 파워에서 보잔다고 해. 그 친구, 열쇠 갖고 있지?"

"네."

"그래, 어서 전해."

미첨이 문을 닫으려다가 말고 말을 이었다.

"그리고 피터스, 그 스포츠 페이지 계속 쓰레기통 속에 놔둬."

타이론 파워 빌딩은 드넓은 단지 안에서 경비실 건물과 정반대쪽에 있었기 때문에 그들은 골프 카트를 타고 갔다. 가는 길에 지나치는 건물 한 군데에서 아래위로 검은색 옷을 입은 남자가 나오자 미첨은 그를 향해 손을 흔들었다. 그러고 나서 미첨이 보슈와 라이더를 바라보며 말했다.

"오늘 밤에 뉴욕 스트리트 장면을 찍는대. 수사 때문에 온 게 아니라면 구경시켜줄 텐데. 진짜로 브루클린에 가 있는 기분일 거야."

"거기 가본 적 없는데."

보슈가 말했다.

"저도요."

라이더가 말했다.

"그러면 별 재미없겠군. 촬영 장면을 구경하고 싶다면 몰라도."

"타이론 파워 빌딩만 봐도 괜찮아."

"알았어."

타이론 파워 빌딩에 도착하니 제복을 입은 경비원이 기다리고 있었다. 세루리에르였다. 그는 미첨의 지시에 따라 별도의 사무실 세 개가 모여 있는 스위트룸 사무실의 부속실로 통하는 문을 열어주었고, 그다음에는 앨리소가 썼던 사무실 문을 열었다. 그러자 미첨은 세루리에르에게 가서 순찰을 계속하라고 지시했다.

미첨이 코딱지만 하다고 했던 게 그리 과장된 표현 같지 않았다. 앨리소의 사무실은 보슈와 라이더와 미첨이 들어가 서로의 입 냄새를 맡지 않고 서 있을 정도의 공간밖에 되지 않았다. 사무실 안에는 책상이 한 개 있었고 그 뒤에 의자 한 개, 앞에 의자가 두 개 있었다. 책상 뒷벽에는 서랍 네 개짜리 파일 캐비닛이 하나 있었다. 왼쪽 벽에는 영화의 고전이라 일컬어지는 〈차이나타운〉과 〈대부〉의 포스터 액자가 걸려 있었다. 둘 다 여기 파라마운트에서 제작한 영화였다. 오른쪽 벽에는 앨리소 자신의 작품인 〈아트 오브 케이프〉와 〈위험한 욕망〉이라는 영화 포스터 액자가 걸려 있었다. 그리고 앨리소가 영화계의 유명 인사들과 함께 찍은 사진을 담은 작은 액자들도 여러 개 보였다. 그 중 상당수가 지금의 사무실에서 찍은 것으로 똑같은 책상 뒤에 앨리소와 그날의 주인공이 나란히 서서 웃고 있었다.

보슈는 먼저 앨리소가 제작한 두 영화의 포스터를 살펴보았다. 포스터마다 맨 윗부분에 '앤서니 앨리소 제작'이라는 설명이 적혀 있었다. 그러나 보슈의 관심을 끈 것은 〈위험한 욕망〉 포스터였다. 영화 제목 밑의 사진에는 흰색 정장을 입은 남자가 총을 옆으로 내려 들고 절박해 보이는 표정으로 옆에 있는 여자를 바라보고 있었다. 그 옆에는 물결처럼 흘러내리는 검은 머리의 여자가 관능적인 눈초리로 그를 바라보고 있었다. 반대편 벽에 걸린 〈차이나타운〉 포스터에 나온 장면을 모방한 것이었다. 그러나 〈위험한 욕망〉 포스터에는 보슈의 눈길을 끄는 무언가가 있었다. 그랬다. 그 여자는 베로니카 앨리소였다.

"반반하게 생겼구만."

미첨이 보슈의 등 뒤에서 말했다.

"앨리소의 아내야."

"그래? 별로 유명하진 않았나본데. 들어보지도 못한 이름이야."

보슈는 포스터를 향해 고개를 끄덕였다.

"이 영화에만 출연하고 말았나 봐."

"그래? 어쨌든 반반하게 생기긴 했어. 지금은 한물갔겠지만."

보슈는 다시 포스터 속 여자의 눈을 바라보았다. 한 시간 전에 직접 보았던 여자가 떠올랐다. 그녀는 지금도 저 포스터 속에서처럼 검은 눈을 반짝이고 있었고, 눈동자 중앙에 작은 빛의 십자가가 보였었다.

보슈는 고개를 돌려 사진 액자들을 살펴보기 시작했다. 제일 먼저 눈에 들어온 것은 댄 레이시의 사진이었다. 8년 전 연쇄살인사건을 다룬 TV 미니시리즈에서 보슈 역을 맡았던 배우였다. 그 미니시리즈를 제작한 프로덕션은 보슈와 당시 보슈의 파트너에게 실명 사용과 기술적 자문에 대한 대가로 거액을 지불했다. 그러자 보슈의 파트너는 퇴직을 하고 돈을 챙겨서 멕시코로 이민을 가버렸다. 보슈는 할리우드 언덕에 있는 집을 샀다. 어디로 떠날 수가 없었다. 스스로 천직이라고 생각하는 경찰이라는 직업을 버릴 수가 없었다.

보슈는 작은 사무실 안을 둘러보았다. 문 옆 벽에 선반 몇 개가 달려 있었고, 선반에는 대본과 비디오테이프가 쌓여 있었다. 배우와 감독 명부 두 권을 제외하고는 책은 한 권도 없었다.

"자, 이제, 처키, 자네는 아까 말했듯이 문 옆에 서서 구경만 하고 있어. 키즈, 당신은 책상부터 살펴봐. 난 파일 캐비닛부터 살펴볼게."

파일 캐비닛은 잠겨 있었다. 보슈는 서류 가방에서 꺼낸 열쇠 따는 도구로 10분 가까이 씨름을 해서 캐비닛을 열었다. 그러고 나서 그 안에 든 파일들을 대강 훑어보는 데만도 한 시간이 걸렸다. 서랍에는 보슈가 들어보지도 못한 영화 몇 편의 제작 관련 기록과 금융 기록이 차곡차곡 쌓여 있었다. 베로니카 앨리소에게서 들은 이야기도 있고, 보슈 자신이 영화업계에 대해서는 아는 바가 거의 없었기 때문에, 이런 서류에는 별로 관심이 가지 않았다. 그러나 재빨리 훑어본 바에 따르면, 그 영화들의 제작 기간 동안 몇 개의 영화 제작 관련업체에 거액이 지불된 것 같았다. 그리고 가장 놀라운 것은 앨리소가 대단히 호사스러운 생활을 할 만큼 엄청난 돈을 이 작은 사무실에서 벌어들였던 것처럼 보인다는 사실이었다.

보슈가 마지막 네 번째 서랍을 다 살펴본 후 일어서서 등을 곧게 펴자, 등골뼈에서 연쇄적으로 부딪쳐 쓰러지는 도미노 조각들처럼 우두두 소리가 났다. 라이더는 아직도 책상 서랍을 뒤지고 있었다.

"뭐라도 건졌어?"

"흥미로운 건 몇 가지 있는데, 결정적인 단서가 될 만한 것은 없어요. 앨리소가 국세청으로부터 통지서를 하나 받았어요. 다음 달에 TNA 프로덕션에 대한 세무 조사를 실시할 예정이라는 통지서예요. 그것 말고는, 세인트 존에게서 온 편지가 한 통 있고요. 앨리소 부인이 흥행 보증수표라고 불렀던 작가 말이에요. 거친 표현이 수두룩하지만, 특별히 협박을 하고 있진 않아요. 아직 서랍이 한 개 더 남았어요."

"파일에선 꽤 많이 나왔어. 죄다 금융 거래 기록이야. 전부 다 철저히 살펴봐야할 것 같아. 당신이 그 일을 해줬으면 좋겠는데. 해주겠어?"

"물론이죠. 지금까지 제가 본 건 대개가 일상적인 사업 기록이에요. 영화 제작 사업 기록이요."

"나가서 담배 한 대 피우고 올게. 서랍 조사 다 끝나면, 서로 바꿔서 당신이 파일을 살펴보고 내가 책상을 다시 한 번 살펴보자고."

"좋은 생각인데요."

보슈는 밖으로 나가기 전에 문 옆 벽에 걸린 선반에 쌓여 있는 비디오테이프 제목들을 훑어보았다. 얼마 안 가 찾던 것을 발견했다. 〈위험한 욕망〉. 보슈는 팔을 뻗어 그 비디오테이프를 꺼냈다. 겉표지에는 영화 포스터와 똑같은 사진이 붙어 있었다.

보슈는 책상 앞으로 걸어가서 책상 위에 비디오테이프를 내려놓았다. 가져갈 다른 증거물과 함께 모아놓기 위해서였다. 라이더가 뭐냐고 물었다.

"그 여자 영화. 한번 보고 싶어서."

보슈가 말했다.

"아, 저도요."

밖으로 나온 보슈는 작은 안마당 안, 타이론 파워처럼 보이는 남자의 동상 옆에서 담배를 붙여 물었다. 꽤 쌀쌀한 밤이어서, 가슴 속에 들어온 담배 연기가 따뜻하게 느껴졌다. 이제 스튜디오 구내는 아주 조용했다.

보슈는 안마당 벤치 옆에 있는 쓰레기통으로 걸어가서 통 안에 대고 재를 털었다. 그러면서 보니 쓰레기통 바닥에 깨진 머그컵 한 개가 있었다. 펜과 연필 몇 개도 흩어져 있었다. 머그컵 조각 하나에, 아치웨이의 상징인 개선문이, 아치의 중간에서 태양이 떠오르고 있는 개선문 그림이 보였다. 보슈가 금 도금 크로스 펜 같아 보이는 것을 집어 들려고 쓰레기통 속으로 팔을 뻗으려는 순간 미첨의 목소리가 들려서 멈칫하고 돌아섰다.

"저 여형사, 잘나가는 형사지, 맞지? 척 보니 알겠는데."

미첨도 담배에 불을 붙이고 있었다.

"그래, 나도 그렇게 들었어. 함께 사건을 맡은 건 이번이 처음이야. 어떤 사람인지 잘 몰라. 알 필요도 없을 것 같아. 머지않아 유리 성으로 가게 될 거야."

미첨은 고개를 끄덕이더니 인도 위에 그냥 재를 털었다. 그러고 나서 고개를 들어 2층 위 지붕 쪽을 흘끗 올려다보면서 걸핏하면 하는 거수경례를 했다. 보슈도 따라서 올려다보니 지붕 처마 밑에 감시 카메라가 있었다.

"걱정하지 마. 못 봤을 거야. 어젯밤 다저스 경기 기사를 읽고 있을걸."

보슈가 말했다.

"그렇겠지. 요즘은 일을 제대로 하는 놈들을 구하기가 정말 힘들어. 경비원들 중에는 길거리 캐스팅이라도 돼서 클린트 이스트우드처럼 성공하고 싶은 건지 온종일 카트를 타고 돌아다니기만 하는 놈들도 있어. 한번은 지나가는 창작 감독 두 명한테 말을 붙이면서 따라가는 데만 정신이 팔려서 벽에 박치기를 한 녀석도 있었어. 그나저나 창작 감독이 뭐야, 창작 감독이. 완전히 모순되는 두 단어가 붙어 있잖아…."

보슈는 아무 대꾸도 하지 않았다. 대꾸할 필요도 없는 말이었다.

"여기 들어와, 해리. 지금쯤 근속년수가 20년은 됐을 거 아냐. 경찰 그만두고 여기 와서 나랑 함께 일하자고. 생활 수준이 몇 단계는 높아질 거야. 보장할 수 있어."

"고맙지만 사양할게, 처키. 여기서 골프 카트를 타고 돌아다니는 건 적성에 안 맞는 것 같아."

"그래, 그래도 잘 생각해 봐. 언제라도 환영해, 친구, 언제라도."

보슈는 쓰레기통 옆면에 담배를 눌러 끄고 꽁초를 안으로 던졌다. 미첨이 보는 앞에서 쓰레기통을 뒤지고 싶지는 않았다. 그래서 그는 미첨에게 안으로 들어가 봐야겠다고 말했다.

"해리, 할 말이 있어."

보슈가 돌아보자 미첨이 항복하듯 두 손을 들어 올렸다.

"그 사무실에 있는 것 뭐라도 영장 없이 가져가는 건 곤란해. 자네가 비디오테이프 얘기를 하는 걸 들었고, 지금 그 여형사는 가져갈 것들을 책상 위에 쌓아놓고 있더라고. 하지만 어떤 것도 가져가게 할 수가 없어."

"그러면 자네가 밤새도록 여기 붙어 있어야 하는데, 처키. 저 안에 살펴볼 파일이 엄청나게 많고 할 일도 많아. 그것들을 전부 서로 가져가면 일이 훨씬 수월해질 거야."

"알아. 나도 거기 출신이잖아. 그런데 상부에서 지시가 떨어져서 어쩔 수가 없어. 가져가려면 압수 수색 영장이 필요해."

보슈는 부속실 비서의 책상에 놓인 전화로 에드거에게 전화를 걸었다. 에드거는 아직 형사과에 남아서 앨리소 사건에 대한 서류 작업을 시작하는 중이었다. 보슈는 에드거에게 잠깐 그 일을 보류하고 앨리소의 자택과 아치웨이 사무실에 있는 모든 금융 거래 기록과 앨리소의 변호사가 가지고 있는 모든 기록에 대한 압수 수색 영장을 작성하라고 말했다.

"지금 당직 판사한테 전화하라고? 새벽 2시가 다 됐는데?"

에드거가 물었다.

"그래, 그렇게 해줘. 서명을 받으면 여기 아치웨이로 가지고 와. 상자도 몇 개 가져오고."

에드거가 신음 소리를 냈다. 갈수록 태산이라더니 시답잖은 일들만 맡게 되어 기분이 상한 것이었다. 야밤에 판사를 흔들어 깨우는 일을 누가 하고 싶어 하겠는가.

"알아, 알아, 제리. 그런데 지금 당장 처리해야 돼. 새로운 정보는?"

"없어. 미라지 호텔에 전화해서 경비실 직원하고 통화를 했어. 앨리소가 썼던 방에 주말에 다른 손님이 투숙했었대. 지금은 비어 있고, 당분간 손님을 받지 않겠다고 했어. 하지만 벌써 훼손됐겠지."

"그렇겠지…. 알았어. 다음번엔 자네가 중요한 일을 맡게 될 거야. 그 영장들 빨리 좀 처리해줘."

앨리소의 사무실에서는 라이더가 벌써 캐비닛에 든 파일을 훑어보는 중이었다. 보슈는 그녀에게 에드거가 영장을 발부받아 올 거니까 가져갈 증거물 목록을 작성해서 미첨에게 줘야 한다고 말했다. 그리고 쉬고 싶으면 잠깐 쉬라고 했지만 라이더는 사양했다.

보슈는 책상 앞으로 가서 의자에 앉았다. 여느 책상과 마찬가지로 책상 위에는 사무용품이 흩어져 있었다. 별도의 스피커가 붙어 있는 전화기 한 대, 롤로덱스 명함 정리기, 흡수지 한 묶음, 클립을 붙여놓는 자석 한 개, 그리고 TNA 프로덕션이라고 새겨진 목각 장식품이 한 개 있었다. 서류가 차곡차곡 쌓여 있는 서류 쟁반도 있었다.

전화기를 바라보던 보슈에게 재다이얼 버튼이 눈에 띄었다. 그는 수화기를 들고 재다이얼 버튼을 눌렀다. 자동으로 다이얼을 누르는 소리가 빠르고 길게 이어지는 것으로 보아 이 전화기로 건 마지막 전화는 장거리 전화였던 것이 틀림없었다. 벨이 두 번 울린 후 여자가 전화를 받았다. 배경으로 시끄러운 음악 소리가 들렸다.

"여보세요?"

여자가 말했다.

"네, 여보세요, 누구십니까?"

여자가 킥킥거렸다.

"글쎄요. 그러는 당신은요?"

"전화를 잘못 건 것 같군요. 거기 토니네 집 아닌가요?"

"아닌데요, 돌리네 집(Dolly's)인데요."

"아, 돌리네. 알았어. 어, 거기가 어디지?"

여자가 다시 킥킥거렸다.

"매디슨이지 어디긴 어디에요? 돌리스라는 이름을 듣고도 몰라요?"

"매디슨이 어디 있지?"

"노스 라스베이거스요. 어디서 오실 건데요?"

"미라지 호텔."

"네, 그러면 호텔 앞 대로를 타고 북쪽으로 쭉 달려오세요. 시내를 지나고 후진 동네를 몇 개 지나서 한참 달려오면 노스 라스베이거스예요. 고가도로 아래를 통과한 후 세 번째 만나는 신호등이 있는 곳이 매디슨이에요. 거기서 좌회전을 해서 한 블록을 지나면 왼쪽에 있어요. 성함은요?"

"해리."

"네, 해리. 난 론다예요. 그 유명한 노래에 나오는 론다요."

보슈는 아무 대꾸도 하지 않았다.

"에이, 이쯤 되면 거들어줘야죠. '도와줘, 론다, 도와줘, 도와줘, 론다.'"

여자는 비치보이스의 노래 한 소절을 불렀다.

"맞아, 론다. 당신이 도와줄 일이 있어. 지금 친구를 찾고 있는 중이거든. 토니 앨리소라고. 토니가 최근에 그곳에 갔었나?"

"이번 주엔 못 봤어요. 목요일인지 금요일인지 이후에는요. 그런데 분장실 전화번호는 어떻게 알았어요?"

"토니한테 들었지."

"어쨌든 오늘 밤엔 레일라가 안 나오니까, 토니도 안 올 거예요. 그래도 당신은 놀러와요. 토니가 없어도 즐거운 시간을 보낼 수 있으니까."

"알았어, 론다. 한번 들를게."

보슈는 전화를 끊었다. 주머니에서 수첩을 꺼내 방금 건 영업장 이름과 찾아가는 방법과 론다와 레일라라는 이름을 적었다. 그리고 레일라라는 이름 밑에 밑줄을 쳤다.

"뭐예요?"

라이더가 물었다.

"라스베이거스에 있는 단서."

보슈는 라이더에게 통화 내용과 레일라라는 여자에 대한 자신의 추측을 말해주었다. 라이더도 한번 조사해볼 필요가 있겠다고 동의했고, 곧 다시 파일을 들춰보기 시작했다. 보슈도 다시 책상을 살펴보기 시작했다. 책상 안에 든 것을 보기 전에 위에 놓인 것들을 관찰했다.

"어이, 처키?"

보슈가 미첨을 불렀다.

가슴에 팔짱을 끼고 문에 기대서 있던 미첨은 눈을 치켜뜨는 것으로 대답을 대신했다.

"전화기에 녹음 테이프가 없네. 저 밖에 비서가 없을 때 전화가 오면 어떻게 되는 거야? 교환원에게 연결이 되는 거야, 아니면 다른 전화 서비스로 연결이 되나?"

"어, 아니, 요즘엔 음성 사서함으로 연결이 되지."

"그러니까 앨리소한테 음성 사서함이 있었단 말이야? 그걸 들어보려면 어떻게 해야 돼?"

"앨리소의 비밀번호를 알아야지. 세 자리 번호야. 음성 사서함 컴퓨터한테 전화를 걸어서 비밀번호를 치면 메시지를 확인할 수 있어."

"앨리소의 비밀번호는 어떻게 알 수 있을까?"

"알 수 없지. 앨리소 본인이 걸어놨으니까."

"마스터 번호가 없어?"

"없어. 그렇게 첨단 시스템이 아니야, 해리. 고작 전화 메시지 확인하는 데, 뭐 그렇게 첨단으로 하겠어?"

보슈는 다시 수첩을 꺼내 적어놓은 앨리소의 생일을 찾았다.

"음성 사서함 전화번호가 뭐야?"

보슈가 물었다.

미첨이 번호를 알려주자 그는 음성 사서함 컴퓨터로 전화를 걸었다. 삐 소리가 난 후 721번을 눌렀지만 비밀번호가 틀렸다는 메시지가 들렸다. 보슈는 손가락으로 책상을 톡톡 치며 머리를 굴려보았다. 잠시 후 TNA라는 알파벳에 해당하는 번호 862를 누르자, 컴퓨터 목소리가 네 개의 메시지가 있다고 알려주었다.

"키즈, 이것 좀 들어 봐."

보슈가 말했다.

보슈는 수화기를 내려놓고 스피커를 켰다. 메시지가 재생되는 동안 그는 메모를 했다. 처음 세 개의 메시지는 각기 다른 남자가 촬영 계획과 장비 임대 및 비용에 대해서 보고를 하는 내용이었다. 메시지가 끝날 때마다 컴퓨터 목소리가 금요일 몇 시에 녹음된 것인지를 알려주었다.

마지막 네 번째 메시지가 시작되자 보슈는 책상 위로 윗몸을 숙이고 귀 기울여 들었다. 젊은 여자의 목소리였고, 울고 있는 것 같았다.

"여보세요, 토니, 나예요. 이 메시지 듣는 즉시 전화해줘요. 지금 당신 집으로라도 전화를 걸고 싶은 심정이에요. 당신이 필요해요. 럭키 그 개자식이 날 해고한대요. 아무 이유도 없이요. 마더스티한테 자기 물건을 쑤셔 박고 싶은 거죠, 뭐. 난 정말 너무… 팔로미노 같은 데서 일하기는 싫어요. 가든도 싫고요. 여길 떠나서 LA로 가고 싶어요. 당신과 함께 있고 싶어요. 전화해줘요."

컴퓨터 목소리는 이 메시지가 일요일 새벽 4시에 녹음이 되었다고 말했다. 토니 앨리소가 살해되고 나서 하루가 넘게 시간이 흐른 뒤였다.

전화 건 여자는 자기 이름을 밝히지 않았다. 그러므로 앨리소가 아는 사람인 것이 분명했다. 보슈는 이 여자가 론다가 말했던 레일라가 아닐까 생각했다. 라이더를 쳐다보자 그녀는 어깨를 으쓱거리기만 했다. 현재로서는 정보가 너무 없어서 이 메시지가 중요한지 어떤지를 판단할 수가 없었다.

보슈는 책상 앞 의자에 앉아 잠시 상황을 정리해보았다. 서랍을 열었지만 뒤져보지는 않았다. 그는 책상 오른쪽 벽에 걸린, 토니 앨리소가 유명 인사들과 함께 웃고 있는 사진들을 훑어보았다. 몇 개의 사진에는 작은 글씨로 메모가 되어 있었는데 읽기가 힘들었다. 보슈는 영화 속 자신인 댄 레이시가 나온 사진을 바라보았다. 사진 아래쪽에 작은 글씨로 휘갈겨 쓴 메모가 보였지만 역시 읽을 수가 없었다. 그때 사진 속에서 퍼뜩 눈에 들어오는 것이 있었다. 사진 속 앨리소의 책상 위에는 펜과 연필이 가득 꽂혀 있고 아치웨이의 상징이 그려져 있는 머그컵이 있었다.

보슈는 벽에서 그 액자를 떼어낸 후 미첨을 불렀다. 미첨이 다가왔다.

"누가 여기 들어왔었어."

보슈가 미첨에게 말했다.

"무슨 소리야?"

"밖에 있는 쓰레기통은 언제 비운 거지?"

"그걸 내가 어떻게 알아? 도대체…."

"바깥 지붕에 달린 감시 카메라 말이야, 테이프는 얼마나 오랫동안 보관해?"

미첨은 잠깐 망설이다가 대답했다.

"일주일에 한 번씩 갈아 끼워. 테이프 한 개에 일주일 분이 녹화되어 있는 거지. 그런데 정지 동작이야. 1분에 열 장밖에 안 찍혀."

"틀어보러 가지."

보슈는 새벽 4시가 되어서야 집에 들어갔다. 아침 7시 30분에 에드거, 라이더와 함께 조찬 회의를 하기로 했으니까 잠을 잘 수 있는 시간은 세 시간밖에 없었다. 그러나 커피를 너무 마셔댔고 새로 전개된 상황 때문에 흥분해 있어서 눈을 감을 생각조차 들지 않았다.

집 안에 들어서자 금방 칠한 페인트 냄새가 지독해서 보슈는 베란다 미닫이 창문을 열어 환기를 시켰다. 그는 카후엥가 고갯길을 내려다보며 차들이 할리우드 고속도로를 달려가는 모습을 바라보았다. 몇 시가 됐든 고속도로에 차가 끊이지 않는다는 것이 항상 놀라웠다. LA에서는 차가 안 다니는 때가 없었다.

보슈는 색소폰 음악이라도 들어볼까 생각하다가 그만두고 캄캄한 거실 안 소파에 앉아 담배에 불을 붙였다. 그러고는 사건이라는 강으로 흘러온 여러 개의 지류에 대해 생각했다. 피해자에 대한 1차 수사 결과를 놓고 볼 때, 앤서니 앨리소는 경제적으로 큰 성공을 거둔 사람이었다. 그 정도 성공을 거둔 사람이라면 폭력과 살인에 대한 두터운 방어막이 있는 것이 보통이었다. 부자가 살해당하는 경우는 드물었다. 그런데 앤서니 앨리소의 경우에는 뭔가 일이 틀어진 것이다.

보슈는 비디오테이프가 떠올라서 서류 가방을 놓아 둔 식탁으로 걸어갔다. 서류 가방 속에는 아치웨이 CCTV 비디오테이프와 〈위험한 욕망〉 비디오테이프가 들어 있었다. 그는 TV를 켜고 영화를 비디오 플레이어에 넣었다. 그러고 나서 캄캄한 거실에 앉아 영화를 보기 시작했다.

영화를 다 보고 나니 왜 그렇게 쓰레기 취급을 받았는지 충분히 이해가 갔다. 조명이 엉망이었고, 몇몇 장면에서는 배우들 머리 위에 붐 마이크 끝이 떠 있는 게 보였다. 푸른 하늘 외에는 아무것도 없어야 할 광활한 사막에서 찍은 장면에서 그것이 특히 거슬렸다. 기본도 모르고 촬영한 것이었다.

아마추어 작품 같은 촬영술 외에 배우들의 연기도 가관이었다. 남자 주인공은 보슈가 이름도 들어본 적이 없는 배우였는데, 목석같이 뻣뻣해서, 젊은 아내의 사랑을 받기 위해 아내가 조종하는 대로 범죄를 저지르고 급기야는 살인까지 저지르는 남자의 모습을 제대로 표현하지 못했다. 베로니카 앨리소는 병적인 만족감을 얻기 위해 남편에게 성적인 좌절감을 주고 조롱까지 하면서 남편을 조종하는 아내 역을 맡았는데, 연기력은 남자 주인공과 별 차이가 없었다.

하지만 환한 조명 아래에서 베로니카 앨리소는 놀랄 정도로 아름다웠다. 그녀가 부분 누드로 등장하는 장면이 네 번 있었는데, 그런 장면이 나올 때마다 보슈는 흥분한 관음증 환자처럼 숨을 죽이고 그녀를 바라보았다. 전반적으로 볼 때 베로니카 앨리소에게 좋은 역할이 아니었다. 보슈는 그녀의 남편이 영화 제작자로서 그다지 성공을 거두지 못한 것처럼 그녀가 배우로서 성공하지 못한 이유를 알 것 같았다. 그녀가 그 책임을 남편에게 돌리고 원한을 품었는지 모르겠지만, 근본적으로 그녀는 해마다 할리우드로 몰려오는 수천 명의 미인들과 다를 게 없었다. 외모는 한순간이나마 심장을 멎게 할 만큼 아름다웠는지 몰라도, 연기력이 그 외모를 받쳐주지 못했던 것이다.

남편이 체포되고 아내가 경찰 앞에서 남편에게 불리한 증언을 하는 클라이맥스 장면에서, 베로니카 앨리소는 카메라를 노려보며 국어책을 읽듯 대사를 낭독했다.

"그였어요. 그는 미쳤어요. 너무 늦기 전에 그를 막을 수가 없었어요. 그다음에는 누구에게도 말할 수가 없었어요. 왜냐하면… 그 사람들이 모두 죽기를 바랐던 사람이 바로 나였던 것처럼 보일 것 같아서요."

보슈는 크레딧이 다 올라갈 때까지 끝까지 본 후, 리모컨으로 되감기를 했다. 그는 한 번도 소파에서 일어나지 않고 영화를 끝까지 다 보았다. 이제 그는 TV를 끄고 두 다리를 소파 위로 올려 세워서 두 팔로 깍지를 끼고 앉았다.

열린 미닫이문 밖을 바라보니 고갯길 능선을 따라 새벽빛이 번져가고 있었다. 아직도 피곤하지 않았다. 그는 사람들이 살면서 하게 되는 선택에 대해 생각했다. 이 배우들의 연기가 봐줄 만은 했다면, 그래서 영화가 배급자를 찾았다면 어떻게 됐을까 궁금했다. 그러면 상황이 바뀌었을까? 앤서니 앨리소가 트렁크에 누워 있지 않고 여전히 살아 있었을까?

빌리츠 과장과의 회의는 월요일 아침 9시 30분이 되어서야 시작되었다. 노동절 휴일이어서 형사과 사무실이 비어 있었지만, 보슈 팀 형사들은 의자를 과장실로 굴려 들어가서 문을 닫았다. 빌리츠는 먼저 검시관의 당직 일지를 보고 사건에 대해 알게 된 것이 분명한 기자들 몇 명이 벌써부터 앨리소 살인사건에 대해 보통 이상의 관심을 보이고 있다고 말했다.

그러고 나서 그녀는 수사를 본부 강력계로 이관해야 하는 것 아니냐는 말이 경찰국 고위층에서 나오고 있다고 전했다. 이 소식을 들은 보슈는 부아가 치밀었다. 형사 생활 초창기에 그는 본부 강력계에서 일했었다. 그런데 그가 임무 수행 도중 논란의 여지가 있는 총격사건을 일으키는 바람에 할리우드로 좌천되었다. 그런 아픔 때문에 이 사건을 본부의 잘난 형사들에게 넘긴다는 생각만으로도 그는 화가 나서 견딜 수가 없었다. OCID에 넘겨야 한다면, 받아들이기가 쉬웠을 것이다. 보슈는 빌리츠에게 자기 팀이 한잠도 못 자고 하룻밤을 꼬박 새며 수사를 해서 몇 개의 중요한 단서를 확보한 마당에 이제 와서 사건을 강력계로 넘기는 건 용납할 수가 없다고 말했다. 라이더도 보슈의 말이 맞다고 거들고 나섰다. 동료들에게 무시당해 서류 작업만 하고 있다는 생각에 아직도 부루퉁해 있는 에드거만 아무 말이 없었다.

빌리츠 과장이 보슈에게 말했다.

"당신 뜻은 잘 알겠어. 당신들 뜻이 그렇다면 난 이 회의가 끝나는 대로 르밸리 경감 자택으로 전화를 해서 우리가 이 사건을 계속 맡아야 한다고 설득해야 돼. 그러니까 지금까지 우리가 얻은 단서를 다시 한 번 정리해보자고. 당신들이 날 납득시키면 나도 경감을 납득시킬 수 있을 거야. 그러면 경감은 상부에 우리의 생각을 전할 거고."

그 후 30분 동안 보슈는 팀을 대표해서 지난밤의 수사 상황을 상세히 보고했다. 형사과에 단 한 대밖에 없는 비디오 겸용 텔레비전이 과장실에 있었다. 경찰서에서조차도 TV를 누구나 드나들 수 있는 곳에 두는 것이 안전하지 않았기 때문이었다. 보슈는 그 비디오 겸용 TV에 아치웨이 CCTV 녹화 테이프를 집어넣고 침입자가 등장하는 부분이 나오기를 기다렸다. 미첨이 원본 녹화 테이프를 재녹화해서 준 것이었다.

"이 CCTV 카메라는 6초마다 한 장씩 사진을 찍습니다. 그래서 화면이 상당히 빨리 불쑥불쑥 넘어가지만, 침입자의 모습이 분명히 찍혀 있어요."

보슈가 말했다.

보슈가 재생 버튼을 누르자 흐린 흑백 화면에 타이론 파워 빌딩의 앞쪽 안마당이 나타났다. 조명의 밝기를 보니 땅거미가 내리고 난 저녁인 것 같았다. 화면 하단에 표시된 날짜와 시각은 전날, 즉 일요일 밤 8시 13분을 가리키고 있었다.

보슈는 느린 동작으로 화면이 넘어가게 설정했지만, 그래도 빌리츠에게 보여주고 싶은 장면들이 휙휙 지나가갔다. 여섯 개의 연속 장면에서 한 남자가 건물 현관문으로 다가가더니 손잡이 위로 등을 구부리고 서 있다가 안으로 사라지는 모습이 보였다.

"문 앞에 실제로 서 있었던 시간은 30초에서 35초 정도였어요. 저 테이프를 보면 놈이 열쇠를 가지고 있는 것처럼 보일지도 모르지만, 열쇠로 문을 열었다면 그렇게 오래 서 있지 않았을 거예요. 자물쇠를 딴 거예요. 솜씨 좋고 재빠른 놈이에요."

라이더가 말했다.

"맞아. 이제 놈이 다시 나오는군."

보슈가 말했다.

화면의 시계가 8시 17분을 가리키자, 현관문 밖으로 걸어 나오는 남자의 모습이 보였다. 갑자기 장면이 바뀌더니, 남자가 안마당에서 쓰레기통을 향해 걸어가고 있었고, 다시 장면이 바뀌자 남자가 쓰레기통 앞을 떠나고 있었다. 그러고는 남자의 모습이 사라졌다.

보슈는 테이프를 약간 앞으로 돌려 쓰레기통 앞을 떠나는 남자의 마지막 모습에서 정지시켰다. 그것이 제일 잘 나온 모습이었다. 어두워서 남자의 얼굴이 흐릿했지만 그래도 비교할 대상을 찾으면 식별이 가능할 것 같았다.

남자는 검은 머리의 백인이었고, 다부진 체격의 소유자였다. 반팔 골프 셔츠 차림이었고 오른쪽 팔목에 시계를 차고 있었는데, 끼고 있는 검은색 장갑 위로 보이는 시계의 크롬 금속줄이 안마당의 가로등 불빛에 반사되어 반짝이고 있었다. 팔목 위 팔뚝에 새긴 문신이 희미하게 보였다. 보슈는 이런 점들을 빌리츠에게 지적했고, 비디오테이프를 과학수사계에 넘겨서 컴퓨터의 힘을 빌어 침입자의 모습이 가장 잘 나온 이 마지막 장면의 화질을 좀 더 선명하게 해달라고 부탁해보겠다고 덧붙였다.

“좋아. 그런데 저 친구가 저 안에서 뭘 했을까?”

빌리츠가 말했다.

“뭔가를 회수했겠죠. 안으로 들어갔다가 다시 나올 때까지 채 4분도 걸리지 않아요. 긴 시간이 아니죠. 게다가 앨리소의 사무실 문도 따야 했을 겁니다. 그 안에서 뭘 했는지는 모르지만, 책상 위에 있던 아치웨이 머그컵을 쳐서 깨뜨리죠. 놈은 할 일을 다 한 후에, 깨진 컵과 펜을 모아서 가는 길에 쓰레기통에 버렸고요. 어젯밤에 쓰레기통에서 깨진 컵과 펜 몇 개를 발견했어요.”

보슈가 말했다.

“지문은?”

빌리츠가 물었다.

“침입자가 있었다는 걸 알게 되자마자, 롤스로이스 감식을 끝낸 도노반을 불러냈어요. 지문을 채취하긴 했는데, 증거가 될 만한 건 전혀 없었습니다. 앨리소와 저와 키즈의 지문만 나왔거든요. 비디오에서도 보이는 것처럼, 놈은 장갑을 끼고 있었습니다.”

“그렇군.”

보슈가 하품을 하자 에드거와 라이더도 따라했다. 보슈는 회의 시작 전에 가지고 들어온 식어버린 커피를 마셨다. 줄곧 마셔댄 커피 때문에 신경이 예민해질 대로 예민해져 있었지만, 계속 마셔주지 않으면 금방이라도 쓰러질 것 같았다.

“침입자가 뭘 회수했을지 생각해봤어?”

빌리츠가 물었다.

라이더가 대답했다.

“머그컵을 깨뜨린 것을 보면 파일 캐비닛이 아니라 책상 위에 있던 뭔가를 회수했을 거예요. 그런데 책상에는 뒤진 흔적이 전혀 없었어요. 서류도 그대로고, 사라진 건 아무것도 없는 것 같았어요. 아마 도청 장치였을 거예요. 누군가가 앨리소의 전화에 도청 장치를 설치했고, 우리가 그걸 발견하게 내버려둘 수가 없었겠죠. 앨리소의 사무실 벽에 걸린 사진들을 보면 전화기는 머그컵 바로 옆에 있었어요. 전화기를 만지다가 컵을 깨뜨린 거죠. 웃기는 건요, 우린 도청 장치가 있나 찾아볼 생각도 하지 않았다는 거예요. 그러니까 그냥 내버려뒀어도 조용히 넘어갈 수 있었을 텐데 괜한 짓을 한 거죠."

"나도 아치웨이에 가본 적이 있는데. 벽으로 둘러싸여 있었어. 게다가 자체 경비원들까지 있잖아. 이 친구가 어떻게 들어갈 수 있었을까? 혹시 내부자의 소행일까?"

빌리츠가 말했다.

보슈가 대답했다.

"두 가지를 생각해볼 수 있어요. 어젯밤 거기 뉴욕 스트리트 야외 세트장에서 영화 촬영이 진행되고 있었습니다. 그렇다면 많은 사람들이 정문을 드나들었겠죠. 놈도 촬영 스태프들 속에 섞여서 몰래 들어올 수 있었을 거예요. 비디오에서 놈이 가고 있는 방향을 보면 북쪽입니다. 뉴욕 스트리트가 있는 곳이죠. 정문은 남쪽에 있고. 그리고 스튜디오 북쪽 끝은 할리우드 묘지와 맞닿아 있어요. 과장님 말씀대로 아치웨이는 벽으로 둘러싸여 있죠. 하지만 밤이 되어 묘지가 문을 닫은 후에는 캄캄하고 인적이 끊겨요. 놈은 거기 벽을 타넘고 갔을 겁니다. 어찌 됐든, 놈한테는 이번이 처음이 아니니까."

"무슨 뜻이야?"

"앤서니 앨리소의 전화기에서 도청 장치를 회수했다면, 먼저 그곳에 도청 장치를 설치해야 했을 것 아닙니까."

빌리츠가 고개를 끄덕였다.

"누구인 것 같아?"

빌리츠가 조용히 물었다.

보슈는 라이더가 대답하고 싶어 하는지 그녀의 표정을 살폈다. 라이더가 아무 말이 없자 보슈가 나섰다.

"아직은 모르죠. 문제는 타이밍입니다. 앨리소는 금요일 밤에 살해된 게 거의 확실하지만, 시신은 어제 저녁 6시쯤에야 발견됐어요. 그러고 나서 8시 13분에 침입 사건이 터지죠. 앨리소의 시신이 발견되고 경찰의 조사가 시작된 다음에요."

"그런데 8시 13분이면, 당신이 피해자 부인을 만나보기 전 아닌가?"

"맞아요. 그래서 일이 많이 틀어졌습니다. 침입 사실을 알기 전에는 그 부인 수사에 총력을 기울이자고 할 생각이었는데, 이젠 잘 모르겠어요. 부인이 관련이 됐다면, 침입 사건은 말이 안 되니까."

"좀 더 설명해 봐."

"우선 앨리소가 도청당한 이유를 생각해봐야겠죠. 제일 먼저 떠오르는 이유가 뭐겠어요? 남편이 바람을 피우고 돌아다니는지 뒤를 캐기 위해 부인이 토니에게 사립 탐정이나 흥신소 직원을 붙여놓았을 거라고 생각해볼 수 있지 않을까요?"

"그래. 그런데?"

"그게 사실이라면, 남편을 트렁크 속에 집어넣는 일에 부인이 관련이 되어 있었다면, 그러면 왜 그 부인이나 부인이 고용한 사립 탐정이나 다른 누군가가 어젯밤까지, 시신이 발견되고 난 후까지 기다렸다가 도청 장치를 빼내 오려고 했겠습니까? 말이 안 돼요. 두 개의 사건이 관련이 없었다고 해야, 살인과 도청이 별개의 일이라고 해야지만 말이 되는 거죠. 이해되세요?"

"응."

"그래서 지금으로서는 다른 건 다 제쳐두고 부인을 조사하는 데만 매달려보자고 주장할 수가 없어요. 개인적인 직감으로는 그 부인은 이런 일을 저지를 수 있는 여자라고 생각합니다. 하지만 지금으로서는 우리가 모르는 게 너무 많아요. 자꾸만 찜찜한 기분이 들어요. 뭔가 다른 일이 관련되어 있는데, 그게 뭔지 모르고 있는 것 같은 기분이요."

빌리츠는 고개를 끄덕이고는 형사들을 둘러보았다.

"다들 수고했어. 아직은 확실한 증거가 많지 않은 것 같지만, 그래도 수사를 꽤 잘한 것 같군. 다른 건? 어젯밤에 아트 도노반이 피해자의 재킷에서 채취한 지문들은 어떻게 됐어?"

"현재로서는 아무것도 건진 게 없습니다. 도노반이 그 지문들을 AFIS(지문자동검색시스템)와 NCIC(국가범죄정보센터 데이터베이스)에 넣고 돌려봤는데, 일치하는 지문이 안 나왔어요."

"빌어먹을."

"그래도 여전히 중요한 증거예요. 용의자가 생기면, 지문이 결정적인 증거가 될 수 있습니다."

"차에서는 뭐 또 나온 게 있어?"

"아뇨."

보슈가 대답했다.

"아뇨, 있어요."

라이더가 말했다.

빌리츠는 상반된 대답에 눈을 치켜떴다.

"도노반이 트렁크 뚜껑 안쪽에서 찾아낸 지문 중에 하나는 레이 파워스 것이었어요. 시신을 발견한 순경 말이에요. 트렁크를 연 건 권한 밖의 일이었어요. 어쨌든 뚜껑을 열다가 지문을 남긴 것 같아요. 수사를 방해하려는 의도는 아니었겠지만, 그렇게 나서지 말아야 했어요. 애초에 트렁크를 열어보지 말고, 바로 우리를 불렀어야죠."

라이더가 말했다.

빌리츠는 보슈를 흘끗 바라보았고, 왜 이 사실을 미리 보고하지 않았냐고 묻고 있는 것 같았다. 보슈는 빌리츠의 책상을 내려다보았다.

빌리츠가 말했다.

"알았어. 그 문제는 내가 처리할게. 파워스라면 나도 잘 알아. 순경으로 일한 지 꽤 됐는데, 절차를 몰랐을 리가 없지."

보슈는 전날 파워스가 했던 변명을 말해주어서 파워스를 옹호할 수도 있었지만 잠자코 있었다. 파워스는 그럴 만한 가치가 없는 놈이었다. 빌리츠가 말을 이었다.

"그럼 이제부터 어떤 방향으로 수사를 해야 하는 거지?"

보슈가 대답했다.

"살펴봐야 할 것들이 많이 있죠. 언젠가 조각가 이야기를 들은 적이 있어요. 누가 조각가에게 어떻게 화강암 덩어리를 아름다운 여성의 조각상으로 변모시킬 수가 있느냐고 물었대요. 그랬더니 그 조각가는 자기는 그 여자가 아닌 것은 전부 쪼아내 버린다고 했죠. 지금 우리가 해야 할 일도 바로 그겁니다. 우리에겐 정보와 증거라는 화강암 덩어리가 있어요. 이제부터는 중요하지 않은 것과 전체 그림에 들어맞지 않는 것은 전부 쪼아내 버려야죠."

빌리츠가 미소를 짓자 보슈는 자신의 비유가 갑자기 민망해졌다. 그 비유가 적절하긴 했지만.

"라스베이거스는 어떤 거야? 조각상의 일부야, 아니면 쪼아내 버려야 하는 거야?"

빌리츠가 물었다.

이제 라이더와 에드거도 미소를 짓고 있었다.

"먼저 그곳에 가보기는 해야 할 것 같아요. 현재 우리가 아는 건 피해자가 그곳에 갔다가 돌아온 직후에 살해됐다는 사실뿐이니까요. 피해자가 그곳에서 뭘 했는지, 돈을 땄는지 잃었는지, 누군가가 거기서부터 여기까지 그를 쫓아온 건지 아닌지, 전혀 모르고 있잖아요. 지금으로선 그가 그곳에서 대박을 터뜨려서 여기까지 미행당하다가 살해됐다고 추측해볼 수 있습니다. 그래도 라스베이거스에 대해서는 의문점이 많이 있으니까, 가봐야겠죠."

보슈는 민망한 내색을 하지 않으려고 애를 쓰면서 말했다.

"그리고 그 여자도 있으니까요."

라이더가 말했다.

"어떤 여자?"

빌리츠가 물었다.

보슈가 대답했다.

"토니 앨리소의 사무실 전화기의 마지막 발신 전화는 노스 라스베이거스에 있는 클럽으로 건 거였습니다. 내가 그곳으로 전화해서 한 아가씨 이름을 듣게 됐는데, 아무래도 토니 앨리소가 거기서 만나고 다닌 여자 같아요. 이름이 레일라라고…."

"레일라? 그 노래 제목(에릭 클랩튼의 히트곡 '레일라' ―옮긴이)?"

"그런 것 같아요. 그리고 앨리소의 사무실 전화 음성 사서함에 이름을 밝히지 않은 여자가 남긴 메시지가 있었습니다. 그 여자가 이 레일라일지도 모르겠어요. 가서 만나봐야 합니다."

빌리츠는 고개를 끄덕였고, 보슈의 말이 다 끝났다고 판단될 때까지 잠시 기다렸다가 작전 계획을 내놓았다.

"좋아. 우선 기자들 문제는 내가 맡을게. 이 사건에 대한 정보가 한 사람 입에서 나오도록 하는 게 가장 좋을 테니까. 당분간은 기자들한테 차량 탈취나 강도 쪽에 비중을 두고 수사를 하고 있다고 말할 거야. 뭐 틀린 말도 아니고, 정황으로 볼 때 기자들도 수긍을 할 거야. 다들 이의 없지?"

세 형사가 고개를 끄덕였다.

"좋아. 그리고 우리가 계속 수사를 맡겠다고 경감을 설득할게. 열심히 쫓아가봐야 할 방향이 서너 갈래는 되는 것 같군. 해리 말대로 쪼아내 버려야 할 화강암 덩어리가 말이야. 어쨌든, 이미 어느 정도의 정보를 확보하고 이런저런 가능성을 살펴보고 있다는 사실이 경감을 설득하는 데 도움이 될 거야. 자, 해리, 당신은 최대한 빨리 비행기를 잡아타고 라스베이거스로 날아가. 그쪽을 책임지고 파헤쳐 봐. 하지만 아무것도 없는 것 같으면 곧장 돌아와. 여기도 할 일이 많으니까. 알았어?"

보슈는 고개를 끄덕였다. 결정권자가 보슈 자신이었어도 같은 결정을 내렸겠지만, 자기가 아닌 빌리츠 과장이 결정권자라는 사실에 갑자기 질투가 일면서 심기가 불편해졌다.

"키즈, 자네는 금융 거래 쪽을 계속 맡아. 내일 아침까지는 이 앤서니 앨리소라는 남자에 대해서 모든 것을 알고 싶어. 압수 수색 영장을 가지고 피해자 집으로 올라가서, 자료를 모으는 틈틈이 그 부인하고 이야기를 더 해 봐. 그 부부의 결혼 생활에 대해 더 알아보라고. 기회가 생기면 그 부인이랑 마주 앉아서 같은 여자들끼리 마음을 터놓고 얘기해보는 것도 좋겠지."

빌리츠가 말했다.

"글쎄요. 같은 여자들끼리 마음을 터놓고 얘기하는 건 물 건너 간 것 같은데요. 굉장히 똑똑한 여자예요. 우리가 자기를 용의자로 지목하고 살펴보고 있다는 것도 이미 알고 있을 정도로요. 우리 중 누구라도 그 여자를 다시 만나볼 땐 미리 피의자의 권리를 고지하는 게 안전하겠다 싶은데요. 어젯밤에 정말 아슬아슬했어요."

라이더가 말했다.

"그건 자네가 알아서 판단해. 하지만 피의자의 권리를 고지하면 변호사를 부를 것 같은데."

빌리츠가 말했다.

"가서 보고 알아서 할게요."

"그리고 제리, 당신은…."

"압니다, 알아요, 서류 작업을 맡아야죠."

에드거는 15분 만에 처음으로 입을 열었다. 불만이 터져 나오려는 걸 꾹꾹 눌러 참고 있는 것 같았다.

"그래, 서류 작업을 맡아. 그리고 민사 소송 사건들도 살펴보고, 앨리소와 싸우고 있었던 그 시나리오 작가도 조사해줘. 이번 사건과 별 관련은 없는 것 같지만, 그래도 전부 다 확인은 해봐야지. 정말 관련이 없는 것으로 밝혀지면 수사의 초점을 좀 더 정확하게 맞출 수 있을 테니까."

빌리츠가 말했다.

에드거는 그녀에게 장난치듯 거수경례를 했다. 빌리츠가 말을 이었다.

"그리고 해리가 라스베이거스에서 피해자의 행적을 추적하는 동안, 당신은 여기 공항에서부터 살해된 장소까지의 행적을 추적해 봐. 공항 주차 대행업체의 영수증이 있으니까, 거기부터 시작하는 게 좋겠지. 난 기자들하고 인터뷰할 때, 피해자의 자동차에 대해 자세히 설명할게. 이 도시에 흰색 롤스로이스 실버 클라우드가 그렇게 많진 않을 테니까. 그리고 금요일 밤에 그 차를 본 사람이 있는지 찾고 있다고 말할 거야. 공항에서부터 피해자의 행적을 추적하고 있다고 할 거야. 운이 좋으면, 그 차를 본 존 큐(용감하게 불의에 맞서는 일반 시민 제보자를 뜻하는 말-옮긴이)

들이 나타날지도 모르지."

"그럴지도 모르죠."

에드거가 말했다.

"좋아. 자, 그럼, 시작하자고."

빌리츠가 말했다.

세 형사는 자리에서 일어섰고 빌리츠는 그대로 앉아 있었다. 보슈는 꾸무럭꾸무럭 비디오테이프를 꺼내면서 동료들이 나가고 빌리츠와 단둘이 남을 때까지 기다렸다.

"과장님은 과장 자리에 오를 때까지 살인전담팀에서 실제로 사건을 맡은 적은 없다고 들었습니다."

보슈가 빌리츠에게 말했다.

"맞아. 실전 경험은 밸리 순찰국 성폭행전담팀에서 일했던 게 전부야."

"그렇군요. 사실, 나라도 과장님처럼 일을 배당했을 겁니다."

"그런데 팀장인 당신이 아니라 내가 배당을 해서 기분이 나빴어?"

보슈는 빌리츠의 질문에 대해 생각해보았다.

"곧 잊히겠죠."

"고마워."

"무슨 말씀을요. 근데 파워스가 트렁크에 지문을 남긴 거 말이에요, 미리 말씀드릴 수도 있었겠지만, 지금은 때가 아니라고 생각했어요. 트렁크를 열었다고 자기 입으로 그러기에 아주 밟아버렸습니다. 그런데 자기가 트렁크를 열어보지 않고 우리가 나타날 때까지 기다렸다면, 차는 아직도 거기 놓여 있을 거라고 하더라고요. 망할 놈이긴 하지만, 말은 맞는 말이잖아요."

"무슨 뜻인지 알겠어."

"보고 안 했다고 화났어요?"

빌리츠는 잠깐 생각을 정리했다.

"곧 잊히겠지."

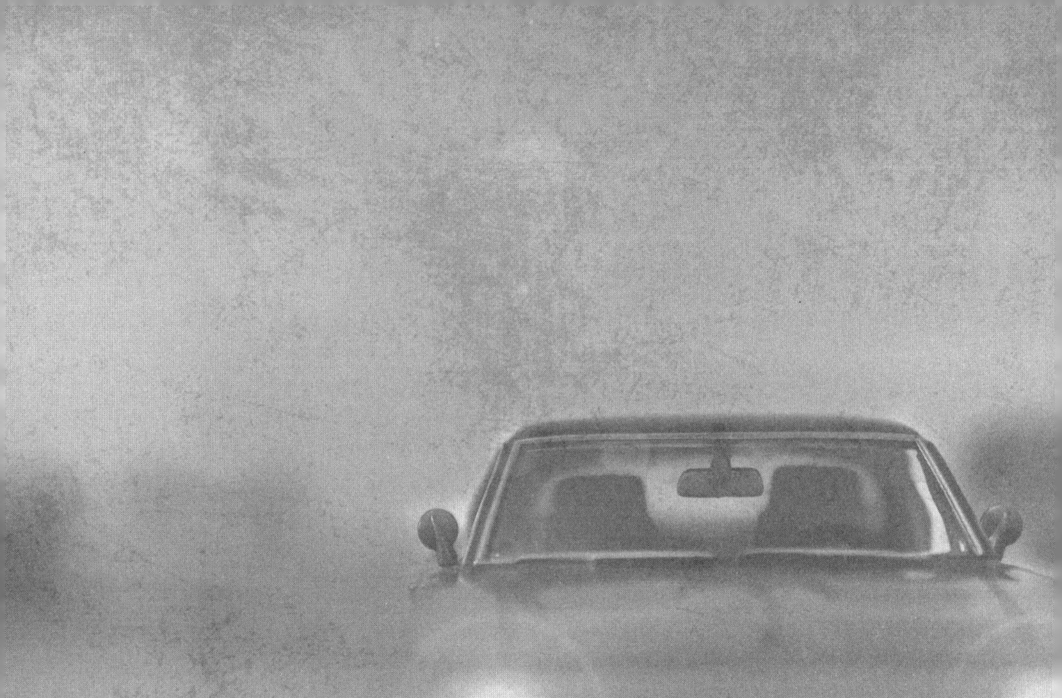

02 라스베이거스로

보슈는 버뱅크 공항에서 라스베이거스로 가는 사우스웨스트 셔틀 항공기에 탑승한 후 창가 좌석에 앉아 안전벨트를 매자마자 곯아떨어졌다. 꿈도 꾸지 않고 죽은 듯이 자다가 비행기가 활주로에 착륙하면서 몸이 앞으로 쏠리자 겨우 눈을 떴다. 비행기가 게이트를 향해 천천히 달리는 동안 완전히 잠이 깼고, 한 시간 동안의 휴식 덕분에 기력을 회복한 느낌이 들었다.

낮 12시, 보슈가 터미널을 빠져나오자 섭씨 40도의 열기가 그를 맞았다. 렌터카가 기다리고 있는 주차장을 향해 걸어가는 동안, 회복됐던 기력이 더위 때문에 다시 빠지고 있는 느낌이 들었다. 정해진 주차 공간에서 렌터카를 찾은 그는 차에 올라탄 후 에어컨을 최대로 틀고 미라지 호텔로 향했다.

보슈는 수사 때문에 라스베이거스에 자주 왔었지만, 도무지 이 도시가 마음에 들지 않았다. 라스베이거스는 로스앤젤레스와 비슷한 도시였다. 절박한 사람들이 필사적으로 달려가는 도시. 로스앤젤레스에서 도망치는 사람들은 주로 여기로 왔다. 그들이 갈 곳이라고는 여기밖에 없었다. 돈과 활기와 섹스로 현란하게 치장을 한 몸속에는 어두운 심장이 뛰고 있었다. 네온 간판과 가족 단위의 놀이시설로 아무리 화려하게 옷을 입혀놓아도, 라스베이거스는 여전히 창녀 같은 도시였다.

그러나 이런 견해를 흔들어놓을 수 있는 곳이 있다면 그곳은 바로 미라지 호텔이었다. 미라지 호텔은 깨끗하고 화려하고 합법적인 도시, 새로운 라스베이거스의 상징이었다. 호텔 고층 건물의 유리창은 햇빛을 받아 황금색으로 반짝이고 있었다. 그리고 안으로 들어가 보니 카지노를 고급스럽게 꾸미는 데 돈을 아끼지 않은 것이 눈에 보였다. 로비를 걸어가던 보슈는 잠시 걸음을 멈추고 세계의 어느 동물원 관리인이라도 탐을 낼 것 같은, 거대한 유리 우리 속에서 어슬렁거리고 있는 흰색 호랑이들을 홀린 듯이 바라보았다. 체크인을 위해 줄을 서서 기다리고 있는 동안에는 프런트데스크 뒤에 있는 거대한 수족관에서 눈을 떼지 못했다. 수족관 안에서는 상어들이 한가롭게 헤엄을 치고 있었다. 흰색 호랑이들처럼 느긋하게.

보슈의 차례가 되었을 때, 직원은 그의 예약란에 걸려 있는 깃발을 보고 보안실을 불렀다. 행크 메이어라는 주간 보안실장이 나타나서 자기소개를 했다. 그는 호텔과 카지노를 대표해서 보슈에게 전적으로 협조하겠다고 말했다.

"토니 앨리소 씨는 우리의 소중한 고객이셨습니다. 우리가 도울 수 있는 일은 최대한 도와드리겠습니다. 하지만 그분의 죽음이 여기 투숙하셨던 일과 관련이 있을 것 같지는 않군요. 우리는 이 사막에서 가장 깨끗한 호텔을 운영하고 있습니다."

행크 메이어가 말했다.

"알아, 행크. 그리고 호텔의 명성에 오점을 남기고 싶지 않다는 것도 알고 있어. 나도 미라지 호텔 안에서 뭔가를 발견할 거라고 기대하지 않아. 하지만 피해자의 행적을 추적할 필요가 있어서 와본 거야. 이해하지?"

"이해합니다."

"앨리소 씨하고 안면은 있었나?"

"아뇨, 저는 모르는 분입니다. 저는 여기 입사하고 나서 3년 동안 줄곧 주간 근무를 했거든요. 제가 알기로는 앨리소 씨는 주로 밤에 카지노를 찾으셨습니다."

메이어는 서른 살쯤 되어 보였고, 미라지 호텔과 라스베이거스가 전 세계에 보여주고 싶어 하는 단정하고 준수한 이미지를 갖고 있었다. 그는 앨리소 씨가 마지막으로 이 호텔에서 묵었던 객실은 봉쇄되어 있고 보슈의 수사가 끝날 때까지 계속 봉쇄될 것이라고 말했다. 그러고 나서 보슈에게 객실 열쇠를 주면서 객실 수사가 끝나는 대로 반납해달라고 요청했다. 또 야간 근무를 하는 포커 테이블 딜러들과 스포츠북(프로야구, 농구, 하키, 미식 축구 등 스포츠 경기에 베팅하는 것. 미국에서는 유일하게 라스베이거스에서만 스포츠 베팅이 합법적으로 허용됨－옮긴이) 담당 직원들을 상대로 참고인 조사를 할 수 있게 조치하겠다고 말했다. 그들 모두 단골로 드나들던 앨리소를 잘 알고 있다고 했다.

"포커 테이블 위 천장에 눈이 달려 있지?"

"어, 네, 그렇습니다."

"목요일부터 금요일까지의 녹화 테이프도 있겠지? 있으면 한번 보고 싶은데."

"알겠습니다. 보여드리죠."

보슈는 오후 4시에 2층 보안실에서 메이어를 만나기로 했다. 그때는 카지노 직원들의 근무 교대 시각이어서, 앨리소를 아는 딜러들이 출근

보고를 할 것이었다. 또한 그때 포커 테이블 천장에 달린 CCTV 카메라의 테이프도 볼 수 있을 터였다.

몇 분 후 자기가 묵을 객실로 들어간 보슈는 침대에 걸터앉아 방 안을 둘러보았다. 방은 생각보다 작았지만 아주 쾌적했다. 그가 이제까지 라스베이거스에서 보았던 호텔 방들 중에서 가장 안락하게 꾸며진 객실이었다. 그는 협탁에서 전화기를 끌어다가 무릎 위에 놓고 도착 보고를 하기 위해 할리우드 경찰서로 전화를 걸었다. 에드거가 전화를 받았다.

"보슈야."

"여어, 살인의 미켈란젤로, 살인사건의 로댕이시구만."

"재밌군. 그래, 거긴 어떻게 돼가?"

"불리츠가 전투에서 승리했어. 사건을 뺏어가겠다고 나타난 강력계 친구가 한 명도 없어."

에드거가 말했다.

"다행이군. 자넨 어때? 진전이 좀 있어?"

"신나게 사건 파일 만들고 있어. 그런데 잠깐 접어둬야 돼. 1시 30분에 시나리오 작가가 참고인 조사를 받으러 들어온댔거든. 변호사는 필요 없대."

"좋아, 그건 자네가 잘 알아서 해줘. 과장한테 도착했다고 전화 왔었다고 전해주고."

"알았어. 그런데 과장이 6시에 상황 점검 회의를 또 하자네. 전화하면 스피커로 연결할게."

"알았어, 전화할게."

보슈는 그냥 드러누워 잠이나 잤으면 좋겠다고 생각하면서 한동안 침대에 걸터앉아 있었다. 그러나 그럴 수가 없었다. 수사를 진행해야 했다.

그는 일어서서 여행 가방을 열어 셔츠 두 장과 바지 한 장을 꺼내 벽장에 걸었다. 여벌로 가져온 속옷과 양말은 벽장 선반에 올려놓고 나서 방을 나와 엘리베이터를 타고 맨 꼭대기 층으로 올라갔다. 앨리소가 묵었던 객실은 복도 끝에 있었다. 메이어에게서 받은 카드키는 아무 문제없이 작동이 되었고, 보슈는 자기가 묵는 방보다 두 배는 큰 객실로 걸어 들어갔다. 침실과 거실이 따로 있는 스위트룸이었고, 광활한 사막과 도시의 북서쪽에 있는 코코아 색깔의 완만한 산맥이 내려다보이는 창가에 타원형의 자쿠지(물에서 기포가 생기게 만든 욕조-옮긴이)가 설치되어 있었다. 창문 바로 아래에는 수영장과 호텔이 자랑하는 돌고래 풀장이 보였다. 아래를 내려다보던 보슈는 햇빛을 받아 일렁이는 물속에서 회색 돌고래 한 마리가 움직이는 것을 보았다. 그 스위트룸에 서 있는 보슈처럼 그 돌고래도 어울리지 않는 장소에 있는 것 같았다.

"사막에 웬 돌고래."

보슈가 소리를 내어 말했다.

객실은 어느 도시의 어느 기준으로 보아도 고급스러웠고, 돈을 물 쓰듯이 쓰는 손님들을 위한 방이 틀림없었다. 보슈는 잠깐 동안 침대 옆에 서서 방 안을 둘러보았다. 이상하다 싶은 것은 하나도 없었고, 두꺼운 카펫은 최근에 청소기를 돌려서 일관된 물결 무늬가 나 있었다. 방 안에 증거 가치가 있는 것이 있었더라도 이제는 다 사라져 버렸을 것 같았다. 그래도 보슈는 방 안을 살피기 시작했다. 침대 밑을 들여다보고 서랍을 열어보았다. 화장대 뒤에서 라스베이거스 시내에 있는 라 푸엔테스라는 멕시코 식당의 종이 성냥을 발견했지만, 그것이 언제부터 거기 있었는지는 알 수 없었다.

화장실은 바닥부터 천장까지 분홍색 대리석 타일로 덮여 있었다. 붙박이 세간은 황동으로 되어 있었고 반짝반짝 윤이 났다. 보슈는 잠깐 동안 화장실 안을 둘러보았지만 눈길을 끄는 것은 하나도 없었다. 샤워 부스 유리문을 열고 안을 들여다보았지만, 역시 아무것도 발견하지 못했다. 그러나 문을 닫으려는데 하수구 뚜껑 위에 있는 무언가가 눈에 띄었다. 그는 다시 문을 열고 허리를 굽혀 내려다보다가 하수구 뚜껑 주변 실리콘 속에 들어 있는 아주 작은 금빛 반짝이 한 개를 발견하고는 손가락으로 눌렀다. 그러고 나서 손가락을 들어보니 반짝이가 붙어 있었다. 토니 앨리소의 바짓단에서 발견된 반짝이와 같은 것인 듯했다. 이제 이게 무엇인지, 어디서 나온 것인지 알아내야 했다.

메트로 경찰국은 라스베이거스 시내 스튜어트 거리에 있었다. 보슈는 접수 창구로 가서 외지에서 출장 온 형사인데 강력계에 인사차 들렀다고 말했다. 안내받은 대로 3층 강력계 사무실로 올라가니 내근 형사 한 명이 비어 있는 강력계 사무실을 통과해 강력계장실로 그를 안내했다. 강력계장인 존 펠튼 경감은 쉰 살쯤 되어 보이는 남자로 목이 두껍고 피부는 햇볕에 검게 그을려 있었다. 보슈는 계장이 지난 한 달 동안에만도 전국 각지에서 온 형사들을 적어도 백 명은 만나보았을 거라고 추측했다. 라스베이거스는 그런 곳이었다. 펠튼 계장은 보슈에게 앉으라고 말한 뒤 뻔한 인사말을 늘어놓았다.

"보슈 형사, 라스베이거스에 오신 것을 환영합니다. 날 만나게 되다니 운이 좋군요. 난 이놈의 성가신 서류 작업을 마저 하려고 휴일인데도 출근했죠. 안 그러면 여기 아무도 없었을 텐데. 어쨌든, 즐겁고 생산적인 여행이 되길 바랍니다. 필요한 게 있으면 망설이지 말고 언제든 연락해줘요. 아무것도 약속해줄 수는 없지만, 당신이 요구하는 일이 내 권한 안의 일이라면, 기꺼이 도와드리지. 그래서 하는 말인데, 라스베이거스에 온 이유가 뭐죠?"

보슈는 사건에 대해 간략히 설명했다. 펠튼은 토니 앨리소라는 이름과 앨리소가 라스베이거스에 마지막으로 머문 날짜와 머문 장소를 메모했다.

"저는 단지 여기 머물렀을 당시의 피해자 행적을 알아보려고 하는 겁니다."

"피해자가 여기서부터 미행당하다가 LA에서 살해된 거라고 생각하는 거요?"

"현재로서는 확신할 수 있는 게 아무것도 없습니다. 그렇게 볼 증거가 없으니까요."

"여기서 그런 증거가 발견되지 않았으면 좋겠구만. 우리 라스베이거스가 그런 일로 LA 언론에 오르내리는 건 원치 않으니까. 뭐 더 할 말이라도?"

보슈는 서류 가방을 무릎에 올려놓고 가방을 열었다.

"피해자의 시신에서 채취한 지문 두 세트가 있습니다. 우린…."

"시신이요?"

"피해자는 약품 처리가 된 가죽 재킷을 입고 있었습니다. 레이저로 지문을 채취했죠. 그래서 그 지문을 AFIS, NCIC, 법무부 캘리포니아 지부 등등 온갖 데이터베이스에 넣고 돌려봤는데 아무런 성과가 없었어요. 여기 컴퓨터 데이터베이스에 넣고 돌려보면 뭐가 나오지 않을까 싶기도 한데요."

LA 경찰국이 사용하는 지문자동검색시스템(The Automated Fingerprint Identification System: AFIS)은 전국에 있는 수십 개의 지문 데이터베이스를 망라한 컴퓨터 네트워크이긴 했지만, 전국의 모든 데이터베이스를 총망라하고 있지는 않았다. 그리고 대도시 경찰국은 대개가 자체 데이터베이스를 보유하고 있었다. 메트로 경찰국도 라스베이거스의 일반 직장이나 카지노에 입사 지원을 한 사람들의 지문을 데이터베이스로 보유하고 있을 것이 분명했다. 그리고 은밀히 입수한 지문, 다시 말해 범죄의 혐의는 있었지만 체포되지는 않은 사람들의 지문도 가지고 있을 것이었다. 보슈는 펠튼이 바로 이런 사람들의 지문 정보를 담은 데이터베이스에서 앨리소 사건에서 채취한 지문들과 일치하는 지문이 있는지 찾아봐주기를 바랐다.

"어디 어떤 것들인지 한번 봅시다. 하지만 아무것도 약속해줄 수는 없어요. 전국 데이터베이스에는 빠져 있는 것들이 우리 것에는 몇 개 들어 있을지 모르지만, 그래도 일치하는 지문을 찾아낼 가능성은 별로 없을 것 같은데."

보슈는 아트 도노반에게서 받은 지문 카드 몇 장을 펠튼에게 건넸다.

"그래, 미라지 호텔부터 시작할 거요?"

펠튼이 지문 카드를 책상 옆쪽으로 밀어놓은 후에 물었다.

"네. 피해자의 사진을 보여주고 다니면서 행적을 추적해보려고 합니다."

"알아낸 정보는 전부 내게 알려줄 거죠?"

"물론입니다."

보슈는 거짓말을 했다.

"좋아요."

펠튼이 책상 서랍을 열더니 명함 한 장을 꺼내 보슈에게 건넸다.

"거기 내 사무실 전화번호와 호출기 번호가 적혀 있어요. 뭐라도 나오면 전화해줘요. 호출기는 항상 지니고 다니죠. 그리고 지문 검색 결과는 내일 아침까지는 어떤 식으로든 알려줄게요."

보슈는 펠튼에게 감사 인사를 한 후 계장실을 나왔다. 경찰국 로비로 나온 보슈는 LA 경찰국 과학수사계에 전화를 걸어 아트 도노반에게 토니 앨리소의 바짓단에서 발견된 반짝이에 대해 알아봤는지 물었다.

“알아보긴 했는데, 결과가 별로 마음에 안 들 것 같은데요, 선배. 그건 그냥 반짝이예요. 색깔을 칠한 알루미늄 조각이요. 의상이나 축하 행사에서 사용하는 것들 말이에요. 피해자가 파티장 같은 곳에 갔는데, 그곳에서 그 반짝이를 뿌려댔거나, 파티 선물에서 떨어진 것 같아요. 그래서 몇 개가 옷에 묻은 거죠. 피해자는 눈에 보이는 건 다 털어낼 수 있었겠지만, 바짓단 속으로 떨어진 건 못 본 거죠. 그래서 그냥 남아 있었던 걸 거예요.”

“알았어. 또 다른 건?”

“어, 없어요. 적어도 증거물 감식에서는요.”

“그럼 다른 데서는 뭐가 있다는 말이야?”

“저기요, 선배, 어젯밤 감식 창고에 있을 때 선배랑 통화했던 OCID 형사 있잖아요.”

“카본?”

“네, 도미닉 카본이요. 그 사람이 오늘 여길 들렀더라고요. 어젯밤에 뭘 발견했냐고 캐묻던데요.”

보슈는 눈앞이 캄캄해졌다. 그가 아무 말이 없자 도노반이 말을 이었다.

“다른 일로 왔다고는 하면서도 이 사건에 대해서 꼬치꼬치 캐물었어요. 선배, 잘은 모르겠지만 단순히 지나가는 호기심 같지는 않았어요. 무슨 뜻인지 알죠?”

“그래, 알아. 그래서 어디까지 말해줬어?”

“이 인간이 뭐하는 건가 하는 의심에 들기 전에 그만 재킷에서 지문을 채취했다고 말해버렸어요. 미안해요, 선배, 근데 자랑 좀 하고 싶었나 봐요. 죽은 사람의 재킷에서 쓸 만한 지문을 뜨는 일은 흔치 않은 일이거든요.”

"괜찮아. 그 지문으로 알아낸 건 아무것도 없다는 말도 했어?"

"네, 데이터베이스를 돌려봤지만 일치하는 지문을 찾아내지 못했다고 말했어요. 그런데… 그런데 그 사람이 지문 사본을 달라는 거예요. 그걸로 할 일이 좀 있을 것 같다면서요. 그 할 일이란 게 뭔지는 모르겠지만요."

"그래서 어떻게 했어?"

"어떻게 했겠어요? 줬죠."

"뭐야?"

"농담이에요, 선배. 지문 세트 사본을 원하면 선배한테 전화해보라고 했어요."

"잘했어. 그리고 또 무슨 얘길 해줬어?"

"그것뿐이에요, 선배."

"좋아, 아트, 잘했어. 나중에 또 연락할게."

"그러세요. 그건 그렇고, 선배, 지금 어디예요?"

"라스베이거스."

"정말이요? 그럼 룰렛 휠에서 7번에 5달러 걸어줘요. 한 번만 해요. 나중에 돌아오면 줄게요. 돈을 따지 않으면 말이죠. 따면 선배가 줘야죠."

보슈는 행크 메이어와의 약속 시간을 45분 남겨놓고 자기 방으로 돌아왔다. 남은 시간 동안 샤워와 면도를 하고 새 셔츠로 갈아입었다. 그러고 나니까 기분이 새로워졌고, 사막의 열기 속으로 들어갈 준비가 되었다.

메이어는 지난주 목요일과 금요일에 야간 근무를 했던 스포츠북 직원들과 포커 테이블 딜러들이 자신의 사무실에 한 사람씩 들어와 조사를 받을 수 있게 준비를 해놓았다. 남자가 여섯 명, 여자가 세 명이었다.

여덟 명은 포커 딜러였고 한 명은 앨리소의 스포츠 베팅을 도와준 스포츠북 직원이었다. 근무 시간 동안 포커 딜러들은 20분마다 한 번씩 교대를 하며 여섯 개의 포커 테이블을 돌아다녔다. 따라서 앨리소가 마지막으로 라스베이거스에 왔을 때 딜러 여덟 명 전부가 그와 카드 게임을 했다. 게다가 그가 카지노 단골손님이었기 때문에 다들 사진을 보고 앨리소라는 걸 금방 알아보았고 그에 대해서 알고 있었다.

메이어가 옆에 앉아서 지켜보는 가운데 보슈는 참고인 조사를 신속하게 진행해서 한 시간 안에 포커 딜러 여덟 명의 이야기를 전부 들어볼 수 있었다. 딜러들에 따르면 앨리소는 보통 5-10 테이블에서 게임을 했다. 이 말은 플레이어가 5달러의 참가비를 내고 게임에 임하고 카드를 한 번 돌릴 때마다 최소 5달러에서 최대 10달러까지를 베팅할 수 있다는 뜻이었다. 카드를 한 번 돌릴 때마다 레이즈(raise: 포커에서 돈을 더 거는 것-옮긴이)가 세 번까지 허용이 되었다. 세븐 카드 스터드(세븐 오디라고도 하며 가장 일반적인 포커 게임. 각각 일곱 장의 카드가 주어졌을 때 최종적으로 가장 높은 패를 가진 사람이 이기는 게임. 딜러는 처음에 세 장을 먼저 돌리고, 다음에 한 장씩 네 번을 더 돌림-옮긴이) 게임이었기 때문에, 한 게임에 카드가 다섯 번 돌아갔다. 그리고 테이블마다 플레이어 여덟 명이 꽉 차서 게임을 할 경우에는, 플레이어 한 명의 베팅액이 수백 달러에 달할 수 있었다. 앨리소가 했던 게임은 보슈가 금요일 밤에 형사과 동료들과 하곤 했었던 포커 게임하고는 수준이 달랐다.

딜러들 말에 따르면, 앨리소는 지난 목요일 밤에 세 시간 정도 게임을 했고, 결과는 본전치기였다. 그리고 금요일 초저녁에도 나타나 두 시간 정도 게임을 했고 2, 3천 달러를 잃은 후 테이블을 떠났다. 다들 앨리소가 그 전에 왔을 때에도 돈을 엄청나게 많이 따거나 잃은 적은 한 번도 없었던 것으로 기억한다고 했다. 앨리소는 항상 몇 천 달러를 잃거나 따는 정도였다는 것이다. 그는 게임을 그만해야 할 때가 언젠지를 알고 있는 것 같았다.

딜러들은 앨리소가 팁을 잘 줬다고 말했다. 보통은 이길 때마다 칩으로 10달러를 주었고, 특별히 돈을 많이 땄을 때는 25달러짜리 칩을 주었다고 했다. 딜러들이 앨리소를 좋게 기억하는 것은 다른 무엇보다도 이 후한 팁 때문인 것 같았다. 앨리소는 항상 혼자 와서 게임을 했고, 진토닉을 마시면서 다른 플레이어들하고 잡담을 나누기도 했다고 했다. 그러나 최근 몇 달 동안은 기껏해야 20대 초반으로 보이는 금발의 어린 아가씨와 함께 왔었다고 했다. 아가씨는 포커는 한 번도 하지 않았고 근처에서 슬롯머신 게임을 하다가 돈이 필요하면 앨리소에게 왔다고 했다. 앨리소는 그 아가씨를 누구에게도 소개시켜주지 않았고, 우연히라도 그녀의 이름을 들은 딜러도 없었다. 보슈는 이 정보를 수첩에 적은 후에는 옆에 '레일라?'라고 적었다.

딜러들 조사가 끝나자 앨리소와 친했다는 스포츠북 직원이 들어왔다. 칙칙한 갈색 금발의 여자였고 이름이 어마 챈트리라고 했다. 그녀는 자리에 앉자마자 담배에 불을 붙여 물었고 한시도 쉬지 않고 줄담배를 피워댄 사람의 걸걸한 목소리로 이야기를 했다. 그녀는 앨리소가 마지막으로 호텔에 묵었던 이틀 밤 동안 매번 다저스 팀에 베팅을 했다고 말했다.

"토니에게는 나름의 규칙이 있었어요. 이길 때까지 항상 베팅액을 두 배로 올렸죠."

어마 챈트리가 말했다.

"무슨 뜻이지?"

"첫날 밤에는 다저스가 승리한다는 데 천 달러를 걸었어요. 그런데 졌어요. 그러자 다음 날 와서는 다저스의 승리에 2천 달러를 걸었어요.

이번엔 이겼죠. 그러니까 카지노 수수료를 제하고도 거의 천 달러 가까이 딴 셈이죠. 찾아가진 않았지만요."

"상금을 찾아가지 않았다고?"

"네. 하지만 이상한 일은 아니에요. 베팅 영수증만 가지고 있으면 언제든지 찾아갈 수 있으니까요. 컴퓨터에 입력해두거든요. 전에도 그런 일이 가끔 있었어요. 이기고 나서도 다음에 방문할 때까지 상금을 찾아가지 않은 적이 몇 번 있었어요."

"다른 직원한테서 찾아가지 않았다는 건 어떻게 알지?"

"토니는 그럴 사람이 아니에요. 언제나 저한테서 현금으로 찾아가면서 팁을 주고 갔죠. 늘 제가 자기 행운의 여신이라고 말했어요."

보슈는 잠깐 생각에 잠겼다. 다저스는 홈구장에서 금요일 밤에 경기를 했고 앨리소가 탄 비행기는 밤 10시에 라스베이거스를 이륙했다. 그러니까 앨리소는 경기가 끝나기 전에 벌써 매캐런 국제공항(라스베이거스에 있는 국제공항 이름-옮긴이)에 있었거나 LA로 돌아오는 비행기 안에 있었다고 봐도 좋을 것 같았다. 그런데 그의 지갑이나 옷에는 베팅 영수증이 없었다. 보슈는 다시 사라진 서류 가방을 떠올렸다. 영수증이 거기 들어 있었을까? 수수료 빼고 4천 달러가 약간 안 되는 돈이 살인을 저지를 동기가 될 수 있을까? 그럴 것 같지는 않았지만, 그래도 조사는 해봐야 했다. 보슈는 어마를 바라보았다. 그녀는 뺨 속에 있는 이의 윤곽이 드러날 정도로 힘차게 담배를 빨았다.

"다른 사람이 상금을 찾아가진 않았을까? 다른 직원에게서 말이야. 그걸 확인할 방법이 있어?"

어마가 망설이고 있자 메이어가 끼어들었다.

"물론 확인할 수 있습니다. 영수증마다 직원 번호와 베팅 시각이 코드로 입력되어 있거든요."

메이어는 어마를 바라보았다.

"어마, 금요일 밤에 다저스에 2천 달러를 베팅한 사람이 많았어?"

"아뇨, 토니 빼고는 한 명도 없었어요."

어마가 대답하자 메이어가 보슈에게 말했다.

"찾아볼 수 있겠는데요. 금요일 밤 베팅 상금 지불 영수증부터 찾아보겠습니다. 앨리소 씨의 상금이 지불이 되었다면 언제 지불이 되었는지 알 수 있을 거고 CCTV를 확인하면 누가 찾아갔는지도 알 수 있을 겁니다."

보슈는 다시 어마를 바라보았다. 그가 만나본 카지노 직원들 중에서 앨리소를 이름으로 부른 사람은 그녀뿐이었다. 그는 앨리소와 어마 사이에 도박장 손님과 직원이라는 관계 말고 또 다른 무언가가 있었는지 물어보고 싶었다. 그러나 그는 카지노에서는 직원이 손님과 데이트를 하거나 친하게 지내는 것이 금지되어 있다는 것을 알고 있었다. 메이어가 보는 앞에서 물어보면 솔직한 대답을 기대하기는 어려웠다. 보슈는 나중에 어마를 따로 만나서 물어봐야겠다고 마음속에 메모를 한 후 그녀를 내보냈다.

보슈가 손목시계를 보니 빌리츠 과장과 다른 팀원들과의 전화 회의 시간까지 40분 정도 여유가 있었다. 그래서 메이어에게 지난 목요일과 금요일에 포커 테이블 천장에 달린 CCTV가 찍은 테이프를 볼 수 있겠느냐고 물었다.

"피해자가 게임을 하는 모습을 보고 싶어서 그래. 어떤 사람이었는지 감을 잡고 싶어서."

보슈가 말했다.

"그럼요, 이해합니다. 테이프는 언제든 보실 수 있게 준비되어 있습니다. 말씀드렸다시피, 우리는 언제라도 기꺼이 협조할 준비가 되어 있습니다."

그들은 사무실을 나와 복도를 걸어 기술실로 들어갔다. 기술실 안은 조명이 어두웠고 에어컨에서 나는 소리를 제외하고는 쥐 죽은 듯 조용했다. 여섯 대의 계기반이 두 줄로 놓여 있었고, 각 계기반 앞에는 회색 캐주얼 재킷을 입은 남자가 앉아서 계기반마다 놓여 있는 여섯 개의 비디오 모니터를 지켜보고 있었다. 비디오 화면에는 카지노 테이블을 천장에서 찍은 장면이 나왔다. 계기반마다 초점을 조정하거나 특정 카메라의 화면을 확대할 수 있게 하는 전자 제어판이 있었다.

"저 사람들이 마음만 먹으면 하우스에 있는 어떤 블랙잭 테이블에 있는 플레이어가 어떤 카드를 쥐고 있는지도 말해줄 수 있습니다. 놀랍지 않습니까?"

메이어가 속삭였다.

메이어는 보슈를 데리고 기술실을 나가 기술실장실로 갔다. 실장실 안에는 녹화 테이프를 보관하는 캐비닛 여러 개와 비디오 장비가 있었다. 작은 책상 앞에 회색 캐주얼 재킷을 입은 남자가 앉아 있었다. 메이어는 기술실장 칼 스몰츠라고 남자를 소개했다.

"칼, 준비됐어?"

"여기 이 화면이야."

스몰츠가 15인치 모니터 중 한 개를 가리키며 말했다. 그러고는 말을 이었다.

"목요일부터 시작할 거야. 딜러 한 명을 불러다가 그 손님을 찾아내게 했어. 그는 목요일 밤 8시 20분에 나타나서 11시까지 게임을 했어."

스몰츠가 테이프를 재생했다. 아치웨이 CCTV 화면과 마찬가지로 화질이 좋지 않은 흑백 화면이었지만, 실시간 연속 동작으로 촬영이 되어 있었다. 그래서 동작이 불쑥불쑥 넘어가지는 않았다. 핏 보스(포커장을 관리하는 지배인-옮긴이)가 앨리소를 한 테이블의 빈 의자로 안내하는 장면부터 시작되었다. 그 핏 보스는 들고 있던 칩 랙(게임 테이블에서 사용하는 칩을 담은 쟁반-옮긴이)을 앨리소 앞에 내려놓았다. 앨리소는 고개를 끄덕이더니 딜러와 미소로 인사를 나누고는 게임을 시작했다. 딜러는 보슈가 좀 전에 만나본 여자였다.

"저 랙에 있는 칩을 돈으로 따지면 얼마나 되지?"

보슈가 물었다.

"5백 달러입니다. 아까 빠른 속도로 돌려봤거든요. 그는 랙을 더 사지 않았고요, 마지막에 손을 털고 일어설 땐 저 랙이 완전히 비어 있었습니다. 실시간으로 보시겠습니까 아니면 빠른 화면으로 돌릴까요?"

"빨리 돌려 봐."

보슈는 빠른 속도로 넘어가는 화면을 뚫어지게 바라보았다. 앨리소는 게임을 하는 서너 시간 동안 넉 잔의 진토닉을 마셨고, 주로 일찍 카드를 뒤집고 게임을 포기했으며, 다섯 번은 크게 이겼고 여섯 번을 졌다. 특이할 만한 일은 별로 없었다. 화면 속 시계가 11시에 가까워지자 스몰츠는 테이프의 속도를 늦추었고, 보슈는 앨리소가 핏 보스를 불러 칩을 현금으로 바꾸고 나서 화면에서 사라지는 것을 보았다.

"이게 끝입니다. 그리고 금요일은 테이프가 두 개 있습니다."

스몰츠가 말했다.

"왜?"

"두 개의 테이블에서 게임을 했거든요. 처음 등장했을 때는 5-10 테이블에 빈자리가 없었습니다. 그렇게 베팅액을 많이 거는 손님이 그리 많지 않아서 5-10 테이블은 한 개만 마련되어 있습니다. 그래서 그는 5-10 테이블에 빈자리가 나올 때까지 1-5 테이블에서 게임을 했습니다. 이 테이프는 베팅액이 적은 1-5 테이블을 촬영한 겁니다."

다른 비디오가 재생되기 시작하자 앨리소가 나타나 이전 테이프에서 봤던 것과 똑같은 절차를 거쳐 테이블로 가서 앉았다. 이번에는 그 가죽 캐주얼 재킷을 입고 있었다. 그는 미소 띤 얼굴로 고개를 끄덕이며 딜러와 인사를 주고받더니, 건너편에 앉아 있는 플레이어에게도 목례를 했다. 그 플레이어는 여자였고, 그녀도 답례로 고개를 끄덕였다. 그러나 카메라의 각도가 좋지 않아서 보슈는 그녀의 얼굴을 볼 수 없었다. 보슈는 스몰츠에게 테이프를 계속 정상 속도로 돌리라고 말했고, 몇 분 동안 테이프를 노려보면서 그 두 플레이어가 또 서로 아는 체를 하거나 대화를 나누기라도 하나 보려고 기다리고 있었다.

둘은 더 이상 서로를 신경 쓰지 않는 것 같았다. 그러나 5분쯤 지나자 딜러 교대가 있었고, 새로운 딜러가—이 딜러도 보슈가 한 시간 전에 만나봤던 여자였다—자리에 앉더니 앨리소와 앨리소의 맞은편에 있는 여자에게 아는 체를 했다.

"여기야. 일시 정지."

보슈가 요청했다.

스몰츠는 대꾸하지 않고 일시 정지 버튼을 눌렀다.

"좋아. 저 딜러 누구야?"

보슈가 말했다.

"에이미 로백이네요. 만나보셨을 텐데요."

"그래. 행크, 저 아가씨를 다시 불러주겠어?"

"어, 네, 그러죠. 이유를 여쭤 봐도 되겠습니까?"

"이 여자 말이야."

보슈가 모니터 화면에서 앨리소의 맞은편에 앉아 있는 여자를 가리키며 말했다.

"앨리소가 앉으니까 이 여자가 아는 체를 했어. 에이미 로백은 이 여자한테 인사를 했고. 이 여잔 앨리소와 로백을 알고 있었어. 단골일 거야. 이 여자를 만나보고 싶은데, 이 여자 이름을 로백이 알고 있을 것 같아서."

"알겠습니다. 가서 데려오죠. 그런데 지금 게임을 하고 있으면 기다려야 합니다."

"알았어. 괜찮아."

메이어가 카지노장으로 내려가자, 보슈와 스몰츠는 테이프를 빠른 속도로 재생해서 앨리소가 떠나는 순간까지 보았다. 앨리소가 1-5 테이블에서 25분간 게임을 한 후에 핏 보스가 나타나 앨리소의 칩 랙을 들고 베팅액이 높은 5-10 테이블로 그를 안내했다. 스몰츠가 5-10 테이블을 찍은 테이프를 넣고 재생했다. 앨리소는 그곳에서 두 시간 동안 게임을 하면서 계속 돈을 잃었다. 그 두 시간 동안 그는 5백 달러 상당의 칩이 들어 있는 랙을 세 번이나 더 샀고, 번번이 금방 칩을 다 날렸다. 마침내 그는 남아 있던 칩 몇 개를 딜러를 위한 팁으로 남겨놓고 나서 일어서서 테이블을 떠났다.

앨리소가 떠난 부분까지 테이프를 다 보고 난 후에도 메이어는 아직 로백을 데리고 나타나지 않았다. 스몰츠는 1-5 테이블을 찍은 테이프를 다시 넣고 빨리 돌려 문제의 여자가 나타나는 장면에 맞춰놓겠다고 했다. 스몰츠가 그렇게 하자 보슈는 그 여자의 얼굴이 보이는 순간이 있나 알아보게 테이프를 빨리 돌려보라고 요청했다. 스몰츠는 지시대로 했고, 5분 정도 눈에 불을 켜고 사람들의 빠른 움직임을 들여다보던 보슈는 한순간 여자가 고개를 들고 카메라를 바라보는 장면을 포착했다.

"저기야! 조금만 뒤로 돌려서 정상 속도로 틀어 봐."

스몰츠가 다시 지시에 따랐고, 보슈는 여자가 담배 한 개비를 꺼내 불을 붙이더니 고개를 뒤로 젖히고 천장에 있는 카메라 쪽을 바라보며 담배 연기를 내뿜는 것을 보았다. 담배 연기 때문에 여자의 모습이 흐려졌다. 그러나 그 전에 보슈는 그녀를 알아보았다. 그러고는 충격으로 얼어붙어 버렸다. 스몰츠가 테이프를 조금 되감아 여자의 얼굴이 가장 선명하게 나온 화면에서 일시 정지를 시켰다. 보슈는 조용히 화면 속 여자를 노려보았다.

스몰츠가 이게 가장 잘 나온 장면이라고 말하고 있는데 문이 열리더니 메이어가 들어왔다. 혼자였다.

"저기, 에이미가 방금 전에 새 테이블에서 딜링을 시작해서요, 한 10분 정도 걸릴 것 같습니다. 그 게임이 끝나면 바로 올라오라고 메시지를 남겨놨습니다."

"전화해서 올라올 것 없다고 전해줘."

보슈가 여전히 화면을 노려보면서 말했다.

"네? 왜요?"

"아는 여자야."

"누굽니까?"

보슈는 잠깐 망설이고 있었다. 여자가 담배를 붙여 무는 걸 봐서 그런지, 아니면 갑작스레 찾아든 충격과 걱정 때문인지 몰라도, 담배 생각이 간절했다.

"그냥 아는 사람이야. 오래전에 알았던 여자."

보슈는 침대에 걸터앉아 무릎에 전화기를 올려놓고 전화 회의를 기다리고 있었다. 그러나 그의 마음은 먼 곳에 가 있었다. 오래전부터 자신의 인생에서 완전히 퇴장했다고 믿어왔던 한 여자에 대한 기억을 되살리고 있었다. 그게 언제였나? 4년 전? 아니 5년 전? 갑자기 오만 가지 생각과 감정이 물밀듯 밀어닥쳐서 언젯적 일인지도 확실히 기억나지 않았다. 그래, 세월이 꽤 흘렀군. 그동안 출감을 했을 수도 있겠어. 그는 생각했다.

"엘리노어 위시."

보슈는 소리를 내어 말했다.

샌타모니카에 있던 그녀의 타운하우스 밖에서 자라던 자카란다 나무들이 떠올랐다. 그녀와 사랑을 나누던 일과 그녀의 턱 선에 희미하게 보이던 작은 초승달 모양의 흉터가 떠올랐다. 오래전 그녀와 사랑을 나눌 때 그녀가 했던 질문도 떠올랐다.

"당신은 혼자 있으면서도 고독하지 않을 수 있다고 생각해요?"

전화벨이 울렸다. 보슈는 몽상에서 벗어나 전화를 받았다. 빌리츠 과장이었다.

"자, 해리, 우린 여기 다 모여 있어. 내 말 잘 들려?"

"아주 선명하진 않지만, 어떻게 해도 더 잘 들릴 것 같진 않은데요."

"그래, 도시 간 통신 시설이 다 그렇지, 뭐. 좋아, 우선 각자의 하루를 보고하는 것으로 회의를 시작하자고. 해리, 먼저 할래?"

"그러죠. 얘기할 것도 별로 없지만요."

보슈는 지금까지 라스베이거스에서 한 일을 자세하게 설명했고, 사라진 베팅 영수증을 추적해봐야 한다고 강조했다. CCTV 테이프를 확인한 이야기는 했지만, 엘리노어 위시를 발견했다는 이야기는 뺐다. 위시가 앨리소와 관련이 있다는 명확한 증거가 없기 때문에 당분간은 혼자만 알고 있을 작정이었다. 보슈는 앨리소가 아치웨이의 자기 사무실에서 마지막으로 전화를 걸었던 돌리스라는 클럽과, 자신이 그곳으로 전화를 걸었을 때 전화를 받았던 아가씨가 말한 레일라에 대해 알아볼 계획이라는 말을 끝으로 보고를 끝냈다.

다음은 에드거의 차례였다. 그는 흥행 보증 수표라는 시나리오 작가는 알리바이가 확실해서 혐의가 없는 것 같다고 말했고, 그 젊은 작가가 앨리소를 무지하게 증오했을 수는 있겠지만, 22구경 권총을 가지고 증오에 찬 복수를 감행할 인간은 아닌 것 같더라고 말했다.

에드거는 또 앨리소가 라스베이거스에 가면서 자기 차를 맡기고 세차와 왁스칠을 부탁해놓았던 주차 대행업체의 직원들을 만나보았다고 했다. 그 업체는 앨리소가 라스베이거스에서 돌아왔을 때 공항으로 그를 태우러 갔는데, 앨리소를 태우러 갔던 직원은 앨리소가 혼자였고 서두르거나 불안한 기색이 전혀 없었다고 진술했다.

"일상적인 픽업 서비스였답니다. 앨리소는 자기 차를 찾아서 집으로 갔다네요. 공항으로 태우러 왔던 직원한테 20달러를 팁으로 줬고. 그러니까 앨리소를 친 놈들이 누군지는 몰라도 그가 집으로 가는 길에 낚아챘던 겁니다. 내 생각엔 멀홀랜드 어디쯤이었을 것 같아요. 외진 커브길이 많잖아요. 재빠르게 행동하면 쉽게 차를 세울 수 있죠. 범인은 두 명인 것 같고."

에드거가 말했다.

"주차 대행업체 직원한테 짐에 대해서 물어봤어?"

보슈가 물었다.

"아, 그거, 그 직원은 자기 기억으로는 앨리소가 그 부인이 말했던 것처럼 가방을 두 개 가지고 있었다더군. 은색 서류 가방 한 개하고 어깨에 메는 여행 가방 한 개. 앨리소는 별도 화물로 부치지 않고 직접 가지고 갔다 온 거야."

에드거가 대답했다.

보슈는 방 안에 혼자 있으면서도 고개를 끄덕였다.

"기자들은 어떻게 됐어요? 무슨 얘기라도 풀어놨어요?"

보슈가 빌리츠 과장에게 물었다.

빌리츠가 대답했다.

"내가 알아서 하고 있어. 내일 아침 일찍 홍보실에서 보도 자료를 낼 거야. 거기엔 롤스로이스 사진도 실릴 거고. 그리고 기자들이 앨리소의 자동차를 찍겠다고 하면 OPG에서 찍게 허용할 거고. 인터뷰를 하자고 하면 내가 나설 거야. 방송국들이 신나게 떠들어주면 좋겠는데. 제리, 더 할 이야기는 없어?"

에드거는 살인사건 파일을 열심히 만들고 있는 중이라고 했고, 앨리소를 고소한 여러 건의 민사사건의 원고 명단을 반쯤 훑어본 상태라고 했다. 그리고 내일은 앨리소에게 부당한 대접을 받았다고 알려져 있는 다른 사람들을 만나볼 계획이라고 했다. 마지막으로 그는 법의국에 전화해봤더니 앨리소의 부검 일정은 아직 잡히지 않은 상태였다고 말했다.

"좋아. 키즈, 자네 차례야."

빌리츠가 말했다.

라이더는 크게 두 부분으로 나누어서 보고를 했다. 비교적 빨리 끝난 첫 번째 부분은 베로니카 앨리소를 만나본 일에 관한 것이었는데, 베로니카 앨리소는 전날 밤 보슈와 라이더가 남편의 사망 소식을 가지고 찾아갔을 때와는 달리 오늘 아침에 만나봤을 때는 극도로 말을 아꼈다고 했다. 오늘 아침에 라이더가 묻는 말에 대해서는 예, 아니요 같은 단답형 대답으로만 일관했고, 두세 개의 질문에 대해서만 설명을 덧붙였다고 했다. 2차 조사를 통해 라이더가 알아낸 바로는, 앨리소 부부는 결혼 생활 17년째였고 자녀가 없었다. 베로니카 앨리소는 남편이 제작한 영화 두 편에 출연한 이후로 배우 생활을 접었다.

"우리랑 얘기할 때 어떻게 해야 되는지 변호사한테서 자문을 받은 것 같아?"

보슈가 물었다.

“아니라고는 하는데, 제 생각엔 자문을 받은 게 확실해요. 오늘 알아낸 것도 어르고 달래고 해서 겨우겨우 알아냈어요.”

라이더가 말했다.

“좋아. 또 다른 건?”

빌리츠가 원활한 회의 진행을 위해 끼어들었다.

라이더는 하루 동안 수사한 내용의 두 번째 부분에 대해 이야기를 시작했다. 그녀는 앤서니 앨리소의 금융 거래 기록을 조사해 봤다고 했다. 통화 품질이 엉망인 전화로 듣고 있는데도 보슈는 라이더가 자신이 알아낸 사실에 대해 흥분해 있다는 것을 느낄 수 있었다.

“기본적으로 토니 앨리소의 재무 포트폴리오는 아주 건전했고, 대단히 안락한 생활을 하고 있었습니다. 개인 계좌 몇 개에 각각 5만 달러가 넘는 돈이 예금되어 있고, 신용 카드 빚은 없고요. 지금 살고 있는 그 집은 시가가 백만 달러를 호가하는 집이고 70만 달러 정도 융자가 잡혀 있어요. 지금까지 알아낸 건 그 정도입니다. 그리고 참, 그 롤스로이스랑 부인의 링컨 자동차는 임차된 것이고, 우리가 가봤던 그 사무실도 임대고요.”

라이더는 잠깐 말을 멈췄다가 다시 이었다.

“그건 그렇고, 해리 선배, 시간 있으면 거기서 살펴봐 주실 게 있어요. 롤스로이스와 링컨 모두 앨리소의 회사인 TNA 프로덕션 명의로 빌린 건데요, 두 개 다 라스베이거스에 있는 렌터카 대리점에서 빌렸더라고요. 시간 있으면 한번 알아봐 주세요. 라이드얼롱이라는 렌터카 업체예요. 라이드얼롱은 한 단어고요. 주소는 인더스트리얼 드라이브 2002번지, 스위트룸식 사무실 33호예요.”

수첩이 들어 있는 보슈의 재킷은 방 안 저쪽 편 의자에 놓여 있었다. 그는 침대 옆 협탁에 놓인 작은 메모장에 이름과 주소를 받아 적었다.

"자, 그럼 앨리소의 사업 이야기를 해볼게요. 이 부분이 정말 흥미진진해지고 있어요. 우리가 사무실에서 압수해온 기록을 절반 정도밖에 훑어보지 못했지만, 지금까지 살펴본 것만 가지고도 이 남자가 일급 신용 사기꾼이란 생각이 팍팍 들어요. 어느 얼간이가 학창 시절에 쓴 시나리오를 가로챈 정도를 가지고 그렇게 말하는 게 아니에요. 그건 그냥 취미 활동이었던 것 같아요. 앨리소는 돈세탁을 하고 있었어요. 누군가를 위해서 위험한 일을 맡아서 해주고 있었던 거죠."

라이더는 잠깐 말을 멈추고 숨을 고른 후 보고를 계속했다. 보슈는 침대 끝으로 옮겨 앉았다. 흥분해서 그런지 뒷목이 간질간질했다.

"기록에는 10여 편의 영화 제작과 관련한 소득세 신고서와 제작 지시서, 장비 임대 계약서, 급여 명세서, 기타 지출 내역 등이 들어 있었어요. 전부 다 비디오용 영화였고요. 베로니카 앨리소의 말대로 쓰레기 같은 포르노 비디오였어요. 사무실에 있던 테이프 몇 개를 봤는데요, 전부 다 구역질 나는 포르노더라고요. 이야기라고 할 만한 것도 없었어요. 여주인공이 홀딱 벗고 나올 때까지 긴장감이 고조되는 걸 이야기라고 하지 않는 이상은요. 문제는, 거래원장의 내용하고 영화 크레딧에 나온 업체가 일치하지 않는다는 거예요. TNA 프로덕션이 지불한 고액 수표의 대부분은 실제로는 존재하지 않고 장부상으로만 존재하는 기업들과 우편물 연락처로 흘러들어갔어요."

"그게 무슨 말이야?"

빌리츠가 물었다.

"앨리소의 사업 기록을 보면 이 영화 같지도 않은 영화 제작비로 편당 백만 달러에서 105만 달러 정도가 들어간 것으로 되어 있는데, 비디오를 보시면 아시겠지만, 실제 제작비는 편당 10만 달러에서 20만 달러 정도일 거란 말이죠. 제 오빠가 영화사 편집자로 일해서 잘 아는데,

영화 제작비로 썼다고 앨리소의 장부에 나와 있는 이 돈은 실제로는 영화 제작비로 쓰이지 않았다는 겁니다. 제 생각엔 앨리소가 영화를 제작한다고 떠들고 다니면서 뒷구멍으로는 돈세탁을 했던 것 같아요, 엄청나게 많은 돈을 말이죠."

"좀 더 자세히 설명해봐, 키즈. 앨리소가 어떻게 돈세탁을 했단 말이야?"

빌리츠가 말했다.

"네. 그럼 앨리소의 돈줄 이야기부터 시작하죠. 그 돈줄을 편의상 X씨라고 부를게요. X씨는 가지고 있어서는 안 될 돈 백만 달러를 가지고 있어요. 마약 거래에서 나온 돈이든, 무슨 짓을 해서 번 돈이든 간에, X씨는 그 돈을 세탁할 필요가, 다시 말해 합법적인 돈으로 바꿀 필요가 있어요. 그래야 그 돈을 은행에 넣고 세무 당국의 주목을 받지 않고 편하게 쓸 수 있으니까요. 그래서 X씨는 그 백만 달러를 토니 앨리소에게 건네죠. 앨리소의 프로덕션 회사에 투자한다는 명목으로요. 그러면 앨리소는 그 돈의 10분의 1도 안 되는 돈을 써서 그 싸구려 비디오 영화를 만드는 거죠. 그런데 장부에는 투자자 X씨에게서 받은 돈을 전부 제작비로 쓴 것처럼 꾸미는 거예요. 살펴봤더니 거의 매주 여러 제작 업체와 배우 알선 업체와 영화 장비 대여 업체에 지불하는 수표를 발행했더라고요. 수표 금액은 전부 8천에서 9천 달러 정도였어요. 정부의 신고 기준에 걸리지 않을 정도로만 발행을 한 거죠."

보슈는 눈을 감고 라이더의 말을 집중해서 들었다. 기록에서 이 모든 것을 알아내다니 감탄사가 절로 나왔다.

"자, 그래서, 제작의 마지막 단계에 이르면, 앨리소는 그 영화 테이프를 2, 3천 개 복제해서, 개인 비디오 가게나 유통업자에게 파는 거예요. 체인점은 그런 쓰레기는 아예 취급하지 않으니까 말이죠. 어쨌든 그걸로 쇼는 끝나는 거고요. 하지만 그 영화 제작을 통해서 투자자인 X씨는 1달러당 80센트 정도를 돌려받는 거예요. 아까 말한 유령 회사들에게 발행하는 수표의 형태로요. 이 유령 회사들의 원 소유주가 누구든 자기 수중에서 나간 돈을 제공하지도 않은 서비스의 대가라는 명목으로 돌려받는 셈이에요. 하지만 이제 그 돈은 합법적인 돈이 되죠. 깨끗한 돈이라, 전국 어느 은행에든지 예금해놓고 세금을 물고 쓸 수 있게 되는 거예요. 한편 토니 앨리소는 제작 수수료라는 명목으로 상당액을 자기 몫으로 챙기고 나서, 다음 영화 제작으로 넘어가는 거죠. 기록을 살펴보니까 1년에 이런 영화를 두세 편 정도 제작을 해서 50만 달러 정도를 제작 수수료로 챙기고 있었어요."

다들 잠깐 동안 아무 말이 없자 라이더가 다시 입을 열었다.

"그런데 문제가 하나 있었어요."

라이더가 말했다.

"국세청이 냄새를 맡은 거겠지."

보슈가 말했다.

"우와, 맞았어요."

라이더가 대답했다. 보슈는 그녀가 웃고 있는 모습이 상상이 되었다.

"괜찮은 사기극이긴 한데, 들통 나기 직전이었어요. 국세청이 이달 하순에 앨리소의 장부를 조사할 예정이었어요. 제가 하루 만에 이 모든 사실을 알아냈으니까, 국세청 직원들은 한 시간도 걸리지 않을 거예요."

"그 일로 인해 앨리소는 X씨에게 위험인물이 됐겠는데?"

에드거가 말했다.

"앨리소가 세무 조사에 협조할 생각이었다면 특히 더 그랬겠죠."

라이더가 덧붙였다.

수화기 저편에서 누군가가 휘파람을 불었는데, 보슈는 그게 누군지 알 수 없었다. 아마도 에드거일 것 같았다.

"그럼 다음 단계는 뭐야? X씨를 찾는 건가?"

보슈가 물었다.

"우선 내일 아침에 캘리포니아 기업국에 팩스로 보낼 요청서를 작성하고 있어요. 기업국은 모든 유령 기업의 명단을 갖고 있거든요. 기업 등록 서식에 실명이나 실제 주소를 입력하는 멍청이가 있었을지도 모르니까 찾아보려고요. 그리고 압수 수색 영장을 하나 더 작성하고 있어요. 앨리소의 회사에서 나온 지급 완료 수표를 입수했거든요. 그 수표가 발행된 계좌 기록을 압수해 살펴보려고요. 그러면 앨리소가 세탁한 돈이 어디로 갔는지 알아낼 수 있을 것도 같아요."

"국세청은? 국세청 담당자들하고 얘기해봤어?"

보슈가 물었다.

"공휴일이라 문을 닫았어요. 하지만 앨리소가 받은 세무 조사 통지서를 보니까 세무 조사 번호 앞에 범죄 관련 조사를 나타내는 고유 번호가 붙어 있더라고요. 그러니까 이건 임의로 하는 조사가 아닌 거예요. 어떤 식으로든 제보를 받고 하는 거죠. 내일 아침 일찍 담당 직원과 통화를 해보려고요."

라이더가 대답했다.

"저기 말이에요, OCID가 이 사건을 맡지 않겠다고 한 게 아무래도 수상해요. 앨리소가 이탈리아 새끼들하고 연루가 되었든 아니든, 이 사건은 아무리 봐도 범죄 조직과 관련이 있는 것 같거든요. 그 조폭들이 국세청이든 다른 누구를 통해서든 앨리소에 대해 귀띔을 받고 위험물 처리에 나선 게 분명해요."

에드거가 말했다.

"당신 말이 맞는 것 같아."

빌리츠가 말했다.

"잊은 게 있어요."

보슈가 끼어들었다.

"오늘 아트 도노반과 통화를 했는데, 어젯밤에 나하고 통화를 했던 OCID의 카본이라는 형사가 오늘 갑자기 과학수사계에 나타나서 이 사건에 대해 꼬치꼬치 묻더랍니다. 아트 말로는 이 사건에 전혀 관심이 없다고는 했지만 관심이 아주 많은 것 같더라네요. 무슨 말인지 아시죠?"

꽤 오랫동안 침묵이 흘렀다.

"그럼 이제 어떡하죠?"

에드거가 물었다.

보슈는 다시 눈을 감고 기다렸다. 이제부터 빌리츠가 하는 말이 그녀에 대한 보슈의 평가에 영향을 미칠 뿐만 아니라 수사 방향에도 결정적인 영향을 미칠 것이다. 보슈는 그녀의 전임자라면 어떻게 했을지 잘 알고 있었다. 파운즈 과장이라면 더 재고 말고 할 것도 없이 사건을 곧장 OCID에 넘겼을 것이다.

마침내 빌리츠가 입을 열었다.

"어떡하긴 어떡해. 가만히 있어야지. 이건 우리 사건이니까 우리가 수사해야지. 하지만 조심해야 돼. OCID가 사건을 맡지 않겠다고 해놓고도 냄새를 맡고 돌아다닌다면, 그건 우리가 모르는 무슨 일이 일어나고 있다는 뜻이니까."

또다시 침묵이 흐르는 동안 보슈는 눈을 떴다. 빌리츠가 더 좋아지고 있었다.

"좋아. 이제부터는 앨리소의 회사에 수사력을 집중해야할 것 같아. 다른 데보다 먼저 거기를 파헤쳐보자고. 해리, 라스베이거스 수사는 빨리 마무리하고 돌아올 수 있겠어?"

빌리츠가 말했다.

"별것 없는 것 같으면 늦어도 내일 오전 중으로 여길 출발할게요. 하지만 잊지 말아야 할 게 있습니다. 어젯밤 앨리소 부인은 남편이 항상 투자자를 만나러 라스베이거스에 간다고 말했다고 했어요. 그러니까 우리의 X씨가 바로 여기에 있을 가능성도 있다는 거죠."

"그럴 수도 있겠군. 자, 그럼 회의는 이 정도로 마무리하자고. 다들 수고했어. 계속 열심히 해줘."

빌리츠가 말했다.

보슈는 동료들과 작별 인사를 나눈 후 전화를 끊고 전화기를 탁자에 올려놓았다. 수사에 진전이 있어서 의욕이 솟았다. 그는 잠시 그대로 앉아 아드레날린이 온몸을 휩쓸고 다니는 것을 즐겼다. 이렇게 의욕이 생긴 것은 실로 오랜만이었다. 그는 두 주먹을 불끈 쥐고 맞부딪쳤다.

보슈는 엘리베이터에서 걸어 나와 카지노장으로 향했다. 이곳은 그가 게임을 하러 가본 카지노장들보다 조용했다. 크랩(참가자들이 두 개의 주사위를 던져 이길 수 있는 숫자 조합을 만들어내는 놀이. 처음 던지는 사람이 7이나 11이 나오면 이김-옮긴이) 테이블에서 고함 소리나 환성이 들리지 않았고, 두 개의 주사위 조합이 7이 나오라고 기원하는 소리도 없었다. 여기서 도박하는 사람들은 수준이 다른가 보군, 보슈는 생각했다. 이 사람들은 돈을 가지고 왔고 얼마를 잃었든 돈을 남기고 떠난다. 이곳은 필사적인 분위기가 아니었다. 이곳은 지갑이 두둑한 사람들을 위한 카지노였다.

사람들이 많이 모여 있는 룰렛 휠 옆을 지나던 보슈는 도노반이 베팅을 부탁했던 일이 생각났다. 그래서 담배를 피우고 있는 아시아계 여자 두 명 사이를 비집고 들어가서, 5달러짜리 지폐 한 장을 내려놓고 칩을 달라고 했지만, 딜러가 여기는 최소 베팅액이 25달러라고 했다. 아시아 여자 한 명이 담배를 든 손가락으로 다른 룰렛 테이블을 가리켰다.

"저기선 5달러를 받을 거예요."

그녀가 경멸 어린 어조로 말했다.

보슈는 그녀에게 고맙다고 말한 뒤 다른 룰렛 테이블로 옮겨갔다. 그는 5달러짜리 칩 한 개를 7번에 걸고, 룰렛 휠이 돌면서 작은 금속 공이 숫자들 사이를 굴러가는 것을 지켜보았다. 조금도 흥분이 되거나 기대가 되지 않았다. 진정한 도박꾼들은 도박의 묘미는 이기고 지는 것에 있는 것이 아니라 기대감에 있다고 말했다. 다음 카드에 뭐가 나오든, 주사위가 어떤 숫자로 떨어지든, 작은 공이 굴러가다가 어떤 숫자에 머물든, 도박꾼들을 흥분시키고 도박에 중독되게 만드는 건 기다리는 그 몇 초 동안의 기대감과 흥분이라고 했다. 그러나 보슈에게는 그런 느낌이 전혀 없었다.

공은 5번에서 멈췄다. 보슈는 돌아가면 도노반에게 5달러를 받아야겠다고 생각했다. 그는 돌아서서 두리번거리면서 포커장을 찾았다. 포커장을 가리키는 표지판을 보고 그곳으로 향했다. 아직 8시도 안 된 이른 시각이어서 테이블마다 빈자리가 군데군데 눈에 띄었다. 보슈는 사람들의 얼굴을 유심히 보았다. 엘리노어 위시는 보이지 않았다. 사실 볼 거라고 기대도 하지 않았다. 오후에 만나봤던 딜러들이 많이 보였고 에이미 로백도 보였다. 보슈는 그녀의 테이블에 가서 앉아서 엘리노어 위시를 어떻게 아느냐고 물어보고 싶었지만, 근무 중인데 그런 질문을 하는 것은 예의가 아닐 것 같았다.

보슈가 뭘 할까 궁리하고 있을 때 핏 보스가 다가오더니 게임을 하겠냐고 물었다. 비디오에서 봤던 바로 그 핏 보스, 토니 앨리소를 테이블로 안내했던 남자였다.

"아뇨, 그냥 구경 좀 하고 있어요. 한가할 때 잠깐 얘기 좀 할 수 있을까요?"

"무슨 얘기 말입니까?"

"난 여기 직원들을 참고인으로 조사하고 있는 형삽니다."

"아, 네, 행크한테 들었습니다."

핏 보스가 자기 이름은 프랭크 킹이라고 말하며 손을 내밀었다. 보슈는 그와 악수를 했다.

"올라가보지 못해서 죄송합니다. 교대 근무가 아니라서요. 저는 항상 여기를 지키고 있어야 합니다. 토니 앨리소 씨 일이죠?"

"그래요, 그를 알고 있었던 것 같은데, 맞습니까?"

"그럼요, 우리 모두가 앨리소 씨를 알고 있었죠. 좋은 분이었습니다. 그렇게 돌아가시다니 정말 유감입니다."

"그렇게 돌아가신 건 어떻게 알죠?"

보슈는 조사를 하는 동안 딜러 어느 누구에게도 앨리소의 사망에 대해 구체적으로 말해주지 않았었다.

"행크한테 들었습니다. LA에서 총에 맞았다고 하던데요. 이거 참, LA에 살려면 목숨을 담보로 내놓고 살아야겠습니다."

킹이 말했다.

"그렇다고 볼 수 있죠. 앨리소 씨를 알게 된 지 얼마나 됐습니까?"

"몇 년 됐죠. 미라지 호텔이 문을 열기 전에 저는 플라밍고 호텔에 근무했습니다. 그땐 토니가 거기 묵었었죠. 꽤 오래전부터 라스베이거스에 놀러오던 사람이었습니다."

"토니와 사적으로 어울린 적이 있어요? 카지노 밖에서?"

"한두 번이요. 하지만 항상 우연히 만나게 된 거였습니다. 제가 어느 곳에 있으면 토니가 우연히 들어와서 만나게 되는 식이었죠. 우린 술

한잔 같이 마시고 잠깐 이런저런 이야기를 나누다가 헤어졌습니다. 그뿐입니다. 토니는 손님이고 저는 직원이니까요. 우린 친구가 될 수 없었습니다. 이해하시겠습니까?"

"알 것 같군요. 어디에서 토니를 우연히 만나게 됐습니까?"

"허, 참, 그런 걸 아직까지 기억하고 있나요. 그게 언젯적… 잠시만요."

킹은 에이미 로백의 테이블을 떠나는 손님에게 계산을 해서 칩을 현금으로 바꿔 주었다. 그 손님이 처음에 얼마를 가지고 게임을 시작했는지는 모르겠지만, 나갈 때는 잔뜩 찌푸린 얼굴로 40달러를 받아들고 떠났다. 킹은 다음번에는 행운이 찾아올 거라는 입에 발린 말과 함께 인사를 해서 손님을 보내고 난 후 보슈에게로 돌아왔다.

"말씀드렸다시피, 술집 두 군데에서 토니를 우연히 만났습니다. 꽤 오래전 일입니다. 한 곳은 스타더스트 호텔 바였습니다. 제 친구 한 명이 거기서 바텐더로 일해서 가끔씩 퇴근 후에 잠깐 들르곤 했었죠. 거기서 토니를 봤습니다. 토니가 제게 술을 한잔 사줬고요. 그게 아마 적어도 3년은 됐을 겁니다. 형사님께 별 도움이 될 것 같지 않은데요."

"혼자던가요?"

"아뇨, 어떤 아가씨랑 함께였습니다. 솜털이 보송보송한 어린애요. 제가 아는 애는 아니었고요."

"알겠습니다, 그럼 또 한 번은요? 그게 언제였죠?"

"아마 작년이었을 겁니다. 여기 크랩 테이블 지배인으로 있는 마티의 총각 파티를 했었죠. 우린 마티가 결혼하기 전에 진탕 한번 놀아보자고 돌리스에 갔습니다. 돌리스는 여기 북쪽에 있는 스트립 클럽이죠. 토니가 거기에 와 있더군요. 혼자였습니다. 우리 테이블로 와서 함께 술을 마셨죠. 실은 토니가 우리 일행 전원에게 술을 사줬습니다. 우리가 아마 여덟 명 정도 됐을 겁니다. 토니는 좋은 남자였습니다."

보슈는 고개를 끄덕였다. 그러니까 앨리소는 적어도 1년 전부터 돌리스의 단골이었던 것이다. 보슈는 그곳에 가서 레일라라는 여자에 대해 알아봐야겠다고 생각했다. 아마도 댄서일 것 같았고, 레일라는 예명일 것이다.

"최근에 토니가 다른 사람과 함께 있는 것을 본 적이 있습니까?"

"아가씨 말씀입니까?"

"그래요. 딜러들 말로는 최근에 금발 아가씨를 데리고 다녔다던데."

"네, 그 금발 아가씨와 함께 온 걸 두세 번 정도 봤습니다. 그 아가씨한테 슬롯머신을 하라고 돈을 주고는 자기는 포커를 했죠. 그런데 누군지는 모릅니다."

보슈는 고개를 끄덕였다.

"끝입니까?"

킹이 물었다.

"하나만 더. 엘리노어 위시라는 여자를 압니까? 금요일 밤에 1-5 테이블에서 게임을 했는데. 토니가 잠깐 동안 같은 테이블에서 게임을 했고요. 그 둘이 아는 사이인 것 같던데 말입니다."

"성은 모르지만 엘리노어라는 이름을 가진 손님은 압니다. 미모가 출중한 여자죠. 갈색 머리에 갈색 눈을 가졌고, 흔히들 하는 말처럼 세월이 비켜 간 듯 미모와 몸매가 여전한 여잡니다."

킹은 자신의 표현이 마음에 드는지 미소를 지었다. 보슈는 웃지 않았다.

"그 여자 같군요. 여기 단골입니까?"

"네, 일주일에 한 번 정도는 여기 옵니다. 그보다 뜸할 때도 있고요. 제가 알기로는 현지인입니다. 여기 라스베이거스에 사는 플레이어들은 여러 카지노장을 돌아다니면서 게임을 합니다. 실제 포커장이 있는 카지노가 그다지 많지 않습니다. 하우스에 큰 수익을 올려주지 못하니까요. 우린 고객들에 대한 서비스 차원에서 포커장을 운영하고는 있지만, 고객들이 포커는 조금만 하고 블랙잭을 애용해주기를 바라고 있죠. 어쨌든 현지인들은 매번 같은 사람하고 게임을 하는 걸 피하기 위해 카지노장을 돌아다니면서 게임을 합니다. 여기 미라지 호텔에서 하룻밤 하고 나면, 다음에는 하라스로 가고, 그다음엔 플라밍고 호텔로 가고, 며칠 밤은 시내 카지노장을 돌아다니고 하는 식이죠."

"그 여자가 전문 도박꾼이란 말입니까?"

"아뇨, 제 말은 그 여자가 여기 사는 사람이고 게임을 많이 한다는 뜻입니다. 낮에 다른 직업이 있는지 아니면 포커로 먹고 사는지는 모르겠습니다. 제 기억으로는 그 여자한테 2백 달러 이상을 칩으로 바꿔준 적이 한 번도 없습니다. 그건 그리 많은 액수가 아니죠. 또 하나, 딜러들한테 팁을 아주 후하게 준다고 들었습니다. 전문 도박꾼들은 그렇지 않죠."

보슈는 킹에게 라스베이거스 시내에서 실제 포커장을 운영하고 있는 카지노를 전부 말해달라고 부탁했고, 다 받아 적은 후에는 감사 인사를 했다.

"저기, 제 생각에는 토니가 그 여자한테 인사를 했다는 것 말고 뭐 더 알아내실 건 없는 것 같습니다."

"왜죠?"

"나이가 너무 많아서죠. 그 여자는 미모가 출중하긴 하지만, 토니에겐 너무 늙은 여자거든요. 토니는 젊은 여자를 좋아했습니다."

보슈는 고개를 끄덕인 후 킹에게 가서 일을 보라고 했다. 그러고는 난감한 기분으로 카지노장을 어슬렁거렸다. 엘리노어 위시 문제를 어떻게 처리하면 좋을지 알 수가 없었다. 그녀가 게임을 하고 있다는 사실이 흥미로웠다. 킹의 말대로 그녀가 일주일에 한 번은 이곳을 찾는 단골손님이라면 앨리소와 알게 되고 인사를 나누는 것은 이상할 게 하나도 없다는 생각이 들었다. 그녀는 이 사건과 아무런 관련이 없는 것 같았지만, 그래도 보슈는 그녀를 만나보고 싶은 마음이 간절했다. 만나서, 일이 그렇게 되어서 그리고 일을 그렇게 만들어서 미안하다고 말해주고 싶었다.

보슈는 프런트데스크 근처에 공중전화기가 일렬로 놓여 있는 곳으로 가서 전화번호 안내로 전화를 걸었다. 엘리노어 위시의 전화번호가 등록되어 있는지 묻자, 잠시 후 녹음된 목소리가 그 전화번호는 고객의 요청으로 등록되어 있지 않다고 말했다. 보슈는 잠깐 생각을 더듬다가 재킷 주머니를 뒤졌다. 메트로 경찰국 강력계장인 펠튼 경감이 준 명함을 찾아낸 그는 호출기 번호를 눌러 계장을 호출했다. 그러고 나서 다른 사람이 전화를 쓰지 못하도록 전화기에 손을 올려놓고 기다렸다. 4분 후에 전화벨이 울렸다.

"펠튼 계장님?"

"네, 누구시죠?"

"보슈입니다. 오늘 만나 뵈었는데요."

"아, 네, 보슈 형사. LA에서 오신 분. 아직 지문 확인이 안 됐어요. 곧 결과가 나올 것 같아서 기다리는 중인데."

"아뇨, 그것 때문에 호출한 게 아닙니다. 혹시 계장님이나 다른 직원이 전화 회사에 뭐 좀 알아봐주실 수 있나 해서요. 어떤 사람의 전화번호와 주소를 알고 싶어서 말입니다."

"전화번호 안내에 등록이 안 되어 있던가요?"

보슈는 등록이 되어 있었으면 너한테 전화를 했겠냐는 말이 목구멍까지 올라오는 걸 억지로 참았다.

"네, 안 되어 있더군요."

"누굽니까?"

"현지인입니다. 금요일 밤에 토니 앨리소와 포커를 했던 여자죠."

"그런데요?"

"그런데, 그 둘이 아는 사이였던 것 같아서 그 여자를 만나보고 싶어서요. 도와주실 수 없어도 괜찮습니다. 다른 방법으로 찾아보죠. 뭔가 도움이 필요한 일이 생기면 언제든 연락하라고 하셔서 전화드려 본 겁니다. 이게 도움이 필요한 일이라서요. 도와주실 수 있겠습니까?"

수화기 저편에서 잠깐 동안 침묵이 흐른 후 펠튼이 입을 열었다.

"좋아요, 이름을 알려줘요. 한번 알아봐 드리지. 당신은 어디 있을 거죠?"

"이동 중입니다. 제가 나중에 다시 전화드려도 될까요?"

펠튼은 자택 전화번호를 알려주고 나서 30분 후에 전화를 걸라고 말했다.

보슈는 30분간의 여유 시간을 이용해 더 스트립(the Strip: 라스베이거스 시내 중심가이자 대표적인 유흥 지역 – 옮긴이)을 가로질러 하라스 카지노로 가서 포커장을 살펴보았다. 엘리노어 위시의 모습은 보이지 않았다. 그는 다시 밖으로 나와 더 스트립을 따라 올라가 플라밍고 호텔로 향했다. 아직도 굉장히 더워서 걸어가다가 재킷을 벗었다. 이제 곧 완전히 어두워지면 제발 좀 선선해졌으면 좋겠다는 생각이 들었다.

보슈는 플라밍고 호텔 카지노에서 엘리노어 위시를 발견했다. 1-4 테이블에서 남자들 다섯 명과 게임을 하고 있었다. 그녀의 왼쪽 옆 자리가 비어 있었지만 보슈는 자리에 가서 앉지 않았다. 대신 룰렛 테이블 근처에 모여 있는 사람들 뒤에 서서 그녀를 지켜보았다.

엘리노어 위시의 얼굴을 보니 지금 하고 있는 카드 게임에 온전히 정신을 집중하고 있는 것 같았다. 보슈는 그녀와 함께 게임을 하고 있는 남자들이 슬쩍슬쩍 그녀를 훔쳐보는 것을 보았고, 그들이 남몰래 그녀를 흠모하고 있다는 생각에 희한하게도 보슈 자신이 뿌듯한 기분이 들었다. 보슈가 지켜보던 10분 동안 그녀는 한 판을 이겼고—너무 멀리 있어서 얼마나 땄는지는 알 수 없었다—다섯 판은 일찌감치 게임을 포기했다. 그녀가 돈을 꽤 따고 있는 것 같았다. 그녀 앞에는 칩이 가득 든 칩 랙 한판이 놓여 있었고 그 옆 푸른색 펠트천 위에도 칩 여섯 묶음이 세워져 있었다.

그녀가 또 한 판을 이겼고—이번에는 판돈이 굉장한 것 같았다—딜러가 푸른색 칩 더미를 그녀 앞으로 미는 것을 보고 난 후 보슈는 주위를 두리번거리면서 공중전화를 찾았다. 그는 펠튼의 자택으로 전화를 걸어서 위시의 집 전화번호와 주소를 들었다. 펠튼 강력계장은 그녀가 사는 샌즈 대로는 더 스트립에서 그리 멀지 않은 곳에 있는 아파트촌으로 카지노 직원들이 많이 산다고 말했다. 보슈는 그에게 벌써 그녀를 찾았다는 말은 하지 않았다. 그냥 인사만 하고 전화를 끊었다.

보슈가 포커장으로 돌아갔을 때 엘리노어 위시는 사라지고 없었다. 남자 다섯 명은 그 자리에 있었고 딜러가 바뀌었지만 엘리노어 위시는 없었다. 그녀의 칩도 없었다. 그 사이에 그녀가 현금으로 바꿔서 나가버린 것이다. 보슈는 자리를 뜬 자신에게 욕을 했다.

"누구를 찾으세요?"

보슈가 뒤를 돌아보았다. 엘리노어였다. 얼굴에 웃음기라고는 전혀 없었고, 약간 짜증스럽거나 기분이 나쁜 표정이었다. 보슈는 그녀의 턱선에 나 있는 작은 흉터를 바라보았다.

"난, 어… 엘리노어, …맞아, 당신을 찾고 있었어."

"위장 기술은 여전히 젬병이군. 당신이 포커장에 나타나고 1분 만에 당신을 알아봤어. 그때 손 털고 일어날 수도 있었는데 캔자스에서 온

저기 저 남자가 자꾸 갈구잖아. 높은 패를 쥐지도 않아놓고 뻥 치는 거 다 안다면서 말이야. 쥐뿔도 모르면서 말이지. 당신처럼."

보슈는 말문이 막혔다. 이런 식의 만남이 될 거라고는 상상도 못했었기 때문에 어떻게 해야 될지 도무지 알 수가 없었다.

"저기, 엘리노어, 난, 어, 난 그냥 당신이 잘 지내는지 보고 싶었어. 모르겠어, 난 그냥…."

"그렇군. 그러니까 그냥 나를 한번 만나보려고 라스베이거스까지 날아왔다고? 무슨 일이야, 해리?"

보슈는 주위를 둘러보았다. 두 사람은 사람들로 붐비는 카지노장 한복판에 서 있었다. 양옆으로 지나다니는 손님들과, 슬롯머신에서 나오는 시끄러운 소음과, 돈을 땄다는 환호성과 잃었다는 장탄식이 한데 엉켜서 보슈는 시야가 흐려지고 소리가 점점 더 희미해지는 것 같았다.

"말해줄게. 어디 가서 한잔할까, 아니면 뭘 좀 먹을까?"

"한잔."

"조용한 술집 어디 아는 데 있어?"

"여긴 아니야. 따라와."

그들은 카지노 출입문을 나와 건조한 열기에 휩싸인 밤거리로 나섰다. 해는 완전히 졌고 네온사인이 밤하늘을 밝히고 있었다.

"시저스 팰리스 호텔 바가 괜찮아. 게임 기계가 없어서 조용하지."

엘리노어 위시는 보슈를 안내해 길을 건넌 후 시저스 팰리스 호텔 셔틀 버스를 탔다. 버스는 호텔 출입구까지 데려다 주었다. 그들은 프런트 데스크를 지나쳐 원형의 바로 들어갔다. 바 안에는 손님이 세 명밖에 없었다. 엘리노어의 말이 맞았다. 그곳은 포커 기계나 슬롯머신이 없는 오아시스였다. 바만 있었다. 보슈는 맥주 한 잔을, 엘리노어는 물을 탄 스카치위스키 한 잔을 주문했다. 엘리노어가 담배에 불을 붙였다. 보슈가 말했다.

"예전에는 담배 안 피웠잖아. 자기만 안 피웠나, 남이 피우는 것도 못…."

"옛날엔 그랬지. 여긴 왜 왔어?"

"수사 때문에."

바까지 오면서 보슈는 무슨 말을 할지 생각을 정리해놓았었다.

"무슨 사건인데? 나하고 무슨 관련이 있어?"

"당신하고는 아무런 관련이 없지만, 당신이 아는 남자였어. 금요일 밤에 미라지 호텔에서 당신하고 포커를 했더군."

엘리노어는 호기심이 발동하면서도 무슨 영문인지 모르겠는지 이맛살을 찌푸렸다. 보슈는 예전에도 그녀가 종종 그렇게 이맛살을 찌푸렸다는 것과 그게 참 매력적으로 보였다는 것이 기억났다. 그는 손을 뻗어 그녀의 얼굴을 만지고 싶었지만 그렇게 하지 못했다. 이제 그녀는 그때하고는 많이 달라졌다는 생각이 들었다.

"앤서니 앨리소라는 남자야."

보슈가 말했다.

보슈는 그녀의 얼굴에 놀라는 기색이 떠오르는 것을 보고 저건 진짜라고 생각했다. 그는 그녀가 뻥을 치는지 어떤지 쥐뿔도 모르는, 캔자스에서 온 포커 플레이어가 아니었다. 예전부터 이 여자를 알았기 때문에 그녀의 표정을 보고 그녀가 지금 보슈에게서 이야기를 듣기 전까지는 앨리소가 죽었다는 사실을 정말로 모르고 있었다는 것을 분명히 알 수 있었다.

"토니 앨리소…."

엘리노어가 말끝을 흐렸다.

"그 남자를 잘 알고 있었어, 아니면 몇 번 게임을 같이한 정도야?"

엘리노어는 멍한 눈으로 보슈를 바라보았다.

"거기서 몇 번 봤어. 미라지에서. 난 금요일마다 거기서 게임을 했어. 금요일엔 새로운 돈과 새로운 얼굴이 많이 들어오니까. 그곳에서 한 달에 두 번 정도 그 남자를 봤어. 한동안은 그 남자도 여기 사람일 거라고 생각했지."

"아니라는 건 어떻게 알았어?"

"그 남자한테 직접 들었어. 두세 달 전에 함께 술을 마신 적이 있어. 포커 테이블에 빈자리가 없더라고. 그래서 우린 대기자 명단에 이름을 올려놓고 프랭크라는 핏 보스한테 테이블에 자리가 생기면 바에 와서 불러달라고 부탁했어. 그렇게 해서 함께 술을 마시게 된 거야. 그때 그 남자가 자기는 LA에서 왔다고 했어. 영화 제작업을 한다고 했지."

"그뿐이야? 다른 말은 안 했어?"

"아, 물론 다른 말도 했지. 이런저런 이야기를 나눴어. 특별히 중요한 건 없는 잡담이었어. 우리 중 누구라도 이름이 불릴 때까지 함께 시간을 때웠던 것뿐이야."

"게임장 밖에서 다시 만난 적은 없어?"

"없어. 지금 뭐하는 거야? 그 남자랑 술 한 번 같이 마셨다고 날 용의자로 보는 거야?"

"아냐, 그런 말이 아냐, 엘리노어. 절대로."

보슈는 자기 담배를 꺼내 불을 붙였다. 흰색과 황금색이 섞인 토가(고대 로마 시민이 입었던 헐렁한 겉옷—옮긴이)를 입은 여종업원이 술을 가져왔고, 두 사람은 꽤 오랫동안 침묵을 지키고 있었다. 보슈는 잘 나오기 시작하던 말이 쏙 들어가 버렸다. 무슨 말을 할지 또 난감해졌다.

"오늘 끗발이 꽤 좋은 것 같던데."

보슈는 무슨 말이든 해야겠다 싶어 말했다.

"평소보다는 괜찮았지. 목표액은 벌었다 싶어서 손 털고 나왔어."

"목표액?"

"난 2백 달러를 따면 현금으로 바꿔서 나와 버려. 난 욕심이 많은 사람이 아니야. 그리고 어떤 밤이라도 행운이 오래 따라주지는 않는다는 걸 잘 알고 있지. 백 달러 이상 잃는 일도 없어. 운이 좋아서 2백 달러를 따면, 그날 밤은 그만하고 나오는 거지. 오늘 밤엔 일찍 그 목표를 달성했고."

"당신이 어떻게…."

보슈는 말을 하다가 말았다. 대답을 알고 있기 때문이었다.

"포커로 벌어먹고 살 만큼 잘 하게 됐냐고? 감방에서 3년 반을 살다 보면 담배와 포커와 기타 여러 가지 것들을 배우게 되지."

엘리노어는 할 말 있으면 어디 한번 해보라는 듯 보슈를 뚫어지게 쳐다보았다. 한참 후에야 그녀는 눈길을 거두고 담배 한 개비를 또 꺼냈다. 보슈가 불을 붙여주었다.

"그러니까 낮에 다른 일 안 해? 포커만 하는 거야?"

"응. 이 짓을 한 지 1년이 거의 다 되어가. 멀쩡한 직장을 찾기가 어려웠어. 전직 FBI 요원이라고 하면 다들 눈이 반짝이지. 하지만 연방 교도소에서 출감한 지 얼마 안 됐다고 하면 금방 눈빛이 시들시들해지더라고."

"미안해, 엘리노어."

"미안해하지 마. 불평하는 게 아니야. 먹고사는 걸 해결하고도 남을 만큼 돈을 벌고 있고 가끔씩 당신의 토니 앨리소처럼 재미있는 사람들도 만나고 있고 여기선 주 정부 소득세도 없어. 그런데 무슨 불만이 있겠어? 그늘진 곳에서도 기온이 40도 가까이 올라가는 날이 1년에 90일이나 된다는 건 불만이지만."

보슈는 그녀의 말 속에 들어 있는 냉소를 놓치지 않았다.

"모든 게 다 미안해. 이제 와서 이런 말이 무슨 소용이 있나 싶지만, 다시 그때로 돌아가면 좋겠어. 그동안 나도 많은 걸 배웠어. 그러니까 그때로 돌아가면 다르게 행동할 것 같아. 이 말을 해주고 싶었어. CCTV 테이프에서 토니 앨리소와 게임을 하는 당신을 발견하고는 당신을 찾아서 이 말을 해주고 싶었어. 그뿐이야."

엘리노어는 반쯤 피우다 만 담배를 유리 재떨이에 비벼 끄고는 스카치 잔을 들고 한 모금 쭉 들이켰다.

"그만 가야겠어."

엘리노어가 말했다. 그러고는 자리에서 일어섰다.

"태워다 줄까?"

"아니, 차 갖고 왔어. 어쨌든 고마워."

엘리노어는 바를 나가서 호텔 출입문을 향해 몇 미터쯤 걸어가더니 걸음을 멈추고 되돌아왔다.

"당신 말이 맞아."

"뭐가?"

"이제 와서 이런 말이 무슨 소용이 있겠냐는 거."

엘리노어는 그 말을 남기고 떠났다. 보슈는 그녀가 회전문으로 들어가 밤거리로 사라질 때까지 지켜보고 있었다.

토니 앨리소의 사무실에서 론다와 통화하면서 받아 적은 대로 길을 따라가던 보슈는 노스 라스베이거스의 매디슨에서 돌리스라는 클럽을 찾아냈다. 돌리스는 상류층 손님을 받는 고급 클럽이었다. 20달러의 입장료를 내고 술을 최소 두 잔 산다는 규정을 듣고 나니까, 단두대의 칼날처럼 빳빳하게 풀을 먹인 칼라를 단 턱시도를 입은 덩치 큰 남자가 자리로 안내해주었다. 댄서들도 하나같이 어리고 아름다운 소위 최상급 아가씨들이었다. 그 아가씨들은 매니저가 없고 재능이 약간 모자라서 더 스트립에 있는 큰 무대에 오르지 못하고 있는 것 같았다.

턱시도를 입은 기도가 무대에서 2.5미터 정도 떨어진 곳에 있는 1인용 식탁 크기 정도의 테이블로 보슈를 안내했다.

"2, 3분 후에 새로운 댄서가 무대에 오를 겁니다. 즐거운 시간 보내십시오."

턱시도가 보슈에게 말했다.

보슈는 그 턱시도에게 무대와 가까운 자리를 주고 그 칼날처럼 날카로운 칼라의 턱시도를 입고 견뎌줘서 고맙다고 팁을 줘야 하나 말아야 하나 고민하다가 말았다. 턱시도도 손을 벌리고 서 있지 않았다. 보슈가 담배를 꺼내고 있는데 검은색 망사 스타킹에 하이힐을 신고 빨간색 실크 가운을 걸친 웨이트리스가 춤추듯이 걸어오더니 술을 최소한 두 잔은 주문해야 한다는 규정을 다시 말해주었다. 그는 맥주를 주문했다.

보슈는 맥주 두 잔을 기다리면서 주위를 둘러보았다. 연휴 마지막 날인 월요일 밤이라서 그런지 손님이 별로 없는 것 같았다. 클럽 안에는 스무 명 정도가 앉아 있었다. 대부분이 혼자였고 서로를 외면한 채, 벌거벗은 다음 댄서가 무대에 오르기만 기다리고 있었다.

양옆 벽과 뒷벽에는 전신 거울이 붙어 있는 것이 보였다. 왼쪽 벽을 따라 기다란 바가, 뒷벽에는 아치형의 출입문이 한 개 있었는데 그 위에는 '개인 접대실'이라고 적힌 네온 간판이 어둠 속에서 환하게 빛을 발하고 있었다. 클럽 앞쪽에 무대가 보였고 그 옆 벽에는 커튼이 빛을 받아 일렁였다. 무대에서부터 객석 중간까지 설치된 긴 복도 같은 무대 위 천장에는 정신없이 돌아가며 현란한 불빛을 뿜어내는 조명등이 달려 있었다. 그 현란한 조명 때문에 무대는 담배 연기 자욱하고 어두운 객석과는 극명한 대조를 이루었다.

무대 왼쪽 디제이 박스에서 디제이가 다음 댄서 랜디를 소개한다고 외쳤다. 에디 머니의 옛날 팝송 '투 티켓츠 투 파라다이스(Two Tickets to Paradise)'가 스피커를 통해 요란하게 울려 퍼지자 엉덩이 아랫부분이 보일 정도로 바짝 자른 청바지에 형광분홍색 비키니 상의를 입은 흑갈색 머리의 키 큰 여자가 빛 속에 일렁이는 커튼을 젖히고 무대로 뛰어나와 리듬에 맞춰 몸을 흔들어대기 시작했다.

보슈는 순식간에 빠져들었다. 여자는 아름다웠다. 보슈는 저렇게 아름다운 여자가 왜 이런 짓을 하고 있나 하는 생각이 먼저 들었다. 그는 항상 미모는 여자의 경쟁력이라고, 여자가 생활고에서 벗어나도록 도와준다고 생각했었다. 그런데 이 여자는 이렇게 아름다운데도 스트립 클럽에서 춤을 추고 있었다. 어쩌면 그것이 남자 손님들을 불러 모으는 진짜 이유인지도 몰랐다. 벌거벗은 여자를 구경하는 게 목적이 아니라, 다른 사람도 힘겨운 인생살이에 무릎을 꿇었다는 것을 아는데서 오는 동병상련의 감정을 느끼기 위해서 이곳으로 모여드는 건지 모르겠다는 생각이 들었다. 보슈는 미인들에 대한 자신의 생각이 틀렸다는 것을 깨달았다.

빨간색 실크 가운을 입은 웨이트리스가 작은 테이블 위에 맥주 두 병을 내려놓더니 15달러라고 말했다. 보슈는 깜짝 놀라 가격을 다시 물어볼 뻔했지만, 이 클럽의 속성을 금방 깨달았다. 그는 그녀에게 20달러 지폐 한 장을 건넸고, 그녀가 거스름돈을 주려고 쟁반 위에 놓인 지폐 다발을 뒤적이기 시작하자, 필요 없다는 표시로 손을 내저었다.

웨이트리스는 보슈의 한쪽 어깨를 꽉 움켜잡더니, 가슴골이 훤히 들여다보이도록 윗몸을 굽히고는 그의 귀에 대고 속삭였다.

"고마워요, 자기. 진짜 진짜 고마워요. 뭐 더 필요한 게 있으면 언제든 말해요."

"하나 있어. 오늘 밤 레일라가 나오나?"

"아뇨, 레일라는 안 나와요."

보슈는 고개를 끄덕였다. 웨이트리스는 허리를 펴고 섰다.

"그럼 론다는?"

보슈가 물었다.

"저 위에 있는 아가씨가 랜디잖아요."

그녀가 무대를 가리키며 말했다. 보슈는 고개를 가로젓고 가까이 다가오라고 손짓을 했다.

"아니, 론다 말이야. '도와줘, 도와줘, 론다.' 노래에 나오는 론다. 오늘 밤에 일해? 어젯밤에는 출근했던데."

"아, 그 론다. 네, 여기 있어요. 론다 무대는 조금 전에 끝났는데. 지금 뒤에서 옷을 갈아입고 있을 거예요."

보슈는 주머니에서 5달러 지폐 한 장을 꺼내 그녀의 쟁반에 올려놓았다.

"가서 론다한테 어젯밤에 통화했던 토니의 친구가 술 한잔 사고 싶어 한다고 전해줄래?"

"물론이죠."

웨이트리스는 다시 한 번 보슈의 어깨를 꽉 잡더니 자리를 떴다. 보슈는 다시 무대로 관심을 돌렸다. 무대에서는 랜디의 첫 번째 공연이 끝난 직후였다. 다음 노래는 워런 제본의 '로여즈, 건즈 앤 머니(Lawyers, Guns and Money)'였다. 보슈는 이 노래를 꽤 오랜만에 들었지만, 예전 순경 시절에 동료들과 함께 이 노래를 군가처럼 애창했던 일이 기억났다.

랜디라는 댄서는 곧 옷을 하나하나 벗고 누드가 되었다. 몸에 걸친 거라고는 왼쪽 허벅지를 꽉 죄고 있는 가터벨트뿐이었다. 그녀가 춤을 추면서 복도 같은 무대를 천천히 걸어오자 많은 남자들이 자리에서 일어나 그녀에게로 몰려들었다. 그들은 가터벨트 속으로 1달러짜리 지폐를 끼워 넣었다. 한 남자가 5달러짜리 지폐 한 장을 끼우자, 랜디는 그에게로 몸을 굽히고 그의 어깨에 손을 올려놓아 몸의 중심을 잡으면서 서비스로 몸을 격렬하게 흔들어주고 나서는 그의 귀에 키스를 했다.

이 모습을 지켜보던 보슈는 토니 앨리소의 재킷 어깨 부분에 난 손바닥 자국이 어떻게 해서 생긴 것인지 알 것 같다고 생각했다. 이때 자그마한 금발의 아가씨가 그의 옆 좌석에 앉았다.

"안녕, 오빠. 론다예요. 내 쇼를 못 봤군요!"

"그래, 벌써 끝났다고 들었어. 미안."

"괜찮아요. 30분 후에 한 번 더 할 거니까. 그때까지 꼭 있어야 돼요. 이본 말로는 나한테 술 한잔 사고 싶다고 했다면서요?"

이 말이 떨어지기가 무섭게 웨이트리스가 그들에게로 걸어오기 시작했다. 보슈는 론다에게로 몸을 기울였다.

"저기, 론다, 이 클럽에 내 돈을 다 갖다 바치긴 싫고, 대신 널 보호해줄게. 그러니까 부탁인데 과하게 덤터기를 씌우진 마."

"과하게 덤터기를 씌우진 마?"

론다는 그게 무슨 뜻이냐는 듯 눈가에 잔주름을 만들며 웃으면서 보슈를 바라보았다.

"샴페인을 주문하진 말라고."

"아, 네, 알았어요."

론다가 마티니 한 잔을 주문하자, 이본은 사뿐한 걸음으로 어둠 속으로 사라졌다.

"그런데, 당신 이름이 뭐였더라? 까먹었어요."

"해리."

"토니 친구고, LA에서 왔고요? 그럼 당신도 영화 만들어요?"

"아니, 아닌데."

"그럼 토니는 어떻게 알아요?"

"최근에 알게 됐어. 저기 말이야, 레일라에게 전할 말이 있어서 찾고 있거든. 이본 말로는 오늘 밤에는 안 나온다던데. 어디서 찾을 수 있을지 혹시 알아?"

보슈는 론다의 얼굴이 굳어지는 것을 보았다. 뭔가 이상하다는 걸 눈치챈 것 같았다.

"레일라는 여길 그만뒀어요. 어젯밤에 통화할 때는 나도 몰랐는데, 완전히 그만뒀대요. 그리고 당신이 정말로 토니 친구라면 왜 나한테 와서 레일라가 어디 있는지 묻는 거죠?"

론다는 보슈가 생각했던 것처럼 멍청하지 않았다. 그는 솔직하게 털어놓기로 결심했다.

"토니가 살해됐기 때문에 토니에게 직접 물어볼 수가 없어. 난 레일라를 만나서 이 소식을 전하고 조심하라고 경고를 해주고 싶을 뿐이야."

"네?"

론다가 비명을 지르듯 되물었다.

식빵 한 조각을 뚫고 지나가는 총알처럼 그녀의 목소리가 시끄러운 음악 소리를 뚫고 클럽 안에 울려 퍼졌다. 무대에 있던 벌거벗은 랜디를 포함해서 모두들 그들 쪽을 바라보았다. 다들 보슈가 론다에게 돈을 줄 테니까 같이 자자고 했을 거라고, 모욕적인 행동의 대가로 모욕적인 금액을 제시했을 거라고 생각할 것 같았다.

"목소리 좀 낮춰, 랜디."

보슈가 재빨리 말했다.

"론다예요."

"그래, 론다."

"어떻게 된 거예요? 며칠 전에 여기 왔다 갔는데."

"LA로 돌아가서 총에 맞았어. 그러니까 레일라가 있는 곳을 알아, 몰라? 말해주면 널 보호해줄게."

"그럼 당신은 뭐하는 사람이에요? 진짜 토니 친구예요, 뭐예요?"

"어떻게 보면 지금으로서는 내가 토니의 유일한 친구라고 할 수 있지. 난 형사야. 이름은 해리 보슈고 토니를 죽인 범인을 잡으려고 수사를 하고 있어."

론다는 앨리소가 죽었다는 소식을 들었을 때보다 더 경악하는 표정이 되었다. 보슈가 경찰이라고 신분을 밝힐 때 종종 보게 되는 표정이었다.

"술은 됐어요. 더 이상 할 얘기 없어요."

론다가 말했다.

그녀가 자리에서 일어서더니 무대 옆에 있는 문을 향해 재빨리 걸어갔다. 보슈는 그녀의 등 뒤에 대고 이름을 불렀지만 음악 소리에 묻혀버렸다. 그는 아무 일도 없었다는 듯이 주위를 둘러보다가 턱시도를 입은 기도가 뒤쪽에서 자기를 지켜보고 있다는 것을 알아차렸다. 보슈는 론다의 두 번째 쇼를 보겠다고 죽치고 있지는 말아야겠다고 결심했다. 그는 맥주를 한 모금 더 들이켜고 나서 자리에서 일어섰다. 다른 잔은 입도 대지 않았다.

보슈가 출입구로 걸어가는 동안 턱시도는 상체를 뒤로 젖히더니 뒤에 있는 거울을 톡톡 두드렸다. 그제야 보슈는 거울에 문이 하나 나 있는 것을 발견했다. 문이 열리자 턱시도는 옆으로 비켜서서 보슈의 출입구를 막았다.

"선생님, 사무실로 들어가 주시겠습니까?"

"왜?"

"들어가시죠. 사장님이 잠깐 하실 말씀이 있으시답니다."

보슈가 망설이면서 문 안을 보니 불이 켜진 사무실 안 책상 앞에 정장을 입은 남자가 앉아 있었다. 보슈가 안으로 들어가자 턱시도가 따라 들어오고 나서 문을 닫았다.

보슈는 책상 앞에 앉아 있는 남자를 바라보았다. 금발에 체격이 건장한 남자였다. 보슈는 턱시도와 이 사장이라는 남자가 격투를 한다면 누구에게 돈을 걸어야 할지 고민을 많이 해야 할 것 같다고 생각했다. 둘 다 터미네이터 같았다.

"조금 전에 분장실에 있는 랜디와 통화를 했는데, 손님이 토니 앨리소 씨에 대해 물으셨다고 하던데요."

"랜디가 아니라 론다죠."

"네, 론다요. 랜디든 론다든 그런 건 중요한 게 아니고. 걔 말로는 손님께서 앨리소 씨가 죽었다고 말씀하셨다던데."

그의 말투에선 중서부 지방의 억양이 느껴졌다. 아마도 시카고 남부 어디 출신인 것 같았다.

"그래요, 죽었습니다."

금발이 턱시도에게 고개를 끄덕이는 순간 턱시도의 팔이 홱 올라가더니 백핸드로 보슈의 입을 강타했다. 보슈는 충격에 뒤로 밀리면서 뒤통수를 벽에 세게 부딪쳤다. 그가 정신을 차리기도 전에, 턱시도가 그의 몸을 홱 돌려 세우더니 벽에 얼굴이 닿게 그 육중한 몸으로 밀어붙였다. 그러고는 몸수색을 시작했다.

"건방진 행동은 그만하면 충분해. 애들한테 토니에 대해 묻고 다니는 이유가 뭐야?"

금발이 말했다.

보슈가 대답을 하기 전에 그의 몸을 더듬어 내려오던 턱시도의 두 손이 총을 찾아냈다.

"총이 있습니다."

턱시도가 말했다.

보슈는 권총이 어깨 총집에서 빠져나가는 것을 느꼈다. 그리고 입에서 피맛이 나자 분노가 솟구쳐 올랐다. 그때 턱시도가 보슈의 지갑과 수갑을 찾아냈다. 턱시도는 한 손으로는 보슈를 벽에 대고 누른 채 지갑과 수갑을 금발의 책상 위로 던졌다. 보슈가 가까스로 고개를 돌려보니 금발이 지갑을 열고 있었다.

"경찰이야. 놔줘."

목을 누르던 손이 떨어지자 보슈는 거칠게 몸을 툭툭 털면서 턱시도에게서 떨어져 섰다.

"LA 경찰이군. 히에로니머스 보슈. 그 화가하고 이름이 같은 건가? 골 때리는 그림을 그린 친구 말이야."

금발이 말했다.

보슈가 아무 말 없이 금발을 쳐다보자 금발은 총과 수갑과 지갑을 돌려주었다.

"왜 나를 쳤지?"

"실수였어. 여기 오는 경찰들은 대부분이 자기가 경찰이란 걸 밝히고 용건이 뭔지 말해주거든. 그러면 우리는 최선을 다해 그들을 도와주지. 그런데 당신은 몰래 숨어 들어와서 애들을 들쑤시고 다녔잖아, 어내니머스 히에로니머스(Anonymous Hieronymus. anonymous는 '익명의'라는 뜻으로 보슈의 이름인 히에로니머스와 끝 발음이 같아 이름의 발음을 설명할 때 자주 등장하는 예임. 여기서는 클럽에 신분을 밝히지 않고 몰래 들어온 히에로니머스라는 의미로 부른 말-옮긴이). 난 내 사업장을 보호해야 하기 때문에 어쩔 수가 없었어."

금발은 서랍을 열어 티슈 곽을 꺼내더니 보슈에게 건넸다.

"입술에서 피가 나는구만."

보슈는 티슈 곽을 받아들었다.

"그러니까 걔가 당신한테 들었다고 했던 말이 사실이구만. 토니가 죽었다는 말."

금발이 말했다.

"그래. 토니를 얼마나 잘 알고 있었지?"

"와우, 좋은데. 내가 토니를 알고 있다는 단정 하에 질문을 던지는군. 좋았어."

"좋으면 대답해야지."

"여기 단골이었어. 항상 애들을 빼내가려고 수작을 부렸지. 영화에 출연시켜 주겠다면서 말이야. 고리타분한 수작이지. 그런데 젠장, 애들이 계속 홀딱 넘어가더라고. 지난 2년 사이에 제일 괜찮은 애들을 세 명이나 채어 갔어. 걔들은 지금 LA에 있지. 토니는 걔들을 거기로 데려가서 필요한 데 한 번 써먹고는 헌신짝 버리듯 내팽개쳤어. 그런데도 이 놈의 계집애들은 교훈을 얻을 줄을 모르더라고."

"당신 아가씨들을 계속 채어 가는데 왜 계속 들락거리게 내버려뒀지?"

"여기서 돈을 많이 뿌렸거든. 게다가 여기 라스베이거스에서는 아가씨가 딸리는 일이 없어. 넘쳐나는데, 뭘."

보슈는 고개를 딴 데로 돌렸다.

"금요일엔 어땠어? 토니가 왔었나?"

"아니, 난 모… 아, 그래, 그래, 왔었어. 잠깐 있다가 갔지. 저기서 봤어."

금발은 손을 들어 클럽 안과 출입문을 여러 각도에서 보여주고 있는 비디오 모니터 화면들을 가리켰다. 미라지 호텔에서 행크 메이어가 보여준 것만큼이나 인상적이었다.

"거씨, 토니를 본 기억이 나?"

금발이 턱시도에게 물었다.

"네, 여기 왔었습니다."

"그것 봐. 왔었다잖아."

"아무 일 없었어? 그냥 왔다 간 거야?"

보슈가 물었다

"그래, 아무 일 없었어."

"근데 레일라는 왜 해고했지?"

금발은 자기 입술을 잡아뜯었다.

"이제야 알겠어. 당신은 소문으로 거미줄을 만들어서 누군가 걸려들게 만드는 걸 즐기는 인간이군."

금발이 말했다.

"그럴지도 모르지."

"그런데 미안하지만 이번에는 아무도 안 걸릴 거야. 레일라는 토니가 가장 최근에 데리고 놀던 애야. 그건 사실이지. 하지만 이젠 그만뒀어. 갠 여기로 돌아오지 않을 거야."

"그렇군. 그런데 무슨 일로?"

"들은 대로야. 내가 걔를 잘랐어. 토요일 밤에."

"이유는?"

"이유야 많지. 클럽 규칙을 어긴 게 한두 번이 아니니까. 하지만 당신하고는 아무 상관없는 일이니까 알 것 없잖아, 안 그래?"

"당신 이름이 뭐라고 했지?"

"말 안 했는데."

"그럼 이제부터 개자식이라고 부를까 하는데 괜찮겠지?"

"여기 사람들은 날 럭키라고 부르지. 그렇게 불러주면 안 될까?"

"그래, 그럼 그렇게 부를게. 레일라에게 무슨 일이 있었는지 말해줘, 럭키."

"그래, 그래, 말해주지. 그런데 난 당신이 토니 이야기를 하러 왔다고 생각했는데. 적어도 랜디 말로는 그랬는데 말이야."

"랜디가 아니고 론다."

"그래, 론다."

보슈는 인내심이 점점 더 줄어들고 있었지만 금발을 노려보면서 이야기를 계속하기를 기다렸다.

"레일라에게 무슨 일이 있었냐고? 토요일 밤에 걔가 마더스티라는 애랑 싸웠어. 좀 지랄 맞게 싸우길래 내가 끼어들어야 했지. 마더스티는 여기 있는 애들 중에 최고야. 돈을 가장 많이 벌어주는 애거든. 마더스티가 레일라를 안 자르면 자기가 나가겠다고 최후통첩을 하더라고. 그래서 레일라를 잘랐지. 마더스티는 저 밖에 있는 멍청이들한테 하룻밤에 샴페인을 열 잔에서 열두 잔까지 파는 애야. 그러니 걔 편을 들 수밖에 없었어. 사실 레일라도 꽤 반반하게 생겼고 일도 잘 하지만 마더스티만큼은 아니거든. 마더스티가 우리 애들 중에서 최고야."

보슈는 고개를 끄덕였다. 지금까지는 금발이 한 이야기가 레일라가 앨리소에게 남긴 전화 메시지 내용과 잘 들어맞고 있었다. 그는 금발의 이야기를 들으면서 어느 정도까지는 금발을 믿을 수 있겠다고 생각했다.

"레일라와 그 마더스티라는 아가씨는 왜 싸운 거야?"

보슈가 물었다.

"모르지. 관심도 없고. 여자애들끼리 지지고 볶고 싸우는 건데, 뭐. 걔네들은 처음 만난 날부터 서로 맞질 않았어. 알겠지만, 보슈, 클럽마다 최고 대우를 받는 아가씨가 있어. 여기서는 마더스티가 그런 아가씨지. 레일라는 마더스티를 몰아내고 자기가 최고가 되려고 했고, 마더스티는 밀려나지 않으려고 애를 썼어. 하지만 솔직히 말해서 레일라는 여기 오던 날부터 줄곧 골칫덩어리였어. 여기 애들이 다 걔를 싫어했지. 다른 애들 노래를 훔쳐서 자기가 춤출 때 썼고, 내가 그 반짝이 가루 좀 뿌리지 말라고 그만큼 얘기했는데도 듣질 않았어. 하여튼 걔 때문에 골치깨나 아팠어. 걔를 자르고 나니까 속이 다 시원하더군. 난 이 클럽 사장이야. 위아래 모르고 날뛰는 망할년들 뒤나 닦아주고 있을 수는 없다고."

"반짝이 가루?"

"그래, 걔는 사타구니에 그 반짝이 가루를 뿌려서 어둠 속에서나 빛 속에서나 반짝거리게 만들었어. 문제는 이 가루가 손님들한테 묻는다는 거야. 손님 무릎 위에 앉아서 랩 댄스를 추면 손님 바지에 가루가 묻게 되지. 그러고 나서 집에 가면 마누라가 가루를 발견하고 한바탕 난리가 나는 거야. 그렇게 잃은 손님이 한둘이 아니야. 그걸 계속 보고만 있을 수는 없었어, 보슈. 마더스티가 아니었더라도 자르려고 했었어. 마침 기회가 생겨서 자른 거야."

보슈는 잠깐 동안 들은 이야기를 정리했다.

"알았어. 레일라 주소를 알려주면 갈게."

보슈가 말했다.

"알려주고 싶은데 알려줄 수가 없어."

"개소리 집어치워. 말이 좀 통한다 싶었는데 왜 이래. 급여 장부를 보여줘. 거기에 주소가 나와 있을 거 아냐."

럭키가 미소를 지으며 고개를 가로저었다.

"급여 장부? 우린 애네들한테 단돈 10센트도 안 줘. 오히려 애네들이 우리한테 돈을 주지. 여기 와서 돈을 벌어가고 있으니까 말이야."

"전화번호나 주소가 있을 것 아냐. 여기 거씨라는 친구를 메트로로 끌고 가서 경찰관 폭행죄로 집어넣기를 바라는 건 아니겠지?"

"걔 주소를 안 갖고 있는데 어쩌라고, 보슈? 전화번호도 없어."

럭키는 두 손을 펴서 손바닥을 위로 향하게 들어 올렸다.

"난 애들 주소 하나도 안 갖고 있어. 내가 스케줄을 짜주면 걔네들이 와서 춤을 추는 거야. 안 나타나면 그만이야. 다시는 들어올 수 없어. 봐, 얼마나 단순하고 간편해. 우린 그렇게 운영을 한다고. 그리고 거씨를 폭행죄로 집어넣고 싶으면 집어넣어. 안 말릴게. 하지만 잊지 마. 당신은 여기 혼자 들어와서, 자기가 누군지 무엇 때문에 왔는지 아무에게도 말하지 않고, 한 시간도 안 되는 시간에 맥주를 넉 잔이나 퍼마셨고, 댄서 한 명을 모욕했다가 우리한테 쫓겨난 거야. 그런 내용의 진술서를 한 시간 안에 만들어줄게."

럭키는 이제 네 마음대로 하라는 듯 다시 두 손을 들어보였다. 보슈는 이본과 론다가 사장이 지시하는 대로 진술을 할 게 틀림없다고 생각했다. 그래서 손해되는 일은 하지 않기로 결심하고는 빙그레 미소를 지었다.

"좋은 밤 보내."

보슈가 인사를 하고 나서 문을 향해 돌아섰다.

"당신도, 보슈 형사. 언제 시간 나면 다시 와서 놀다 가."

럭키가 보슈의 등에 대고 말했다.

책상에서 럭키가 뭘 눌렀는지 문이 자동으로 열렸다. 거씨는 보슈가 먼저 나가게 기다리고 서 있었다. 보슈가 사무실을 나와 주차원 대기장으로 가는 동안 거씨가 뒤를 따라왔다. 보슈는 구겨진 도시락 포장지처럼 쭈글쭈글한 얼굴의 멕시코인 주차원에게 주차증을 건넸다. 그러고 나서 보슈와 거씨는 주차원이 차를 가져오기를 기다렸다.

차가 다가오자 거씨가 입을 열었다.

"기분 나쁜 거 아니죠? 경찰인 줄 몰랐어요."

보슈가 고개를 돌려 그를 바라보았다.

"그럼, 자넨 그냥 내가 손님인 줄 안 거잖아."

"그래요, 맞아요. 난 사장이 시키는 대로 할 수밖에 없었어요."

거씨가 한 손을 내밀었다. 보슈의 시야 가장자리에서 차가 아직도 다가오고 있는 것이 보였다. 보슈는 거씨의 손을 잡고 갑자기 그 거구를 자기 앞으로 확 끌어당기면서 한 무릎을 들어 거씨의 사타구니를 걷어찼다. 거씨는 헉 소리를 내면서 몸을 구부렸다. 보슈는 거씨의 손을 놓고 재빨리 그의 재킷 끝자락을 끌어당겨 머리에 뒤집어씌우고 두 팔도 재킷으로 감싸 꼼짝 못하게 만들었다. 그러고는 다시 무릎을 들어 올려 재킷을 뒤집어쓰고 있는 거씨의 얼굴을 힘차게 걷어찼다. 덩치 큰 거씨가 문 옆에 세워져 있던 검은색 콜벳 자동차 엔진 뚜껑 위로 고꾸라지는 순간 주차원이 보슈의 렌터카에서 튀어나오더니 상관을 보호하기 위해 재빨리 차를 돌아서 뛰어왔다. 주차원은 보슈보다 나이도 많고 체구도 작았다. 이 남자를 상대하는 것은 문제도 아니었고, 우연히 이 광경을 목격한 구경꾼이 있든 말든 상관하지 않았다. 보슈는 한 손가락을 들어 주차원을 제지했다.

"거기까지."

보슈가 말했다.

주차원이 어떡할 것인지 재고 있는 동안 턱시도 재킷 속에서 거씨의 신음 소리가 새어나왔다. 마침내 주차원은 양손을 들어 보이며 옆으로 비켜서서 보슈가 자기 차를 향해 갈 수 있도록 길을 터주었다.

"다들 현명한 선택을 하라고."

보슈가 차에 올라타면서 말했다.

차 앞 유리로 보니 거씨의 몸이 콜벳 엔진 뚜껑의 경사면을 타고 미끄러져 보도 위에 엎어졌다. 주차원이 그에게로 달려갔다.

보슈는 차를 빼서 매디슨 대로를 타고 달리면서 백미러로 상황을 살펴보았다. 주차원이 거씨의 머리에 뒤집어씌워진 재킷을 벗기고 있었다. 턱시도를 입은 기도의 흰 와이셔츠가 피로 흥건히 젖어 있었다.

보슈는 너무 흥분한 상태라 잠을 자러 호텔로 돌아갈 수가 없었다. 게다가 마음속에는 온갖 기분 나쁜 감정이 복잡하게 얽혀 있었다. 벌거벗은 아가씨가 춤추는 것을 본 것이 아직도 마음에 걸렸다. 이름밖에 몰랐지만, 그녀의 은밀한 세계를 침범한 것 같은 느낌이 들었다. 뿐만 아니라 거씨라는 스트립클럽 기도를 손봐준 것 때문에 자신에게 화가 났다. 그러나 무엇보다도 언짢은 것은 스트립클럽에 갔던 일이 완전히 헛수고로 끝났다는 사실이었다. 레일라에 대해 정보를 얻으려고 갔었는데 알아낸 것은 아무것도 없었다. 기껏해야 토니 앨리소의 바짓단 속과 호텔 방 하수구 구멍에서 발견된 반짝이가 무엇인지, 어디서 나온 것인지 알아낸 정도였다. 그것만으로는 충분치 않았다. 다음 날 아침에 LA로 돌아가야 하는데 건진 게 아무것도 없었다.

라스베이거스 시내 중심가인 더 스트립으로 들어가는 길목에서 신호등에 걸려 섰을 때, 보슈는 담배를 붙여 물고 수첩을 꺼내 저녁 때 펠튼 계장한테서 받아 적어 두었던 주소가 적힌 페이지를 펼쳤다.

샌즈 대로에서 우회전을 해서 1.5킬로미터쯤 달려가자 엘리노어 위시가 사는 아파트 단지가 나타났다. 동 번호가 적힌 건물들이 사방에 제멋대로 늘어서 있었다. 그녀가 사는 동과 아파트를 찾아내기까지 시간이 제법 걸렸다. 보슈는 한동안 차 안에 앉아 담배를 피우면서 그녀 아파트의 불 켜진 창문들을 바라보았다. 지금 자기가 뭐하고 있는 것인지 뭘 원하는 건지 알 수가 없었다.

5년 전 엘리노어 위시는 보슈에게 병도 주고 약도 주었다. 그를 배신했고 위험에 빠뜨렸지만 그의 목숨을 구해주었다. 몇 번 그와 사랑을 나누기도 했었다. 그러고 나서 일이 엉망으로 틀어져 버렸다. 아직도 그는 자주 그녀에 대해 생각했다. 그때 다른 선택을 했다면 어떻게 되었을까 하는 식의 우울한 상상이었다. 그녀는 그 오랜 세월 동안 그에게 영향력을 발휘하고 있었다. 오늘 밤 엘리노어는 보슈에게 차갑게 대했지만, 그녀도 그를 잊지 않고 있었음을 느낄 수 있었다. 그녀는 거울에 비친 그의 자화상과도 같았다. 보슈는 예전부터 그렇게 확신하고 있었다.

보슈는 차에서 내려 담배꽁초를 던지고 엘리노어 위시의 아파트로 걸어갔다. 그가 문을 한 번 두드리자마자 문이 열렸다. 마치 그녀가 보슈, 아니면 다른 누군가를 기다리고 있었던 것 같았다.

"여긴 어떻게 찾았어? 날 미행했던 거야?"

"아니. 전화 한 통으로 알아냈지."

"입술은 왜 그래?"

"아무것도 아냐. 들어가도 돼?"

엘리노어는 보슈가 들어오게 뒤로 물러섰다. 작은 아파트였는데 필요도 없을 것 같은 가구가 꽤 많이 있었다. 돈이 생길 때마다 가구를 하나씩 사 모으는 게 취미인 사람처럼. 소파 위 벽에 걸린 호퍼의 '나이트호크' 복제화가 보슈의 눈에 제일 먼저 들어왔다. 그 그림은 보슈에게는 언제나 깊은 울림이 있는 그림이었다. 예전에 보슈의 집 벽에도 같은 그림을 걸어놓은 적이 있었다. 5년 전 엘리노어에게서 받은 선물이었다. 이별 선물.

보슈는 그림에서 눈을 돌려 엘리노어를 바라보았다. 둘의 눈이 마주치자 그는 그녀가 아까 했던 말은 전부 마음에도 없는 말이었다는 것을 알 수 있었다. 보슈는 엘리노어에게 다가가서 그녀의 목을 만지다가 엄지손가락으로 그녀의 뺨을 쓰다듬었다. 그러면서 그녀의 눈을 물끄러미 바라보았다. 결의에 찬, 단호한 눈이었다.

"이거 참 오랜만이네."

엘리노어가 속삭였다.

보슈는 둘이 처음으로 사랑을 나눴을 때 자기가 그녀에게 똑같은 말을 했었다는 사실이 기억났다. 정말 오래전 일이군, 보슈는 생각했다. 내가 지금 뭐하고 있는 거지? 그렇게 오랜 세월이 흘렀는데, 그렇게 많은 변화가 있었는데, 관계를 회복할 수 있을까?

보슈는 엘리노어를 끌어당겼고, 둘은 서로를 껴안고 오래도록 키스를 했다. 그러고 나서 엘리노어는 아무 말 없이 보슈의 손을 잡고 침실로 이끌었다. 그녀는 재빨리 블라우스 단추를 풀고 청바지를 벗었다. 그러고는 키스를 하면서 손으로 그의 셔츠 단추를 풀어 펼친 후 자신의 맨살을 그에게 밀착시켰다. 그녀의 머리카락에서는 담배 냄새가 났지만, 5년 전 어느 날 밤을 떠올리게 만드는 그녀만의 향수 냄새도 났다. 그녀의 창밖에 서 있던 자카란다 나무들이 떠올랐고 그 나무들이 땅 위에 보라색 꽃눈을 수북이 쌓아놓았던 풍경도 떠올랐다.

두 사람은 격정적으로 사랑을 나눴다. 보슈는 자기가 그런 격정을 갖고 있다는 사실이 새삼 놀랍게 느껴졌다. 사랑이 빠진 육체적 욕구의 충족이었고, 욕정과 추억 때문에 불길이 타오른 것 같았다. 그가 절정에 도달했을 때, 그녀는 규칙적인 리듬으로 그의 몸을 자기에게로 끌어당겼다 밀었다를 반복하더니 잠시 후에는 그녀도 절정에 도달한 후 휘늘어졌다. 그러고 나서 섹스 후에 항상 그렇듯 정신이 명료해지자, 그들은 벌거벗고 있다는 사실이 민망해졌다. 욕정에 눈이 멀어 짐승처럼 서로에게 달려들었다가 이제는 서로가 인간으로 보이게 되자 부끄러워 몸

둘 바를 몰랐다.

“물어본다는 게 깜빡했네. 유부남은 아니지?”

엘리노어가 묻더니 킥킥거리면서 웃었다. 보슈는 바닥을 더듬어 재킷에서 담뱃갑을 꺼냈다.

“아니야. 독신이야.”

그가 말했다.

“그러게. 뻔한 걸 왜 물어봤을까. 해리 보슈, 외로운 사나이. 뻔한 걸 괜히 물어봤어.”

어둠 속에서 엘리노어가 보슈를 보며 미소 짓고 있었다. 그는 성냥불을 켜면서 그 미소를 보았다. 그는 불을 붙인 담배를 그녀에게 내밀었다. 그녀는 고개를 저어 사양했다.

“나 다음에 여자가 몇 명이나 거쳐 갔어? 말해 봐.”

“글쎄, 두세 명 정도. 한 여자하고는 1년 정도 갔지. 그게 가장 진지한 관계였어.”

“그 여잔 어떻게 됐어?”

“이탈리아에 갔어.”

“영원히?”

“그야 모르지.”

“당신이 모른다면, 그 여자는 돌아오지 않을 거야. 적어도 당신한테는.”

“그래, 알아. 끝난 지 꽤 됐어.”

그가 더 이상 말이 없자 그녀는 또 누가 있었냐고 물었다.

“플로리다에서 수사를 하다가 만난 화가가 있었어. 오래가진 못했어. 그러고 나서 또 당신을 만난 거야.”

“그 화가랑은 왜 잘 안 된 거야?”

보슈는 그런 질문 좀 제발 그만하라는 듯 고개를 가로저었다. 잘 풀리지 않은 연애사를 떠올리는 게 유쾌하지는 않았다.

"거리 때문이겠지. 그냥 잘 안 됐어. 난 LA를 떠날 수 없었고, 그 여자는 플로리다를 떠날 수가 없었고."

그가 말했다.

엘리노어는 보슈에게로 다가앉아 그의 턱에 입을 맞췄다. 그는 면도를 할 때가 되었다는 것을 알고 있었다.

"당신은 어때, 엘리노어? 당신도 독신인가?"

"그래…. 마지막으로 사랑을 나눴던 남자는 경찰이었어. 점잖았지만 아주 강했지. 육체적으로 강했다는 게 아니라 살아가는 모습이 그랬어. 오래전 일이었어. 그땐 우리 둘 다 치유가 필요했지. 우린 서로를 치유해줬어…."

두 사람은 어둠 속에서 오랫동안 서로를 바라보다가 그녀가 그에게로 몸을 기대왔다. 둘의 입이 마주치기 전에 그녀가 속삭였다.

"그 후로 오랜 세월이 흘렀어."

보슈가 엘리노어의 말에 대해 생각하는 동안 그녀는 그에게 키스를 하더니 잠시 후 그를 베개 위로 밀었다. 그러고는 그의 몸 위에 올라타고 앉아 천천히 엉덩이를 흔들어대기 시작했다. 그녀의 머리카락이 그의 얼굴 위로 흘러내려 그는 완벽한 어둠에 갇혀버렸다. 그는 두 손으로 그녀의 따뜻한 엉덩이를 쓰다듬다가 어깨로 올라갔고 이윽고 앞으로 손을 내려 그녀의 가슴을 어루만졌다. 그녀의 몸이 젖어 있는 것을 느꼈지만 그에게는 너무 일렀다.

"왜 그래, 해리? 쉬고 싶어?"

엘리노어가 속삭였다.

"모르겠어."

보슈는 아직도 그녀가 마지막으로 한 말에 대해 생각하고 있었다.

'그 후로 오랜 세월이 흘렀어.' 어쩌면 너무 오랜 세월이 흐른 건지도 모른다. 그녀는 계속 몸을 흔들고 있었다.

"내가 뭘 원하는지 모르겠어. 당신은 뭘 원해, 엘리노어?"

그가 말했다.

"내가 원하는 건 바로 지금 이 순간뿐이야. 우린 다른 일은 전부 망쳐버렸잖아. 이게 우리에게 남은 전부잖아."

잠시 후 그는 준비가 되었고 둘은 다시 사랑을 나눴다. 그녀는 아주 조용했고, 일정하고 부드럽게 몸을 움직였다. 그녀는 계속 그의 몸 위에 있었고 그녀의 얼굴은 그의 얼굴 위에 머물렀다. 그녀는 짧은 리듬으로 헉헉거리며 숨을 몰아쉬었다. 절정이 다가왔을 때, 그가 그녀를 기다려주기 위해 참으려고 애를 쓰고 있을 때, 눈물 한 방울이 그의 뺨 위로 떨어졌다. 그는 두 손을 들어 엄지손가락으로 그녀의 얼굴에서 눈물을 닦아주었다.

"괜찮아, 엘리노어, 괜찮아."

그녀는 한 손을 그의 얼굴에 올려놓더니 눈먼 사람처럼 어둠 속에서 얼굴을 더듬었다. 잠시 후 두 사람은 이 세상 그 어떤 것도 침범할 수 없는 그 순간에 도달했다. 어떤 말도, 어떤 기억도 그들을 방해할 수 없었다. 지금 이 순간 둘은 온전히 하나가 되었다.

보슈는 새벽녘이 될 때까지 엘리노어 위시의 침대에서 자다가 깨다가를 반복했다. 그녀는 그의 어깨 위에 머리를 올려놓고 곤한 잠에 빠져 있었지만, 그는 운이 좋아 잠깐 잠이 들었을 때에도 금방 깨곤 했다. 그는 줄곧 그렇게 침대에 누워 희끄무레한 어둠 속을 노려보고 둘의 땀 냄새와 섹스의 냄새를 맡으면서, 자신이 지금 어떤 길을 가고 있는 것인지 생각하고 있었다.

6시가 되자 보슈는 무의식적으로 그를 껴안는 엘리노어의 팔을 조심스레 떼어내고 침대에서 빠져나와 옷을 입었다. 준비가 끝나자 그녀에게 키스를 해서 잠을 깨우고는 이제 가야겠다고 말했다.

"오늘 LA로 돌아가지만 최대한 빨리 당신에게 돌아올게."

엘리노어는 잠결에 고개를 끄덕였다.

"그래, 해리, 기다릴게."

밖으로 나오니 이제야 좀 선선했다. 보슈는 차를 향해 걸어가면서 하루의 첫 담배에 불을 붙였다. 샌즈 대로를 타고 더 스트립을 향해 달려가면서 보니 태양이 도시의 서쪽에 있는 산맥 위를 황금빛으로 물들이고 있었다.

이른 새벽이라 행인은 별로 없었지만 더 스트립은 아직도 휘황찬란한 불빛 속에 빛나고 있었다. 보슈는 그 네온 간판들이 만들어내는 빛의 향연에 매혹되었다. 상상할 수 있는 온갖 색깔과 모양의 네온 간판들이 24시간 내내 쉬지 않고 불타고 있는 탐욕의 세계로 어서 들어오라고 뿌리칠 수 없는 유혹의 손길을 내밀고 있었다. 보슈도 남들과 마찬가지로 유혹을 느꼈다. 라스베이거스는 할리우드 선셋 대로의 창녀와 같았다. 행복한 결혼 생활을 하고 있는 남자들조차 단 1초 동안이라도 그 창녀를 향해 고개를 돌리기 마련이다. 거기에 누가 혹은 뭐가 있는지 보고, 나중에 은밀하게 기억을 되살려보기 위해서라도. 라스베이거스는 그렇게 남자들의 관심을 끄는 창녀와 같은 도시였다. 이곳에는 본능적인 유혹이 존재하고 있었다. 이곳은 돈과 섹스에 대한 과감한 약속의 땅이었다. 그러나 돈에 대한 약속은 깨지기 쉬운 신기루와 같았다. 그리고 섹스는 위험과 경제적 부담과 육체적, 정신적 상처를 내포하고 있었다. 이곳에서의 섹스는 진정한 의미의 도박이었다.

보슈가 미라지 호텔의 자기 방으로 돌아갔을 때, 전화기의 메시지 불빛이 깜박이고 있었다. 교환원에게 전화를 건 보슈는 펠튼 경감이라는 남자가 새벽 1시와 새벽 2시에 전화를 걸었고, 새벽 4시에는 레일라라는 여자한테서 전화가 왔었다는 말을 들었다. 두 사람 다 메시지나 연락 전화번호는 남기지 않았다. 보슈는 수화기를 내려놓고 얼굴을 찌푸렸다. 펠튼에게 전화를 걸기에는 너무 이른 시각이었다. 그보다 더 흥미로운 것은 레일라에게서 왔다는 전화였다. 전화를 건 사람이 정말로 레일라라면, 그 여자는 어떻게 보슈의 연락처를 알았을까?

아마도 론다에게서 들었을 것이다. 이틀 전 일요일 보슈가 할리우드의 토니 앨리소 사무실에서 돌리스로 전화를 걸었을 때 론다에게 미라지 호텔에서 돌리스를 찾아가는 길을 물었었다. 론다가 그 얘기를 레일라에게 전했을 수도 있었다. 보슈는 레일라가 전화를 건 이유가 궁금했다. 어쩌면 레일라는 토니가 죽었다는 사실을 모르고 있다가 론다에게서 전해 들었을 수도 있었다.

그러나 보슈는 레일라 문제는 당분간 제쳐두기로 결심했다. 키즈민 라이더가 LA에서 토니 앨리소의 사업 관련 문제를 파헤쳐 놓았기 때문에 수사의 초점이 그곳으로 옮겨가는 중이었다. 레일라를 만나보는 것도 중요했지만 LA로 돌아가는 게 우선순위였다. 보슈는 다시 수화기를 들고 사우스웨스트 항공사에 전화를 걸어 LA 행 10시 30분 비행기를 예약했다. 그때까지는 펠튼을 만나보고 토니 앨리소가 자동차를 빌렸다는 렌터카 대리점에 가서 확인할 시간이 있을 것이고, 점심시간 전까지는 할리우드 경찰서에 도착할 수 있을 것이다.

보슈는 옷을 벗고 뜨거운 물로 오랫동안 샤워를 하며 밤에 흘린 땀 냄새를 씻어냈다. 샤워를 끝내고 나서 수건으로 몸을 감싼 후 면도를 하기 위해 다른 수건으로 거울에 서린 김을 닦았다. 아랫입술 가장자리가 구슬 크기로 부어 있었는데 콧수염으로도 잘 가려지지 않았다. 눈가가 빨갛고 눈이 충혈되어 있었다. 면도용품 주머니에서 바이진 안약을 꺼내던 그는 엘리노어가 봤을 때 자기에게 단 한 군데라도 매력적인 데가 있었을까 궁금해졌다.

보슈가 옷을 입으려고 방 안으로 돌아갔을 때 창가 의자에 생면부지의 남자가 앉아 있었다. 남자는 신문을 들고 있다가 보슈가 수건만 걸친 채 들어오는 것을 보고 신문을 내려놓았다.

"보슈 형사시죠?"

보슈가 화장대를 보니 자기 총이 그대로 놓여 있었다. 의자에 앉아 있는 남자가 총과 더 가까이 있었지만, 보슈는 자기가 먼저 총을 거머쥘 수 있을 거라고 생각했다.

"놀라지 마세요. 우린 한편입니다. 나도 형삽니다. 메트로 경찰국 소속이죠. 펠튼 계장님이 보내서 왔습니다."

남자가 말했다.

"남의 방에서 무슨 수작이오?"

"문을 두드렸는데 대답이 없어서요. 샤워 소리가 들렸습니다. 아는 직원이 들여보내주더군요. 복도에 서서 기다리고 싶지는 않아서. 자, 어서 옷을 입으시죠. 그러고 나서 무슨 일인지 말씀드리죠."

"신분증 좀 봅시다."

남자가 일어서서 보슈에게로 걸어오며 외투 안주머니에서 지갑을 꺼냈다. 그러고는 따분한 표정을 지으며 지갑을 펼쳐보였다. 지갑 안에는 경찰 배지와 신분증이 들어 있었다.

"아이버슨입니다. 메트로 경찰국 소속이죠. 펠튼 계장님이 보내서 왔고요."

"남의 방에 무단 침입할 정도로 중요한 일이란 게 뭐요?"

"잠깐만요, 무단 침입한 거 아닙니다, 아시겠습니까? 밤 사이에 몇 번이나 전화를 했는데 받지 않더군요. 처음엔 당신한테 무슨 일이 생긴 건 아닌지 확인하고 싶었죠. 그다음엔 계장님이 검거현장에 당신도 동행해야 한다면서 찾아오라고 하더군요. 빨리 가야 합니다. 옷 좀 입으시죠."

"검거현장이요?"

"옷을 다 입으면 말하려고 했던 게 바로 그겁니다. 당신이 가져온 지문이 대어를 낚았더군요."

보슈는 잠깐 아이버슨을 노려보다가 옷장으로 걸어가서 바지와 속옷을 집어 들었다. 그러고는 욕실로 들어가서 옷을 입었다. 방으로 돌아온 보슈가 아이버슨에게 말했다.

"말해 봐요."

보슈는 재빨리 옷을 마저 입었다.

"조이 마크스라는 이름을 알아요?"

보슈는 잠깐 기억을 더듬어 보았다. 들어본 것 같은 이름이기는 한데 잘 기억이 나지 않았다.

"정식 이름은 조셉 마르코니죠. 하지만 사람들은 그냥 조이 마크스라고 부릅니다. 그 친구도 과거에는 그 이름을 좋아라 하더니 법을 지키는 선량한 시민 행세를 하면서부터는 실명을 쓰더군요. 그래서 지금은 조셉 마르코니라는 이름으로 활동하고 있죠. 조이 마크스라는 별명이 참 기발한 것 같아요. 자기 앞을 알짱거리면서 방해를 하는 놈은 절대로 가만두지 않고 마크를 남겼거든요."

"그 사람이 누구죠?"

"라스베이거스에서 활동하는 아웃핏의 두목입니다. 아웃핏이 뭔지는 알죠?"

"시카고 마피아 조직 아뇨. 미시시피 강 서쪽은 전부 그들이 관할을 하거나 적어도 강력한 발언권을 행사하고 있잖아요. 라스베이거스와

LA까지 포함해서."

"우와, 학교 다닐 때 지리 공부를 잘 했었나 봐요, 그렇죠? 뭐가 뭔지 길게 설명할 필요가 없겠구만. 이미 잘 알고 있으니까."

"내 피해자의 재킷에서 나온 지문이 조이 마크스 거란 말이오?"

"설마요. 마크스 바로 밑의 심복 거였죠. 보슈 형사, 이건 하늘에서 내려온 만나(여호와가 모세와 그 민족에게 내려준 기적의 음식 – 옮긴이) 같은 겁니다. 우린 오늘 그 친구를 침대에서 끌어낼 작정입니다. 그 친구를 구슬려서 우리의 충견으로 만들어가지고 조이 마크스까지 잡아보려고요. 마크스는 우리한텐 거의 10년 전부터 아주 귀찮은 눈엣가시였거든요."

"뭐 잊은 거 없어요?"

"아뇨, 없는데요. …아, 예, 당신과 LA 경찰국에 심심한 감사를 표하는 걸 잊었군요."

"아니, 이게 내 사건이란 걸 잊고 있는 것 같은데. 당신 사건이 아니란 말이지. 나하고 의논도 안 하고 그 친구를 치려고 하다니, 도대체 정신이 똑바로 박혀 있긴 한 거요?"

"전화했다니까 그러네. 받지 않은 게 누군데."

아이버슨이 기분 상한 목소리로 말했다.

"그래서요? 날 못 찾으면 나 없이 그냥 계획대로 밀고 나가려던 거 아뇨."

아이버슨은 아무 대꾸도 하지 못했다. 보슈는 신발 끈을 다 매고 허리를 펴고 섰다.

"갑시다. 펠튼 계장한테 먼저 갑시다. 당신들은 믿을 수가 없어서."

엘리베이터를 타고 내려가는 동안 아이버슨은 보슈에게 작전 계획에 이의가 있다는 건 알겠지만, 작전을 중단시키기에는 너무 늦어버렸다고 말했다. 그리고 둘은 곧장 사막에 있는 작전 지휘 본부로 갈 것이고 거기서 산맥 근처에 있는 용의자의 집을 급습할 거라고 전했다.

“펠튼 계장은 어디 있죠?”

“현장 지휘 본부에요.”

“잘됐군.”

차를 달리는 동안 아이버슨은 계속 말이 없어서, 보슈는 새로운 상황에 대해 생각을 정리할 시간을 가질 수 있었다. 토니 앨리소가 조이 마크스를 위해 돈세탁을 해줬을지 모른다는 생각이 퍼뜩 들었다. 라이더가 말했던 X씨가 바로 마크스인 것 같았다. 그런데 일이 잘못된 것이다. 국세청이 냄새를 맡고 세무 조사를 하겠다고 나서서 돈세탁 작업이, 더 나아가 조이 마크스가 위험에 빠진 것이다. 그래서 마크스는 돈세탁 업자를 제거함으로써 위기를 모면하려고 했던 것이고.

시나리오가 꽤 그럴듯하게 느껴졌지만, 아귀가 안 맞는 부분이 몇 군데 있었다. 토니 앨리소가 죽고 나서 이틀 후에 그의 사무실에 누군가가 침입했다는 사실이 이상했다. 왜 그때까지 기다렸을까? 그리고 왜 금융 거래 기록을 전부 가져가지 않았을까? 그 기록들은, 유령 회사들과 조이 마크스와의 연관 관계가 밝혀지면, 마크스에게는 앨리소만큼이나 위험한 증거가 될 수 있었다. 보슈는 토니의 살해범과 사무실 무단 침입자가 같은 사람이 아닐지도 모른다는 생각이 들었다.

“그 친구 이름이 뭐죠? 내가 가져온 지문하고 일치했다는 사람 말요.”

“루크 고션이요. 조이가 소유한 스트립클럽 여러 개 중 하나에 사업자 등록을 할 때 지문을 제출해서 우리 기록에 들어 있더군요. 그 클럽의 사업자 등록이 고션의 이름으로 되어 있어요. 조이가 드러나지 않게 한 조치죠. 용의주도하고 깨끗했어요. 이젠 아니지만. 지문으로 인해 고션이 살인사건에 얽히게 되면 조이도 멀지 않았죠.”

“잠깐만요, 그 클럽 이름이 뭐죠?”

"돌리스요. 어디 있냐 하면…."

"노스 라스베이거스죠. 개자식."

"뭐요? 내가 뭐 말 잘못했소?"

"아니, 그 고션이라는 놈 말요. 다들 럭키라고 부르죠?"

"오늘 이후로는 아니겠죠. 행운은 오늘부로 바닥이 날 테니까. 놈을 알고 있었나보죠?"

"그 자식 어젯밤에 만났소."

"설마요."

"돌리스에서요. LA에 있는 앨리소의 사무실에서 마지막으로 건 전화가 돌리스로 건 거였더군. 앨리소가 라스베이거스에 올 때마다 거기서 일하는 댄서 아가씨 한 명이랑 같이 지낸다는 사실을 알아냈어요. 그래서 어젯밤에 확인 좀 하려고 거기 갔다가 개판 쳤지. 고션이 기도를 시켜서 이렇게 만들어놨죠."

보슈는 아랫입술의 부어오른 부분을 만졌다.

"안 그래도 어쩌다가 입술이 그렇게 됐나 궁금해하던 참인데. 어떤 놈이 그랬소?"

"거씨라는 놈."

"덩치 큰 존 플래너건 말이구만. 오늘 그놈도 잡아들일 거요."

"존 플래너건이라고요? 어떻게 그 이름에서 거씨라는 별명이 나온 거요?"

"이 나라에서 아마 제일 옷을 잘 차려입는 기도일 거요. 턱시도를 입고 있었죠? 그 새낀 출근할 땐 옷을 쫙 빼입고 다니거든. 그래서 그런 별명이 붙은 거요('옷을 잘 차려입다'라는 뜻의 gussy up이라는 표현에서 거씨[Gussie]라는 별명이 나왔다고 말하고 있음—옮긴이). 설마 당신 입술만 밤탱이가 되고 놈을 곱게 놔두고 온 건 아니겠죠?"

"떠나기 전에 주차장에서 대화를 좀 나눴지."

아이버슨이 웃음을 터뜨렸다.

"맘에 드는데, 보슈. 터프가이시구만."

"난 아직 당신이 맘에 안 드는데, 아이버슨. 당신네들이 내 사건을 가로채려한 게 아직도 기분이 나쁘단 말이오."

"우리 모두에게 좋은 결과가 있을 거요. 당신은 당신 사건을 종결할 거고 우린 원수 같은 악당 녀석들 몇 명을 잡아들일 거고. 조상님들이 지하에서 웃고 계실 거요."

"그건 두고 봐야 알 일이고."

"아, 참, 하나 더. 사실 당신이 나타나기 전부터 우린 럭키에 대한 제보를 입수하고 수사를 하고 있었소."

"무슨 말이죠?"

"제보가 하나 들어왔소. 익명으로. 일요일에 강력계로 전화가 왔더군요. 남잔데 자기 이름은 밝히지 않고, 전날 밤에 스트립클럽에 갔었는데 덩치 큰 남자 두 명이 누굴 죽였다고 하는 말을 들었다고 하더라고요. 그 중 한 명이 상대방을 럭키라고 부르는 걸 들었다고도 했고."

"또 다른 건?"

"그냥 어떤 남자를 트렁크에 집어넣고 쐈다는 말만 들었다대요."

"내가 어제 펠튼 계장을 만났을 때 계장도 이 사실을 알고 있었소?"

"아뇨, 계장한테까진 안 올라갔었소. 어젯밤에 계장이 당신이 가져온 지문이 고션의 지문과 일치한다는 걸 알고 난 다음에야 계장한테 보고가 됐지. 강력계 형사 한 명이 제보 전화를 받고는 확인하려고 갖고 있었대요. 결국에는 LA까지 연락이 갔을 거고 누구라도 이리로 와야 했을 거요. 그런데 당신이 생각보다 빨리 온 거죠."

어느새 그들은 우후죽순처럼 뻗어 있는 라스베이거스 시내를 완전히 벗어났고, 전방에는 초콜릿색의 산맥이 솟아 있었다. 드문드문 마을이 나타났다 사라지기를 반복했다. 시내 외곽에 서 있으면서 도시가 그곳까지 확대되기를 기다리고 있는 동네들 같았다. 보슈는 예전에 한 번 수사차 이곳에 와서 퇴직한 경찰관의 집을 방문한 적이 있었다. 그때도 이곳은 무인지대를 연상시켰는데 지금도 그랬다.

"조이 마크스 얘기 좀 해봐요. 법을 지키는 선량한 시민이 되려고 노력했다고 했었죠?"

보슈가 말했다.

"아뇨. 법을 지키는 선량한 시민 행세를 하려고 했다고 했죠. 그건 완전히 다른 거요. 조이 같은 인간은 절대로 법을 지키는 선량한 시민이 될 수 없소. 아무리 주변을 깨끗이 치워도 항상 기름 얼룩을 남길 인간이지."

"그가 무슨 짓을 하고 있소? 언론에서는 아웃핏이 올-아메리칸이라는 조직에 밀려서 유야무야됐다고 하던데."

"그래요, 나도 그런 얘기 들었소. 사실이죠. 지난 10년 동안 라스베이거스는 참 많이 바뀌었어요. 내가 강력계에 처음 들어왔을 때만 해도 아무 카지노나 골라잡아 조금만 뒤져보면 구린 일들이 줄줄이 엮여 나왔었죠. 프런트데스크 쪽이 아니더라도 자재부나 노조나 다른 어디라도 범죄 조직과 관련된 비리들이 숨어 있었으니까. 하지만 이젠 대청소가 끝난 상태요. 라스베이거스는 죄악의 도시에서 좆 같은 디즈니랜드로 변했소. 이젠 사창굴보다 물 미끄럼틀이 더 많죠. 예전이 더 좋았는데. 더 특색 있고 폼도 더 나고. 무슨 뜻인지 알겠소?"

"그래요, 알겠소."

"어쨌든 중요한 건 시내 카지노에서 범죄 조직이 99퍼센트 정도 손을 뗐다는 거요. 잘된 일이죠. 하지만 부업은 상당히 활발하게 하고 있어요. 조이가 관여하고 있는 것도 바로 그런 부업이죠. 조이는 고급 스트립클럽을 여러 개 운영하고 있소. 주로 노스 라스베이거스에 있죠. 거기선 올 누드와 주류 판매가 법적으로 허용되고 있거든요. 수익은 주로 주류 판매에서 나오고 있죠. 그 돈은 추적하기가 상당히 힘들어요. 우린 조이가 그런 클럽 몇 군데에서 1년에 2백만 달러 정도는 벌어들이고 있다고 판단하고 있소. 국세청에 요청해서 장부를 뒤져봤지만, 아주 깨끗하게 관리를 잘 하고 있었죠. 가만있자, 또 뭐가 있더라? 아, 그리고 노스 라스베이거스에 성매매 업소도 몇 개 가지고 있는 걸로 알고 있소. 그리고 그런 조직이 일반적으로 하고 있는 고리대금업과 이른바 상인 보호 사업도 벌이고 있죠. 스포츠 베팅 창구를 운영하고 시내에서 일어나는 거의 모든 상행위에 대해 자릿세를 받고 있어요. 성매매 알선업, 핍쇼 같은 거 전부 말요. 조이 마크스는 여기서 왕처럼 군림하고 있소. 정부의 블랙리스트에 올라 있기 때문에 카지노에는 드나들 수가 없지만 그런 건 아무 상관없어요. 조이 마크스는 왕이니까."

"어떤 카지노라도 들어가서 전국 어디에서 벌어지는 어떤 경기, 어떤 경주에라도 베팅을 할 수 있는 도시에서 그 친구는 어떻게 독자적으로 스포츠 베팅 창구를 운영하는 거죠?"

"그러자면 돈이 있어야 하잖아요. 돈이 없어도 조이를 통해서라면 베팅을 할 수 있어요. 대신 베팅을 해주거든. 재수가 없어서 돈을 잃으면, 그 돈을 빨리 뱉어내야지 안 그러면 큰 코 다치긴 하지만. 조이 마크스가 왜 마크스라는 별명을 갖게 됐는지 말했죠? 그 친구 밑에 있는 직원들도 두목의 뒤를 따르고 있소. 어쨌든 조이는 그런 식으로 사람들을 끌어들이고 있어요. 사람들한테 돈을 빌려주고 나중에 그들의 재산을 일부라도 토해내게 만들죠. 그게 데이턴에 있는 페인트 공장이든 다른 어떤 거든."

"LA에서 저질 포르노 영화를 제작하던 남자도 그런 식으로 걸려들었을 수도 있겠군."

"그래요, 그럴 수도 있죠. 조이는 그런 식으로 장사를 하고 있소. 걸려든 놈들이 가진 걸 토해내지 않으면 두 다리가 부러지거나 더 심한 일도 당하게 되죠. 아직도 라스베이거스에서는 실종되는 사람이 많아요, 보슈. 이 도시는 밖에서 보면 화산과 피라미드와 해적선으로 가득 차 있는 것 같이 보이지만 안으로 들어오면 아직도 사람들이 숑숑 사라지는 블랙홀 같은 곳이오."

보슈는 손을 뻗어 에어컨을 한 단계 높였다. 벌써 해가 중천에 떠 있었고 사막이 지글지글 끓기 시작하고 있었다.

"이 정도는 아무것도 아닌데, 뭘. 정오까지 한번 기다려 봐요. 그때 밖에 나가면, 어휴 정말 쪄 죽어요. 40도는 가뿐하게 넘어가니까."

아이버슨이 말했다.

"조이가 사업을 합법화하려고 했다고 했는데 자세하게 얘기 좀 해봐요."

"아, 그거, 그래요, 아까도 말했지만, 조이는 전국 각지에 자산을 갖고 있소. 다양한 신용 사기를 통해서 합법적인 세계로 밀고 들어왔죠. 재투자도 하고 있어요. 자기가 갖고 있는 여러 기업에서 나온 수익을 돈세탁을 해서 합법적인 곳에 투자를 하죠. 심지어 자선 단체에도 투자를 해요. 조이는 자동차 대리점을 여러 개 갖고 있고, 동쪽에 컨트리클럽도 한 개 있고, 수영장에 빠져 죽은 자기 아이 이름을 따서 지은 병원까지 갖고 있소. 개관식 기사 사진에 자주 얼굴이 나오죠. 그놈을 잡아 처넣거나 아니면 그놈한테 이 도시의 열쇠를 갖다 바치거나 둘 중의 하나를 선택해야 할 정도가 됐소. 어느 쪽이 더 나을지 모르겠지만."

말을 마친 아이버슨이 머리를 설레설레했다.

그 후로 몇 분 동안 말없이 달려간 그들은 비로소 목적지에 도착했다. 아이버슨은 카운티 소방서 관내로 차를 몰고 들어가 건물 뒤편으로 갔다. 그곳에는 형사 차 몇 대가 서 있었고 형사 몇 명이 커피가 든 종이컵을 들고 차 주변에 서 있었다. 그 속에 펠튼 계장이 있었다.

로스앤젤레스에서 올 때 방탄조끼를 챙겨오지 않았던 보슈는 아이버슨에게서 한 개를 빌렸다. 그리고 지퍼를 채워놓은 앞면 가슴팍에 형광 노란색의 큰 글씨로 LVPD라고 가로로 적혀 있는 비닐 방호복도 얻었다.

그들은 펠튼의 포드 타우루스 자동차를 둘러싸고 서서 작전 계획을 검토하고 제복 경찰관 지원팀을 기다리고 있었다. 펠튼 계장은 압수 수색 영장을 반드시 집행해야 한다는 게 라스베이거스 경찰국 규칙이라고 설명했다. 따라서 용의자의 집 문을 두드릴 때 적어도 순경 한 개 조가 반드시 옆에 있어야 한다고 했다.

이보다 앞서 보슈는 펠튼 계장과 '우호적인' 대화를 나누었다. 보슈에게 커피를 주기 위해 둘이 소방서 안으로 들어갔을 때 보슈는 계장에게 자기가 가져온 지문이 럭키 루크 고션의 것으로 밝혀진 후의 일처리 방식에 대해 강력하게 불만을 제기했다. 펠튼은 짐짓 미안한 표정을 지으면서 이제부터는 작전 지휘에 보슈도 참여하게 하겠다고 약속했다. 그렇게 말을 하니 보슈도 뒤로 물러설 수밖에 없었다. 어쨌든 원하는 것은 얻었다. 적어도 계장에게 약속은 받아냈으니까. 이제는 펠튼이 그 약속을 지키는지 두고 볼 수밖에 없었다.

자동차 주위에는 펠튼과 보슈 외에 네 명이 더 있었다. 모두 메트로 경찰국 조직범죄수사대(The Organized Crime Unit: OCU) 소속이었다. 아이버슨과 파트너 시카렐리로 이루어진 한 조와 백스터와 파멜리 조였다. OCU는 펠튼 계장이 총책임자로 있었지만, 실질적인 책임자는 백스터였다. 백스터는 머리 둘레로 흰 머리가 듬성듬성 나 있을 뿐 머리가 벗어진 흑인 남자였다. 단단한 근육질 몸매였고 성가시게 굴면 재미없다는 표정을 짓고 있었다. 보슈에게는 그가 폭력적인 것과 폭력—이 둘은 엄연히 다른 것이다—둘 다에 익숙한 사람처럼 보였다.

다들 루크 고션의 집을 알고 있었다. 자기네들끼리 주고받는 이야기를 들어보니 이전부터 그 집을 주시하고 있었던 게 분명했다. 고션의 집은 소방서에서 서쪽으로 1.6킬로미터쯤 떨어진 곳에 있었고, 백스터는 벌써 그 집까지 차를 몰고 가서 고션의 검은색 콜벳 자동차가 간이차고에 있는 것을 확인하고 왔다고 했다.

"영장은요?"

보슈가 물었다.

영장 없이 용의자의 집에 쳐들어가면 법정에서 공소 기각 당하고 모든 일이 물거품이 될 게 뻔했다.

"지문은 압수 수색과 용의자 체포를 위한 영장을 받아내기에 충분하고도 넘치는 증거였소. 오늘 아침에 제일 먼저 판사한테 가서 영장에 서명을 받아냈지. 그리고 우리 자체 정보도 있고. 그 얘긴 아이버슨한테서 들었을 것 같은데."

펠튼이 말했다.

"계장님, 지문이 고션의 것이라고 해도 그것만 가지고는 놈이 살인을 저질렀다고 단정할 수는 없습니다. 확정적인 증거가 아니잖습니까. 지금 너무 성급하게 나서고 있는 것 같은데요. 내 피해자는 LA에서 살해됐습니다. 그런데 루크 고션을 LA와 묶어놓을 수 있는 증거가 하나도 없어요. 그리고 자체 정보요? 익명의 제보 전화를 한 통 받은 것밖에 없잖습니까. 그것만으로는 약해요. 증거가 될 수 없습니다."

다들 무도회에 처음 나온 아가씨가 트림이라도 한 것처럼 보슈를 바라보았다.

"해리, 커피 한 잔 더 가지러 갑시다."

펠튼이 말했다.

"저는 됐습니다."

"어쨌든 가지러 갑시다."

펠튼이 보슈의 어깨에 한 팔을 얹더니 소방서 쪽으로 그를 밀었다. 건물 안으로 들어가 커피 주전자가 있는 부엌 조리대 앞에 선 펠튼은 자기가 마실 커피를 한 잔 더 따르더니 말문을 열었다.

"이봐요, 해리, 잔소리 말고 우리가 하자는 대로 해요. 이건 우리와 당신, 모두에게 아주 좋은 기회니까."

"압니다. 저도 이런 기회를 놓치고 싶지는 않습니다. 좀 더 확인을 할 때까지 작전을 잠깐만 연기할 수 없습니까? 계장님, 이건 제 사건인데, 아직도 계장님이 좌지우지하고 계시는군요."

"그건 벌써 합의가 됐다고 생각했는데."

"저도 그렇게 생각했는데, 아닌 것 같아서요."

"이봐요, 보슈 형사, 우린 저 길을 달려가서 놈을 제압하고 집 안을 수색하고 놈을 작은 방에 가둬놓을 거요. 놈이 당신이 찾는 범인이 아니라고 해도, 놈이 진짜 범인을 당신한테 넘겨줄 거요. 내 장담하지. 그리고 놈이 우리한텐 조이 마크스를 덤으로 던져줄 거고. 그러니까, 툴툴거리지 말고 바로 시작합시다."

펠튼은 보슈의 어깨를 툭툭 치더니 밖으로 나갔다. 보슈도 잠시 후 그 뒤를 따랐다. 보슈는 자기가 아무것도 아닌 일에 징징대고 있다는 걸 알고 있었다. 시체에서 누군가의 지문을 발견하면 그를 불러들이는 게 정석이다. 세부적인 사실은 나중에 조사하고 말이다. 그러나 보슈는 자기가 구경꾼 역할을 하는 게 싫었다. 진짜 문제는 그것이었다. 자기가 작전을 주도하고 싶었다. 그러나 그는 이곳 사막에서는 물 밖으로 나와 모래 위에서 파닥거리고 있는 물고기 신세였다. 빌리츠 과장에게 전화를 해야 한다는 걸 알고 있었지만, 과장이 손을 쓰기에는 벌써 늦어버렸고, 자기가 멍청하게 끌려가고 있다는 사실을 과장에게 알리고 싶지도 않았다.

보슈가 소방서 건물을 나와 찜통 속으로 걸어 들어가 보니 순경 두 명을 태운 순찰차 한 대가 도착해 있었다.

"좋아. 다들 모였군. 이제 놈을 검거하러 출발."

펠튼이 말했다.

그들이 현장에 도착하기까지 5분도 안 걸렸다 고션은 데저트 뷰 대로변 관목지 속에 불쑥 솟아 있는 집에서 살고 있었다. 큰 집이었지만 특별히 고급스러워 보이지는 않았다. 특이한 것은 2천 평방미터의 저택 부지를 감싸고 있는 콘크리트 블록 벽과 출입구뿐이었다. 집은 아무것도 없는 사막에 혼자 달랑 서 있는데 집주인은 탄탄한 담을 쌓아 그 집을 보호하고 있었다.

그들은 갓길에 일렬로 차를 세우고 차에서 내렸다. 백스터는 만반의 준비가 되어 있었다. 그는 자기 카프리스 자동차 트렁크에서 발판 사다리 두 개를 꺼냈다. 자동차 진입로 문 옆 벽에 세워놓고 담을 넘을 때 쓸 것이었다. 아이버슨이 제일 먼저 사다리를 타고 올라갔다. 담장 꼭대기에 다다른 그는 다른 사다리를 집 안쪽에 내려놓고서도 마당으로 내려가지 않고 망설였다.

"개를 본 사람?"

"개는 없어. 내가 오늘 아침에 확인했어."

백스터가 말했다.

아이버슨이 마당으로 내려갔고 다른 사람들이 차례로 사다리를 올라가기 시작했다. 보슈가 자기 차례를 기다리면서 주위를 둘러보니 동쪽으로 몇 킬로미터만 더 가면 더 스트립이라는 네온 표지판이 보였다. 그 표지판 위에서 태양이 붉은 네온 공처럼 이글거리고 있었다. 공기는 따뜻하다 못해 뜨겁고 건조했고 사포처럼 깔깔했다. 보슈는 호텔 기념품 가게에서 산 체리맛 챕스틱이 주머니에 있다는 게 생각났다. 하지만 여기 현지 사람들이 보는 앞에서 챕스틱을 바르고 싶지는 않았다.

보슈는 담장을 타 넘어 가서 다른 사람들을 좇아 집을 향해 걸어가는 동안 손목시계를 보았다. 거의 9시가 다 됐는데 집은 쥐 죽은 듯 고요했다. 인기척이나 소리나 빛이 전혀 없었다. 창문마다 커튼이 드리워져 있었다.

"여기 있는 게 확실해요?"

보슈가 백스터에게 속삭여 물었다.

"안에 있소. 아까 6시쯤 담을 타 넘고 들어와서 콜벳 엔진 뚜껑을 만져봤더니 따뜻하더구만. 집에 온 지 얼마 안 된 거지. 저 안에서 퍼져 자고 있을 거요. 이놈한테 9시는 보통 사람들한테 새벽 4시나 마찬가지니까."

백스터가 목소리를 낮추지 않고 대답했다.

보슈는 차고에 서 있는 콜벳 자동차를 쳐다보았다. 전날 밤에 봤던 바로 그 차였다. 주위를 둘러보니 높은 담에 둘러싸인 집 마당에는 파릇파릇한 잔디가 깔려 있었다. 잔디를 심고 관리하자면 돈깨나 들었을 듯했다. 사막에 있는 이 집이 해변에 펼쳐놓은 수건 같았다. 보슈는 아이버슨이 발로 현관문을 차는 소리에 퍼뜩 정신이 들었다.

보슈와 메트로 경찰들은 권총을 빼들고 아이버슨을 따라 어두운 현관 안으로 들어갔다. 늘 하던 대로 "경찰이다! 꼼짝 마!"를 외치며 안으로 들어간 그들은 왼쪽으로 난 복도를 재빨리 걸어갔다. 보슈는 앞선 경찰들의 손전등에서 나오는 강한 불빛을 따라 들어갔다. 잠시 후 여자들의 비명 소리가 들리더니 복도 맨 끝에 있는 방에서 전등이 켜졌다.

보슈가 그 방 안으로 들어가자 아이버슨이 킹사이즈 침대 위에 무릎을 대고 루크 고션의 얼굴에서 15센티미터쯤 떨어진 곳에 총신이 짧은 스미스 앤 웨슨 권총을 들이대고 있는 것이 보였다. 전날 밤 만났던 덩치 큰 남자가 검은색 실크 시트로 몸을 감싸고, 매직 존슨이 절체절명의 위기에 놓인 경기에서 자유투를 던질 때 짓곤 했던 침착한 표정을 짓고 있었다. 심지어 느긋하게 천장을 올려다보며 거울에 반사된 방 안 상황을 살펴보기까지 했다.

침착하지 못한 건 여자들이었다. 젊은 여자 두 명이 침대 양편에 서서 자신이 벌거벗었다는 사실도 잊은 채 두려움에 떨며 비명을 질러대고 있었다.

"입 좀 닥쳐!"

참다 못한 백스터가 소리를 버럭 지르자 여자들이 입을 다물었다.

잠깐 동안 침묵이 흘렀다. 아무도 움직이지 않았다. 보슈는 고션에게서 눈을 떼지 않았다. 고션은 이 방 안에서 유일한 위험인물이었다. 보슈는 집 안을 수색하기 위해 흩어졌던 다른 경찰들이 순경 두 명과 함께 방 안으로 들어와 자기 뒤에 서는 것을 느꼈다.

마침내 아이버슨이 명령했다.

"얼굴을 침대에 묻고 엎드려, 루크. 그리고 너희들은 옷 입어. 지금 당장!"

여자 하나가 말문을 열었다.

"그런 식으로…."

"입 좀 다물어! 싫으면 그렇게 벌거벗고 시내로 들어가든가. 니들 마음대로 해."

아이버슨이 그녀의 말을 끊고 말했다.

"난 아무데도 안 가…."

"랜디!"

고션이 드럼통에서 울려나오는 것 같은 깊은 목소리로 외쳤다.

"그 입 좀 닥치고 옷 입어. 너는 안 데리고 갈 거야. 그리고 너도, 함(Harm)."

고션을 제외한 남자들 모두가 본능적으로 함이라 불린 아가씨를 바라보았다. 40킬로그램이나 나갈까 싶은 작고 마른 여자였다. 옅은 금발이었고 가슴은 어린이용 컵에 숨길 수 있을 만큼 작았으며 질(膣)의 접힌 부분 한쪽에 금으로 만든 링을 달고 있었다. 공포에 떨고 있는 표정이어서 아무리 봐도 예쁜 구석은 찾아볼 수 없었다.

"원래 이름이 하모니예요."

남자들의 혼란을 알아차린 듯 여자가 말했다.

"그래, 옷 입어, 하모니. 너희 둘 다. 벽을 향해 돌아서서 입어."

펠튼이 말했다.

"그냥 옷을 주고 이 방에서 나가게 하세요."

아이버슨이 말했다.

하모니는 청바지에 다리를 집어넣다가 말고 상반된 지시를 내린 남자들을 번갈아 쳐다보았다.

"어쩌란 말이에요? 여기서 입어요. 아니면 나가요?"

랜디가 짜증 섞인 목소리로 물었다.

보슈가 전날 밤 돌리스에서 춤추는 모습을 보았던 바로 그 여자였다.

"데리고 나가! 지금 당장."

아이버슨이 고함을 버럭 질렀다.

순경들이 벌거벗은 아가씨들에게 다가갔다.

"간다고요. 내 몸에 손대지 말아요."

랜디가 소리쳤다.

아이버슨이 고션에게서 시트를 확 잡아당기더니 고션의 두 손을 시트로 묶기 시작했다. 이제 보니 하나로 촘촘 땋은 고션의 금발이 등까지 내려와 있었다. 보슈는 전날 밤에는 고션의 머리가 그렇게 긴지 몰랐었다.

"왜 이러는 거야, 아이버슨? 어떤 미친 새끼가 여기 무슨 문제가 있대? 아니면 카우보이 흉내라도 내는 거야?"

고션이 매트리스에 얼굴을 묻은 채 말했다.

"고션, 그 아가리 닥치고 있는 게 신상에 좋을 거야."

고션은 아이버슨의 위협을 웃어 넘겼다. 거무스름하게 그은 피부의 고션은 보슈가 전날 밤에 봤을 때보다 덩치가 더 커보였다. 탄탄한 근육질이었고, 팔은 웬만한 남자의 장딴지만 했다. 보슈는 그가 여자 두 명을 끼고 자고 싶어 할 만하다고 생각했다. 그리고 여자들이 기꺼이 그와 그룹 섹스를 했던 이유도 알 것 같았다.

고션은 자기가 조금도 겁을 먹고 있지 않다는 것을 보여주려는 듯 가짜로 하품을 했다. 그는 시트 색깔과 같은 검은색의 짧은 삼각팬티만 입고 있었다. 등에 문신이 두 개 새겨져 있었다. 왼쪽 어깨뼈 위에는 '1퍼센트'라는 문신이, 오른쪽 어깨뼈 위에는 할리 데이비슨 상표가 그려져 있었다. 왼팔 윗팔뚝에도 문신이 있었는데 숫자 '88'이었다.

"이건 또 뭐야, 네 IQ냐?"

아이버슨이 고션의 왼팔을 세게 찰싹 때리면서 말했다.

"엿 먹어라, 새끼야. 허접한 가짜 영장 나부랭이를 들고 와서 이게 웬 행패야, 행패가."

고션이 으르렁거렸다.

보슈는 그 문신의 의미를 알고 있었다. LA에서 자주 봤던 문신이었다. 알파벳의 여덟 번째 철자가 H였다. 88이라는 숫자는 HH, 다시 말해 '하일 히틀러'를 의미했다. 이것은 고션이 예전에 백인 우월주의자들과 어울려 다녔다는 뜻이었다. 그러나 보슈가 만났던 이런 문신을 가진 놈들은 대부분이 감방에서 이런 문신을 새겨 넣었다고 했다. 고션은 전과 기록이 하나도 없고 교도소 생활을 한 적도 없는데 이런 문신을 가지고 있다는 게 놀라웠다. 만일 전과가 있었다면, 토니 앨리소의 재킷에서 채취한 지문을 AFIS에 넣고 돌려보았을 때 그의 이름이 떴을 것이다. 고션이 힘들게 고개를 돌려 보슈를 바라보자 보슈는 이런 의문들을 잠시 밀어두었다.

"당신. 체포될 사람은 바로 당신이잖아. 거씨한테 그런 짓거리를 했으니."

고션이 말했다.

보슈는 침대 위로 허리를 굽히고 대답했다.

"이건 어젯밤 일 때문이 아니야. 토니 앨리소 때문이지."

아이버슨이 고션을 거칠게 돌려 눕혔다.

고션이 화가 나서 소리를 질렀다.

"씨발, 무슨 얘길 하는 거야? 난 그 사건하고 아무 관련이 없어. 이 새끼들이 지금…."

고션이 일어나 앉으려고 했지만 아이버슨이 그의 가슴을 확 밀어 다시 눕혔다.

"가만히 있어. 네놈 얘기 다 들어줄 테니까. 그전에 먼저 집 구경 좀 하고."

아이버슨이 말했다.

그는 주머니에서 영장을 꺼내 고션의 가슴 위로 던졌다.

"영장 여깄다."

"읽을 수가 없잖아."

"니가 학교 안 다닌 게 내 죄냐?"

"듣고 있어 봐."

아이버슨은 고션의 말을 무시하고 동료 경찰들을 둘러보았다.

"좋아, 이제 흩어져서 구경 좀 하고 오자고. 해리, 당신은 이 방을 맡아요. 이 친구랑 수다 좀 떨고. 괜찮죠?"

"좋죠."

이제 아이버슨은 순경 두 명에게 지시했다.

"한 명은 여기 남아 있어. 멀찌감치 서서 이 씹새끼가 허튼수작 부리지는 않는지 잘 감시해."

순경 한 명이 고개를 끄덕였고, 다른 사람들은 방을 나갔다. 보슈와 고션은 서로를 노려보았다.

"이걸 읽을 수가 없어."

고션이 말했다.

"알아. 아까 말했잖아."

보슈가 말했다.

"이건 말도 안 되는 개수작이야. 난 범인이 아니니까 아무것도 못 찾아낼걸."

"그럼 누구를 시켰어? 거씨?"

"아니, 아무도. 이 일을 나한테 뒤집어씌울 수는 없을 거야. 절대로. 변호사와 연락하게 해줘."

"입건이 되면."

"무슨 혐의로?"

"그야 살인죄지, 럭키."

고션이 혐의를 부인하고 변호사에게 연락하게 해달라고 계속 떠들어대는 동안, 보슈는 그의 말을 무시하고 방 안을 둘러보다가 서랍장 서랍을 일일이 열어보았다. 그러면서도 몇 초마다 한 번씩 고션을 돌아보았다. 마치 사자 우리 안을 걸어 다니고 있는 기분이었다. 보슈는 자신이 안전하다는 걸 알면서도 고션을 확인하는 것을 멈추지 않았다. 고션은 침대 위 천장에 달린 거울로 보슈를 보고 있었다. 마침내 고션이 조용해지자, 보슈는 잠깐 기다렸다가 질문을 던지기 시작했다. 대답에는 별로 관심이 없는 것처럼 수색을 계속하면서 지나가는 말처럼 물어보았다.

"지난 금요일 밤에는 어디 있었어?"

"니 엄마랑 씹질하고 있었다, 왜?"

"엄마는 돌아가셨는데."

"알아. 그렇게 편히 가진 못했지."

보슈는 하던 일을 멈추고 고션을 바라보았다. 고션은 보슈가 한 대 쳐주기를 바라고 있었다. 폭력을 원하는 것이었다. 보슈가 익히 알고 있는 수작이었다.

"어디 있었어, 고션? 금요일 밤에."

"내 변호사한테 물어봐."

"그럴 거야. 하지만 너도 대답을 해야지."

"클럽에 있었다. 거기가 내 직장이잖아, 알다시피."

"그래, 알아. 언제까지 일했어?"

"몰라. 4시? 그 후에 퇴근하니까."

"아, 그래?"

"사실이야."

"클럽에선 어디 있었어? 그 사무실에?"

"그래."

"널 본 사람이 있어? 4시 이전에 사무실 밖으로 나온 적 있어?"

"몰라. 내 변호사한테 물어봐."

"걱정하지 마. 그럴 거니까."

보슈는 수색 작업으로 돌아가 붙박이장 문을 열었다. 사람이 걸어 들어갈 수 있는 커다란 벽장이었는데, 옷걸이의 3분의 1 정도만 옷이 걸려 있었다. 고션은 나름 검소한 생활을 하고 있었다.

"씨발, 마음대로 해. 다 뒤져 봐. 뒤져보라고."

침대에서 고션의 고함 소리가 들렸다.

보슈는 먼저 바닥에 나란히 놓여 있는 구두 두 켤레와 나이키 운동화 한 켤레를 뒤집어 보았다. 밑창 무늬를 자세히 살펴봤지만 롤스로이스의 범퍼와 토니 앨리소의 재킷 엉덩이 부분에서 발견된 무늬와 조금이라도 유사해 보이는 것은 하나도 없었다. 보슈는 고션이 움직이지 않고 있는지 확인하기 위해 돌아보았다. 고션은 잠자코 있었다. 다음으로 보슈는 옷걸이 위에 있는 선반으로 팔을 뻗었다. 상자가 있어서 내려 보니 사진이 가득 들어 있었다. 댄서들을 찍은 8×10 크기의 대형 사진이었다. 댄서들은 누드가 아니었다. 어린 아가씨들이 하나같이 노출이 심한 의상을 입고 도발적인 포즈를 취하고 있었다. 사진 밑 흰 여백에는 여자들 이름이, 그 옆에는 '모델즈 어 밀리언(Models A Million)'이라는 이름과 전화번호가 인쇄되어 있었다. 보슈는 클럽에 댄서를 공급하는 에이전시일 거라고 추측했다. 계속 사진을 뒤적이던 그는 드디어 레일라라는 이름이 적힌 사진을 찾아냈다.

보슈는 전날 밤에 찾아다녔던 여자의 사진을 자세히 들여다보았다. 레일라는 군데군데 금발로 하이라이트를 준 탐스러운 갈색 머리를 길게 늘어뜨리고 있었고, 풍만한 몸매에 눈은 짙은 갈색이었으며 입술은 벌에 쏘인 듯 오동통하고 육감적이었다. 입술을 살짝 벌리고 있어서 흰이가 약간 드러나 보였다. 아름다운 여자였고, 어딘가 낯이 익은 것 같은데 왜 그런 생각이 드는지는 알 수 없었다. 어쩌면 사진 속의 여자들과 전날 밤 클럽에서 본 아가씨들이 모두 관능적인 포즈를 취하고 있어서 그런지도 모른다는 생각이 들었다.

보슈는 상자를 들고 붙박이장에서 걸어 나와 서랍장 위에 상자를 올려놓았다. 그러고는 레일라 사진을 꺼내 들었다.

"이 사진들은 뭐야, 럭키?"

"내가 따먹은 년들이다, 왜. 넌 어때, 형사? 이렇게 많이 따먹어 봤어? 그 속에 든 제일 못생긴 애가 네가 데리고 잔 애들 중에 제일 예쁜 애보다 나을걸, 분명히."

"뭘 원하는 건데, 럭키? 네 물건이랑 내 물건이랑 누구 것이 더 큰가 비교라도 하고 싶은 거야? 여자를 충분히 따먹어서 다행이야, 럭키. 그런 일은 이젠 없을 테니까. 아, 물론 씹질을 하거나 당하기는 하겠지. 여자랑 하는 게 아니라서 문제지."

고션은 이 말을 곱씹는지 잠시 말이 없었다. 보슈는 레일라 사진을 서랍장 위 상자 옆에 내려놓았다.

"이봐, 보슈, 당신들이 갖고 있는 정보를 말해주면 난 내가 알고 있는 걸 말해줄게. 그렇게 해서 빨리 해결을 보자고. 이건 당신들이 잘못 판단한 거야. 난 아무 짓도 안 했거든. 그러니까 빨리빨리 해결을 보자고. 서로 시간 낭비 그만하게 말이야."

보슈는 대답하지 않았다. 그는 다시 붙박이장 속으로 들어가 발끝으로 서서 선반 위에 다른 게 있는지 살펴보았다. 있었다. 손수건처럼 가지런히 접혀 있는 작은 헝겊. 그는 그 헝겊을 내려서 펼쳐보았다. 기름 얼룩이 묻어 있었다. 냄새를 맡아보니 뭔지 알 수 있었다.

보슈는 붙박이장에서 걸어 나와 헝겊을 고션의 얼굴 쪽으로 던졌다.

헝겊은 고션의 얼굴에 맞고 침대 위로 떨어졌다.

"이건 뭐야?"

"몰라. 뭔데?"

"건오일이 묻은 헝겊이잖아. 총은 어딨어?"

"난 총 없어. 헝겊도 내 것이 아니고. 못 보던 건데."

"좋아."

"좋다니, 무슨 뜻이야? 한 번도 본 적 없다니까."

"말 그대로야. 좋아, 고션. 그뿐이야. 까탈스럽게 굴지 마."

"니들이 자꾸 더러운 코를 들이밀고 킁킁대고 돌아다니니까 그런 거 아냐."

보슈는 침대 옆 협탁 위로 몸을 숙였다. 협탁에 달린 두 개의 서랍 중 위 서랍을 열었더니 빈 성냥갑 한 개와 진주 귀걸이 한 쌍과 포장을 뜯지 않은 콘돔 한 상자가 들어 있었다. 보슈는 콘돔 상자를 고션에게 던졌다. 상자는 고션의 널따란 가슴에 맞고 튕겨 나가 바닥으로 떨어졌다.

"이봐, 고션, 이런 걸 사놓기만 하면 안전한 섹스가 되나? 써야지."

보슈는 협탁 아래 서랍을 열었다. 비어 있었다.

"여기 산 지 얼마나 됐어, 고션?"

"네 여동생 궁뎅이를 차버린 다음에 바로 이사 왔다. 마지막으로 봤을 땐 걔가 프레몬트 거리 코테즈 호텔 밖에서 몸 한번 팔아보겠다고 남자들한테 집적대고 있더군."

보슈는 허리를 곧게 펴고 서서 고션을 바라보았다. 고션은 히죽거리고 있었다. 그는 보슈를 도발하고 싶어 했다. 두 손이 묶인 채 침대에 누워 있으면서도 상황을 자기 마음대로 쥐락펴락하고 싶은 것이었다. 그러다가 피를 좀 본다고 해도.

"내 엄마에 이젠 내 여동생이군. 다음엔 누구야? 내 마누라?"

"그래. 네 마누라에 대해서도 계획이 있지. 난…."

"그 입 좀 다물어. 그래봤자 소용없어, 알아? 아무리 그래도 난 끄떡없어. 넌 날 건드릴 수가 없어. 그러니까 괜히 헛수고하지 마."

"건드릴 수 없는 사람이 어딨어, 건드리면 건드리는 거지. 안 그래, 보슈?"

보슈는 고션을 노려보다가 침실에 딸린 주 욕실로 들어갔다. 별도의 샤워 부스와 욕조가 있는 커다란 욕실이었고, 토니 앨리소가 미라지 호텔에서 묵었던 객실과 비슷한 구조였다. 벽장 크기의 유리 부스 안에 변기가 있었고 부스 문에는 나무 살로 된 블라인드가 걸려 있었다. 보슈는 먼저 그곳부터 살펴보기 시작했다. 그는 재빨리 변기 뒤 물탱크 뚜껑을 들고 안을 들여다보았지만 이상한 것은 없었다. 도자기로 된 물탱크 뚜껑을 다시 제자리에 내려놓기 전에 그는 변기 위로 윗몸을 숙이고 물탱크 뒤쪽 벽을 내려다보았다. 뭔가를 발견한 그는 즉시 침실에 있는 순경을 불렀다.

"네, 형사님?"

순경이 말했다.

순경은 스물다섯 살도 채 되지 않은 것 같았다. 검은 피부는 약간 푸르딩딩해 보였다. 두 손을 장비 벨트에 편안하게 올려놓고 있었는데 오른손은 권총에서 2, 3센티미터 떨어진 곳에 머물고 있었다. 순경의 기본 자세였다. 가슴 주머니 위에 달린 명찰에는 폰테낫이라고 적혀 있었다.

"폰테낫, 여기 물탱크 뒤쪽을 내려다 봐."

순경은 벨트에 손을 떼지 않은 채 지시대로 했다.

"저게 뭡니까?"

폰테낫이 물었다.

"총 같아. 뒤로 물러서 봐, 내가 꺼내보게."

보슈는 손을 펴서 5센티미터 정도 되는 벽과 물탱크 사이의 공간으로 밀어 넣었다. 회색 강력 접착 테이프로 물탱크 뒷면에 붙여놓은 비닐봉지 한 개가 손가락에 닿았다. 그는 힘겹게 테이프를 떼어내고 봉지를 꺼냈다. 그러고는 폰테낫에게 봉지를 들어보였다. 봉지 속에는 7.5센티미터 정도 길이의 소음기가 달린 푸른색 금속 권총이 들어 있었다.

"22구경입니까?"

폰테낫이 물었다.

"그래. 가서 펠튼 계장과 아이버슨 형사를 불러줘."

보슈가 말했다.

"네, 알겠습니다."

보슈는 폰테낫을 따라 욕실을 나갔다. 보슈는 어부가 물고기의 꼬리를 잡듯 총이 든 봉지를 들고 있었다. 침실로 들어서서 고션을 보자 웃음이 절로 났다. 고션의 눈이 휘둥그레졌다.

"그것 내 거 아냐. 네가 심어놓은 거지, 이 씹새끼! 난… 빌어먹을, 변호사를 불러줘, 개자식아!"

고션이 잡아먹을 듯 으르렁거렸다.

보슈는 아무 대꾸도 하지 않고 고션의 표정을 관찰했다. 고션의 눈에서 뭔가 번쩍하는 것이 1초쯤 떠올랐다가 사라졌다. 두려움은 아니었다. 고션은 눈에 두려움을 드러낼 사람이 아니었다. 보슈는 다른 뭔가를 보았다고 생각했다. 그런데 뭐지? 그는 고션을 바라보며 그 표정이 다시 나타나기를 기다렸다. 혼란이었나? 실망? 그러나 이제 고션의 눈은 아무것도 담고 있지 않았다. 보슈는 그런 표정을 알고 있었다. 예전에도 보았던 그 표정은 놀라움이었다.

잠시 후 아이버슨과 백스터와 펠튼이 방으로 들어왔다. 다들 총을 보았고 아이버슨이 의기양양하게 외쳤다.

"안녕, 잘 가!"

아이버슨은 아주 고소해 죽겠다는 표정이었다. 보슈는 어디서 어떻게 그 총을 발견했는지 설명했다.

"멍청한 조폭 새끼들 같으니라고. 경찰이 〈대부〉를 안 봤을 거라고 생각했냐? 그건 누굴 위해 거기다 감춰둔 거야, 고션? 마이클 콜레오네?"

아이버슨이 고션을 바라보면서 놀려댔다.

"씨발, 변호사를 불러달랬잖아!"

고션이 소리쳤다.

"그래, 알았어, 불러줄게. 이제 그 똥궁뎅이 들고 일어서 봐. 옷 입어, 차 타고 가게."

아이버슨이 말했다.

보슈가 자기 권총으로 고션을 겨누고 있는 동안 아이버슨은 고션의 손을 풀어주었다. 그런 다음에는 둘 다 고션을 겨누고 섰다. 고션은 청바지에 부츠를 신고 훨씬 덩치가 작은 사람이 입도록 만든 것 같은 티셔츠를 억지로 몸에 끼워 넣었다.

"니들은 항상 떼거리로 몰려다니더군. 다음에 한 놈씩 만나면 아주 오줌을 질질 싸게 만들어줄 테니 그런 줄 알아."

고션이 옷을 입으면서 짖어댔다.

"서둘러, 고션, 이러다가 날 저물겠다."

아이버슨이 말했다.

고션이 옷을 다 입자 그들은 고션에게 수갑을 채우고 데리고 나가서 아이버슨의 차 뒷좌석에 밀어 넣었다. 아이버슨은 욕실에서 찾은 권총을 트렁크에 넣고 나서, 다른 사람들과 함께 다시 집 안으로 들어갔다. 집 안 현관 복도에서 가진 짧은 회의에서 백스터와 다른 형사 두 명은 뒤에 남아 수색을 마저 하기로 결정되었다.

"여자들은 어떡하죠?"

보슈가 물었다.

"이 형사들이 수색을 마칠 때까지 순경들이 감시할 거요."

아이버슨이 말했다.

"그렇군. 그런데 여자들이 여길 뜨자마자 전화를 걸 텐데. 우리가 입건 절차를 밟기도 전에 고션의 변호사가 우리 목에 칼을 들이댈 거요."

"그건 내가 알아서 처리하죠. 여기 고션의 차가 한 대 있지? 열쇠는 어딨어?"

"부엌 조리대에."

다른 형사 하나가 대답했다.

"좋아. 우린 갈게."

보슈는 아이버슨을 따라 부엌으로 들어가 그가 조리대 위에 놓인 열쇠들을 주머니에 집어넣는 것을 보았고, 다시 그를 따라 고션의 콜벳이 서 있는 간이 차고 안으로 들어갔다. 차고 안 작은 작업실 벽에는 도구들이 걸려 있었다. 아이버슨은 삽을 하나 빼들고 차고 밖으로 나가 뒷마당으로 돌아갔다.

보슈도 따라가서 아이버슨이 길거리 전신주에서 집 안으로 연결된 전화선을 찾아내는 것을 지켜보았다. 아이버슨이 삽을 들어 힘 있게 한 번 휘두르자 전화선이 끊어졌다.

"이 광활한 사막에서는 바람이 얼마나 센지 몰라요."

아이버슨이 말했다. 그러고는 뒤를 돌아 집을 바라보며 말을 이었다.

"걔네들은 차도 없고 전화도 없소. 가장 가까운 집도 1킬로미터는 가야 있고, 시내는 8킬로미터나 떨어져 있지. 한동안은 조용할 거요. 우린 그 정도 시간만 벌면 되니까."

아이버슨이 삽을 야구방망이 휘두르듯 휘둘러 던지자 삽은 담장 위를 넘어가 관목 숲에 떨어졌다. 그는 집 앞쪽으로 돌아가 자기 차를 향해 걸어갔다.

"어떻게 생각해요?"

보슈가 물었다.

"덩치가 큰 놈일수록 넘어지면 더 심하게 다치죠. 고션은 우리 거요, 해리. 아니 당신 거죠."

"아니, 권총 말요."

"그게 뭐요?"

"글쎄… 어쩐지 너무 쉽다 싶은 생각이 들어서."

"누가 범죄자들이 똑똑하대요. 고션은 똑똑한 놈이 아니에요. 그냥 운이 좋았을 뿐이지. 이젠 아니지만."

보슈는 고개를 끄덕였지만 찜찜한 기분은 여전했다. 이건 똑똑하냐 멍청하냐의 문제가 아니었다. 범죄자들은 상식과 본능을 따랐다. 이건 말이 되지 않았다.

"고션이 총을 봤을 때 눈에서 뭔가가 번쩍했소. 총을 보고 우리만큼 놀란 것 같았어요."

"그럴 수도 있겠죠. 놈이 연기를 아주 잘한 거요. 아니면 자기가 사용한 바로 그 총이 아닐 수도 있겠고. 어쨌든 갖고 가서 검사를 해봐요. 범행에 사용된 총이 맞는지 확인부터 하고 나서 일이 너무 쉽게 풀린 건 아닌지 걱정하라고요."

보슈는 고개를 끄덕였다. 그러고는 담배를 꺼내 불을 붙였다.

"모르겠소. 꼭 내가 뭔가를 놓치고 있는 것 같은 기분이 들어요."

"이봐요, 해리, 수사를 계속할 거요, 말 거요?"

"당연히 해야죠."

"그럼 놈을 데리고 들어가서 취조실에 처넣고 무슨 말을 하나 들어봅시다."

그들은 차 앞에 다다랐다. 보슈는 집 안에 레일라 사진을 놔두고 온 것을 깨달았다. 그래서 아이버슨에게 시동을 걸고 있으라고 하고 잠깐 안에 들어갔다 오겠다고 말했다. 사진을 갖고 돌아와 차에 탄 후 뒷좌석에 앉은 고션을 돌아보니 입가에서 피가 흐르고 있었다. 보슈가 아이버슨을 바라보자 아이버슨은 히죽거리고 있었다.

"난 모르는 일이에요. 차에 타다가 부딪쳤나보죠. 아니면 나한테 얻어맞은 것처럼 보이려고 자기가 일부러 그랬거나."

고션은 아무 말도 하지 않았고 보슈는 그냥 고개를 돌렸다. 아이버슨은 도로로 올라가 시내를 향해 달려가기 시작했다. 기온이 빠르게 올라가고 있었고 보슈는 벌써부터 셔츠 등판이 땀에 젖어 등에 달라붙는 것을 느꼈다. 에어컨은 그들이 고션의 집 안에 있는 동안 무더워진 차 안을 시원하게 만들기 위해 끊임없이 찬바람을 뿜어내고 있었다. 차 안 공기가 오래된 유골처럼 바싹 말라 있었다. 결국 보슈는 챕스틱을 꺼내 따가운 입술에 발랐다. 아이버슨이나 고션이 어떻게 생각하든 상관없었다.

보슈와 아이버슨이 고션을 데리고 뒤쪽 엘리베이터를 타고 강력계로 올라가는데, 엘리베이터 안에서 고션이 소리가 나게 방귀를 뀌었다. 엘리베이터에서 내리자 그들은 고션의 등을 떠밀며 복도를 걸어가 강력계를 지나쳐 화장실 한 칸 크기 정도의 취조실로 들어갔다. 그들은 고션을 채운 수갑을 탁자 중앙에 고정되어 있는 철제 고리에 연결시켰다. 그러고 나서 고션을 남겨두고 취조실을 나왔다. 아이버슨이 문을 닫으려 하자 고션이 전화를 쓰게 해달라고 소리쳤다.

펠튼 계장실로 걸어가면서 보니 강력계 형사실은 거의 비어 있었다.

"누가 죽었어요? 다들 어디 갔죠?"

보슈가 물었다.

"잔당을 잡아들이러 나갔죠."

"잔당이라니?"

"계장은 당신 친구 거씨를 잡아들여 겁을 줘보고 싶대요. 그 여자도 연행해올 거고."

"레일라요? 그 여자를 찾았소?"

"아뇨, 그 여자가 아니라 어젯밤에 당신 부탁으로 우리가 열라 뛰어 다니면서 알아봤던 그 여자 말요. 미라지 호텔에서 당신 피해자와 함께 포커를 했다던 여자요. 알고 보니까 전과가 있는 여자더구만."

보슈는 손을 뻗어 아이버슨의 팔을 확 잡아당겼다.

"엘리노어 위시? 엘리노어 위시를 연행한다고?"

보슈는 아이버슨의 대답을 기다리지 않고 계장실로 뛰어 들어갔다. 펠튼 계장은 통화 중이었고 보슈는 그가 전화를 끊기를 기다리며 걱정스러운 표정으로 책상 앞을 서성였다. 펠튼이 문을 가리켰지만 보슈는 고개를 저었다. 상대방에게 그만 끊어야겠다고 말하는 펠튼의 눈에 짜증이 나타나기 시작했다.

"누가 들어와서 그만 끊어야겠습니다. 걱정하실 필요 없습니다. 알아서 잘 처리하고 있으니까요. 나중에 또 연락드리죠."

펠튼이 말했다.

그는 전화를 끊고 보슈를 바라보았다.

"뭐죠?"

"부하들한테 전화하십시오. 엘리노어 위시는 가만 내버려두라고 말씀하세요."

"무슨 소리요?"

"위시는 이 일과는 아무런 관련이 없습니다. 어젯밤에 제가 다 알아봤습니다."

펠튼은 책상 위로 윗몸을 기울이고 두 손을 맞잡아 깍지 낀 채 보슈의 말에 대해 생각해보는 눈치였다.

"다 알아봤다고 했는데, 뭘 다 알아봤다는 거죠?"

"위시를 만나서 조사해봤습니다. 피해자하고는 인사나 나누는 정도로 알고 지냈더군요. 그뿐입니다. 그 여자는 아무런 혐의가 없습니다."

"그 여자가 누군지 알아요, 보슈 형사? 그 여자의 과거를 아느냐고."

"LA에서 일어난 은행 강도사건 전담팀에 배속된 FBI 요원이었습니다. 5년 전에 수차례에 걸친 은행 안전 금고 강도사건과 관련해서 음모죄로 감옥에 갔죠. 그건 이 일과는 아무 관련 없습니다, 계장님. 그 여자는 이 사건과 아무런 관련이 없다니까요."

"한 번 더 조사를 해보는 게 좋을 것 같은데. 확인 차원에서 말요."

"벌써 다 확인해봤습니다. 계장님, 저는…."

보슈가 고개를 돌려 계장실 문 쪽을 보니 아이버슨이 대화를 엿들으려고 문 앞을 서성이고 있었다. 보슈는 걸어가서 문을 닫고 나서, 벽 앞에 붙어 있던 의자를 끌어다가 펠튼 계장 책상 바로 앞에 놓고 앉아 책상 위로 윗몸을 기울였다.

"계장님, 엘리노어 위시와 저는 예전부터 아는 사이였습니다. 은행 안전 금고 강도사건을 함께 수사했었죠. 저는… 우리는 단순한 수사 파트너 이상의 사이였습니다. 그런데 일이 엉망이 됐고 엘리노어는 교도소에 가게 됐죠. 5년 동안 보지 못하다가 미라지 호텔 CCTV 테이프에서 그 여자를 보게 된 겁니다. 그래서 어젯밤에 계장님께 전화드린 거고요. 그 여자를 만나고 싶었지만 사건 때문은 아니었습니다. 그 여자는 깨끗합니다. 자기 죗값은 벌써 다 치렀고, 지금 이 사건과는 아무런 관련이 없습니다. 그러니까 부하들한테 전화하세요."

펠튼은 아무 말이 없었다. 보슈는 펠튼의 마음이 흔들리고 있음을 알 수 있었다.

"난 밤 늦게까지 이 일에 매달려 있었소. 우리가 알아낸 사실을 알려주려고 당신 방으로 대여섯 번은 전화를 했는데 방에 없더군. 어디 갔었는지 말하고 싶지 않겠죠?"

"네, 그렇습니다."

펠튼은 뭔가 좀 더 생각을 하다가 고개를 가로저었다.

"당신 말대로 해줄 순 없겠소. 아직은 그 여자를 놔줄 수가 없소."

"왜죠?"

"그 여자와 관련해 당신이 모르고 있는 일이 있으니까."

보슈는 화가 난 엄마에게 한 대 맞을 것을 알면서도 침착하게 벌을 기다리고 있는 아이처럼 잠시 눈을 감고 있었다.

"제가 모르고 있는 일이 뭡니까?"

"그 여자가 당신의 피해자하고는 인사나 하는 정도의 사이였는지는 모르겠지만, 조이 마크스와 그 조직원들과는 그 이상의 관련이 있어요."

이건 보슈가 예상했던 것보다 더 안 좋은 소식이었다.

"무슨 말씀이십니까?"

"어젯밤 당신 전화를 받고 나서 부하 몇 명한테 그 여자 이름을 말해주고 뭐 아는 것 없냐고 물었소. 조폭 조직 수사 기록에 그 여자 이름이 있더구만. 테린스 퀼런이라는 남자하고 함께 있는 게 아주 여러 번 목격됐소. 퀼런은 고션 밑에 있는 놈이죠. 고션은 마크스 밑에 있고. 어쨌든, 아주 여러 번이었소, 보슈 형사. 실은 지금 퀼런을 연행해오라고 형사들을 보내놨소. 무슨 말을 하는지 들어보려고 말요."

"함께 있었다니, 무슨 뜻입니까?"

“기록에는 순전히 비즈니스적인 차원의 만남이라고 되어 있더구만.”

보슈는 한 방 얻어맞은 것 같은 기분이었다. 그럴 리가 없었다. 어젯밤에 밤을 함께 보낸 여자였다. 마음속에서 배신감이 싹트기 시작했지만, 더 깊은 곳에서는 그녀의 말이 사실이라고, 뭔가 큰 오해가 있는 거라고 말하고 있었다.

문에서 노크 소리가 나더니 아이버슨이 고개를 들이밀었다.

“참고하시라고 말씀드리면, 나갔던 형사들이 돌아왔습니다, 계장님. 용의자들을 취조실에 집어넣고 있고요.”

“알았어.”

“뭐 필요하신 거라도?”

“아니, 없어. 문 좀 닫아줘.”

아이버슨이 문을 닫자 보슈는 펠튼 계장을 바라보았다.

“그 여자, 체포된 겁니까?”

“아니, 자발적으로 동행해달라고 요청했소.”

“제가 먼저 그 여자를 만나게 해주십시오.”

“그건 현명한 생각이 아닌 것 같은데.”

“현명한 생각이든 아니든 상관없습니다. 먼저 만나야겠습니다. 그 여자가 진술을 할 거라면 저한테 할 겁니다.”

펠튼은 잠시 망설이다가 고개를 끄덕였다.

“좋아요, 그럼 가서 만나 봐요. 시간은 딱 15분 주죠.”

보슈는 그에게 감사하다고 말했어야 했지만 그러지 않았다. 그냥 재빨리 일어서서 문으로 걸어갔다.

“보슈 형사?”

펠튼이 불렀다.

보슈는 문 앞에 서서 뒤를 돌아보았다.

"난 이 일과 관련해서 당신에게 해줄 수 있는 일은 다 해주려고 노력할 거요. 하지만 그 여자 문제로 우리 입장이 크게 갈리는 것 같군, 안 그렇소?"

보슈는 아무 대꾸도 하지 않고 방을 나갔다. 펠튼은 사람 다루는 재주가 전혀 없는 것 같았다. 보슈가 지금 그에게 신세를 지고 있다는 건 굳이 말 안 해도 알고 있었다. 그런데도 펠튼은 어떻게든 생색을 내려 하고 있었다.

복도를 걸어가던 보슈는 고션을 가둬놓은 첫 번째 취조실을 지나쳐 두 번째 취조실 문을 열었다. 거씨 플래너건이 탁자 고리에 수갑이 묶인 채 앉아 있었다. 그의 코는 햇감자처럼 푸르뎅뎅하게 부었고 콧구멍마다 솜을 틀어막고 있었다. 충혈된 눈으로 보슈를 바라보던 그는 보슈를 알아보고 눈을 크게 떴다. 보슈는 아무 말도 하지 않고 뒤로 물러서서 문을 닫았다.

엘리노어 위시는 3호 취조실에 앉아 있었다. 자고 있다가 메트로 경찰관들한테 끌려 온 듯 머리가 부스스했다. 그러나 그녀의 눈은 코너에 몰린 짐승처럼 경계의 눈초리를 하고 있었다. 보슈는 그 눈을 보자 가슴이 찢어질 것 같았다.

"해리! 이 사람들이 나한테 왜 이러는 거야?"

보슈는 재빨리 비좁은 취조실 안으로 들어가 문을 닫고 그녀에게 다가갔다. 그리고 그녀의 어깨를 부드럽게 어루만진 후 맞은편 의자에 앉았다.

"미안해, 엘리노어."

"왜 미안해? 당신이 뭘 어떻게 했는데?"

"어제 미라지 CCTV 테이프에서 당신을 보고 나서 여기 펠튼 강력계장한테 당신 전화번호와 주소를 알아봐달라고 부탁했어. 전화번호 안

내에 등록이 안 되어 있어서 말이야. 펠튼은 내 부탁대로 알아봐줬어. 그러면서 그가 당신 이름을 조회해봤고 당신 전과 기록을 찾아냈어. 그러고는 자기 마음대로 부하들을 시켜서 당신을 연행해온 거야. 토니 앨리소 사건 관련 참고인으로 말이야."

"말했잖아. 그 남자랑은 잘 모르는 사이라고. 딱 한 번 함께 술을 마신 게 전부야. 그 남자와 우연히 같은 테이블에 앉아서 술을 마셨다는 이유만으로 나를 연행해왔다는 거야, 지금?"

엘리노어는 절레절레 고개를 젓더니 보슈를 외면했다. 괴로운 표정이었다. 이제 그녀는 앞으로도 항상 이런 일을 당하게 될 것임을 직감한 듯했다. 전과 기록이 늘 자기를 따라다니면서 이런 대접을 받게 할 거라는 걸 깨달은 것 같았다.

"뭐 좀 물어볼게. 그래서 빨리 이 문제를 해결하고 여기서 내보내 줄게."

"뭔데?"

"테런스 퀄런이라는 남자에 대해서 말해줘."

엘리노어의 눈이 휘둥그레졌다.

"퀄런? 퀄런이 뭐… 용의자야?"

"엘리노어, 취조 방식은 당신도 잘 알잖아. 지금은 당신한테 아무것도 대답해줄 수가 없어. 당신이 말해야지. 질문에 대답해줘. 테런스 퀄런을 알아?"

"응."

"어떻게 아는 사이야?"

"6개월쯤 전인가 플라밍고 호텔을 나서는데 퀄런이 다가왔어. 라스베이거스에 온 지 4, 5개월쯤 지난 때였어. 서서히 자리를 잡아가는 중이었고, 일주일에 엿새 밤을 게임을 했지. 퀄런이 다가오더니 용건을 말하더라고. 어떻게 알았는지는 모르지만 나에 대해서 알고 있었어. 내가 누군지도, 출감한 지 얼마 안 됐다는 사실도 알고 있었어. 이 동네에는 자릿세가 있다고 했어. 라스베이거스에 사는 사람들은 모두 내니까 나도 자릿세를 내야 한다는 거야. 안 내면 곤란한 일이 생길 거랬어. 하지만 자릿세를 내면 내게 문제가 생길 때마다 나타나서 도와주겠다고 했어. 어떤 건지 당신도 잘 알 거야. 돈을 갈취하려는 수작이지."

엘리노어가 갑자기 울음을 터뜨렸다. 보슈는 일어나서 그녀를 안고 위로해주고 싶은 것을 애써 참고 있었다.

"난 혼자였어. 무서웠어. 그래서 자릿세를 냈어. 매주. 다른 방법이 없었어. 난 가진 것도 없었고 갈 데도 없었으니까."

"빌어먹을."

보슈가 숨 죽여 욕을 내뱉었다.

그는 일어서서 탁자를 돌아가서 엘리노어의 어깨를 잡았다. 그러고는 그녀를 끌어당겨 안고 그녀의 정수리에 입을 맞췄다.

"아무 일도 없을 거야. 약속해, 엘리노어."

그가 속삭였다.

보슈는 한동안 엘리노어를 안고 그녀의 숨 죽인 울음소리를 들으며 조용히 서 있었다. 갑자기 문이 열리더니 아이버슨이 들어왔다. 이쑤시개를 입에 물고 있었다.

"꺼져, 아이버슨."

아이버슨이 천천히 문을 닫았다.

"미안해. 나 때문에 당신이 곤란해지는 것 같아."

엘리노어가 말했다.

"아냐, 당신 때문이 아니야. 나 때문이야. 전부 나 때문이야."

몇 분 후 보슈는 펠튼 계장실로 돌아갔다. 계장은 아무 말 없이 그를 올려다보았다.

"그 여자는 문제가 생기는 걸 막기 위해 퀄런에게 돈을 주고 있었습니다. 일주일에 2백 달러요. 그뿐이랍니다. 자릿세죠. 어떤 일에 대해서도 아무것도 모르고 있었습니다. 금요일 밤엔 우연히 한 시간 정도 토니 앨리소와 같은 테이블에서 게임을 하게 됐다고 하고요. 그 여자는 아무런 혐의가 없습니다. 내보내주시죠. 부하들한테 말씀하세요."

펠튼은 의자에 등을 기대고 펜 끝으로 아랫입술을 톡톡 치기 시작했다. 깊은 생각에 잠길 때마다 보이는 습관인 것 같았다.

"글쎄."

펠튼이 말했다.

"좋습니다. 거래를 하죠. 그 여자를 내보내주시면 저는 제 상관한테 전화를 하겠습니다."

"그래서 뭐라고 할 거요?"

"여기 메트로 경찰국이 최선을 다해 협조해줬다고 말하고, 이 수사를 공조 수사로 전환해야 한다고 할 겁니다. 여기서 고션을 족치면 한 번에 두 마리 토끼를 잡을 수 있다고 말이죠. 토니 앨리소를 죽게 만든 사람이 조이 마크스가 거의 확실하니까 고션과 조이 마크스를 잡아야 한다고 말할 거고요. 그리고 메트로 경찰국이 이곳 관할이어서 현지 사정과 조이 마크스에 대해 잘 알고 있으니까 메트로가 수사를 주도하는 게 좋겠다고 강력하게 건의할 겁니다. 어때요, 이 정도면 거래 조건으로 괜찮지 않습니까?"

펠튼은 다시 아랫입술을 톡톡 치며 생각을 하다가 팔을 뻗어 책상 위에 놓인 전화기를 돌려 보슈 앞으로 밀었다.

"지금 전화해요. 상관하고 통화한 다음에 나를 바꿔줘요. 나도 그와 이야기를 해야겠으니까."

"여잔데요."

"어찌 됐든."

30분 후 보슈는 메트로 경찰국에서 경찰 표식이 없는 경찰차를 빌려 타고 엘리노어 위시와 함께 달려가고 있었다. 그녀는 조수석에 웅크리고 앉아 있었다. 빌리츠 과장과 이야기가 잘 되어서 펠튼 계장은 원하는 거래 조건을 다 얻어냈다. 엘리노어 위시는 상처를 많이 받긴 했지만 어쨌든 풀려났다. 그녀는 가까스로 새로운 출발을 하고 새로운 생활을 꾸려나갈 수 있었지만, 그녀를 지탱해주던 자신감과 자긍심과 안정감은 사라진 지 오래였다. 그게 다 보슈 때문이었고 보슈도 그 사실을 알고 있었다. 그는 조용히 차를 몰았다. 무슨 말을 해야 할지 엄두가 나지 않았고 어떻게 둘의 관계를 개선할지 상상조차 할 수 없었다. 보슈는 둘의 관계가 개선되기를 진정으로 바랐기 때문에 기운이 쭉 빠지고 좌절감이 몰려들었다. 하루 전만 해도 그는 5년 동안이나 그녀를 보지 못했지만, 그녀는 항상 그의 마음속 깊은 곳에 자리하고 있었다. 심지어 그가 다른 여자들을 만나고 있을 때에도 그랬다. 그의 마음속에서는 네가 원하는 여자는 엘리노어 위시라고, 그녀가 네 짝이라고 속삭이는 목소리가 늘 들려왔었다.

"이제 항상 나부터 찾아오겠지."

엘리노어가 작은 목소리로 말했다.

"뭐?"

"보가트가 경찰로 나왔던 영화 기억 나? 그가 '유주얼 서스펙트(용의선상에 자주 오르는 사람-옮긴이)들을 잡아들여.'라고 말하면 부하들이 나가서 용의자들을 잡아들였지. 그게 바로 나야. 이제부터는 무슨 일만 터지면 나부터 잡으러 올 거야. 지금까지는 깨닫지 못했는데, 이제야 알겠어. 내가 유주얼 서스펙트야. 이런 현실을 알려줬으니까 당신한테 고맙다고 해야 할 것 같네."

보슈는 아무 말도 하지 못했다. 엘리노어의 말이 사실이었기 때문에 뭐라고 말을 해야 할지 알 수가 없었다.

몇 분 후 그들은 엘리노어의 아파트에 도착했고, 보슈는 그녀를 데리고 들어가 소파에 앉혔다.

"괜찮아?"

"괜찮아."

"시간 나면 집 안을 살펴봐. 메트로 친구들이 뭐라도 가져가지 않았나 확인해 봐."

"가져갈 것도 없는데, 뭐."

보슈는 그녀 뒤 벽에 걸린 '나이트호크' 복제화를 바라보았다. 어두운 밤 외로운 카페 안 풍경을 그린 그림이었다. 남자와 여자가 함께 앉았고, 다른 남자는 혼자였다. 이제까지 보슈는 혼자 앉아 있는 남자가 자신이라고 생각했었다. 그러나 지금 남녀를 보고 있자니 그 남녀가 보슈 자신과 엘리노어가 아닐까 하는 생각이 들었다.

"엘리노어. 난 돌아가 봐야 해. 최대한 빨리 돌아올게."

"알았어, 해리. 날 빼내줘서 고마워."

"괜찮을 거지?"

"그럼."

"약속해?"

"약속해."

보슈가 메트로로 돌아가자 아이버슨이 고션의 1차 조사를 앞두고 보슈를 기다리고 있었다. 펠튼 계장은 보슈가 고션을 신문하는 데 동의했다고 했다. 아직까지는 보슈의 사건이었다.

취조실로 들어가기 전에 복도에서 아이버슨이 보슈의 팔을 톡톡 쳤다.

"이봐요, 보슈, 당신이 그 여자와 무슨 관계인지는 모르겠지만, 그리고 계장이 그 여자를 풀어준 이상 더 이상 상관할 일도 아니겠지만 말요, 우리 둘이 함께 럭키를 조사하게 됐으니까 먼저 짚고 넘어가고 싶은 것이 있소. 아까 나한테 꺼지라고 말했던 것, 그런 식의 말투 마음에 안 들어요."

보슈는 1분 정도 아이버슨을 바라보았다. 지금도 이쑤시개를 입에 물고 있었는데, 보슈는 그가 아까 물고 있었던 걸 그대로 물고 있는 것인지 궁금했다.

"이봐요, 아이버슨, 난 아직 당신 이름도 모르는데."

"존이오. 하지만 다들 아이비라고 부르지."

"그래, 아이비, 난 당신이 계장실이나 취조실 주위를 염탐하며 돌아다니는 게 마음에 안 들어. LA에선 몰래 돌아다니면서 남의 말을 엿듣는 얼간이 같은 경찰관들을 부르는 말이 있지. 우린 그런 놈들을 사팔뜨기라고 불러. 당신이 열 받든 말든 신경 안 써. 당신은 사팔뜨기야. 앞으로 자꾸 내 앞에 알짱거리면서 귀찮게 하면 나도 펠튼 계장한테 가서 다 일러바칠 거야. 오늘 아침에 당신이 내 방에 무단 침입했다고 말이야. 그것만으로 충분치 않으면, 어젯밤 카지노에서 딴 6백 달러를 화장대 위에 놔뒀는데 당신이 오고 나서 사라졌다고 말할 거야. 자, 이제 취조하러 들어가 볼까?"

아이버슨이 보슈의 멱살을 잡고 벽으로 밀쳤다.

"허튼수작 부리지 마, 보슈."

"너나 수작 부리지 마, 아이비."

아이버슨의 얼굴에 천천히 미소가 피어오르더니, 보슈를 잡았던 손을 놓고 뒤로 물러섰다. 보슈는 넥타이를 고쳐 매고 셔츠를 단정히 가

다듬었다.

"그럼 들어가 볼까, 카우보이."

아이버슨이 말했다.

그들이 좁은 취조실로 들어갔을 때, 고션은 눈을 감고 두 다리는 탁자 위에 올리고 두 손은 머리 뒤로 깍지를 낀 채 그들을 기다리고 있었다. 아이버슨은 수갑을 탁자와 연결해주었던 쇠고리가 끊어진 것을 바라보았다. 분노로 두 뺨에 붉은 반점이 나타났다.

"좋았어, 망할 자식, 일어서."

아이버슨이 명령했다.

고션은 일어서서 수갑이 채워진 두 손을 앞으로 내밀었다. 아이버슨은 열쇠를 꺼내 한 팔목의 수갑을 풀었다.

"다시 차야지. 앉아."

고션이 다시 의자에 앉자 아이버슨은 그의 두 팔을 등 뒤로 돌려 수갑을 채웠고, 수갑에 연결된 사슬을 의자 등판과 좌석을 연결하는 쇠막대기 사이로 둘러 감아 고정시켰다. 그러고 나서 아이버슨은 의자를 발로 차서 고션 옆에 놓고 앉았다. 보슈는 고션의 맞은편에 앉았다.

"좋아, 후디니(탈출 묘기로 유명한 곡예사 해리 후디니의 이름에서 유래－옮긴이), 공공 기물 파손죄도 추가해야겠는데."

아이버슨이 말했다.

"어머나, 무서워라. 아이버슨, 정말 대담하군. 지난번에 클럽에 와서 신다를 판타지 밀실로 데리고 들어갈 때처럼 대담하네. 당신은 신문이라고 했던 것 같은데, 신다는 다른 말을 하더라고. 그건 무슨 죄가 되나?"

이제 아이버슨의 얼굴은 분노로 붉으락푸르락해졌다. 고션은 자랑스럽게 가슴을 쑥 내밀고 민망해하는 형사를 바라보며 히죽거렸다.

갑자기 보슈가 탁자를 고션의 배 쪽으로 힘껏 밀었다. 덩치 큰 고션은 헉 소리를 내며 탁자 위로 고꾸라졌다. 보슈는 재빨리 일어서서 탁자를 돌아가면서 주머니에서 열쇠 꾸러미를 꺼냈다. 그러고는 팔꿈치로 고션의 등을 세게 눌러 탁자 위에 납작 엎드린 채 꼼짝 못하게 하고는, 주머니칼을 펼쳐서 고션의 말총머리를 싹둑 잘라버렸다. 자기 자리로 돌아간 보슈는 고션이 상체를 일으키자 15센티미터 정도 되는 잘라낸 말총머리 다발을 그 앞으로 던졌다.

"말총머리는 한물갔어, 고션. 몰랐나보지?"

아이버슨이 폭소를 터뜨렸다. 고션은 기계 단추처럼 아무런 감정을 담고 있지 않은 연한 파란색의 눈으로 보슈를 바라보았다. 그는 한 마디도 하지 않았다. 보슈에게 자기가 이 정도는 견뎌낼 수 있다는 걸 보여주고 있는 것이었다. 그는 독종이었다. 그러나 보슈는 세상 어느 독종도 영원히 독종일 수는 없다는 것을 잘 알고 있었다.

아이버슨이 고션을 놀려대기 시작했다.

"큰일 났대요, 큰일 났대요…."

"잠깐만, 잠깐만. 난 너하고는 말 안 해, 아이버슨. 네 말을 듣고 싶지도 않아. 넌 약삭빠른 생쥐 새끼야. 너 따위하고는 말도 섞기 싫어. 알겠어? 누군가 말을 해야 한다면, 저 사람한테 하라고 해."

고션이 보슈를 향해 고갯짓을 했다. 침묵이 흐르는 동안 보슈는 고션을 봤다가 아이버슨을 쳐다봤고 다시 고션에게로 고개를 돌렸다.

"가서 커피나 한잔 마셔. 우린 됐고."

보슈가 아이버슨을 쳐다보지 않은 채 말했다.

"아니, 당신…."

"커피나 마시러 가라고."

"정말?"

아이버슨은 대학교 동아리에서 가입을 거부당한 학생처럼 보였다.

"그래, 정말. 권리 고지서 있어?"

아이버슨이 자리에서 일어서더니 외투 주머니에서 접은 종이 한 장을 꺼내 탁자 위로 던졌다.

"문밖에 있을게."

고션과 보슈 둘만 남게 되자 둘은 한동안 서로를 노려보기만 했다. 마침내 보슈가 입을 열었다.

"한 대 피울래?"

"친절한 척하지 말고 뭐가 어떻게 된 건지나 말해 봐."

퇴짜를 맞은 보슈는 어깨를 으쓱거리고 나서 자리에서 일어섰다. 그러고는 고션 뒤로 가서 다시 열쇠 꾸러미를 꺼냈다. 이번에는 머리카락을 자르는 대신 수갑 한쪽을 열었다. 고션은 두 손을 들어 올리더니 피가 잘 통하도록 손목을 문지르기 시작했다. 그러다가 탁자 위에 놓인 잘린 머리카락을 보고는 툭 쳐서 바닥으로 떨어뜨렸다.

"이거 하나 말해주지, LA 양반. 난 무슨 짓을 해도 무슨 짓을 당해도 남들은 관심도 안 주는 곳에 가본 적이 있어. 거기서도 난 끄떡없었지. 거기 갔다가 다시 나왔어."

"누구나 한 번쯤은 디즈니랜드에 가보지 않았겠어? 그래서 뭐?"

"좆 같은 디즈니랜드 얘기하는 게 아냐, 멍청아. 난 치와와에 있는 교도소에서 3년을 살았어. 거기서도 끄떡없었는데, 지금 와서 너한테 당할 것 같냐?"

"나도 이거 하나 말해주지. 지금까지 살면서 난 사람을 많이 죽여 봤어. 그냥 미리 알아두는 게 좋을 것 같아서 말해주는 거야. 그래야 할 때가 또 오면, 망설이지도 않을 거야. 절대로. 이건 착한 경찰 나쁜 경찰 얘기가 아냐, 고션. 그런 건 영화에나 나오는 얘기지. 나쁜 놈들이 죄다 말총머리를 하고 다니는 영화 말이야. 하지만 이건 현실이야. 넌 나한텐 그저 고깃덩어리에 지나지 않아. 난 널 깔아뭉갤 거야. 그건 약속해줄 수 있어. 얼마나 심하게 얼마나 아프게 깔아뭉갤지는 너한테 달렸지만."

고션은 잠깐 생각을 하는 눈치였다.

"좋아, 이젠 서로를 좀 알게 된 것 같군. 말해 봐. 그리고 담배 한 대 줘."

보슈는 담뱃갑과 성냥을 탁자 위에 올려놓았다. 고션은 한 개비를 꺼내 불을 붙였다. 보슈는 고션이 담배를 다 피울 때까지 아무 말 없이 기다렸다.

"먼저 피의자의 권리를 고지할 거야. 경험이 많을 테니까 어떻게 해야 하는지 알지?"

보슈는 아이버슨이 던져놓고 간 종이를 펴서 고션에게 피의자의 권리를 읽어주었다. 그러고 나서 고션에게 고지서 위에 서명을 하게 했다.

"이거 녹화되고 있지?"

"아직은 아냐."

"잘됐군. 당신들이 알아낸 게 뭐야?"

"토니 앨리소의 시신에서 네 지문이 나왔어. 아까 변기 뒤에서 발견한 총은 오늘 LA로 가져갈 거야. 지문이 채취하기 좋게 잘 찍혀 있더군. 아주 선명해. 토니의 몸속에서 꺼낸 총알들이 그 총에서 나온 총알인 것으로 밝혀지면, 그럼 게임 끝이야. 네가 어떤 알리바이를 대든, 어떤 변명을 늘어놓든 상관없어. 네 변호사가 좆 같은 자니 코크란(O. J. 심슨 살인사건 재판에서 심슨의 무죄 평결을 이끌어낸 변호사-옮긴이)이라도 상관없어. 그땐 넌 그냥 고깃덩어리가 아니라 특A급 쇠고기 덩어리가 될 거야."

"그 총은 내 거 아냐. 누가 심어놓은 거야, 씨발. 그건 너도 알고 나도 아는 사실이잖아. 하늘에서 떨어진 것도 아니고, 보슈."

고션을 바라보던 보슈는 얼굴이 달아오르는 것을 느꼈다.

"너 내가 그 총을 거기 갖다놨다고 말하는 거야, 지금?"

"O. J. 쇼는 나도 봤다고 말하고 있는 거야. 여기 경찰들이라고 뭐 다르겠어? 넌지 아이버슨인지 다른 누군지는 모르겠지만, 그 총은 어느 경찰 새끼가 심어놓은 거라고, 씨발. 내 말은 그 뜻이야."

보슈는 손가락 하나로 탁자 위에 선을 그리면서, 목소리를 통제할 수 있을 정도로 분노가 가라앉기를 기다리고 있었다.

"그 말 같잖은 얘기 주야장창 떠들어대고 있어, 고션. 그러면 아주 멀리멀리 갈 수 있을 거야. 감방에서 한 10년쯤 썩고 나면 네 몸을 묶어놓고 팔에 주삿바늘을 꽂아줄 거야. 그래도 요즘에는 가스실로 안 가니까 다행인 줄 알아. 요즘에는 너 같은 놈들을 아주 고이고이 보내주는 편이지."

보슈는 등을 뒤로 젖혔지만 공간이 별로 없어서 의자 등이 벽에 부딪쳤다. 그는 챕스틱을 꺼내 다시 발랐다.

"넌 지금 우리 수중에 있어, 고션. 네게 남은 거라곤 작은 기회 하나뿐이야. 네 운명의 끝자락이 아직 네 손에 남아 있다고나 할까?"

"어떤 기회?"

"어떤 기회인지는 네가 더 잘 알잖아. 내 말이 무슨 말인지 잘 알면서. 너 같은 놈들은 보스의 명령 없이는 꿈쩍도 하지 않지. 너랑 같이 토니 앨리소를 친 놈이 누군지, 그리고 토니를 트렁크에 넣으라고 지시한 놈이 누군지 말해 봐. 지금 이 기회를 잡지 않으면, 땅굴 끝에 다다라도 빛이 없을 거야."

고션은 크게 한숨을 내쉬더니 고개를 가로저었다.

"내가 그런 거 아냐. 난 아니라고!"

보슈는 고션의 입에서 다른 말이 나올 거라고 기대하지 않았다. 쉽지 않을 거라는 것을 알고 있었다. 고션을 계속 몰아붙여서 지치게 만들어야 했다. 보슈는 음모를 꾸미듯 고션을 향해 탁자 위로 윗몸을 숙였다.

"저기 말이야, 내가 쥐뿔도 모르면서 그냥 찔러보는 게 아니라는 걸 알 수 있게 뭐 한 가지만 말해줄게. 네가 더 이상 시간 낭비 안 하고 결정을 내릴 수 있게 말이야."

"해 봐. 그런다고 달라지는 건 없을 테지만."

"지난 금요일 밤에 앤서니 앨리소는 검은색 가죽 재킷을 입고 있었어. 기억나? 폭이 5센티미터 정도 되는 접은 옷깃이 있는 것. 그리고…."

"시간 낭비는 지금 네가 하고…."

"넌 앨리소의 멱살을 잡았어, 고션. 이렇게 말이야."

보슈는 탁자 위로 팔을 뻗어 두 손으로 고션이 입고 있지도 않은 상상 속 재킷의 옷깃을 부여잡는 시늉을 해보였다.

"기억나? 이래도 내가 지금 시간 낭비하고 있다고 할 거야? 기억나, 고션? 네가 이렇게 고션의 멱살을 잡았어. 자, 말해 봐, 누가 누구한테 개소리를 하고 있는 거야, 응?"

고션은 고개를 저었지만 보슈는 자기가 득점을 했다는 걸 알았다. 고션은 눈에 띄게 창백해진 얼굴이었고 마음속으로 그때 일을 떠올리고 있는 것 같았다.

"정말 희한한 사실 하나 알려줄까? 그 재킷처럼 약품 처리가 된 가죽은 지문에 있는 아미노산을 흡수하지 않고 갖고 있다더군. 지문 감식 전문가 말론 말이야. 덕분에 좋은 지문을 몇 개 건졌지. 검찰이나 대배심 앞에 가지고 가도 하등 손색이 없는 것들이야. 날 여기까지 오게 만들 만큼 확실한 것들이지. 우리가 네놈 집에 쳐들어가서 네놈을 잡아오게 만들 만큼 확실한 거."

보슈는 말을 멈추고 고션이 자기를 바라볼 때까지 기다렸다가 말을 이었다.

"그런데 네놈 집에서 이 총이 나타난 거야. 네가 입을 열지 않으면 총기 감식 결과가 나올 때까지 기다리기만 하면 돼. 하지만 예감이 좋아. 좋은 결과가 나올 것 같단 말이지."

고션이 양손 손바닥으로 철제 탁자를 쾅 내리쳤다. 그러자 총성과 그 메아리 같은 소리가 났다.

"이건 함정이야. 네놈들이…."

아이버슨이 문을 벌컥 열고 들어와 권총으로 고션을 겨누었다. 그러고 나선 TV에 나오는 경찰처럼 총을 홱 치켜들었다.

"괜찮아?"

"괜찮아. 럭키가 화가 좀 났을 뿐이야. 몇 분만 더 시간을 줘."

보슈가 말했다.

아이버슨은 한 마디도 하지 않고 다시 취조실을 나갔다.

"훌륭한 연극이긴 한데, 연극은 연극이야. 변호사와 통화하게 해준다더니 어떻게 된 거야?"

고션이 말했다.

보슈는 의자에 등을 기대앉았다.

"지금 하게 해줄게. 하지만 전화는 바로 여기 내가 보는 앞에서 걸어야 돼. 왜냐면 넌 네 변호사한테 걸지 않을 테니까. 조이의 변호사한테 걸겠지. 그 친구가 널 변호하기 위해 달려오겠지만, 그 친구가 신경 쓰는 건 네가 아니라 조이 마크스일 거야. 그건 네가 나보다 더 잘 알 텐데."

보슈가 자리에서 일어섰다.

"자, 지금은 이 정도로 해두지. 오늘만 날이 아니니까."

"그러시든가. 하지만 나를 어쩌지는 못할 거다, 망할 놈아. 지문? 더 확실한 증거가 있어야지. 그 총도 심어놓은 거라는 걸 다들 알게 될 거야."

"그래, 계속 그렇게 주절거리고 있어. 내일 아침까지는 총기 감식 결과가 나올 테니까 기다려보자고."

고션이 곧바로 대거리를 했기 때문에 보슈는 고션이 자기 말을 제대로 알아듣기나 했는지 알 수 없었다.

"빌어먹을, 알리바이가 있다는데도 그러네! 날 범인으로 몰아세울 수는 없을 거야!"

"그래? 알리바이가 있다고? 그럼 어디 한번 말해 봐. 앨리소가 언제 당했는지 말 안 했는데 어떻게 알지?"

"금요일 밤에 어디 있었냐고 물었잖아, 안 그래? 그러니까 그날 밤이겠지."

"안 물어봤는데."

고션은 얼어붙은 듯 30초 정도 잠자코 있었다. 눈을 보니 열심히 머리를 굴리고 있는 게 분명했다. 고션은 방금 자기가 한 말로 선을 넘었다는 것을 알고 있었다. 이왕 넘은 김에 어디까지 밀고 나갈지 궁리를 하고 있는 것 같았다. 보슈는 의자를 끌어다가 다시 앉았다.

"알리바이가 있어. 그러니까 나는 아무런 혐의가 없다고."

"우리가 너한테 혐의가 없다고 말하기 전까지는 아니야. 그래, 알리바이란 게 뭐야?"

"너한텐 말 안 해. 변호사한테 말할 거야."

"넌 지금 화를 자초하고 있어, 고션. 나한테 말한다고 해서 잃을 건 하나도 없는데 말이야."

"자유만 빼고 말이지, 안 그래?"

"말을 해주면 나가서 네 말이 사실인지 알아볼 수 있겠지. 사실이면 그 총도 다른 놈이 심어놓은 거라는 네 주장도 다시 생각해볼 수 있을 거고."

"얼씨구, 고양이한테 생선 가게를 맡기라고? 변호사하고 통화나 하게 해줘, 보슈. 전화기를 갖다달란 말이야."

보슈는 일어서서 고션에게 두 팔을 등 뒤로 돌리라고 손짓을 했다.

고션이 지시대로 하자, 보슈는 다시 그의 팔에 수갑을 채운 후, 취조실을 나갔다.

보슈가 펠튼 계장과 아이버슨에게 1라운드는 고션의 승리로 돌아갔다는 사실을 전하자, 펠튼은 아이버슨에게 용의자가 자기 변호사에게 연락할 수 있게 취조실로 전화기를 갖다 주라고 지시했다.

펠튼과 보슈 둘만 남게 되자 펠튼이 말했다.

"놈이 속 좀 끓이게 놔둬 봅시다. 난생 처음 유치장에 갇힌 소감이 어떨까 모르겠네."

"멕시코 교도소에서 3년을 살았다던데요."

"폼 좀 재고 싶을 때마다 그렇게 떠벌리고 다니지. 문신 얘기도 그렇고. 하지만 2, 3년 전 놈이 나타났을 때부터 뒷조사를 해봤는데, 멕시코 교도소 근처에도 간 적이 없더라고. 할리 데이비슨을 타 본 적도 없고. 오토바이 갱단하고 어울려 다녔다는 건 말할 것도 없고. 카운티 구치소에서 하룻밤 자고 나면 좀 순해질 거요. 2라운드 전까진 총기 감식 결과도 나올 거고."

보슈는 총을 어떻게 할지 상관에게 물어봐야 하니 전화를 써야겠다고 말했다.

"저 밖에 빈 책상 아무거나 골라잡아요. 편안하게 일 봐요. 그 전에 이 일이 어떻게 진행될지 말해줄 테니까 빌리츠 과장한테 전해주고. 고션은 십중팔구 미키 토리노라는 변호사한테 전화를 걸 거요. 조이 마크스의 수석 변호사지. 토리노는 고션을 다른 주의 경찰서로 인도하는 데 반대할 거고, 보석을 얻어내려고 할 거요. 보석금을 얼마를 내더라도 말이오. 고션을 우리 손에서 빼내 간 다음 자기네들이 결정을 내리는 걸 바랄 테니까."

"어떤 결정 말이죠?"

"놈을 처치할 거냐 말 거냐 하는 결정이지. 럭키가 변심하고 경찰에 협조할지 모른다고 조이가 판단을 하면, 놈을 사막 어딘가로 데리고 갈 거고 그러면 우린 럭키를 다시는 보지 못하게 될 거요. 아무도."

보슈는 고개를 끄덕였다.

"그러니까, 형사, 당신은 상관한테 전화를 해요. 난 검찰에 전화를 걸어서 범죄자 인도 심리를 빨리 받을 수 있을지 어떨지 알아보지. 빠르면 빠를수록 좋을 것 같군. 당신이 럭키를 LA로 데리고 가도 된다고 허락이 떨어지면, 럭키는 거래를 하자고 기를 쓰고 덤빌 거요. 그때까지 우리가 놈의 혐의를 굳힐 증거를 못 찾아내면 말요."

"심리가 열리기 전에 총기 감식 결과가 나오면 좋겠군요. 감식 결과가 일치하는 것으로 나오면 상황은 끝난 거니까요. 하지만 LA에서는 일이 그렇게 신속하게 진행되지 않습니다. 무슨 말인지 아실 겁니다. 아직 부검도 실시되지 않았을 것 같은데요."

"어쨌든, 우선 전화부터 해요. 그러고 나서 다시 얘기해봅시다."

보슈는 아이버슨 자리 옆에 있는 빈 책상에 앉아서 전화를 걸었다. 빌리츠 과장이 자기 사무실에서 전화를 받았고, 뭔가를 먹고 있던 중인 것 같았다. 보슈는 고션의 입을 열려고 애를 써봤지만 실패했다는 사실을 전하고 나서, 라스베이거스 검찰이 범죄자 인도 심리를 맡게 해야겠다고 보고했다.

"총은 어떻게 할까요?"

보고를 마친 후 보슈가 물었다.

"가지고 빨리 돌아와. 에드거가 법의국의 누구를 구워삶았는지 부검이 오늘 오후로 잡혔어. 오늘 밤까지는 총알을 넘겨받을 수 있을 거야. 총이 있으면 내일 아침에는 몽땅 다 총기 감식반으로 넘길 수 있겠지. 오늘이 화요일이니까, 내 생각엔 인도 심리는 빨라도 목요일일 거야. 그

때까지는 총기 감식 결과가 나오겠지."

"알았습니다. 잽싸게 날아갈게요."

"그래."

보슈는 빌리츠 과장의 말투에서 뭔가 이상한 낌새를 느꼈다. 총기 감식 결과나 지금 먹고 있던 음식이 아닌 다른 어떤 것을 생각하고 있는 것 같았다.

"과장님, 무슨 일 있어요? 내가 모르는 무슨 일이라도?"

보슈가 물었다.

빌리츠가 잠시 망설이자 보슈는 끈기 있게 기다렸다.

"실은, 예기치 않았던 상황이 발생했어."

보슈의 얼굴이 화끈거리기 시작했다. 그는 펠튼이 자기 몰래 빌리츠에게 엘리노어 위시 건을 일러바친 거라고 추측했다.

"뭔데요?"

"토니 앨리소의 사무실에 침입했던 남자의 신원을 확인했어."

"그거 잘됐네요. 누군데요?"

보슈는 걱정했던 일이 아니라서 안심이 되면서도 빌리츠의 말투가 왜 이렇게 침울한지 의구심이 들었다.

"잘된 일이 아니야. OCID의 도미닉 카본이었어."

보슈는 깜짝 놀라 한동안 말을 잇지 못했다.

"카본이요? 그 친구가 뭐 하러…?"

"몰라. 하지만 느낌이 이상해. 빨리 돌아와서 이 문제를 어떡하면 좋을지 얘기 좀 해보자고. 고션은 심리 때까지 거기 구치소에 들어가 있을 거잖아. 놈은 자기 변호사 말고는 아무하고도 얘기 안 할 거야. 돌아오면, 다들 한자리에 모여서 얘기 좀 해보자고. 오늘은 아직 키즈와 제리한테서 연락이 없었어. 아직도 금융 거래 내역을 추적하고 있지."

"카본이라는 건 어떻게 알았습니까?"

"우연히. 오늘 아침에 당신하고 거기 계장하고 통화를 하고 나서 별로 할 일이 없길래 시내로 가서 센트럴 경찰서에 들렀지. 거기에 친구가 하나 있거든. 루신다 반스라고 OCID 소속 경위야. 알아?"

"아뇨."

"어쨌든, 그 친구를 만나러 올라갔어. 거기 가서 왜 이 사건을 그냥 넘기기로 했는지 알아보고 싶었어. 그런데, 하 이것 봐라, 우리가 사무실에 앉아서 이야기를 나누고 있는데, 이 친구가 들어오는 거야. 낯이 익은데 어디서 봤는지는 모르겠더라고. 루신다한테 누구냐고 물었더니 카본이라는 거야. 그때 기억이 났어. CCTV 테이프에서 본 남자였어. 재킷을 벗고 셔츠 소매를 말아 올리고 있어서 문신도 봤어. 카본이 맞아."

"그 얘기를 친구한테 했어요?"

"당연히 안 했지. 그냥 자연스럽게 행동하다가 빠져나왔어. 그런데 해리, 난 이렇게 내부자가 연루된 게 싫어. 어떡하면 좋을지 모르겠어."

"해법을 모색해봐야겠죠. 저기, 이제 끊어야겠습니다. 되는대로 빨리 돌아가죠. 그리고 그동안 과장님, 총기 감식반에 기름칠 좀 부탁합니다. 오전 중으로 코드 3으로 가지고 간다고 전해주시고."

빌리츠는 노력해보겠다고 약속했다.

보슈는 LA로 돌아간다고 메트로 경찰국 사람들과 인사를 나누고 나서 택시를 타고 미라지 호텔로 가서 체크아웃을 했고, 그 후에도 시간이 좀 남아 엘리노어 위시와 작별 인사를 하기 위해 그녀의 아파트로 갔다. 그러나 문을 두드려도 응답이 없었다. 그녀의 차가 어떤 것인지 몰랐기 때문에 주차장에 가서 차를 확인할 수도 없었다. 그는 자기 렌터카로 돌아가 차 안에 앉아서 기다렸다. 그러다가 비행기 시간이 촉박해지자 수첩에 전화하겠다고 갈겨 쓴 후 그 페이지를 찢어 들고 엘리노어의 아파트 현관문으로 돌아갔다. 찢은 페이지를 말끔하게 반으로 접은 후 문틈에 끼워 넣었다. 엘리노어가 돌아와 문을 열 때 밑으로 떨어져 발견할 수 있을 것이었다.

보슈는 좀 더 기다리다가 엘리노어를 보고 가고 싶었지만 그럴 수가 없었다. 20분 후 그는 공항 보안실을 나서고 있었다. 고션의 집에서 발견한 총은 조심스럽게 포장을 해서 증거물 봉투에 넣은 후 서류 가방에 고이 넣어둔 상태였다. 5분 후 그는 천사들의 도시를 향해 날아갈 여객기 안에 앉아 있었다.

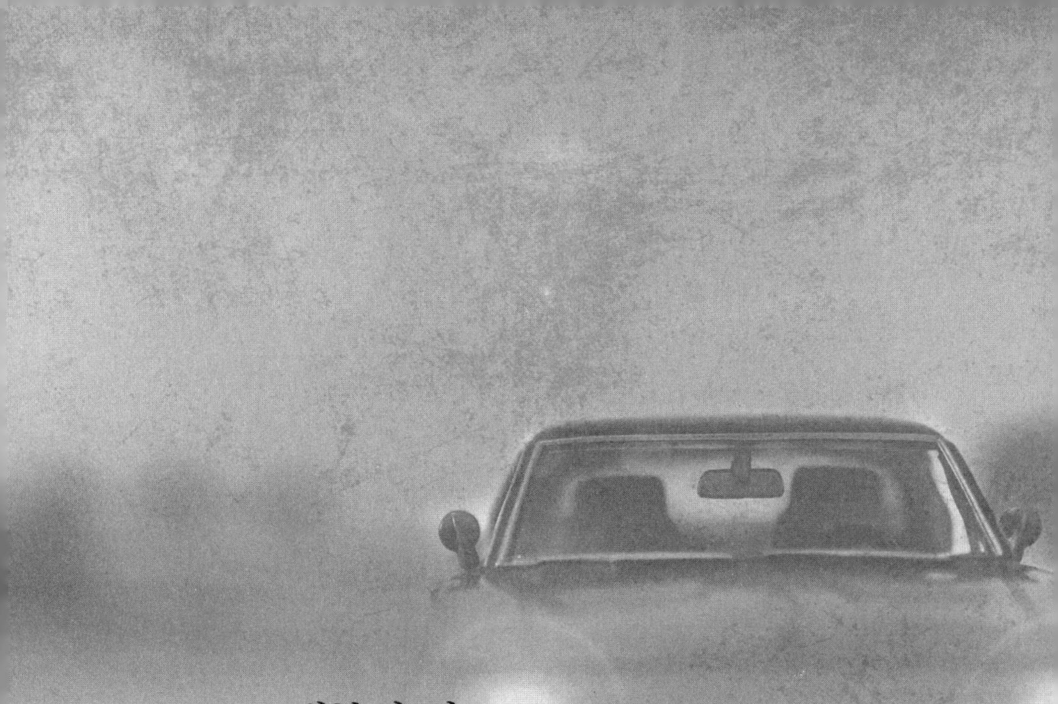

03 내부의 적

보슈가 과장실로 들어갔을 때 빌리츠 과장은 심각한 표정을 짓고 있었다.

“어서 와, 해리.”

“안녕하세요, 과장님. 오는 길에 총을 감식반에 던져주고 왔습니다. 총알이 들어오기를 기다리고 있더라고요. 누구한테 기름칠을 하셨는지 모르겠지만, 기름칠이 제대로 되어 있던데요.”

“다행이군.”

“다들 어디 갔죠?”

“둘 다 아치웨이에 있어. 키즈는 오전엔 국세청에 들어갔다가 앨리소의 사업 동료들을 조사하고 있는 제리를 도우러 갔어. 장부 추적을 돕도록 본청 사기전담반에서 두 명을 차출했고. 그 친구들은 유령 기업들을 추적 중이야. 곧 유령 기업들의 은행 계좌도 다 들춰볼 거야. 살펴보고 의심난다 싶은 게 있으면 거래를 중지시킬 거고. 돈의 흐름을 막아

놓으면, 실제 인물들이 나타나서 자기 거라고 주장하겠지. 내 생각으로는 앨리소에게 돈세탁을 의뢰한 고객이 조이 마크스 한 명만은 아닌 것 같아. 연관된 돈이 너무 많아. 키즈의 계산이 맞다면 말이지. 앨리소는 시카고 서부의 모든 범죄 조직을 위해 돈세탁을 해주고 있었던 것 같아."

보슈는 고개를 끄덕였다.

빌리츠가 말을 이었다.

"아, 그리고 제리는 아치웨이에서 수사를 계속할 수 있게 부검에는 당신을 보내겠다고 제리한테 말해놨어. 그러고 나서 6시에 다들 여기 모여서 수사 진행 상황을 살펴보자고."

"알았습니다. 부검은 몇 시죠?"

"3시 30분. 왜, 문제 있어?"

"아뇨. 하나 물어봐도 되요? 왜 OCID가 아니고 사기전담반을 불러들이신 겁니까?"

"이유야 뻔하잖아. 카본과 OCID 문제를 어떻게 처리할지 모르겠어. 감찰계를 불러들여서 카본과 OCID를 조사해보라고 해야 할지 확신도 없었고."

"그럼 큰일 나죠. OCID는 우리가 필요로 하는 증거물을 갖고 있어요. 그런데 감찰계를 불러들이면 물 건너가는 겁니다. 우리 수사는 이대로 접어야 할 거고요."

"우리가 필요로 하는 증거물이라니 어떤 증거물?"

"카본이 그 사무실에서 도청 장치를 수거한 것이라면…."

"테이프가 있겠군. 어머나 세상에, 그걸 잊고 있었네."

둘은 한동안 침묵에 빠져들었다. 보슈는 의자를 끌어다가 빌리츠의 책상 맞은편에 놓고 마침내 자리에 앉았다.

"내가 카본을 한번 찔러볼게요. 뭐 하고 있었던 건지 알아보고 테이프도 구할 수 있으면 구해보겠습니다. 우리가 유리한 입장이니까 잘될 수도 있을 것 같아요."

보슈가 말했다.

"국장과 피츠제럴드가 관련이 있을지도 몰라."

"그럴지도 모르죠."

빌리츠는 10년 넘게 OCID의 수장직을 맡아온 레온 피츠제럴드 부국장과 그의 상관인 경찰국장과의 알력 다툼 얘기를 하고 있었다. OCID를 이끌어온 그 긴 세월 동안 피츠제럴드는 J. 에드거 후버(1972년 사망할 때까지 FBI 국장으로 있었던 인물. 경찰 과학수사 기술의 현대적 발전에 기여했다는 호평과 함께 권력을 남용했다는 비판도 있음-옮긴이)가 FBI에서 누렸던 것과 같은 절대 권력을 휘둘러왔다. 에드거 후버는 자기 자신과 FBI와 FBI의 예산을 보호하기 위해 FBI가 모은 비밀 정보를 사용하는 것을 마다하지 않았던 이른바 '비밀의 파수꾼'이었다. 그런 후버와 마찬가지로 피츠제럴드도 자기 부서가 잡아들여야 할 조직 폭력배들보다는 정직한 일반 시민들을 사찰하는 데 더 많은 노력을 기울이고 있다는 의혹을 사고 있었다. 그리고 피츠제럴드와 경찰국장 사이에 권력 다툼이 진행되고 있다는 사실을 경찰국 내에서 알 만한 사람들은 다 알고 있었다. 국장은 OCID와 그 책임자인 피츠제럴드 부국장의 고삐를 틀어쥐고 싶어 했지만, 피츠제럴드는 자기 위에 국장이 군림하는 것을 원하지 않았다. 게다가 그는 자기 영역을 확대하고 싶어 했다. 자기가 직접 경찰국장 자리에 오르고자 한 것이다. 둘 사이의 권력 다툼은 대체로 서로를 비방하는 선에서 머물고 있었다. 국장은 공무원 보호법 때문에 피츠제럴드를 전격 해고할 수가 없었고, OCID에서 피츠제럴드의 사람들을 몰아내고 조직 개편을 단행하고 싶어도 경찰위원회와 시장과 시의회의 지지를 받을 수가 없어서 이러지도 저러지도 못하고 있었다. 또한 경찰위원회와 시장과 시의회 의원들은 피츠제럴드가 국장을 포함하여 자기들 모두에 관한 모든 정보를 입수해놓고 있다고 믿고 있기 때문에 함부로 나서지를 못하고 있었다. 선출되었거나 임명된 이들 공무원들은 그 파일 안에 정확히 어떤 내용이 들어 있는지 몰랐지만 그동안 자기들이 저질러온 온갖 비리들이 세세하게 기록되어 있을 거라고 짐작하고 두려움에 떨고 있었다. 그러므로 그들은 자기들과 경찰국장이 아무것도 잃을 게 없다는 확실한 보장이 있지 않는 한 피츠제럴드를 축출하려는 경찰국장을 거들고 나서지는 않을 것이었다.

이런 이야기는 대체로 경찰국 내에서 전설이나 뜬소문으로 떠돌아다녔지만, 보슈는 전설이나 뜬소문이라도 기본적으로는 사실에 바탕을 두고 있다는 사실을 잘 알고 있었다. 따라서 그도 빌리츠 과장과 마찬가지로 이 알력 다툼에 끼어들고 싶은 생각은 조금도 없었지만, 다른 방법이 없었기 때문에 카본을 조사해보겠다고 나선 것이다. OCID가 무슨 일을 하고 있었던 것인지, 그리고 카본이 아치웨이에 있는 토니 앨리소의 사무실에 무단 침입까지 감행해서 감추려고 했던 것이 무엇인지 꼭 알아내야 했다.

"좋아. 그런데 조심해야 돼."

빌리츠가 긴 침묵을 깨고 말했다.

"아치웨이에서 가져온 CCTV 녹화 테이프는 어디 있어요?"

빌리츠는 자기 책상 뒤 바닥에 놓인 금고를 가리켰다. 증거품 보관용 금고였다.

"안전할 거야."

빌리츠가 말했다.

"그래야죠. 내 유일한 무기인데요."

빌리츠는 무슨 말인지 잘 알고 있다는 뜻으로 고개를 끄덕였다.

OCID 사무실은 시내 센트럴 경찰서 3층에 위치해 있었다. OCID가 경찰국 본부가 있는 파커 센터가 아니라 일개 경찰서에 사무실을 두고 있는 것은 비밀 작전을 많이 수행하는 업무 성격상 이른바 '유리 성'이라 불리는 파커 센터처럼 드나드는 사람이 많은 공적인 장소가 적합하지 않기 때문이었다. 그러나 이렇게 본부와 분리되어 있어서 레온 피츠제럴드 부국장과 경찰국장 사이의 반목이 더욱더 깊어지고 있는 측면도 있었다.

보슈는 할리우드 경찰서에서 OCID 사무실을 향해 차를 몰고 가면서 미리 작전을 세워두었다. 센트럴 경찰서 경비실 앞에 다다른 그는 주차장 관리를 맡고 있는 신입 경찰관에게 신분증을 보여주었다. 그러면서 순경의 제복 가슴 주머니에 달린 명찰에서 이름을 확인한 후 주차장으로 들어가 경찰서 후문 쪽 주차 공간에 차를 세우고 휴대전화를 꺼냈다. OCID 대표번호를 누르자 비서가 전화를 받았다.

"1층 주차장에 근무하는 트린들 순경인데요, 카본 형사님 계십니까?"

보슈가 말했다.

"네, 계세요. 잠깐만 기다…."

"잠깐만 내려오시라고 전해주십시오. 누가 카본 형사님 차를 받았는데요."

보슈는 전화를 끊고 기다렸다. 3분쯤 지나자 경찰서 후문이 열리더니 남자가 서둘러서 걸어 나왔다. 아치웨이 CCTV 녹화 테이프에서 보았던 바로 그 남자였다. 빌리츠의 판단이 옳았다. 보슈는 차를 천천히 몰고 남자 뒤를 따라갔다. 잠시 후 남자 옆으로 가서 창문을 내렸다.

"카본 형사?"

"네. 뭡니까?"

카본은 계속 걸어가면서 보슈를 흘끗 쳐다보았다.

"천천히 좀 가요. 차는 괜찮으니까."

카본은 걸음을 멈추고 보슈를 유심히 바라보았다.

"뭐요? 무슨 얘기 하는 겁니까?"

"내가 전화했어요. 얼굴 좀 보고 싶어서."

"도대체 당신 누구요?"

"보슈요. 요 전날 밤에 통화했잖아요, 우리."

"아, 네. 앨리소 사건 담당 형사."

그 순간 카본은 보슈가 자기를 보고 싶으면 엘리베이터를 타고 3층으로 올라오면 됐을 거라는 생각이 퍼뜩 든 듯했다.

"뭡니까, 보슈 형사? 무슨 일이죠?"

"타요. 잠깐 드라이브 좀 합시다."

"글쎄요. 이런 식으로 날 불러낸 게 영 기분이 안 좋군요."

"타요, 카본. 타는 게 좋을 거요."

보슈는 순순히 따르는 것밖에 대안이 없을 거라는 말투로 말하면서 그를 노려보았다. 다부진 체격에 마흔 살 정도 되어 보이는 카본은 잠깐 망설이다가 차 앞을 돌아갔다. 대부분의 폭력 조직 담당 형사들이 즐겨 입는 것처럼 감색 정장을 말쑥하게 차려입고 있었고, 차에 타자마자 상쾌한 향수 냄새가 확 풍겼다. 그 즉시 보슈는 카본이 싫어졌다.

보슈는 주차장을 빠져나와 북쪽, 브로드웨이를 향해 달렸다. 차와 보행자가 많아서 속도를 낼 수 없었다. 보슈는 아무 말도 하지 않고 카본이 먼저 입을 열기를 기다렸다.

"그래, 경찰서에서 나를 납치할 정도로 중요한 일이 뭐요?"

마침내 카본이 물었다.

보슈는 대답 없이 한 블록을 더 달렸다. 카본이 땀 좀 빼게 하고 싶었다.

마침내 보슈가 입을 열었다.

"당신한테 문제가 생겼어요, 카본. 알려줘야 한다는 생각이 들어서 온 거요. 당신 친구가 되고 싶으니까."

카본이 경계의 눈초리로 보슈를 바라보았다.

"안 그래도 문제는 많아요. 전처 두 명한테 애들 양육비를 대주고 있고, 지난번 지진 때문에 우리 집 벽엔 금이 왕창 가 있고, 노조는 올해도 연봉 인상에 실패했죠. 빌어먹을, 그런데 또 뭐요?"

"그런 건 문제라고 할 수도 없지, 친구. 그런 건 생활의 불편함이라고 하는 거요. 내가 얘기하는 건 진짜 문제라고. 요 전날 밤 당신이 아치웨이에 침입했던 거 말요."

카본은 꽤 오랫동안 말이 없었고, 숨도 참고 있는 것 같았다.

"무슨 얘길 하는 건지 모르겠네. 서로 데려다줘요."

"아냐, 카본, 그건 적절한 대답이 아니지. 난 당신을 돕기 위해 온 거요, 해치려고 온 게 아니라. 난 당신 친구라고. 그리고 이건 당신 상관 피츠제럴드 부국장한테도 영향이 미칠 일이고."

"도대체 무슨 소릴 하는 건지 모르겠군요."

"그래요? 그럼 설명해드리지. 지난 일요일 밤 내가 당신한테 전화를 걸어서 앨리소라는 살인사건 피해자에 대해 물었잖아요. 당신은 나중에 전화해서 OCID가 그 사건은 사양한다고 말했을 뿐만 아니라 그 친구 이름은 들어본 적도 없다고도 했지. 하지만 당신은 전화를 끊자마자 아치웨이로 달려가서 그 친구 사무실에 침입해서 당신네들이 그 친구 전화기에 설치해놓았던 도청 장치를 빼갖고 나왔어. 이제 무슨 얘긴지 알겠소?"

보슈는 그제야 카본을 돌아보았고, 카본은 빠져나갈 구멍을 찾아 정신없이 머리를 굴리고 있는 것 같았다. 보슈는 그를 제대로 낚았다는 것을 알 수 있었다.

"말 같잖은 소리."

"어, 그래, 떨떨한 양반? 다음번에 어디에 몰래 들어갈 요량이면 위를 쳐다보라고. CCTV 카메라가 있는지 확인하란 말요. 몰라요? CCTV에 찍히지 마라, 로드니 킹 교훈 제1조?"

보슈는 자기 말이 먹혀들 때까지 잠깐 기다렸다가 관 뚜껑에 마지막 못질을 했다.

"당신은 책상에 놓여 있던 머그컵을 쳐서 떨어뜨려 깨뜨렸어. 아무도 모르고 넘어가길 바라면서 그걸 밖의 쓰레기통에 버렸지. 무단 침입 시 수칙 하나 더 가르쳐줄까요? 반팔 차림으로 무단 침입을 할 거면 밴드나 파스를 붙여서라도 팔에 있는 문신부터 감추쇼. 무슨 말인지 알죠? 카메라에 찍히면 누군지 알 수 있는 확실한 증거가 되잖아. 카메라에 당신 모습이 참 많이도 찍혀 있더구만."

카본은 얼굴을 쓱 문질렀다. 보슈는 3번가에서 방향을 틀어 벙커힐 아래로 뚫려 있는 터널로 들어갔다. 어두운 터널 속에서 마침내 카본이 입을 열었다.

"이거 또 누가 알고 있죠?"

"현재로선 나뿐이오. 하지만 허튼수작은 생각도 하지 마쇼. 나한테 무슨 일이라도 벌어지면 많은 사람들이 그 테이프를 보게 될 거니까. 하지만 당분간은 내가 막아줄 수 있지."

"원하는 게 뭐요?"

"도청을 하게 된 경위를 알고 싶군. 그리고 앨리소의 전화기를 도청한 테이프를 전부 받았으면 좋겠고."

"그건 불가능해요. 그럴 수가 없어요. 그 테이프들을 갖고 있지도 않아요. 나한테 없다고. 난 그냥…."

"피츠제럴드가 시키는 대로 했겠지. 그래, 알아요. 그런 건 관심도 없고. 피츠제럴드한테든 누구한테든 가서 테이프를 가져와요. 원하면 같이 들어가고 아니면 차에서 기다릴 테니까. 어쨌든 이제 테이프를 가지러 돌아갈 거요, 알았죠?"

"그럴 수 없다니까."

보슈는 카본의 말은 피츠제럴드에게 가서 자기가 일을 망쳤다는 사실을 보고하지 않고는 테이프를 가지고 나올 수가 없다는 뜻이라는 걸 알았다.

"가져와야 할 거요, 카본. 당신이 어떻게 되든 신경 안 써. 내게 거짓말을 했고 내 수사에 혼선을 빚게 했으니까. 나한테 그 테이프를 넘기고 자초지종을 설명하지 않으면 나도 나름대로 생각이 있소. CCTV 테이프 사본을 세 개 만들어놨는데 말요. 하나는 유리 성에 있는 국장실로 보낼 거고, 하나는 〈LA 타임스〉의 짐 뉴턴 기자에게 보내고, 마지막 한 개는 채널 5의 스탠 챔버스 기자에게 보낼 거요. 스탠은 똑똑한 친구니까 그걸 어떻게 써먹을지 알 거야. 로드니 킹 테이프를 제일 처음 입수한 사람이 스탠이라는 거 알죠?"

"오, 하느님! 보슈, 날 죽이려고 드는구만!"

"선택은 당신한테 달렸어."

부검은 법의국의 살라자 부국장이 맡았다. 보슈가 LA 카운티-USC 메디컬 센터에 있는 법의국에 도착해보니 살라자가 벌써 부검을 시작한 후였다. 종이 방호복에 비닐 마스크를 끼고 검시실에 들어간 보슈는 살라자와 의례적인 인사를 나눈 후 철제 작업대에 기대서서 부검 과정을 지켜보았다. 보슈는 부검에서 많은 것을 기대하지 않았다. 사실 그가 부검을 참관하러 온 것은 총알 때문이었고, 감식용으로 쓸 만한 총알이 한 개라도 나오기를 바랄 뿐이었다. 총기 살인범들이 22구경 권총을 선호하는 한 가지 이유는 비교적 부드러운 재질의 총알이 머릿속을 통통 튀어 돌아다니는 동안 완전히 뭉개져서 감식이 불가능하게 되기 때문이라는 것은 잘 알려진 사실이었다.

살라자는 긴 검은 머리를 하나로 묶은 상태로 커다란 종이 모자를 뒤집어쓰고 있었다. 그는 휠체어를 타는 사람이라 그의 형편에 맞게 키를 낮춘 검시대에서 작업을 했다. 덕분에 보슈는 부검 진행 과정을 아주 잘 볼 수 있었다.

몇 년 전까지만 해도 살라자는 보슈와 이런저런 농담을 주고받으면서 부검을 진행했었다. 그러나 오토바이 사고로 9개월간 병가를 갔다가 휠체어를 타고 돌아온 이후로는 침울하고 조용한 사람이 되어 농담을 주고받는 일도 거의 없었다.

보슈가 지켜보는 가운데 살라자는 뭉툭한 메스로 앨리소의 두 눈가에서 흰색 물질 표본을 살짝 긁어냈다. 그러고는 그 물질을 작은 약종이에 담아 페트리 접시에 올려놓았다. 그런 다음 작은 지지대가 받치고 있는 쟁반 위에 접시를 올려놓았는데, 쟁반 위에는 검사용 혈액, 소변, 기타 체액 표본이 가득 든 시험관들이 놓여 있었다.

"눈물일까?"

보슈가 물었다.

"아닌 것 같아. 너무 걸쭉해. 눈에 뭐가 들어갔거나 피부에 뭐가 묻은 것 같아. 검사 좀 해봐야겠어."

보슈는 고개를 끄덕였고 살라자는 두피를 절개하고 뇌를 살펴보았다.

"총알 때문에 아주 곤죽이 됐구만."

살라자가 말했다.

몇 분 후 살라자는 긴 핀셋으로 총알 파편 두 개를 끄집어내 페트리

접시에 떨어뜨렸다. 다가가서 파편을 살펴본 보슈는 얼굴을 찌푸렸다. 적어도 총알 한 개는 탄착과 동시에 산산조각이 난 것이었다. 비교용으로 쓸모가 없을 것 같았다.

그때 살라자가 온전한 총알 한 개를 꺼내 쟁반에 떨어뜨렸다.

"이건 되겠는데."

살라자가 말했다.

보슈는 총알을 살펴보았다. 탄착과 함께 부피가 커져 있었지만 수직면의 절반 정도는 온전한 형태를 유지하고 있었고, 총신에서 발사될 때 난 작은 긁힌 자국도 몇 군데 보였다. 갑자기 기운이 솟는 느낌이었다.

"그래, 될 것 같아."

보슈가 말했다.

10분 정도 지난 후 부검이 종료되었다. 총 부검 시간은 50분 정도였다. 다른 건보다 시간을 많이 잡아먹었다. 보슈가 작업대 위에 있는 클립보드를 보니 앨리소의 부검은 이날 살라자가 맡은 열한 번째 부검이었다.

살라자는 총알을 세척한 뒤 증거물 봉투에 담았다. 그러고는 그 봉투를 보슈에게 건네면서 시신에서 채취한 표본의 분석 결과는 검사가 완료되는 대로 즉시 알려주겠다고 말했다. 그리고 한 가지 더 말하고 싶은 것은 앨리소의 뺨에 든 멍은 그가 사망하기 네다섯 시간 전에 생긴 것이라고 했다. 보슈는 이 정보가 어디에 어떻게 들어맞는지는 아직까지 알 수 없었지만 아주 흥미로운 정보라고 생각했다. 그건 앨리소가 라스베이거스에 있을 때 누구한테 두들겨 맞은 후, 여기 LA에 와서 살해됐다는 뜻이었다. 보슈는 살라자를 흔히들 부르는 것처럼 샐리라고 부르면서 감사 인사를 한 후 검시실을 나갔다. 복도를 걸어가던 보슈는 퍼뜩 떠오른 의문 때문에 검시실로 돌아갔다. 그가 검시실 안으로 고개를 들이밀고 보니 살라자는 시신을 시트로 꽁꽁 여며 매고, 발가락에 단 식별표가 잘 보이게 빼놓고 있었다.

"저기 말이야, 샐리, 그 친구 치질이 있었지?"

살라자가 어리둥절한 표정으로 보슈를 돌아보았다.

"치질? 아니. 그건 왜 물어?"

"그 친구 자동차에서 프레퍼레이션 H 연고를 한 개 발견했거든. 앞좌석 사물함에서. 반쯤 썼더라고."

"흠…. 아냐, 치질은 없었어. 이 친구, 치질은 아니었어."

보슈는 살라자에게 확실하냐고 묻고 싶었지만 모욕으로 받아들일 것 같아 아무 말 없이 자리를 떴다.

세세한 정보는 수사에 탄력을 준다. 사소해보이지만 아무데나 끼워 맞추거나 간과해서는 안 되는 중요한 것들이다. 법의국 유리 현관문을 향해 걸어가는 보슈는 실버 클라우드 사물함에서 발견된 프레퍼레이션 H 연고가 자꾸만 마음에 걸렸다. 토니 앨리소가 치질을 앓고 있지 않았다면, 그 연고는 누구 것이고 왜 그의 차에 있었을까? 대수롭지 않은 거라고 그냥 넘겨버릴 수 있었지만, 보슈는 그런 사람이 아니었다. 보슈는 모든 것이 다 제자리가 있고 이유가 있다고 믿었다. 대수롭지 않은 것은 하나도 없었다.

보슈는 이 문제를 골똘히 생각하느라고 유리문을 나가 계단을 내려가서 주차장에 다다를 때까지 주차장에서 담배를 피우며 기다리고 서 있는 카본을 보지 못했다. 아까 보슈가 카본을 내려줄 때 카본은 테이프를 챙겨올 시간을 두 시간 정도는 달라고 애걸했었다. 보슈는 그러겠다고는 했지만 자기가 부검을 참관하러 간다는 말은 하지 않았었다. 카본을 발견한 보슈는 카본이 할리우드 경찰서 형사과로 전화를 걸어 빌리츠나 다른 누구한테서 그가 법의국에 가 있다는 이야기를 들은 모양이라고 추측했다. 그러나 OCID 형사가 자기를 그렇게 쉽게 찾아냈다는 사실 때문에 긴장하는 낌새를 보이고 싶지는 않아서 카본에게 어떻게 찾았느냐고 물어보지는 않았다.

"보슈."

"왜?"

"당신을 만나고 싶어 하는 사람이 있어요."

"누구? 언제? 테이프나 어서 줘요, 카본."

"성격도 급하시군. 잠깐이면 돼요. 여기 이쪽 차 안에 있으니까."

카본은 두 번째 주차 열로 보슈를 데려갔다. 시동이 걸려 있고 창문은 죄다 검은색으로 썬팅이 된 자동차가 한 대 서 있었다.

"뒤로 타요."

카본이 말했다.

보슈는 전혀 긴장한 기색 없이 태연히 뒷좌석 문 앞으로 걸어가 문을 열고 차에 올라탔다. 뒷좌석에는 레온 피츠제럴드가 앉아 있었다. 키가 2미터 가까이 되는 장신이어서 두 무릎이 운전석 등받이에 맞닿아 있었다. 푸른색 고급 정장 차림의 피츠제럴드는 손가락 사이에 시가를 끼우고 있었다. 예순 살 가까이 된 것 같은데 머리는 새까맣게 염색을 했다. 철테 안경 뒤로 보이는 눈은 옅은 회색이었고 피부는 창백한 흰색이었다. 꼭 유령 같았다.

"안녕하십니까, 부국장님."

보슈가 목례를 하면서 말했다.

그는 피츠제럴드와 직접 만난 적은 없었지만 그동안 경찰관 장례식과 TV 뉴스에서 자주 봐서 얼굴은 알고 있었다. 피츠제럴드는 OCID의 상징이었다. 그 비밀 부서에서 TV 카메라 앞에 서는 사람은 피츠제럴드밖에 없었다.

"보슈 형사. 난 자네에 대해 잘 알고 있어. 자네의 업적에 대해 잘 알고 있지. 사람들이 종종 우리 부서에 자네가 적임자라고 추천하더군."

피츠제럴드가 말했다.

"그런데 왜 불러주시지 않았습니까?"

어느새 운전석에 탄 카본이 주차장 출입구를 향해 천천히 차를 몰기 시작했다.

"말했듯이, 자네를 잘 아니까. 자네가 강력반을 떠나지 않을 거라는 걸 아니까. 살인사건 전담 형사가 자네의 천직이잖나. 안 그런가?"

"그런 것 같습니다."

"어쨌든 자네가 지금 수사하고 있는 살인사건 때문에 보자고 한 걸세. 돔?"

카본이 한 손으로 구두 상자를 뒤로 넘겨주었다. 피츠제럴드가 그 상자를 받아서 보슈의 무릎 위에 내려놓았다. 보슈가 상자를 열어보니 오디오 테이프가 가득 들어 있었는데, 테이프 케이스마다 날짜가 적혀 있었다.

"앨리소 도청 테이프입니까?"

보슈가 물었다.

"물론 그렇지."

"도청 기간은 얼마나 됩니까?"

"9일밖에 안 됐어. 건질 만한 것도 없더군. 어쨌든 이 테이프들은 자네가 가지게."

"그럼 그 대가로 뭘 원하십니까, 부국장님?"

"내가 뭘 원하냐고?"

피츠제럴드는 창밖을 내다보았다. 주차장 아래쪽 계곡에 있는 철도

조차장이 보였다.

"내가 뭘 원하냐고?"

그가 같은 말을 반복했다. 그러고는 말을 이었다.

"물론 살인범을 잡기를 원하네. 그러면서도 자네가 신중하게 행동하기를 원하기도 해. 지난 몇 년 동안 우리 경찰국은 참으로 많은 일을 겪었네. 또다시 시민들 앞에 더러운 빨랫감을 전시할 필요는 없겠지."

"제가 카본의 과외 활동을 덮어두기를 바라시는군요."

피츠제럴드도 카본도 아무 대꾸를 하지 않았지만 말할 필요도 없었다. 차 안에 있는 세 사람 모두 카본이 상부의 지시에 따라 움직였다는 것을 알고 있었다. 그리고 그 상부는 피츠제럴드였다는 것도.

"그럼 먼저 몇 가지 질문에 대답을 해주셔야겠습니다, 부국장님."

"해보게."

"토니 앨리소의 전화기에 도청 장치를 설치한 이유가 뭡니까?"

"다른 곳에 도청 장치를 설치할 때와 똑같은 이유에서지. 그 친구에 대해 들은 소리가 있어서 그게 사실인가 알아보려고 했던 거야."

"무슨 소리를 들으셨습니까?"

"구린 곳이 있다는 얘기, 쓰레기 같은 인간이라는 얘기, 세 개 주에서 활동하는 폭력 조직을 위해 돈세탁을 해주고 있다는 얘기가 들리더군. 그래서 수사 파일을 하나 만들었지. 수사를 시작한 지 얼마 되지도 않았는데 살해됐다더군."

"그럼 제가 OCID에 전화해서 알렸을 때, 왜 사건을 맡지 않겠다고 하셨습니까?"

피츠제럴드가 시가를 길게 한 모금 빨자 차 안에 시가 냄새가 가득 찼다.

"쉽게 대답할 수 없는 질문이군, 형사. 그냥 우리가 상관하지 않는 것이 최선이라고 판단했다고만 해두지."

"불법적으로 도청 장치를 설치하신 거 맞습니까?"

"우리 주 법대로 하면 합법 도청에 필요한 필수 정보를 얻기가 아주 힘들어. 연방 요원들은 마음만 먹으면 언제라도 쉽게 합법적으로 도청을 할 수가 있지만 우린 그럴 수가 없어. 그렇다고 일일이 연방 요원들과 공조 수사를 할 수도 없는 일이고."

"그렇더라도 사건을 맡지 않으신 이유는 설명이 안 됩니다. 우리한테서 사건을 넘겨받아 입맛에 맞게 수사하고 묻어두거나 원하는 대로 요리를 하실 수 있었을 텐데요. 그러면 불법 도청이 발각되는 일도 없었을 거고 말입니다."

"그랬을 수도 있겠지. 그래, 잘못된 선택이었는지도 모르겠군."

보슈는 OCID 사람들이 보슈와 팀원들을 과소평가했다는 사실을 깨달았다. 피츠제럴드는 불법 침입이 발각되지 않을 것이고 따라서 OCID가 관련이 있다는 사실도 밝혀지지 않고 넘어갈 거라고 믿었던 것이다. 보슈는 자신이 피츠제럴드를 좌지우지할 수 있는 엄청난 패를 쥐고 있다는 사실을 깨달았다. OCID가 불법 도청을 했다는 소문만 가지고도 경찰국장은 눈엣가시 같은 피츠제럴드를 조직에서 몰아낼 수 있을 것이다.

"그럼 지금까지 말씀하신 것 말고 앨리소에 대해 또 무엇을 알고 계십니까? 알고 계신 것을 전부 다 말씀해주십시오. 부국장님이 어떤 내용은 숨기고 있었다는 얘기가 들리면 그때는 불법 침입 사실이 세상에 알려지게 될 겁니다. 아시겠습니까? 제가 다 폭로할 겁니다."

피츠제럴드는 창문에서 고개를 돌려 보슈를 바라보았다.

"잘 알겠네. 하지만 자네가 그렇게 히죽거리면서 이 게임에서 높은 패란 높은 패는 죄다 쥐고 있다고 믿고 있다면, 그건 착각이야."

"그렇다면 부국장님이 갖고 계신 패들을 펼쳐 보이시죠."

"형사, 자네에게 전적으로 협조하겠지만, 이것 하나는 알아두라고. 지금 여기서 얻은 정보를 가지고 나를 다치게 하거나 내 부서의 누구라도 다치게 하려고 하면, 자넨 더 크게 다치게 될 걸세. 예를 들어, 자네가 어젯밤에 중죄 전과자와 함께 있었다는 사실 같은 것을 써먹을 수도 있겠지."

피츠제럴드는 자기 말이 시가 연기와 함께 공기 중에 머물도록 잠시 입을 다물었다. 보슈는 깜짝 놀랐다. 동시에 분노도 치밀었지만, 피츠제럴드의 목을 조르고 싶은 충동을 가까스로 억눌렀다.

"우리 경찰국은 경찰관이 상대방이 범죄자라는 걸 알면서도 범죄자와 교류하는 것을 엄격히 금지하고 있지. 자네도 그걸 잘 알 거고, 그런 안전 조항의 필요성도 이해할 거라고 믿네. 그런데 자네가 중죄인과 교류를 했다는 사실이 알려지면, 자네 직업이 크게 위협을 받을 수가 있어. 그러면 자네와 자네의 소명은 어떻게 될까?"

보슈는 아무 대답도 하지 않았다. 고개를 꼿꼿이 들고 좌석 너머로 자동차 앞 유리를 노려보았다. 피츠제럴드가 그에게로 몸을 기울여 귀 가까이에서 속삭이듯 말을 이었다.

"우리가 단 한 시간 동안 알아낸 게 이 정도야. 하루를 들인다면 어떻게 될까? 일주일을 들인다면 어떻게 될까? 그리고 이건 비단 자네 혼자만의 문제가 아니야, 형사. 자네의 상관인 경위한테 가서 말해주게. 경찰국 내 레즈비언에게는 유리 천장이 존재한다고 말이야. 특히 그 사실이 알려질 경우에는 더하겠지. 그녀의 여자 친구는 흑인이니까 좀 더 올라갈 수 있을지도 몰라. 하지만 그 경위는 그냥 할리우드에 만족하고 살아야 할 거야."

피츠제럴드는 자세를 똑바로 하고 앉았고, 평상시의 어조로 되돌아가 말을 이었다.

"내 말 잘 이해했나, 보슈 형사?"

보슈는 고개를 돌려 피츠제럴드를 바라보았다.

"네, 아주 잘 이해했습니다, 부국장님."

보슈가 토니 앨리소의 머리에서 꺼낸 총알들을 보일 하이츠에 있는 총기 감식실에 갖다 주고 할리우드 경찰서로 돌아가 보니 수사관들이 6시 회의를 위해 빌리츠 과장실로 들어가고 있었다. 보슈가 본부 사기 전담반에서 나온 러셀과 컬켄이라는 수사관들을 소개받고 나서 다들 자리에 앉았다. 과장실에는 검사도 한 명 앉아 있었다. 경찰관 기소 사건 같은 민감한 사건뿐만 아니라 조직범죄 사건을 담당하는 특별수사부 소속의 매튜 그렉슨 검사라고 했다. 보슈와는 초면이었다.

제일 먼저 보슈가 라스베이거스에서 발생한 상황과 피해자 부검 소식, 그리고 경찰국 총기 감식실에 감식을 의뢰하고 온 일 등을 간략하게 보고했다. 다음 날 아침 10시까지는 감식 및 대조를 완료하겠다는 약속을 받았다는 사실도 덧붙였다. 그러나 카본과 피츠제럴드와의 만남에 대해서는 말하지 않았다. 피츠제럴드의 협박 때문은 아니었다. 그들과의 만남을 통해 입수한 정보는 이렇게 많은 사람들 앞에서, 특히 검사가 있을 때는 논의하지 않는 게 최선이라고 판단했기 때문이었다. 빌리츠도 보슈와 같은 생각이었는지 이 문제에 관해서는 아무것도 물어보지 않았다.

보슈의 보고가 끝나자 라이더가 다음 타자로 나섰다. 그녀는 TNA 프로덕션 회계 감사를 맡은 국세청 감사관을 만나봤는데 유용한 정보는 별로 없었다고 말했다.

"국세청은 고발자 포상제를 실시하고 있습니다. 탈세자를 고발하면 국세청이 밝혀낸 탈세 금액에서 일정액을 고발자에게 포상금으로 주는 거죠. 이번 일도 그렇게 해서 시작됐답니다. 문제는 제가 만난 국세청의 허쉬필드 감사관의 말에 따르면 이 제보가 익명으로 들어왔다는 겁니다. 제보자가 포상금을 바라고 제보를 한 게 아니라는 거죠. 허쉬필드는 토니 앨리소의 돈세탁 과정을 설명하는 석 장짜리 제보 편지를 받았다고 했습니다. 그런데 편지를 보여주지는 않았습니다. 제보자가 익명이든 아니든 비밀을 엄격히 보장하는 것이 고발자 포상제의 규칙인데, 제보 편지를 읽어보면 제보자의 신원을 파악할 수도 있기 때문이라면서요. 그는…."

"그건 말도 안 됩니다."

그렉슨이 라이더의 말을 끊고 끼어들었다.

"그렇긴 한데, 저로서는 어쩔 도리가 없었어요."

라이더가 말했다.

"나중에 그 감사관 이름을 알려주면 제가 좀 알아보죠."

"그러죠. 어쨌든 국세청은 이 제보 편지를 받고 나서 지난 몇 년간 TNA 프로덕션의 소득세 신고 기록을 훑어보고는 편지 내용이 전혀 근거가 없는 건 아니라고 판단했답니다. 그래서 8월 1일자로 토니 앨리소에게 세무 조사 통지서를 발송했고 이번 달 말에 조사를 실시할 예정이었다고 하더라고요. 허쉬필드에게서 들은 건 이게 전부입니다. 아, 참, 한 가지, 제보 편지가 라스베이거스에서 발송된 거라고 하더군요. 우체국 소인이 거기로 찍혀 있었답니다."

보슈는 마지막 정보가 피츠제럴드에게서 들은 내용과 맞아 들어간다는 생각이 들어 저도 모르게 고개를 끄덕일 뻔했다.

"자, 이젠 토니 앨리소의 사업 동료들에 대한 조사 결과를 말씀드리겠습니다. 제리 에드거 형사와 저는 오늘 한나절 이상 시간을 들여서 앨리소가 영화라고 불렀던 쓰레기를 만들 때 함께 작업을 했던 핵심 인물들을 만나 얘기를 들어봤습니다. 앨리소는 이런 영화에 출연할 예술적 재능을 가진 인재를 찾는다면서 LA 전역에 있는 영화학교와 저급한 연기학원과 스트립클럽을 뒤지고 돌아다녔습니다. 하지만 그가 그런 저질 영화를 찍을 때 자주 작업을 함께 했던 남자들 다섯 명이 있었습니다. 우린 그 사람들을 한 명씩 불러다가 조사를 해봤는데, 다들 제작비의 출처나 앨리소가 갖고 있는 장부에 대해서는 아무것도 모르고 있는 것 같았습니다. 제리 선배?"

에드거가 라이더에게서 바통을 넘겨받았다.

"맞습니다. 제 생각에는 이 친구들이 멍청하고 제작비니 뭐니에 대해서 물어보지 않았기 때문에 앨리소가 이 친구들하고 작업을 계속한 것 같습니다. 앨리소는 이 친구들을 USC나 UCLA 같은 데로 보내서 감독 지망생이나 시나리오 작가 지망생을 물어오게 했죠. 라 시에네가 거리에 있는 스타 스트립클럽에 가서 거기 아가씨들을 꼬드겨서 요부 역할을 맡기기도 했고요. 이런 식으로 영화 제작이 계속된 겁니다. 우리의 결론은 이 돈세탁 사기는 토니 앨리소 혼자서 했다는 겁니다. 앨리소와 고객들만 아는 비밀이었던 거죠."

"이제 두 분 이야기를 들을 차례가 된 것 같군요. 알아낸 게 있어요?"

빌리츠가 러셀과 컬켄을 바라보며 말했다.

컬켄은 아직 살펴봐야 할 금융 거래 기록이 허리 높이까지 쌓여 있지만, 현재까지 TNA 프로덕션에서 캘리포니아, 네바다, 애리조나 주에 있는 유령 기업으로 돈이 흘러들어간 사실은 확인했다고 말했다. TNA 프로덕션 계좌로 입금된 돈이 겉으로 볼 때 합법적으로 보이는 다른 기업들에게 투자가 되었다는 것이다. 컬켄은 그 돈의 흐름을 전부 파악하고 문서화하고 나면, 국세청과 연방 법령을 이용해 그 돈을 사기 기업의 불법 자금으로 규정짓고 압수할 수 있을 것이라고 말했다. 이때 러셀이 끼어들어, 불행히도 그 문서화 작업이 꽤 까다롭고 오래 걸릴 것이라고, 앞으로 일주일은 더 필요하다고 말했다.

"시간은 필요한 대로 얼마든지 드리지. 계속 수고 좀 해줘요."

빌리츠가 말했다. 그러고는 그렉슨 검사를 바라보았다.

"자, 우리 수사 상황에 대한 소감 한 말씀 해보시죠? 앞으로는 어떻게 해야 할까요?"

그렉슨은 잠깐 생각을 정리했다.

"지금 잘하고 있는 것 같은데요. 저는 내일 아침 일찍 라스베이거스로 전화를 해서 범죄자 인도 심리를 누가 맡았는지 알아보겠습니다. 아무래도 제가 거기 가서 고션을 데려와야 할 것 같습니다. 우리는 전부 여기 있고 고션은 거기 있는 게 계속 마음에 걸리는군요. 다행히도 고션과 일치한다는 총기 감식 결과가 나와 준다면, 보슈 형사와 저는 거기로 가서 반드시 고션을 데리고 와야 한다고 생각합니다."

보슈는 동의의 표시로 고개를 끄덕였다.

그렉슨이 말을 이었다.

"보고가 다 끝난 것 같으니 한 가지만 물어보겠습니다. OCID에서는 왜 아무도 안 나왔죠?"

빌리츠가 보슈를 바라보며 아주 살짝 고개를 끄덕였다. 보슈가 대답하라는 뜻이었다.

"사건 발생 직후에 살인사건 발생 사실과 피해자의 신원을 OCID에 알렸지만 OCID 측이 사건을 거절했습니다. 토니 앨리소에 대해 전혀 모른다고 하면서요. 그리고 지금으로부터 약 두 시간 전쯤 저는 레온 피츠제럴드 부국장을 만나 현재 상황을 말해줬습니다. 부국장은 자기 사람들의 전문 지식과 기술을 아낌없이 제공하겠다고 했지만, 새로운 인력을 투입하기에는 우리 측의 수사가 너무 많이 진행된 것 같다고 하면서, 잘해보라고 행운을 빌어주더군요."

보슈가 말했다.

그렉슨은 보슈를 오랫동안 노려보다가 고개를 끄덕였다. 검사는 40대 중반으로 보였고 이미 백발이 된 머리를 군인처럼 짧게 깎고 있었다. 보슈는 그와 함께 일한 적이 한 번도 없었지만, 이름은 들어서 알고 있었다. 그렉슨은 검찰 물을 오래 먹은 사람이라 보슈가 말한 내용 외에도 뭔가 다른 게 있을 거라는 걸 알아챘을 것이다. 그러나 그간의 경험으로 볼 때 당분간은 그냥 넘어가 주는 것이 낫다는 것도 알고 있을 것이다. 게다가 빌리츠도 그가 OCID 건에 대해 물고 늘어질 시간을 주지 않았다.

"좋습니다. 그럼 작전 구상 좀 하고 회의를 끝낼까요? 피해자한테 무슨 일이 생긴 걸까요? 이제까지 정보와 증거를 많이 입수했으니 한번 정리해봅시다. 피해자는 어떡하다 당한 걸까요?"

빌리츠가 방 안에 모여 앉아 있는 사람들을 둘러보았다. 라이더가 입을 열었다.

"제 추측으로는 국세청의 세무 조사가 결정적인 요인이었던 것 같습니다. 토니 앨리소는 세무 조사 통지서를 받고 치명적인 실수를 저질렀어요. 라스베이거스에 있는 이 조이 마크스라는 남자한테 국세청이 자기 장부와 영화 제작 과정을 조사하려 한다고, 그래서 돈세탁 정황이 드러날 것 같다고 알린 거죠. 조이 마크스는 조폭들이 으레 하는 방식으로 대응을 했습니다. 앨리소를 살해한 거죠. 자기 심복인 고션에게 앨리소를 미행시켜서 앨리소가 라스베이거스에서 LA로 돌아간 후에 트렁크에 집어넣은 겁니다. 자기와는 상관없는 일로 보이게 하려고 LA까지 따라 붙인 거죠."

다들 동의의 표시로 고개를 끄덕였다. 보슈도 마찬가지였다. 이 시나리오는 피츠제럴드에게서 입수한 정보와도 맞아떨어졌다. 에드거가 라이더의 말을 이어받았다.

"훌륭한 계획이었어요. 유일한 실수는 지문을 남긴 거죠. 아티 도노반이 피해자의 재킷에서 채취한 지문이요. 그건 순전히 운이 좋았을 뿐입니다. 그 지문이 없었다면, 이런 사실을 전혀 밝혀내지 못했을 겁니다. 그게 놈들이 저지른 유일한 실수였죠."

보슈가 에드거의 말에 딴지를 걸었다.

"아닐 수도 있어. 재킷에서 나온 지문들이 수사를 급진전시켜 준 건 사실이지만, 라스베이거스의 메트로 경찰국은 이미 그전부터 제보를 받고 수사를 하고 있었어. 럭키 고션이 누군가를 살해해서 트렁크에 집어넣었다는 이야기를 하는 걸 엿들었다는 제보 전화가 왔었대. 결국에는 다 알려질 일이었어."

빌리츠가 이어받았다.

"나중까지 기다리느니 지금 알게 된 게 다행이야. 우리가 조사해봐야 할 다른 가능성은 없을까? 그 미망인은 혐의가 전혀 없는 거야? 열 받은 시나리오 작가는? 앨리소의 다른 동료들은?"

라이더가 대답했다.

"눈에 띄는 건 전혀 없어요. 피해자와 그 아내가 사랑이 넘치는 부부 사이가 아니었던 것은 분명하지만, 지금까지는 별 혐의점을 발견하지 못했습니다. 영장을 제시하고 경비실의 출입 일지를 확인해봤는데, 그 부인의 차가 금요일 밤에 히든 하이랜즈를 나간 적이 없는 걸로 나와 있었어요. 깨끗한 것 같아요."

그렉슨이 물었다.

"국세청이 받았다는 제보 편지는요? 그건 누가 보낸 거죠? 피해자가 하는 일을 아주 잘 알고 있던 사람인 건 분명한데, 그게 누굴까요?"

보슈가 나섰다.

"그건 조이 마크스의 조직 내에서 진행되고 있는 권력 투쟁의 일부일 수도 있을 것 같습니다. 아까도 말했지만, 고션이 그 총을 봤을 때 깜짝 놀라는 표정을 지었고 나중에는 누가 몰래 갖다놓은 거라고 주장했죠. …글쎄요, 잘은 모르겠지만 국세청이 나서면 조이 마크스가 앨리소를 칠 것이고, 그러면 그 혐의를 고션에게 덮어씌울 수 있다고 판단한 누군가가 국세청에 제보를 한 것 같아요. 고션이 사라지면 조직 내에서 신분이 상승할 누군가가 말이죠."

"고션이 범인이 아니라는 말입니까?"

그렉슨이 눈이 휘둥그레져서 물었다.

"아뇨. 고션은 그런 짓을 저지르고도 남을 사람이라고 생각합니다. 하지만 변기 뒤에서 나타난 총을 보고는 자기 눈을 의심하는 것 같았단 말입니다. 그러고 보면 범행에 사용한 총을 집 안에 놔두는 게 말이 안 되죠. 그러니까 제 생각은 이렇습니다. 고션이 조이 마크스의 지시를 받고 토니 앨리소를 살해하죠. 그러고 나서는 그 총을 자기 부하에게 주면서 없애버리라고 지시합니다. 그런데 그 부하가 총을 고션의 집 안에 숨겨놓는 겁니다. 애초에 이 모든 일의 시발점이 된 국세청의 세무 조사를 야기한 제보 편지를 보낸 사람도 그 친구고요. 이제 우리가 들어가서 고션을 체포합니다. 총을 숨겨놓고 제보 편지를 보낸 그 친구는 고션이 사라지면 조직 내에서 계급이 올라갈 위치에 있는 사람입니다."

보슈는 그의 논리를 따라가려고 애를 쓰고 있는 사람들을 둘러보았다.

"의도한 표적이 고션이 아닐 수도 있죠."

라이더가 말했다.

다들 그녀를 바라보았다.

"계략이 하나 더 있을 수도 있다는 말입니다. 고션과 조이 마크스를 한 방에 몰아내고 조직을 차지하려는 사람일 수도 있잖아요."

라이더가 말했다.

"마크스를 어떻게 몰아낸다는 거야?"

에드거가 물었다.

"고션을 통해서요."

라이더가 말했다.

보슈가 거들고 나섰다.

"총기와 탄환 감식 결과가 고션이 범인인 것으로 나오면, 고션은 쉽게 찍어낼 수가 있죠. 고션은 꼼짝없이 주삿바늘을 기다리거나 감방에서 평생을 썩게 될 겁니다. 하지만 경찰에게 누군가를 넘겨주면 감형될 수가 있죠."

"조이 마크스."

그렉슨과 에드거가 동시에 말했다.

"그렇다면 제보 편지는 누가 보냈을까?"

빌리츠가 물었다.

보슈가 대답했다.

"그건 모르죠. 조이 마크스의 조직에 대해서는 아는 바가 별로 없어서요. 하지만 거기 경찰들이 말한 변호사가 한 명 있습니다. 마크스의 뒤치다꺼리를 맡고 있는 사람이죠. 그 친구는 앨리소의 돈세탁 일에 대해 알고 있었을 겁니다. 그 친구라면 상황을 이렇게 몰고 갈 수 있겠죠. 그 친구 외에도 마크스 주위에 그런 일을 할 만한 사람이 몇 명은 있을 겁니다."

다들 오랫동안 아무 말이 없었다. 보슈의 이야기를 곱씹으면서 가능성이 있는 이야기인지 생각해보고 있었다. 이걸로 회의는 자연스럽게 끝이 났고 빌리츠가 의자에서 일어서서 회의를 마무리했다.

"다들 계속 수고 좀 해줘요. 그렉슨 검사, 와줘서 고마워요. 내일 아침에 총기감식 결과가 나오면 제일 먼저 알려줄게요."

빌리츠가 말했다.

다른 사람들도 자리에서 일어서기 시작했다.

"키즈, 제리, 동전을 던져 봐. 당신들 중 한 명은 피의자 신병 인도를 위해 해리와 함께 라스베이거스에 가야 돼. 규정이 그래. 아, 그리고 해리, 잠깐만 남아주겠어? 다른 사건에 대해서 할 얘기가 있어."

다들 나간 후 빌리츠는 보슈에게 문을 닫으라고 말했다. 보슈는 시키는 대로 하고 나서 과장 책상 앞에 놓인 의자에 앉았다.

"그래, 어떻게 된 거야? 진짜로 피츠제럴드와 얘기를 해봤어?"

빌리츠가 물었다.

"네. 내게 전부를 말해준 것 같진 않지만, 어쨌든 만나서 얘기를 하긴 했습니다. 카본과 함께요."

"어떻게 된 거래?"

"자기네는 토니 앨리소를 전혀 몰랐다더군요. 편지 한 통을 받기 전까지는요. 국세청이 받은 제보 편지와 같은 내용인 것 같습니다. 사본을 받아왔는데, 아주 세세한 정보가 들어 있었어요. 키즈가 말했듯이 토니 앨리소의 사업에 대해 잘 아는 사람이 쓴 것 같습니다. OCID가 받은 편지도 라스베이거스 소인이 찍혀 있었고, 수취인은 피츠제럴드라고 구체적으로 적혀 있었어요."

"그래서 앨리소의 사무실 전화기를 도청한 거로군."

"그렇죠. 불법 도청이었어요. 도청을 시작한 지 얼마 되지도 않았는데 내가 전화해서 토니가 살해됐다고 말한 거라더군요. 9일 동안의 도청 녹음 테이프를 받아놨습니다. 그 친구들은 경악했죠. 피츠제럴드 부국장과 국장 사이, 알잖아요. OCID가 앨리소를 불법 도청했고 그 일을 조이 마크스가 알게 된 것이 앨리소가 살해된 원인일 수도 있다는 게 국장 귀에 들어가면, 국장이 피츠제럴드를 몰아내고 OCID를 장악하는 건 말 그대로 누워서 떡 먹기일 겁니다."

"그래서 피츠제럴드가 카본을 들여보내 도청 장치를 빼내오게 하고 토니에 대해서는 아무것도 모르는 척하고 넘긴 거였군."

"맞아요. 카본이 카메라를 보지 못했기 망정이지 안 그랬으면 우리는 이런 사실을 전혀 모르고 넘어갔을 겁니다."

"개자식. 사건이 종결되자마자 국장을 찾아가서 다 까발려버려야지."

"어…."

보슈는 어떻게 말을 할지 난감했다.

"왜?"

"피츠제럴드는 그럴 가능성을 다 염두에 두고 있었습니다. 나하고 거래를 했어요."

"뭐?"

"거래를 했다고요. 피츠제럴드가 내게 녹음 테이프와 제보 편지를 넘겨주는 대신, 그들의 활동은 과장님하고 나만 알고 넘어가는 걸로요. 국장님한테는 절대로 보고하지 않겠다고."

"해리, 왜 그랬어? 당신이 무슨 권한…."

"내 약점을 쥐고 있었습니다, 과장님. 그리고 과장님하고… 키즈의 약점도 쥐고 있었고."

오랜 침묵이 흐르는 동안 빌리츠의 두 뺨이 분노로 붉게 상기되었다.

"치사하기 짝이 없는 개자식."

빌리츠가 말했다.

보슈는 피츠제럴드가 쥐고 있는 자신의 약점이 무엇인지 말해주었다. 이제 보슈가 빌리츠의 비밀을 알게 된 이상, 그녀에게 엘리노어에 대해서 말해주는 것이 공평하다는 생각이 들어서였다. 빌리츠는 고개만 끄덕거렸다. 보슈의 말은 듣는 둥 마는 둥 하며 발각된 자신의 비밀에 대해, 그리고 피츠제럴드가 그 비밀을 알고 있다는 사실이 미칠 파장에 대해 골똘히 생각하는 눈치였다.

"미행을 붙였을까?"

"누가 알겠어요? 피츠제럴드는 기회를 보면 절대로 놓치지 않는 사람입니다. 사람들에 대한 정보를 은행에 예금하듯 차곡차곡 모아두죠. 궁한 날 꺼내 쓰려고요. 오늘이 그에게는 궁한 날이었고 그래서 정보를 꺼내 쓴 거죠. 난 거래를 했습니다. 그러니까 OCID에 대해서는 잊어버리고 수사에만 전념하자고요."

빌리츠가 아무 대꾸도 하지 않자 보슈는 혹시라도 민망해하고 있는지 그녀의 표정을 살폈다. 그런 기색은 없었다. 빌리츠는 보슈를 똑바로 쳐다보며 자기를 경멸하는 기색이 있는지 살폈다. 없었다. 그녀는 고개를 끄덕였다.

"제보 편지를 받은 다음에 또 무슨 조치를 취했대?"

"뭐 별로요. 앨리소를 감시자 명단에 올려놓고 미행을 했답니다. 감시 일지를 넘겨받았어요. 하지만 지난 금요일 밤에는 감시하고 있지 않았어요. 앨리소가 라스베이거스에 갔다는 걸 알았고, 그래서 그가 돌아오면 노동절 휴일이 지나고 나서 다시 감시를 할 계획이었다더군요. 이제 막 발동을 걸었는데 일이 이렇게 되어버린 거죠."

빌리츠는 다시 고개를 끄덕였다. 생각이 자꾸만 딴 데로 흘러가는 것 같았다. 보슈는 의자에서 일어섰다.

"오늘 밤에 테이프를 들어볼 겁니다. 일곱 시간 정도 되는 분량이라는데, 피츠제럴드 말로는 주로 앨리소가 라스베이거스에 있는 여자 친구와 통화하는 내용이랍니다. 다른 건 별로 없고요. 그래도 어쨌든 한번 들어보려고요. 더 하실 말씀은요, 과장님?"

"아니. 내일 아침에 보자고. 총기 감식 결과를 받는 즉시 내게 보고해."

"네."

보슈가 문을 향해 걸어가는데 빌리츠가 불렀다.

"황당하잖아? 착한 사람과 나쁜 사람을 구분할 수 없을 때가 종종 있다는 게 말이야."

보슈가 빌리츠를 돌아보았다.

"그러게요, 정말 황당하네요."

보슈가 오랜만에 집에 돌아왔을 때 집 안에는 아직도 페인트 냄새가 남아 있었다. 그는 페인트를 칠하다가 만 벽을 바라보았다. 불과 사흘 전이었는데 아주 오래전인 것처럼 느껴졌다. 남은 페인트칠을 언제 다 끝낼지 알 수 없었다. 지진이 발생한 후 재건축한 집이었다. 경찰서 근처 주거형 호텔에서 1년 이상 살다가 집으로 돌아온 지 2, 3주밖에 되지 않았다. 지진도 아주 옛날 일처럼 느껴졌다. 이 도시에서는 모든 일이 너무 빨리 일어났다. 순간을 제외한 모든 것이 역사책에 나오는 옛날 일처럼 느껴졌다.

보슈는 펠튼에게서 받은 엘리노어 위시의 전화번호를 꺼내 걸어봤지만 받지 않았고 자동 응답기로 넘어가지도 않았다. 수화기를 내려놓았다. 자기가 남긴 쪽지를 엘리노어가 읽었는지 궁금했다. 이 사건이 종결되고 나면 어떻게든 그녀와 함께 지내고 싶었다. 그러나 그렇게 된다고 해도 중죄 전과자와의 교류를 금하는 경찰국의 규정을 어떻게 해결할지 알 수 없었다.

생각은 금세 피츠제럴드가 엘리노어를 어떻게 알았을까, 그리고 보슈와 엘리노어가 그녀의 아파트에서 하룻밤을 지낸 것을 어떻게 알아냈을까 하는 문제로 흘러갔다. 아마도 피츠제럴드가 메트로 경찰국 사람들과 친분이 있고, 펠튼이나 아이버슨이 그에게 엘리노어 위시에 대해서 알려줬을 것 같았다.

보슈는 냉장고에 있던 런치미트로 샌드위치 두 개를 만들고 맥주 두 병과 피츠제럴드에게서 받은 도청 녹음 테이프 상자까지 챙겨서 스테레오 옆에 있는 의자로 갔다. 샌드위치를 먹으면서 테이프를 시간 순서대로 분류한 후 첫 번째 것부터 틀었다. 상자 안에는 앨리소가 전화를 걸거나 받았던 날짜와 시각, 통화를 한 상대방의 전화번호를 펜 레지스터(전화기에서 걸고 받은 모든 전화번호와 인터넷 통신선으로 오고간 통신 내용을 기록하는 전자 장치－옮긴이)로 기록해 놓은 일지 사본이 한 장 들어 있었다.

절반 이상은 앨리소와 레일라의 통화였다. 주로 앨리소가 클럽으로 전화를 걸거나—배경으로 들리는 시끄러운 음악과 소음 때문에 쉽게 알 수 있었다—레일라의 아파트 전화번호인 것 같은 번호로 전화를 걸었다. 레일라는 통화 중에 단 한 번도 자기가 누구라고 밝히지 않았지만, 앨리소가 클럽으로 전화를 걸 때마다 그녀의 무대명인 레일라라는 이름을 대며 바꿔달라고 했다. 그런 경우를 제외하고는 앨리소도 그녀의 이름을 부르지 않았다. 둘은 대체로 평범한 일상에 관한 이야기를 주고받았다. 앨리소는 주로 오후에 레일라의 집으로 전화를 걸었다. 한 번은 앨리소가 집으로 전화를 걸었더니 레일라가 자는 사람을 깨웠다고 화를 냈다. 앨리소가 벌써 낮 12시가 다 됐다고 반박하자 그녀는 자기는 클럽에서 새벽 4시까지 일했다고 대들었다. 앨리소는 혼이 난 사내아이처럼 시무룩한 목소리로 사과를 한 후 나중에 다시 하겠다며 전화를 끊었다. 그러고는 2시에 다시 전화를 했다.

레일라와의 통화 외에도, 앨리소는 다른 여자들에게 전화를 걸어 찍고 있는 영화에서 재촬영이 필요한 장면의 스케줄을 놓고 이야기를 나눴고, 영화와 관련된 일로 사업 동료들과도 여러 차례 통화를 했다. 앨리소가 자기 집에 전화를 건 적은 딱 두 번 있었는데, 두 번 다 아내에게 용건만 간단히 말하고 금방 전화를 끊었다. 한 번은 집에 들어가고 있다는 내용이었고, 또 한 번은 차가 막혀서 저녁 식사 시간까지는 못 갈 것 같다는 내용이었다.

테이프를 다 듣고 나니 자정이 훌쩍 지나 있었고, 조금이라도 흥미로운 통화는 딱 한 개밖에 없었다. 앨리소가 살해되기 전인 지난주 화요일 그가 클럽 분장실로 전화를 걸었을 때였다. 앨리소와 그저 그런 이야기를 이어가던 레일라가 라스베이거스에는 언제 올 거냐고 물었다.

"목요일에 갈 거야, 이쁜아. 왜? 벌써 내가 보고 싶어?"

앨리소가 말했다.

"아뇨. 아니, 내 말은 그게 아니라요. 물론 당신이 보고 싶죠. 그런데 럭키가 당신이 언제 올 건지 물어서요. 그래서 한번 물어본 거예요."

레일라는 연습을 한 것처럼 느껴지는 가식적인 목소리가 아니라 진짜 어린 소녀처럼 앳된 목소리였다.

"목요일 밤에 갈 거라고 전해. 그때 일해?"

"그럼요, 일하죠."

보슈는 스테레오를 끄고 중요하다고 판단되는 그 한 통의 전화에 대해 생각해보았다. 그 내용대로라면, 고션은 레일라를 통해서 앨리소가 라스베이거스에 올 거라는 사실을 미리 알고 있었다. 큰 의미가 있는 건 아니었지만, 검찰이 사전 계획에 의한 범행이라는 주장을 할 때 근거로 제시할 수 있었다. 문제는 오염된 증거라는 점이었다. 이건 법률적으로 볼 때 증거로서의 효력이 전혀 없었다.

보슈는 손목시계를 보았다. 늦은 시각이었지만 전화를 걸어보기로 결심했다. 그는 전화번호를 누를 때 나는 신호음을 읽어 번호를 알아내 기록하는 펜 레지스터가 적어놓은 레일라의 전화번호를 일지에서 확인하고 번호를 눌렀다. 벨이 네 번 울린 후 여자가 의도적인 섹시함이 느껴지는 느린 목소리로 전화를 받았다.

"레일라?"

"아니, 난 판도란데요."

보슈는 웃음을 터뜨릴 뻔했지만 너무 피곤해서 웃음도 나오지 않았다.

"레일라는 어딨지?"

"여기엔 없어요."

"난 레일라의 친구야. 해리라고. 요 전날 밤에 레일라가 전화를 했다는데 내가 못 받았어. 어디 있는지 알아? 아니면 연락처라도?"

"아뇨. 이틀 동안 집에 들어오지 않았어요. 어디 있는지 몰라요. 토니 일 때문에 그래요?"

"그래."

"그 일 때문에 레일라가 굉장히 충격을 받았어요. 당신하고 통화하고 싶으면 다시 걸 거예요. 시내에 있어요?"

"지금은 아냐. 아가씨들 사는 곳이 어디야?"

"어, 그건 알려드릴 수 없는데요."

"판도라, 레일라가 뭔가를 두려워하고 있어?"

"당연하죠. 남자 친구가 살해됐잖아요. 레일라는 자기는 아무것도 모르는데 다들 자기가 뭔가를 알고 있다고 생각할지 모른다고 걱정하고 있어요. 겁이 나겠죠, 당연히."

보슈는 판도라에게 자기 집 전화번호를 가르쳐주고 나서 레일라가 들어오면 전해달라고 부탁했다.

보슈는 전화를 끊고 나서 시각을 다시 확인한 후 재킷에 넣어둔 작은 전화번호 수첩을 꺼냈다. 빌리츠 과장의 집으로 전화를 걸었더니 남자가 받았다. 빌리츠의 남편이었다. 보슈는 너무 늦은 시각에 전화해서 미안하다고 말한 뒤 빌리츠 과장을 바꿔달라고 했다. 기다리는 동안 그 남편이 자기 아내와 키즈민 라이더의 관계에 대해 알고 있을까 궁금해졌다. 빌리츠가 전화를 받자 보슈는 녹음 테이프를 다 들어봤는데 건질 만한 건 거의 없었다고 보고했다.

"그 한 통의 통화 내용으로 볼 때 고션은 앨리소의 라스베이거스 행에 대해 관심이 있었을 뿐만 아니라 언제 올지도 알고 있었어요. 하지만 그뿐이에요. 별로 중요하지 않은 내용이고, 그 증거가 없어도 수사에 지장은 없을 거예요. 그리고 나중에 레일라를 찾아내면 레일라의 입을 통해 그 정보를 직접 들을 수 있을 거고요. 효력이 있는 증거를 입수하는 거죠."

"휴, 그렇다니까 다행이군."

빌리츠의 한숨 소리가 크게 들렸다. 말은 안 했지만 그 테이프에 중요한 정보가 들어 있어서 검찰로 넘길 수밖에 없게 되면 피츠제럴드가 곤경에 처하게 되고 자신도 직장에서 목이 날아갈 거라고 걱정하고 있었던 게 분명했다.

"너무 늦은 시각에 전화해서 미안해요. 결과를 빨리 알고 싶어 하실 것 같아서."

보슈가 말했다.

"고마워, 해리. 아침에 보자고."

보슈는 전화를 끊고 나서 다시 한 번 엘리노어 위시의 집으로 전화를 걸었지만 이번에도 받지 않았다. 그러자 가슴속에 작은 걱정거리로 존재하던 것이 갑자기 안절부절못할 만큼 커다란 근심거리로 변했다. 아직도 라스베이거스에 있었으면 직접 그녀의 아파트로 찾아가서 집에 있으면서 전화를 받지 않는 것인지, 아니면 뭔가 심각한 문제가 생긴 것인지 확인할 수 있을 텐데 싶은 생각이 들었다.

보슈는 냉장고에서 맥주 한 병을 더 꺼내 들고 베란다로 나갔다. 새로 만든 베란다는 이전 것보다 컸고 카후엥가 고갯길의 풍경이 더 잘 보였다. 밖은 어둡고 평화로웠다. 저 아래 할리우드 고속도로에서 들려오는 차량의 소음쯤은 쉽게 무시할 수 있었다. 그는 유니버설 스튜디오에서 쏘는 스포트라이트가 별 한 개 없이 깜깜한 밤하늘을 훑고 지나가는 것을 바라보며 엘리노어가 어디 갔을까 걱정하면서 맥주를 마셨다.

수요일 아침 8시에 출근한 보슈는 라스베이거스에서의 수사 내용을 상세히 기록한 보고서를 타이핑했다. 타이핑이 끝나자 복사를 해서 사본은 빌리츠 과장의 우편함에 넣고 원본은 벌써 두께가 3센티미터 가량이나 되어버린 에드거가 만든 사건 파일에 클립으로 꽂아 두었다. 그러나 보슈는 카본과 피츠제럴드와의 대화 내용이나 OCID가 앨리소의 사무실 전화를 도청한 녹음 테이프를 들어본 일에 대해서는 보고서에 쓰지 않았다. 그의 작업은 상황실로 커피를 가지러 가는 동료들이 옆을 지나갈 때마다 중단되었다.

보슈는 10시가 되기 전에 잡무를 마친 상태였지만 정각 10시가 되어서도 경찰국 총기 감식실에 전화를 걸지 않고 5분을 더 기다렸다. 그는 탄알과 총의 감식 소견서 작성을 끝내겠다고 약속한 시간이 되기 전에는 전화를 걸어서는 안 된다는 것을 경험으로 알고 있었다. 그 약속을 확실히 지키기 위해서 5분을 더 기다린 것이다. 길고 긴 5분이었다.

보슈가 전화기를 들자 에드거와 라이더가 감식 결과를 즉시 듣기 위해 중력에 이끌리듯 그의 자리로 다가왔다. 이 결과가 수사의 관건이라는 것을 다들 잘 알고 있었다. 보슈는 이번 감식 건을 맡은 총기 감식 전문가인 레스터 풀을 바꿔달라고 했다. 보슈는 이전에도 풀의 도움을 받은 적이 있었다. 그는 경찰국에 소속된 민간인 직원이어서 자신은 총을 한 자루도 가지고 있지 않았지만, 생활 전체가 총을 중심으로 움직이는 괴짜 중의 괴짜였다. 총기 감식실에서 레스터 풀보다 더 해박한 총기 전문가는 없었다. 그는 누구라도 자기를 레스라고 부르는 것을 절대로 용납하지 않는다는 점에서 아주 흥미로운 남자였다. 레스터라고 부르거나 그냥 풀이라고 부르는 건 괜찮지만 레스터를 줄여서 레스라고 부르는 건 절대로 안 된다는 것이었다. 언젠가 그는 자기가 이렇게 레스라고 불리는 걸 경계하는 것은 일단 누가 한 번만이라도 레스 풀이라고 부르면, 영리한 경찰들 중 누군가가 세스 풀(Cess Poole: 오물통, 똥통, 똥구덩이라라는 뜻의 cesspool과 발음이 같음 – 옮긴이)이라고 부르기 시작하는 건 시간문제이기 때문이라고 보슈에게 고백한 적이 있었다. 그런 일을 미리 막으려는 거라고 했다.

레스터가 전화를 받자 보슈가 말했다.

"레스터, 나 해리. 오늘 아침엔 자네가 뉴스의 인물이야. 그래, 결과가 어떻게 나왔어?"

"좋은 소식과 나쁜 소식이 있어, 해리."

"나쁜 것부터 말해 봐."

"방금 전에 자네 것 감식을 끝냈어. 소견서는 아직 작성 못했지만 먼저 구두로 알려줄게. 그 총은 깨끗이 닦아서 지문이 한 개도 없었고 추적이 불가능해. 범인이 산으로 일련번호를 싹 지워버려서 아무리 마술을 부려 봐도 안 되더라고. 이게 나쁜 소식이야."

"그럼 좋은 소식은?"

"그 권총과 피해자에게서 꺼낸 총알이 일치한다는 거야. 그 총에서 발사된 총알이 확실해."

보슈는 에드거와 라이더를 올려다보며 두 손 엄지손가락을 들어보였다. 그들은 자기네끼리 하이파이브를 했고 라이더는 빌리츠 과장실의 유리문을 바라보며 두 손 엄지손가락을 치켜들었다. 그러자 빌리츠가 수화기를 드는 것이 보였다. 보슈는 그녀가 그렉슨 검사에게 전화를 하는 거라고 추측했다.

풀은 보슈에게 정오까지는 소견서 작성을 끝내고 내부 송달로 보내주겠다고 약속했다. 보슈는 감사 인사를 하고 전화를 끊었다. 그러고는 미소를 지으면서 일어서서 에드거와 라이더와 함께 과장실로 들어갔다. 빌리츠는 1분 정도 더 통화를 했는데 들어보니 그렉슨과 통화하고 있는 것이 틀림없었다. 잠시 후 그녀가 전화를 끊었다.

"이 친구, 아주 좋아 죽는데."

빌리츠가 말했다.

"그렇겠죠."

에드거가 말했다.

"좋아. 그럼 이제 뭘 해야 하지?"

빌리츠가 물었다.

"거기로 가서 사막의 씹새끼를 끌고 와야죠."

에드거가 말했다.

"그래, 그렉슨도 그러더군. 심리를 참관하러 가겠대. 심리는 내일 아침 맞지?"

"그럴 걸요. 그런데 난 오늘 먼저 갈까 합니다. 미결 과제가 몇 개 있어서 매듭을 지으려고요. 그리고 앨리소의 여자 친구도 다시 한 번 찾아보고요. 그러고 나서는 판사 입에서 가라는 말이 떨어지는 즉시 놈을 데리고 올 수 있도록 미리미리 준비도 좀 해놓고 싶고요."

보슈가 말했다.

"좋아."

빌리츠가 말했다. 그러고는 에드거와 라이더를 바라보며 물었다.

"누가 해리와 함께 갈지 결정했어?"

"나요. 키즈는 금융 거래 추적에 흠뻑 빠져 있거든요. 내가 해리와 함께 가서 그 개자식을 데려올게요."

"그래, 좋아. 또 다른 할 말은?"

보슈가 권총의 출처는 추적이 불가능하다는 사실을 말했지만, 그 얘기가 감식 결과가 일치한다는 소식이 만들어낸 축제 분위기에 찬물을 끼얹지는 않은 것 같았다. 사건은 점점 더 슬램덩크가 되어 가는 분위기였다.

그들은 자축의 말을 몇 마디 더 나눈 후 과장실을 나섰고, 보슈는 곧장 자기 책상으로 가서 수화기를 집어 들었다. 메트로 경찰국의 펠튼 계장실을 누르자, 계장이 즉시 전화를 받았다.

"펠튼 계장님, LA의 보슈 형사입니다."

"보슈 형사, 무슨 일이죠?"

"알고 싶어 하실 것 같아서 전화드렸습니다. 총기 감식 결과가 나왔습니다. 고션의 집에서 발견된 그 권총이 토니 앨리소를 살해한 총알을 발사했답니다."

펠튼은 전화기에 대고 휘파람을 불었다.

"그것 잘됐군. 이런 소식을 듣게 되다니 오늘은 럭키가 별로 럭키하지 않구만."

"네, 조금 있다가 제가 가서 그 친구에게 이 소식을 전하겠습니다."

"좋아요. 언제 도착할 거요?"

"아직 정해지지 않았습니다. 범죄자 인도 심리는 어떻게 됐습니까?

예상대로 내일 아침에 열립니까?"

"물론이지. 내가 알기로는 그래요. 사람을 시켜서 다시 한 번 확인을 해보지. 놈의 변호사는 막으려고 애를 쓰겠지만 잘 안 될 거요. 새로 추가된 이 증거도 큰 도움이 될 거고."

보슈는 만일의 경우 현지 검사를 돕기 위해 LA에서 그렉슨 검사가 다음 날 아침에 갈 거라고 말했다.

"그럴 필요까진 없을 것 같은데, 그래도 원한다면 언제든 환영이라고 전해줘요."

"그렇게 전하죠. 그런데요, 계장님, 아직 해결이 안 된 부분이 있어서 자꾸만 신경이 쓰여서 그러는데, 도와주시겠습니까?"

"뭐죠?"

"앨리소의 여자 친구요. 돌리스에서 댄서로 일했는데 지난 토요일에 럭키가 해고했더군요. 그 아가씨를 한번 만나보고 싶습니다. 레일라라는 아가씨입니다. 제가 알고 있는 건 이름과 전화번호가 전부고요."

보슈는 펠튼에게 전화번호를 불러주었고 펠튼은 사람을 시켜서 알아보겠다고 말했다.

"또 다른 건?"

"네, 하나 더요. 혹시 LA 경찰국의 피츠제럴드 부국장을 아십니까?"

"그럼, 알지. 공조 수사를 한 적이 몇 번 있었거든."

"최근에 그분과 통화를 하셨습니까?"

"어, 아니… 한 적 없어요. 통화한 지 꽤 됐지."

보슈는 펠튼이 거짓말을 하고 있다고 생각했지만 그냥 넘어가기로 했다. 앞으로 적어도 24시간 동안은 그의 협조가 필요했다.

"그런 건 왜 묻죠, 보슈 형사?"

"그냥요. 그냥 한번 여쭤본 겁니다. 우리 쪽에서는 그분이 자문을 해주고 계시거든요."

"잘됐군. 아주 능력 있는 사람이죠."

"능력 있다…. 네, 맞는 말씀입니다."

보슈는 전화를 끊자마자 자신과 에드거의 라스베이거스 출장을 위해 예약을 하기 시작했다. 미라지 호텔에 방을 두 개 예약했다. 미라지 호텔은 LA 경찰국이 출장 형사들의 숙박비로 허용하는 상한선을 훌쩍 넘긴 가격이었지만, 빌리츠가 초과 지출을 허용해줄 거라고 믿었다. 게다가 일전에는 레일라가 미라지 호텔로 전화를 걸어 보슈를 찾았었다. 언제 다시 전화를 할지 모르는 일이었다.

마지막으로 보슈는 자신과 에드거를 위해 버뱅크 공항에서 출발하는 왕복 항공권 두 장을 예약했다. 그리고 목요일 오후에 돌아오는 항공편은 고션을 위해 한 좌석을 더 예약했다.

라스베이거스 행 비행기는 3시 30분에 출발하고 한 시간 후에 라스베이거스에 도착할 예정이었다. 보슈는 거기서 해야 할 일을 할 시간이 충분할 거라고 생각했다.

내쉬는 경비실에 있다가 보슈를 보고 미소를 지으며 밖으로 나왔다. 보슈는 에드거를 소개했다.

"범인을 찾은 것 같아 보이는데요, 형사님들?"

"그런 것 같습니다. 그런데 그건 어떻게 아시죠?"

보슈가 말했다.

"그냥 그렇게 보이는군요. 여자 친구한테 정문 출입 일지를 줬는데, 말하던가요?"

"그 친구는 여자 친구가 아닙니다, 실장님. 형사죠. 상당히 실력이 좋은 형사요."

"압니다. 농담이니까 오해하지 마세요."

"그건 그렇고, 앨리소 부인은 오늘 집에 계십니까?"

"한번 봅시다."

내쉬는 경비실 문을 옆으로 밀어 열고 안으로 들어가 클립보드를 집어 들었다. 일지 앞장을 재빨리 훑어보더니 뒷장으로 넘겼다. 뒷장도 훑어보고 나서 클립보드를 내려놓고 다시 밖으로 나왔다.

"집에 계실 겁니다. 이틀 동안 외출을 전혀 하지 않았군요."

내쉬가 말했다.

보슈는 감사의 표시로 목례를 했다.

"부인한테 전화로 알릴게요. 규칙이니까."

내쉬가 말했다.

"그러십시오."

내쉬는 차단기를 올렸고 보슈는 차를 몰고 들어갔다.

베로니카 앨리소는 열린 현관문 앞에서 기다리고 있었다. 마티스의 그림이 인쇄된 길고 헐렁한 티셔츠 밑에 딱 붙는 회색 레깅스를 입고 있었다. 이번에도 화장을 진하게 하고 있었다. 그녀는 에드거를 소개받은 후 그들을 거실로 안내했다. 그녀가 뭐 좀 마시겠냐고 물었지만 그들은 사양했다.

"알았어요. 그런데 어쩐 일로 오셨죠?"

보슈는 수첩을 펼쳐 메모해온 페이지를 찢었다. 그러고는 그 페이지를 그녀에게 건넸다.

"법의국 검시실 전화번호와 사건 접수 번호입니다. 어제 부검이 끝나서 이젠 시신을 인도해 가실 수 있습니다. 장례식장을 알아보셨다면, 그 사람들한테 사건 번호를 알려주시면 알아서 처리할 겁니다."

베로니카 앨리소는 오랫동안 그 페이지를 바라보다가 입을 열었다.

"고마워요. 그런데 이걸 전해주려고 여기까지 오신 건가요?"

"아뇨. 알려드릴 소식이 또 있어서요. 부인의 남편을 살해한 피의자를 체포했습니다."

베로니카 앨리소의 눈이 휘둥그레졌다.

"누구예요? 왜 그랬대요?"

"루크 고셔이라는 남자입니다. 라스베이거스에 거주하고 있죠. 그 사람에 대해 들어보셨습니까?"

그녀는 어리둥절한 표정을 지었다.

"아뇨. 뭐하는 사람이죠?"

"조직 폭력배입니다, 앨리소 부인. 그리고 유감스럽게도 남편이 아주 잘 아는 사람이었습니다. 우린 조금 있다가 그 친구를 데리러 라스베이거스에 갈 겁니다. 일이 잘되면 내일 데려올 거고요. 그러고 나면 사건이 법정으로 넘어가겠죠. 시 법원에서 예심이 있을 거고, 그다음엔 재판 때까지 보석으로 풀려났다가, LA 지방법원에서 재판을 받게 될 겁니다. 재판 때 잠깐 나와서 증언을 해주셔야 할 것 같습니다. 검사측 증인으로요."

그녀는 고개를 끄덕였지만, 눈을 보니 생각은 딴 데 가 있는 것 같았다.

"왜 그런 짓을 했대요?"

"아직은 모릅니다. 알아보고 있는 중이죠. 하지만 앨리소 씨가 이 친구의 고용주와 사업 거래를 하고 있었다는 건 알고 있습니다. 조셉 마르코니라는 남자인데요. 혹시 앨리소 씨가 고셔이나 조셉 마르코니라는 사람에 대해 말한 적이 있습니까?"

"아뇨."

"럭키나 조이 마크스라는 이름은 들어본 적 있습니까?"

베로니카 앨리소는 고개를 가로저었다.

"무슨 거래를 하고 있었나요?"

그녀가 물었다.

"그들을 위해 돈세탁을 해주고 있었습니다. 영화 제작 사업을 통해서 검은 돈을 합법적인 돈으로 만들어줬죠. 정말로 이 일에 대해서는 아무것도 모르고 계셨습니까?"

"물론이죠. 변호사를 부를까요? 변호사는 당신들한테 아무 말도 하지 말라던데요."

보슈는 미소를 지으면서 두 손을 펼쳐 들었다.

"아뇨, 앨리소 부인, 변호사는 필요 없습니다. 우린 그냥 사건에 관련된 사실들을 알아보려고 하는 거니까요. 부인께서 남편의 사업에 대해 뭐라도 알고 계신 게 있으면, 우리가 이 고션이라는 친구와 그의 두목이 범인임을 밝히는 데 도움이 될 것 같습니다. 사실 고션이라는 친구는 범인이 확실한 것으로 파악이 된 상태입니다. 총기 감식 결과와 지문이라는 아주 결정적인 증거를 이미 확보했거든요. 하지만 조이 마크스라는 두목이 고션에게 지시를 내리지 않았다면 그는 남편을 죽이지 않았을 겁니다. 우리가 궁극적으로 잡고 싶은 사람은 조이 마크스입니다. 그리고 부인의 남편과 남편의 사업에 대해서 우리가 정보를 많이 갖고 있으면 조이 마크스를 잡아넣을 가능성이 더 높아질 겁니다. 그러니 혹시 뭐라도 아는 게 있으시면, 지금 말씀해주셔야 합니다."

보슈는 말을 마치고 기다렸다. 베로니카 앨리소는 손에 들고 있는 종이를 내려다보았다. 마침내 그녀가 고개를 끄덕이더니 그를 바라보았다.

"토니의 일에 대해서는 아무것도 몰라요. 그런데 지난주에 전화가 한 통 왔었어요. 수요일 밤에요. 토니는 사무실에 들어가 문을 닫고 전화를 받았지만… 난 문 앞에 가서 엿들었어요. 토니가 하는 말은 들을 수 있었어요."

"뭐라고 했습니까?"

"상대방을 럭키라고 불렀어요. 확실히 들었어요. 토니는 상대방의 말을 줄곧 듣고 있다가, 주말 전에 그곳에 가겠다고 했어요. 그러고는 클럽에서 보자고 했죠. 그게 전부였어요."

보슈는 고개를 끄덕였다.

"왜 미리 말씀해주시지 않았습니까?"

"중요하다고 생각하지 않았어요. 난… 난 토니가 여자랑 통화를 하고 있다고 생각했어요. 럭키라고 해서 여자인 줄 알았어요."

"문 앞에서 엿들었던 것도 그 때문인가요?"

그녀는 보슈의 눈길을 외면한 채 고개를 끄덕였다.

"앨리소 부인, 사립 탐정을 고용해서 남편을 미행한 적이 있습니까?"

"아뇨. 생각은 해봤지만 행동으로 옮기진 않았어요."

"그렇지만 남편이 바람이 났다고 의심했고요?"

"한 번 바람이 난 게 아니고 여러 번이에요, 형사님. 의심을 한 게 아니라 그렇다는 걸 알고 있었어요. 남편이 바람이 났는지 안 났는지 아내는 다 알거든요."

"알겠습니다, 앨리소 부인. 그 통화 내용 중에 또 다른 건 기억나는 게 없습니까? 남편이 다른 말은 안 했나요?"

"네. 들은 건 이미 말씀드린 게 전부예요."

"이 통화 기록을 확보할 수 있다면, 법정에서 도움이 될 것 같군요. 사전 계획에 의한 범행임을 입증할 수 있을 테니까요. 수요일이 확실합니까?"

"네, 확실해요, 토니가 그다음 날 떠났으니까요."

"전화가 온 게 몇 시였습니까?"

"늦은 시각이었어요. 채널 4 뉴스를 보고 있었거든요. 그러니까 11시는 넘었고 11시 30분은 안 됐을 거예요. 더 구체적으로 시간대를 좁힐 수는 없을 것 같군요."

"알겠습니다, 앨리소 부인. 그 정도로 충분합니다."

보슈는 에드거를 바라보며 눈을 치켜떴다. 에드거는 고개를 끄덕였다. 갈 준비가 됐다는 뜻이었다. 둘이 일어서자 베로니카 앨리소가 그들을 현관으로 안내했다.

문 앞에 다다르기 전에 보슈가 말했다.

"아, 참, 남편과 관련해서 여쭤볼 게 있습니다. 앨리소 씨가 정기적으로 찾아가 검진을 받는 주치의가 있었습니까?"

"네, 있어요. 왜요?"

"앨리소 씨가 치질을 앓았는지 확인해보고 싶어서요."

베로니카 앨리소는 웃음을 터뜨릴 것 같은 표정을 지었다.

"치질이요? 아닐 걸요. 치질이 있었다면 엄청나게 엄살을 떨었을 텐데요."

"확실합니까?"

이제 보슈는 현관 앞 복도에 서 있었다.

"네, 확실해요. 게다가 아까 부검을 했다고 말씀하셨는데, 치질이 있었다면 부검의가 말해주지 않았을까요?"

보슈는 고개를 끄덕였다. 그녀의 말이 맞았다.

"그렇겠군요, 앨리소 부인. 앨리소 씨 차 안에서 프레퍼레이션 H 연고가 발견됐기 때문에 한번 여쭤본 겁니다. 앨리소 씨가 쓰던 게 아니라면 그게 왜 거기 있는지 궁금해서요."

이번에는 그녀가 미소를 지었다.

"아, 그건 연기자의 비법이에요."

"연기자의 비법이요?"

"배우나 모델, 댄서들 말이에요. 그런 사람들이 그 연고를 즐겨 바르죠."

보슈는 베로니카 앨리소를 쳐다보면서 좀 더 설명이 나오기를 기다렸지만 나오지 않았다.

"이해가 안 가는데요. 왜 그걸 바르죠?"

보슈가 말했다.

"눈 밑에다 바르는 거예요, 보슈 형사님. 붓기 빠지라고요. 그걸 눈 밑에 바르면 눈 밑에 있는 지방 주머니가 쏙 들어가거든요. 이 도시에서 그 연고를 사는 사람들의 절반 정도는 눈 밑에다 바를 걸요, 아마. 원래 발라야 하는 데가 아니라. 내 남편은… 토니는 허영심이 강한 사람이었어요. 라스베이거스에 가서 어린 아가씨랑 어울릴 생각이었다면 그걸 발랐을 거예요. 그럴 사람이에요."

보슈는 고개를 끄덕였다. 토니 앨리소의 눈가에서 발견된 정체를 알 수 없는 흰색 물질이 그 연고였다. 날마다 새로운 걸 배우게 되는군, 보슈 생각했다. 살라자에게 전화해서 알려야겠다는 생각이 들었다.

"앨리소 씨가 그런 비법을 어떻게 알았을까요?"

보슈가 물었다.

베로니카 앨리소는 대답을 하려다가 말고 어깨를 으쓱거리기만 했다.

"할리우드에선 그렇게 큰 비밀이 아니에요. 어디서라도 들었겠죠."

그녀가 말했다.

당신한테 들었을 수도 있고. 보슈는 생각했지만 말을 하지는 않았다. 그는 고개를 끄덕인 후 현관 밖으로 걸어 나갔다.

그녀가 문을 닫기 전에 보슈가 말했다.

"아, 마지막으로 한 가지 더요. 피의자 체포 사실은 오늘내일 중으로 언론에 보도가 될 겁니다. 최대한 보도를 막아보기는 하겠지만, 이 도시에서는 그 어떤 것도 오랫동안 비밀이 유지되지 못하니까요. 마음의 준비를 하셔야 할 겁니다."

"감사합니다, 형사님."

"조촐한 장례식을 생각해보시는 것도 좋을 것 같습니다. 실내에서 치르는 걸로요. 장의사 측에 전화가 온다고 아무한테나 정보를 알려주지 말라고 일러두시죠. 장례식은 언제나 좋은 볼거리를 제공하니까요."

그녀는 고개를 끄덕이고 나서 현관문을 닫았다.

히든 하이랜즈를 벗어나면서 보슈가 담배에 불을 붙였지만 에드거는 뭐라고 하지 않았다.

"찬바람이 쌩쌩 부는 여자던데."

에드거가 말했다.

"그래. 럭키한테서 왔다는 전화에 대해 어떻게 생각해?"

보슈가 말했다.

"퍼즐 조각이 한 개 더 맞아떨어진 거지. 럭키는 이제 딱 걸렸어. 이젠 정말 끝장이야."

보슈는 멀홀랜드 드라이브를 타고 산마루까지 올라갔다가 할리우드 고속도로로 향하는 내리막길을 달려 내려갔다. 토니 앨리소의 시신이 발견된 소방 도로를 지나가면서도 둘은 아무 말도 하지 않았다. 고속도로를 탄 보슈는 남쪽으로 방향을 틀어 달리다가 시내에서 10번 도로를 타고 동쪽으로 달려갔다.

"해리, 왜 이 길로 가는 거야? 버뱅크에서 비행기 탄다면서?"

에드거가 물었다.

"비행기 안 타. 차로 가는 거야."

"무슨 소리야?"

"항공편을 예약한 건 누군가가 확인할 경우를 대비해서였을 뿐이야.

라스베이거스에 도착하면, 비행기를 타고 왔고 심리가 끝나고 고션을 데려갈 때도 비행기로 갈 거라고 말해야 돼. 차로 움직이는 걸 누구도 알아서는 안 돼. 괜찮지?"

"아, 물론 괜찮지. 이제야 알겠네. 예방책이라 이거지? 누군가 확인할 경우를 대비해서 연막을 친 거구만. 아주 좋아. 조폭들이 무슨 짓을 저지를지 모르니까, 그렇지?"

"아니면 경찰들이."

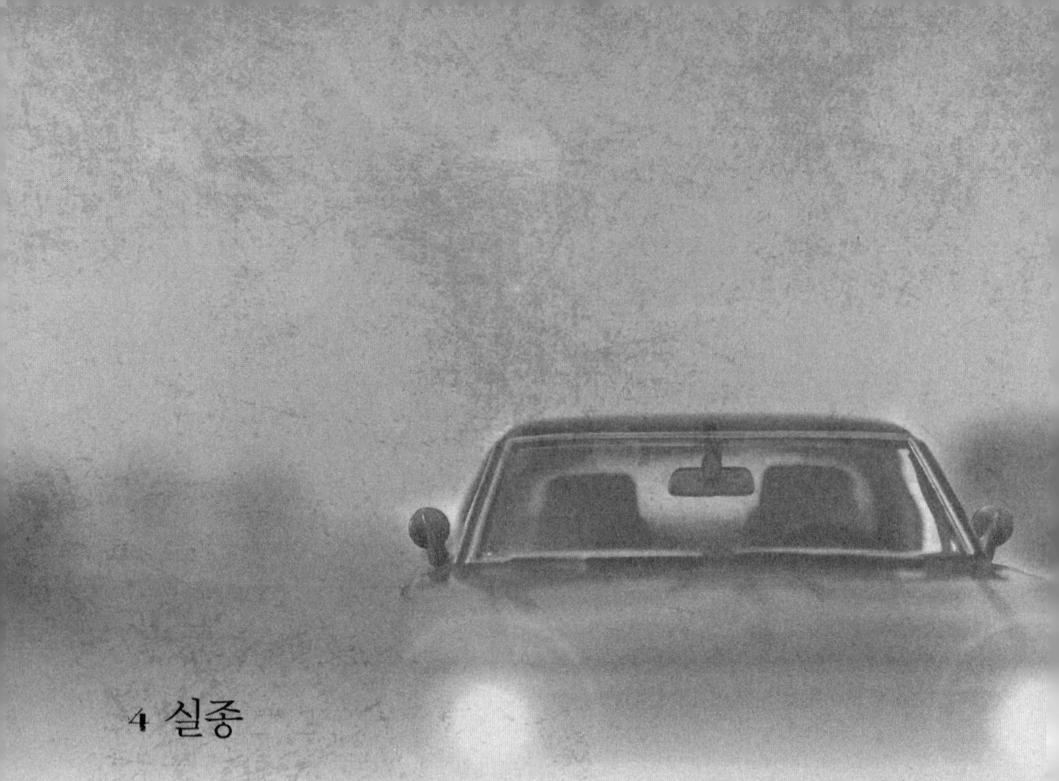

4 실종

줄곧 시속 140킬로미터 이상으로 달려간 보슈와 에드거는 중간에 맥도널드에서 15분 쉬었는데도 불과 네 시간 만에 라스베이거스에 도착했다. 그들은 매캐런 국제공항으로 달려가, 주차장에 차를 세워두고 트렁크에서 서류 가방과 여행 가방을 내렸다. 에드거는 밖에서 기다리게 하고 보슈는 터미널로 들어가서 허츠 렌터카 접수대에서 차를 한 대 빌렸다.

그들이 메트로 경찰국 건물에 도착했을 때는 4시 30분이 다 되어 가는 시각이었다. 강력계 형사실을 통과하면서 보니 아이버슨이 자기 책상 앞에 앉아서 옆에 서 있는 백스터와 대화를 나누고 있었다. 보슈를 본 아이버슨이 히죽 웃었지만 보슈는 모른 척하고 곧장 펠튼 강력계장실로 갔다. 계장은 책상 앞에 앉아 서류 작업을 하고 있었다. 보슈는 열려 있는 문을 노크하고 나서 안으로 들어갔다.

"보슈, 어디 갔다가 이제 나타나는 거요?"

"잡무 좀 처리하고 왔습니다."

"이분이 검사신가?"

"아뇨, 제 파트너 제리 에드거죠. 검사는 내일 아침에 올 겁니다."

펠튼은 에드거와 악수를 하면서도 계속 보슈를 쳐다보았다.

"저런, 검사한테 전화해서 올 것 없다고 전해요."

보슈는 잠깐 동안 펠튼을 바라보았다. 이제야 아이버슨이 웃은 이유를 알 것 같았다. 새로운 상황이 발생한 것이다.

"계장님, 항상 깜짝 이벤트를 준비해두고 계시는군요. 이번엔 뭡니까?"

보슈가 말했다.

펠튼은 의자에 등을 기댔다. 책상 가장자리에 한쪽 끝이 침에 젖어 있고 불을 붙이지 않은 시가 한 개비가 놓여 있었다. 펠튼은 시가를 집어서 두 손가락 사이에 끼웠다. 그러고는 보슈를 약 올리고 싶은지 싱긋 웃고만 있었다. 그러나 보슈가 잠자코 기다리고만 있자 마침내 입을 열었다.

"당신 친구 고셔이 짐을 싸고 있소."

"신병 인도에 동의한 겁니까?"

"그래요, 그새 꽤 똑똑해졌죠."

보슈는 책상 앞에 있는 의자에, 에드거는 보슈의 오른쪽에 있는 의자에 앉았다. 펠튼이 말을 이었다.

"조이 마크스의 대변자인 미키 토리노를 물리치고 자기 변호사를 선임했거든. 그렇다고 상황이 획기적으로 좋아지진 않았지만, 적어도 새 변호사는 의뢰인인 럭키의 입장을 최우선으로 생각하고 있더구만."

"그런데 어떻게 그렇게 똑똑하게 굴게 된 겁니까? 총기 감식 결과를 알려주셨습니까?"

보슈가 물었다.

"그럼요, 말해줬지. 이리로 데려와서 결과를 알려줬소. 그리고 놈이 내세운 알리바이가 거짓임을 알아냈다는 말도 해줬고."

보슈는 펠튼을 바라보았지만 어떻게 된 거냐고 묻지는 않았다.

"그래, 맞아요, 보슈. 우리도 여기 궁둥이 붙이고 앉아만 있지는 않았지. 당신이 끌고 가기 쉽게 아주 납작하게 만들어주려고 나가서 놈에 대해 좀 알아봤소. 놈은 토요일 새벽 4시에 퇴근할 때까지 금요일 밤에 사무실을 떠난 적이 없다고 했었잖아요. 그 사무실에 가서 확인해봤지. 뒷문이 있더구만. 그리로 자유롭게 들고 날 수 있었겠더라고. 토니 앨리소가 클럽을 떠난 시각부터 놈이 클럽 문을 닫으려고 사무실을 나온 새벽 4시까지 놈을 본 사람이 아무도 없었소. 그 사이에 놈은 뒷문으로 나가서, 토니를 쫓아가 죽이고 마지막 비행기를 타고 돌아올 수 있을 만큼 시간이 충분히 있었죠. 그리고 뜻하지 않은 횡재도 했죠. 거기서 일하는 마더스티라는 아가씨 말요. 그날 밤 다른 댄서하고 싸움이 붙어서 럭키한테 불평을 하려고 사무실로 갔다더군. 문을 두드렸는데 대답이 없었대요. 그래서 거씨한테 사장을 만나야겠다고 했더니 거씨가 사장은 안에 없다고 말했다는 거요. 그때가 자정쯤이었다더군."

말을 마친 펠튼은 고개를 끄덕이고 윙크를 했다.

"그렇군요. 그 일에 대해서 거씨는 뭐라던가요?"

"꿀 먹은 벙어리요. 입을 열 거라고 기대도 안 했고. 하지만 거씨가 증언대에 서서 럭키의 알리바이가 사실이라고 말하면, 아주 쉽게 묵사발을 만들 수 있어요. 초등학교 7학년 때부터 전과가 있더구만."

"알겠습니다, 일단 거씨 건은 접어두죠. 그래서 고션은 어떻게 됐습니까?"

"아까도 말했지만, 오늘 아침에 놈을 이리로 데려와서 감식 결과를 알려주고 시간이 얼마 없다고 경고했소. 빨리 결정을 내려야 한다고 부추기니까 결정을 내리더군. 변호사를 교체했소. 일이 아주 쉬워졌지. 놈은 거래를 할 용의가 있소. 그 말은 당신이 놈과 조이 마크스, 그리고 다른 놈들 몇 명까지 잡아넣을 수 있게 될 거라는 뜻이지. 우린 그 조직을 수사해 온 지 10년 만에 최대의 대어를 낚게 된 거란 말이오. 그래서 다들 즐거워하고 있지."

보슈가 자리에서 일어섰다. 에드거도 따라서 일어섰다.

"이런 짓을 하시는 게 벌써 두 번째군요. 또 이러시면 곤란합니다. 럭키는 어디 있습니까?"

보슈가 애써 침착한 목소리로 말했다.

"이봐요, 보슈, 진정해요. 우리 모두가 같은 목표를 가지고 일하고 있는 거 아뇨."

"놈이 여기 있습니까, 없습니까?"

"3호 취조실에 있어요. 마지막으로 봤을 땐, 바이스가 함께 있었소. 앨런 바이스라고, 럭키가 새로 선임한 변호사죠."

"고션이 진술을 했습니까?"

"물론 아니죠. 바이스가 꽤 까다롭게 굴더구만. 당신들이 놈을 LA로 데려갈 때까지 일체 협상을 하지 않겠다고 했소. 다시 말하면, 놈은 범죄자 인도에 동의할 것이고, 순순히 당신들을 따라가겠단 말이죠. 거기 가서 당신들이 협상을 해야 할 거요. 오늘 이후로 우린 이 사건에서 빠지는 거요. 당신들이 조이 마크스를 잡기 위해서 돌아올 때는 빼고. 그땐 우리가 적극적으로 돕겠소. 그날을 얼마나 오랫동안 기다려왔는지 모를 거요."

보슈는 아무 대꾸도 없이 계장실을 나왔다. 그러고는 아이버슨 쪽은 쳐다보지도 않고 강력계 사무실을 가로질러 걸어가 취조실이 있는 뒤쪽 복도로 나갔다. 3호실 문에 난 작은 창문을 가린 덮개를 들어보니 상하가 붙은 푸른색 죄수복을 입은 고션이 작은 탁자 앞에 앉아 있었고, 그보다 훨씬 체구가 작은, 정장 차림의 남자 한 명이 고션의 맞은편에 앉아 있었다. 보슈는 유리창을 톡톡 두드린 후, 잠깐 기다렸다가 문을 열었다.

"변호사님? 잠깐만 밖에서 이야기 좀 하실까요?"

"LA에서 오셨습니까? 안 그래도 올 때가 됐다고 생각하던 중인데."

"잠깐 나오시죠."

보슈는 일어서는 변호사 너머로 고션을 바라보았다. 덩치 큰 고션은 수갑을 차고 있었고 수갑은 탁자에 연결되어 있었다. 보슈가 마지막으로 그를 본 게 불과 서른 시간 전이었는데, 그 사이에 루크 고션은 완전히 다른 사람이 되어 있었다. 어깨는 축 처져 있었고 금방이라도 쓰러질 것처럼 힘이 하나도 없어 보였다. 미래를 생각하며 하룻밤을 지새운 듯 눈은 퀭했고 시선은 멍하니 한 곳만을 향했다. 그는 보슈를 쳐다보지 않았다. 바이스가 걸어 나오자 보슈는 문을 닫았다.

바이스는 보슈와 같은 연배로 보였다. 군살 하나 없이 호리호리했고 피부는 가무잡잡하게 그을려 있었다. 백 퍼센트 확신할 수는 없지만 부분 가발을 착용하고 있는 것 같았다. 그리고 얇은 금테 안경을 끼고 있었다. 단 몇 초 동안 변호사를 관찰한 보슈는 고션이 자신을 위해 현명한 판단을 했다고 결론을 내렸다.

짧은 인사를 나누자마자 바이스는 곧바로 본론으로 들어갔다.

"내 의뢰인은 피의자 신병 인도를 거부할 권리를 포기하겠다고 했습니다. 하지만 형사님들, 빨리 움직여주셔야겠습니다. 고션 씨는 라스베이거스에 머무는 것을 대단히 불편해하고 또 불안해하고 있거든요. 메트로 유치장에 있는 것조차도 말이죠. 오늘 판사 앞에 갈 수 있게 되기를 바랐었는데, 지금은 너무 늦은 것 같군요. 하지만 내일 아침 9시에 법원에 가 있겠습니다. 여기 담당 검사인 립슨 씨와는 이미 약속이 된 상태입니다. 10시까지는 고션 씨를 데리고 공항으로 갈 수 있을 겁니다."

"잠깐만요, 천천히 좀 하시죠, 변호사님. 갑자기 이렇게 서두르는 이유가 뭡니까? 저 안에 있는 루크가 총기 감식 결과를 들었기 때문입니까, 아니면 조이 마크스도 그 소식을 듣고 손실을 줄이려고 나설 거라고 보기 때문입니까?"

에드거가 말했다.

"조이가 여기 메트로 안에서 루크를 처치하는 게 LA까지 가서 하는 것보다야 쉽겠죠, 안 그렇습니까?"

보슈가 덧붙였다.

바이스는 이제까지 한 번도 보지 못한 기괴한 생물체를 본다는 표정으로 그들을 바라보았다.

"고션 씨는 살해니 뭐니 하는 것에 대해서는 아무것도 모릅니다. 그리고 방금 하신 말씀은 여러분이 일상적으로 사용하는 위협 전술의 일부이기를 바랍니다. 고션 씨가 분명히 알고 있는 것은 본인이 함정에 빠져서 본인이 저지르지도 않은 범죄 혐의를 뒤집어쓰게 되었다는 사실입니다. 그리고 고션 씨는 이 문제를 해결하는 최선의 방법은 새로운 환경에서 경찰에 전적으로 협조하는 것이라고 생각하고 있습니다. 라스베이거스가 아닌 새로운 곳에서 말이죠. 그런데 대안은 로스앤젤레스밖에 없으니까 그리로 가겠다는 겁니다."

"지금 고션과 이야기를 나눠도 됩니까?"

바이스는 고개를 가로저었다.

"고션 씨는 로스앤젤레스에 도착할 때까지 한 마디도 하지 않을 겁니다. 그리고 LA에서는 제 동생이 사건을 맡을 겁니다. 동생도 개업 변호사죠. 솔 바이스라고, 들어보셨는지 모르겠네요."

보슈는 이름을 들어본 적이 있었지만 고개를 저었다.

"동생이 벌써 그렉슨 검사하고 연락을 취했을 겁니다. 그러니까 형사님들, 여러분은 여기 운반책으로 오신 것임을 잊지 마세요. 여러분이 할 일은 내일 아침에 고션 씨를 비행기에 태워서 로스앤젤레스까지 안전하게 데리고 가는 겁니다. 그 후에는 사건이 여러분의 손을 떠날 겁니다."

"글쎄요."

보슈가 말했다.

그는 변호사 옆을 돌아가 취조실 문을 열었다. 고션이 고개를 들었다. 보슈는 안으로 들어가서 탁자로 다가갔다. 그러고는 두 팔을 내려 탁자를 잡고 상체를 숙였다. 보슈가 입을 열기 전에 어느새 들어와 있던 바이스가 먼저 입을 열었다.

"루크, 이 사람한테 한 마디도 하지 말아요. 입도 뻥긋 하지 말라고."

보슈는 바이스를 무시하고 고션만 쳐다보았다.

"내가 원하는 건 신뢰의 표시야, 루크. 내가 널 LA로 데려가주길 원하면, 안전하게 그곳에 데려다 놔주길 원하면, 나한테도 뭘 좀 줘야지. 안 그래? 하나만 물어볼 테니까 대답해줘. 레일…."

"어차피 데리고 갈 수밖에 없어요, 루크. 이 친구 말에 넘어가지 말아요. 내 말대로 하지 않으면 나도 당신을 대변할 수가 없어요."

"레일라는 어디 있어? 난 레일라를 만나보기 전에는 라스베이거스를 떠나지 않을 거야. 네가 내일 아침에 여길 뜨려면, 내가 오늘 밤에 레일라를 만나봐야 해. 집에 없더군. 어젯밤에 판도라라는 룸메이트랑 통화를 했는데 레일라가 이틀 전부터 집에 들어오지 않았다는 거야. 어디 있지?"

보슈가 말했다.

고션은 보슈를 바라보다가 바이스에게로 눈길을 돌렸다.

"한 마디도 하지 말아요. 형사, 내 의뢰인과 상의를 하고 싶으니까 잠깐만 나가줘요. 내 의뢰인이 대답을 해야 할지 말아야 할지 상의 좀 해야겠으니까."

"그러시든가."

보슈는 복도로 나가 에드거 옆에 섰다. 보슈는 입에 담배를 물었지만 불을 붙이지는 않았다.

"레일라가 왜 그렇게 중요한 거야?"

에드거가 물었다.

"중요한 게 아니라 해결이 안 된 문제를 남겨두고 싶지 않아서 그래. 그리고 그 여자가 이 사건에서 어떤 역할을 하는지도 알고 싶고."

보슈는 OCID의 불법 도청 녹음 테이프를 통해, 레일라가 앨리소에게 전화해서 고션이 궁금해한다면서 언제 라스베이거스에 올 거냐고 물었다는 사실을 알게 되었다고 에드거에게 말하지 않았다. 레일라를 찾아내면 자기가 이미 그 사실을 알고 있다는 건 내색하지 않고 그녀의 입에서 그 말이 나오게 해야 할 것이다.

"그리고 일종의 시험이기도 해. 고션이 우리에게 얼마나 협조적인지 알아보는 시험."

보슈가 에드거에게 말했다.

그때 변호사가 나오더니 취조실 문을 닫았다.

"다시 한 번 그런 짓을 하면, 그러니까 내 의뢰인이 대답하지 않을 거라고 내가 분명히 말했는데도 의뢰인에게 대답을 강요하면, 우리 관계는 그걸로 끝입니다."

보슈는 우리가 어떤 관계였냐고 물어보고 싶은 것을 그냥 참기로 했다.

"대답을 할 거랍니까?"

"아뇨, 내가 할 겁니다. 고션 씨는 그 레일라라는 아가씨가 클럽으로 출근을 한 첫날부터 사나흘을 집까지 태워다 줬다고 했습니다. 그 중 한 번은 그 아가씨가 고션 씨한테 집이 아닌 다른 곳에 내려달라고 했답니다. 당시 사귀고 있던 남자가 자기 아파트 앞에 와서 기다리고 있을 것 같은데 만나고 싶지 않다면서요. 어쨌든 그래서 내려준 곳이 노스 라스베이거스에 있는 한 일반 주택 앞이었답니다. 그 아가씨는 자기가 거기서 컸다고 했다더군요. 고션 씨는 정확한 주소는 모르겠지만 도나 거리와 릴리스 거리의 교차로에 있다고 했어요. 북동쪽 모퉁이에요. 거길 한번 가보세요. 고션 씨가 말한 건 이게 전부입니다."

보슈는 수첩을 꺼내 거리 이름을 받아 적었다.

"감사합니다, 변호사님."

"수첩을 꺼낸 김에 10호 법정도 적어놓으시죠. 내일 아침 9시까지 거기로 와야 합니다. 내 의뢰인의 안전한 신병 인도를 위해 여행 준비는 철저히 해두셨겠죠?"

"운반책이 하는 일이 그거잖습니까?"

"미안합니다, 형사. 화가 나면 말이 거침없이 나오게 되는군요. 악의는 없었습니다."

"압니다."

보슈는 강력계 사무실로 가서 빈 책상에 있는 전화를 이용해 사우스웨스트 항공사에 전화를 걸었다. 그리고 오후 3시로 예약된 LA 행 항공편을 오전 10시 30분으로 앞당겼다. 보슈는 아이버슨을 쳐다보지 않았지만 아이버슨이 5미터 정도 떨어져 있는 책상 앞에 앉아서 자기를 보고 있다는 것을 느낄 수 있었다.

통화를 끝낸 후 보슈는 펠튼 계장실에 고개를 들이밀었다. 계장은 통화 중이었다. 보슈는 장난처럼 거수경례를 한 후 자리를 떴다.

렌터카로 돌아와 앉은 에드거와 보슈는 먼저 구치소로 가서 피의자 인도 수속을 한 뒤 레일라를 찾아가 보기로 합의했다.

구치소는 법원 옆에 있었다. 해킷이라는 석방 담당 경사는 에드거와 보슈에게 고션의 인도 절차와 장소에 대해 간략히 설명했다. 벌써 5시가 넘어 근무 교대가 이루어진 터라, 보슈와 에드거는 다음 날 아침에는 다른 경사를 통해 고션의 신병을 인도받을 것이었다. 그래도 보슈는 인도 절차를 미리 알아놓아서 안심이 되었다. 그들은 외부인의 출입이 금지된 안전한 승차장에서 고션을 그들 차에 태울 수 있었다. 보슈는 아무 문제가 없을 거라는 확신이 들었다. 적어도 그곳에서는.

보슈와 에드거는 해킷이 가르쳐준 대로 길을 달려가 노스 라스베이거스의 중산층 동네로 들어가서 고션이 예전에 레일라를 내려줬다는 집을 찾아냈다. 창문마다 위에 알루미늄 차양이 달려 있는 작은 방갈로식 주택이었다. 간이 차고에는 마쓰다 RX7 자동차가 주차되어 있었다.

노부인이 현관문을 열어주었다. 60대 중반쯤 된 것 같고 곱게 잘 늙은 모습이었다. 사진으로 보았던 레일라와 많이 닮은 것 같았다. 보슈는 노부인이 볼 수 있게 배지를 들어보였다.

"부인, 저는 해리 보슈 형사고 이쪽은 제리 에드거 형사입니다. 로스앤젤레스에서 왔는데 젊은 아가씨를 찾고 있습니다. 댄서이고 레일라라는 예명을 쓰고 있는데요. 그 아가씨가 여기 있습니까?"

"여기 안 살아요. 지금 무슨 말을 하는지 모르겠군요."

"아실 텐데요, 부인. 도와주시면 감사하겠습니다."

"말했잖수, 여기 안 산다고."

"그 아가씨가 여기서 부인과 함께 머물고 있다고 들었습니다. 맞습니까? 그 아가씨 어머니 되십니까? 그 아가씨가 저한테 연락을 했었는데 통화를 못했습니다. 그 아가씨가 우릴 두려워하거나 피할 이유가 전혀 없습니다."

"보면 그렇게 전하리다."

"들어가도 되겠습니까?"

노부인이 대답을 하기 전에 보슈는 문손잡이를 잡고 단호하게 그리고 천천히 문을 밀기 시작했다.

"아니, 안 되…."

그녀는 말끝을 흐렸다. 안 된다고 말해봤자 소용이 없다는 걸 알고 있었다. 완전한 세상에서는 경찰이 그런 식으로 문을 열고 들어올 수 없었다. 그러나 지금 세상은 완전한 세상이 아니라는 것을 그녀도 알고 있었다.

집 안으로 들어선 보슈는 주위를 둘러보았다. 가구들은 제 수명보다 몇 년은 더 길게 살고 있는 것처럼 낡았고, 노부인은 그 가구들을 살 때 죽을 때까지 쓰려고 생각하고 산 것 같았다. 평범한 소파와 1인용 의자로 된 응접세트가 보였다. 의자 등받이마다 무늬가 있는 덮개가 덮여 있었는데 낡은 부분을 가리려고 한 게 틀림없었다. 다이얼로 채널을 돌리는 구닥다리 TV도 한 대 보였다. 커피 탁자 위에는 스캔들 잡지 몇 권이 흐트러져 있었다.

"혼자 사십니까?"

보슈가 물었다.

"그래요."

노부인은 모욕적인 질문을 들은 것처럼 발끈한 표정으로 단호하게 대답했다.

"마지막으로 레일라를 보신 게 언제였습니까?"

"걔 이름은 레일라가 아니유."

"다음 질문이 그거였습니다. 진짜 이름이 뭡니까?"

"그레첸 알렉산더."

"부인의 성함은요?"

"도로시 알렉산더."

"그레첸은 어디 있습니까, 부인?"

"몰라요. 물어보지도 않았고."

"언제 집을 나갔습니까?"

"어제 아침에."

보슈가 에드거에게 고개를 끄덕여 보이자 에드거는 한 걸음 뒤로 물러서서 돌아서더니 집 뒤쪽으로 이어지는 복도를 향해 걸어갔다.

"저 양반은 어디 가는 거요?"

노부인이 물었다.

"그냥 한번 둘러보는 겁니다. 앉으셔서 제 질문에 대답해주세요, 부인. 빨리 끝내면 빨리 갈 겁니다."

보슈가 말했다.

그는 의자를 가리켰고 노부인이 거기 앉을 때까지 계속 서 있었다. 부인이 마침내 의자에 앉자 그는 커피 탁자를 돌아가서 소파에 앉았다. 스프링이 낡아 있었다. 보슈가 앉자 소파가 푹 꺼져서 상체를 앞으로 기울였지만 그래도 두 무릎이 가슴 아래쪽까지 올라온 느낌이었다. 그는 수첩을 꺼냈다.

"저 양반이 집 안을 어지르고 돌아다니면 어쩌나."

노부인이 어깨 너머로 복도 쪽을 돌아보며 말했다.

"조심할 겁니다. 부인은 우리가 올 거라는 걸 알고 계셨던 것 같은데요. 어떻게 아셨습니까?"

보슈가 말했다.

"걔한테 들었으니까 알지. 경찰이 올지 모른다고 했어요. 하지만 로스앤젤레스에서 여기까지 올 거라는 말은 안 하던데."

노부인은 앤젤레스를 앤젤레스라고 강하게 발음했다.

"그럼 우리가 여기 온 이유도 아십니까?"

"토니 때문 아니유. 토니가 거기서 살해됐다던데."

"그레첸이 어디 갔습니까, 부인?"

"말 안 해줬수. 수백 번을 물어도 내 대답은 같아요. 모른다우."

"차고에 있는 게 그레첸의 스포츠카입니까?"

"그래요. 지가 벌어서 샀죠."

"스트립쇼를 해서요?"

"난 항상 이렇게 버나 저렇게 버나 돈은 다 똑같은 거라고 말해줬다우."

그때 에드거가 돌아와서 보슈를 바라보았다. 보슈는 말해도 된다는 표시로 고개를 끄덕였다.

"여기 있었던 게 확실해. 안방 말고 침실이 하나 더 있어. 침실 탁자 위에 있는 재떨이에 꽁초가 수북하더라고. 벽장 속 옷걸이엔 빈 공간이 있는데, 옷 몇 벌을 거기 걸어놨었던 것 같아. 지금은 가져가고 없고. 당분간은 여기에 안 올 것 같아."

에드거가 손을 내밀어서 보니 손바닥에는 토니 앨리소와 그레첸 알렉산더를 찍은 사진이 든 작은 타원형 액자가 놓여 있었다. 둘은 서로의 허리를 감싸 안고 카메라를 보며 웃고 있었다. 보슈는 고개를 끄덕인 후 도로시 알렉산더를 돌아보았다.

"여길 떠났다면, 차는 왜 여기 놔뒀을까요?"

"모르지. 택시를 불러 타고 갔수."

"비행기를 탔습니까?"

"어딜 가는지도 모르는데 그런 건 내가 어떻게 알겠수?"

보슈는 한 손가락을 들어 총을 겨누듯 그녀를 겨눴다.

"맞는 말씀이십니다. 언제 돌아올 거라고 말하던가요?"

"아니."

"그레첸은 나이가 몇입니까?"

"곧 스물세 살이 될 거유."

"토니의 사망 소식에 어떤 반응을 보였습니까?"

"물론 충격을 받았죠. 토니를 사랑하고 있었는데 죽었다니까 가슴이 찢어지겠지. 안 그래도 걔가 걱정이 되어 죽겠수."

"자해를 할 수도 있다고 생각하십니까?"

"무슨 짓을 할지 모르겠수."

"그레첸이 자기 입으로 토니를 사랑한다고 말했습니까, 아니면 그냥 부인 생각입니까?"

"내 생각이 아니에요. 걔가 그러두만. 나한테 고백을 했는데 진실이라는 게 느껴졌수. 둘이 곧 결혼할 거라고 했는데."

"토니 앨리소가 유부남이라는 걸 그레첸이 모르고 있었습니까?"

"아니, 알고 있었지. 하지만 토니가 그랬대요, 결혼 생활은 이미 끝났고, 곧 이혼할 거라고 말이유."

보슈는 고개를 끄덕였다. 그게 사실인지 궁금했다. 그레첸의 말이 아니라 토니 앨리소의 말이 사실인지 궁금했다. 그는 수첩의 깨끗한 페이지를 내려다보았다.

"여쭤볼 게 더 있는지 생각 좀 하고요. 제리, 뭐 할 말 없어?"

보슈가 말했다.

에드거는 고개를 젓더니 잠시 후 입을 열었다.

"딸이 그런 일을 해서 돈을 버는 걸 엄마가 왜 보고만 있었는지 궁금하군요. 그렇게 옷을 벗고 웃음을 파는 일을 하는데 말이죠."

"제리, 그런…."

"걘 재능이 있어요, 형사 양반. 전국 각지에서 온 남자들이 걔가 춤추는 걸 보고는 계속 다시 오곤 했다우. 걔를 보려고 말이유. 그리고 난 걔 엄마가 아니유. 하긴 엄마나 다름없었지. 걔 엄마는 아주 오래전에 걔를 나한테 맡기고 집을 나갔으니까. 어쨌든 걘 재능이 있어요. 이제 당신들하고는 더 이상 말하고 싶지 않으니까, 어서 빨리 내 집에서 나가줘요."

도로시 알렉산더는 필요하다면 자신의 포고령을 물리적으로 집행할 준비가 된 듯 의자에서 일어섰다. 보슈는 그녀의 말을 따르기로 하고 수첩을 들고 소파에서 일어섰다.

"이렇게 불쑥 찾아와서 죄송합니다."

보슈가 지갑에서 명함 한 장을 꺼내면서 말했다.

"그레첸에게서 연락이 오면, 이 번호를 알려주시겠습니까? 그리고 오늘 밤엔 미라지 호텔로 연락하면 된다고 전해주시고요."

"연락이 오면 그렇게 전하리다."

도로시 알렉산더는 명함을 받아들고 현관으로 걸어가는 그들을 뒤따라갔다. 현관 밖 맨 위 계단에 선 보슈가 그녀를 돌아보고 목례를 했다.

"감사합니다, 알렉산더 부인."

"뭐가 말이유?"

보슈와 에드거는 라스베이거스 시내 중심가인 더 스트립을 향해 달려가면서 한동안 말이 없었다. 마침내 보슈가 에드거에게 도로시 알렉산더에 대해 어떻게 생각하느냐고 물었다.

"깐깐한 할망구더구만. 그건 꼭 물어보고 싶었어. 어떤 반응을 보이는지 보고 싶었거든. 그리고 이 레일라인지 그레첸인지 하는 아가씨는 만나봐야 별 소득이 없을 것 같아. 토니의 꼬임에 넘어간 멍청한 아가씨겠지, 뭐. 알다시피 보통은 스트립걸이 남자를 쥐었다 놨다 하잖아. 근데 이 경우엔 토니가 그랬던 것 같아."

"그럴지도 모르지."

보슈는 담배를 붙여 물고 다시 침묵했다. 이제는 노부인을 신문한 일에 대해서 생각하고 있지 않았다. 하루 일이 전부 끝났다는 생각이 들어 이제는 엘리노어 위시에 대해 생각하고 있었다.

미라지 호텔에 도착하자 보슈는 호텔 건물 앞의 둥근 진입로로 차를 몰고 가서 출입문 근처에 차를 세웠다.

"해리, 지금 뭐하는 거야? 불리츠가 미라지 호텔까지는 어떻게 넘어가줄지 모르겠지만, 대리 주차비까지 경찰서 예산으로 내주진 않을걸."

에드거가 말했다.

"자네만 내려주는 거야. 오늘 밤에 차를 바꾸러 가려고. 내일은 공항 근처에도 안 가고 싶거든."

"좋은 생각이야. 그럼 같이 가자. 여기서는 슬롯머신이나 해서 돈이나 잃지 할 일이 없잖아."

보슈는 팔을 뻗어 트렁크 버튼을 눌렀다.

"아냐, 제드. 혼자 갔다 올게. 생각할 것들이 있어서 그래. 트렁크에서 자네 짐이나 꺼내."

에드거는 한참 동안 보슈를 바라보았다. 보슈가 그를 제드라고 부른 게 참으로 오랜만이었다. 에드거는 무슨 말인가 하려다가 말았다. 그러고는 차 문을 열었다.

"알았어, 해리. 나중에 저녁 같이 먹을까?"

"그래, 그러자고. 자네 방으로 전화할게."

"그래, 해리."

에드거가 트렁크를 닫자, 보슈는 다시 라스베이거스 대로를 타고 샌즈 대로를 향해 북쪽으로 달려갔다. 땅거미가 지기 시작했고 스러져가는 햇빛 속에 도시의 네온 간판들이 하나둘씩 불을 밝히고 있었다. 10분 후 그는 엘리노어 위시의 아파트 건물 앞에 차를 세웠다. 깊은 심호흡을 한 번 하고 차에서 내렸다. 엘리노어는 왜 내 전화를 받지 않았을까? 내가 남긴 메시지에 왜 아무런 반응도 보이지 않았을까? 알아내야 했다.

현관문 앞에 이르렀을 때 보슈는 심한 발작을 일으킨 듯 심장이 쪼그라드는 느낌이 들었다. 이틀 전에 그가 조심스럽게 접어 문틈에 끼워두었던 쪽지가 그대로 있었다. 그는 낡은 바닥 깔개를 내려다보며 눈을 꽉 감았다. 묻어두려고 그렇게도 애를 썼던 죄책감이 거대한 파도가 되어 밀려오고 있었다. 언젠가 그가 걸었던 한 통의 전화 때문에 무고한 남자가 살해됐었다. 실수였고 예상도 하지 못했던 일이었지만 그런 일이 벌어진 것은 어쩔 수 없었다. 그는 그 일 때문에 무너지지 않으려고 잊고 살려고 무진 애를 써왔다. 그런데 이번에는 엘리노어라니. 보슈는 집 안에서 무엇을 발견하게 될지 알았다. 펠튼에게 그녀의 전화번호와 주소를 알아봐달라고 부탁했던 일이 화근이었다. 엄청난 화근이었다. 그 일로 인해 엘리노어는 메트로 경찰국에 끌려갔고 미약하게나마 남아 있던 자존심과 나쁜 일은 이미 다 지나갔다는 믿음이 산산조각이 났었다.

보슈는 행여나 엘리노어가 열쇠를 숨겨놓지 않았나 싶어 발로 바닥 깔개를 뒤집어 보았다. 아무것도 없었다. 열쇠 따는 도구는 공항에 세워둔 차 앞좌석 사물함 속에 있었다. 그는 잠깐 망설이다가 문손잡이 위의 한 곳을 노려보며 뒤로 물러섰다가 왼다리를 들고 뒤꿈치로 거세게 문을 걷어찼다. 문설주를 따라 길게 문이 쪼개지면서 활짝 열렸다. 보슈는 아파트 안으로 천천히 걸어 들어갔다.

거실 안은 이상한 게 전혀 없었다. 보슈는 재빨리 복도로 걸어가 침실로 들어갔다. 침대는 흐트러진 채 비어 있었다. 그는 잠깐 동안 그대로 서서 침대를 노려보았다. 그러고 보니 문을 차서 열고 들어온 이후로 숨을 쉬지 않고 있었다. 그는 천천히 숨을 내쉰 후 정상적으로 호흡을 하기 시작했다. 엘리노어는 살아 있었다. 어딘가에. 적어도 그의 생각은 그랬다. 그는 침대에 걸터앉아 담배를 한 대 꺼내 불을 붙였다. 안도감도 잠시, 곧 다른 의혹과 질문이 꼬리를 물었다. 왜 그녀는 전화하지 않았을까? 둘 사이가 이것밖에 안 되었던가?

"계십니까?"

아파트 현관 쪽에서 남자의 목소리가 들렸다. 보슈는 누군가가 문을 차는 소리를 듣고 와본 거라고 추측했다. 그는 침대에서 일어서서 침실을 나왔다.

"네. 여기 뒤쪽에 있습니다. 경찰입니다."

보슈가 말했다.

거실로 돌아가니 흰 와이셔츠에 검은색 넥타이를 매고 검은색 정장을 말쑥하게 차려입은 남자가 있었다. 뜻밖이었다.

"보슈 형사?"

보슈는 긴장했고 아무 대답도 하지 않았다.

"밖에 당신을 만나고 싶어 하는 분이 계십니다."

"누구요?"

"누군지 무슨 용건인지는 직접 말씀하실 겁니다."

남자는 따라오든 말든 알아서 하라는 듯 성큼성큼 현관 밖으로 걸어나갔다. 보슈는 잠깐 망설이다가 남자를 따라갔다.

주차장에 스트레치 리무진(차체를 길게 늘인 고급 리무진 - 옮긴이) 한 대가 시동이 걸린 채 서 있었다. 검은 정장을 입은 남자는 차 앞을 돌아가 운전석에 탔다. 보슈는 그를 잠깐 지켜보다가 리무진을 향해 걸어갔다.

그러면서 본능적으로 팔을 들어 외투 가슴 쪽을 쓱 문질렀다. 그 속에 총이 들어 있는 것을 확인하자 어느 정도 안심이 되었다. 그때 그와 가까이 있는 뒷문이 열리더니 거무튀튀하고 험악하게 생긴 남자가 그에게 손짓을 했다. 보슈는 망설이는 기색을 보이지 않았다. 그러기에는 너무 늦었다는 생각이 들어서였다.

보슈는 리무진으로 들어가 뒤쪽을 향해 있는 좌석에 앉았다. 푹신하게 속을 넣은 맞은편 좌석에는 남자 두 명이 앉아 있었다. 한 명은 아까 그 험악하게 생긴 남자였는데 평상복 차림으로 고급스러운 좌석에 구부정하게 앉아 있었고, 그보다 나이가 들어보이는 다른 한 명은 고급 쓰리피스 정장 차림에 넥타이를 꽉 조여 매고 있었다. 두 남자 사이의 푹신한 팔걸이 위에는 검은색 작은 상자가 놓여 있었는데 그 위에서 초록불이 반짝였다. 보슈는 전에도 그런 상자를 본 적이 있었다. 그것은 도청 장치가 방출하는 전파를 감지하는 기계였다. 초록불이 반짝이는 것은 대화를 엿듣고 기록하는 일이 일어나고 있지 않으므로 자유롭게 대화를 나눠도 된다는 뜻이었다.

"보슈 형사."

험악하게 생긴 남자가 말했다.

"조이 마크스 씨군요."

"내 이름은 조셉 마르코니요."

"무슨 일로 날 보자고 했습니까, 마르코니 씨?"

"잠깐 이야기나 나누고 싶었소. 당신과 나와 여기 내 변호사, 이렇게 셋이서 말이야."

"토리노 씨?"

다른 남자가 고개를 끄덕였다.

"오늘 의뢰인을 잃으셨다던데."

마르코니가 대신 대답했다.

"우리가 하고 싶은 게 바로 그 얘기요. 우리에게 문제가 생겼소. 우린…."

"내가 어디 있는지는 어떻게 알았죠?"

"나를 위해 수고를 해주는 친구들이 있으니까. 우린 당신이 돌아올 거라고 생각했소. 게다가 그런 쪽지까지 남겼으니 분명히 돌아올 거라고 생각했지."

그들이 미행을 한 게 분명한데 언제부터였는지 궁금했다. 금방 집히는 바가 있었고 이 만남의 용건이 무엇인지 알 것 같았다.

"엘리노어 위시는 어딨죠?"

"엘리노어 위시?"

마르코니는 토리노를 쳐다보더니 다시 보슈에게로 고개를 돌렸다. 그러고는 말을 이었다.

"누군지는 모르겠지만, 곧 나타나겠지."

"원하는 게 뭐요, 마르코니?"

"그냥 이렇게 만나서 이야기를 나누고 싶었소. 그뿐이야. 차분히 대화 좀 나누고 싶었지. 우리에게 문제가 생겼는데 해결을 할 수 있을 것 같아서 말이오. 난 당신과 협력하고 싶은데, 보슈 형사. 당신도 나와 같은 생각인가?"

"똑같은 말 두 번 하게 하시네. 원하는 게 뭐요?"

"내가 원하는 건 이 일이 걷잡을 수 없게 되기 전에 해결하는 거요. 당신은 지금 틀린 길을 가고 있소, 형사. 당신은 선량한 사람이더군. 뒷조사 좀 했지. 윤리적인 사람이야. 난 그 점을 높이 산다오. 살면서 무슨 일을 하든 윤리 규범이란 게 필요하니까. 당신은 그걸 갖고 있더란 말이지. 하지만 지금은 틀린 길을 가고 있소. 난 토니 앨리소하고는 아무런 관련이 없거든."

보슈는 히죽 웃으면서 고개를 가로저었다.

"이봐요, 마르코니, 난 당신의 알리바이 따위는 관심 없소. 빈틈없는 알리바이를 갖고 있겠지만, 그렇거나 말거나요. 그래도 당신은 570킬로미터나 떨어진 곳에서도 방아쇠를 당길 수 있으니까. 더 먼 곳에서도 당겨봤잖소, 안 그래요?"

"보슈 형사, 뭔가 오해가 있는 것 같은데. 그 쥐새끼 같은 놈이 무슨 말을 했는지 모르겠지만, 다 거짓말이오. 난 토니 앨리소 사건과는 아무런 관련이 없소. 내 애들도 토니 앨리소 사건과는 아무런 관련이 없고. 난 지금 당신한테 이 일을 바로잡을 기회를 주고 있는 거요."

"그래요? 그럼 어떡하면 되죠? 럭키를 풀어주면 되는 건가? 당신이 이 리무진을 타고 구치소 밖에서 기다리고 있다가 놈을 태워가지고 사막으로 데려갈 수 있게 말요? 그럼 럭키를 다시 볼 수 있을까?"

"당신은 그 전직 FBI 요원 아가씨를 다시 볼 수 있을 거라고 생각하나?"

보슈는 가슴속에서 분노가 치솟는 것을 느끼며 마르코니를 노려보았다. 목구멍에서 작은 떨림이 느껴지는 순간 보슈는 재빨리 총을 꺼내 들고 마르코니에게로 상체를 기울였다. 마르코니의 목에 걸린 두꺼운 금 사슬 목걸이를 잡고 그를 앞으로 홱 끌어당겼다. 그러고는 총구로 마르코니의 뺨을 꽉 눌렀다.

"지금 뭐라고 했어?"

"침착해요, 보슈 형사. 경솔한 행동은 금물입니다."

토리노가 끼어들었다.

토리노는 보슈의 팔을 잡았다.

"손 치워, 새끼야."

토리노는 손을 떼고 다른 손과 함께 들어 올려 항복을 표시했다.

"분위기가 과열되는 것 같아 진정시키고 싶었을 뿐이오."

토리노가 말했다.

보슈는 총을 거두고 자기 좌석에 등을 기댔지만 총은 그대로 들고 있었다. 마르코니의 뺨에는 움푹 들어간 동그란 총구 자국이 남았고 건오일도 묻어 있었다. 마르코니는 손으로 건오일을 쓱 문질러 닦았다.

"그 여자는 어딨어, 마르코니?"

"며칠 여행을 간다고 들었어, 보슈. 그러니까 그렇게 과민 반응 보일 필요가 없다고. 우린 친구잖아. 여자는 돌아올 거야. 당신이 그 여자한테 그렇게, 어, 관심이 있는 걸 알았으니까, 반드시 돌아오도록 해주지."

"그 대가는?"

보슈가 메트로 구치소에 갔을 때 해킷이 아직도 근무를 하고 있었다. 보슈는 안전 문제와 관련하여 고션과 잠깐 상의할 게 있다고 말했다. 해킷은 면담 시간 외의 면담을 허락하는 것은 규정 위반이라면서 한참이나 망설였지만, 보슈는 규정 위반이든 아니든 현지인들에게는 종종 허용되고 있다는 것을 알고 있다면서 강하게 나갔다. 결국에는 해킷이 두 손 들었고, 변호인 접견실로 보슈를 데려가더니 잠깐만 기다리라고 말했다. 10분 후, 해킷은 고션을 데리고 들어와 고션의 한 팔목과 고션이 앉은 의자를 연결해서 수갑을 채웠다. 그리고 나서 해킷은 팔짱을 끼고 피의자 뒤에 섰다.

"경사, 단둘이 이야기하고 싶은데요."

"그건 안 됩니다. 안전 문제 때문에요."

"어차피 우린 대화 안 할 거요."

고션이 참견을 했다.

보슈가 말했다.

"경사, 이 친구가 나하고 이야기를 하든 안 하든, 내가 이 친구한테 하는 말을 당신이 들었다는 사실이 알려지면 당신이 위험해질 수도 있어요. 무슨 뜻인지 알죠? 뭐 하러 그런 위험을 무릅쓰려고 그래요? 5분이요. 딱 5분이면 되요."

해킷은 잠깐 생각하다가 한 마디 말도 없이 방을 나갔다.

"제법인데, 보슈. 하지만 난 당신하고 할 말 없어. 당신이 뒷구멍으로 딴 짓을 할지 모른다고 바이스가 그러더군. 사탕 먹을 시간이 되기도 전에 사탕 단지에 손을 집어넣을지 모른다고 말이야. 난 당신 술수에 놀아나지 않아. 나를 LA로 데려가서 거래를 할 수 있는 사람들 앞에 앉혀줘. 그러면 거래를 할 테니까. 그땐 다들 자기가 원하는 걸 얻게 될 거야."

"입 닥치고 들어, 멍청한 새끼야. 이젠 거래 따위는 쥐뿔도 신경 안 써. 지금 내 머릿속에 있는 유일한 거래는 네놈을 살려둘까 말까 하는 것뿐이야."

고션은 귀가 번쩍 뜨이는 듯했다. 보슈는 효과를 극대화하기 위해 좀 더 기다렸다가 다시 입을 열었다.

"고션, 중요한 얘기니까 잘 들어. 내가 신경 쓰는 사람은 라스베이거스를 통틀어서 딱 한 명 있어. 그 여자가 사라지면 온 세상이 쩍쩍 갈라지고 무너져버리겠지만 그렇든 말든 내 알 바 아냐. 내가 걱정하는 건 딱 한 사람, 그 여자뿐이야. 그런데 이렇게 인간들이 넘쳐나는 이 도시에서 네놈 두목이 나를 협박하기 위한 미끼로 잡아놓은 게 하필이면 그 여자란 말이야."

고션이 걱정스러운 듯 양미간을 찌푸렸다. 보슈가 자기 조직 두목 이야기를 하고 있다는 것을 알아챈 것이다. 고션은 보슈의 입에서 무슨 말이 나올지 잘 알고 있었다.

"그래서 거래를 했어. 너랑 그 여자를 맞바꾸기로. 조이 마크스는 네가 LA로 가지 않으면 내 친구를 돌려보내겠다고 했어. 가면 안 돌려보내는 거고. 무슨 뜻인지 알지?"

고션은 탁자를 내려다보며 천천히 고개를 끄덕였다.

"알아?"

보슈는 총을 꺼내 고션의 코앞에 대고 겨눴다. 고션은 검은 총구를 보느라고 사팔뜨기가 되었다.

"지금 당장 네놈 대갈통을 날려버릴 수도 있어. 해킷이 들어오면 네가 내 총을 뺏으려고 달려들었다고 하면 돼. 넘어가 줄 거야. 이 면담을 허락해줬거든. 규정 위반이지. 넘어가 줄 수밖에 없어."

보슈는 총을 거뒀다.

"아니면 내일 날려버릴 수도 있어. 내일은 이렇게 하는 거야. 우린 공항에 가서 비행기를 기다리고 있어. 그런데 슬롯머신 쪽이 소란스러워지는 거야. 누가 대박을 터뜨린 거지. 내 파트너와 나는 그곳을 쳐다보는 실수를 저지르는 거야. 그 사이에 누군가가, 어쩌면 네 친구 거씨일 수도 있겠지, 15센티미터 길이의 단검으로 네놈 목을 푹 찌르는 거야. 넌 지옥으로 가고 내 친구는 집으로 돌아오는 거지."

"원하는 게 뭐야?"

보슈는 고션에게로 상체를 기울였다.

"그렇게 하지 말아야 할 이유를 원해. 네놈이야 죽든 말든 아무 상관없어, 고션. 하지만 그 여자가 다치게 하지는 않을 거야. 난 살면서 실수를 많이 저질렀어. 한번은 살해당할 이유가 전혀 없었던 사람이 나 때문에 살해된 적도 있어. 내 실수 때문에. 알겠어? 그런 일이 다시는 일어나게 하지 않을 거야. 속죄라고 해두지, 고션. 그리고 속죄를 위해 너 같은 쓰레기를 제물로 바쳐야 한다면, 두말 않고 그렇게 할 거야. 선택은 너한테 달렸어. 넌 조이 마크스를 잘 알잖아. 놈이 여자를 어디에 가

뒤졌을지 말해 봐."

"오, 하느님, 그걸 내가 어떻게 알아."

고션이 머리를 쓱쓱 문질렀다.

"잘 생각해 봐, 고션. 놈은 전에도 이런 짓을 저질렀잖아. 네놈들한텐 일상일 텐데, 뭐. 놈이 누군가를 숨겨놓고자 할 때 어디다 가두지?"

"예전엔… 아니 지금도 그가 사용하는 안가가 몇 채 있어. 그는, 어, …사모아인들을 시켰을 것 같군."

"그 사람들이 누군데?"

"덩치가 엄청 큰 조폭들이야. 사모아 출신이지. 형제고. 이름을 발음하기가 너무 어려워서, 그냥 탐과 제리라고 부르지. 안가 한 곳을 책임지고 있어. 조이는 이런 일엔 그 친구들 집을 이용할 거야. 다른 곳은 주로 현금을 쟁여두거나 시카고에서 온 친구들을 재울 때 쓰거든."

"사모아인들의 집은 어디 있지?"

"노스 라스베이거스에. 돌리스에서 그리 멀지 않은 곳이야."

보슈가 수첩 한 장을 찢어 고션에게 건네자 고션은 그 집으로 가는 약도를 그렸다.

"너도 가본 적 있어?"

"두세 번."

보슈는 종이를 다시 고션에게로 밀었다.

"그 집 내부 구조도를 그려 봐."

보슈는 공항에서 찾아온 먼지를 뒤집어 쓴 형사 차를 미라지 호텔 주차 대행 서비스 라인에 세우고 차에서 내렸다. 주차 대행 직원이 다가왔지만 보슈는 그를 지나쳐 걸어갔다.

"선생님, 열쇠는요?"

"금방 나올 거요."

직원이 그렇게 차를 정차해놓고 들어가면 안 된다고 군소리를 했지만 보슈는 못 들은 척하고 회전문으로 들어갔다. 그는 카지노를 가로지르면서 손님들 중에 에드거가 있는지 찾아보았다. 키 큰 흑인 남자는 별로 없었고, 그중에도 에드거는 보이지 않았다.

보슈는 로비에서 구내전화로 에드거의 객실을 연결해달라고 요청했고, 파트너가 전화를 받자 안도의 한숨을 내쉬었다.

"제리, 보슈야. 좀 도와줘야겠어."

"무슨 일이야?"

"1층 현관 밖 주차 대행 서비스 앞으로 나와."

"지금? 좀 전에 룸서비스가 왔는데. 미리 전화하지 그랬어."

"지금 당장 내려와, 제리. 그리고 LA에서 가져온 방탄조끼 가져오고."

"내 조끼? 알았어. 그런데 무슨…."

"조끼 가지고 내려와."

보슈는 에드거가 더 물어보기 전에 전화를 끊었다.

돌아서서 밖으로 나가던 보슈는 아는 사내와 마주쳤다. 옷을 잘 차려입고 있어서 처음에는 조이 마크스의 조직원인가 생각했지만 곧 누군지 알아차렸다. 미라지 호텔의 행크 메이어 보안실장이었다.

"보슈 형사님, 여기서 뵙다니 뜻밖입니다."

"방금 전에 왔어. 누구를 데리러 왔지."

"그럼 범인을 잡은 겁니까?"

"그런 것 같아."

"축하드립니다."

"이봐, 행크, 빨리 나가봐야 돼. 내 차가 호텔 진입로를 막고 있거든."

"아, 그게 형사님 차군요. 무전으로 얘기 들었습니다. 네, 빨리 빼주셔야겠습니다."

"나중에 또 보자고."

보슈가 그의 곁을 지나쳐 걸어갔다.

"저기, 형사님? 그 베팅 영수증이 아직 안 들어왔다는 거 아십니까?"

보슈가 걸음을 멈췄다.

"뭐?"

"앨리소 씨가 금요일 밤에 베팅해서 딴 상금을 찾아가는 사람이 있으면 알려달라고 하셨잖아요. 다저스에 베팅한 거요."

"아, 맞다, 그랬지."

"네, 컴퓨터 테이프를 뒤져서 일련번호를 알아냈습니다. 그 번호를 컴퓨터에 입력해봤는데요, 아직 아무도 상금을 찾아가지 않았더군요."

"알았어, 고마워."

"이 말씀을 드리려고 오늘 형사님이 근무하시는 경찰서로 전화했는데 안 계시더군요. 여기 오신 줄은 몰랐습니다. 누가 찾아가나 앞으로도 계속 잘 지켜보겠습니다."

"고마워, 행크. 가볼게."

보슈가 다시 걸음을 옮기는데도 메이어는 말을 계속했다.

"별말씀을요. 저희가 감사하죠. 언제든 법을 집행하는 형제들에게 기꺼이 협력하고 도와드리겠습니다."

메이어가 활짝 웃고 있었다. 보슈는 그를 돌아보면서 발걸음이 무거워지는 것을 느꼈다. 그대로 떠나기가 미안했다. 보슈는 고개를 끄덕여 보이고 계속 걸어가면서 '법을 집행하는 형제들'이란 말을 마지막으로 들은 게 언제였는지 떠올려보았다. 로비를 가로질러 출입문 앞에 가서 뒤를 돌아다보니 메이어는 아직도 그대로 서 있었다.

"한 가지 더요, 보슈 형사님."

보슈는 속으로 짜증을 내며 걸음을 멈췄다.

"또 뭐야, 행크? 빨리 나가봐야 한다니까."

"금방 끝납니다. 부탁 좀 드리려고요. 피의자 검거 사실을 언론에 발표하실 것 같은데요. 그때 미라지 호텔에 대해서는 절대로 언급하지 말아주시면 감사하겠습니다. 저희가 협조했다는 말조차도요. 부탁드립니다."

"그러지. 한 마디도 안할게. 나중에 봐, 행크."

보슈는 돌아서서 회전문을 이용해 밖으로 나갔다. 어떤 보도 자료에서도 미라지 호텔이 언급될 것 같지는 않았지만, 메이어의 걱정은 이해가 됐다. 메이어는 살인사건과 관련하여 호텔 이름이 사람들 입에 오르내려 호텔의 이미지가 나빠지고 보안에 문제가 생기지 않을까 걱정하고 있는 것이었다.

보슈가 차 앞에 다다랐을 때 에드거가 방탄조끼를 들고 건물에서 나왔다. 주차 대행 직원은 보슈를 잡아먹을 듯이 노려보았다. 보슈는 5달러 지폐 한 장을 꺼내 그에게 건넸다. 그래도 그의 태도는 별로 바뀌지 않았다. 잠시 후 보슈와 에드거는 차를 타고 출발했다.

지나가면서 보니 고션이 말한 안가는 폐가 같았다. 보슈는 반 블록을 더 가서 차를 세웠다.

"아직도 이해가 잘 안 가, 해리. 메트로 친구들을 불러들여야 할 것 같은데."

에드거가 말했다.

"말했잖아, 그럴 수 없다고. 마크스는 메트로 안에 사람을 심어놓은 게 틀림없어. 아니면 어떻게 알고 엘리노어를 납치해갔겠냐고. 그러니까 메트로에 전화를 걸면, 메트로가 움직이기도 전에 마크스가 먼저 알고 엘리노어를 죽이거나 다른 데로 끌고 갈 거야. 그러니까 우리가 먼저 들어가고 메트로는 나중에 불러야 해."

"나중이란 게 있다면 말이지. 도대체 어떡하려는 거야? 짜잔 하고 들어가는 거야? 카우보이 흉내를 내고 싶은 거야, 해리?"

"아니, 자넨 운전석에 앉아서 차를 돌려놓고 시동을 걸어놓은 채 기다리기만 하면 돼. 서둘러서 여길 떠나야 할지도 모르니까."

보슈는 에드거를 지원병으로 쓰고 싶었지만 안가로 오면서 설명을 듣고도 심드렁한 반응을 보여서 운전사로만 쓰기로 했다.

차 문을 연 보슈는 밖으로 나가기 전에 에드거를 돌아보았다.

"여기 있을 거지?"

"그래, 여기 있을게. 죽지만 마. 위에 보고하는 것 머리 아프니까."

"그래, 최선을 다할게. 수갑 좀 빌려주고 트렁크 문 좀 열어줘."

보슈는 에드거의 수갑을 받아 외투 주머니에 넣은 후 트렁크로 갔다. 트렁크에서 방탄조끼를 꺼내 셔츠 위에 입고 다시 외투를 입어 권총집을 가렸다. 그러고 나서 트렁크 깔개를 들고 스페어타이어를 들어 올렸다. 그 밑에 기름 헝겊에 싸인 글록17 권총이 한 자루 놓여 있었다. 보슈는 탄창을 열고 맨 위에 있는 총알이 녹이 슬지는 않았는지 확인한 후 다시 탄창을 닫았다. 그러고는 총을 허리춤에 꽂았다. 이번 작전에서 총을 쏠 일이 생긴다면, 공무 수행용으로 지급받은 총은 쓰지 않을 작정이었다.

보슈는 운전석으로 가서 에드거에게 거수경례를 한 후 거리를 걸어 내려갔다.

안가는 콘크리트 블록과 시멘트로 만든 작은 집으로 그 동네의 초라한 분위기와 잘 어울렸다. 보슈는 1미터 높이의 담을 뛰어 넘어 들어간 후 허리춤에서 권총을 빼내 옆으로 들고 집의 측면을 따라 걸어갔다.

집 앞쪽이나 측면에 난 창문 어디에서도 불빛이 새어나오지 않았다. 그러나 볼륨을 최대로 낮춘 TV 소리는 들렸다. 엘리노어가 여기 있었다. 그걸 느낄 수 있었다. 보슈는 고션이 사실을 말해줬다는 것을 깨달았다.

집 뒤쪽 모퉁이에 이르러 보니 뒷마당에 수영장이 있었고 지붕이 있는 현관도 보였다. 건물에서 삐죽 나온 콘크리트 슬래브 위에는 위성방송 수신용 접시 안테나가 달려 있었다. 아주 첨단으로 노는군. 얼마나 오래 숨어 있어야 할지 모르니까, 5백 개 채널은 기본으로 가지고 있는 게 좋겠지. 보슈는 생각했다.

뒷마당에는 아무도 없었지만 보슈가 모퉁이를 돌자 한 창문에서 불빛이 새어나오는 게 보였다. 그는 몸을 한껏 낮추고 그 창문으로 다가갔다. 창문에 블라인드가 쳐져 있었지만 다가가면서 틈새로 보니 사람들이 보였다. 사모아인 형제인 것 같은 거구의 남자가 두 명 보였다. 그리고 엘리노어. 사모아 형제는 TV 앞에 있는 소파에, 엘리노어는 소파 옆에 놓인 식탁 의자에 앉아 있었다. 한 팔목과 한 발목이 의자에 수갑으로 묶인 채였다. 전기 스탠드 갓이 가로놓여 있어서 그녀의 얼굴은 보이지 않았다. 그러나 그녀가 메트로 경찰국에 끌려왔던 날 입었던 옷을 그대로 입고 있는 게 보였다. 세 사람은 〈메리 타일러 무어 쇼〉 재방송을 보고 있었다. 보슈는 분노가 목구멍까지 치밀어 오르는 것을 느꼈다.

보슈는 웅크리고 앉아서 엘리노어를 구해낼 방법을 생각해보았다. 그는 벽에 등을 기대고 빛을 받아 일렁이는 수영장을 바라보았다. 그때 좋은 생각이 떠올랐다.

보슈는 블라인드 틈새로 방 안을 다시 한 번 살펴보며 아무도 움직이지 않았다는 것을 확인한 뒤 접시 안테나가 있는 모퉁이로 돌아갔다. 권총을 다시 허리춤에 꽂고 잠시 접시 안테나를 관찰한 뒤 두 손으로 접시를 구부려 안테나가 땅으로 향하게 만들었다.

그러는 사이 5분 정도 시간이 흘렀다. 그 5분 동안 방 안에서는 사모아 형제 한 명이 화면이 선명하게 나오도록 하려고 TV를 이리저리 만져보고 돌려보고 했을 게 틀림없었다. 마침내, 실외등이 켜지더니 뒷 현관문이 열리고 남자 한 명이 걸어 나왔다. 텐트처럼 커다란 하와이안 셔츠 차림에 긴 검은 머리가 어깨를 덮고 있었다.

덩치 큰 남자는 접시 안테나에 다가갔지만 어떻게 할지 모르는 것 같았다. 오랫동안 안테나를 바라보다가 반대편으로 가면 더 잘 보일지 모른다고 생각했는지 반대편으로 돌아가 섰다. 이제 그는 보슈에게 등을 보이고 서 있었다.

보슈는 모퉁이에서 걸어 나와 살며시 남자 뒤로 걸어갔다. 그는 남자의 등 아래쪽에 글록 권총의 총구를 댔다.

보슈가 낮고 침착한 목소리로 말했다.

"움직이지 마, 떡대. 휠체어에 앉아서 오줌 주머니로 오줌을 받아내며 평생을 보내고 싶은 게 아니라면 한 마디도 하지 마."

보슈는 기다렸다. 남자는 움직이지 않았고 아무 말도 하지 않았다.

"넌 탐이야, 제리야?"

"제리."

"좋아, 제리. 이제 현관으로 걸어갈 거야. 가자."

그들은 현관 지붕을 받치고 있는 두 개의 강철 기둥 중 한 개를 향해 걸어갔다. 보슈는 줄곧 남자의 등에 총부리를 갖다대고 있었다. 기둥 앞에 이르자 보슈는 주머니에서 에드거의 수갑을 꺼냈다. 그러고는 팔을 돌려 남자의 얼굴 앞에 수갑을 들어보였다.

"이거 받아. 기둥을 끌어안고 수갑을 채워."

보슈는 수갑 차는 딸깍 소리가 들릴 때까지 기다렸다가 남자 앞으로 돌아가서 남자의 두꺼운 두 팔목에 수갑이 제대로 채워져 있는지 만져보며 확인했다.

“좋아, 잘했어, 제리. 이제 어떡할까? 탐을 죽여줄까? 이제 저 안으로 들어가서 놈을 죽이고 여자를 데리고 나올 수 있어. 누워서 떡 먹기지. 그렇게 하면 좋겠어?”

“아니.”

“그럼 내가 시키는 대로 해. 허튼수작 부리면, 탐은 죽는 거야. 그리고 목격자를 남겨둘 순 없으니까 너도 죽어야겠지. 무슨 말인지 알겠어?”

“응.”

“좋아. 그럼 이름은 부르지 말고, 네놈을 믿을 수 없으니까 말이야, 탐한테 화면이 제대로 나오는지 물어 봐. 아니라고 하면, 나와서 도와달라고 해. 여자는 수갑을 차고 있으니까 괜찮을 거라고 말하고. 제리, 네가 제대로 하면 모두가 사는 거야. 허튼수작 부리면 니들 형제는 죽는 거고.”

“이름을 안 부르면 뭐라고 부르란 말이야?”

“‘어이, 형?’ 어때? 그 정도면 괜찮지 않을까?”

제리는 ‘어이, 형?’이라고 부르고는 보슈가 시키는 대로 말했다. 몇 마디가 오고간 뒤, 탐이 현관 밖으로 나왔고, 제리가 등을 보이고 서 있는 것을 보았다. 뭔가 이상하다고 깨닫는 순간, 보슈가 그늘에서 튀어나와 탐의 등에 총구를 댔다. 이번에는 보슈 자신의 수갑을 꺼내, 탐이 다른 기둥을 안게 하고 수갑을 채웠다. 탐은 제리보다 덩치가 약간 더 크고 어깨도 더 넓은 것 같았다.

“좋아, 잠깐 쉬고 있어, 친구들. 금방 나올게. 아, 참, 여자가 찬 수갑 열쇠는 누가 갖고 있지?”

“그가.”

둘이 동시에 대답했다.

“이런, 이러면 쓰나, 친구들. 난 아무도 해치고 싶지 않은데 말이야.

자, 다시. 수갑 열쇠는 누가 갖고 있지?"

"내가."

보슈 뒤 현관문 쪽에서 목소리가 들렸다. 보슈는 그 자리에서 얼어붙어 버렸다.

"보슈, 총을 천천히 수영장 속으로 던지고, 천천히 돌아서, 아주 천천히."

보슈는 시키는 대로 총을 수영장으로 던지고 나서 천천히 돌아섰다. 거씨였다. 보슈는 어둠 속에서도 그의 눈에서 기쁨과 증오를 읽을 수 있었다. 현관으로 걸어 나온 그의 오른손에는 권총이 들려 있었다. 보슈는 집 안을 좀 더 살펴보지 않은 자신에게, 제리에게 집 안에 탐과 엘리노어 말고 누가 또 있는지 물어보지도 않은 자신에게 화가 났다. 거씨는 총을 들어 보슈의 왼쪽 눈 바로 밑에 총부리를 들이댔다.

"기분이 어때?"

"두목한테 들었군, 그렇지?"

"맞아. 우리가 그렇게 멍청한 줄 알아? 멍청한 건 너야, 친구. 우린 네가 이런 짓을 할 수도 있다는 걸 알고 있었어. 두목한테 전화해서 어떡할지 물어봐야겠군. 하지만 그 전에 네가 탐과 제리를 풀어줘야겠어. 지금 당장."

"그러고 말고, 거씨."

보슈는 외투 안으로 손을 넣어 다른 총을 꺼낼까 생각했지만, 거씨가 바로 눈 밑에 총을 대고 있는데 그렇게 하는 건 자살행위라는 것을 깨달았다. 보슈가 수갑 열쇠를 찾으려고 외투 주머니에 천천히 손을 넣는데, 왼쪽 시야 가장자리에서 움직임이 보이더니 고함 소리가 들렸다.

"꼼짝 마, 멍청아!"

에드거였다. 거씨는 꼼짝도 하지 않았다. 이렇게 대치한 상태로 잠시 시간이 흐른 후, 보슈는 외투 주머니에서 권총을 꺼내들고 거씨의 목에 총부리를 들이댔다. 그들은 그런 상태로 서로를 노려보며 한참을 서 있었다.

"어때? 한번 당겨볼래? 총싸움 한번 할까?"

보슈가 말했다.

거씨는 아무 말도 하지 않았고, 에드거가 다가왔다. 에드거는 자기 총의 총구를 거씨의 관자놀이에 댔다. 보슈는 빙그레 웃으면서 거씨의 총을 빼앗아 수영장으로 던졌다.

"지금은 총싸움 하기 좀 그렇지?"

보슈가 말한 후 에드거를 바라보며 고개를 끄덕여 감사의 표시를 했다.

"놈을 잡고 있어줘. 난 들어가서 엘리노어를 데려올게."

"당연하지, 해리. 이 덩치 큰 무뇌아가 멍청한 짓을 해주면 나야 고맙지."

보슈는 거씨가 다른 무기를 숨기고 있지 않은지 몸수색을 했지만 아무것도 없었다.

"수갑 열쇠는 어디 있어?"

보슈가 물었다.

"엿 먹어라, 새끼야."

"요 전날 밤 일 기억해, 거씨? 그때처럼 터지고 싶어? 다시 묻는다. 열쇠 어디 있어?"

보슈는 자기 수갑 열쇠로도 열 수 있다는 것을 알고 있었지만, 거씨에게서 열쇠를 뺏어두고 싶었다. 거씨는 한숨을 크게 쉬더니 열쇠는 부엌 조리대 위에 있다고 말했다.

보슈는 총을 들고 또 누가 불쑥 나타나지는 않을까 주위를 두리번거리면서 집 안으로 들어갔다. 아무도 없었다. 보슈는 부엌 조리대에서 수갑 열쇠를 집어 들고 엘리노어가 있는 뒷방으로 갔다. 방 안으로 들어서서 그녀와 눈이 마주친 순간 그는 앞으로 평생 동안 소중한 기억으로 남게 될 표정을 보았다. 말로 표현하기 힘든 표정이었다. 이제는 살았다는 생각에 두려움이 서서히 사라지는 표정. 감사의 표정인 것도 같았다. 사람들이 영웅을 바라볼 때 짓는 표정인 것도 같았다. 보슈는 그녀에게 달려가 수갑을 풀기 위해 그녀가 앉은 의자 앞에 무릎을 꿇었다.

"엘리노어, 괜찮아?"

"응, 괜찮아, 괜찮아. 난 알고 있었어, 해리. 당신이 와줄 거라는 걸 알고 있었어."

보슈는 수갑을 풀고 고개를 들어 엘리노어의 얼굴을 바라보았다. 그러고는 고개를 끄덕인 후 그녀를 와락 껴안았다.

"빨리 나가야 돼."

둘이 뒷 현관 밖으로 나와서 보니, 그곳 상황은 조금도 달라지지 않은 것 같았다.

"제리, 놈을 계속 붙들고 있어줘. 난 전화를 찾아서 펠튼에게 전화를 해야겠어."

"그래, 알…."

"안 돼. 그 사람들한테 전화하지 마. 그건 내가 원하지 않아."

엘리노어가 말했다.

보슈는 그녀를 바라보았다.

"엘리노어, 지금 무슨 소리를 하는 거야? 이놈들이 당신을 납치했어. 우리가 오지 않았다면, 놈들이 내일쯤 당신을 사막으로 데려가 죽여 버렸을지도 몰라."

"경찰을 끌어들이는 거 원하지 않아. 그 끔찍한 일을 다시 겪고 싶지 않단 말이야. 이 일은 이쯤에서 끝내고 싶어."

보슈는 오랫동안 엘리노어를 바라보았다.

"제리, 놈을 잘 보고 있어."

보슈가 말했다.

"알았어."

보슈는 엘리노어에게 다가가 그녀의 팔을 잡고 다시 집 안으로 데리고 들어갔다. 밖에 있는 남자들이 듣지 못하게 집 안 깊숙이 들어가 부엌 옆 벽감에 다다르자 그가 걸음을 멈추고 그녀를 바라보았다.

"엘리노어, 무슨 일이 있었어?"

"아무 일도 없어. 난 단지…."

"메트로 경찰들이 당신을 폭행했어?"

"아니, 난 그냥…."

"성폭행했어? 사실대로 말해 봐."

"아냐, 해리. 그런 게 아니야. 난 그냥 일을 이쯤에서 끝내고 싶을 뿐이야."

"내 말 들어봐, 엘리노어. 우린 마크스와 그의 변호사, 그리고 저 밖에 있는 세 놈들을 잡아넣을 수가 있어. 그러려고 여기 온 거야. 마크스가 제 입으로 그랬어, 자기가 당신을 납치했다고 말이야."

"착각하지 마, 해리. 당신은 마크스의 털끝도 건드릴 수가 없어. 마크스가 뭐라고 했는데? 누가 당신을 위한 증인이 되어 줄 것 같아? 나? 나를 똑바로 봐. 난 중범죄 전과자야, 해리. 그뿐인가, 과거에는 FBI 요원이었지. 조폭 변호사가 그런 걸 어떻게 잡고 늘어질지 생각 좀 해보라고."

보슈는 아무 말도 하지 않았다. 그녀의 말이 옳았다.

"난 그런 일을 또 겪고 싶지는 않아. 메트로 경찰들이 불쑥 내 집 앞에 나타나서 나를 경찰국으로 끌고 갔을 때 내가 처한 현실을 분명히 파악했어. 이 일로 그 사람들을 도와주지 않을 거야. 그러니까 그냥 나를 여기서 데리고 나가줘."

"그 결정 확고해? 일단 여기를 나서면 마음을 바꿀 수가 없어."

"확고해. 절대로 흔들리지 않을 거야."

보슈는 고개를 끄덕인 후 엘리노어를 데리고 현관 밖으로 나갔다.

"니들 오늘 운수 대통한 줄 알아."

보슈가 조폭들을 향해 말했다. 그러고는 에드거를 바라보며 말을 이었다.

"이대로 철수할 거야. 자세한 이야기는 가면서 할게."

에드거는 고개를 끄덕이기만 했다. 보슈는 사모아 형제들에게 다가가 팔목에 그들이 갖고 있던 수갑을 채우고 아까 채웠던 에드거와 자신의 수갑을 풀었다. 일이 끝나자 보슈는 덩치가 좀 작은 친구 앞에 수갑 열쇠를 들어보이고는 수영장 속으로 홱 던져버렸다. 그러고 나서 그는 수영장 뒤에 있는 담으로 걸어가 끝에 그물 주머니가 달린 기다란 장대를 집어 들었다. 장대를 이용해 수영장 바닥에서 자신의 총을 건져 올려서 총을 엘리노어에게 건넸다. 그러고는 거씨에게로 돌아갔다. 거씨는 위아래로 검은색 옷을 입고 있었다. 에드거는 아직도 그의 오른쪽에 서서 총구로 관자놀이를 누르고 있었다.

"턱시도를 안 입어서 몰라볼 뻔했잖아, 거씨. 조이 마크스한테 내 말 좀 전해줄래?"

"그러지. 뭔데?"

"엿 먹어라. 그렇게만 전해줘."

"기분 나빠할 텐데."

"그러거나 말거나. 여기에 시체 세 구를 남겨두고 가지 않는 걸 고마운 줄이나 알라고 해."

보슈는 엘리노어를 바라보았다.

"뭐 하고 싶은 말이나 행동 없어?"

그녀는 고개를 저었다.

"자, 그럼 가자. 그런데 말이야, 거씨, 수갑이 한 개 모자라네. 자네한텐 정말 미안해."

"밧줄이 저기…."

보슈는 총의 개머리판으로 거씨의 콧날을 있는 힘껏 후려 갈겨 요전에 부러뜨리지 못했던 뼈를 확실하게 부러뜨렸다. 거씨는 쿵 하고 무릎을 꿇고 주저앉더니 앞으로 고꾸라지면서 현관 타일에 쾅 하고 얼굴을 부딪쳤다.

"오, 하느님! 해리!"

에드거였다. 동료의 갑작스러운 폭력에 충격을 받은 표정이었다.

보슈는 잠깐 그를 바라보다가 말했다.

"가자."

엘리노어의 아파트에 도착한 보슈는 1층 현관 가까이에 차를 대고 트렁크 버튼을 눌렀다.

"시간이 별로 없어. 제리, 자넨 여기서 기다리면서 누가 오나 망을 봐줘. 엘리노어, 당신은 가지고 갈 것들을 챙겨와. 넣을 수 있는 공간은 이 트렁크 안이 전부라는 거 염두에 두고 챙겨."

보슈가 말했다.

엘리노어는 고개를 끄덕였다. 무슨 말인지 그 의미를 알고 있었다. 라스베이거스는 이제 끝이라는 걸 아는 것이었다. 이런 일이 일어난 이상 라스베이거스에서 계속 살 수는 없었다. 보슈는 이 모든 것이 다 자신 때문이라는 걸 엘리노어가 알고 있는지 궁금했다. 그가 그녀에게 다가가지 않았다면 그녀는 예전처럼 지낼 수 있었을 텐데.

세 사람 다 차에서 내렸다. 보슈는 엘리노어를 따라 아파트 안으로 들어갔다. 그녀가 부서진 문을 쳐다보자 보슈는 자기가 한 짓임을 고백했다.

"왜?"

"당신한테서 소식이 없어서… 무슨 일이 생긴 거라고 생각했어."

그녀는 다시 고개를 끄덕였다. 그것도 이해하고 있었다.

"가져갈 게 별로 없어. 여기 있는 것들 대부분은 아무래도 상관없는 것들이거든. 트렁크도 다 못 채우겠는데."

그녀가 집 안을 둘러보며 말했다.

엘리노어는 침실로 들어가 벽장에서 낡은 여행 가방을 한 개 꺼내 옷을 챙겨 넣기 시작했다. 가방이 가득 차자 보슈는 가방을 가지고 나가 트렁크에 실었다. 그가 돌아왔을 때 그녀는 벽장에서 꺼낸 상자에 남은 옷가지와 소지품을 챙겨 넣고 있었다. 마지막으로 액자 하나를 상자에 넣더니 약장을 정리하러 화장실로 갔다.

부엌에서 그녀가 챙긴 것은 포도주 병따개 한 개와 미라지 호텔 사진이 인쇄되어 있는 머그컵 한 개가 전부였다.

"거기서 463달러를 딴 날 밤에 산 거야. 판돈이 많이 걸린 게임이었고, 엄청 고전했는데, 결국에는 내가 이겼어. 그 기쁨을 추억으로 간직하고 싶어."

엘리노어가 말했다.

그녀는 머그컵을 상자에 넣었다.

"됐어. 내 인생에서 건진 건 이게 전부야."

보슈는 잠깐 동안 엘리노어의 표정을 살피다가 상자를 들고 밖으로 나갔다. 여행 가방 옆에 억지로 끼워 넣느라고 고생 좀 했다. 일을 끝낸 보슈가 이제 떠날 시간이라고 말하러 들어가려고 돌아섰는데 엘리노어가 벌써 밖에 나와 서 있었다. 에드워드 호퍼의 '나이트호크' 복제화 액자를 방패처럼 들고 있었다.

"이거 들어갈 자리가 있을까?"

"그럼, 있고말고."

미라지 호텔에 도착한 보슈는 이번에도 주차 대행 서비스 라인으로 들어가 차를 세웠다. 차를 알아본 직원이 얼굴을 찌푸렸다. 보슈는 차에서 내려, 그에게 경찰 배지를, 메트로 경찰국 배지가 아니라는 걸 알아채지 못하도록 재빨리 보여준 후, 20달러를 주었다.

"공무 수행 중이오. 20분에서 30분 정도 걸릴 겁니다. 떠날 때 서둘러서 출발해야 하기 때문에 차를 여기 세워뒀으면 좋겠군요."

남자는 손에 든 20달러 지폐를 똥을 쳐다보듯 보았다. 보슈는 다시 주머니에 손을 넣어 20달러 지폐를 한 장 더 꺼내 그에게 건넸다.

"됐소?"

"됐습니다. 열쇠를 맡기고 가십시오."

"그건 안 돼요. 누구도 차를 건드려선 안 되니까."

보슈는 트렁크에서 그림 액자를 먼저 꺼내고 엘리노어의 여행 가방과 스페어타이어 밑에 숨겨두었던 권총 세트를 꺼냈다. 그러고 나서 트렁크에 액자를 다시 챙겨 넣고 트렁크를 닫은 후, 짐을 들어주겠다고 나서는 도어맨을 손을 내저어 물리치고 여행 가방을 들고 호텔 안으로 들어갔다. 로비에서 그는 가방을 내려놓고 에드거를 바라보았다.

"제리, 정말 고마워. 꼭 필요할 때 와줘서 말이야. 엘리노어가 옷을 갈아입고 나면 내가 공항까지 바래다줄 거야. 늦게 돌아올 거야. 그러니까 내일 아침 8시에 여기서 만나서 같이 법원으로 가자."

"공항 갈 때 내가 안 따라가도 되겠어?"

"그럼, 괜찮을 거야. 마크스는 당분간은 아무 짓도 하지 않을 거야. 그리고 운이 좋으면, 거씨는 앞으로 한 시간 정도는 깨어나지 못할 거고. 난 체크인 좀 하고 올게."

보슈는 엘리노어와 에드거를 거기 남겨두고 프런트데스크로 갔다. 늦은 시각이어서 기다리는 사람이 하나도 없었다. 직원에게 신용 카드를 건넨 후 돌아보니 엘리노어가 에드거에게 작별 인사를 하고 있었다. 에드거가 손을 내밀자 엘리노어가 잡고 악수를 하더니 그를 끌어당겨 안았다. 잠시 후 에드거는 카지노 손님들 속으로 사라졌다.

엘리노어는 보슈와 함께 객실에 들어가고 나서야 입을 열었다.

"왜 오늘 밤에 떠나야 돼? 그들이 아무 짓도 하지 않을 거라면서."

"당신의 안전을 보장하고 싶어서야. 그리고 내일이 되면 당신 걱정을 하고 있을 여유가 없을 테니까. 내일 아침에 법원에 갔다가, 고션을 태우고 차로 LA로 돌아갈 거야. 그러니까 지금 당장 당신을 안전한 곳으로 보내야 해."

"어디로 가라는 거야?"

"호텔로 갈 수도 있겠지만, 내 생각엔 내 집이 더 안전할 것 같아. 어딘지는 기억하지?"

"응. 멀홀랜드 언덕이잖아."

"맞아. 우드로 윌슨 거리. 열쇠 줄게. 공항에서 택시 타고 가. 난 늦어도 내일 밤에는 집에 갈 거야."

"그런 다음엔 어떡하지?"

"모르겠어. 같이 생각해보자."

엘리노어가 침대 끝에 걸터앉자 보슈가 다가가서 옆에 앉았다. 그러고는 두 팔로 그녀의 어깨를 감싸 안았다.

"LA에서 다시 살 수 있을지 모르겠어."

"그것도 같이 생각해보자."

그는 그녀의 뺨에 입을 맞췄다.

"키스하지 마. 며칠 안 씻었어. 샤워해야 돼."

그는 못 들은 척 다시 그녀에게 키스를 했고, 그녀의 등을 부드럽게 밀어 침대에 눕혔다. 이번에 사랑을 나눌 때는 예전과 달랐다. 그들은 좀 더 부드럽게 천천히 움직였다. 그리고 서로의 리듬을 발견했다.

정사가 끝난 후, 먼저 샤워를 한 보슈는 엘리노어가 샤워를 하는 동안 권총 세트에서 건오일과 헝겊을 꺼내 수영장 물에 빠졌다가 나온 글록 권총을 소제했다. 그는 방아쇠를 여러 차례 당겨보면서 총이 제대로 작동하는지 확인했다. 그러고 나서 탄창에 새 탄알을 채웠다. 벽장으로 가서 선반에서 세탁물을 넣는 비닐봉지를 꺼내 총을 그 안에 넣은 후 엘리노어의 여행 가방 속에 있는 옷 밑에 숨겨두었다.

샤워를 끝낸 엘리노어는 노란색 면으로 된 여름 원피스를 입고 머리를 하나로 모아 땋기 시작했다. 보슈는 그녀가 능숙하게 머리를 땋고 있는 모습을 흐뭇한 눈으로 바라보았다. 그녀가 준비를 끝내자, 그는 여행 가방을 닫았고, 둘은 함께 객실을 나섰다. 그가 여행 가방을 트렁크에 넣고 있는데 아까 보았던 주차 대행 직원이 다가왔다.

"다음번엔, 30분이면 딱 30분입니다. 한 시간이 아니라."

"미안해요."

"미안하다는 말만 가지고 될 일이 아니에요. 내 목이 날아갈 뻔했어요."

보슈는 그를 무시하고 차에 탔다. 공항으로 가는 동안 자신의 생각을 적절한 문장으로 만들어 엘리노어에게 말하려고 애를 썼지만 잘 되지 않았다. 온갖 감정이 뒤죽박죽 섞여 있었다.

마침내 보슈가 입을 열었다.

"엘리노어, 이제까지 일어난 일은 전부 내 잘못이야. 꼭 보상해주고 싶어."

엘리노어는 팔을 뻗어 보슈의 넓적다리 위에 손을 올려놓았다. 보슈는 엘리노어의 손 위에 자기 손을 포갰다. 엘리노어는 아무 말도 하지 않았다.

공항에 도착한 보슈는 사우스웨스트 항공 터미널 앞에 주차를 하고 트렁크에서 엘리노어의 여행 가방을 꺼냈다. 공항의 금속 탐지기에 걸리지 않도록 자기 권총과 경찰 배지는 트렁크 안에 넣어 두었다.

LA 행 항공편은 20분 후에 출발하는 마지막 비행기만 남아 있었다. 보슈는 엘리노어의 항공권을 구입한 후 그녀의 여행 가방을 별도 화물로 부쳤다. 가방을 별도 화물로 부쳤으니 그 안에 든 총은 아무 문제가 없을 것이었다. 짐을 부치고 나서 그는 그녀를 데리고 터미널로 갔다. 벌써 사람들이 일렬로 서서 제트 웨이(항공기와 터미널을 잇는 승강용 통로 – 옮긴이)로 들어가고 있었다.

보슈는 열쇠고리에서 집 열쇠를 빼내 엘리노어에게 주면서 정확한 주소를 불러주었다.

"당신이 기억하는 옛날 그 집이 아니야. 옛날 집은 지진으로 무너졌어. 재건축을 했는데, 아직 최종 마무리는 안 됐어. 그래도 괜찮을 거야. 어, 그리고, 시트는 며칠 전에 빨았어야 했는데, 그럴 시간이 없었어. 복도 붙박이장 안에 새 시트가 있어."

엘리노어가 미소를 지었다.

"걱정하지 마. 내가 알아서 할게."

"어, 그리고, 아까도 말했지만, 이젠 걱정할 게 아무것도 없어. 하지만 만일의 경우를 대비해서 글록을 여행 가방 안에 넣어뒀어. 그것 때문에 별도 화물로 부친 거야."

"내가 샤워를 하는 동안 소제했지? 나오니까 건오일 냄새가 나더라고."

보슈가 고개를 끄덕였다.

"고맙지만 필요 없을 것 같아."

"그래야지."

엘리노어는 탑승객 줄을 바라보았다. 끝에 있는 사람들이 탑승하고 있었다. 이제 갈 시각이었다.

"당신은 내게 정말 잘해줬어, 해리. 고마워."

보슈가 얼굴을 찌푸렸다.

"그래도 충분치 않아. 그 모든 걸 보상할 만큼은 아니야."

엘리노어가 발끝으로 서서 보슈의 뺨에 입을 맞췄다.

"안녕, 해리."

"안녕, 엘리노어."

보슈는 엘리노어가 항공권을 보여주고 나서 탑승 게이트 안으로 들어가는 모습을 지켜보았다. 그녀는 뒤를 돌아보지 않았다. 그의 마음 한구석에서 다시는 그녀를 보지 못할지도 모른다는 작은 속삭임이 들려왔다. 그러나 그는 애써 그 소리를 차단하고 이제는 거의 비어버린 공항을 걸어 나왔다. 슬롯머신 대부분이 무시당한 채로 조용히 서 있었다. 보슈는 외로움이 뼈에 사무치는 것을 느꼈다.

목요일 오전 법정 절차에서 유일한 갈등은 심리가 시작되기 전에 생겼다. 고션의 변호사인 바이스가 유치장에서 의뢰인을 만나고 나와 재빨리 홀로 들어오더니, 범죄자 인도 심리를 맡은 립슨 검사와 대화를 나누고 있는 보슈와 에드거에게로 다가왔다. LA 카운티 검찰청의 그렉슨 검사는 오지 않았다. 루크 고션이 캘리포니아로 신병이 인도되는 것에 반대할 권리를 포기할 거라는 걸 바이스와 립슨이 보장해주었기 때문이었다.

"보슈 형사? 조금 전 의뢰인을 만났는데 심리가 시작되기 전에 뭘 좀 알아봐달라더군요. 권리 포기를 선언하기 전에 듣고 싶은 대답이 있다고 했습니다. 난 그게 무슨 말인지 모르겠군요. 당신이 내 허락 없이 내 의뢰인과 접촉한 것이 아니기를 바랍니다."

바이스가 말했다.

보슈는 걱정스러우면서도 어리둥절한 표정을 지었다,

"뭘 알고 싶답니까?"

"어젯밤 일이 어떻게 됐는지 알고 싶대요. 그게 무슨 뜻인지 모르겠지만 말이죠. 무슨 일인지 말씀해보시죠."

"다 잘 됐다고 전해줘요."

"뭐가 잘 됐다는 거죠, 형사?"

"그건 의뢰인한테 가서 들으시고. 그냥 그렇게만 전해요."

바이스는 홱 돌아서서 유치장 문을 향해 걸어갔다.

보슈는 손목시계를 보았다. 8시 55분이었다. 판사가 9시 정각에 법정에 나타나지는 않을 것이다. 그렇게 시간을 칼 같이 지키는 판사는 하나도 없었다. 보슈는 주머니에 손을 넣어 담뱃갑을 만졌다.

"밖에 가서 담배 좀 피우고 올게."

그가 에드거에게 말했다.

보슈는 엘리베이터를 타고 내려가 법원 건물 바깥으로 나갔다. 밖은 따뜻했고, 오늘도 불볕더위가 기승을 부릴 것 같았다. 9월의 라스베이거스 날씨는 거의 그랬다. 그는 곧 이곳을 떠나는 게 기뻤다. 그러나 더위가 절정에 이르는 한낮에 사막을 통과해 달려갈 것을 생각하니 한숨이 절로 나왔다.

보슈는 미키 토리노 변호사가 옆에 와서 설 때까지 그를 알아보지 못했다. 토리노도 조폭 관련 재판 절차에 들어가기 전에 담배를 피우고 있었다. 보슈가 고개를 끄덕이며 아는 척을 하자 토리노도 따라서 고개를 끄덕였다.

"지금쯤이면 소식을 들었을 것 같은데. 거래가 성사되지 않았다는 소식 말이야."

토리노는 주위를 두리번거리며 지켜보는 사람이 있는지 확인했다.

"무슨 소린지 모르겠는데, 형사."

"아, 맞다, 당신 같은 친구들은 아는 게 하나도 없지, 참."

"그래도 당신이 실수를 하고 있다는 건 확실히 알지. 그런 일에 관심이 있는지는 모르겠지만."

"아닐걸. 적어도 큰 그림으로 보면 말이야. 우리가 잡은 놈이 실제로 총을 쏜 놈은 아닐지 몰라도 그 모든 일을 계획한 놈이긴 하잖아. 이제 그놈에게 지시를 한 놈까지 잡아들일 거야. 누가 알겠어? 조직을 일망타진하게 될지. 그렇게 되면 당신은 누구를 위해 일을 할 건가, 변호사 양반? 아, 물론 우리가 당신까지 잡아들이지 않는다면 말이야."

토리노는 히죽 웃더니 한심한 어린애와 입씨름하기 싫다는 듯 고개를 절레절레 저었다.

"지금 당신이 누구를 상대하고 있는지 잘 모르는 것 같은데, 형사. 당신 계획대로 잘 안 될 거야. 고션을 계속 붙들고 있는 걸 다행인 줄 알라고. 그 친구를 잡아들인 걸로 끝날 테니까."

"럭키는 자기가 함정에 빠진 거라고 떠들어대고 있어. 물론 함정을 놓은 게 우리라고 생각하지만, 그건 아니거든. 그래서 자꾸 생각하게 되더라고. '정말로 누가 함정을 놓은 건 아닐까?' 하고 말이야. 사실 럭키가 그 총을 집 안에 둔다는 게 말이 안 되잖아. 이제까지 그보다 더 멍청한 짓도 종종 보긴 했지만 말이야. 어쨌든 누가 함정을 놓긴 했는데,

우리가 한 짓이 아니라면, 그럼 누굴까? 조이 마크스가 그랬을 것 같지는 않잖아? 심복에게 함정을 놓으면 경찰에 잡힌 그가 배신을 해서 자기를 지목할 텐데, 그런 짓을 했을까? 말이 안 되지. 적어도 조이의 입장에서는. 그래서 또 생각을 해봤지. 당신이 조이의 변호사, 조이의 오른팔인데, 조이를 제거하고 두목이 되고 싶은 건 아닐까 하고 말이야. 무슨 말인지 알지? 최대의 경쟁자인 고셛과 조직의 두목인 조이를 한칼에 제거할 수 있는 좋은 기회잖아. 어떻게 생각해, 변호사?"

"그 말 같지도 않은 이야기를 누구한테라도 또 하면, 그땐 정말 아주 아주 후회하게 될 줄 알아."

보슈가 토리노에게 한 걸음 다가가자 둘은 30센티미터 정도 거리를 두고 서로를 노려보게 되었다.

"또 한 번 나를 협박하면, 그땐 네놈이 아주아주 후회하게 될 거야. 엘리노어 위시에게 또 무슨 일이 생기면, 네놈한테 개인적으로 책임을 물을 거야. 그땐 후회 정도로 끝나지 않을 거고."

눈싸움에서 진 토리노가 뒤로 물러섰다. 그러고는 더 이상 한 마디도 하지 않고 보슈 옆을 떠나 법원 문을 향해 걸어갔다. 육중한 유리문을 열면서 보슈를 돌아보더니 안으로 사라졌다.

3층으로 올라간 보슈는 법정에서 나오는 에드거를 만났다. 바이스 변호사와 립슨 검사가 따라 나왔다. 보슈는 복도에 달린 벽시계를 쳐다보았다. 9시 5분이었다.

"해리, 어디 갔다 왔어? 한 갑을 다 피우고 온 거야?"

에드거가 물었다.

"무슨 일이야?"

"끝났어. 고셛이 신병 인도 거부권을 포기했어. 차를 갖다놓고 석방 담당관에게 가봐야 돼. 15분 내로 놈을 넘겨받을 거야."

"형사님들? 내 의뢰인이 어떤 교통수단을 이용해서 이동할 것이며 여러분이 어떤 안전 조치를 취하고 있는지 상세하게 알고 싶군요."

바이스가 말했다.

보슈는 바이스의 어깨에 한 팔을 올려놓고 비밀 이야기를 하겠다는 듯 그에게로 몸을 기울였다. 그들은 엘리베이터 앞에 서 있었다.

"우리가 취하고 있는 첫 번째 안전 조치는 누구에게도 LA로 돌아가는 시각이나 방법을 알려주지 않는 거요. 당신한테도 말 못해요, 바이스 씨. 당신은 고션이 내일 아침 LA 시 법원에서 있을 예심에 맞춰 LA에 도착할 거라는 것만 알고 있으면 돼요."

"잠깐만요. 그렇게는 못 합…."

엘리베이터 문이 열리자 에드거가 바이스의 말을 끊고 끼어들었다.

"아뇨, 할 수 있어요, 바이스 씨. 당신 의뢰인은 범죄자 신병 인도를 거부할 권리를 포기했고, 앞으로 15분 이내에 우리가 그의 신병을 넘겨받게 될 거요. 그리고 우린 여기나 LA, 혹은 가는 길에 대해서든, 안전 조치에 관한 정보는 조금도 안 알려줄 거고. 그런 줄 아시고, 그럼 이만."

보슈와 에드거는 바이스를 남겨두고 엘리베이터 안으로 들어갔다. 문이 닫히는 동안, 바이스는 LA의 변호사가 고션을 만나기 전에는 고션을 조사해서는 안 된다고 소리쳤다.

30분 후, 더 스트립이 백미러로 보였고, 그들은 광활한 사막을 향해 달려가고 있었다.

"작별 인사를 해야지, 럭키. 다시는 못 돌아올 텐데."

보슈가 말했다.

고션이 아무 말도 하지 않자 보슈는 백미러로 그를 관찰했다. 덩치 큰 고션은 허리에 두른 육중한 사슬에 연결된 수갑에 두 손이 묶인 채

뒷좌석에 침울하게 앉아 있었다. 고션의 눈이 백미러 속 보슈의 눈과 마주친 순간, 보슈는 고션이 자기 침실에서 잠깐 보여줬던 시건방진 표정을 또 짓고 있다고 생각했다.

"운전이나 잘 해. 여기선 아무 말도 안 할 거니까."

다시 정색을 한 고션이 말했다.

보슈는 전방에 펼쳐진 길을 바라보며 미소를 지었다.

"지금은 아닐지 몰라도, 하게 될 거야. 대화를 나누게 되겠지."

05 막다른 길

보슈와 에드거가 로스앤젤레스 시내에 있는 센트럴 남자 교도소를 나설 때, 보슈의 호출기가 울렸다. 모르는 번호였는데, 485 교환국은 파커 센터에서 호출한 것이라고 알려주었다. 보슈는 서류 가방에서 휴대전화를 꺼내 그 번호로 전화를 걸었다. 빌리츠 과장이 전화를 받았다.

"형사, 지금 어디야?"

이름이 아니라 직위를 부르는 것을 보니 혼자 있는 게 아니었다. 빌리츠 과장이 할리우드 경찰서 형사과가 아니라 경찰국 본부에서 전화를 건 것은 뭔가 일이 잘못됐다는 뜻이었다.

"센트럴 남자 교도소요. 무슨 일입니까?"

"지금 루크 고션이 옆에 있어?"

"아뇨, 방금 전에 들여보냈어요. 왜요, 뭡니까?"

"수감 번호 좀 알려줘."

보슈는 잠깐 망설이다가 전화기를 턱 밑에 괴고 서류 가방을 다시 열어 수감 영수증을 꺼냈다. 그는 빌리츠에게 번호를 불러준 후 무슨 일이냐고 재차 물었다. 그녀는 이번에도 그 질문을 무시했다.

"형사, 지금 당장 파커 센터로 와야겠어. 6층 회의실이야."

빌리츠가 말했다.

6층은 경찰국 행정 담당 부서가 있는 곳이었다. 감찰계도 거기 있었다. 보슈는 잠깐 망설이다가 대답했다.

"그러죠, 그레이스. 제리도 같이 갈까요?"

"에드거 형사한테는 할리우드 경찰서로 돌아가라고 전해. 그리로 연락할 거야."

"차가 한 대뿐인데요."

"그럼 에드거 형사는 택시를 타고 가라고 하고 서에 영수증 제출하라고 해. 서둘러줘, 형사. 우린 당신을 기다리고 있는 거니까."

"우리요? 또 누가 있습니까?"

빌리츠가 전화를 끊었고, 보슈는 한동안 전화기를 노려보았다.

"뭐야?"

에드거가 물었다.

"몰라."

보슈는 엘리베이터에서 내려 아무도 없는 6층 복도를 걸어 회의실로 향했다. 그는 회의실이 복도 맨 끝에 있는 경찰국장실 바로 옆에 있다는 것을 알고 있었다. 누렇게 변한 리놀륨 바닥은 최근에 윤을 낸 것 같았다. 고개를 숙이고 운명의 순간을 향해 걸어가면서 보니 바닥에서는 자신의 어두운 그림자가 발보다 앞서서 움직이고 있었다.

보슈가 열려 있는 회의실 문 안으로 들어서자 방에 있던 모두의 눈길이 그에게 집중되었다. 둘러보니 할리우드 경찰서 소속의 빌리츠 과장과 르벨리 경감, 어빈 어빙 경찰국 부국장, 감찰계의 채스틴 형사 같은 아는 얼굴들이 보였다. 기다란 회의 탁자에 둘러앉은 나머지 남자 네 명은 모르는 얼굴이었다. 그러나 하나같이 보수적인 회색 정장을 입고 있는 것으로 보아 연방 요원들일 것 같았다.

"앉게, 보슈 형사."

어빙 부국장이 말했다.

몸에 딱 맞는 경찰 제복을 입은 어빙이 의자에서 몸을 일으키더니 대꼬챙이처럼 꼿꼿한 자세로 섰다. 짧게 깎은 머리의 정수리가 천장 형광등 불빛을 받아 반짝거렸다. 그는 탁자 상석에 있는 빈 의자를 가리켰다. 보슈는 겉으로는 천천히 의자를 끌어내 앉았지만, 마음은 빠른 속도로 달려가고 있었다. 그는 자기와 엘리노어 위시의 관계는 경찰국 고위간부들과 연방 요원들을 한자리에 불러 모을 만큼 큰 문제가 아니라는 걸 알았다. 그러니까 뭔가 다른 일이, 오로지 보슈하고만 관련이 있는 무슨 일이 벌어지고 있는 것이었다. 그렇지 않으면, 빌리츠가 에드거도 데려오라고 지시했을 것이다.

"누가 죽었습니까?"

보슈가 물었다.

어빙은 그 질문을 무시했다. 보슈가 탁자에 둘러앉은 사람들을 오른쪽부터 둘러보기 시작해 왼쪽에 앉은 빌리츠 과장에게서 눈길이 머물자, 과장은 고개를 돌렸다.

"형사, 지금부터 자네에게 앨리소 사건 수사와 관련해서 몇 가지 물어봐야겠네."

어빙이 말했다.

"무슨 혐의입니까?"

보슈가 물었다.

"혐의는 무슨. 착오를 해결하려는 것뿐이야."

어빙이 침착하게 대답했다.

"이 사람들은 누굽니까?"

어빙이 보슈에게 낯선 남자 네 명을 소개해주었다. 보슈의 추측이 맞았다. 그들은 연방 요원들이었다. 한 명은 조직범죄 수사 담당 지방검사장대리 존 새뮤얼스였고, 다른 세 명은 각기 다른 지부에서 온 FBI 요원이었다. LA 지부의 존 오그레이디, 라스베이거스 지부의 댄 에케블라드, 그리고 시카고 지부의 웬델 웨리스 요원이라고 했다.

아무도 보슈에게 악수를 청하지 않았고, 심지어 목례를 하는 사람도 하나 없었다. 연방 요원들은 경멸을 가득 담은 표정으로 보슈를 노려보고만 있었다. 연방 요원들이 LA 경찰을 경멸하는 것은 어제오늘의 일이 아니었다. 그러나 보슈는 지금은 무슨 일 때문에 그러는 건지 알 수가 없었다.

"좋아. 그럼 먼저 몇 가지 확인부터 해야겠군. 새뮤얼스 씨가 맡아서 해주시죠."

어빙이 말했다.

새뮤얼스는 두꺼운 검은색 콧수염을 한 번 쓱 문지른 후 윗몸을 탁자 위로 기울였다. 그는 보슈의 맞은편에 앉아 있었다. 노란색 법정 용지 한 장을 앞에 올려놓고 있었지만, 거리가 너무 멀어서 보슈는 그 내용을 읽을 수가 없었다. 새뮤얼스는 왼손에 쥐고 있는 펜으로 쪽지에서 보고 있는 부분을 누르고 있었다. 그가 메모를 읽더니 입을 열었다.

"먼저 보슈 형사, 당신이 라스베이거스에 있는 루크 고션의 집을 수색한 일부터 시작합시다. 나중에 앤서니 앨리소를 살해하는 데 쓰인 무기로 판명이 된 화기를 발견한 사람이 정확히 누구였습니까?"

새뮤얼스가 말했다.

보슈는 눈을 가늘게 떴다. 다시 빌리츠 과장을 바라보았지만, 그녀는 탁자만 노려보았다. 다른 얼굴들을 훑어보는데, 채스틴이 히죽거리고 있었다. 놀라운 일이 아니었다. 보슈는 예전에 채스틴과 맞붙은 적이 있었다. 그는 많은 경찰들에게 '증거 확보의 귀재 채스틴'이라고 불렸다. 경찰관의 범죄나 비리 혐의를 수사하는 감찰계는 경찰권리위원회의 심리 결과를 참조하여, 혐의의 증거가 충분하다거나 근거가 없다는 판결을 내린다. 채스틴은 증거 불충분 사건에 비해 증거 확보 사건의 비율이 월등히 높았다. 그래서 그는 '증거 확보의 귀재 채스틴'이라는 별명을 훈장처럼 달고 다녔다.

"내사 관련 문제라면, 대리인을 세울 권리가 있다고 생각합니다. 무슨 일인지 모르니까 여러분께 아무 말씀도 드릴 수가 없습니다."

보슈가 말했다.

"형사."

어빙이 보슈를 부르더니 종이 한 장을 그에게로 밀었다. 그러고는 말을 이었다.

"그건 경찰국장님이 서명하신 명령서야. 자네한테 이분들에게 협조하라고 지시하는 내용이지. 국장님의 지시에 따르지 않으면 지금 당장 무급 정직 처분이 내려질 걸세. 그때는 노조 대리인을 지정받게 되겠지."

보슈는 명령서를 읽었다. 서식을 잘 따른 공문이었고, 전에도 이런 걸 받아본 적이 몇 번 있었다. 이런 명령서는 경찰국이 자기 조직의 일원을 막다른 골목으로 몰아넣는, 사실대로 말하지 않으면 저녁을 굶게 될 아이 같은 처지로 몰아넣는 여러 가지 방법 중 하나였다.

보슈는 명령서에서 고개를 들지 않고 말했다.

"제가 총을 발견했습니다. 비닐봉지로 싼 상태로 안방 화장실 변기 물탱크와 벽 사이에 숨겨져 있었습니다. 누군가가 〈대부〉의 조폭들이 그런 짓을 했다고 하더군요. 영화 말입니다. 저는 기억이 안 납니다만."

"당신이 총을 발견했다고 주장하는 그 시각에 그곳엔 당신 혼자 있었습니까?"

"주장한다고요? 그럼 제가 거짓말을 하고 있다는 겁니까?"

"질문에 대답이나 하세요."

보슈는 불쾌한 기색을 감추지 못하고 고개를 절레절레 저었다. 무슨 상황인지는 정확히 모르겠지만 그가 상상했던 것보다 더 안 좋은 일인 것 같았다.

"혼자 있지 않았습니다. 집 안에 경찰이 수두룩했는데요."

"경찰들이 당신과 함께 안방 화장실에 있었습니까?"

오그레이디가 물었다.

보슈는 오그레이디를 바라보았다. 그는 보슈보다 적어도 10년은 어려 보였고, FBI가 선호하는 용모 단정한 모습이었다.

"새뮤얼스 씨가 신문을 주도할 거라고 생각했는데."

어빙이 말했다.

"그럴 겁니다. 당신이 그 무기를 발견했을 때 그 화장실 안에 다른 경찰관도 있었습니까?"

새뮤얼스가 말했다.

"저 혼자 있었습니다. 총을 발견하자마자 만지지도 않고 침실에 있는 순경을 불러들여 살펴보게 했습니다. 혹시 고션의 변호사가 제가 그 총을 심어놓은 거라고 주장해서 이런 자리가 마련된 거라면, 헛수고하셨습니다. 총은 거기 있었습니다. 게다가 총 말고도 그를 범인으로 지목할 만한 결정적인 증거를 충분히 확보했습니다. 동기도 있고, 지문도 확보했죠. 그런데 제가 왜 권총을 거기 심어놓겠습니까?"

"슬램덩크로 만들려고요."

오그레이디가 말했다.

보슈는 콧방귀를 뀌었다.

"다른 건 다 제쳐두고 어느 조폭 새끼가 하는 말만 믿고 LA 경찰을 잡겠다고 달려드는 걸 보니 영락없는 FBI 요원이군. 그렇게 경찰을 못 박으면 보너스라도 주나? LA 경찰이면 두 배로 준대? 엿 먹어라, 오그레이디, 이 개자식."

"그러죠, 엿 먹을 테니까, 질문에나 대답하시죠."

"그럼 물어보든지."

새뮤얼스는 보슈가 1득점을 했다는 듯 고개를 끄덕이더니 메모장을 누르고 있던 펜을 1센티미터 아래로 내렸다.

"당신이 그 화장실로 들어가 수색을 하다가 그 총을 발견하기 전에 다른 경찰관이 그 화장실에 들어갔었습니까?"

새뮤얼스가 물었다.

보슈는 그 방에 있던 메트로 경찰들의 움직임을 머릿속으로 그려보았다. 잠깐 그 화장실을 둘러보며 아무도 숨어 있지 않다는 것을 확인한 것 빼고는 화장실에 들어간 사람은 없었던 것 같았다.

"확실히는 모르겠습니다. 하지만 그런 것 같지는 않습니다. 누군가가 들어갔다고 해도 총을 숨겨놓을 만큼 시간이 충분하지 않았을 겁니다. 총은 그전부터 거기 있었던 겁니다."

새뮤얼스는 다시 고개를 끄덕인 후, 법정 용지를 바라보더니 이윽고 고개를 들고 어빙을 바라보았다.

"어빙 부국장님, 오늘은 이 정도로 끝내야 할 것 같습니다. 협조해주셔서 정말 감사드립니다. 곧 다시 뵙게 될 것 같습니다."

새뮤얼스가 말하더니 일어서려고 했다.

"잠깐만요. 이게 끝이라고요? 그냥 일어서서 가시려는 겁니까? 도대체 무슨 일입니까? 저도 설명을 들을 권리가 분명히 있다고 생각하는데요. 고발을 한 게 누굽니까? 고션의 변호삽니까? 저도 고발을 할 거니까 누군지 알아야겠습니다."

"부국장님이 말씀해주실 겁니다. 하고 싶으시다면 말이죠."

"아뇨, 새뮤얼스 씨. 당신 입으로 들어야겠습니다. 당신이 계속 질문을 했으니까, 이젠 대답할 차례입니다."

새뮤얼스는 잠깐 동안 펜으로 법정 용지를 톡톡 치다가 어빙을 바라보았다. 어빙은 마음대로 하라는 듯 두 손을 펼쳐 들어보였다. 그러자 새뮤얼스는 탁자 위로 상체를 기울이고는 보슈를 노려보았다.

"자꾸 설명을 요구하시니까, 해드리죠. 하지만 내가 말할 수 있는 내용에는 한계가 있다는 걸 미리 알려둡니다."

새뮤얼스가 말했다.

"빌어먹을, 뜸 좀 그만 들이고 도대체 무슨 일인지 말 좀 해봐요."

새뮤얼스는 목소리를 가다듬더니 설명을 시작했다.

"4년쯤 전인가, FBI 시카고 지부와 라스베이거스 지부, 로스앤젤레스 지부가 참여한 연합 작전에서, 기동타격대는 이른바 '전보 작전'이란 것을 도입했습니다. 참여 인원 면에서는 소규모 작전이었지만, 목표는 장대했죠. 우리의 목표는 조직의 두목인 조셉 마르코니와 라스베이거스에 남아 있는 그 조직의 영향력 있는 촉수들을 제거하는 것이었습니다. 18개월 넘게 공을 들여야 했지만, 어쨌든 그 조직 내부에 사람을 심는 데 성공했어요. FBI 요원을 마피아 조직 내부에 심어놓은 겁니다. 그 후 2년 정도 세월이 흐르는 동안, 그 요원은 조셉 마르코니의 조직 내에서 상당히 높은 계급까지 올라갈 수 있었습니다. 우리의 최대 목표인 마르코니의 절대적인 신임을 받는 심복이 됐죠. 그래서 앞으로 4, 5개월 후에는 작전을 종료하고 대배심 앞에 나가 3개 도시에서 활동하는 코사 노스트라(이탈리아 시칠리아에 중심을 둔 마피아 조직으로 세계 곳곳에서 막대한 영향력을 행사하고 있음—옮긴이)의 고위 간부 10여 명을 기소할 계획이었습니다. 절도범과 카지노 사기범, 전문 도박 사기꾼, 부패한 경찰과 판사와 변호사, 심지어 앤서니 N. 앨리소 같은 할리우드의 주변 인물들까지도 잡아들일 계획이었죠. 우리가 마르코니 조직과 같은 마피아 조직의 내부 사정과 영역에 관해 자세하게 알게 된 건 이 비밀 요원의 노력과 그가 설치해놓은 합법적인 도청 장치 덕분이었다는 것을 굳이 말할 필요도 없겠군요."

새뮤얼스는 기자 회견을 하듯 말하고 있었다. 그는 잠시 말을 멈추고 숨을 골랐다. 그러면서도 보슈에게서 눈을 떼지 않았다.

"그 비밀 요원의 이름은 로이 린델입니다. 유명해질 거니까 기억해두는 게 좋을 겁니다. 그렇게 오랫동안 비밀 요원으로 활동하면서 그렇게 중요한 정보를 많이 건져냈던 요원은 일찍이 없었죠. 정보를 건져냈던 요원이라고 과거형으로 말한 것을 눈치챘는지 모르겠군요. 이젠 비밀 요원이 아닙니다, 보슈 형사. 그리고 그 점에 대해서는 당신한테 감사를 표해야겠군요. 로이가 조직에서 썼던 이름이 루크 고션이었습니다. 럭키 루크 고션. 그러니까 이 멋지고 중요한 작전의 끄트머리에서 아주 확실히 개판을 쳐 준 당신한테 진심으로 감사를 드리고 싶군요. 아, 물론 로이가 물고 온 중요한 정보를 토대로 마르코니와 조직원들을 일망타진하긴 할 겁니다. 하지만, 당신 때문에 일이 아주 엉망이 되어 버렸어요."

보슈는 분노가 목구멍으로 치밀어 오르는 것을 느꼈지만 흥분하지 않으려고 애를 썼고, 가까스로 침착한 목소리를 낼 수 있었다.

"그러니까 지금 당신은 내가 그 총을 몰래 숨겨둔 거라고 암시, 아니 주장하고 있군요. 그런데 틀렸습니다. 완전히 틀렸어요. 상황을 고려해볼 때 당신들이 어떻게 그런 오해를 하게 됐는지 이해가 가니까 화를 내고 불쾌해하지는 않겠습니다. 하지만 나를 지목하기 이전에 당신들의 고션인지 뭔지 하는 인간부터 살펴보는 게 좋을 겁니다. 너무 오래 비밀 요원으로 활동하게 한 건 아닌지 자문해보시죠. 왜냐하면 그 총은 내가 심어놓은 것이 아니니까요. 당신들은…."

"감히 너 따위가!"

오그레이디가 불쑥 끼어들었다. 그가 말을 이었다.

"그 사람에 대해서는 한 마디도 하지 마. 이 벼락 맞을 악당아! 우린 당신에 대해 잘 알고 있어, 보슈. 당신의 과거에 대해서. 이번에는 도를 지나쳤군. 전혀 상관이 없는 사람한테 덤터기를 씌웠잖아."

"아까 말 취소할게. 불쾌하군. 화도 나고. 개소리 하지 마, 오그레이디. 내가 총을 숨겨둔 거라고 말하고 싶다면, 증거를 대 봐. 하지만 먼저 토니 앨리소를 트렁크에 넣은 인간이 나라는 걸 입증해야할걸. 그렇지 않으면 어떻게 그 총을 구해서 심었겠어?"

보슈가 여전히 침착하게 말했다.

"그거야 쉽지. 그 빌어먹을 소방 도로 주변 덤불 속에서 찾아냈겠지. 당신 혼자 주변을 수색했다는 거 알고 있어. 우린…."

"여러분."

어빙이 끼어들었다.

"…이런 말도 안 되는 짓을 한 당신을 짓밟아주고 말 거야, 보슈."

"여러분!"

오그레이디가 입을 다물었고 다들 어빙을 바라보았다.

"갈수록 걷잡을 수가 없어지는군요. 이쯤해서 회의를 끝내겠습니다. 내사가 실시될 거라는 말을 하는 것으로 충분할 것 같군요. 그리고…."

"우리도 우리 나름대로 수사를 진행하겠습니다. 그리고 한편으로는 우리의 작전을 살려낼 방법도 찾아 봐야겠고요."

새뮤얼스가 말했다.

보슈는 믿어지지 않는다는 표정으로 그를 바라보았다.

"아직도 모르겠습니까? 작전 같은 건 없습니다. 당신의 영웅 비밀 요원은 살인범이에요. 너무 오래 조직에 심어놓은 겁니다, 새뮤얼스 씨. 배신을 하고 진짜 조직원이 된 거죠. 그가 조이 마크스를 위해 토니 앨리소를 살해했어요. 시신에 그의 지문이 묻어 있었죠. 범행에 사용된 총이 그의 집 안에서 발견됐고요. 그뿐만 아니라, 알리바이도 거짓이었어요. 완전히 거짓말이었죠. 그는 그날 밤 내내 사무실에 있었다고 했는데, 거짓말이라는 걸 확인했습니다. 그는 사무실을 나가서 여기로 와서 앨리소를 해치우고 사무실로 돌아왔죠. 시간은 충분했고요."

보슈가 말했다. 그는 슬픈 표정으로 고개를 젓다가 낮은 목소리로 말을 이었다.

"당신 의견에 동의합니다, 새뮤얼스 씨. 당신 작전은 엉망이 되어 버렸습니다. 그러나 그건 저 때문이 아닙니다. 그 친구를 오븐에 너무 오래 넣어둔 건 바로 당신이었으니까요. 너무 많이 익어버린 겁니다. 요리사는 당신이었습니다. 그러니까 작전을 망친 건 바로 당신이죠."

이번에는 새뮤얼스가 슬픈 미소를 지으며 고개를 가로저었다. 그때 보슈는 이야기가 거기서 끝이 아니라는 것을 깨달았다. 다른 일이 또 있는 것이었다. 새뮤얼스는 메모장을 넘기더니 거기 적힌 내용을 읽었다.

"'부검 결과 사망 시각은 금요일 밤 11시에서 토요일 새벽 2시 사이인 것으로 추정된다.' 맞습니까, 보슈 형사?"

"아직 담당 형사인 저도 보지 못한 소견서를 어디서 입수하셨는지 모르겠군요."

"사망 시각이 11시에서 2시 사이였습니까?"

"그렇습니다."

"그 서류 갖고 있나, 댄?"

새뮤얼스가 에케블라드에게 물었다.

에케블라드가 재킷 안주머니에서 세로로 길게 접은 종이 몇 장을 꺼내 새뮤얼스에게 건넸다. 새뮤얼스는 그 서류를 펼쳐 내용을 훑어본 뒤 보슈 앞으로 던졌다. 보슈는 서류를 집어 들었지만 쳐다보지는 않았다. 계속 새뮤얼스를 바라보고 있었다.

"여기 에케블라드 요원이 화요일 오전에 작성한 참고인 조사 보고서와 수사 일지 사본입니다. 에케블라드 요원과 필 콜버트 요원이 작성한 선서 진술서도 있죠. 콜버트 요원은 곧 여기 도착할 겁니다. 읽어보면, 금요일 밤 자정에 에케블라드 요원이 인더스트리얼 대로에 있는 시저스 팰리스 호텔 뒤쪽 주차장에 세워져 있었던 FBI 자동차 운전석에 앉아 있었다는 걸 알게 될 겁니다. 파트너인 콜버트 요원은 조수석에 앉아 있었고, 뒷좌석에는 로이 린델 요원이 앉아 있었죠."

새뮤얼스가 잠깐 말을 멈췄고 보슈는 들고 있는 서류를 내려다보았다.

"로이의 월례 회의였습니다. 로이가 보고를 하는 자리였죠. 그는 에케블라드와 콜버트에게 바로 그날 밤 마르코니의 여러 기업에서 나온 수익 48만 달러를 현금으로 앤소니 앨리소의 서류 가방에 넣어서 LA로 돌려보냈다고 말했습니다. 돈세탁을 해오라고 말이죠. 참, 그리고, 토니가 클럽에서 술을 마시고 아가씨 한 명과 시비가 붙었다는 말도 했습니다. 로이는 조이 마크스의 지시를 집행하는 사람으로서 그리고 클럽 사장으로서 토니 앨리소를 엄하게 다룰 수밖에 없었답니다. 토니의 얼굴을 한 차례 가격했고, 그의 멱살을 잡고 흔들었죠. 당신도 동의하겠지만, 이 일 때문에 토니의 재킷에서 로이의 지문이 나온 것이고 부검 소견서에서 언급된 것처럼 죽기 전에 얼굴에 난 멍도 이 때문에 생긴 겁니다."

보슈는 아직도 고집스럽게 서류에서 고개를 들지 않았다.

"그 외에도 논의할 게 많았답니다, 보슈 형사. 그래서 로이는 그 차 안에서 90분간 머물렀어요. 그리고 로스앤젤레스까지 가서 토니 앨리소를 죽이고 새벽 3시도 아니고 새벽 2시 전에 돌아오기란 죽었다 깨어나도 불가능합니다. 그렇다고 이 요원들 세 명 모두가 공범이라고 생각해서도 안 되고요. 경호를 위해 주차장에 서 있던 다른 차량에 요원 네 명이 타서 회의 차량을 줄곧 지켜봤으니까요."

새뮤얼스는 잠깐 말을 멈췄다가 결론으로 넘어갔다.

"보슈 형사, 당신의 주장은 틀렸습니다. 지문은 설명이 됐고, 당신이 범인이라고 주장하는 남자는 피해자가 총에 맞을 당시 사건현장에서 560킬로미터나 떨어진 곳에서 FBI 요원 두 명과 함께 앉아 있었어요. 당신은 아무 증거도 건지지 못한 겁니다. 아니, 그건 아니군요. 하나 건지긴 했군요. 심어놓은 총. 그거 하나는요."

그 말이 신호라도 된 듯 보슈의 등 뒤에서 문이 열리는 소리가 나더니 발자국 소리가 들렸다. 보슈는 앞에 놓인 서류만 응시할 뿐 돌아보지 않았다. 잠시 후 한 손이 그의 어깨를 꽉 쥐었다. 보슈가 고개를 들어보니 특수 요원 로이 린델이 웃고 있었다. 그 옆에는 다른 요원이 한 명 서 있었는데 보슈는 에케블라드의 파트너인 콜버트일 거라고 추측했다.

"보슈, 머리를 멋지게 깎아줬는데 고맙다는 인사를 못했어, 미안."

린델이 말했다.

보슈는 조금 전 교도소에 집어넣었던 남자가 거기 서 있는 것을 보고 깜짝 놀랐지만, 일이 어떻게 된 것인지 금방 알아차렸다. 어빙과 빌리츠는 시저스 호텔 뒤 주차장에서 있었던 모임에 대해 이야기를 듣고 선서 진술서를 읽은 후에는 린델의 알리바이를 믿었던 것이다. 그래서 린델의 석방을 허가한 것이다. 보슈가 빌리츠의 호출을 받고 전화를 걸었을 때 빌리츠가 수감 번호를 물었던 것도 그 때문이었다.

보슈는 린델에게서 어빙과 빌리츠에게로 고개를 돌렸다.

“두 분은 이 이야기를 믿으시는 거죠, 그렇지 않습니까? 제가 덤불 속에서 발견한 총을 이 사람 집 안에 몰래 숨겨놓았다고 생각하시는 거죠, 수사를 슬램덩크로 만들기 위해서요?”

어빙과 빌리츠는 서로에게 대답할 기회를 주느라고 말이 없었다. 마침내 어빙이 먼저 입을 열었다.

“우리가 확실히 아는 건 린델 요원은 아니라는 것뿐이야. 알리바이가 확실해. 다른 모든 주장에 대해서는 판단을 보류하고 있고.”

보슈는 아직도 서 있는 린델을 바라보았다.

“그럼 메트로 취조실에서 단둘이 있었을 때 FBI 요원이라고 왜 말해주지 않았어?”

“왜일 것 같아? 내가 알기로는 당신은 벌써 내 집 화장실에 총을 몰래 숨겨뒀었어. 그런데 내가 FBI라고 말하면 상황이 달라졌을까?”

이때 오그레이디가 끼어들었다.

“우린 당신이 어떤 조치를 취하는지 보고 로이가 안전하게 메트로에서 빠져나오게 하기 위해서 계속 맞장구를 쳐줘야 했어. 로이가 나온 후에는 당신이 사막을 횡단해 달려오는 동안 6백 미터 전후방에서 당신 차를 호위해왔지. 우린 기다리고 있었어. 우리 요원들 절반은 당신이 조이 마크스와 거래를 했다고 믿고 있었어. 어차피 시작을 했으니 끝까지 갈 거라고 생각했지.”

이제 그들은 보슈를 조롱하고 있었다. 보슈는 고개를 가로저었다. 할 수 있는 일이라고는 그것밖에 없는 것 같았다. 보슈가 말했다.

“당신들은 지금 무슨 일이 벌어지고 있는지 모르겠소? 조이 마크스와 거래를 한 사람은 바로 당신들입니다. 단지 당신들은 그 사실을 깨닫지 못하고 있을 뿐이죠. 빌어먹을! 조이 마크스는 관현악단을 지휘하듯 당신들을 마음대로 조종하고 있어요. 내가 여기 앉아서 이런 일이 벌어지는 걸 보고 있다니 믿을 수가 없군요."

"조이 마크스가 우리를 어떻게 조종하고 있다는 거지?"

빌리츠가 물었다. 다른 사람들처럼 보슈를 의심하는 쪽으로 완전히 넘어가지는 않았음을 보여주는 첫 번째 신호였다.

보슈는 린델을 바라보면서 대답했다.

"모르겠어? 그들은 당신의 정체를 알아냈어. 당신이 연방 요원인 걸 알았다고. 그래서 이런 함정을 놓은 거야."

에케블라드가 콧방귀를 뀌었다.

새뮤얼스가 말했다.

"그들은 함정을 놓지 않아요, 보슈 형사. 로이가 정보원이라고 생각했으면, 그냥 사막으로 데려가서 모래 속에 파묻었을 겁니다. 위험 요소를 깔끔하게 처리하고 마는 거죠."

"아뇨, 지금 우리는 정보원 이야기를 하는 게 아닙니다. 그들은 로이가 그냥 정보원이 아니라 연방 요원이라는 걸 알고 있었어요. 구체적으로 알고 있었죠. 그렇기 때문에 그를 그냥 사막으로 데려갈 수는 없었죠. FBI 요원을 그런 식으로 해치울 순 없으니까요. 만일 그랬다면, 다윗파(데이비드 코레시가 이끌던 기독교 이단종파로 1993년 FBI의 진압 작전 중 이들이 거주하던 건물에 불이 나서 80여 명의 사망자가 발생했음－옮긴이) 신도들이 느꼈던 것보다 더 뜨거운 열기를 느끼게 될 테니까요. 안 되죠. 그래서 그들은 작전을 세웠어요. 그들은 로이가 2, 3년 정도 조직에서 활동해왔기 때문에 조직을 완전히 와해시킬 수 있을 만큼 많은 정보를 가지고 있다는 것을 알고 있었죠. 하지만 죽일 수는 없어요. 연방 요원을 죽일 수는 없죠. 그래서 로이를 무력화하기로, 그의 평판을 더럽히기로 결정을 합니다. 로이가 선을 넘은 것처럼, 그들만큼 나쁜 놈이 되어 버린 것처럼 보이게 하는 겁니다. 그러면 로이가 증언을 해도, 토니 앨리소 사건을 가지고 그를 물어뜯을 수 있게 될 테니까요. 배심원단에게 로이가 자신의 정체를 숨기기 위해서 토니 앨리소를 죽였다고 생각하게 만드는 거죠. 배심원단에게 그런 의심을 심어주면, 그들은 자유롭게 걸어 나갈 수 있을 테니까요."

보슈는 자신이 생각나는 대로 즉흥적으로 논리를 펼쳤음에도 불구하고, 상당히 설득력 있는 주장을 했다고 생각했다. 방 안에 있던 다른 사람들은 한동안 아무 말 없이 보슈를 바라보았다. 마침내 린델이 입을 열었다.

"그놈들을 너무 높이 평가하는 것 같아, 보슈. 조이는 그렇게 똑똑한 친구가 못 돼. 내가 잘 알아. 그렇게 똑똑한 친구가 아니야."

"토리노도 그럴까? 토리노가 이런 생각도 못해냈을 거라고 말하려는 건 아니겠지? 난 여기 앉아 있는 짧은 시간 동안 이런 생각을 해냈어. 토리노에겐 계획을 세울 시간이 얼마나 있었는지 모르지. 한 가지만 대답해줘, 린델. 토니 앨리소가 국세청의 주목을 받고 있다는 걸, 세무 조사가 들어올 거라는 걸 조이 마크스가 알고 있었어?"

린델은 망설이면서 대답을 할지 말지 물어보는 눈으로 새뮤얼스를 바라보았다. 보슈는 목과 등에서 식은땀이 나는 것을 느꼈다. 이들을 설득하지 못하면 경찰 배지를 가지고 방을 나갈 수가 없을 것이었다. 새뮤얼스는 린델에게 고개를 끄덕여 보였다.

"알았다고 해도, 내게 말하지 않았어."

린델이 말했다.

"바로 그거야. 조이 마크스는 알면서도 당신한테 말하지 않았던 거지. 조이는 앨리소에게 문제가 있다는 걸, 그리고 어떻게 알게 됐는지는 몰라도 당신한테는 더 큰 문제가 있다는 걸 알았던 거야. 그래서 토리노와 머리를 맞대고 두 마리 토끼를 잡으려고 이 모든 계획을 세웠던 거지."

보슈가 말했다.

또다시 침묵이 흘렀지만, 새뮤얼스는 고개를 저었다.

"말이 안 돼요, 보슈. 과장이 심하고. 게다가 우리에겐 7백 시간 분량이나 되는 테이프가 있어요. 로이가 한 마디도 증언하지 않아도 조이를 잡아넣기에 충분한 증거자료죠."

"우선, 그들은 테이프가 있다는 사실을 몰랐을지도 모르죠. 그리고 둘째, 알았다고 해도 그건 독이 든 과일입니다. 린델 요원이 없었다면 테이프를 얻을 수 없었겠죠. 테이프를 법정에서 증거 자료로 쓰고 싶다면, 린델 요원에 대해 설명을 해야 할 거예요. 그러면 그들은 린델과 테이프를 짓밟아버릴 거고요."

빌리츠가 말했다. 마음이 보슈 쪽으로 기울어지고 있는 것이 분명하게 느껴져서 보슈는 일말의 희망이 생겼다. 또한 이 말은 새뮤얼스에게는 회의가 끝났음을 알리는 신호가 되었다. 그는 메모장을 집어 들고 자리에서 일어섰다.

"더 이상 이야기해봐야 별 소득이 없을 것 같습니다. 빌리츠 과장님은 궁지에 몰려 필사적이 된 남자의 말에 귀를 기울이고 계시는군요. 우린 그럴 필요가 없습니다. 어빙 부국장님, 고생 좀 하시겠습니다. 빨리 무슨 조치를 취하셔야 할 겁니다. 월요일에도 보슈 형사가 여전히 경찰 배지를 달고 돌아다니고 있으면, 대배심 앞에 가서 그를 증거 조작과 로이 린델의 민권 위반 혐의로 기소하겠습니다. 그리고 우리의 민권담당 부서에 지시해서 보슈 형사가 지난 5년 동안 체포한 모든 피의자의 사례를 조사해보겠습니다. 나쁜 경찰은 딱 한 번만 증거를 심어놓고 끝나지는 않으니까요, 부국장님. 그건 습관이거든요."

새뮤얼스가 말했다. 그는 탁자를 돌아서 문을 향해 걸어갔다. 다른 사람들도 일어서서 그를 뒤따랐다. 보슈는 벌떡 일어서서 새뮤얼스의 목을 졸라 죽이고 싶었지만, 겉으로는 침착하게 앉아 있었다. 보슈의 검은 눈이 문을 향해 걸어가는 지방검사장대리를 따라갔다. 새뮤얼스는 보슈를 돌아보지 않았다. 그러나 그는 방을 걸어 나가기 전에 어빙에게 최후의 결정타를 날렸다.

"부국장님의 더러운 빨랫감을 널어놓는 일은 정말 하고 싶지 않습니다. 하지만 이 문제를 해결해주시지 않으면, 저로서도 어쩔 수가 없을 것 같군요."

이 말을 남기고 연방 요원들은 회의실을 나갔고, 남아 있는 사람들은 오랫동안 잠자코 앉아서 리놀륨 복도 바닥을 걸어가는 발자국 소리를 들었다. 보슈는 빌리츠를 바라보며 목례를 했다.

"고마워요, 과장님."

"뭐가?"

"막판에 내 편을 들어줘서요."

"당신이 그랬다고는 도저히 믿어지지가 않아서 그랬을 뿐이야."

"철천지원수한테라도 증거를 몰래 심어두는 일은 하지 않을 겁니다. 그러면 내가 지는 거니까요."

채스틴은 엷은 미소를 지으면서 의자에서 몸을 들썩였지만, 보슈가 모르고 넘어갈 만큼 엷은 미소는 아니었다.

"채스틴, 당신하고 나는 이제까지 두 번 맞붙은 적이 있었는데, 두 번 다 당신이 날 놓쳐버렸어, 그렇지? 이번에도 놓쳐서 스트라이크 아웃을 당하고 싶진 않겠지? 그러면 이 일에서는 조용히 물러나 있는 게 좋을 거야."

보슈가 말했다.

"이봐, 보슈, 국장님이 나한테 이 일을 잘 지켜보라고 지시하셨기 때문에 지시대로 했을 뿐이야. 국장님 명령이니까. 하지만 난 자네가 방금 전에 짜낸 시나리오가 정말 말도 안 된다고 생각해. 이 일에 있어서는 연방 요원들의 생각에 전적으로 동감해. 내가 결정권자라면, 당신이 배지를 가지고 이 방을 나가게 내버려두진 않을 거야."

"그런데 자네가 결정권자는 아니지, 안 그런가?"

어빙이 말했다.

집에 돌아온 보슈는 식료품 봉지를 들고 현관문 앞에 서서 문을 두드렸지만 대답이 없었다. 짚으로 만든 바닥 깔개를 발로 뒤집어 보았더니 엘리노어에게 주었던 열쇠가 거기 있었다. 열쇠를 집으려고 허리를 굽히는데 슬픔이 몰려왔다. 엘리노어가 집에 없다니.

집 안에 들어서는 순간 지독한 페인트 냄새가 보슈를 맞았다. 페인트칠을 한 지 나흘이나 지났는데 냄새가 아직도 이렇게 심하다니 이상하다는 생각이 들었다. 그는 곧장 부엌으로 가서 식료품을 제자리에 넣었다. 그러고 나서 냉장고에서 맥주 한 병을 꺼내 조리대에 기대선 채로 천천히 음미하면서 마셨다. 페인트 냄새가 이제 그에겐 집 안 개조 공사를 마무리할 시간이 충분히 있다는 사실을 상기시켜주었다. 당분간 그는 9시에 출근해서 5시에 퇴근하는 내근직 근무를 하게 되었다.

다시 엘리노어가 떠오르자 그녀가 남긴 메모가 있는지, 침실에 여행가방이 있는지 찾아보기로 했다. 그러나 보슈는 침실까지 가지도 못하고 거실에 멈춰 서서 일요일에 출동 전화를 받고 달려 나가느라 페인트칠을 하다가 만 상태였던 벽을 바라보았다. 지금 보니 페인트칠이 다

되어 있었다. 보슈는 한참을 우두커니 서서 미술관에서 거장의 작품을 감상하듯 벽의 페인트칠을 감상했다. 그러다가 벽 앞으로 다가가 살짝 만져보았다. 칠한 지 얼마 되지 않았지만 다 마른 상태였다. 두세 시간 전에 칠한 것 같았다. 보는 사람도 없는데, 입이 헤벌쭉 벌어졌다. 이제까지의 우울한 기분이 싹 가시고 행복한 느낌이 들었다. 침실에 가서 여행 가방을 찾아볼 필요가 없었다. 페인트칠을 한 벽이 그녀가 적어놓은 메모였다. 곧 돌아올 거라는 메모.

한 시간 후, 보슈는 자신의 작은 여행 가방과 엘리노어의 나머지 짐을 차 트렁크에서 꺼내 안에 들여놓은 후, 캄캄한 베란다에 나가 서 있었다. 두 병째의 맥주를 들고 언덕 아래 할리우드 고속도로를 달리는 빛의 리본을 바라보았다. 그녀가 언제부터 베란다 미닫이 문 앞에 서서 그를 지켜보고 있었는지는 모르겠지만, 그가 돌아섰을 때 그녀는 바로 거기 있었다.

"엘리노어."

"해리…. 더 늦게 올 줄 알았는데."

"나도 그럴 줄 알았는데, 일찍 오게 됐어."

보슈는 미소를 지었다. 엘리노어에게 다가가 만지고 싶었지만, 마음속에서 조심스러운 목소리가 서두르지 말라고 충고했다.

"마저 칠해줘서 고마워."

그가 맥주병으로 거실 쪽을 가리켰다.

"별것 아닌데, 뭐. 난 페인트칠 하는 걸 좋아해. 긴장이 풀리고 편안한 느낌이 들거든."

"맞아. 나도 그래."

그들은 한동안 서로를 바라보았다.

"그림 봤어. 잘 어울리던데."

엘리노어가 말했다.

보슈는 조금 전 그녀의 아파트에서 가져온 호퍼의 '나이트호크' 복제화를 트렁크에서 꺼내 와서 그녀가 페인트칠을 끝내 놓은 벽에 걸었다. 그녀가 그 그림에 대해 보이는 반응을 보면 현재 둘의 관계가 어떤지 그리고 앞으로 어떻게 될지 어느 정도 예측해볼 수 있을 것 같아서였다.

"다행이군."

그는 웃음이 나오려는 걸 겨우 참고 고개만 끄덕였다.

"내가 준 그림은 어떻게 됐어?"

그건 아주 오래전 일이었다.

"지진 때문에."

그가 말했다.

그녀가 고개를 끄덕였다.

"어디 갔다 왔어?"

"아, 차를 렌트해 왔어. 앞으로 어디서 어떻게 살지 결심이 설 때까지 필요할 것 같아서. 내 차는 라스베이거스에 두고 왔거든."

"우리 둘이 가서 차를 가지고 돌아오면 될 것 같은데. 가서 차만 가지고 곧장 돌아오면 되잖아."

그녀가 고개를 끄덕였다.

"아, 참, 적포도주도 한 병 사왔어. 마실래? 아니면 맥주?"

"당신과 같은 걸로 마실게."

"난 포도주 한 잔 마실 생각인데. 정말 포도주 마실 거야?"

"그럼. 내가 딸게."

보슈는 엘리노어를 따라 부엌으로 들어가서 포도주 마개를 딴 후, 수납장에서 포도주잔 두 개를 꺼내 물에 헹궜다. 포도주를 좋아하는 사람을 집에 들인 게 얼마만인지 몰랐다. 엘리노어가 포도주를 따랐고, 두 사람은 잔을 부딪친 후 한 모금씩 마셨다.

"그래, 수사는 잘 돼 가?"

그녀가 물었다.

"이젠 수사에서 손 뗐어."

엘리노어는 이맛살을 찌푸렸다.

"왜? 피의자를 여기로 데려올 거라고 했잖아."

"데려왔어. 하지만 이젠 내 사건이 아니야. 피의자가 확실한 알리바이를 가진 FBI 요원인 것으로 밝혀졌거든."

그녀는 고개를 숙였다.

"아, 해리. 그래서 문제가 생긴 거야?"

보슈는 자기 잔을 조리대 위에 놓고 팔짱을 꼈다.

"당분간 내근을 하게 됐어. 사팔뜨기들(남의 일에 간섭하기 좋아하는 사람. 여기서는 감찰계 형사들을 일컬음—옮긴이)이 나를 수사한다네. 그치들하고 FBI 친구들은 내가 그 요원에게 불리한 증거를 일부러 심어놓았다고 생각해. 권총 말이야. 그런데 내가 그런 거 아니거든. 다른 누가 심어놓은 것 같아. 누군지 찾아낼 거야. 그래야 내가 살 수 있을 테니까."

"해리, 어떻게 이런 일이…."

보슈는 고개를 가로젓고는 엘리노어에게 다가가 그녀의 입술에 입을 맞췄다. 그러고는 그녀의 손에서 포도주잔을 살며시 빼내 그녀 뒤에 있는 조리대 위에 놓았다.

보슈는 엘리노어와 사랑을 나눈 후 부엌에서 맥주 한 병을 따서 마시면서 저녁으로 먹을 요리를 만들었다. 양파 한 개를 까서 피망과 함께 다진 후 프라이팬에 쏟아 넣고 버터와 마늘 가루와 다른 양념을 넣어 살짝 볶았다. 그러고는 닭 가슴살 두 덩어리를 넣고 고기가 푹 익어 살이 쉽게 찢어지고 포크로 뼈를 쉽게 분리할 수 있을 때까지 계속 볶았다. 그다음에는 이탈리아 토마토소스 한 깡통과 으깬 토마토 한 깡통, 그리고 기타 양념을 넣고 마지막으로 엘리노어가 사온 포도주를 약간 부었다. 요리가 끓고 있는 동안, 밥을 하기 위해 물을 넣은 냄비를 가스레인지 위에 올려놓고 불을 켰다.

이것이 보슈가 부엌에서 만들 수 있는 최고의 요리였다. 베란다에 그릴이 있으면 뭘 좀 구웠을 텐데, 예전 집이 지진으로 완전히 무너졌을 때 그릴도 날아가 버리고 없었다. 그는 집을 다시 지으면서도 그릴을 새로 살 생각까지는 하지 못하고 있었다. 그는 끓는 물에 쌀을 넣어 섞으면서 엘리노어가 당분간 함께 살기로 결정하면, 그릴을 하나 사기로 결심했다.

"냄새 좋은데."

돌아보니 부엌 앞에 엘리노어가 서 있었다. 그녀는 청바지에 데님 티셔츠 차림이었다. 샤워를 끝낸 후여서 머리카락이 촉촉하게 젖어 있었다. 보슈는 그녀를 바라보며 한 번 더 사랑을 나누고 싶은 욕정을 느꼈다.

"맛도 좋아야 할 텐데. 여기가 새 부엌이야. 아직까지는 어떻게 사용할지 잘 모르겠어. 요리를 해본 적도 별로 없고."

보슈가 말했다.

엘리노어는 미소를 지었다.

"맛도 있을 것 같아."

"저기, 나 샤워 좀 할 테니까 2, 3분마다 한 번씩 이것 좀 저어줄래?"

"응. 식탁은 내가 차릴게."

"좋아. 베란다에 나가서 먹자. 거긴 페인트 냄새가 안 나니까."

"미안해."

"아니, 밖에서 먹으면 더 좋겠다는 뜻이야. 페인트칠을 했다고 불평하는 게 아냐. 실은 벽을 그렇게 반쯤 칠하다가 놔둔 건 계략이었어. 저항할 수 없을 거라는 걸 알았지."

그녀가 미소를 지었다.

"이거 완전 톰 소여(《톰 소여의 모험》에서 톰 소여는 하기 싫은 페인트칠을 재미있는 것처럼 속여 친구들에게 떠맡겨 끝냄—옮긴이)잖아, 3급 형사님."

"3급 형사님 소리 들을 날도 얼마 안 남았군."

그의 말이 분위기를 깨버렸고 그녀의 얼굴에서 미소가 사라졌다. 그는 침실로 걸어가면서 속으로 자신에게 욕을 했다.

샤워를 끝낸 보슈는 마지막에 넣어야 하는 얼린 완두콩 한 주먹을 끓고 있는 치킨 토마토 스튜에 넣고 잘 저었다. 요리와 포도주를 베란다에 있는 피크닉 테이블로 가져간 그는 난간에 서 있는 엘리노어에게 와서 앉으라고 말했다.

"미안해. 샐러드를 깜빡했어."

둘이 자리에 앉은 후에 보슈가 말했다.

"이걸로 충분해."

그들은 조용히 숟가락을 들었다. 보슈는 엘리노어의 평가를 기다렸다.

"진짜 맛있는데. 음식 이름이 뭐야?"

마침내 엘리노어가 말했다.

"몰라. 어머니는 그냥 치킨 스페셜이라고 하셨어. 아마 어머니가 이걸 처음 드셨던 식당에서 메뉴 이름이 치킨 스페셜이었나 봐."

"어머니한테 배운 가정식 요리군."

"유일한."

조용히 음식을 먹는 몇 분 동안 보슈는 그녀가 음식을 정말로 맛있게 먹고 있는지 슬쩍 눈치를 살폈다. 정말로 그런 것 같았다.

한참 후 엘리노어가 입을 열었다.

"해리, 이 일에 관계된 요원들이 누구야?"

"시카고, 라스베이거스, LA 지부에서 온 친구들이야."

"LA 지부 사람은 누군데?"

"존 오그레이디라는 친군데. 알아?"

엘리노어가 FBI LA 지부를 그만두고 나서 5년 이상의 세월이 흘렀다. 게다가 FBI 요원들은 전근을 많이 다녔다. 보슈는 엘리노어가 오그레이디를 모를 거라고 추측했고 정말로 그녀는 모른다고 대답했다.

"그럼 존 새뮤얼스는 알아? 지방검사장대리야. 조직범죄 전담팀이고."

"그래, 새뮤얼스는 알아. 아니, 예전에 알았지. 한동안 FBI에서 일했어. 특별히 유능한 요원은 아니었어. 법대를 나왔는데, 수사관으로서는 빛을 못 보겠다고 판단했는지, 검사로 전향을 했어."

그녀가 웃음을 터뜨리더니 고개를 저었다.

"왜?"

"아무것도 아냐. 우리끼리 그 사람에 대해 했던 농담이 생각나서. 좀 지저분한 얘기야."

"뭔데?"

"그 사람, 아직도 콧수염을 기르고 있어?"

"응."

"그가 기소를 할 만한 사건을 찾아낼 수 있을지는 몰라도, 실제로 수사를 할 때는 자기 콧수염 속에 숨어 있는 똥도 못 찾아낼 거라고들 말했어."

그녀가 다시 웃음을 터뜨렸다. 보슈가 보기에 좀 과하다 싶을 정도로 웃었다. 그도 예의상 미소를 지었다.

"어쩌면 그게 그가 검사가 된 이유일지도 모르지."

그녀가 덧붙였다.

그때 무슨 생각이 떠오른 보슈는 저도 모르게 그 생각에 푹 빠져들었다. 얼마 후에야 엘리노어의 목소리가 들렸다.

"응?"

"무슨 생각을 그렇게 하는 거야? 내 농담이 그렇게 심했던 것 같지는 않은데."

"아냐. 난 바닥이 없는 구덩이에 빠졌다는 생각을 하고 있었어. 그리고 이 사건과 관련해서 내 손이 더럽다고 새뮤얼스가 정말로 믿고 있느냐 아니냐는 중요한 게 아니라는 생각도 했고. 그들을 위해서는 내 손이 반드시 더러워야만 하지."

"왜?"

"그들은 자기들의 비밀 요원이 조이 마크스와 그 조직원들의 비리를 파헤치기 위해 비밀리에 활동했다는 증거를 보여줘야 돼. 그리고 살인 무기가 어떻게 그 비밀 요원의 집 안에 놓여 있었는지 설명할 수 있어야 하고. 그걸 설명 못 하면 조이 마크스의 변호사들이 그걸 역이용해서 그 비밀 요원을 오염된 인간으로, 그가 쫓아다녔던 사람들보다 더 못된 살인범으로 보이게 만들 거야. 그 총은 합리적인 의심을 불러일으키는 증거지. 그러니까 그 총을 설명할 수 있는 최선의 방법은 LA 경찰한테 뒤집어씌우는 거야. 나한테. 나쁜 경찰국 소속의 나쁜 경찰이 사건 현장 덤불 속에서 발견한 총을 범인이라고 믿는 남자의 집에 몰래 숨겨두었다고 주장하는 거지. 배심원단은 그 주장을 믿어줄 거야. 나를 올해의 마크 퍼먼으로 만들겠지."

이제 엘리노어의 얼굴에서 웃음기라고는 찾아볼 수가 없었다. 걱정하는 눈빛이었고 슬퍼하는 눈빛 같기도 했다. 그녀도 그가 지금 얼마나 큰 곤경에 처해 있는지 알게 된 것 같았다.

"나한테 뒤집어씌우지 않을 거라면 새뮤얼스는 조이 마크스나 그의 심복 중 하나가 그 총을 거기 몰래 숨겨두었다는 걸 입증해야 돼. 어떻게 알게 됐는지는 모르지만 루크 고션이 FBI 요원이라는 걸 알고 그의 주장의 신빙성을 떨어뜨리려고 숨겨놓았다고 주장해야 되지. 아마도 그게 사실일 것 같지만, 입증하기는 더 어렵지. 나한테 돌을 던지는 게 새뮤얼스에게는 더 쉬울 거야."

보슈는 반쯤 먹고 남아 있는 스튜를 내려다보다가 포크와 나이프를 접시에 내려놓았다. 더 이상 먹을 수가 없었다. 그는 포도주를 천천히 한 모금 마신 후 잔을 계속 들고 있었다.

"난 큰 곤경에 빠진 거야, 엘리노어."

이제야 사태의 심각성이 제대로 인식되기 시작했다. 그는 결국에는 진실이 승리한다는 믿음을 가지고 일을 해왔지만, 진실이 승리한 적은 거의 없었다는 현실이 이제야 분명히 보였다. 그는 그녀를 올려다보았다. 둘의 눈이 마주쳤을 때 보니 그녀는 곧 울음을 터뜨릴 것만 같았다. 그는 애써 미소를 지었다.

"왜 그래, 엘리노어. 난 쓰러지지 않아. 당분간 책상 앞에 앉아 있어야 하겠지만, 완전히 손을 떼는 건 아니야. 이 사건을 꼭 해결하고야 말 거야."

보슈가 말했다.

엘리노어는 고개를 끄덕였지만 근심이 가득한 표정은 여전했다.

"해리, 우리가 카지노에서 처음 만나고 시저스 호텔 바에 갔을 때 당신이 했던 말 기억나? 당신이 과거로 돌아갈 수만 있다면 다르게 행동했을 거라고 했던 말, 기억나?"

"응, 기억나."

그녀는 눈물이 흐르기 전에 두 손 손바닥으로 눈가를 닦았다.

"당신한테 할 얘기가 있어."

"뭐든지 말해 봐, 엘리노어."

"퀄런한테 자릿세를 냈다고 했잖아…. 그것 말고도 더 있어."

그녀는 이야기를 시작하기 전에 그의 반응을 읽고 싶은 듯 그를 뚫어지게 쳐다보았다. 그러나 보슈는 꿈쩍도 하지 않은 채 그녀의 다음 말을 기다렸다.

"프론테라(LA 동쪽 프론테라에 있는 캘리포니아 주 여자 교도소-옮긴이)에서 나와서 라스베이거스에 갔을 때 난 집도 없고 차도 없고 아는 사람도 한 명 없었어. 밑져야 본전이니까 한번 해보자 싶었어. 카드 게임 말이야. 그리고 프론테라에서 만난 여자가 있었어. 이름이 팻시 퀄런이었지. 자기 삼촌을 찾아가면 내 신원을 확인하고 내 게임 실력을 평가한 후에 뒤를 봐줄 거라고 하더라고. 그 삼촌이 테리 퀄런이야. 팻시가 소개장까지 써줬어."

보슈는 조용히 앉아서 듣고 있었다. 이제 이 대화가 어디로 흘러가는지 알 것 같았지만, 엘리노어가 이 이야기를 하는 이유는 알 수가 없었다.

"그래서 퀄런이 나를 도와줬어. 아파트도 얻었고 판돈도 받았어. 그는 조이 마크스에 대해서는 한 마디도 하지 않았어. 그래도 그 돈이 다른 곳에서 나왔다는 걸 알아차렸어야 했는데 그러질 못했어. 그런 돈은 항상 다른 출처가 있기 마련인데 말이야. 어쨌든 나중에야 퀄런은 실제로 내게 돈을 빌려준 사람이 누군지 알려주면서도, 자기 조직은 원금을 갚으라고 강요하지 않으니까 걱정할 필요가 없다고 했어. 그냥 이자만 내면 된다는 거였어. 일주일에 2백 달러. 자릿세. 난 어쩔 도리가 없다고 생각했어. 벌써 그 돈을 받아버렸잖아. 그래서 자릿세를 내기 시작했어. 처음에는 매주 꼬박꼬박 그 돈을 내기가 힘이 들었어. 두세 번 못 낸 적이 있는데, 그러면 다음 주엔 그 두 배를 내야 했고 거기다 그 주의 자릿세까지 내야 했어. 한 번 밀리기 시작하니까, 헤어나올 방법이 없더라고."

그녀는 자신의 두 손을 내려다보다가 탁자 위에 올려놓고 움켜쥐었다.

"그들이 당신한테 어떤 일을 시켰어?"

보슈도 그녀의 눈을 피한 채 조용히 물었다.

"당신이 생각하는 그런 일이 아니야. 난… 운이 좋았어. 그들은 나에 대해 알고 있었어. 내가 FBI 요원이었던 거 말이야. 그동안 쉬어서 많이 녹슬긴 했겠지만, FBI 요원으로 일할 때 배운 기술을 써먹을 수 있겠다고 생각했나 봐. 그래서 내게 사람들을 감시하는 일을 맡겼어. 주로 카지노에서. 하지만 밖에까지 따라 나간 적도 몇 번 있어. 대부분의 경우 난 감시 대상이 누군지도 몰랐고, 그들이 왜 그런 정보를 원하는지도 몰랐어. 그냥 지켜봤고, 때로는 같은 테이블에서 게임을 했어. 그러고 나서 그 사람이 얼마를 땄는지 혹은 잃었는지, 누구와 이야기를 했는지, 그가 어떤 식으로 게임을 하는지 등등을 퀼런한테 말해줬어."

엘리노어는 꼭 해야 할 말은 뒤로 미룬 채 횡설수설하고 있었지만, 보슈는 아무 말도 하지 않고 잠자코 듣고만 있었다.

"그들의 지시를 받고 이틀 동안 토니 앨리소를 감시했던 적도 있어. 그가 얼마나 잃는지, 어디로 가는지 등등 일반적인 사항들을 알아봐달라고 했어. 그런데 알고 보니까 앨리소는 돈을 잃는 사람이 아니었어. 굉장한 타짜였어."

"앨리소가 어디로 가는지 지켜봤어?"

"응. 밖에 나가서 저녁을 먹고는 스트립클럽에 가곤 했어. 잡무를 보기도 했고."

"앨리소가 여자와 함께 있는 걸 본 적 있어?"

"응, 한 번 있어. 미라지 호텔에서부터 앨리소를 미행했는데, 시저스 호텔로 들어갔다가 나오더니 쇼핑몰로 들어갔어. 스파고에 가더니 늦은 점심을 먹더군. 혼자 있었는데, 잠시 후에 어린 아가씨가 나타났어. 처음에는 돈을 받고 사교 모임에 동반해주는 직업여성인가 했는데, 둘이 아는 사이라는 걸 곧 알겠더라고. 점심을 먹고 나서는 앨리소의 호텔 방으로 들어가더니 한참 있다가 나왔어. 앨리소의 렌터카를 타고 피부 관리실에 가서 그 아가씨가 손톱 관리를 받고 나왔고, 그다음에는 담배를 사가지고는 은행에 가더니 그 아가씨가 계좌를 개설했어. 그냥 잡다한 일들을 하더라고. 그다음에는 노스 라스베이거스에 있는 스트립클럽으로 갔어. 그 남자가 거길 떠날 땐 혼자였어. 그제야 그 아가씨가 그 클럽에서 일하는 댄서라는 생각이 들었어."

보슈는 고개를 끄덕였다.

"지난 금요일 밤에도 앨리소를 감시한 거였어?"

보슈가 물었다.

"아니. 우리가 같은 테이블에 앉게 된 건 순전히 우연이었어. 앨리소는 베팅액이 많은 테이블에 자리가 나기를 기다리고 있었어. 사실 난 거의 한 달 정도 그들을 위해 아무 일도 하지 않았어. 매주 자릿세를 내는 것 말고는. 그런데… 퀼런이…."

엘리노어가 말끝을 흐렸다. 마침내 클라이맥스에 다다른 것 같았다.

"그런데 퀼런이 뭐, 엘리노어?"

엘리노어는 황혼이 깃들고 있는 지평선을 바라보았다. 밸리 전역에서 불빛이 하나둘씩 들어오고 있어서 하늘은 회색이 약간 섞인 붉은색 네온 간판 같았다. 보슈는 계속 엘리노어를 바라보고 있었다. 그녀는 해가 지는 광경을 바라보면서 말을 이었다.

"당신이 메트로에서 나를 빼내서 집에 데려다주고 간 다음에 퀼런이 아파트로 찾아왔어. 그러고는 당신이 날 찾아낸 그 집으로 데려갔어. 이유는 말 안 해주고 그냥 잠자코 있으면 된다고 했어. 시키는 대로만 하면 아무도 다치지 않을 거랬어. 난 이틀 동안 거기 앉아 있었어. 수갑은 그 마지막 날 밤에만 채웠어. 그때 당신이 올 거라는 걸 미리 알고 있었던 것처럼 말이야."

엘리노어는 잠시 말을 멈췄다. 무슨 말이라도 하고 싶으면 하라는 뜻 같았지만, 보슈는 한마디도 하지 않았다.

"내가 말하려는 건 그걸 납치라고 할 수는 없었다는 거야."

그녀는 다시 고개를 숙였다.

"그래서 메트로에 지원 요청을 하는 걸 원치 않았던 거로군."

보슈가 조용히 말했다.

그녀가 고개를 끄덕였다.

"왜 미리 당신에게 모든 걸 말하지 않았는지 나도 모르겠어. 정말 미안해, 해리. 난…."

그녀가 말끝을 흐렸다.

보슈는 감정이 북받쳐 말이 잘 나오지 않았다. 그녀의 이야기는 충분히 이해할 수 있고 믿을 수 있었다. 그녀에게 동정심까지 느껴졌고, 그녀가 늪 속으로 점점 더 깊이 빠져 들어가는 기분이었을 거라는 걸 알 수 있었다. 어쩔 도리가 없다고 생각했던 것도 이해가 되었다. 그러나 그가 이해할 수 없는 것은, 상처가 되는 것은, 왜 그녀가 처음부터 모든 것을 털어놓지 않았는가 하는 점이었다.

"왜 나한테 말하지 않았어, 엘리노어? 그때 말이야. 왜 그날 밤에 말해주지 않았어?"

그가 가까스로 묻고 싶은 말을 물어보았다.

"모르겠어. 난… 난 그 일이 그냥 묻히기를, 당신은 영원히 아무것도 모르기를 바랐던 거 같아."

그녀가 대답했다.

"그런데 왜 지금은 말을 하는 거야?"

그녀가 그를 똑바로 쳐다보았다.

"당신한테 말하지 않고 있는 것을 견딜 수가 없어서…. 그리고 거기 그 집에 있는 동안 당신이 알 필요가 있는 어떤 이야기를 들어서."

보슈는 두 눈을 감았다.

"미안해, 해리. 정말 미안해."

보슈는 고개를 끄덕였다. 그도 미안했다. 그는 두 손으로 얼굴을 쓸어내렸다. 이런 이야기를 듣고 싶지 않았지만 들어야 한다는 걸 알고 있었다. 마음은 배신감과 연민 사이를 오락가락하고 있었다. 한순간은 엘리노어에 대해 생각하다가 그다음 순간에는 사건에 대해 생각하고 있었다. 조이 마크스 일당은 알고 있었다. 누군가가 엘리노어와 보슈의 관계에 대해 조이 마크스에게 일러바친 게 틀림없었다. 보슈의 머릿속에는 펠튼과 아이버슨이, 백스터가, 그리고 그가 메트로에서 만난 모든 경찰관이 차례차례 떠올랐다가 사라졌다. 누군가가 마크스에게 정보를 제공했고, 마크스 일당은 보슈를 잡기 위한 미끼로 엘리노어를 이용했다. 그런데 왜? 뭐 하러 그렇게 위장을 하고 엘리노어에게 접근을 했던 것일까? 보슈는 눈을 뜨고 무표정한 눈으로 엘리노어를 바라보았다.

"당신이 들었다는, 내가 알 필요가 있는 이야기라는 게 뭐야?"

"그 집에 갔던 첫날 밤이었어. 난 TV가 있는 그 뒤쪽 방에 갇혀 있었어. 당신이 와서 날 구해줬던 그 방. 난 거기 갇혀 있었고, 사모아 형제들이 들락날락했어. 하지만 집 안 다른 곳에 사람들이 있을 때가 종종 있었어. 난 그들이 하는 얘길 들었어."

"거씨와 퀄런?"

"아냐, 퀄런은 그 집을 떠나고 없었어. 퀄런 목소리가 아니었어. 거씨도 아니었던 것 같아. 내 생각엔 조이 마크스와 다른 사람, 아마도 토리노라는 그 변호사였던 것 같아. 한번은 한 남자가 상대방을 조라고 부르는 걸 들었거든. 그래서 조이 마크스일 거라고 생각하는 거야."

"그렇군. 계속해 봐. 그들이 무슨 말을 했어?"

"다는 못 들었어. 한 남자가 조라는 다른 남자한테 경찰 수사에 관해 알아낸 사실을 말해주고 있었어. 메트로 경찰국의 수사에 관한 거였던 것 같아. 조라고 불린 남자는 루크 고선의 집에서 총이 발견됐다는 말을 듣고는 길길이 뛰었어. 그의 말이 기억나. 아주 생생하게. 그가 소리를 질렀어. '빌어먹을, 우리가 놈을 죽인 게 아닌데 도대체 어떻게 총이 그 집에서 발견될 수가 있어?' 하고 말이야. 그러고 나서는 경찰이 총을 심어놓았을 거라고 말하더니 이러더라고. '우리 친구한테 가서 전해. 이게 일종의 현장 단속 같은 거라면, 헛수고하지 말고 집어 치우라고 말이야.' 그 후에는 잘 못 들었어. 그들이 목소리를 낮췄고, 첫 번째 남자가 조라는 남자를 진정시키려고 애를 쓰고 있었을 뿐이야."

보슈는 잠깐 동안 그녀를 바라보며, 그녀가 엿들은 내용을 분석해 보았다.

"쇼였다고 생각해? 당신이 나한테 일러바칠 것을 예상하고 당신이 들으라고 일부러 거짓말을 한 건 아닐까?"

그가 물었다.

"나도 처음에는 그렇게 생각했어. 이 이야기를 즉시 하지 않은 데는 그런 이유도 있었어. 하지만 지금은 잘 모르겠어. 그들이 날 데려갈 때, 퀼런이 운전을 해서 날 그 집으로 데려갈 때, 난 많은 질문을 했지만 퀼런은 대답해주지 않았어. 딱 한 가지만 대답해줬지. 자기가 나한테 해줄 수 있는 말은, 누군가를 시험해보기 위해서 하루이틀 정도 내가 필요하다는 것뿐이라고 했어. 더 이상은 설명하려 들지 않았어. 시험이라는 말만 했어."

그녀가 말했다.

"시험?"

보슈는 어리둥절한 표정이 되었다.

"내 말 좀 들어 봐, 해리. 난 당신이 거기서 나를 데리고 나온 후로 줄곧 이 생각만 했어."

엘리노어가 손가락을 하나 치켜들더니 말을 이었다.

"우선 내가 엿들은 내용부터 생각해보자고. 그 두 남자가 조이 마크스와 그의 변호사였다고 치자. 그리고 그건 쇼가 아니고 그들이 말한 내용이 전부 진짜였다고 쳐. 그들이 토니 앨리소를 살해하지 않았다고 치잔 말이야, 알겠어?"

"그래."

"이 일을 그들의 시각에서 보자고. 그들은 이 살인사건과는 아무 관련이 없는데, 조직의 고위 간부 하나가 이 일로 검거가 되는 거야. 게다가 메트로에 있는 정보원한테서는 기소하기가 슬램덩크처럼 쉬운 사건이라는 소리를 듣게 되지. 경찰은 지문 증거를 확보했고, 살인에 사용된 무기가 고션의 화장실에서 떡 하니 발견되고 말이야. 조이 마크스는 이 모든 일이 경찰이 꾸민 짓이거나, 무슨 이유에선지 고션이 단독으로 범행을 저질렀을 거라고 생각할 수밖에 없을 거야. 어느 쪽이 됐든, 조이 마크스가 제일 먼저 걱정하는 건 뭘 거 같아?"

"피해 관리."

"맞아. 마크스는 고션에게 무슨 일이 일어나고 있는 건지 그리고 고션이 기소되면 자기한테 어떤 피해가 올지 생각해볼 수밖에 없게 된 거야. 그런데 그것도 여의치가 않아. 고션이 자기 마음대로 변호사를 선임했거든. 토리노는 고션에게 접근할 수가 없게 됐지. 그래서 마크스는 토리노와 함께 고션을 시험할 계획을 세우는 거야. 고션이 자기 마음대로 변호사를 선임한 게 입을 열 생각에서였는지 알아보기 위해서 말이야."

"경찰과 거래를 할 생각이 있는지 말이군."

"맞아. 이제 그들은 메트로에 있는 정보원을 통해서 그 사건 담당 형사가 그들이 알고 있고 영향력을 행사하고 있는 어떤 여자와, 다시 말해 나와 사귄다는 사실을 알게 되지."

"그래서 그들은 당신을 그 안가로 데리고 가서 기다리는 거로군. 내가 안가의 위치를 알아내 당신을 구하러 그곳에 나타나면, 혹은 메트로에 전화해서 안가의 위치를 알고 있다고 말하면, 그런 정보를 내게 줄 수 있는 사람은 고션밖에 없으니까 그가 입을 열었다는 걸 그들이 알게 되겠군. 그러니까 퀄런이 말한 시험이 그거였군. 내가 나타나지 않으면, 다행이겠지. 그 말은 고션이 완강히 버티고 있다는 뜻이니까. 하지만 내가 나타나면, 그들은 재빨리 메트로에 있는 고션에게 접근해서 처치해야 하는 거고."

"맞아, 고션이 본격적으로 입을 열기 전에 말이야. 여하튼 내가 생각해본 건 그런 시나리오였어."

"그럼 그 말은 앨리소가 적어도 마크스나 그의 부하들에게 당한 건 아니라는 뜻이겠군. 그리고 그들은 고션이 연방 요원이라는 사실도 모르고 있었던 거고."

엘리노어가 고개를 끄덕였다. 보슈는 수사라는 안갯속으로 성큼 한 발을 내딛은 것 같아 기운이 절로 솟는 것을 느꼈다.

"트렁크 뮤직이 아니었군."

그가 말했다.

"뭐?"

"라스베이거스 쪽 이야기, 조이 마크스, 이 모든 건 주의를 딴 데로 돌리려는 술책이었어. 우린 완전히 잘못 짚은 거였어. 토니와 아주 가까운 사이였던 누군가가 이 모든 일을 꾸민 게 분명해. 앨리소가 무슨 일을 하고 있는지 잘 알고 있고, 돈세탁에 대해서도 잘 알고 있고, 그의 죽음에 폭력 조직이 관련되어 있는 것처럼 보이게 하는 방법을, 이 모든 걸 고션에게 덮어씌울 수 있는 방법을 잘 알고 있을 정도로 아주 가까운 사람이 말이야."

엘리노어가 고개를 끄덕였다.

"그래서 당신에게 모든 걸 이야기해야 했어. 설령 그로 인해 우리가…."

보슈는 그녀를 바라보았다. 그녀는 말끝을 맺지 못했고, 그도 아무 말도 할 수 없었다.

보슈는 주머니에서 담배 한 개비를 꺼내 입에 물었지만 불을 붙이지는 않았다. 그는 탁자 위로 윗몸을 기울이고 그녀의 접시와 자기 접시를 집어 들었다. 그러고는 벤치를 빠져나가면서 그녀에게 말했다.

"디저트는 없어."

"괜찮아."

보슈는 접시를 모아서 부엌으로 가져가 물에 헹군 다음 식기세척기에 넣었다. 식기세척기는 이전에 한 번도 사용한 적이 없었기 때문에 한동안 몸을 굽히고 작동법을 알아내느라고 애를 썼다. 작동이 시작되자 그는 싱크대에 있는 프라이팬과 냄비를 씻기 시작했다. 단순 작업을 하니까 마음이 편해졌다. 엘리노어가 포도주잔을 가지고 부엌으로 들어와 한동안 그를 지켜보다가 입을 열었다.

"미안해, 해리."

"괜찮아. 당신은 힘든 처지였고 그래서 어쩔 수 없이 그런 일을 한 거야, 엘리노어. 그런 걸 비난할 수는 없지. 나도 당신 입장이었다면 똑같이 했을 거야."

그녀는 잠깐 침묵하다가 다시 입을 열었다.

"내가 이 집을 나갈까?"

보슈는 수도를 잠그고 싱크대 속을 내려다보았다. 새로 단 철제 싱크대 속에 자신의 모습이 어두운 형체로 비쳐졌다.

"아니. 그러지 마."

그가 말했다.

금요일 아침 7시, 보슈는 페어팩스 농산물 시장에서 산 글레이즈드 도넛 한 상자를 들고 할리우드 경찰서로 출근했다. 그가 제일 먼저 출근한 것 같았다. 그는 도넛 상자를 열어서 커피 자판기 옆 카운터 위에 놓았다. 그러고는 도넛을 한 개 꺼내 냅킨에 싸서 강력반 자기 자리에 갖다 놓고 커피를 가지러 상황실로 갔다. 상황실에서 커피포트로 만드는 커피가 형사과의 자판기에서 뽑은 것보다 훨씬 더 맛있었다.

커피를 가져온 보슈는 도넛까지 챙겨들고 형사과 접수대 뒤에 있는 책상으로 가서 앉았다. 내근직은 야간 사건 보고서의 분류와 배부뿐만 아니라 방문자 접수도 맡아야 했다. 전화는 신경 쓸 필요 없었다. 민원 전화는 경찰서에서 자원봉사를 하고 있는 동네 노인이 맡아서 받았다.

보슈가 형사과 사무실에 혼자 앉아 있은 지 15분 정도가 지나자 형사들이 하나둘씩 들어오기 시작했다. 보슈에게 왜 접수대 책상에 앉아 있느냐고 물어본 형사가 여섯 명이나 되었고, 그는 그 질문을 받을 때마다 너무 복잡한 문제라서 지금 말하기는 곤란하지만 곧 소문이 돌 테니까 알게 될 거라고 대답했다. 경찰서 안에서는 어떤 일도 오래도록 비밀이 유지되지 못했다.

8시 30분, 야간 상황실장이 퇴근하기 전에 야간 보고서를 제출하러 들어왔다가 보슈를 보고 미소를 지었다. 클라인이라는 경위였는데 보슈와는 인사 정도 나누는 사이였다.

"이번에는 누구를 두들겨 팬 거야, 보슈?"

클라인이 농담을 했다.

지금 보슈가 앉아 있는 접수대 책상에 앉는 형사는 형사과 순환 근무 시스템에 따라 앉게 된 사람이거나 감찰계의 내사를 받고 있어 내근직으로 묶인 사람이라는 것은 잘 알려진 사실이었다. 후자인 경우가 더 많았다. 그러나 클라인이 농담을 하는 것을 보니 보슈가 정말로 내사를 받고 있다는 사실을 아직 전해 듣지 못한 것이 분명했다. 보슈는 미소로 대답을 대신했다. 그는 클라인에게서 5센티미터가 넘는 두께의 보고서 뭉치를 건네받은 후 장난처럼 거수경례를 했다.

클라인이 보슈에게 건넨 서류 뭉치는 지난 24시간 동안 할리우드 경찰서 순경들이 제출한 사건 보고서를 거의 다 담고 있었다. 뒤늦게 일어난 사건에 대한 보고서가 오전 중으로 한 번 더 들어오긴 하겠지만, 지금 보슈가 들고 있는 서류 뭉치에 오늘 하루 형사과의 업무가 모두 들어 있는 셈이었다.

보슈가 고개를 숙이고 주변에서 들리는 대화를 무시한 채 보고서를 범죄 종류별로 나누는 데 30분 정도 걸렸다. 그런 다음 그는 그 보고서를 전부 훑어보며, 경험에서 우러나온 노련한 눈으로 강도사건과 절도사건, 혹은 폭행사건 중 서로 관련이 있는 사건이 있는지 살펴봐야 했다. 그러고 나서는 분류한 보고서를 각 전담반에 갖다 줘야 했다.

분류 작업을 하다가 고개를 들어보니 빌리츠 과장이 자기 사무실에서 통화를 하고 있는 것이 보였다. 보슈는 빌리츠가 출근한 것도 모르고 있었던 것이었다. 빌리츠에게 지난밤에 일어난 사건에 관해 보고를 하고, 형사과장이 알아야 할 중요하거나 특이한 범죄에 대해 알리는 것도 내근직인 그가 할 일이었다.

보슈는 다시 작업을 시작했고, 건네받은 서류 뭉치 중 가장 두꺼운 보고서인 자동차 절도사건 보고서를 훑어보았다. 지난 24시간 동안 할리우드에서 총 33대의 자동차가 도난당했다. 보슈는 이것이 평균 이하의 기록일 거라고 생각했다. 그는 보고서에 나온 요약본을 읽고 다른 사건과의 연관성이 있는지 살펴보았지만 별다른 점이 보이지 않아서, 서류를 자동차 절도사건 전담팀 형사에게 갖다 주었다. 형사과 사무실 앞쪽을 걸어 접수대 책상으로 돌아가던 보슈는 에드거와 라이더가 살인전담팀 탁자 앞에 서서 판지 상자 안에 물건들을 챙겨 넣는 것을 보았다. 가까이 가서 보니 앨리소 사건의 사건 파일과 보조 자료들과 증거물 봉투를 상자에 넣고 있었다. 전부 연방 수사국으로 보낼 것들이었다.

"안녕, 친구들."

보슈가 어떻게 말문을 열지 몰라 망설이다가 인사말을 던졌다.

"해리."

에드거가 말했다.

"안녕하세요, 선배?"

라이더도 걱정 어린 목소리로 인사를 했다.

"그럭저럭 안녕해…. 어, 저기, 저기 말이야… 일을 이렇게 만들어버려서 정말 미안해. 하지만 나로서도 어쩔 도리가 없…."

"괜찮아, 해리. 아무 말 안 해도 돼. 이거 다 말도 안 되는 일이라는 거 우리 둘 다 잘 알고 있어. 그동안 내가 형사 노릇을 하면서 만나본 경찰관 중에 가장 올바른 경찰관이 누구였는지 알아? 바로 해리 자네였어. 그러니까 아무 말 안 해도 돼."

에드거가 말했다.

그의 말에 감동을 받은 보슈는 고개를 끄덕였다. 라이더에게는 이번이 보슈와 함께 맡은 첫 번째 사건이기 때문에 보슈는 그녀에게서는 어떤 위로의 말도 기대하지 않았다. 그런데 그녀가 말했다.

"저는 선배와 함께 일한 지 그리 오래되진 않았지만, 제가 본 바로도 제리 선배 말씀이 맞는 것 같아요. 두고 보세요, 이 일이 잘 마무리가 되고 다시 살인전담팀으로 돌아오실 거니까요."

"고마워."

보슈는 새 자리로 돌아가려고 돌아서다가 그들이 싸고 있던 상자를 내려다보게 되었다. 그는 팔을 뻗어 5센티미터 두께의 살인사건 파일을 꺼냈다. 앨리소 사건의 수사 진행 상황을 에드거가 맡아서 기록하던 것이었다.

"연방 친구들이 이리로 올 거야, 아니면 당신들이 이걸 그리로 보내는 거야?"

"10시에 누가 오기로 했다나 봐."

에드거가 말했다.

보슈는 벽시계를 올려다보았다. 아직 9시밖에 되지 않았다.

"이거 복사 좀 해도 될까? 사건이 FBI로 넘어가서 미궁에 빠질지 모르니까 여분으로 가지고 있는 게 좋지 않을까?"

"그래, 그게 좋겠군."

에드거가 말했다.

"살라자한테서 소견서 왔어?"

보슈가 물었다.

"부검 소견서요? 아뇨, 아직 안 왔는데요. 오고 있는 중이겠죠."

라이더가 말했다.

보슈는 부검 소견서가 아직 안 왔다면 연방 요원들이 벌써 어떤 식으로든 가로채 간 거라는 말은 하지 않았다. 그는 사건 파일을 복사기로 가져가서, 바인더의 고리 세 개를 벗기고 서류 뭉치를 빼냈다. 그러고는 복사기를 양면 복사로 설정하고 서류 뭉치를 자동 급지대에 넣었다. 급지대에 구멍이 세 개 뚫린 종이만 들어 있는지 확인한 후, 시작 단추를 누르고 뒤로 물러서서 지켜보았다. 시내의 한 복사기 대리점이 이 복사기를 기증했고 정기적으로 점검까지 해주고 있었다. 형사과 사무실 안에서 현대적인 사무기기는 이 복사기가 유일했고 늘 누군가가 사용하고 있었다. 파일 복사는 10분 만에 끝이 났다. 보슈는 원본을 바인더에 넣고 고리를 다시 끼운 후, 에드거의 책상에 놓여 있는 상자에 갖다 넣었다. 그런 다음에는 비품 캐비닛에서 새 바인더를 꺼내고 복사한 보고서에 구멍을 뚫어 바인더에 넣고 고리를 끼운 후 그 바인더를 자신의 명함이 테이프로 붙여져 있는 파일 캐비닛 서랍에 넣었다. 그러고 나서 두 동료에게 복사한 사건 파일을 어디다 넣어두었는지 알려주었다.

"선배, 혼자 몰래 수사를 해보려는 거죠, 그렇죠?"

라이더가 낮은 목소리로 물었다.

보슈는 난감해하며 라이더를 흘끗 바라보았다. 그녀와 빌리츠 과장과의 관계를 생각해서, 조심스럽게 대답해야 했다.

보슈가 대답을 망설이는 것을 보고 라이더가 말을 이었다.

"그렇다면 저도 끼워주세요. FBI는 수사 열심히 안 할 거예요. 조금 건드려보다가 집어던지고 말 걸요."

"나도 끼워줘."

에드거가 말했다.

보슈는 망설이면서 에드거와 라이더를 바라보다가 고개를 끄덕였다.

"12시 30분에 머소즈에서 만나는 거 어때? 내가 점심 살게."

보슈가 말했다.

"좋지. 우리 둘 다 갈게."

에드거가 말했다.

접수대 책상으로 돌아온 보슈는 형사과장실의 유리 벽을 바라보았다. 빌리츠 과장은 통화를 끝내고 서류를 읽고 있었다. 문이 열려 있어서, 보슈는 노크하면서 안으로 들어갔다.

"좋은 아침이야, 해리. 내가 지금 당장 알아야 할 사건이라도 있어?"

빌리츠 과장이 말했다. 보슈를 내근직으로 묶어둔 것을 미안해하는 마음이 목소리와 태도에 묻어 있었다.

"아뇨. 상당히 조용한데요. 어, 그런데 유흥가 호텔에서 절도 신고가 몇 건 들어왔어요. 동일범의 짓인 것 같습니다. 어젯밤에 샤토 호텔에서 한 건, 하얏트 호텔에서 또 한 건 발생했어요. 투숙객들은 잠이 깨지 않았고요. 두 건의 범행 수법이 똑같은 것 같습니다."

"피해자들이 우리가 잘 알고 있고 신경 써야 하는 인물들인가?"

"아닌 것 같은데요. 하긴 내가 〈피플〉지를 읽지 않으니까 또 모르죠. 난 유명인이 나타나 내 뺨을 후려갈겨도 누군지 못 알아볼 걸요."

빌리츠가 미소를 지었다.

"피해액은 얼마나 돼?"

"글쎄요. 아직 끝까지 읽어보진 않았어요. 저기, 그것 때문에 들어온 게 아니에요. 어제 나를 옹호해줘서 고맙다는 말을 다시 하고 싶어서 왔습니다."

"옹호해준 것도 아닌데."

"아니긴요. 그런 상황에서 과장님이 위험을 무릅쓰고 그런 말과 행동을 했다는 거 알아요. 감사합니다."

"말했듯이, 당신이 그랬다는 게 도저히 믿어지지가 않아서 그렇게 한 거야. 감찰계와 FBI가 더 조사를 해보면, 그들도 믿지 않게 될 거야. 그건 그렇고, 조사는 몇 시야?"

"2시요."

"변호인은 누굴 세울 거야?"

"드니스 제인이라고 강력계에서 알았던 친구요. 괜찮은 친구죠. 기꺼이 나를 도와줄 겁니다. 그 친구 아세요?"

"아니. 저기 말이야, 내가 도울 일이 있으면 언제든 말만 해."

"감사합니다, 과장님."

"그레이스."

"참, 그렇죠. 그레이스."

자기 책상으로 돌아온 보슈는 채스틴과의 면담 조사에 대해 생각했다. 경찰국 규정에 따라, 보슈는 동료 형사이자 노조 측 변호인의 변호를 받게 되어 있었다. 그 변호인은 실제 변호사처럼 보슈에게 무슨 말을 해야 할지, 그리고 그 말을 어떻게 해야 할지 조언을 해줄 것이었다. 이 면담 조사는 감찰계 내사의 첫 번째 공식 절차였다.

보슈가 고개를 들었을 때, 한 여자가 어린 소녀와 함께 접수대 앞에 서 있었다. 소녀는 눈가가 빨갰고 아랫입술은 누구한테 물어뜯긴 듯 구슬 크기만큼 부어 있었다. 머리는 마구 헝클어져 있었고, 보슈 뒤의 벽을, 마치 그 벽에 창문이라도 있는 것처럼 멍한 눈으로 바라보았다.

보슈는 자리에 그대로 앉은 채 무슨 일이냐고 물어볼 수도 있었지만, 그들이 여기 온 이유는 형사가 아니라도 금방 알 수 있을 것 같았기에 조용히 이야기를 하기 위해 자리에서 일어서서 접수대로 걸어갔다. 여러 사건 피해자들 중에서 보슈를 가장 슬프게 하는 사람들이 바로 성폭행 피해자들이었다. 그는 성범죄전담반에서는 단 한 달도 견딜 수 없을 것 같았다. 그가 본 성폭행 피해자 모두가 저런 눈을 하고 있었다. 저런 눈은 이제는 그들의 삶이 완전히 바뀌었다는 표시였다. 그들은 과거의 삶으로는 절대로 돌아갈 수 없게 될 것이다.

모녀와 몇 마디를 주고받은 보슈는 소녀에게 응급 처치가 필요한지 물었고 엄마는 그렇지 않다고 대답했다. 보슈는 접수대에 달린 하프 도어를 열고 그들을 들어오게 해서 형사과 사무실 뒤쪽 복도에 위치한 세 개의 취조실 중 한 곳으로 데려갔다. 그러고 나서 성범죄전담반의 메리 칸투 형사에게 갔다. 그녀는 보슈가 한 달도 견딜 수 없을 것 같은 일을 몇 년째 맡아서 하고 있었다.

"메리, 3번 방에 피해자가 한 명 들어와 있어. 열다섯 살이래. 어젯밤에 당했고. 집 근처 길모퉁이에서 일하던 마약 밀매상한테 너무 끌렸었나 봐. 그놈이 애를 꼬셔가지고는 다음번 손님한테 코카인뿐만 아니라 얘까지 팔았어. 지금 엄마와 함께 있어."

보슈가 말했다.

"고마워요, 선배. 금요일에 딱 좋은 선물이네요. 금방 가볼게요. 치료가 필요한지 물어봤어요?"

"아니라고는 하는데, 내 생각엔 필요한 것 같아."

"알았어요. 내가 알아서 처리할게요. 고마워요."

접수대 책상으로 돌아온 보슈는 소녀를 마음에서 억지로 밀어낸 후, 보고서를 다 읽고 해당 전담반으로 보고서를 갖다 주었다. 일을 끝내기까지 45분 이상 걸렸다.

일을 마친 보슈는 과장실 유리 벽 너머로 빌리츠 과장을 살펴보았다. 빌리츠는 책상 앞에 서류를 쌓아놓고 통화를 하고 있었다. 보슈는 일어서서 자기 파일 캐비닛으로 걸어가 아까 넣어두었던 앨리소 사건 파일 복사본을 꺼냈다. 그 두꺼운 바인더를 가지고 접수대 뒤에 있는 자기 자리로 돌아왔다. 접수대 책상에서 근무를 하는 틈틈이 사건 파일을 다시 읽어볼 생각이었다. 주초에 상황이 정신없이 전개되는 바람에 보통 때 같으면 잊지 않고 읽어보았을 사건 관련 서류들을 읽고 검토할 시간이 없었다. 경험으로 볼 때 세부적인 사실과 수사의 뉘앙스를 잘 간파하는 것이 사건 해결의 열쇠가 될 때가 종종 있었다. 대충 페이지를 넘겨보고 있는데 웬 낯익은 목소리가 접수대에서 들려왔다.

"그거 내가 생각하는 그겁니까?"

보슈는 고개를 들었다. FBI의 오그레이디 요원이었다. 보슈는 파일을 넘겨보다가 딱 걸렸다는 당혹함과 오그레이디에 대한 증오심 때문에 얼굴이 붉어지는 것을 느꼈다.

"그래, 네가 생각하는 그거야, 오그레이디. 30분이나 늦었군."

"늦거나 말거나 무슨 상관이죠? 난 당신 일정에 따라 움직이는 사람이 아닙니다. 할 일도 많고."

"어떤 할 일? 네 친구 로이한테 새로운 말꼬랑지 머리를 달아주는 일?"

"그 바인더나 줘요, 보슈. 그리고 나머지 것도 모두."

보슈는 여전히 꿈쩍도 하지 않고 앉아 있었다.

"이걸 가져가서 뭐하게, 오그레이디? 어차피 쓰레기통에 던져버릴 거면서. 니들은 토니 앨리소의 살인범이 누구든 신경도 안 쓰고 알고 싶어 하지도 않잖아."

"개소리 여전하시군. 파일이나 줘요."

오그레이디가 접수대 위로 팔을 뻗어 하프 도어에 있는 출입 버튼을 찾으려고 더듬었다.

"빌어먹을. 그렇게 서두르지 좀 마. 거기서 기다려. 가져올 테니까."

보슈가 자리에서 일어서면서 말했다.

보슈는 바인더를 가지고 살인전담팀 자리로 돌아가서 오그레이디가 보지 못하게 등을 보이고 섰다. 바인더를 탁자 위에 놓고 에드거와 라이더가 넣어둔 원본 사건 파일 바인더와 추가 보고서와 증거물 봉투가 든 상자를 들었다. 그러고는 그 상자를 가져와서 접수대 위에 거칠게 내려놓았다.

"인수 영수증에 서명해야 돼. 우린 증거물을 다룰 때, 그리고 그걸 다른 사람에게 넘길 때 엄청나게 신중을 기하거든."

보슈가 말했다.

"어련하시겠어요. O. J. 사건에서 배운 게 그걸 텐데. 아주 비싼 대가를 치르고. 안 그래요?"

보슈는 접수대 위로 팔을 뻗어 오그레이디의 넥타이를 잡고 그의 상체를 홱 잡아당겼다. 잡고 버틸 만한 곳을 찾지 못한 오그레이디는 힘없이 끌려왔다. 보슈는 그에게 몸을 기울이고 그의 귀에 대고 으르렁거리듯 말했다.

"뭐라고?"

"보슈, 당신은…."

"해리!"

보슈가 고개를 들었다. 빌리츠가 과장실 문 앞에 서 있었다. 보슈가 오그레이디의 넥타이를 놓자, 오그레이디의 몸이 용수철처럼 뒤로 튕겨나갔다. 자세를 바로 하고 선 오그레이디의 얼굴은 수치심과 분노로 벌겋게 상기되어 있었다. 그가 넥타이를 잡아당겨 느슨하게 풀면서 소리쳤다.

"당신은 정신병자야, 알아? 완전히 맛이 간 꼴통이라고!"

"고상한 연방 요원이 그런 말을 쓰면 되나."

보슈가 말했다.

"해리, 자리에 앉아. 이 문제는 내가 처리할게."

빌리츠가 명령했다. 어느새 그녀는 접수대에 다다라 있었다.

"인수증에 서명을 받아야 해요."

보슈가 말했다.

"알았어! 내가 처리한다니까!"

보슈는 자기 자리로 돌아가 앉았다. 그가 오그레이디를 노려보고 있는 동안, 빌리츠는 상자를 뒤져 에드거가 준비해 넣어둔 인도 물품 목록과 영수증을 찾아냈다. 그녀는 오그레이디에게 서명을 받고 나서 이제 그만 가보라고 말했다.

"저 사람 조심하시는 게 좋을 겁니다."

오그레이디가 접수대에서 상자를 들면서 빌리츠에게 말했다.

"자네나 조심하는 게 좋을 거야, 오그레이디 요원. 이 사소한 논쟁에 대해 무슨 소리가 들리면, 이 논쟁을 조장한 사람이 자네였다고 상부에 보고할 거니까."

"제가 아니라 저 사람인…."

"그런 건 관심 없어. 알겠나? 관심 없다고. 자, 이제 그만 가 봐."

"가겠습니다. 하지만 저 친구를 잘 감시하셔야 할 겁니다. 이 일에 손대지 못하게 해주십시오."

오그레이디가 상자를 가리키면서 말했다. 빌리츠는 아무 대꾸도 하지 않았다. 오그레이디는 상자를 들고 자리를 뜨려다 말고 다시 보슈를 바라보았다.

"이보쇼, 보슈 형사. 깜빡할 뻔했는데, 로이 선배가 뭘 좀 물어봐 달랍디다."

"오그레이디 요원, 지금 당장 나가줘!"

빌리츠가 화를 내며 말했다.

"뭔데?"

보슈가 물었다.

"이젠 누가 특A급 쇠고기 덩어리냐고 물어보라던데?"

오그레이디는 이 말을 남기고 돌아서서 출구를 향해 걸어갔다. 빌리츠는 그가 사무실을 나갈 때까지 지켜보고 있다가 돌아서서 성난 눈으로 보슈를 노려보았다.

"당신은 어떻게 처신하는 게 자신을 돕는 일인지도 모르지? 제발 철 좀 들어. 이런 쓸데없는 소모전은 그만하라고."

그녀가 말했다.

보슈에게 대꾸할 말이 없다는 걸 알았는지 빌리츠는 그의 대답을 기다리지 않고 재빨리 과장실로 돌아가서 문을 닫았다. 그러고는 창문에 블라인드를 내렸다. 보슈는 두 손을 깍지 껴 목덜미에 대고 의자에 등을 기댄 채 천장을 올려다보며 크게 한숨을 쉬었다.

오그레이디 소동 직후부터 보슈는 무장 강도 신고가 들어와서 바빠졌다. 피해자가 직접 경찰서를 방문했는데, 마침 강도전담팀 전원이 차량탈취범과 추격전을 벌이느라고 나가 있어서, 내근자인 보슈가 방문한 피해자를 조사하고 보고서를 작성해야했다. 피해자는 어린 멕시코 소년이었고, 할리우드 대로와 시에라 보니타 거리가 만나는 교차로에서서 할리우드 영화 스타들의 집을 표시해놓은 지도를 파는 게 직업이라고 했다. 그날 아침 10시쯤, 소년이 합판으로 만든 간판을 세워놓고 지나가는 차들을 향해 손을 흔들기 시작한 지 얼마 안 되어, 낡은 국산 세단 한 대가 옆에 와서 섰다. 운전석에는 남자가, 조수석에는 여자가 타고 있었다. 여자는 소년에게 지도가 얼마냐고, 많이 팔았냐고 물은 뒤, 소년에게 총을 겨누고 38달러를 뺏어갔다. 소년은 어머니와 함께 와서 신고를 했다. 알고 보니, 소년은 그날 강도를 당하기 전에 지도를 딱 한 개밖에 못 팔았고, 뺏긴 돈은 거의 전부가 거스름돈 용으로 갖고 나온 자기 돈이었다. 소년이 뺏긴 돈은 소년이 길모퉁이에 서서 바람개비처럼 쉬지 않고 팔을 흔들며 하루 종일 일을 해야 벌 수 있는 금액이었다.

보슈는 강도가 뺏어간 액수가 적고 범행 수법이 어설픈 것으로 보아, 헤로인이 든 풍선을 사기 위해 급전이 필요했던 약쟁이 커플일 거라는 생각이 퍼뜩 들었다. 그들은 자동차 번호판을 가리지도 않아서, 소년은 번호를 외워두었다.

소년과 어머니에 대한 피해자 조사를 마친 보슈는 텔레타이프기로 가서 용의자의 인상착의 설명을 덧붙여 차량 수배령을 내렸다. 수배령을 전송하면서 보니 그 차량은 지난주에 있었던 두 건의 강도사건에 사용되어 이미 수배령이 내려져 있는 상태였다. 하루벌이를 잃은 소년이 좋은 일을 했구만, 보슈는 생각했다. 강도들이 소년을 대상으로 범행을 저지르기 전에 검거가 됐어야 했다. 하지만 여기는 대도시였고, 완벽한 세상이 아니었다. 이런 실망감이 보슈의 마음속에서도 오래 머물지 못했다.

이제 점심 식사를 위해 자리를 비우는 형사들이 늘어나면서 형사과 사무실은 거의 비어 있었다. 성범죄전담팀의 메리 칸투 형사만 자리를 지켰다. 아침에 방문 신고한 성폭행 피해자에 관한 보고서를 작성하고 있는 것 같았다.

에드거와 라이더는 따로따로 머소즈로 가는 게 낫겠다고 판단했는지 벌써 나가고 없었다. 보슈도 나가려고 일어서면서 보니 과장실 창문에는 아직도 블라인드가 쳐져 있었다. 빌리츠 과장이 아직 안에 있다는 뜻이었다. 보슈는 강력반 자리로 가서 앨리소 사건 파일 복사본을 자기 서류 가방에 넣은 뒤 과장실로 가서 노크를 했다. 빌리츠가 대답하기 전에 보슈가 문을 열고 고개를 들이밀었다.

"나가서 점심 먹고 그다음엔 감찰계 일로 파커 센터에 갈 겁니다. 접수대에 아무도 없을 거예요."

"알았어. 오후엔 에드거나 라이더를 앉혀 놓지. 맡은 사건이 없어서 빈둥거리고 있을 테니까."

빌리츠가 말했다.

"알았어요. 그럼 나중에."

"어, 해리?"

"네?"

"아까 일 미안해. 내가 한 말이 미안한 건 아니야. 한 말은 다 진심이었어. 하지만 당신을 이리로 불러들여서 단둘이 얘기를 했어야 했는데. 밖에서 다른 사람들이 보는 앞에서 그런 말을 한 건 내가 잘못했어. 사과할게."

"신경 쓰지 마세요. 주말 잘 보내시고."

"당신도."

"노력할게요, 과장님."

"그레이스."

"그레이스."

보슈는 정확히 12시 30분에 할리우드 대로에 있는 머소 앤드 프랭스 식당에 도착해 건물 뒤쪽에 주차했다. 1924년에 문을 연 머소 앤드 프랭스는 할리우드의 명소였다. 전성기에는 할리우드의 지식인들이 즐겨 찾던 곳이었다. 피츠제럴드와 포크너가 단골로 다녔다. 채플린과 페어뱅크스는 경주에 진 사람이 식사 값을 다 내기로 하고 말을 타고 이곳을 향해 할리우드 대로를 달려온 적도 있었다. 이제 머소즈는 주로 과거의 영광과 시들어가는 매력에 의존해 명맥을 유지하고 있었다. 아직도 매일 점심시간에는 빨간색 가죽 의자가 있는 칸막이 좌석에 손님들이 꽉꽉 들어찼고, 채플린이 드나들 때부터 여기서 일해 온 것처럼 늙고 굼뜬 웨이터들이 테이블 사이를 오가고 있었다. 보슈의 기억으로 이곳의 메뉴는 단 한 번도 바뀌지 않았다. 할리우드 대로 매춘부들의 영업 기간이 대부분의 식당들 영업 기간보다 더 긴 이 도시에서.

에드거와 라이더는 아늑한 둥근 칸막이 좌석에 앉아서 기다리고 있었고, 보슈는 웨이터 주임이 그들을 가리켜보이자 그곳으로 가서 앉았다. 웨이터 주임은 너무 늙고 지쳐 자신이 직접 보슈를 안내하기도 힘들어 보였다. 아이스티를 마시고 있는 에드거와 라이더를 보고 보슈도 같은 것을 주문하긴 했지만, 속으로는 LA에서 마티니를 가장 잘 만드는 곳에 와서 뭐하는 짓이냐고 개탄해 마지않았다. 라이더만 메뉴판을 보고 있었다. 할리우드 경찰서로 전근 온 지 얼마 안 됐고 머소즈에 와본 것도 몇 번 되지 않아서, 점심 식사로 뭐가 제일 좋은지 모르는 것 같았다.

"이제부터 뭘 해야 할까?"

라이더가 메뉴를 보고 있는 동안 에드거가 물었다.

"처음부터 다시 시작해야지. 라스베이거스 건은 전부 관심을 딴 데로 돌리기 위한 유인책이었어."

보슈가 말했다.

라이더가 메뉴판 너머로 보슈를 흘끗 쳐다보았다.

"키즈, 그거 내려놔. 여기서 치킨팟파이 안 먹으면 실수하는 거야."

보슈가 말했다.

라이더는 망설이다가 고개를 끄덕이더니 메뉴판을 옆으로 치웠다.

"관심을 딴 데로 돌리기 위한 유인책이라니, 무슨 말이에요?"

그녀가 물었다.

"앨리소를 죽인 놈이 누구든 우리가 라스베이거스 쪽을 수사하기를 바랐던 거야. 그래서 우리가 계속 그곳에만 신경 쓰게 하려고, 용의자의 집에 총을 몰래 숨겨두기까지 했어. 그런데 일이 완전히 잘못되어 버렸지. 놈들이 총을 심어놓은 용의자가 사실은 연방 요원이고 알리바이를 입증해줄 동료 연방 요원들이 있다는 사실을 알지 못했던 거야. 그래서 낭패를 보게 된 거지. 난 우리의 피의자가 FBI 요원이라는 사실을 알았을 때, 조이 마크스 일당도 그 사실을 알고 그를 궁지로 몰아넣기 위해 그런 덫을 놓았을 거라고 생각했었어."

"난 아직도 그렇게 생각하는데."

에드거가 말했다.

"나도 어젯밤까지는 그렇게 생각했었어."

보슈가 말하고 있는데 빨간색 코트를 입은 늙은 웨이터가 테이블로 다가왔다.

"치킨팟파이 셋이요."

보슈가 말했다.

"음료는 무엇으로 하시겠습니까?"

웨이터가 물었다.

에이 모르겠다, 마시고 보자, 보슈는 생각했다.

"마티니 한 잔 부탁합니다. 올리브 세 개 넣어서. 이 사람들한텐 아이스티를 더 갖다 주시고."

웨이터는 고개를 끄덕이더니 주문서에는 아무것도 적지 않고 천천히 테이블을 떠났다.

보슈가 말을 이었다.

"어젯밤에 한 소식통한테서 조이 마크스는 루크 고션이라는 부하가 비밀 정보원이라는 사실을 모르고 있었다는 이야기를 들었어. 연방요원은 차치하고 정보원이라는 사실조차 몰랐다는 거야. 우리가 고션을 검거하니까, 조이는 고션이 자기를 위해 끝까지 입을 다물어 줄지 아니면 실토를 할지 알아보려고 시험을 해보기까지 했어. 메트로 경찰국 유치장에 있는 고션을 없애야 할지 어떨지 결정을 내려야 했기 때문에 말이야."

보슈는 에드거와 라이더가 이 정보에 대해 생각할 여유를 주기 위해 잠시 말을 멈추고 기다렸다.

"그러니까 이 정보를 고려해서 다시 생각해보면, 이까 말한 시나리오가 맞지 않는다는 걸 알 수 있지."

"그런데, 소식통이 누구야?"

에드거가 물었다.

"그건 말해줄 수 없어, 친구들. 하지만 확실한 정보야. 사실이야."

보슈는 동료들이 눈을 내리까는 것을 보았다. 보슈는 그들이 자기를 믿기는 하지만 정보원이 아주 뛰어난 거짓말쟁이인 경우가 많다고 생각하고 있다는 것을 알고 있었다. 정보원 한 명의 이야기를 토대로 모든 것을 판단하는 것은 참으로 위험한 일이라고도 생각하고 있을 것 같았다.

"알았어, 소식통은 에드거 자네도 알고 있는 그 여자야. 내가 방금 전에 당신들한테 해준 이야기는 전부 그녀가 그 집에 갇혀 있는 동안 엿들었던 거야. 우리가 그곳에 가기 전에, 조이와 토리노라는 변호사가 그곳에 있었어. 그녀는 그들의 대화를 엿들었고, 그녀가 들은 바로는 그들이 고션의 정체를 몰랐다는 거야. 그녀를 납치한 것도 시험의 일부였어. 그들은 내가 그 안가의 위치를 알아낼 수 있는 유일한 방법은 고션에게서 듣는 것뿐이라고 생각했어. 그래서 그녀를 납치해놓고 기다린 거지. 고션이 입을 여나 안 여나 알아보기 위해서 말이야."

에드거와 라이더가 이 이야기를 곱씹어보는 몇 분 동안 침묵이 흘렀다.

마침내 에드거가 말했다.

"그래, 자네가 무슨 말을 하는 건지는 알겠어. 그런데 라스베이거스가 관심을 딴 데로 돌리게 하기 위한 커다란 미끼였다면, 그 총은 어떻게 그 요원의 집에 들어가 있게 됐을까?"

"그건 이제부터 알아봐야지. 토니 앨리소와 관련이 있는 폭력 조직 외부에 있는 사람이지만 앨리소와 아주 가까워서, 그가 돈세탁을 하고 있다는 사실과 그가 라스베이거스를 빈번하게 드나드는 이유를 잘 알고 있는 사람이 있다면 어떨까? 앨리소와 개인적으로 친분이 있는 사람이거나, 라스베이거스까지 앨리소를 미행해서 그가 무슨 일을 하는지 다 알아보고 고셔에게서 돈을 건네받는 것도 목격한 사람이 있다면? 앨리소가 어떤 식으로 사업을 하는지 정확하게 알고 있고, 고셔이 협의를 뒤집어쓰도록 덫을 놓을 수 있겠다는 사실도 알고 있고, 앨리소가 금요일 밤에 돈이 한가득 든 서류 가방을 들고 LA로 돌아올 거라는 사실도 알고 있는 사람이 있다면?"

"그 요원의 집에 침입해서 총을 몰래 숨겨놓을 수만 있었다면, 나머지는 별로 어렵지 않았겠는데."

에드거가 대답했다.

"맞아. 그리고 그 집에 들어가는 것도 별 문제 없었을 거야. 외딴 사막에 덩그마니 서 있는 집이잖아. 게다가 클럽에 있느라고 집을 비운 시간도 많았고. 누구라도 들어가서 총을 숨겨놓고 나올 수 있어. 문제는 그게 누구냐는 거지."

"자네 말대로 하자면, 앨리소의 부인이나 여자 친구겠지. 둘 다 앨리소에게 아주 가까이 접근할 수 있었던 사람이니까."

에드거가 말했다.

보슈가 고개를 끄덕였다.

"그럼 누구한테 집중해야 할까? 달랑 우리 셋이서 시간 날 때마다 몰래몰래 수사를 하는 마당에 둘 다 살펴볼 수는 없을 것 같고."

"그럴 필요도 없지. 선택은 자명한 것 같은데."

보슈가 말했다.

"누구? 여자 친구?"

에드거가 물었다.

보슈는 라이더를 바라보며 대답할 기회를 주었다. 그녀는 그의 표정을 읽고는 눈을 가늘게 뜨고서 추리를 하기 시작했다.

"그게… 여자 친구는 아니겠죠. 왜냐하면… 왜냐하면 일요일 새벽에 앨리소에게 전화를 걸었으니까요. 음성 사서함에 메시지를 남겼잖아요. 그가 죽었다는 걸 알았다면 뭐 때문에 전화를 했겠어요?"

보슈는 고개를 끄덕였다. 라이더의 실력이 상당했다.

"함정의 일부였을 수도 있잖아. 또 한 번 관심을 딴 데로 돌리려는 시도였을지도 모르지."

에드거가 말했다.

"그럴 수도 있겠지만, 내 생각엔 아닌 것 같아. 게다가 그 아가씬 금요일 밤에 일을 했어. 여기까지 쫓아와서 앨리소를 죽이고 돌아가는 건 거의 불가능해."

"그럼 그 마누라겠구만. 베로니카 앨리소."

에드거가 말했다.

"맞아. 난 그 여자가 거짓말을 하고 있었다고 생각해. 남편의 사업에 대해서 다 알고 있으면서도 전혀 모른다고 거짓말을 한 거지. 이 모든 게 그 여자의 계획이었던 것 같아. 국세청과 OCID에 제보 편지를 쓴 것도 그 여자였어. 남편에게 불리한 상황을 만들어놓고, 남편이 죽고 나면, 폭력 조직의 짓인 것처럼 보이게 하려고 했던 거야. 트렁크 뮤직을 당한 것처럼 보이게 하려고 말이야. 고션의 집에 총을 심어놓은 건 도넛에 설탕을 바르는 것 같은 일에 지나지 않았어. 우리가 총을 찾아내도 좋고, 못 찾아내도 그만인 거지. 코를 킁킁거리며 라스베이거스를 맴

돌기만 하다가 사건은 미궁에 빠지고 말 테니까."

보슈가 말했다.

"그 여자가 이 모든 걸 혼자 다 했다는 말이야?"

에드거가 물었다.

"아니. 내 말은 이 모든 게 그 여자의 계획이었다는 거야. 하지만 실행에 옮기는 데는 도움이 필요했겠지. 공범 말이야. 실제로 남편을 살해하는 데는 두 사람이 필요했고, 총을 가지고 라스베이거스로 간 사람도 그 여자가 아니었어. 남편을 죽인 후에 그녀는 공범을 라스베이거스로 보내놓고 자기는 집에서 기다리고 있었던 거야. 공범이 라스베이거스에 가서 루크 고션이 클럽에 있는 동안 그의 집 안에 총을 몰래 숨겨놓고 돌아오기를 기다리고 있었던 거지."

보슈가 말했다.

"그런데 잠깐만요. 잊은 게 있어요. 베로니카 앨리소는 현재 남부러울 것 없이 풍요롭게 살고 있었어요. 토니 앨리소가 돈세탁 사업을 통해서 돈을 긁어모으고 있었으니까요. 언덕에 대저택이 있고, 고급 자동차도 몇 대 있고…. 그런데 왜 돈 버는 기계를 부숴버리려고 하겠어요? 그 서류 가방에 얼마가 들어 있었죠?"

라이더가 말했다.

"FBI 말로는, 48만 달러."

보슈가 대답했다.

에드거가 부드럽게 휘파람을 불었다. 라이더는 고개를 가로저었다.

"그래도 이해가 안 가요. 48만 달러라면 엄청난 액수이긴 하지만, 앨리소도 1년에 적어도 그 정도는 벌고 있었어요. 그를 죽이는 건 그녀에게는, 재무 전문 용어로 표현하자면, 단기 수익 장기 손실이었어요. 말이 안돼요."

"우리가 모르는 다른 뭔가가 있는지도 모르지. 어쩌면 앨리소가 그녀를 버리려고 했을 수도 있잖아. 어쩌면 앨리소가 레일라와 함께 도망치려고 했다던 라스베이거스의 부인 말이 사실이었는지도 모르지. 아니면 우리가 모르는 돈이 어딘가에 또 있거나. 하지만 현재로서는 이 그림에 딱 들어맞는 사람은 베로니카 앨리소밖에 없는 것 같아."

보슈가 말했다.

"그러면 경비실 출입 일지는 어떻게 설명하죠? 일지를 보면 그 여자는 금요일 밤에는 집을 떠난 적이 전혀 없어요. 방문객도 없었고요."

라이더가 말했다.

"그것도 알아봐야 해. 그 여자가 경비실 모르게 들락날락했던 방법이 있을 거야."

보슈가 말했다.

"또 다른 건?"

에드거가 물었다.

"처음부터 다시 시작하자고. 베로니카 앨리소에 대해서 전부 알고 싶어. 고향은 어딘가, 어떤 친구들이 있나, 하루 종일 그 집 안에서 뭘 하고 있나, 남편이 없을 때는 뭘 했고 누구랑 했나 등등 말이야."

보슈가 말했다.

라이더와 에드거는 고개를 끄덕였다.

"분명히 공범이 있을 거야. 그리고 남자일 거야. 그리고 분명히 그 여자를 통해서 그 공범을 찾아내게 될 거야."

웨이터가 쟁반을 가지고 나타나 접이식 카트에 내려놓았다. 그들은 웨이터가 음식을 차려 내놓는 것을 조용히 지켜보았다. 쟁반 위에는 치킨팟파이 세 개가 놓여 있었다. 웨이터는 포크와 스푼을 사용해 맨 위의 파이 껍질을 벗겨서 접시에 놓았다. 그다음에는 파이 속 음식을 스푼으로 떠서 파이 껍질 위에 올려놓고, 세 사람 앞에 한 접시씩 놓더니, 에드거와 라이더 앞에는 새로 가져온 아이스티 컵도 내려놓았다. 그러고 나서 작은 유리병에서 보슈의 마티니를 따라주더니 일언반구도 없이 가버렸다.

"다들 잘 알고 있겠지만, 조용히 움직여야 돼."

보슈가 말했다.

"알아. 그런데 불리츠가 우리를 교대 근무 차례 맨 위에 올려놨어. 다음 사건이 터지면 나와 키즈가 맡는 거야. 게다가 자네도 없이 말이야. 그러니 이 일에 신경 쓸 시간이 별로 없을 거야."

에드거가 말했다.

"그래, 알아. 할 수 있는 데까지만 해. 살인사건이 터지면 맡아야지 별 수 있나. 하지만 이 정도는 해줄 수 있지 싶은데. 당신들 둘이 베로니카의 과거에 대해 알아봐줘. 혹시 〈타임스〉나 다른 언론사에 아는 사람이 있어?"

"〈타임스〉 기자 두 명이요. 그리고 예전에 사건 때문에 알게 된 여자도 있어요. 피해자였죠. 〈버라이어티〉(미국의 연예정보 잡지-옮긴이)의 접수창구 직원인가 그럴 거예요."

라이더가 말했다.

"믿을 수 있는 사람들이야?"

"네, 그런 것 같아요."

"그 사람들한테 베로니카에 대한 기사를 찾아 달라고 부탁해 봐. 예전에 잠깐 반짝 인기를 누렸었어. 그 여자에게도 15분(명성이나 악명을 떨치는 짧은 기간을 이르는 말-옮긴이)이 있었지. 그러니까 그녀에 대한 기사가 있었을 거야. 그런 기사를 읽어보면 우리가 만나볼 사람들의 이름이 등장할 수도 있겠고."

"그 여자를 다시 만나보는 건 어때?"

에드거가 물었다.

"아직은 아니야. 다시 만날 땐 얘깃거리를 가지고 만나고 싶어."

"이웃들을 만나보는 건?"

"그건 괜찮겠네. 그 여자가 창밖으로 자네를 보고 마음 좀 졸이겠지. 거기 올라가면 경비실 일지를 다시 한 번 살펴봐줘. 내쉬를 잘 구슬리면 수색 영장을 또 들이밀지 않아도 보여줄 거야. 올 한 해 일지를 다 살펴보면서 누가 그 여자를 방문했는지, 특히 토니 앨리소가 LA에 없을 때 찾아온 사람이 누군지 알아봐줘. 앨리소의 신용 카드 사용 내역서가 우리한테 있으니까 언제 어디로 여행을 다녔는지는 쉽게 알아낼 수 있어. 그러니까 그 여자가 언제 집에 혼자 있었는지 알 수 있을 거야."

보슈는 포크를 들었다. 아직 음식을 입에 대지도 않았지만, 머릿속은 온통 사건과 앞으로 해야 할 일에 대한 생각뿐이어서 배가 고픈 줄도 몰랐다.

"또 한 가지, 사건 관련 기록을 최대한 많이 확보할 필요가 있어. 지금은 사건 조서 사본밖에 없잖아. 좀 있다가 감찰계에 볼일이 있어서 파커 센터에 갈 건데, 오는 길에 법의국에 들러서 부검 소견서 사본을 얻어올게. 원본은 벌써 FBI가 가져갔어. 그리고 과학수사계의 도노반도 만나서 우리가 차에서 발견한 거에서 뭐 좀 건졌는지 물어봐야겠어. 그리고 도노반이 족적도 가지고 있으니까 알아낸 게 있는지 물어봐야겠고. 연방 친구들이 거기까지 들이닥쳐 싹 쓸어가기 전에 사본을 다 챙겨와야겠어. 혹시 놓친 거 있나?"

두 사람은 고개를 가로저었다.

"퇴근 후에 상황 점검 회의 어때?"

그들이 고개를 끄덕였다.

"6시에 캣 앤 피들로 하지."

그들이 다시 고개를 끄덕였다. 그들은 먹느라 바빠서 대꾸도 하지 못했다. 보슈가 처음으로 한입 입에 넣었는데, 음식이 벌써 식어가고 있었다. 그도 동료들처럼 조용히 음식을 먹으면서 사건에 대해 생각했다.

"열쇠는 세부 사실에 있어."

잠시 후 보슈가 말했다.

"네?"

라이더가 되물었다.

"사건 말이야. 이런 사건은 항상 해결의 열쇠가 세부 사실에 있다고. 나중에 사건이 해결되고 나면 한번 봐. 해답은 처음부터 수사 기록에, 사건 파일에 들어 있었을 거야. 항상 그렇거든."

감찰계 채스틴 형사와의 면담 조사는 시작부터 보슈가 예상했던 대로였다. 보슈는 변호인인 드니스 제인과 함께 감찰계 조사실 회색 탁자 앞에 앉았다. 낡은 소니 녹음기가 대화 내용을 녹음하고 있었다. 경찰들끼리 하는 말로, 채스틴은 보슈의 진술을 '가둬놓는' 중이었다. 보슈의 진술을 전부 기록으로 남기는 것이었다. 채스틴은 보슈의 진술이 끝날 때까지 수사를 시작하려고도 하지 않을 터였다. 진술이 끝나면 그때부터 그 안에 있는 거짓이나 허점을 찾아 사냥을 시작할 것이다. 그가 해야 할 일은 보슈의 거짓말을 단 한 개라도 찾아내는 것뿐이었다. 그러면 그는 보슈를 경찰권리위원회 앞에 세울 수 있었다. 거짓말의 정도와 파장에 따라 보슈의 정직을 요구할 수도, 면직을 요구할 수도 있었다.

채스틴은 따분한 표정에 단조로운 목소리로 법정 용지에 적어놓은 준비된 질문을 천천히 읽었고, 보슈는 천천히 신중하게 그리고 가능한 한 짧게 대답했다. 이것은 게임이었다. 보슈는 전에도 이 게임을 해본 적이 있었다. 감찰계 조사실로 들어가기 전 15분 동안 제인은 보슈에게 조사가 어떻게 진행될지 그리고 그가 어떤 태도로 조사에 임해야 할지 조언을 해주었다. 제인은 유능한 형사사건 변호사처럼 보슈에게 총을 몰래 숨겨뒀느냐고 직접적으로 물어보지 않았다. 사실 제인은 그런 일은 관심도 없었다. 그는 단지 감찰계를 적으로, 좋은 경찰들을 괴롭히려는 목적만 가지고 움직이는 나쁜 경찰들의 집단으로 보았다. 그는 모든 경찰은 본질적으로 선하다고 생각하고, 일을 하다 보면 나쁜 경찰이 되는 사람들도 종종 있지만, 그렇더라도 같은 경찰 가족이 박해를 당해서는 안 된다고 생각하는 구세대였다.

처음 30분 동안은 통상적인 질문과 대답이 오고 갔다. 그러나 그 후에 채스틴이 뜻밖의 질문을 던졌다.

"보슈 형사, 엘리노어 위시라는 여자를 압니까?"

"그건 또 무슨 소리죠, 채스틴 형사?"

제인은 보슈의 대답을 막으려고 보슈 앞으로 손을 내밀면서 말했다.

"누구한테 들었습니까?"

보슈가 되물었다.

"잠깐만요, 해리. 아무 말도 하지 말아요. 무슨 이야기를 하려는 겁니까, 채스틴 형사?"

제인이 말했다.

"경찰국장님께서 아주 분명하게 지시하셨습니다. 나는 지금 그분 지시에 따라 앨리소 사건을 수사하면서 보슈 형사가 보여준 행동에 대해 조사를 하고 있습니다. 내가 누구를 만났든, 그런 정보를 어디에서 입수했든, 현재로서는 당신들한테 알릴 의무가 전혀 없습니다."

"이 조사는 보슈 형사가 권총을 심어놓았다는 주장에 대한 조사입니다. 말도 안 되는 헛소리라는 걸 우리 모두 잘 알고 있는 그 주장 말이죠. 그에 관한 질문에 대답하려고 우리가 여기 와 있는 것이고요."

"그럼 국장님 지시를 다시 한 번 읽어드릴까요? 아주 분명하게 지시하셨다고 말씀드렸는데요."

제인은 잠깐 동안 채스틴을 바라보았다.

"5분만 상의할 시간을 주시죠. 채스틴 형사는 나가서 양치질이나 하고 오시든가 하고."

채스틴은 일어서서 팔을 뻗어 녹음기를 껐다. 그러고는 문으로 걸어가더니 히죽거리면서 그들을 돌아보았다.

"이번에는 당신들 둘 다 나한테 꽉 잡혔어. 이번에는 못 빠져나갈걸, 보슈. 그리고 제인, 당신도 항상 이길 수는 없을 거야, 안 그래?"

"항상 이길 수는 없다는 건 네가 나보다 더 잘 알고 있을 텐데. 경험이 많으니까. 빨리 나가주기나 해, 이 잘난 척하는 개자식아."

채스틴이 취조실을 나간 후, 제인은 녹음기 위로 허리를 굽히고 꺼져 있는지 확인했다. 그러고는 일어서서 벽에 붙은 온도 조절 장치가 도청기는 아닌지 확인했다. 다시 자리에 앉은 제인은 보슈에게 엘리노어 위시에 대해 물었다. 보슈는 지난 며칠 동안 엘리노어와 만났던 일은 털어놓았지만, 엘리노어가 납치됐던 일과 그다음에 그녀한테서 들은 정보에 대해서는 말하지 않았다.

"메트로 경찰국의 누군가가 채스틴한테 자네가 그 여자와 함께 밤을 보냈다고 알려줬을 거야. 그게 전부겠지. 지금 뭐라도 물고 늘어져 보는 거야. 여기서 자네가 그 여자를 알고 있다고 인정하면, 채스틴이 이기는 거야. 하지만 채스틴이 알고 있는 게 둘이 함께 밤을 보냈다는 것밖에 없다면, 기껏해야 손바닥이나 한 대 맞는 정도에 그치겠지. 다른 정보가 없다면 말이야. 하지만 자네가 여자와 함께 있었는데도 아니라고 거짓말을 하면, 채스틴은 자네가 여자와 함께 있었다는 증거를 들이댈 거고,

그럼 자넨 곤란해지는 거야. 그러니까 그냥 안다고, 함께 있었다고 인정하는 게 좋겠어. 젠장, 별것도 아닌 걸 가지고. 채스틴한테 둘의 관계는 끝났다고 말해. 그리고 그런 걸 물고 늘어지다니 한심한 새끼라고 욕을 한 바가지 퍼부어주고."

"잘 모르겠어."

"뭘?"

"끝난 건지 안 끝난 건지."

"채스틴이 물어보기 전에는 그런 얘긴 꺼내지도 마. 그리고 현명하게 판단해서 대답하라고. 준비됐어?"

보슈가 고개를 끄덕이자 제인이 문을 열었다. 채스틴은 밖에 있는 책상 앞에 앉아 있었다.

"어디 갔다 온 거야, 채스틴? 기다리고 있었잖아."

제인이 너스레를 떨었다.

채스틴은 대답하지 않았다. 안으로 들어와서 녹음기를 다시 켜고 질의응답을 계속했다.

"네, 엘리노어 위시를 압니다. 그리고 지난 며칠 동안 그녀와 함께 있었습니다."

보슈가 말했다.

"얼마 동안요?"

"정확히는 모르겠고. 이틀 밤을 함께 있었습니다."

"수사를 진행하는 동안에 말입니까?"

"수사를 진행하는 동안에는 아니죠. 수사를 끝내고 나서 밤에만 함께 있었습니다. 우린 당신처럼 24시간 일만 하진 않거든요, 채스틴 형사."

보슈는 차가운 미소를 지었다.

"그 여자가 이 사건의 증인이었습니까?"

채스틴이 물었다. 보슈가 쉽게 인정해서 꽤나 놀란 듯한 어조였다.

"처음에는 증일일지도 모른다고 생각했습니다. 그러나 그녀를 찾아서 이야기를 들어본 후에는 어느 면으로 보나 증거 효력을 갖춘 증인은 아니라는 사실을 금방 깨달았습니다."

"하지만 당신은 이 사건의 수사관 자격으로 그 여자를 처음 만났던 거잖아요, 아닙니까?"

"맞습니다."

채스틴은 한참 동안 법정 용지를 내려다보다가 다음 질문을 던졌다.

"그 여자가, 중죄로 유죄판결을 받아서 복역한 바 있는 엘리노어 위시가, 현재 당신 집에서 살고 있습니까?"

보슈는 분노가 솟구치는 것을 느꼈다. 사생활 침해에 해당하는 질문과 채스틴의 어조가 아주 거슬렸다. 보슈는 침착함을 유지하려고 애를 썼다.

"모르겠습니다."

보슈가 말했다.

"아니, 누가 자기 집에 살고 있는지 아닌지를 모른다는 게 말이 됩니까?"

"이봐요, 채스틴 형사, 어젯밤엔 그녀가 내 집에 있었습니다. 됐습니까? 듣고 싶은 말이 그건가요? 그래요, 어젯밤엔 내 집에 있었습니다. 하지만 오늘 밤에도 있을 건지 어떤지는 모르겠단 말입니다. 라스베이거스에 자기 집이 있습니다. 오늘 자기 집으로 돌아갔을지도 모르죠. 확인해보지 않았습니다. 내가 전화해서 그녀에게 현재 공식적으로 내 집에서 살고 있는 거냐고 물어보기를 바란다면 그렇게 하죠."

"그럴 필요까지는 없을 것 같군요. 당분간 필요한 정보는 모두 얻은 것 같으니까요."

말을 마친 채스틴은 곧장 감찰계 조사를 끝낼 때 하는 절차 고지로 들어갔다.

"보슈 형사, 당신의 행동에 대해 진행 중인 내사의 결과는 내사가 완료되는 대로 알려드리겠습니다. 경찰국이 당신을 징계하기로 결정하면, 경감 세 명이 참석해 증거를 심리하는 경찰권리위원회 심리 일정에 대해서도 알려드릴 겁니다. 당신은 그 세 명의 경감 중 한 명을 선택할 권리가 있고, 내가 다른 한 명을 선택할 것이고, 나머지 한 명은 무작위로 선출될 겁니다. 질문 있습니까?"

"딱 하나 있습니다. 당신이 하는 일이라고는 여기 앉아서 말 같지도 않은 혐의에 대해 말 같지도 않은 조사를 하는 게 전부인데, 어떻게 자신을 경찰이라고 자부할 수가 있죠?"

제인이 보슈를 막으려고 손을 뻗어 보슈의 팔을 잡았다.

"아뇨, 괜찮아요."

채스틴은 보슈를 진정시키려는 제인을 말렸다. 그러고는 말을 이었다.

"대답해드리죠. 사실 그런 질문을 자주 받습니다, 보슈 형사. 웃기는 건 항상 내게 조사를 받는 경찰관들한테서 그 질문을 받는다는 거죠. 어쨌든 대답을 하자면, 나는 국민을 대표하여 이 일을 하고 있기 때문에 내가 하는 일에 자부심을 갖고 있습니다. 만약 경찰을 감시하는 사람이 아무도 없다면, 과연 누가 경찰이 그 엄청난 권력을 남용하지 못하도록 막을 수 있겠습니까. 난 이 사회를 위해 꼭 필요한 숭고한 일을 하고 있다고 자부합니다, 보슈 형사. 나는 내가 하는 일이 자랑스럽습니다. 당신도 똑같이 말할 수 있겠습니까?"

"아, 예, 예. 녹음 테이프를 듣는 사람한텐 아주 멋지게 들리겠군요. 아무래도 당신이 야밤에 혼자 앉아 들을 것 같은데. 듣고 또 듣고 말이죠. 그러면서 자기가 한 말이 진리라고 믿어버리는 거죠. 이거 하나만 더 물어봅시다, 채스틴 형사. 경찰을 감시하는 경찰은 누가 감시하죠?"

보슈가 자리에서 일어서자 제인도 따라 일어섰다. 조사는 그것으로 끝이 났다.

보슈는 감찰계를 나와서 제인에게 도와줘서 고맙다고 인사한 후, 아트 도노반을 만나기 위해 과학수사계 사무실이 있는 3층으로 내려갔다. 현장 감식 전문가는 범죄현장에서 돌아온 지 얼마 안 됐는지 증거물 봉투를 분류하면서 증거물과 증거물 목록을 대조하고 있었다. 보슈가 다가가자 도노반이 고개를 들었다.

"여긴 어떻게 들어왔어요, 선배?"

"출입구 비밀번호를 알거든."

강력계 형사들 거의 모두가 비밀번호를 알고 있었다. 보슈가 강력계를 떠난 지 5년이나 됐지만, 아직도 번호가 바뀌지 않았다.

"이런, 이런. 문제는 그렇게 시작된다니까요, 선배."

"무슨 문제?"

"내가 증거물을 처리하고 있는 동안에 선배가 불쑥 들어왔잖아요. 어느 똑똑한 변호사가 이 사실을 알면 증거물이 오염되었다고 주장을 할 거고, 난 전국 TV에 멍청한 놈으로 출연하게 되는 거죠."

"자꾸 그렇게 예민하게 굴다가 편집증 생긴다, 아티. 그리고 앞으로 적어도 2, 3년간은 세기의 재판 같은 건 없을 거야."

"웃기시네. 어쩐 일이에요, 선배?"

"오늘 웃기다는 말을 듣는 게 벌써 두 번째군. 족적을 비롯한 여러 증거들은 어떻게 됐어?"

"앨리소 사건이요?"

"아니, 린드버그 사건. 뭔줄 알았어?"

"선배가 앨리소 사건에서 손 뗐다는 얘기가 들리던데요. 그리고 FBI가 가져가게 모든 걸 준비해놓으라던데요."

"언제 온대?"

도노반은 하던 일을 멈추고 처음으로 고개를 들었다.

"5시까지 사람을 보내겠다고만 했어요."

"그럼 그 인간들이 나타날 때까지는 내 사건이야. 자네가 찾아낸 족적은 어떻게 됐어?"

"알아낸 게 아무것도 없어요. 혹시 신발 상표와 모델명을 알 수 있을까 해서 워싱턴 D.C.에 있는 FBI 범죄연구소에 사본을 보냈어요."

"그런데?"

"그런데 아직까지 답이 없네요. 전국 각지의 경찰국이 거기로 온갖 것을 다 보내잖아요. 마지막으로 들은 말은, LA 경찰국이 증거물을 보냈다고 해서 하던 일을 중단하고 달려들진 않는다는 말이었어요. 다음 주나 되어야 무슨 소식이라도 올 것 같아요. 그것도 운이 좋으면 말이죠."

"빌어먹을."

"어쨌든 지금은 동부로 전화걸기에는 너무 늦은 시각이에요. 월요일에 해볼게요. 그건 그렇고 그것들이 갑자기 그렇게 중요해진 줄은 몰랐어요. 다음부터는 무슨 일이 있으면 연락 좀 하고 삽시다, 선배. 어때요?"

"됐고. 그 족적 사본 아직도 갖고 있어?"

"네."

"한 세트 가져가도 될까?"

"그럼요, 되죠. 그런데 제가 이 일을 끝낼 때까지 20분 정도 기다려주셔야 돼요."

"왜 그래, 아티. 파일 캐비닛 안에 얌전히 앉아 있을 텐데. 30초도 안 걸리잖아."

"제발 그러지 좀 마세요!"

도노반이 발끈해서 외쳤다. 그러고는 말을 이었다.

"지금 농담하는 거 아니에요, 선배. 맞아요, 그 족적 사본은 파일 캐비닛 안에 있고 그걸 가져오는 데 30초도 안 걸릴 거예요. 하지만 제가 지금 하고 있던 일을 중단하면, 이 사건 재판에서 증언을 할 때 푸지게 욕을 먹을 수가 있다고요. 변호사가 내서 마땅한 화를 내면서 '지금 당신은 이 배심원단 앞에서 이 사건의 증거물을 처리하다 말고 일어서서 다른 사건의 증거물을 처리했다고 말하고 있는 겁니까?'라고 외치는 소리가 들리는 것 같아요. 이건 F. 리 베일리(O.J. 심슨의 변호사—옮긴이) 같은 유능한 변호사가 아니라도 배심원단을 쉽게 자기편으로 만들 수 있는 문제예요. 그러니 지금은 그냥 가주시고, 30분 후에 다시 오세요."

"알았어, 아티, 그렇게 할게."

"그리고 오시면 버튼을 눌러서 저를 불러주세요. 그냥 마음대로 번호를 누르고 들어오지 말고요. 출입구 비밀번호를 빨리 바꾸든지 해야지."

마지막 말은 보슈가 아니라 자기 자신에게 하는 말 같았다.

보슈는 왔던 길을 되돌아 나가 엘리베이터를 타고 1층으로 내려온 후 담배를 피우기 위해 밖으로 나갔다. 이젠 파커 센터 출입문 바깥에서서 담배를 피우는 것도 경찰국 규정 위반이었기 때문에 보슈는 길모퉁이까지 나가서 담뱃불을 붙였다. 파커 센터에서 일하는 수많은 경찰들이 니코틴 중독자여서 예전에는 건물의 주 출입문 밖에 항상 담배를 피우는 형사들이 구름처럼 모여 있었고, 출입문 위에는 언제나 푸른 담배 연기 구름이 뭉실뭉실 떠 있었었다. 이 모습이 보기 흉하다고 생각한 경찰국장은 담배를 피우기 위해 건물을 나가더라도, 경찰국 구내를 완전히 벗어나서 피워야 한다는 규정을 마련했다. 그 후로는 경찰들이—그중에는 제복을 입은 경찰들도 있었다—끊임없이 경찰국 건물 앞을 서성이며 담배를 피우고 있어서, 이제는 로스앤젤레스 대로 옆 인도가 시위 현장처럼 보였다. 피켓만 없을 뿐이었다. 경찰국장이 시청 소속 변호사에게 인도에서의 흡연까지 금지시킬 수 있는지 자문을 했지만, 인도는 국장의 지휘권이 닿지 않는 시유지라는 답변을 들었다는 소문이 있었다.

보슈가 첫 담배 끝에 새 담배를 대고 불을 붙이고 있을 때, 거구의 FBI 요원 로이 린델이 경찰국 건물 유리문 밖으로 유유히 걸어 나오고 있는 것이 보였다. 인도에 다다른 린델은 오른쪽으로 돌아서서 연방 법원을 향해 걸어오기 시작했다. 곧장 보슈 쪽으로 다가오고 있었다. 1미터 앞에 올 때까지 그는 보슈를 전혀 보지 못했다. 그러다 바로 앞에 보슈가 서 있는 것을 보고 소스라치게 놀랐다.

"뭐야? 날 기다리고 있는 거야?"

"아니, 담배 한 대 피우고 있었어, 린델. 당신은 뭐하는 거야?"

"알 것 없잖아."

린델은 보슈를 지나치려 했지만 보슈의 다음 말이 그를 잡아 세웠다.

"채스틴과 이야기는 잘 했어?"

"이봐, 보슈, 와서 진술을 하라고 해서 시키는 대로 했을 뿐이야. 진실을 말했어. 하라면 해야지 별수 있나."

"당신은 진실이 뭔지 모르잖아."

"당신이 그 총을 발견했고, 난 그 총을 거기다 두지 않았지. 그게 진실이야."

"기껏해야 진실의 일부밖에 안 돼."

"그런데 내가 아는 건 그게 전부인걸. 그래서 그대로 채스틴한테 말해줬어. 그러니까, 행운을 빌어."

린델은 보슈 옆을 지나갔고, 보슈는 돌아서서 그를 지켜보다가 다시 잡아 세웠다.

"당신네들은 진실의 일부만 가지고도 만족할지 모르지만, 난 아니야."

린델이 돌아서서 보슈에게로 돌아왔다.

"무슨 뜻이지?"

"스스로 알아내 봐."

"아니, 당신이 말해줘."

"우리 둘 다 이용당한 거야, 린델. 누구한테 이용당한 건지는 이제부터 밝혀내려고 해. 알게 되면 당신한테도 꼭 알려줄게."

"이봐, 보슈, 이제 그 사건은 당신 담당이 아니야. 우리가 수사를 하고 있으니까 얼쩡거리지 않는 게 좋을 거야."

"맞다, 참, 당신들이 맡았지. 우와, 멋진데. 눈썹을 휘날리며 뛰어다니고 있겠군. 범인을 잡으면 말해줘."

보슈가 빈정거렸다.

"보슈, 빈정거리지 마. 우린 열심히 수사하고 있어."

"한 가지만 대답해줘, 린델."

"뭔데?"

"당신이 그 조직에 있을 때, 토니 앨리소가 돈을 가지러 오면서 아내를 데려온 적이 있었어?"

린델은 한동안 침묵하면서 대답을 해야 할지 말아야 할지 궁리했다. 마침내 그는 고개를 저었다.

"한 번도 없었어. 토니는 아내가 그곳을 아주 싫어한다고 했어. 안 좋은 기억이 너무 많은 거겠지."

린델이 말했다.

보슈는 표정의 변화를 보이지 않으려고 애를 썼다.

"라스베이거스에 대한 기억이 있다고?"

린델이 미소를 지었다.

"세상에 모르는 게 없는 것처럼 굴더니, 실은 아는 게 별로 없구만, 보슈. 안 그래? 토니는 20년쯤 전에 클럽에서 지금의 아내를 만났어. 내가 그 조직에 들어가기 훨씬 이전에 말이야. 그녀는 댄서였고, 토니는 그녀를 인기 영화배우로 만들어주겠다고 유혹했어. 여자를 유혹할 때 늘 써먹는 수법이었지. 어쨌든 그녀 이후로는 토니가 현명해져서 만나는 아가씨마다 결혼하자고 덤벼들지는 않았어."

"앨리소의 아내가 조이 마크스를 알았어?"

"하나만 묻겠다더니 벌써 세 개째야, 보슈."

"알았어?"

"글쎄."

"그 당시에 그 여자 이름이 뭐였어?"

"그것도 모르겠는데. 나중에 또 보자고, 보슈."

린델이 돌아서서 걸어갔다. 보슈는 담배꽁초를 길바닥에 던지고 나서 유리 성으로 돌아갔다. 몇 분 후, 버튼을 누르고 문이 열려서 과학수사계 사무실로 들어간 보슈는 책상 앞에 앉아 있는 도노반을 보았다. 범죄학자는 책상에서 얇은 파일을 집어 들고 보슈에게 건넸다.

도노반이 말했다.

"그 안에 사본이 들어 있어요. FBI에 보낸 것하고 똑같은 것들이죠. 음화 사본을 사진 찍고 나서 새 음화를 흑백으로 인화했어요. 비교용도로 쓰려고요. 그리고 실물 크기로 확대도 했고요."

보슈는 마지막 말만 빼고는 도노반의 말을 잘 이해하지 못했다. 보슈는 파일을 펼쳤다. 검은색 족적이 새겨진 복사지 두 장이 들어 있었다. 두 장 다 똑같은 오른쪽 신발의 부분 족적이었다. 그러나 부분 족적만으로도 그 신발의 특징은 다 파악할 수 있었다. 도노반이 일어서서 펼쳐진 파일을 바라보았다. 그러고는 사본 한 장에 있는 신발의 바닥 선을 가리켰다. 뒤꿈치에 있는 곡선이었는데, 선이 중간에 끊겨 있었다.

"용의자를 찾았는데 그가 범행 때 신었던 신발을 갖고 있으면, 여기를 보면 돼요. 이 곡선이 끊어진 것 보이죠? 제조업체의 디자인 같지는 않아요. 이 친구가 유리 같은 걸 밟아서 접지면이 잘려나간 거예요. 아니면 제조 과정에서 흠집이 생긴 걸 수도 있고요. 어쨌든 이 신발을 찾아내면, 범인인지 아닌지 확인할 수 있을 거예요."

"그렇군. 그래, FBI 범죄연구소에서 무슨 얘기라도 들었어? 1차 소견이라도?"

보슈가 여전히 복사본을 바라보면서 물었다.

"아뇨. 이런 일을 맡기는 친구가 있는데요, 꽤 꾸준히 의뢰를 하는 편이죠. 개인적으로도 친분이 있고요. 전국 과학수사대 모임에서 몇 번 봤어요. 어쨌든, 그 친구가 전화를 해서 소포는 잘 받았고 최대한 빨리 검사를 해보겠다고 했어요. 당장 머릿속에 떠오르는 생각은 요즘 인기를 끌고 있는 가벼운 등산화가 아닌가 싶대요. 작업화 비슷한 건데 가볍고 편해서 나이키 운동화처럼 신고 다니는 거 말이에요."

"그렇군. 아티, 고마워."

보슈는 LA 카운티-USC 메디컬 센터로 달려가 철도기지 옆 주차장에 차를 세웠다. 법의국은 메디컬 센터 구내 맨 끝에 위치하고 있었다. 보슈는 경비원에게 경찰 배지를 보여주고 나서 뒷문을 통해 법의국으로 들어갔다.

먼저 살라자 박사 사무실로 가보았지만 비어 있었다. 그래서 검시실이 있는 지하로 내려가 살라자가 사용하는 키를 낮춘 검시대가 있는 1호실을 들여다보았다. 살라자는 거기서 부검을 하고 있었다. 보슈가 안으로 들어가자 살라자는 젊은 흑인 남자의 절개한 흉곽을 들여다보다 말고 고개를 들었다.

"해리, 어쩐 일이야? 이건 사우스 LA 쪽 사건인데."

"앨리소 사건에 대해서 부탁할 게 있어서."

"지금은 좀 바빠. 그리고 마스크와 방호복도 착용하지 않고 들어오면 어떡해."

"미안. 조교한테 부검 소견서 복사 좀 해달라고 하면 안 될까?"

"안 될 것 없지. 듣자하니 FBI가 이 사건에 관심을 갖고 덤벼들었다던데, 해리. 사실이야?"

"나도 그렇게 들었어."

"그런데 그 친구들은 나를 찾아오지도 않더군. 그냥 불쑥 나타나서 부검 소견서 사본 한 장 집어 들고 갔대. 소견서에는 결론만 나와 있는데 말이야. 우리 의사들이 좋아하는 되새김질하는 내용은 하나도 없고."

"그래, 그 친구들이 찾아오면 뭐에 대해 되새김질을 하려고 했어?"

"내 육감을 말해줬겠지."

"어떤 육감?"

살라자는 시체에서 고개를 들고 있었지만 피 묻은 라텍스 장갑을 낀 두 손은 다른 곳에 피를 떨어뜨리지 않으려고 절개한 흉곽 위에 들고 있었다.

"내 짐작으로는 범인이 여자인 것 같아."

"이유는?"

"눈 속과 눈 밑에 묻어 있는 물질 때문에."

"프레퍼레이션 H?"

"뭐?"

"아무것도 아냐, 신경 쓰지 마. 뭘 발견했는데?"

"그 물질을 분석해봤더니 올레오 캡시컴(oleo capscicum: 고추류 식물-옮긴이)인 것으로 밝혀졌어. 코 검사 면봉에서도 발견됐어. 올레오 캡시컴이 보통은 뭐라고 알려져 있는지 알아?"

"페퍼 스프레이."

"젠장. 뭐야, 해리, 김빠지게."

"미안. 그러니까 누가 앨리소에게 페퍼 스프레이를 뿌렸단 말이야?"

"이번에도 정답이야. 그래서 여자라고 생각하는 거야. 그를 제압하기가 힘들었거나, 그가 덤벼들까 봐 두려워서 사용했을 거야. 그렇다면 여자일 가능성이 커. 게다가 이 도시의 여자들은 거의 모두가 지갑 속에 그걸 넣고 다니니까."

보슈는 베로니카 앨리소도 그런 여자들 중 한 명일까 궁금했다.

"좋은 육감이야, 샐리. 또 다른 건?"

"놀랄 만한 건 전혀 없었어. 검사 결과도 별것 없었고."

"아질산 아밀은 안 나왔어?"

"응, 전혀. 그런데 그건 신체 내 잔류 기간이 아주 짧아. 그래서 시체에서 검출되는 일은 극히 드물지. 총알은 도움이 됐어?"

"응, 아주 큰 도움이 됐어. 이제 조교한테 전화 좀 걸어주겠어?"

"인터컴 앞으로 데려다줘."

살라자는 두 손이 어떤 것도 건드리지 않도록 앞으로 들었다. 보슈는 그의 휠체어를 인터컴 장치가 달린 전화기가 놓여 있는 근처 작업대로 밀고 갔다. 살라자는 보슈에게 버튼을 누르라고 말한 뒤 조교에게 지금 즉시 토니 앨리소의 부검 소견서를 복사해 보슈 형사에게 주라고 지시했다.

"고마워."

보슈가 말했다.

"천만에. 도움이 됐으면 좋겠군. 지갑 속에 페퍼 스프레이를 넣고 다니는 여자를 찾아봐. 메이스(호신용 스프레이에 쓰이는 자극성 물질 – 옮긴이)가 아니야. 페퍼 스프레이야."

"알았어."

주말을 하루 앞둔 금요일이라서 그런지 시내 도로는 정체가 극심해서 보슈가 시내를 벗어나 할리우드로 돌아오는 데 한 시간 가까이나 걸렸다. 선셋 대로에 있는 캣 앤 피들 술집으로 들어섰을 때는 벌써 6시가 지나 있었다. 입구로 걸어 들어가면서 보니 에드거와 라이더가 마당에 있는 야외 테이블에 자리를 잡고 앉아 있었다. 테이블 위에는 맥주 피처가 놓여 있었다. 그리고 그들만 있는 게 아니었다. 그레이스 빌리츠 과장도 함께였다.

캣 앤 피들은 윌콕스 거리에 있는 할리우드 경찰서에서 겨우 두세 블록 떨어진 곳에 있었기 때문에 할리우드 경찰서 사람들이 즐겨 찾는 술집이었다. 그래서 보슈는 테이블로 걸어가면서도 빌리츠가 따로 왔다가 우연히 두 사람을 만난 건지, 그들이 독자적으로 수사를 하는 걸 알고 일부러 찾아온 건지 알 수가 없었다.

"안녕, 여러분."

보슈가 자리에 앉으면서 인사를 했다.

그는 테이블 위에 놓인 빈 유리컵을 보고 맥주를 가득 따랐다. 그러고는 잔을 들어 또 한 주가 끝난 것에 건배를 했다.

"선배, 우리가 해온 일을 과장님이 알고 계세요. 우리를 돕기 위해 여기 오셨고요."

라이더가 말했다.

보슈는 고개를 끄덕이고는 천천히 빌리츠를 바라보았다.

"먼저 나를 찾아오지 않아서 실망이야. 하지만 당신들이 이런 일을 하는 것 이해해. FBI가 자기네 사건을 위험에 빠뜨리지 않으려고 이 사건을 그대로 묻을지 모른다는 생각에는 나도 동의해. 그런데 한 인간이 살해됐잖아. 그들이 살인범을 찾지 않는다면, 우리라도 나서야지."

보슈는 고개를 끄덕였다. 감격해서 목이 메이는 것 같았다. 이제까지 융통성이라고는 손톱만큼도 없이 규칙대로만 움직이는 상관만 보다가 그레이스 빌리츠 과장을 보니 충격이었다.

"물론 대단히 신중하게 움직여야해. 이 일이 잘못되면, FBI가 열을 내며 달려드는 정도로 끝나지 않을 거야."

직접적으로 말은 안 했지만 일이 잘못될 경우 직장에서 목이 날아갈 것을 각오해야 한다는 뜻이 담겨 있었다.

"난 이미 찍힐 대로 찍힌 몸이니까, 일이 조금이라도 잘못되면, 모든 책임을 나한테 돌려주면 좋겠어요."

보슈가 말했다.

"농담이라도 그런 말씀 마세요."

라이더가 발끈해서 말했다.

"농담 아냐. 여러분은 모두 갈 데가 있지만, 난 갈 데가 없어. 나한테 갈 데라고는 할리우드밖에 없지. 그건 다들 잘 알고 있잖아. 그러니까 이 일이 틀어지면, 다들 발을 빼줘. 뒷감당은 내가 할 테니까. 그러겠다고 약속할 수 없으면, 지금 발을 빼줬으면 좋겠어."

한동안 침묵이 흐른 후, 세 사람이 차례로 고개를 끄덕였다.

"좋아. 그럼 이미 과장님한테 진전 상황을 말씀드렸을 것 같긴 한데, 나도 듣고 싶군."

라이더가 대답했다.

"알아낸 게 몇 가지 있어요. 많지는 않고요. 제리 선배가 언덕으로 올라가서 내쉬를 만나보는 동안, 저는 컴퓨터 작업을 했고 〈타임스〉에서 일하는 친구와 통화를 했어요. 먼저, 토니 앨리소의 TRW(방위 산업, 자동차, 항공 우주, 신용 보고 등의 분야에서 사업을 하고 있는 미국의 거대 기업-옮긴이) 신용 보고서를 조회해봤고, 베로니카 앨리소의 사회보장번호를 알아내 조회해봤더니 베로니카는 실명이 아니었어요. 사회보장 기록에 따르면 본명은 제니퍼 길로이, 나이는 41세, 네바다 주 라스베이거스 출신이에요. 라스베이거스를 무지 싫어한 것도 놀라운 일이 아니죠. 그곳에서 태어나고 자랐으니까 말이에요."

라이더가 말했다.

"일한 경력은?"

"LA로 와서 TNA 프로덕션에서 일하기 전에는 전혀 없었어요."

"또 다른 건?"

라이더가 대답하기 전에, 실내 바로 들어가는 유리문 쪽에서 커다란 소동이 일어났다. 문이 열리더니 바텐더 재킷을 입은 덩치 큰 남자가 그보다 덩치가 작은 남자를 밖으로 밀어냈다. 작은 남자는 머리가 부스스하고 옷차림도 흐트러져 있었으며 잔뜩 취한 목소리로 손님을 이런 식으로 대접해도 되느냐고 고함을 질렀다. 바텐더는 바깥 출입구로 그를 거칠게 밀고 가더니 문밖으로 밀어냈다. 바텐더가 바로 돌아가려고 돌아서자마자, 취객도 홱 돌아서서 다시 안으로 들어왔다. 바텐더가 돌아서서 그를 거칠게 밀어내자 그는 뒤로 넘어지며 엉덩방아를 찧었다. 창피해진 그는 조만간 다시 돌아와서 바텐더를 혼내주겠다고 위협했다. 야외 테이블에 앉은 손님 몇 명이 숨 죽여 킥킥거리고 웃었다. 취객은 일어나서 비틀거리며 거리를 걸어갔다.

"일찍들 시작했군. 계속해 봐, 키즈."

빌리츠가 말했다.

"네. NCIC 데이터베이스를 돌려봤는데요. 제니퍼 길로이는 라스베이거스에서 성매매 혐의로 검거된 적이 두 번 있었어요. 20년도 더 된 일이고요. NCIC로 전화해서 머그샷과 기록을 보내달라고 요청했어요. 전부 마이크로필름으로 보관하고 있고, 한참 찾아봐야 한다니까, 다음 주나 되어야 받아볼 수 있을 것 같아요. 그리고 중요한 정보도 별로 없을 것 같고요. 검색해보니까, 두 건 다 정식 재판까지는 가지 않았어요. 매번 유죄를 인정하고 벌금을 내고 말았더라고요."

보슈는 고개를 끄덕였다. 통상적인 사건을 통상적으로 처리한 것 같았다.

"전과에 대해서 알아낸 건 그게 전부예요. 그리고 〈타임스〉에 있는 친구한테 기사를 찾아봐달라고 부탁했는데 건질 만한 건 아무것도 없었어요. 〈버라이어티〉에 있는 친구도 큰 도움이 못 됐고요. 〈위험한 욕망〉 영화평에 베로니카 앨리소가 간단히 언급된 정도래요. 배우와 영화 모두 혹평을 받았다네요. 그래도 그 영화 보고 싶어요. 아직도 비디오테이프 갖고 있어요, 해리 선배?"

"내 책상 위에 있어."

"그 여자가 벌거벗고 나오는 장면도 있어? 그렇다면 나도 보고 싶은데."

에드거가 말했다.

다들 그의 말을 무시했다. 라이더가 말을 이었다.

"가만있자, 또 뭐가 있더라? 아, 베로니카는 개봉작 소개 기사에서도 한두 번 언급된 적이 있었어요. 그냥 이름 정도만요. 아까 그녀에게도 15분이 있었다고 하셨는데, 15초를 15분으로 착각하신 거 아녜요, 해리 선배? 어쨌든 제가 드릴 말씀은 이게 전부예요. 제리 선배?"

에드거는 목소리를 가다듬더니, 히든 하이랜즈 경비실에 올라갔는데, 내쉬가 출입 일지를 전부 살펴보려면 압수 수색 영장을 새로 받아오라고 고집을 피우는 바람에 빈손으로 내려왔다고 했다. 그래서 오후에는 수색 영장을 작성하고 주말을 맞아 일찍 퇴근하지 않고 남아 있는 판사를 찾아 돌아다녔다고 했다. 결국 한 판사를 찾아내 서명을 받아냈고, 다음 날 아침에 영장을 가지고 히든 하이랜즈로 다시 올라가 볼 계획이라고 했다.

"내일 아침에는 키즈와 같이 올라가려고. 출입 일지를 뒤져보고 나서 이웃집을 방문해서 탐문 수사도 할 거야. 자네도 말했듯이, 그 과부가 창밖을 보다가 우리를 발견하고, 겁 좀 집어먹으면 좋겠어. 허둥지둥하다가 실수를 해주면 좋겠는데 말이야."

이제 보슈의 차례였다. 그는 로이 린델을 우연히 만난 것과 그 FBI 요원이 베로니카 앨리소가 라스베이거스에서 스트립걸로 연예계 일을 시작했다고 말해준 일을 포함하여, 오후에 있었던 일을 모두 말했다. 살라자 법의국 부국장이 토니 앨리소가 사망 직전에 얼굴에 페퍼 스프레이 공격을 받았다는 사실을 알아낸 것과, 그에게 스프레이를 뿌린 사람은 여자일 가능성이 높다고 추측하고 있다는 사실도 이야기했다.

"살라자 박사는 그 여자가 페퍼 스프레이로 앨리소를 공격하고 나서 혼자 힘으로 그를 살해할 수 있었을 거라고 생각한대?"

빌리츠가 물었다.

"어떻게 생각하든 상관없죠. 어차피 혼자서 한 게 아니니까요."

보슈가 대답했다.

그는 서류 가방을 무릎 위에 올려놓고 도노반이 시신과 롤스로이스 범퍼에서 채취한 족적 사본을 꺼냈다. 그러고는 세 사람이 볼 수 있도록 사본을 테이블 가운데로 밀었다.

"신발 사이즈가 11입니다. 남자 거죠. 발이 큰 남자. 그러니까 여자가 현장에서 페퍼 스프레이로 앨리소를 공격했는지는 몰라도, 앨리소를 죽인 사람은 이놈이었던 거죠."

보슈는 족적을 가리키면서 설명을 계속했다.

"놈은 피해자의 몸에 발을 올려놓고 충분히 몸을 숙여서 총을 머리에 바싹 대고 쐈어요. 아주 솜씨가 좋고 아주 효율적이었죠. 프로인 게 분명해요. 어쩌면 그 여자가 라스베이거스 시절부터 알고 지내던 놈인지도 모르죠."

"그럼 라스베이거스에 총을 몰래 숨겨뒀던 놈도 그놈이란 말이야?"

빌리츠가 물었다.

"내 추측으론 그래요."

보슈는 밖으로 내동댕이쳐진 취객이 돌아와서 또 소동을 피울까 봐 가끔씩 마당 앞 출입문을 바라보곤 했다. 이번에 보니 취객은 보이지 않고, 어두워지고 있는데도 선글라스를 끼고 마당으로 걸어 들어오고 있는 레이 파워스의 모습이 보였다. 마당 중간 정도에 이르렀을 때 바텐더가 달려 나가 그를 맞았다. 바텐더는 두 팔을 마구 휘저으며 덩치 큰 순경에게 취객의 난동을 고해 바쳤다. 파워스는 야외 테이블을 둘러보다가 보슈 일행을 발견했다. 잠시 후 그는 바텐더를 떼어내고 나서 유유자적한 걸음으로 그들에게 다가왔다.

"형사과 두뇌 집단이 잠시 쉬고 계시는군요."

파워스가 말했다.

"그래, 파워스. 그리고 자네가 찾는 남자는 아마 저 바깥 덤불 속에 오줌을 갈기고 있을 거야."

에드거가 말했다.

"네, 알겠습니다. 가서 붙잡아 오겠습니다, 형사님."

파워스는 만족스러운 듯 히죽거리면서 다른 형사들을 둘러보았다. 그러다가 테이블 위에 놓인 족적 사본을 보고 턱으로 사본을 가리켰다.

"그러니까 지금은 형사님들끼리 하는 말로 이른바 수사 전략 회의 시간입니까? 그렇다면, 제가 뭐 한 가지 가르쳐드리죠. 거기 있는 그것들은 족적이라고 하는 겁니다."

그는 자신의 말이 흡족한지 미소를 지었다.

"우린 지금 근무 중이 아니야, 파워스. 가서 자네 일이나 보게, 우리 문제는 우리가 알아서 해결할 테니까."

빌리츠가 말했다.

파워스가 그녀에게 거수경례를 했다.

"쓰레기를 치우는 사람이 있어야겠죠, 안 그렇습니까?"

그는 대답을 기다리지도 않고 출입문 밖으로 나갔다.

"왜 저렇게 삐딱한지 모르겠어요."

라이더가 말했다.

"저 친구가 피해자의 차에 지문을 남겼다는 걸 저 친구 상관에게 일러바쳤다고 화가 나서 그러는 거야. 상관한테 많이 혼났을 거야. 어쨌든 본론으로 돌아가자고. 당신 생각은 어때, 해리? 베로니카를 잡아 족칠 수 있을 만큼 증거는 충분히 확보한 건가?"

빌리츠가 말했다.

"그런 것 같습니다. 나도 내일 이 친구들과 함께 올라가서 정문 출입일지를 살펴보려고요. 그러고 나서 그 여자를 만나볼 수도 있겠죠. 그 여자에게 들이댈 아주 구체적인 뭔가가 있으면 좋겠는데."

빌리츠가 고개를 끄덕였다.

"내일도 상황 보고해줘. 정오까지는 전화해줘야 돼."

"알겠습니다."

"이런 수사는 시간이 가면 갈수록 비밀을 유지하기가 힘들어져. 내 생각엔 월요일엔 상황을 검토하고 우리가 건진 것 전부를 FBI로 넘기고 손을 뗄 것인지 말 것인지 결정해야 할 것 같아."

"내 생각은 달라요."

보슈가 고개를 저으며 말했다. 그러고는 말을 이었다.

"우리가 어떤 정보를 넘기든, 그치들은 그냥 깔고 앉아 있을 겁니다. 과장님이 이 사건을 종결하고 싶으면, FBI는 빼고 우리끼리만 수사를 하게 해주셔야 합니다."

"애써 볼게, 해리. 하지만 그게 불가능해질 때가 올 거야. 우린 지금 장부에 기재되어 있지도 않은 수사를, 그것도 전면적으로 하고 있는 거야. 곧 소문이 퍼지겠지. 그럴 수밖에 없어. 그리고 이왕 말이 날 거면 내 입에서 나와서 내가 통제할 수 있는 게 낫겠다는 얘기야."

보슈는 마지못해 고개를 끄덕였다. 빌리츠의 말이 옳다는 건 알고 있었지만, 그녀의 말에 반기를 들 수밖에 없었다. 이 사건은 보슈 팀의 것이었다. 보슈의 것이었다. 게다가 지난주에 그에게 일어났던 일들 때문에 사적인 감정까지 섞여 버렸다. 그는 이 사건을 포기하고 싶지 않았다.

보슈는 족적 사본을 챙겨서 서류 가방에 넣었다. 자기 잔에 남아 있던 맥주를 마저 마신 후, 누구에게 얼마를 주면 되냐고 물었다.

"오늘은 내가 살게. 다음번엔, 이 사건을 해결하고 나서 모일 땐 당신이 사."

빌리츠가 말했다.

"그러죠."

보슈가 집에 돌아와 보니 현관문은 잠겨 있었고 엘리노어 위시에게 주었던 열쇠는 현관 앞 바닥 깔개 밑에 들어 있었다. 그는 집 안으로 들어가서 호퍼의 복제화부터 확인했다. 벽에 그대로 걸려 있었다. 그러나 그녀는 없었다. 그는 재빨리 방마다 들어가서 살펴봤지만, 쪽지는 없었다. 벽장을 열어보니 그녀의 옷이 사라졌다. 여행 가방도 없었다.

보슈는 침대에 앉아 엘리노어가 왜 떠났을까 생각해보았다. 그날 아침에 그녀는 떠난다는 말을 하지 않았다. 그는 일찍 일어나 출근 준비를 했고 그녀는 침대에 누워 그를 지켜보고 있었다. 그가 오늘 뭐 할 거냐고 묻자 그녀는 모르겠다고 했다.

그런데 엘리노어는 떠나버렸다. 보슈는 한 손으로 얼굴을 쓱쓱 문질렀다. 벌써부터 허전해지기 시작했다. 그는 전날 밤 둘이 나눈 이야기를 떠올려보았다. 그가 그녀를 내쫓은 거라는 생각이 들었다. 그녀가 이 사건에 연루된 일을 그에게 털어놓기는 굉장히 힘이 들었을 것이다. 그런데도 그는 그 일이 자기에게 그리고 자기가 맡은 사건에 미치는 영향만 생각했다. 그녀가 받은 상처에 대해서는 생각하지 않았다.

보슈는 천천히 침대에 드러누웠다. 그러고는 두 팔을 벌리고 천장을 노려보았다. 취기가 몰려들면서 피곤해졌다.

"좋아."

그가 소리를 내어 말했다.

엘리노어가 전화를 할지, 아니면 또다시 5년이란 세월이 흐르고 나서야 우연히 다시 만나게 될지 궁금했다. 보슈는 지난 5년 동안 자신에게 일어났던 수많은 일을 생각했고, 그 5년이란 기다림이 얼마나 힘이 들었는지 생각했다. 온몸이 쑤시고 아팠다. 그는 두 눈을 감았다.

"좋아."

보슈는 잠이 들었고, 길이 하나도 없는 광활하고 황량한 사막에 혼자서 있는 꿈을 꾸었다.

06 덫

토요일 아침 7시, 보슈는 농산물 시장 안에 있는 밥스 도넛 가게에서 커피 두 잔과 글레이즈드 도넛 두 개를 산 후 차를 몰아 토니 앨리소가 자기 차 트렁크 안에서 시신으로 발견된 공터로 갔다. 차 안에 앉아 먹고 마시며 저 아래 고요한 도시를 덮고 있는 희뿌연 안개의 바다를 내다보았다. 시내 고층 건물들 뒤로 떠오르고 있는 태양 때문에 건물들은 안개 속에서 희미한 오렌지색 돌기둥들처럼 보였다. 아름다운 풍경이었지만, 보슈는 이 세상에서 그 풍경을 보고 있는 사람이 자신밖에 없을 것 같은 느낌이 들었다.

도넛을 다 먹은 그는 농산물 시장 안 식수대에서 적셔온 냅킨으로 손가락에 묻은 끈적끈적한 설탕 찌꺼기를 닦았다. 그러고 나서 종이와 빈 커피 컵을 모아 도넛 봉투 안에 넣은 후 시동을 걸었다.

보슈는 금요일 이른 저녁에 옷도 갈아입지 않고 그대로 잠이 들어 해가 뜨기 전에 잠이 깼다. 깨고 나니 어서 빨리 나가서 무슨 일이라도 하고 싶은 의욕이 생겼다. 예전부터 그는 부지런히 움직이고 열심히 뒤지고 다니면 안 보이던 것도 보이게 된다고 믿었다. 그래서 그는 오전 시간을 이용해 범인들이 토니 앨리소의 롤스로이스를 막아 세운 장소를 찾아보기로 작정했다.

보슈는 몇 가지 이유에서 납치는 멀홀랜드 드라이브 길에서, 그것도 히든 하이랜즈 근처에서 일어났을 거라고 결론을 내렸다. 우선 자동차가 발견된 공터가 멀홀랜드 드라이브 바로 옆이었다. 공항 근처에서 납치했다면, 차는 25킬로미터나 떨어진 곳이 아니라 공항 근처에 버려졌을 것이다. 그리고 두 번째로, 야밤에 멀홀랜드 드라이브에서 납치하는 것이 더 손쉬웠을 것이다. 공항과 그 주변 지역은 항상 차와 사람으로 붐볐고, 따라서 노출될 위험이 너무 컸다.

다음 문제는 앨리소가 공항에서부터 미행을 당했는가 아니면 범인들이 멀홀랜드 드라이브의 납치 지점에서 기다리고 있었던 것인가 하는 문제였다. 보슈는 후자일 거라고 생각했다. 범인이 기껏해야 두 명이고, 롤스로이스 운전자라면 누구나 차량 탈취의 위험을 예민하게 인식하고 있는 로스앤젤레스 같은 곳에서 미행을 하다가 차량을 세운다는 것은 현실적으로 납득이 잘 안 되는 시나리오라는 생각이 들었기 때문이었다. 그는 범인들이 멀홀랜드에서 기다리고 있다가, 현금으로 48만 달러가 들어 있는 서류 가방을 가지고 있는데도 불구하고 앨리소가 차를 세우게끔 함정을 놓았거나 상황을 연출했을 거라고 추측했다. 앨리소가 자발적으로 차를 세우게 만드는 유일한 방법은 그 상황에 그의 부인이 등장하는 거라는 생각이 들었다. 보슈의 머릿속에서는 어두운 커브 길을 달리던 롤스로이스의 헤드라이트 불빛 속에 베로니카 앨리소가 갑자기 나타나 필사적으로 손을 흔드는 모습이 그려졌다. 그런 상황이라면 앨리소는 차를 세울 것이다.

보슈는 범인들의 대기 지점은 멀홀랜드 드라이브에서 앨리소가 반드시 지나갈 것이라는 확신이 들었던 곳일 거라고 생각했다. 공항에서 멀홀랜드 드라이브로, 그러고 나서 히든 하이랜즈 주택 단지로 가는 길은 두 개밖에 없었다. 하나는 405번 고속도로를 타고 북쪽으로 달려와서 멀홀랜드 드라이브 나들목으로 빠지는 것이었다. 다른 길은 공항에서 라 시에네가 대로를 타고 북쪽으로 달려오다가 로럴 캐니언에서 멀홀랜드를 향해 언덕길을 올라오는 것이었다.

멀홀랜드 드라이브에서 두 길이 만나는 구간은 1.6킬로미터밖에 되지 않았다. 그리고 범인들은 그날 밤 토니 앨리소가 어떤 길을 이용해 집으로 갈지 확실히 모르는 상황이라 차를 세우고 납치하는 일은 두 길이 만나는 그 1.6킬로미터 구간 내 어딘가에서 이루어졌을 것이 분명했다. 보슈는 이 구간으로 와서 거의 한 시간가량 구간을 왔다갔다 하다가 자기라면 납치를 위해 선택했을 것 같은 지점에 마침내 차를 세웠다. 그곳은 히든 하이랜즈 경비실에서 8백 미터 정도 떨어진 급커브 지점이었다. 주변에 주택이 거의 없었고 그나마 있는 집 몇 채도 남쪽에, 도로 위 꽤 높은 절벽 위에 있었다. 북쪽은 도로에서 아래쪽으로 급경사가 진 덤불이었고 유칼립투스 나무와 아카시아 나무가 얼키설키한 울창한 협곡으로 이어지고 있었다. 완벽한 장소였다. 한적하고 남의 눈에 띄지 않는.

보슈는 커브 길을 돌아오는 토니 앨리소의 모습과 그가 탄 롤스로이스 헤드라이트가 길에 서 있는 그의 아내를 비추는 모습을 또 상상해보았다. 앨리소는 아내가 도대체 여기서 뭘 하고 있는 건가 싶어 어리둥절해서 차를 세운다. 그가 차에서 내리자 길 북쪽 덤불 속에서 아내의 공범이 나타나 롤스로이스로 다가와 트렁크를 연다. 페퍼 스프레이 공격을 당한 앨리소가 두 손으로 눈을 할퀴어대는 동안 공범은 앨리소를 거칠게 트렁크 속으로 밀어 넣고 두 손을 뒤로 해서 묶는다. 그들에게 유일한 걱정거리는 다른 차가 커브 길을 돌아와 그들에게 헤드라이트를 비추지 않을까 하는 것뿐이다. 그러나 이렇게 늦은 시각 멀홀랜드 드라이브에서 그런 일이 일어날 가능성은 별로 없을 것 같았다. 그 모든 일이 15초 이내에 끝이 났을 것이다. 페퍼 스프레이를 사용한 것도 그 때문이었을 것이다. 범인이 여자였기 때문이 아니라, 일을 신속하게 끝낼 수 있기 때문에.

보슈는 도로가에 차를 세우고 차에서 내려 주위를 둘러보았다. 이곳이 맞다는 느낌이 들었다. 사방이 쥐 죽은 듯 고요했다. 그는 어두울 때 다시 와서 한번 살펴보고 자기 짐작이 맞는지 확인하기로 했다.

보슈는 길을 건너가 베로니카 앨리소의 공범이 숨어서 기다리고 있었을 협곡을 내려다보았다. 길에서 얼마 떨어지지 않은 곳에서 남자 한 명이 몸을 웅크리고 숨어 있을 만한 지점을 찾아보았다. 협곡의 숲으로 내려가는 흙길을 발견한 그는 길을 따라 걸어 내려가면서 족적을 살펴보았다. 신발 자국이 많이 있어서 그는 몸을 쭈그리고 앉아 족적들을 살펴보았다. 먼지가 날리는 메마른 흙길이라 선명하고 완전한 족적도 여러 개 보였다. 그는 다른 신발 두 켤레의 족적을 발견했다. 하나는 뒤꿈치가 낡은 신발이었고, 다른 하나는 비교적 새 신인지 뒤축 자국이 흙 속에 선명하게 나 있는 신발이었다. 어떤 것도 그가 찾고 있던 족적, 밑창에 선이 잘려나간 부분이 있는 작업화 모양의 신발 자국은 아니었다.

보슈는 땅에서 고개를 들고 흙길과 덤불과 나무들을 둘러보았다. 몇 걸음 더 걸어가, 아카시아 나뭇가지를 들고 몸을 숙여 그 밑으로 들어갔다. 눈이 나뭇잎 장막 아래의 어둠에 적응이 되자, 20미터 전방 무성한 덤불 속에 있는 푸른색 물체가 눈에 들어왔다. 보이긴 하는데 뭔지는 알 수 없었다. 그게 무엇인지 가서 확인하려면 길을 벗어나야 했지만, 위험을 감수해보기로 했다.

덤불 속으로 3미터쯤 들어가자 푸른색 물체가 뭔지 보였다. 그것은 비닐 방수포였다. 지진으로 건물 굴뚝이 부서지고 건물 벽에 금이 갔을 때 지붕을 덮어 놓는데 사용하는 그런 방수포였다. 보슈가 좀 더 가까이 가보니 방수포의 두 귀퉁이는 나무에 매여져 있었고, 다른 나무 가지 위에 방수포가 걸쳐져 있어, 비를 피할 수 있는 작은 천막 형태였다. 그는 한동안 그 주변을 살펴보았지만 아무런 움직임도 보이지 않았다.

소리를 내지 않고 천막으로 다가가는 것은 불가능했다. 땅에는 낙엽과 잔가지가 두껍게 쌓여 있어서 보슈가 걸음을 내디딜 때마다 바스락 소리가 났다. 그가 캔버스 천 방수포에서 1미터 정도 떨어진 곳에 이르렀을 때, 남자의 쉰 목소리가 울려 퍼졌다.

"나 총 있다, 망할 놈들아!"

보슈는 꼼짝도 하지 않고 서서 천막을 노려보았다. 아카시아 나무의 긴 가지 위로 방수포가 걸쳐져 있어서, 보이지 않는 사각지대가 있었다. 고함을 지른 남자가 보이지 않았다. 그렇다면 고함을 지른 남자도 보슈를 볼 수 없을 것이었다. 보슈는 모험을 해보기로 했다.

"나도 있다. 난 배지도 있다."

보슈가 소리쳤다.

"경찰이야? 경찰 부른 적 없는데!"

목소리에서 긴장감이 느껴지자, 보슈는 1980년대에 정부 지원금이 대폭 삭감되는 바람에 정신병원에서 쫓겨난 노숙인들 중 한 사람이 아닐까 생각했다. 이 도시에는 그런 노숙인이 넘쳐났다. 그들은 거의 모든 주요 교차로마다 서서 피켓을 들고 컵을 흔들며 구걸을 했고, 고가도로 아래에서 잠을 자거나 흰개미처럼 산속으로 기어들어와, 백만 달러를 호가하는 대저택들 바로 옆에서 비참한 노숙 생활을 하고 있었다.

"난 그냥 지나가고 있는 거야. 당신이 총을 내려놓으면 나도 내려놓을게."

보슈가 소리쳤다.

보슈는 두려움에 떠는 목소리를 가진 그 남자는 사실 총도 가지고 있지 않을 거라고 추측했다.

"좋아. 그렇게 하자."

남자가 큰 소리로 대답했다.

보슈는 권총집 버클을 풀긴 했지만 총은 그대로 놔두었다. 그는 몇 걸음 더 다가가 아카시아 나무 몸통을 천천히 돌아갔다. 희끗희끗한 긴 백발에 턱수염을 기르고 파란색 실크 하와이안 셔츠를 입은 남자가 방수포 아래 담요 위에 책상다리를 하고 앉아 있었다. 사나운 눈초리였다. 보슈는 남자의 두 손과 두 손이 닿는 범위 안의 주변을 살펴보았지만, 무기는 보이지 않았다. 그래서 약간 긴장을 풀고 남자를 바라보며 고개를 끄덕였다.

"안녕하쇼."

보슈가 말했다.

"난 아무 짓도 안 했어."

"알아요."

보슈는 주위를 둘러보았다. 방수포 천막 아래에 개어놓은 옷과 수건 몇 장이 있었다. 작은 접이식 카드 테이블이 있었고 그 위에는 프라이팬 한 개, 양초 몇 개, 스터노(깡통에 든 고체 알코올 연료 상표명-옮긴이) 깡통 몇 개, 포크 두 개와 숟가락 한 개가 있었다. 칼은 없었다. 보슈는 남자가 칼을 셔츠 속이나 담요 밑에 감춰두었을 거라고 추측했다. 테이블 위에는 오드콜로뉴도 한 병 놓여 있었고, 사방에 얼마나 뿌려댔는지 향수 냄새가 진동을 했다. 천막 아래에는 낡은 양동이도 한 개 있었는데 그 안에는 찌그러진 알루미늄 깡통과 신문이 가득 들어 있었고 책장 모서리가 많이 접혀 있는 문고판《낯선 땅의 이방인》(1961년에 출간된 로버트 A. 하인라인의 SF 소설 – 옮긴이)도 보였다.

보슈는 남자가 앉아 있는 빈터로 다가가서 야구 포수처럼 쭈그리고 앉아 남자를 정면으로 바라보았다. 빈터 주변을 둘러보니 남자는 필요 없는 물건은 아무데나 던져버린 것 같았다. 쓰레기와 헌 옷가지를 담은 봉투들이 여기저기 놓여 있었다. 다른 아카시아 나무 밑동 옆에는 갈색과 초록색이 섞인 여행 가방이 놓여 있었다. 지퍼가 내려진 채 활짝 열려 있어서 내장을 다 드러낸 물고기처럼 보였다. 보슈는 다시 남자를 바라보았다. 이제 보니 훌라춤을 추는 여자들이 서핑보드를 타고 있는 그림이 있는 푸른색 하와이안 셔츠 속에 하와이안 셔츠를 두 장이나 더 껴입고 있었다. 바지는 더러웠지만 노숙인의 바지치고는 다림질 자국이 아주 선명했다. 구두는 숲에서 사는 남자의 구두라고 보기에는 너무 반짝거렸다. 보슈는 아까 보았던 길에 난 신발 자국들 중 뒤축 자국이 선명한 것들은 지금 남자가 신고 있는 구두 자국일 것이라고 추측했다.

"셔츠 멋진데요."

보슈가 말했다.

"내 거야."

"알아요. 멋지다고 했지, 누가 뭐랬나. 이름이 뭐요?"

"조지."

"성은?"

"니 꼴리는 대로 붙여."

"알았수. 조지 니 꼴리는 대로 붙여 씨. 저기 있는 저 여행 가방하고 당신이 입고 있는 옷들은 어디서 난 거요? 구두도 새 거네. 전부 다 어디서 난 거요?"

"배달된 거야. 이젠 내 거야."

"배달됐다니 무슨 뜻이죠?"

"배달된 게 배달된 거지, 뭐 딴 뜻이 있나? 그 사람들이 나한테 준 거야."

보슈는 담뱃갑을 꺼내 한 개비를 빼고, 담뱃갑을 남자에게 건넸다. 남자는 손을 내저었다.

"담배를 피울 형편이 못 돼. 담배 한 갑 살 만큼 깡통을 모으려면 꼬박 한 나절은 걸리더라고. 그래서 끊었어."

보슈는 고개를 끄덕였다.

"여기서 얼마나 살았어요, 조지?"

"평생."

"카마릴로에서 언제 쫓겨났어요?"

"그건 어떻게 알았어?"

이곳에서 가장 가까이 있는 주립 정신병원이 카마릴로라서 한번 넘겨짚어 본 것이었다.

"맞구만. 그게 언제였죠?"

"쫓겨난 걸 알고 있으면 언제 쫓겨났는지도 알고 있을 거 아냐. 내가 바보인 줄 알아?"

"아뇨, 엄청 똑똑하시네. 가방하고 옷 얘기 마저 하죠. 그게 언제 배달됐죠?"

"몰라."

보슈는 일어서서 여행 가방 앞으로 걸어갔다. 손잡이에 이름표가 달려 있었다. 뒤집어 보니 앤서니 앨리소라는 이름과 주소가 적혀 있었다. 이제 보니 여행 가방은 언덕을 굴러 내려오면서 많이 찌그러진 판지 상자 위에 놓여 있었다. 보슈가 상자를 발로 살짝 차서 쓰러뜨리자 옆면에 인쇄된 제품 설명이 보였다.

스카치 스탠더드 비디오테이프

HS/T-90 VHS 수량 96개

보슈는 상자와 여행 가방을 그대로 두고 남자에게로 돌아가 다시 쭈그리고 앉았다.

"배달일은 지난 금요일 밤, 맞죠?"

"니 마음대로 지껄이세요."

"장난하지 말고요, 조지. 내가 빨리 가주길 바라면, 그리고 당신이 여기서 계속 살고 싶으면, 나를 도와줘야 해요. 그런 식으로 대답하는 건 날 도와주는 게 아니죠. 저것들이 언제 배달됐죠?"

조지는 선생님한테 꾸중을 들은 소년처럼 턱을 늘어뜨리고 엄지손가락과 집게손가락으로 두 눈을 꾹꾹 눌렀다. 그러고는 피아노 줄에 목이 졸리고 있는 것 같은 목소리로 대답했다.

"몰라. 갑자기 나타나서 저것들을 나한테 던져줬어. 그것밖에 몰라."

"누가 던져줬어요?"

조지는 고개를 들고 눈을 반짝이며 더러운 손가락으로 하늘을 가리켰다. 보슈도 하늘을 올려다보니 나뭇가지 사이로 푸른 하늘이 한 조각 보였다. 보슈는 화가 나서 숨을 거칠게 내쉬었다. 뭐 이런 미친놈이 있나 싶었다.

"그러니까 초록색 난쟁이들이 우주선에서 던져줬다 그 말인가요, 조지? 그 얘기요?"

"난 그렇게 말 안 했는데. 초록색인지 무슨 색인지 몰라. 못 봤거든."

"그런데 우주선은 봤고요?"

"아니. 그것도 못 봤어. 착륙등만 봤지."

보슈는 잠깐 동안 그를 바라보았다.

"옷이 나한테 딱 맞았어 저 위에서 비가시광선으로 내 사이즈를 재고는 옷을 내려 보내 준 거야. 정작 나는 내 사이즈가 몇인지도 모르는데."

"멋지군요."

보슈는 무릎이 아프기 시작했다. 일어서자 무릎에서 우두둑 소리가 났다.

"이젠 늙어서 이 짓도 못해먹겠어요, 조지."

"경찰관의 대사구만. 나도 집이 있을 땐 〈코작〉(1970년대에 CBS에서 방영된 TV 드라마 시리즈. 테오 코작이라는 뉴욕 경찰국 형사가 주인공인 경찰 수사 드라마-옮긴이)을 즐겨봤었지."

"그래요? 저기, 괜찮다면 이 여행 가방은 내가 가져갈게요. 비디오테이프 상자도."

"다 가져가. 그거 들고 어디 갈 데도 없으니까. 비디오도 없고."

보슈는 상자와 여행 가방이 있는 곳으로 걸어가면서 왜 롤스로이스에 그냥 놔두지 않고 버렸을까 생각해보았다. 그 답은 금방 알 수 있었다. 원래는 롤스로이스 트렁크 안에 있었을 것이다. 그런데 앨리소가 들어갈 공간을 마련하기 위해, 그것들을 꺼내 언덕 아래로 던져버린 것이다. 범인들은 서두르고 있었다. 이건 서둘러서 내린 결정이었고, 실수였다.

보슈는 여행 가방의 한쪽 귀퉁이를 잡고 들어 올렸다. 손잡이에 조지의 지문 말고 다른 지문이 남아 있을 거라고는 기대하기 어려웠지만 그래도 손잡이를 건드리지 않으려고 조심했다. 비디오테이프 상자는 가벼웠지만 부피가 컸다. 올라갔다가 다시 내려와서 가져가야 할 것 같았다. 보슈는 돌아서서 노숙인을 바라보았다. 그의 하루를 망치지는 말아야겠다고 생각했다.

"조지, 당분간은 그 옷들 그대로 입고 있어도 돼요."

"알았어, 고마워."

"천만에요."

보슈는 도로를 향해 언덕을 올라가면서, 이곳을 범죄현장으로 공표하고 과학수사계를 불러내야 한다고 생각했다. 그러나 그럴 수가 없었다. 그렇게 하려면 손을 떼라고 지시받은 사건을 계속 수사하고 있었다는 것을 밝힐 수밖에 없을 테니까.

그러나 도로에 다다를 때쯤에는 새로운 길이 보였기 때문에 계속 신경이 쓰이지는 않았다. 좋은 생각이 떠올랐고, 계획이 구체화되고 있었다. 순식간에. 보슈는 흥분이 되었다. 평지로 올라온 그는 허공에 주먹을 휘두른 후, 재빨리 차로 걸어갔다.

보슈는 차를 몰고 히든 하이랜즈로 가면서 머릿속으로 세부적인 계획을 마련했다. 작전 계획. 이제까지 그는 자신이 사건이라는 망망대해를 떠다니는 코르크 마개 같다고 생각했다. 어떤 것도 통제하지 못하고, 물결에 따라 이리 밀리고 저리 밀리는. 그러나 이제는 좋은 계획이, 베로니카 앨리소를 궁지로 몰아넣을 수 있는 계획이 떠올랐다.

보슈가 차를 세우자 경비실에 있던 내쉬가 나와서 보슈의 차를 향해 상체를 숙였다.

"안녕하십니까, 보슈 형사."

"안녕하십니까, 내쉬 실장님."

"안녕 못하죠. 오늘 아침엔 형사님들이 일찍부터 나와서 들쑤시고 다니시는군요."

"아, 네, 그러게요. 그래서 어쩌시려고요?"

"어쩌긴, 협조해야죠. 동료들과 합류하러 들어가는 겁니까, 아니면 앨리소 부인을 만나러 가는 겁니까?"

"앨리소 부인을 만나려고요."

"잘됐군요. 그럼 귀찮은 전화 안 받아도 되겠군요. 어쨌든 당신이 들어간다고 전화로 알려놓겠습니다."

"왜 전화를 계속했답니까?"

"왜 경찰들이 아침부터 이웃집 사람들을 만나고 돌아다니는 거냐고 묻더군요."

"그래서 뭐라고 대답하셨습니까?"

"경찰은 자기 업무를 수행하는 것이고, 살인사건을 수사하려면 많은 사람들을 만나고 돌아다녀야 한다고 말해줬죠."

"잘하셨습니다. 그럼 이따가 뵙죠."

내쉬는 손을 흔들더니 문을 열어주었다. 앨리소 가를 향해 달려가던 보슈는 에드거가 앨리소의 저택 바로 옆집 현관문에서 걸어 나와 차를 향해 가는 것을 보았다. 보슈는 차를 세우고 그를 손짓해서 불렀다.

"해리."

"제리, 뭐 좀 건졌어?"

"아니, 전혀. 이놈의 부자 동네를 돌아다니는 게 꼭 사우스 센트럴 지역에서 총격사건을 수사하고 다니는 것 같은 기분이야. 입을 열려는 사람이 아무도 없고, 다들 아무것도 못 봤다네. 진짜 재수 없는 인간들이야."

"키즈는 어디 있어?"

"길 반대편 집들을 맡았어. 경찰서에서 만나서 한 차로 왔지. 지금 걸어서 밑으로 내려가면서 조사하고 있는 거야. 그런데 해리, 그녀에 대해 어떻게 생각해?"

"키즈? 유능하지."

"아니, 형사로서가 아니고. 알잖아…. 자네 생각은 어때?"

"자네와 키즈 말이야? 어떻게 생각하느냐고?"

"응. 나랑 키즈."

보슈는 에드거가 6개월 전에 이혼했고, 이제 새로운 만남을 원하고 있다는 것을 알고 있었다. 그러나 그는 에드거에게 말해줄 수 없는 키즈의 비밀도 알고 있었다.

"모르겠는데, 제리. 파트너끼리 정분이 나서야 쓰나."

"그렇겠지? 그건 그렇고 지금 그 과부를 만나려고?"

"응."

"내가 같이 가는 게 좋겠어. 우리가 자기를 범인이라고 생각한다는 걸 알면 길길이 뛰다가 자넬 죽이려고 덤벼들지도 모르니까."

"글쎄. 냉철한 여자니까 그러지는 않을 거야. 키즈를 찾아보자. 내 생각엔 우리 셋이 다 같이 가는 게 좋겠어. 계획이 있거든."

베로니카 앨리소는 현관문 앞에서 그들을 기다리고 있었다.

"여러분이 와서 무슨 일인지 설명해줄 텐데 왜 안 오나 하고 있었어요."

"죄송합니다, 앨리소 부인. 좀 바빴습니다."

보슈가 말했다.

그녀는 그들을 집 안으로 안내했다.

"뭐 좀 드실래요?"

그녀가 거실로 향하면서 어깨 너머로 그들을 돌아보며 물었다.

"괜찮습니다."

가능한 한 말하는 건 전부 보슈가 맡을 작정이었다. 라이더와 에드거는 말 없이 차가운 눈으로 그녀를 노려보면서 겁을 주는 역할을 맡기로 했다.

보슈와 라이더는 지난번에 왔을 때 앉았던 자리에 앉았고, 베로니카 앨리소도 그때와 같은 자리에 앉았다. 에드거는 거실 한쪽에 서서 벽난로 선반에 손을 얹어놓고 토요일 오전에 세상 어디에 있어도 여기 있는 것보다는 낫겠다고 생각하는 듯한 표정을 짓고 있었다.

베로니카 앨리소는 청바지에 하늘색 셔츠를 입고 더러운 작업화를 신고 있었다. 머리는 뒤로 넘겨 핀으로 올림머리를 해 놓았다. 지난번에 봤을 때보다 수수한 옷차림이었지만 여전히 대단히 매력적이었다. 셔츠 깃 사이로 주근깨가 흩어져 있는 게 보였는데, 보슈는 비디오에서 봐서 그 주근깨가 가슴까지 나 있다는 것을 알고 있었다.

"일 하시는 중인데 방해를 했습니까? 어디 나가시려던 중입니까?"

보슈가 물었다.

"버뱅크 승마장에 가려고요. 거기에 말 한 마리를 맡겨두고 있거든요. 남편의 시신은 화장했는데, 재를 언덕길에 뿌리고 싶어서요. 그 언덕을 아주 좋아했거든요…."

보슈는 침울한 표정으로 고개를 끄덕였다.

"네, 오래 걸리지 않을 겁니다. 우선, 오늘 아침에 우리가 이웃집들을 돌아다니는 것을 보셨다고 했는데요. 통상적인 탐문 수사를 하고 있는 겁니다. 뭘 목격한 사람이 있을지도 모르니까요. 이 집을 지켜보고 있던 사람이 있었을지도 모르고, 여기 있어서는 안 될 차가 여기 있는 걸 본 사람이 있을지도 모르죠. 목격자가 있을 수도 있을 것 같아서 물어보고 다니는 겁니다."

"여기 있어서는 안 될 차가 여기 있었는지 없었는지 나만큼 잘 알 사람이 있을까요?"

"부인이 여기 없었다면 말이죠. 부인은 외출 중이었고 다른 누군가가 여기 있었다면, 부인은 모르실 테니까요."

"그 누군가가 어떻게 경비실을 통과했을까요?"

"그러게 말입니다, 앨리소 부인. 그럴 가능성은 거의 없죠. 현재 우리가 알아낸 건 그 정도입니다."

베로니카 앨리소는 얼굴을 찡그렸다.

"다른 건 없어요? 요 전날 말씀하셨던 건 어떻게 됐어요? 라스베이거스에 사는 그 남자요."

"네, 앨리소 부인, 이런 말씀드리기 창피하지만, 그건 우리가 길을 잘못 든 거였습니다. 부인의 남편에 대해 많은 정보를 입수해서 살펴봤더니 처음에는 그 길로 가야한다는 생각이 들었습니다. 그런데 아니더군요. 이제는 맞는 방향으로 가고 있다고 자신합니다. 낭비한 시간을 벌충하려면 열심히 뛰어야겠죠."

베로니카 앨리소는 깜짝 놀란 표정이었다.

"이해가 안 가는군요. 길을 잘못 든 거라고요?"

"네. 듣고 싶으시다면 설명해드리죠. 그런데 부인의 남편과 관련된 여러 가지 불미스러운 일이 담겨 있는데, 어쩌죠?"

"형사님, 난 이제는 어떤 이야기라도 들을 준비가 됐어요. 말씀하세요."

"앨리소 부인, 우리가 마지막으로 방문했을 때 말씀드린 걸로 기억하는데요. 부인의 남편은 라스베이거스에 사는 대단히 위험한 사람들과 거래를 하고 있었습니다. 조이 마크스와 루크 고션이라고 말씀드리지 않았나요?"

"기억이 안 나네요."

베로니카 앨리소는 계속 어리둥절한 표정을 짓고 있었다. 훌륭한 연기였다. 보슈는 그녀의 연기력을 칭찬하지 않을 수 없었다. 영화계에서 성공하지는 못했지만, 필요하면 연기를 제대로 할 수는 있는 모양이었다.

"톡 까놓고 말하자면, 그들은 조직 폭력배입니다. 범죄 조직이죠. 그리고 부인의 남편은 오래전부터 그들을 위해 일을 해온 것 같습니다. 앨리소 씨는 라스베이거스에서 범죄 조직의 돈을 받아와서 자신의 영화 제작비로 썼습니다. 그 과정에서 돈세탁을 한 거죠. 그러고 나서 수수료를 챙긴 후에 깨끗해진 돈을 그들에게 돌려주었습니다. 엄청난 액수였죠. 그 때문에 우리가 길을 잘못 들었던 겁니다. 남편은 곧 국세청의 세무 조사를 받을 예정이었습니다. 알고 계셨습니까?"

"세무 조사요? 아뇨. 세무 조사에 대해서는 한 마디도 못 들었는데요."

"네, 어쨌든 그 세무 조사를 받으면 남편의 불법 행위가 드러날 가능성이 컸을 겁니다. 그래서 우리는 남편과 거래를 했던 그 조직 폭력배들이 세무 조사 이야기를 듣고 남편의 입을 막기 위해 사람을 시켜 살해한 거라고 생각했었죠. 지금은 그렇게 생각하지 않지만요."

"이해가 안 가네요. 그 사람들이 아닌 게 정말 확실한가요? 분명히 그 사람들이 관련이 있을 것 같은데요."

그녀의 목소리가 흔들렸고 다소 다급함이 느껴졌다.

"아까도 말씀드렸지만, 우리도 그렇게 생각했습니다. 그럴 가능성을 완전히 배제한 건 아니지만, 현재로서는 그렇지 않은 것으로 확인이 됐습니다. 우리가 라스베이거스에서 검거한 남자는, 이미 언급한 바 있는 고션이라는 친군데요, 이런 일을 벌이고도 남을 인간으로 보였습니다. 그런데 알고 보니 도저히 깨뜨릴 수 없는 바위같이 확실한 알리바이를 갖고 있더군요. 그 친구는 아닙니다, 앨리소 부인. 누군가가 그 친구 짓인 것처럼 보이게 만들려고 무진 애를 썼던 것 같습니다. 심지어 총을 그 친구 집 안에 몰래 숨겨놓기까지 하면서 말이죠. 그렇지만 그 고션이라는 친구 짓은 아니라는 게 확실합니다."

베로니카 앨리소는 무표정한 얼굴로 보슈를 잠깐 바라보다가 고개를 가로저었다. 그러고 나서 첫 번째 실수를 저질렀다. 그녀는 고션이 아니라면 보슈가 언급한 또 다른 남자였거나, 다른 조직원이 아니었겠냐고 말을 했어야 했다. 그러나 그녀는 아무 말도 하지 않았고, 이 때문에 보슈는 그녀가 고션에게 놓여진 덫에 대해 알고 있었다는 것을 직감했다. 이제 그 계획이 수포로 돌아갔다는 것을 알게 된 그녀의 머릿속은 온통 뒤죽박죽일 것 같았다.

"그럼 이제 어쩌실 건가요?"

베로니카 앨리소가 물었다.

"아, 벌써 그 친구를 풀어줬습니다."

"아니, 그 사람 얘기가 아니라 수사요. 이젠 어쩔 거냐고요."

"아, 네, 처음부터 다시 시작하고 있습니다. 사전 계획에 의한 강도사건으로 보고 있고요."

"시계가 그대로 있다면서요."

"맞습니다. 시계는 그대로 있었죠. 그런데 라스베이거스 수사가 완전히 헛수고는 아니었습니다. 우리는 부인의 남편이 그날 밤 LA 공항에 내렸을 때 거액을 가지고 있었다는 사실을 알아냈죠. 남편의 회사를 통해 돈세탁을 하기 위해 가지고 온 거였습니다. 거액이었죠. 백만 달러나 되니까요. 그런데 그 돈이…."

"백만 달러요?"

이것이 그녀의 두 번째 실수였다. 깜짝 놀라는 표정으로 '백만'을 강조한 것을 보면 그녀는 토니 앨리소의 서류 가방 안에 그보다 훨씬 적은 액수의 돈이 들어 있었다는 것을 알고 있었던 것이다. 그녀는 머릿속은 바삐 돌아가고 있을 텐데도 겉으로는 아무런 내색도 하지 않고 그를 물끄러미 바라보았다. 보슈는 그녀가 나머지 돈은 어디 갔을까 궁금해하고 있을 거라고 생각했고 그러기를 바랐다.

"그렇습니다. 부인의 남편한테 그 돈을 건넨 사람은 우리가 처음에 용의자로 지목했던 바로 그 남자였어요. 알고 보니까 앨리소 씨에게 돈 세탁을 의뢰한 폭력 조직에 몰래 침투해 정탐 활동을 하던 FBI 요원이었습니다. 그의 알리바이가 확실했다는 것도 그 때문이죠. 어쨌든, 그 친구 말로는 앨리소 씨가 백만 달러를 가지고 있었다더군요. 전부 현금이었는데, 부피가 너무 커서 서류 가방에 다 들어가지가 않았답니다. 그래서 절반 정도는 여행 가방에 넣었다는군요."

여기까지 말을 마친 보슈는 잠깐 침묵했다. 베로니카 앨리소의 마음속 극장에서 그의 이야기가 상영되고 있는 것을 느낄 수 있었다. 그녀의 눈은 아주 먼 곳을 응시하는 듯했다. 그는 그녀가 나온 영화에서 그런 눈을 본 기억이 났다. 그때는 연기였는데 이번에는 진짜였다. 그가 참고인 조사를 다 마치지도 않았는데, 그녀는 벌써 계획을 세우고 있었다. 보슈는 그것을 분명히 알 수 있었다.

"FBI가 그 돈에 표시를 해두었나요? 추적할 수 있게?"

그녀가 물었다.

"아뇨, 불행히도 그 요원은 표시를 할 만큼 그 돈을 오래 갖고 있지 못했답니다. 그리고 솔직히 말해서 너무 많았고요. 그러나 몰래 카메라가 설치된 사무실에서 그 돈이 남편에게 건네졌습니다. 확실합니다. 앨리소 씨는 백만 달러를 가지고 그곳을 떠났어요. 어…."

보슈는 잠깐 말을 멈추고 서류 가방을 열고 파일을 꺼내 펼쳐 재빨리 확인을 하는 척했다.

"…정확한 액수는 107만 6천 달러였군요. 전부 현금이고요."

베로니카는 고개를 끄덕이더니 바닥을 내려다보았다. 보슈가 그녀를 관찰하고 있는데 갑자기 집 안 어딘가에서 무슨 소리가 난 것 같았다. 그제야 어쩌면 집 안에 다른 누군가가 있을지도 모른다는 생각이 들었다.

세 형사 중 어느 누구도 그것에 대해서는 물어보지 않았었다.

"소리 들었습니까?"

보슈가 물었다.

"네?"

"무슨 소리가 난 것 같은데요. 집 안에 부인 혼자 계시는 겁니까?"

"그래요."

"쿵 하는 소리 같은 게 난 것 같은데요."

"내가 둘러보고 올까?"

에드거가 제안했다.

"아, 안 돼요. 어… 고양이 소리였을 거예요."

베로니카 앨리소가 재빨리 말했다.

보슈는 지난번에 왔을 때에도 고양이 흔적 같은 것은 전혀 본 적이 없었다. 그가 키즈를 흘끗 바라보자, 그녀도 고양이를 보지 못했다는 뜻으로 아주 살짝 고개를 가로저었다. 보슈는 지금은 그냥 넘어가기로 했다.

"어쨌든, 그런 이유로 우리가 오늘 이웃들에 대해 탐문 수사를 벌이고 있고, 부인을 방문한 겁니다. 부인한테 몇 가지 질문을 해야 할 것 같습니다. 이전에 했던 질문과 중복되는 것도 있겠지만, 말씀드렸다시피 수사를 처음부터 다시 시작하는 거니까 이해해주시기 바랍니다. 그리고 예전보다 더 오래 걸리지도 않을 거고요. 끝나고 나서 승마장에 가실 수 있을 겁니다."

"좋아요. 물어보세요."

"먼저 물 한 잔 부탁드려도 될까요?"

"물론이죠. 죄송해요, 물어봤어야 했는데. 다른 분들은 뭘 드시겠어요?"

"난 됐습니다."

에드거가 말했다.

"저도요."

라이더가 말했다.

베로니카 앨리소가 일어서서 복도를 향해 걸어갔다. 보슈는 그녀가 어느 정도 걸어갈 때까지 기다렸다가 일어서서 그녀의 뒤를 따라갔다. 그러면서 그녀의 등에 대고 말했다.

"물어보셨습니다. 하지만 제가 거절했죠. 이렇게 목이 마르게 될지 몰랐죠."

보슈는 베로니카 앨리소를 따라 부엌으로 들어갔다. 그녀는 수납장을 열고 유리컵 한 개를 꺼냈다. 보슈는 주위를 둘러보았다. 스테인리스로 된 가정용 기기들과 검은색 화강암으로 덮인 조리대가 있는 커다란 부엌이었다. 조리대 한가운데에 싱크대가 있었다.

"수돗물도 괜찮습니다."

보슈는 그녀에게서 유리컵을 받아 싱크대에서 수도꼭지를 틀어 컵을 채웠다.

그는 돌아서서 조리대에 기댄 채 물을 마셨다. 한 모금 마시고 나서 남은 물은 싱크대에 쏟아버리고 컵을 조리대 위에 올려놓았다.

"목이 마르시다더니?"

"네. 목만 축이고 싶었습니다."

그가 미소를 지었지만 그녀는 웃지 않았다.

"그러면 거실로 돌아갈까요?"

그녀가 물었다.

"그러죠."

보슈는 베로니카 앨리소를 따라 부엌을 나갔다. 복도로 나가기 직전에 고개를 돌리고 회색 타일이 깔린 부엌 바닥을 재빨리 둘러보았다. 거기 있어야 할 게 보이지 않았다.

다음 15분 동안 보슈는 엿새 전에 이미 물어봤던 질문들을, 그리고 지금은 별로 중요하지도 않게 된 질문들을 주로 던지고 대답을 들었다. 참고인 조사를 하는 시늉을, 조사를 마무리하는 시늉을 하고 있는 중이었다. 미끼를 던져놓고는 조용히 뒤로 물러서고 있었다. 마침내 충분히 물어도 봤고 충분히 들어도 봤다는 생각이 들자, 보슈는 다시는 쳐다보지도 않을 메모를 끄적거려 놓은 수첩을 덮고 자리에서 일어서서 베로니카 앨리소에게 시간을 내줘서 고맙다고 인사를 했다. 그녀는 세 형사를 현관까지 배웅했다. 보슈가 맨 마지막으로 나갔는데, 그가 문지방을 넘어갈 때 그녀가 말했다. 그는 그녀가 말을 할 거라고 예상하고 있었다. 그녀도 연기에서 마무리를 해야 할 부분이 있었으니까.

"수사가 어떻게 되어 가는지 계속 알려주세요, 보슈 형사님. 꼭이요."

보슈는 그녀를 돌아보았다.

"네, 그러죠. 무슨 일이 있으면 제일 먼저 연락드리겠습니다."

보슈는 에드거와 라이더를 그들의 차가 있는 곳까지 태워다 주었다. 그는 그들 차 뒤에 차를 세우고 나서야 베로니카 앨리소를 만나본 일에 대해 의견을 물었다.

"그래, 어떻게 생각해?"

보슈가 담뱃갑을 꺼내면서 물었다.

"미끼를 잘 던져놓은 것 같아."

에드거가 말했다.

"맞아요. 재미있을 것 같아요."

라이더가 맞장구를 쳤다.

보슈는 담배에 불을 붙였다.

"정말로 고양이였을까?"

그가 물었다.

"뭐가?"

에드거가 물었다.

"집 안에서 났던 소리 말이야. 그 여자는 고양이라고 했잖아. 그런데 부엌 바닥에는 고양이 밥그릇이 없었어."

"밖에다 놔뒀는지도 모르지."

에드거가 말했다.

보슈는 고개를 가로저었다.

"집 안에서 키우는 고양이는 집 안에서 밥을 먹이지 않겠어? 게다가 이런 산동네에선 다들 집 안에서 키워. 코요테 때문에. 어쨌든 난 고양이를 좋아하지 않아. 고양이 알레르기가 있거든. 집 안에 고양이가 있으면 금방 알 수 있어. 그 여자 고양이 안 키우는 게 확실해. 키즈, 당신도 그 안에서 고양이 못 봤지?"

보슈가 말했다.

"월요일 오전 내내 거기 있었는데, 고양이 그림자도 못 봤어요."

"그럼 그놈이 거기 있었다는 거야? 공범?"

에드거가 물었다.

"그럴지도 모르지. 어쨌든 누가 있었던 건 확실해. 어쩌면 변호사일지도 모르고."

"아냐, 변호사는 그런 식으로 숨지 않아. 튀어나와서 잘난 척하고 맞서는 게 그치들인데."

"그건 맞는 말이야."

"누가 나오는지 보게 그 집을 감시할까?"

에드거가 물었다.

보슈는 잠깐 동안 고민을 한 후 대답했다.

"아니. 우리를 발견하면 그 돈 이야기가 미끼라는 걸 알게 될 거야. 그냥 가는 게 좋겠어. 여길 빠져나가서 덫을 놓으러 가자고. 준비를 좀 해야 하니까."

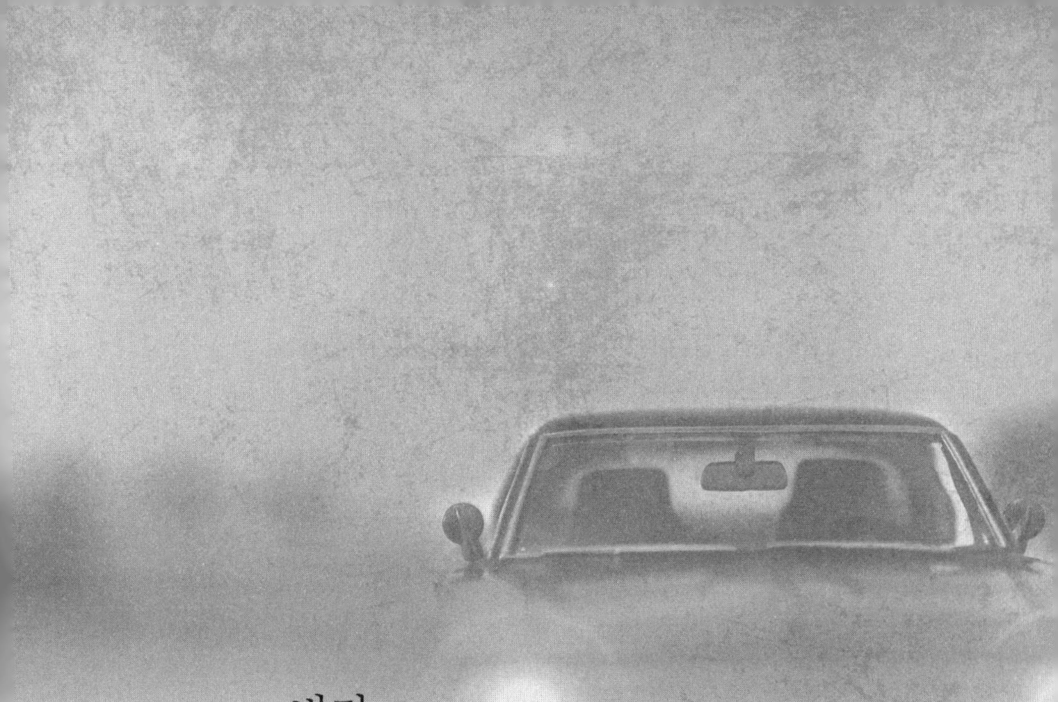

07 반전

베트남에 있을 때 보슈의 주요 임무는 쿠치 지역 마을들 지하에 미로처럼 얽혀 있는 땅굴에 들어가 베트콩과 전투를 하는 것이었다. 아군끼리 '블랙 에코'라고 불렀던 어둠 속으로 들어갔다가 살아서 나오는 것이 임무였다. 땅굴 속 전투는 신속하게 이루어졌고, 그런 땅굴 임무가 없을 때는 몇날 며칠이고 정글 속에 숨어서 베트콩을 기다렸다가 전투를 하곤 했다. 한번은 보슈와 서너 명의 부대원이 본대와 떨어지게 되었고, 보슈는 키 큰 부들 풀 속에 앉아서 도넬 프레더릭이라는 앨라배마 출신 부대원의 등에 등을 맞대고 VC 전투기 중대가 날아가는 소리를 들으면서 하룻밤을 지새웠다. 그들은 거기 그렇게 앉아서 자기네들처럼 길을 잃은 베트콩들과 맞닥뜨리기를 기다렸다. 그 밖에 달리 할 일이 없었다. 베트콩이 너무 많아서 무턱대고 뛰어나갈 수는 없었다. 그래서 그들은 기다렸고 1분이 한 시간처럼 느리게 흘러갔다. 어쨌든 일행은 전부 살아남았다. 그러나 도넬은 나중에 참호 속에서 박격포 직격

탄을 맞고 사망했다. 아군의 오인 사격이었다. 보슈는 늘 부들 풀 속에 앉아 있던 그날 밤이 자기가 기적에 가장 가까이 다가갔었던 순간이라고 생각했다.

보슈는 잠복근무를 할 때나 비좁은 곳에 있을 때 가끔씩 그날 밤을 떠올리곤 했다. 노숙인 조지가 쳐놓은 방수포 천막에서 10미터쯤 떨어진 유칼립투스 나무 몸통에 등을 기대고 책상다리를 하고 앉아 있는 지금도 그날 밤이 떠올랐다. 보슈는 입고 있는 옷 위에 차 트렁크에 늘 넣어 다니는 초록색 비닐 판초를 덧입고 있었다. 그가 가지고 다니는 초콜릿 바는 그 옛날 베트남의 정글 속에 숨어 있을 때 갖고 있었던 것과 같은 허쉬 아몬드초콜릿 바였다. 그리고 그날 밤 키 큰 부들 풀 속에서 그랬던 것처럼 그는 몇 시간째 꼼짝도 하지 않고 있었다. 희미한 달빛만 있을 뿐 사방은 칠흑같이 깜깜했고, 보슈는 무작정 기다렸다. 담배 생각이 간절했지만, 들킬 위험을 무릅쓰면서 이 어둠 속에서 불빛을 만들 수는 없는 일이었다. 이따금씩 오른쪽으로 20미터쯤 떨어진 곳에 있는 에드거가 몸을 움직이거나 자세를 바로잡는 듯 부스럭거리는 소리가 들렸지만, 정말로 에드거가 내는 소리인지, 지나가는 사슴이나 코요테가 내는 소리인지는 확실히 알 수가 없었다.

조지는 이곳에 코요테가 있다고 했다. 그를 위해 잡아둔 호텔 방으로 데려가기 위해 키즈 차 뒷좌석에 앉힐 때 그렇게 경고했었다. 그러나 보슈는 코요테가 두렵지 않았다.

노인네가 순순히 떠나주지는 않았다. 조지는 그들이 자기를 카마릴로 정신병원으로 다시 데려가려고 온 거라고 믿었다. 사실 보슈는 그를 그곳으로 돌려보내려고 알아보았지만, 그 병원이 정부의 허가 없이는 안 된다면서 받아주지 않았다. 그래서 보슈는 그를 정신병원 대신 할리우드에 있는 마크 트웨인 호텔에 묵게 하기로 했다. 그곳은 그런대로 괜찮은 곳이었다. 보슈는 재건축 공사가 진행되는 동안 1년 이상이나 그곳에서 살았다. 그곳의 제일 후진 방도 여기 숲 속의 방수포 천막에 비하면 낙원이었다. 그러나 물론 조지는 그렇게 생각하지 않을지도 몰랐다.

11시 30분이 되자 멀홀랜드 드라이브는 5분에 자동차 한 대가 지나다니는 정도로 차량 통행이 뜸해졌다. 보슈가 앉아 있는 곳이 산비탈 아래쪽이고 덤불이 무성해서 차들을 볼 수는 없었지만, 소리는 들을 수 있었고, 차들이 커브를 돌면서 헤드라이트 불빛이 그의 머리 위쪽 나뭇잎들을 훑고 지나가는 것이 보였다. 지난 15분 동안 웬 자동차 한 대가 두 번 이곳을 지나갔기 때문에 보슈는 바짝 긴장이 되었다. 한쪽으로 지나갔다가 되돌아와서 지나갔다. 보슈는 특이하다고 생각한 엔진 소리가 또 들려서 같은 차인 것 같다고 생각했다.

그런데 그 차가 세 번째로 돌아왔다. 보슈는 귀에 익은 엔진 소리가 들리자 귀 기울여 들었는데, 이번에는 타이어가 자갈 위를 구르는 소리도 함께 들렸다. 차를 갓길에 세우고 있는 것이었다. 잠시 후 시동이 꺼지고 찾아든 고요 속에서 차 문이 열렸다가 닫히는 소리가 났다. 보슈는 천천히 몸을 일으켜 엉거주춤한 상태로 앉아 준비를 했다. 무릎을 꿇고 앉는 것만큼 힘든 자세였다. 에드거가 있는 오른쪽을 바라보았지만 깜깜해서 아무것도 보이지 않았다. 보슈는 고개를 들고 산비탈 위 도로쪽을 올려다보며 기다렸다.

잠시 후 손전등 불빛이 덤불을 훑고 지나갔다. 불빛은 아래쪽을 향했고, 손전등을 든 사람이 방수포 쪽을 향해 천천히 비탈을 내려오면서 사방을 비춰보고 있었다. 보슈는 판초 속 한 손으로는 총을 쥐었고, 다른 손은 손전등을 쥐었다. 엄지손가락은 언제라도 불을 켤 준비를 하고 스위치 위에 놓여 있었다.

불빛의 움직임이 멈췄다. 보슈는 손전등을 쥔 사람이 여행 가방이 있어야 할 자리를 찾아낸 거라고 추측했다. 잠시 망설이고 있는지 멈춰져 있던 불빛이 위로 올라가더니 숲을 훑으면서 보슈를 훽 훑고 지나갔다. 그러나 불빛은 보슈에게로 돌아오지 않았다. 대신 보슈가 예상했던 대로 푸른색 방수포 위에 머물렀다. 그러다가 불빛이 움직이기 시작했고, 손전등 주인이 조지의 집을 향해 다가가면서 한 번 발을 비틀거려서 불빛이 흔들렸다. 잠시 후, 보슈는 불빛이 푸른색 비닐 방수포 뒤에서 움직이는 것을 보았다. 그는 아드레날린이 솟구치는 것을 느꼈다. 또다시 베트남이 떠올랐다. 이번에는 땅굴이 생각났다. 칠흑 같은 어둠 속에서 적과 맞닥뜨렸던 것. 그 공포와 스릴. 무사히 베트남을 떠나고 나서야 그때 분명히 스릴도 느꼈다는 것을 인정할 수 있었다. 그리고 그 스릴을 대신할 만한 것을 찾다가 경찰이 되었다.

보슈는 무릎에서 우두둑 소리가 나지 않기를 바라면서 천천히 몸을 일으켰다. 보슈와 에드거는 구긴 신문지를 채워 넣은 여행 가방을 천막 아래에 놓아두었었다. 보슈는 최대한 소리를 내지 않고 천막 뒤쪽으로 다가갔다. 그는 왼쪽에서 접근하고 있었다. 계획대로라면 에드거는 오른쪽에서 다가오고 있겠지만, 너무 어두워서 그의 모습이 보이지 않았다.

이제 3미터쯤 떨어진 곳에 다다른 보슈는 방수포 밑에서 나는 흥분한 숨소리를 들었다. 그러고 나서 지퍼 여는 소리가 나더니 이윽고 헉하는 소리가 들렸다.

"제기랄!"

투덜거리는 소리를 듣고 나서 보슈는 접근하기 시작했다. 천막 입구로 돌아가면서 판초 속에서 총과 손전등을 꺼내는 순간 목소리의 주인공이 누군지 퍼뜩 생각이 났다.

"꼼짝 마! 경찰이다!"

보슈는 손전등을 켜는 것과 동시에 고함을 쳤다. 그러고는 말을 이었다.

"좋아, 이리로 나와, 파워스."

바로 그 순간 보슈의 오른편에서 에드거의 손전등이 켜졌다.

"이게 무슨…?"

X자로 교차하는 손전등 불빛 속에 쭈그리고 앉아 있는 사람은 레이 파워스 순경이었다. 경찰복을 입은 덩치 큰 순경이 한 손에는 손전등을 다른 손에는 권총을 들고 있었다. 경악한 표정이었고 입이 떡 벌어져 있었다.

"보슈 형사님, 도대체 여기서 뭐하는 겁니까?"

파워스가 물었다.

"그건 우리가 할 말인데, 파워스. 빌어먹을. 당신이 지금 무슨 짓을 했는지 알아? 뜬금없이 걸어 들어와서는…. 당신이야말로 여기서 뭐하는 거야?"

에드거가 화를 내며 말했다.

파워스는 총을 내리더니 권총집에 밀어 넣었다.

"난… 신고가 들어와서요. 두 분이 이 안으로 몰래 기어들어가는 걸 누가 봤나봐요. 수상한 남자 두 명이 돌아다닌다고 신고가 들어왔어요."

보슈는 여전히 총을 올려든 채로 방수포 천막에서 뒷걸음질을 쳤다.

"거기서 나와, 파워스."

보슈가 말했다.

파워스는 지시에 따랐다. 보슈는 손전등으로 파워스의 얼굴을 비추었다.

"신고가 들어왔다고? 누구한테서?"

보슈가 물었다.

"차를 몰고 지나가던 남자요. 두 분이 여기로 들어가는 걸 봤나봐요. 그 불빛 좀 치워줄래요?"

보슈는 꼼짝도 하지 않았다.

"그래서? 누구한테 전화를 했대?"

보슈가 물었다.

라이더는 보슈와 에드거를 내려준 후에 인근 도로에 차를 세워놓고 무전기 스캐너를 켜놓고 대기하기로 되어 있었다. 그런 무전이 들리면 상황실에 전화해서 경찰의 잠복근무임을 알려서 순찰대의 출동을 막기로 되어 있었다.

"전화를 한 게 아니라요. 내가 순찰을 돌고 있는데 손짓을 해서 차를 세우더라고요."

"그러고는 방금 전에 남자 두 명이 숲 속으로 들어가는 것을 봤다고 말했단 말이야?"

"어, 아뇨. 그가 손짓으로 차를 세운 건 아까 전이었어요. 그런데 지금까지 확인해볼 기회가 없었던 거고요."

보슈와 에드거가 숲으로 들어온 것은 오후 2시 30분이었다. 그때는 대낮이었고, 파워스의 근무 시간도 아니었다. 그리고 그 시각에 주변에 있었던 차는 라이더의 차뿐이었다. 보슈는 파워스가 거짓말을 하고 있다는 걸 알았고, 이제 모든 것이 딱 맞아떨어지기 시작했다고 생각했다. 파워스가 시신을 발견한 것, 차 트렁크에 그의 지문이 찍힌 것, 피해자의 눈에 페퍼 스프레이 물질이 남게 된 것, 묶었던 손목을 다시 풀어준 이유 등등 모든 것이 이해가 되기 시작했다. 필요한 모든 정보는 이미 입수한 상태였고, 세부적인 사실들 속에 숨어 있었다.

"아까 전이라는 게 언제를 말하는 거야?"

"어, 내가 근무를 시작한 직후였어요. 정확한 시각은 기억이 안 나고요."

"대낮이었나?"

"네, 대낮이었죠. 그 빌어먹을 불빛 좀 내려줄래요?"

보슈는 이번에도 그의 말을 무시했다.

"그 시민의 이름이 뭐야?"

"이름은 물어보지 않았어요. 재규어를 탄 남자였는데 로럴 캐니언과 멀홀랜드 교차로에서 손짓을 해 부르더라고요. 수상한 사람들을 봤다고 해서 시간 날 때 가서 살펴보겠다고 했죠. 그래서 지금 내려오면서 살펴보고 있는데 여기 있는 가방이 보였어요. 트렁크에 누워 있던 친구 것이라는 걸 직감했죠. 형사님들이 게시판에 붙여놓은 자동차와 짐에 대한 공고문을 봤거든요. 그래서 두 분이 그 가방을 찾고 있다는 걸 알았죠. 불쑥 끼어들어서 미안하긴 한데, 상황실장한테 알려놓지 그랬어요. 제기랄, 보슈 형사님, 이러다가 눈이라도 멀면 책임질래요?"

"그래. 그런데 끼어들어줘서 고마워."

보슈는 이제야 손전등을 내렸다. 그리고 총도 옆으로 내렸지만 총집에 넣지는 않았다. 판초 속에서 여차하면 발포할 작정으로 계속 쥐고 있었다.

"오늘은 그만 접는 게 좋을 것 같군. 파워스, 올라가서 자네 차로 가. 제리, 가방을 들어줘."

보슈는 손전등으로 계속 파워스의 등을 비추면서 언덕을 올라갔다. 천막 옆에서 파워스에게 수갑을 채웠다면, 가파른 지형과 덩치 큰 파워스의 반항 때문에 그를 언덕으로 데리고 올라갈 수가 없었을 것이다. 그래서 보슈는 파워스를 속여야 했다. 파워스의 말을 그대로 믿는 것처럼 행동했다.

언덕 위로 올라온 보슈는 에드거가 뒤따라 올라올 때까지 기다렸다가 행동을 개시했다.

"그래도 이해가 안 가는 게 있는데, 파워스?"

보슈가 말했다.

"뭔데요?"

"대낮에 신고를 받았는데 밤까지 기다렸다가 확인하러 나선 이유를 모르겠군. 수상한 사람 두 명이 숲으로 들어갔다는 말은 밝을 때 들었는데, 밤이 될 때까지 기다렸다가 혼자 확인을 하러 나섰다는 말이잖아."

"말했잖아요. 시간이 없었다고."

"거짓말 하지 마, 파워스."

에드거가 말했다. 그는 이제야 상황을 이해했거나, 완벽하게 맞장구를 쳐주고 있거나 둘 중 하나였다.

파워스가 앞으로 어떻게 해야 할지 궁리를 하고 있는 동안 눈이 점차 생기를 잃어갔다. 보슈는 다시 총을 들고 멍한 두 눈 사이를 겨냥했다.

"머리 너무 굴리지 마, 파워스. 이제 다 끝난 일이니까. 자, 이제 움직이지 말고 있어. 제리?"

에드거가 덩치 큰 순경 뒤로 가서 권총집에서 순경의 권총을 빼냈다. 그 총을 땅바닥에 던진 후, 파워스의 한 팔을 뒤로 확 비틀었다. 그러고는 그 손에 수갑을 채우고 다른 손도 똑같이 돌려 수갑을 채웠다. 일이 끝나자 에드거는 바닥에서 총을 집어 들었다. 보슈가 볼 때, 파워스는 아직도 멍한 눈으로 앞을 응시하며 머리를 굴리고 있는 것 같았다. 잠시 후 파워스가 입을 열었다.

"당신들, 지금 엄청난 실수를 한 거요."

파워스가 울분을 참고 있는 듯한 목소리로 말했다.

"그건 두고 볼 일이고. 제리, 잘 묶어뒀어? 난 키즈한테 전화 좀 하고."

"어서 해. 놈은 꽉 잡아뒀어. 좀 까불어주면 좋겠어. 까불어 봐, 파워스, 멍청한 짓 좀 해보라고."

"좆 까지 마, 에드거! 네가 지금 무슨 짓을 했는지 모르는 모양인데, 널 가만히 두나 봐라, 새끼야. 확 죽여 버릴 테니까!"

에드거는 잠자코 있었다. 보슈는 주머니에서 모토롤라 쌍방향 무전기를 꺼내 전원을 켜고 마이크에 대고 말했다.

"키즈, 거기 있어?"

"네, 선배님."

"이리로 와. 빨리."

"네."

보슈가 쌍방향 무전기를 다시 주머니에 넣었고 세 사람이 아무 말 없이 서서 1분 정도 기다리자 라이더 차의 푸른색 경광등 불빛이 차보다 앞서 커브 길을 돌아오는 것이 보였다. 그들 앞에 차가 멈춰 서자, 빙글빙글 도는 경광등의 불빛이 비탈에 있는 나무들 꼭대기 위를 훑고 지나가기를 반복했다. 그것을 본 보슈는 저 아래 조지의 천막에서 보면, 나무들 위를 도는 불빛이 하늘에서 내려오는 것처럼 보일 수도 있겠다는 생각이 들었다. 이제야 알 것 같았다. 조지가 말한 우주선은 파워스의 순찰차였던 것이다. 토니 앨리소도 순찰차가 교통 단속을 위해 차를 세우고 납치한 것이었다. 50만 달러에 달하는 현금을 가지고 있는 사람의 차를 세울 수 있는 완벽한 방법이었다. 파워스는 아마도 멀홀랜드와 로럴 캐니언 교차로에서 토니 앨리소의 흰색 롤스로이스를 기다리고 있다가, 뒤따라가서 외딴 커브 길에 이르렀을 때 경광등을 켰을 것이다. 그래서 토니는 자기가 과속을 했다고 생각하고 차를 세웠을 것이다.

라이더가 순찰차 뒤에 차를 세웠다. 보슈가 차로 걸어가서 뒷문을 열고 고개를 들이밀고 그녀를 바라보았다.

"선배, 무슨 일이에요?"

라이더가 물었다.

"범인은 파워스였어."

"어머나, 세상에."

"그러게. 제리와 함께 파워스를 데리고 들어가. 난 순찰차를 타고 뒤따라갈게."

보슈는 에드거와 파워스에게로 돌아갔다.

"좋아, 가자."

"당신들 전부 목이 날아갈 줄 알아. 당신들이 자초한 거야."

파워스가 말했다.

"서에 가서 말해."

보슈가 파워스의 팔을 확 잡아당기면서 보니 팔이 대단히 굵고 단단했다. 보슈와 에드거는 파워스를 라이더의 차 뒷좌석에 억지로 밀어 넣었다. 에드거가 차 뒤를 돌아가서 반대편에 탔다.

보슈는 열린 뒷문을 통해 안을 들여다보면서 에드거에게 말했다.

"서로 데려가서 취조실에 가둬놔. 수갑 열쇠는 자네가 갖고 있어. 바로 뒤따라갈게."

보슈는 차 문을 쾅 닫고 차 지붕을 두 번 두드렸다. 그러고 나서 순찰차로 가서 여행 가방은 뒷좌석에 놓고 운전석에 탔다. 라이더가 차를 빼서 달려갔고 보슈도 그 뒤를 따랐다. 그들은 로럴 캐니언을 향해 서쪽으로 전속력으로 달렸다.

빌리츠 과장은 연락을 받은 지 한 시간도 되지 않아 할리우드 경찰서에 도착했다. 그녀가 형사과에 들어섰을 때, 세 형사는 강력반 살인전담팀 탁자에 앉아 있었다. 보슈는 라이더와 함께 사건 파일을 훑어보는 중이었고 라이더는 이따금씩 법률 용지에 메모를 하고 있었다. 에드거는 타자기 앞에 앉아 있었다. 빌리츠는 심각한 표정으로 성큼성큼 걸어

들어왔다. 보슈는 아직 그녀와 아무런 대화도 나누지 못했다. 빌리츠의 자택으로 전화를 걸어 상황을 알린 사람은 라이더였다.

"지금 뭐하는 거야?"

빌리츠가 보슈를 쏘아보며 물었다.

그녀는 이렇게 수사를 엉망으로 만든 책임을 팀장인 보슈에게 묻고 있는 것이었다. 이런 힐난을 들어도 보슈는 아무렇지도 않았다. 그 말이 맞지도 공평하지도 않을 뿐더러, 지난 30분 동안 사건 파일과 다른 증거들을 살펴본 결과, 확신이 굳어졌기 때문이었다.

"지금 뭐하고 있냐고요? 살인범을 잡아다 과장님께 바치고 있는데요."

"조용히 조심스럽게 수사를 하랬지, 누가 멍청하게 함정 수사를 벌이다가 순경을 끌고 오랬어! 와, 돌아버리겠구만."

빌리츠가 분통을 터뜨렸다.

빌리츠는 그들을 쳐다보지 않은 채 라이더의 등 뒤를 왔다갔다했다. 형사실에는 세 형사와 화가 난 형사과장뿐이었다.

"파워스가 범인이에요, 과장님. 진정하시고, 내 얘…."

보슈가 말했다.

"아, 파워스가 범인이야? 증거 있어? 잘됐네! 지금 당장 검찰을 불러들일 테니까, 구속 영장이나 작성하고 있어. 근무 중인 순경을 끌어오다니. 무슨 죄목으로 신청할까? 무단 횡단?"

빌리츠는 화난 눈으로 보슈를 노려보았다. 서성이던 것까지 멈춘 채였다. 보슈는 최대한 침착하게 대답했다.

"네, 근무 중인 파워스를 잡아온 건 내 결정이었어요. 그리고 과장님 말대로, 아직은 검찰을 불러들일 만큼 증거도 충분하지 않고요. 하지만 곧 확보하게 될 겁니다. 파워스가 범인이라는 데는 의심의 여지가 없어요. 파워스와 미망인이 범인입니다."

"그래, 당신은 의심의 여지가 없어서 좋겠어. 하지만 해리, 당신은 검사도 아니고 배심원도 아니잖아."

보슈는 대꾸하지 않았다. 대꾸할 필요도 없었다. 빌리츠의 마음속에서 분노가 썰물 빠지듯 빠져나가고 마음이 가라앉을 때까지 기다리기만 하면 되었다.

"파워스는 어디 있어?"

빌리츠가 물었다.

"3호실이요."

보슈가 대답했다.

"상황실장한테는 뭐라고 했어?"

"아무 말도 안 했습니다. 근무 교대가 끝날 때쯤 일이 일어났어요. 파워스는 여행 가방을 찾아가지고 들어가서 퇴근을 할 작정이었나보더라고요. 우린 다른 순경들이 위에서 점호를 받고 있을 때 조용히 파워스를 데리고 들어올 수 있었죠. 난 파워스의 차를 주차하고 열쇠는 상황실에 갖다놨어요. 상황실장한테는 우리가 수색 영장을 집행하러 가야 하는데 정복 경찰관이 필요하니까 파워스를 데리고 가겠다고 말했습니다. 상황실장은 그러라고 했고, 지금은 근무 교대를 하고 퇴근했을 겁니다. 내가 알기로는 우리가 파워스를 데리고 들어온 건 아무도 모르고 있어요."

빌리츠는 잠깐 동안 생각했다. 다시 입을 열었을 땐 많이 침착해져 있었고 유리 사무실 뒤 책상 앞에 앉아 있는 평상시의 모습과 별반 다를 바가 없어 보였다.

"알았어. 그럼 난 상황실로 가서 커피를 가져오고 상황도 살펴보고 올게. 내가 돌아오면 일의 전말을 자세하게 살펴보고 나서 판단해보자고."

빌리츠는 형사과 사무실 뒤쪽, 상황실로 이어지는 복도를 향해 천천히 걸어갔다. 보슈는 그녀의 뒷모습을 지켜보다가 수화기를 들고 미라지 호텔 보안실 번호를 눌렀다. 전화를 받은 보안실 직원에게 자신의 신분을 밝힌 후 행크 메이어 주간 보안실장과 당장 통화를 해야겠다고 말했다. 직원이 자정이 넘었다고 말하자, 보슈는 긴급 사안이고, 통화를 원하는 사람이 누군지 메이어가 들으면 분명히 전화를 해줄 거라고 말했다. 보슈는 그 직원에게 강력반 전화번호부터 시작해서 연락 가능한 전화번호를 전부 알려준 후 전화를 끊었다. 그러고 나서 다시 사건 파일을 훑어보기 시작했다.

"3호실에 있다고?"

보슈가 고개를 들었다. 빌리츠가 김이 모락모락 나는 커피를 들고 있었다. 보슈가 고개를 끄덕였다.

"한번 보고 싶군."

빌리츠가 말했다.

보슈는 일어서서 빌리츠와 함께 네 개의 취조실이 있는 복도를 향해 걸어갔다. 1호실, 2호실이라고 팻말이 붙은 문은 복도 왼쪽에 있었고, 3, 4호실 문은 오른쪽에 있었다. 그러나 4호실은 취조실이 아니었다. 그곳은 일방투시 유리 창문을 달아 3호실을 관찰할 수 있게 만든 작고 좁은 방이었다. 3호실에서 보면 그 벽면은 창문이 아니라 거울이었다. 빌리츠는 4호실로 들어가서 일방투시 유리를 통해 파워스를 바라보았다. 그는 탁자를 앞에 두고 거울 맞은편 의자에 꼿꼿한 자세로 앉아 있었다. 그의 두 손은 뒷짐을 진 채 수갑이 채워져 있었다. 아직도 경찰복을 입고 있었지만, 장비 벨트는 보슈에게 뺏기고 없었다. 파워스는 거울 속에 비친 자신의 모습을 뚫어지게 쳐다보고 있었다. 중간에 거울이나 유리가 없는 같은 공간에서 그가 보슈와 빌리츠를 똑바로 노려보고 있는 것만 같아서 4호실에 있는 두 사람은 섬뜩한 느낌이 들었다.

빌리츠는 아무 말도 하지 않고 자기를 노려보는 남자를 바라보았다.

"오늘 밤이 운명의 갈림길이 될 것 같군, 해리."

빌리츠가 조용히 말했다.

"그러게요."

보슈가 말했다.

그들이 한동안 아무 말 없이 서 있는데, 에드거가 문을 열더니 보슈에게 행크 메이어한테서 전화가 왔다고 전했다. 보슈는 강력반으로 돌아가 수화기를 들고 메이어에게 용건을 말했다. 메이어는 지금 집에 있는데 호텔로 들어가 봐야 안다고 했고, 최대한 빨리 전화해주겠다고 말했다. 보슈는 고맙다고 말하고 나서 전화를 끊었다. 어느새 빌리츠 과장이 돌아와 살인전담팀 테이블 앞 빈 의자에 앉아 있었다.

"좋아. 그럼 누구 한 명이 오늘 밤 일이 어떻게 된 건지 자세하게 설명해 봐."

그녀가 말했다.

보슈가 나서서 다음 15분 동안 자기가 토니 앨리소의 여행 가방을 발견한 것과, 베로니카 앨리소를 방문해서 덫을 놓은 일, 그러고 나서 멀홀랜드 숲 속에 잠복하고 기다리고 있는데 파워스가 나타난 일을 설명했다. 그리고 파워스가 말한 그곳에 온 이유가 전혀 말이 되지 않았다는 것도 설명했다.

"파워스가 또 뭐라고 했어?"

설명을 다 들은 빌리츠가 물었다.

"아무 말도요. 제리와 키즈가 놈을 취조실에 넣었고, 그 후로 놈은 계속 거기 있었습니다."

"그 밖의 증거는?"

"우선 트렁크 뚜껑 안쪽에서 채취한 놈의 지문이 있습니다. 그리고 놈이 미망인과 관련이 있다는 기록도 있고요."

빌리츠가 눈을 치켜떴다.

"과장님이 들어오실 때 우리가 확인하고 있던 게 그거였습니다. 사건이 발생한 지난 일요일 밤에 제리가 피해자의 이름을 입력하고 데이터베이스를 검색해봤을 때, 지난 3월에 도둑을 맞았다는 신고가 들어왔다는 사실이 떴었습니다. 누군가가 앨리소의 집을 턴 거죠. 제리가 신고 기록을 확인해봤는데, 이 사건과는 아무런 관련이 없는 것 같았습니다. 그냥 평범한 절도사건이었어요. 앨리소 부인에게서 최초로 신고를 받은 순경이 파워스였다는 사실만 빼면요. 그때부터 둘의 관계가 시작된 것 같습니다. 그때 두 사람이 처음 만난 거죠. 그리고 정문 출입 일지를 확인해봤어요. 경찰이 히든 하이랜즈를 순찰한 내용은 정문 출입 일지에 순찰차 지붕에 있는 식별 번호로 기록되어 있더군요. 그 일지에 따르면 파워스에게 배당된 순찰차, 즉 얼룩말 차는 일주일에 2, 3일 밤을 순찰을 명목으로 그 단지 안으로 들어갔습니다. 그것도 항상 앨리소가 LA를 떠나 있었던 밤에만요. 토니 앨리소의 신용 카드 거래 내역을 조회해서 여행 일자와 출입 일지에 적혀 있는 내용을 비교해봤죠. 내 생각엔 베로니카를 만나러 들어갔던 것 같습니다."

"또 다른 건? 지금까지 당신들이 모아놓은 건 우연의 일치라고 볼 수도 있는 사실들뿐이잖아."

빌리츠가 말했다.

"이런 식으로 우연의 일치가 연속으로 일어나는 일은 결코 없어요."

보슈가 말했다.

"그렇다 치고, 뭘 더 알아냈어?"

"아까도 말했듯이, 놈이 숲에 내려온 이유라고 둘러댄 게 다 거짓말이었어요. 놈은 여행 가방을 찾으려고 내려온 겁니다. 다시 돌아가 찾아볼 가치가 있다는 건 베로니카한테서 들었을 거고요. 놈이 범인입니다.

과장님. 확실해요."

빌리츠는 생각에 잠겼다. 보슈는 지금 그녀가 설득당하기 시작했다는 것을 느낄 수 있었다. 그는 남겨두었던 마지막 결정타를 날렸다.

"하나 더 있어요. 베로니카와 관련한 문제 기억하시죠? 그녀가 이 사건에 관련이 있다면, 어떻게 정문 출입 일지에는 기재되지 않은 채 히든 하이랜즈를 드나들 수 있었을까 하는 거 말입니다."

"응."

"일지에는 토니 앨리소가 살해되던 날 밤, 파워스의 얼룩말 차가 히든 하이랜즈를 순찰했다는 기록이 나와 있어요. 두 번이나요. 들어갔다 나갔다를 두 번 한 겁니다. 처음엔 10시 정각에 단지 안으로 들어가서 10시 10분에 나왔어요. 그다음엔 11시 48분에 들어가서 4분 후에 나왔죠. 두 번 다 통상적인 순찰이 목적이라고 적혀 있었고요."

"좋아, 그래서?"

"그러니까 처음에는 안으로 들어가서 베로니카 앨리소를 태우고 나오는 거죠. 그녀는 뒷좌석 바닥에 엎드려 있고요. 밖은 캄캄한 밤이라, 경비원은 파워스밖에 보지 못하겠죠. 그들은 정해놓은 지점으로 가서 토니 앨리소를 기다리고 있다가 해치우고, 그러고 나서 파워스가 베로니카 앨리소를 집에 데려다 주는 겁니다. 그래서 두 번째 출입 내용이 일지에 적히게 되는 거고요."

"말 되네."

빌리츠가 고개를 끄덕이며 말하더니 다른 질문을 던졌다.

"납치는 어떻게 했을 것 같아?"

"우린 처음부터 줄곧 두 사람이 납치를 했을 거라고 추측했어요. 우선 베로니카가 토니에게서 언제 몇 시 비행기를 타고 오는지를 알아냈을 겁니다. 그래서 범행 시각을 계획해두죠. 그날 밤 파워스는 베로니카를 데리고 나와 로럴 캐니언과 멀홀랜드의 교차로로 가서 흰색 롤스로이스가 지나가기를 기다리죠. 그게 아마 11시쯤 됐을 겁니다. 토니의 차를 발견한 파워스는 토니가 숲 속 커브 길에 가까이 갈 때까지 토니의 차를 따라가죠. 그 커브 길에 이르자 파워스는 경광등을 켜고 토니에게 차를 갓길에 세우라고 지시합니다. 일상적인 교통 단속을 하는 것처럼 말이에요. 그러고는 토니에게 차에서 내려 차 뒤쪽으로 걸어가라고 지시하고요. 그러고는 토니에게 트렁크를 열라고 시키거나, 토니에게 수갑을 채운 후에 자신이 직접 트렁크를 여는 겁니다. 어느 쪽이든, 트렁크를 열긴 열었는데, 문제가 생기죠. 트렁크에 토니의 여행 가방과 비디오 상자가 들어 있어서 토니가 들어갈 공간이 없는 거예요. 파워스에겐 시간이 별로 없어요. 언제라도 자동차가 커브 길을 돌아올 수 있고, 그러면 그 헤드라이트 불빛 속에 모든 게 드러날 위험이 있죠. 그래서 그는 여행 가방과 상자를 밖으로 꺼내 언덕 아래 숲으로 던져버립니다. 그러고 나서 토니에게 트렁크에 들어가라고 명령하죠. 토니는 싫다고 말하거나, 물리적으로 반항을 좀 했는지도 모릅니다. 어느 쪽이든, 파워스는 자기가 가지고 있던 페퍼 스프레이를 꺼내 토니의 얼굴에 뿌려요. 그때부터는 토니를 충분히 제어할 수 있게 되고, 트렁크 안에 쉽게 처넣어버리죠. 어쩌면 그러고 나서 토니가 트렁크 안에서 발로 차면서 소음을 내는 걸 막기 위해 토니의 신발을 벗겨낸 건지도 모르고요."

"그때 베로니카가 튀어나오는 거예요."

라이더가 이야기를 이어받았다.

"롤스로이스는 그녀가 몰고 파워스는 순찰차를 타고 뒤따라가죠. 그들은 목적지를 미리 정해두었어요. 롤스로이스가 2, 3일 정도 발견되지 않을 수 있는 곳으로요. 파워스가 토요일에 라스베이거스로 가서 총을 몰래 숨겨놓고 단서를 몇 개 더 심어놓을 만한 시간을 벌기 위해서 말이죠. 메트로 경찰국에 건 익명의 제보 전화 같은 단서요. 그 전화는 루크 고션에게 혐의를 뒤집어씌우기 위한 거였어요. 지문은 아니에요. 고션의 지문이 피해자의 몸에 남게 된 건 우연이었고 파워스와 베로니카에게는 행운이었죠. 그건 나중에 더 이야기할게요. 어쨌든, 베로니카가 롤스로이스를 몰고 먼저 가고 파워스가 그 뒤를 따라가요. 할리우드 볼 맞은편에 솟아 있는 언덕의 공터로요. 베로니카가 트렁크를 열고 파워스가 상체를 숙이고 방아쇠를 당기죠. 아니면 파워스가 한 발을 먼저 쏘고 베로니카에게 넘겨서 또 한 발을 쏘게 했는지도 모르고요. 그렇게 하면 그들은 영원한 공범이, 피로 맹세한 파트너가 되는 거니까요."

빌리츠는 심각한 표정으로 고개를 끄덕였다.

"그건 억지스러운 면이 좀 있는 것 같은데. 만약 파워스가 무전으로 출동 지시를 받았다면 어떻게 되는 거야? 계획이 완전히 물거품이 되고 마는 건데."

"그것도 생각해봤고, 제리 선배가 상황실에 확인해봤어요. 금요일 밤 상황실장은 고메즈였어요. 그는 파워스가 그날 근무 시간 동안 굉장히 바쁘게 뛰어다니느라고 밤 10시가 되어서야 저녁 식사를 겸한 휴식 시간을 가진 것으로 기억한다고 말했어요. 그러고 나서 교대 시간까지 그에게서 연락이 오지 않은 것으로 기억한다고 했죠."

빌리츠가 다시 고개를 끄덕였다.

"족적은 어떻게 됐어? 그 친구 거야?"

"그 점에서는 파워스가 운이 좋았어요. 저 안에 새 신발을 신고 앉아 있어요. 오늘 산 것처럼 새것이던데요."

에드거가 말했다.

"젠장!"

"그러게요. 그런데 어젯밤 캣 앤 피들에서 우리 테이블에 놓여 있던 족적 사본을 놈이 봤잖아요. 그래서 나가서 지금 신고 있는 신발을 새로 산 건지도 모르죠."

보슈가 말했다.

"이런, 빌어먹을…."

"아, 그래도 놈이 아직까진 신던 걸 버리지 않았을 가능성도 있어요. 놈의 집에 대한 수색 영장을 신청하려고요. 아, 그리고 우리에게 운이 전혀 안 따라 줬던 건 아니었어요. 제리, 스프레이 얘기 좀 해 봐."

에드거가 탁자 위로 상체를 숙였다.

"비품실에 가서 비품 지급 대장을 살펴봤어요. 일요일에 파워스가 페퍼 스프레이 리필 카트리지 한 개를 가져간 것으로 나와 있더라고요. 그래서 상황실로 가서 순찰 일지를 찾아봤죠. 그런데 그날 그 근무 시간에 파워스가 무력을 사용했다는 보고는 없었어요."

"그러니까 그가 리필 카트리지를 새로 받은 것을 보면 어딘가에서 페퍼 스프레이를 사용한 게 분명한데, 상황실장한테는 사용했다는 사실을 보고하지 않았다는 말이군."

빌리츠가 말했다.

"맞아요."

빌리츠는 잠깐 동안 생각을 정리한 후 다시 말문을 열었다.

"수고했어. 짧은 시간 안에 괜찮은 정보를 많이 확보했군. 하지만 그것만으로는 충분치가 않아. 전부 정황 증거라서 대부분이 해명할 수 있는 것들이잖아. 그 친구와 미망인이 몇 번 만났다는 사실을 입증할 수 있다고 해도, 그게 살인의 증거가 될 수는 없지. 트렁크에 있는 지문은 범죄현장에서의 사고 처리가 서툴러서 생긴 거라고 설명할 수 있고. 정말로 그런 건지도 모르고."

"아닐 겁니다."

보슈가 말했다.

"당신의 짐작만으로는 충분치가 않아. 이제부턴 뭘 할 거야?"

"지금 하고 있는 일이 좀 있어요. 제리는 지금까지 우리가 입수한 정보를 바탕으로 파워스의 집에 대한 압수 수색 영장을 신청할 겁니다. 파워스의 집에 들어가면 신발을 찾아낼지도 모르죠. 다른 뭐라도 찾아낼 수도 있고. 두고 봐야죠. 그리고 난 라스베이거스 쪽에 알아볼 일들이 있어요. 파워스와 베로니카가 이런 일을 꾸미려면, 파워스는 적어도 한두 번은 라스베이거스까지 토니를 쫓아갔을 겁니다. 그래서 고션에 대해 알게 되고, 덤터기를 쓸 사람으로 고션을 찍었겠죠. 어쩌면 파워스가 토니 바로 옆방에 묵었을지도 모르죠. 파워스도 미라지 호텔에 묵었을지도 모른다고요. 그곳에 묵으면 반드시 흔적이 남게 되죠. 숙박료는 현금으로 계산할 수 있겠지만, 프런트데스크에서는 룸서비스 요금이나 전화 요금 같은 것을 받아내기 위해 신용 카드 사본을 만들어놔요. 그 말은 자기가 갖고 있는 신용 카드에 나와 있는 이름으로만 숙박을 할 수 있다는 말이 됩니다. 거기 직원한테 확인을 부탁해놨어요."

"좋아, 수고 좀 해줘."

빌리츠가 말했다.

그녀는 고개를 끄덕이더니 한 손으로 입을 가리고 한참 동안 생각에 잠겼다.

"결국엔 파워스의 자백을 받아낼 필요가 있겠군, 안 그래?"

마침내 빌리츠가 물었다.

보슈가 고개를 끄덕였다.

"그렇죠. 집을 수색할 때 행운이 따라주지 않는다면요."

"자백을 받아내기가 쉽지 않을 거야. 경찰이잖아. 일이 어떻게 돌아가는지 잘 알고 있겠지. 증거의 규칙도 잘 알고 있을 테고."

"두고 봐야죠."

빌리츠가 자기 손목시계를 보았다. 보슈도 시계를 보니 벌써 새벽 1시였다.

빌리츠가 어두운 표정으로 말했다.

"난처하게 됐어. 새벽까지는 몰라도 아침까지 이 일을 비밀로 할 수는 없을 거야. 아침에는 우리가 한 일과 얻어낸 정보를 적절한 방식으로 통지해야 할 거야. 그러면 사건에서 손을 떼야 하는 것은 물론이고, 더 안 좋은 일이 생길지도 모르지."

보슈가 몸을 앞으로 숙였다.

"집에 가세요, 과장님. 과장님은 여기 없었던 겁니다. 오늘 밤만 시간을 주세요. 내일 아침 9시에 평상시처럼 출근하세요. 원한다면 검사를 데려오시고요. 믿을 수 있는 친구로 고르세요. 아는 사람이 없으면 내가 소개시켜 드리죠. 어쨌든 내일 아침 9시까지만 시간을 주세요. 딱 여덟 시간 만요. 그러고 나서 출근하시면, 우리가 사건을 완전히 해결해 놓았을 겁니다. 아니면 그때 가서 과장님이 해야 할 일을 하면 되잖아요."

보슈가 말했다.

빌리츠는 세 사람을 하나하나 유심히 바라본 후 깊이 숨을 들이마시더니 천천히 내쉬었다.

"행운을 빌어."

그녀가 말했다.

그녀는 고개를 끄덕인 후 일어서서 그들을 남겨두고 자리를 떴다.

보슈는 3호 취조실 문밖에 멈춰 서서 생각을 정리했다. 수사의 성패가 지금부터 이 방 안에서 일어나는 일에 달렸다는 사실을 잘 알고 있었다. 파워스의 자백을 받아내야 하는데, 결코 쉬운 일이 아니었다. 파워스는 경찰이었다. 형사가 쥐고 있는 패를 전부 잘 알고 있었다. 그러나 보슈는 어떻게든 그 덩치 큰 순경의 약점을 찾아내서 항복을 받아낼 때까지 물고 늘어져야 했다. 피 튀기는 싸움이 될 것 같았다. 보슈는 숨을 크게 내쉰 후 문을 열었다.

보슈는 취조실로 들어가서 파워스의 맞은편에 있는 의자에 앉아 가지고 간 종이 두 장을 파워스 앞에 펼쳐놓았다.

"좋아, 파워스, 상황을 설명해주러 왔어."

"그럴 필요 없어, 망할 자식. 난 변호사하고만 얘기할 테니까."

"내가 여기 온 이유가 바로 그거야. 진정하고 얘기 좀 해볼까?"

"진정하라고? 내가 범죄자라도 된 것처럼 잡아다가, 젠장, 한 시간 반이나 여기 처박아놓고 지들은 밖에서 노닥거리다가 들어와서는 진정하라고? 도대체 어느 행성에서 온 거야, 보슈? 절대로 진정 못해. 이제 그만 날 내보내주던가 아니면 염병할 전화기 좀 갖다 줘!"

"그게 문제의 핵심인 줄 어떻게 알았어, 파워스? 널 입건하거나 놔주거나 결정을 해야 하는 것 말이야. 그래서 들어온 거야. 네가 우리 결정을 도와줄 수 있을 것 같아서."

파워스는 보슈의 말을 못 알아들은 것 같았다. 그는 고개를 숙이고 탁자 중앙을 노려보았다. 가늘게 뜬 눈이 바삐 움직이는 것을 보니 이 말 뜻을 알아내려고 꽤 머리를 굴리고 있는 것 같았다.

"내 얘기 잘 들어. 내가 지금 널 입건하면 변호사를 불러야 되고, 그럼 그걸로 끝이라는 건 너나 나나 잘 알고 있지. 의뢰인이 경찰에 협조해서 진술하는 걸 허용할 변호사는 없을 테니까. 그럼 우린 그냥 법정으로 가는 거야. 그러면 어떻게 될지 알지? 넌 정직을 당할 거야. 물론 무급이고. 보석도 허용 안 될 거니까 9, 10개월을 교도소에서 썩어야 하겠지. 그런 후에 너한테 이로운 쪽으로 평결이 나오면 얼마나 억울할까.

그 반대로 날 수도 있겠지만. 한편으로 넌 TV나 신문에 대문짝만 하게 얼굴이 나올 거야. 그럼 네 가족들은 얼마나 힘들어질까. 네 어머니, 아버지, 형제….”

보슈는 담배를 꺼내 입에 물었다. 그러나 불을 붙이지는 않았고 파워스에게 담배를 권하지도 않았다. 범죄현장에서 한 대 권했다가 거절당한 일을 기억하고 있었다. 보슈가 말을 이었다.

“대안은 있어. 지금 우리 둘이 마주 앉아서 이 문제를 해결하는 거야. 지금 네 앞에 두 개의 서류가 있어. 경찰을 다룰 땐 이래서 좋군. 일일이 설명할 필요가 없으니까 말이야. 첫 번째 건 권리 고지서야. 그게 뭔지는 알 거고. 네 권리를 잘 알고 있고, 네 스스로 선택을 한 거라는 내용에 서명하면 돼. 우리가 널 입건한 후에 나와 얘기를 할 건가 변호사를 부를 건가를 네가 선택하는 거야. 그리고 두 번째 서류는 변호인 포기 각서고.”

파워스는 조용히 서류를 노려보고 있었고 보슈는 펜을 탁자 위에 올려놓았다.

“서명할 준비가 되면 수갑을 풀어줄게. 경찰을 다룰 때 안 좋은 점은 뻥을 칠 수가 없다는 거야. 너도 게임을 다 아니까. 네가 그 포기 각서에 서명을 하고 나한테 진술을 하면, 넌 네 진술을 통해 혐의를 벗거나 아니면 완전히 혐의를 인정하게 되는 거야…. 원한다면 생각할 시간을 좀 더 줄게.”

보슈가 말했다.

“필요 없어. 수갑이나 풀어.”

파워스가 말했다.

보슈가 일어서서 파워스의 뒤로 돌아갔다.

“오른쪽, 왼쪽?”

"오른쪽."

덩치 큰 파워스의 등과 벽 사이에는 공간이 별로 없어서 수갑을 풀기가 힘들었다. 그리고 대부분의 용의자들과 있을 때는 이렇게 용의자 뒤에 있는 건 위험했다. 그러나 파워스는 경찰이었다. 자신이 폭력을 사용하는 순간, 이 방을 무사히 빠져나가 일상으로 돌아갈 수 있는 가능성은 완전히 날아가 버린다는 사실을 잘 알고 있었다. 또한 저 거울 너머 4호실에서 누군가가 여기를 지켜보고 있을 거라는 것도 잘 알고 있었다. 보슈는 오른쪽 수갑을 풀고 의자 등판과 좌석을 잇는 쇠막대기 사이로 둘러 다시 채웠다.

파워스는 두 개의 서류에 휘갈겨서 서명했다. 보슈는 흥분한 내색을 하지 않으려고 애를 썼다. 파워스는 실수를 저질렀다. 보슈는 그에게서 펜을 건네받아 주머니에 넣었다.

"팔을 등 뒤로 돌려."

"이보슈, 보슈 형사. 인간 대접 좀 해줘. 이야기를 할 거면, 이야기나 하자고."

"팔을 등 뒤로 돌려."

파워스는 보슈가 시키는 대로 하면서 불만에 찬 한숨을 크게 내쉬었다. 보슈는 의자 쇠막대기에 둘러 채운 수갑을 풀어내 오른 팔목에 채우고 나서 다시 자리에 앉았다. 그리고 목소리를 가다듬으며 마음속으로 마지막 총정리를 했다. 그는 자신의 임무를 잘 알고 있었다. 파워스가 자신에게 승산이 있다고, 무사히 빠져나갈 길이 있다고 믿게 만들어야 했다. 그렇게 믿으면 입을 열 것 같았다. 그리고 진술을 시작하면, 보슈에게 승산이 있었다.

"좋아, 이제 어떻게 된 상황인지 설명해줄게. 우리가 잘못 짚은 거라고 네가 나를 설득할 수 있다면, 넌 해가 뜨기 전에 여길 나가게 될 거야."

보슈가 말했다.

"내가 원하는 게 바로 그거요."

"파워스, 우린 네가 토니 앨리소가 죽기 전부터 그 아내인 베로니카 앨리소와 관계를 맺고 있었다는 걸 알고 있어. 네가 토니를 죽이기 전에 적어도 두 번은 토니를 미행해서 라스베이거스까지 갔다 왔다는 것도 알고 있고."

파워스는 계속 탁자만 노려보았다. 그러나 보슈는 그 눈이 말하는 것을 읽을 수 있었다. 눈이 거짓말 탐지기의 바늘 같았다. 보슈가 라스베이거스를 언급했을 때 파워스의 눈동자가 약간 떨리는 것을 보슈는 놓치지 않았다. 보슈가 말을 이었다.

"그래, 맞아. 미라지 호텔 숙박부를 입수했어. 그렇게 기록을 남기다니, 왜 그런 경솔한 짓을 했어, 파워스. 덕분에 우린 네가 토니 앨리소를 따라 라스베이거스에 갔다는 걸 확인할 수 있었지만."

"그래요, 난 원래 라스베이거스를 좋아해서 자주 갑니다, 왜요. 뭐가 문제요? 토니 앨리소도 거기 있었다고? 우와, 이거 엄청난 우연인데. 내가 듣기로는 토니도 그곳에 자주 갔다던데. 또 뭐가 있수?"

"네 지문도 확보했지. 차 안에서 말이야. 그리고 일요일에 페퍼 스프레이 리필 카트리지를 지급받았는데 그걸 어떻게 사용했는지 설명하는 무력 사용 보고서는 제출하지 않았더군."

"잘못 뿜어버렸수. 무력을 사용하지 않았으니까 보고서를 안 낸 거고. 아무 일도 없었으니까 말요. 그리고 내 지문을 확보했다고요? 맞아, 그랬겠지. 한 개만 찾아내셨나? 여러 개 있을 텐데. 내가 그 차 트렁크 안을 들여다봤었으니까요. 그새 잊어버리셨나? 시체를 발견한 사람이 나였수. 정말 기가 막히네. 변호사를 불러야겠군. 이런 말도 안 되는 사건은 어떤 검사도 건드리지 않을걸. 1미터 길이의 장대를 가지고도 건드려보지 않을 거요."

파워스가 말했다.

보슈는 미끼를 물지 않고 할 말을 계속했다.

"그리고 마지막으로, 그러나 앞에서 말한 것과 마찬가지로 중요한 증거는, 오늘 밤에 그 언덕을 내려오던 널 현장에서 잡았다는 거야. 네가 둘러댄 이야기는 전부 거짓말이라는 거 알아, 파워스. 넌 토니 앨리소의 여행 가방을 찾기 위해 그리로 내려온 거야. 그게 거기 있다는 걸 알고 있고, 그 안에 너와 미망인이 그동안 모르고 있었던 뭔가가 들어 있다고 생각했기 때문이지. 50만 달러가 말이야. 한 가지만 물어보자. 그 여자가 전화해서 말해줬어? 아니면 오늘 아침에 우리가 그 집을 방문했을 때 네가 그 집 안에 있었던 거야?"

보슈는 파워스의 눈빛이 살짝 번득이는 것을 보았다.

"말했잖소. 이젠 변호사를 불러주쇼."

"넌 그냥 심부름꾼이었어, 그렇지? 그 여자가 너한테 가서 돈을 가져오라고 명령한 거야. 자기는 대저택에서 기다리고 있고, 넌 열나게 뛰어다니고."

파워스는 거짓 웃음을 터뜨렸다.

"그거 재밌는데, 보슈 형사. 심부름꾼이라. 그 여자를 잘 알지 못하는 게 정말 유감이군. 하지만 상상력 하나는 끝내줘. 진짜 좋았수. 당신도 마음에 드는군, 보슈 형사. 하지만 알아둬요."

파워스는 탁자 위로 상체를 숙이고 목소리를 낮춰서 말을 이었다.

"나중에 밖에서 당신을 다시 보게 되면, 당신하고 단둘이 있을 기회가 생기면, 대갈통을 부숴버리겠어."

그가 다시 자세를 똑바로 하고 고개를 끄덕였다. 보슈는 미소를 지었다.

"지금까지는 그래도 반신반의했었어. 그런데 이제야 확실히 알겠네. 네가 그랬어, 파워스. 네가 범인이야. 그리고 네가 바깥세상을 보는 일은 없을 거야. 결코. 그러니까 순순히 불어. 누가 계획한 거야? 그 여자가 생각해 낸 거야, 아니면 너야?"

파워스는 시무룩한 얼굴로 탁자를 내려다보면서 고개를 저었다. 보슈가 말을 이었다.

"일이 어떻게 된 건지 내가 한번 맞춰볼까? 도둑이 들었다는 신고를 받은 날 넌 그 대저택으로 들어가서 그들이 호화롭게 사는 걸 봤어. 토니의 사업과 롤스로이스 얘기를 들었을 수도 있겠고. 그때부터 이 일이 시작된 거야. 난 이 모든 게 네 머리에서 나온 계획이라고 확신해, 파워스. 하지만 그 여자는 네가 그런 계획을 생각해낼 거라는 걸 알고 있었어. 똑똑한 여자니까. 네가 이런 작전을 짜낼 것을 알고 기다렸지…. 그런데 이거 알아? 그 여자에 대해서는 아무런 증거도 확보하지 못했어. 아무것도. 그 여자가 완전히 널 가지고 논 거야, 친구. 처음부터 끝까지 완벽하게 말야. 그리고 그 여자는 아무런 혐의도 받지 않고 걸어서 나갈 거고, 넌…."

보슈가 손가락으로 파워스의 가슴을 가리키며 말을 이었다.

"넌 감방에서 썩게 될 거야. 그게 네가 원하는 거야?"

파워스는 의자에 등을 기대고 애매한 미소를 지으면서 말했다.

"이해를 못하는군, 안 그래요, 보슈 형사? 심부름꾼은 내가 아니라 당신이야. 그런데 자신을 잘 살펴봐요. 당신한텐 배달할 게 아무것도 없어. 당신이 확보한 증거를 다시 한 번 살펴봐요. 그런 걸로 나를 토니 앨리소와 묶을 수는 없을걸. 난 그 시신을 발견한 사람이야. 그 차 트렁크를 열었다고. 지문이 발견됐다면, 트렁크를 열 때 남은 거겠지. 증거라고 주장하는 다른 것들은 전부 개소리야. 그 증거들을 들고 검사를 찾아가서 얘기해보슈. 세상이 떠나가라 웃어젖힐걸. 그러니까 가서 전화를 가져다 줘요, 심부름꾼. 일을 빨랑빨랑 진행하자고. 가서 전화기를 가져다 달라니까."

"아직은 아냐, 파워스. 아직은 안 돼."

보슈가 말했다.

보슈는 팔짱을 끼고 고개를 숙인 채 살인전담팀 탁자의 자기 자리에 앉아 있었다. 그의 팔꿈치 근처에는 빈 커피 컵이 놓여 있었다. 탁자 끝에 놔뒀던 담배는 다 타서 꽁초만 남았고, 탁자에 흉터를 하나 더 보탰다.

그는 혼자였다. 벌써 6시가 다 된 시각이었고, 형사과 사무실 동쪽 벽 높이 달려 있는 창문들을 통해 어스름한 새벽빛이 들어오고 있었다. 이제까지 네 시간 이상이나 파워스를 닦달해보았지만 얻은 것은 하나도 없었다. 파워스의 침착하고 건방진 태도에 흠집조차 내지 못했다. 전반전은 확실히 덩치 큰 순경의 승리로 돌아갔다.

잠시 쉬는 중에도 보슈의 생각은 온통 파워스에게 집중되어 있었다. 보슈는 백 퍼센트 확신했다. 범인을 잡아다가 수갑을 채워 취조실에 앉혀 놓았다고 확신했다. 몇 개 안 되지만 가지고 있는 증거가 모두 파워스를 가리키고 있었다. 그러나 증거만 가지고 파워스가 맞다고 확신하는 게 아니었다. 보슈의 경험과 육감도 파워스를 지목하고 있었다. 보슈는 결백한 사람은 이런 상황에서 파워스처럼 의기양양한 게 아니라 겁을 잔뜩 집어먹을 거라고 믿었다. 결백한 사람은 그렇게 보슈를 조롱하지도 않을 것이다. 그러니 이제 남은 것은 파워스의 기를 죽이고 자백을 받아내는 것뿐이었다. 보슈는 지쳐 있었지만, 다시 한 번 붙어볼 기력은 있었다. 유일한 걱정거리는 시간이었다. 시간이 별로 없었다.

보슈는 고개를 들고 손목시계를 보았다. 빌리츠 과장이 출근할 때까지 세 시간밖에 남지 않았다. 보슈는 빈 컵을 들고 손바닥으로 담배꽁초와 재를 모아 컵 속으로 밀어 넣은 후, 컵을 탁자 밑에 있는 쓰레기통으로 던졌다. 그러고는 일어서서 담배에 불을 붙여 물고 다른 팀 탁자 사이를 거닐었다. 그러면서 생각을 정리하고 후반전을 치를 준비를 했다.

그는 에드거와 라이더가 도움이 될 만한 것을 찾아냈는지 알고 싶어서 에드거를 호출할까 생각했지만 그러지 않기로 했다. 그들도 시간이 촉박하다는 걸 알고 있었다. 뭐라도 건졌으면 전화를 했거나 서로 들어왔을 것이다.

형사과 사무실 맨 끝 쪽에 서서 이런 생각을 하고 있던 보슈에게 성범죄전담반 탁자 위에 있는 것이 눈에 확 들어왔다. 지난 금요일 엄마와 함께 경찰서로 찾아와서 성폭행을 당했다고 신고한 소녀를 찍은 폴라로이드 사진이었다. 그 사진은 사건 조서 봉투 바깥쪽에 클립으로 끼워놓은 폴라로이드 사진 뭉치의 맨 첫 장이었다. 메리 칸투 형사는 월요일에 빨리 일을 처리하려고 파일 맨 위에 사진들을 붙여놓고 퇴근한 것 같았다. 보슈는 뭔가에 이끌리듯 클립에서 사진들을 빼내 넘겨보기 시작했다. 소녀는 끔찍한 가혹 행위를 당했다. 칸투의 카메라가 잡아낸 그 소녀의 몸에 난 상처들은 이 도시가 뭔가 잘못돼도 크게 잘못됐다는 것을 보여주는 우울한 증거였다. 보슈는 늘 더 이상 이 세상에 살고 있지 않는 피해자들을 다루는 것이 훨씬 더 쉽다고 생각했다. 살아 있는 피해자들은 결코 위로를 받을 수 없었기 때문에 보슈를 괴롭혔다. 조금은 몰라도 완벽하게 위로받고 치유될 수는 없었다. 그들은 '왜?'라는 의문을 품고 평생을 살아야 했다.

때때로 보슈는 자기가 사는 이 도시가 급류가 모여 소용돌이치는 거대한 배수관 같다고 생각했다. 모든 악한 것들이 물살과 함께 떠 내려와 모여드는 배수관 같은 도시. 그의 도시는 선인보다 아첨꾼, 책략가,

강간범, 살인범과 같은 악인이 더 많은 곳이었다. 그의 도시는 파워스 같은 인간을 쉽게 만들어낼 수 있는 곳이었다. 너무 쉽게.

보슈는 사진들을 다시 클립에 끼웠다. 관음증 환자처럼 소녀의 고통을 엿본 것이 부끄러웠다. 그는 살인전담팀 자리로 돌아가서, 수화기를 들고 자기 집 전화번호를 눌렀다. 그가 집을 나온 지 24시간 가까이 되었는데, 엘리노어 위시가 전화를 받거나—그는 현관 열쇠를 깔개 밑에 놔두었다—아니면 그녀가 남긴 메시지라도 있기를 바랐다. 벨이 세 번 울린 후에 누군가 전화를 받았고, 녹음 테이프에 남긴 자신의 목소리가 메시지를 남기라고 말했다. 그는 메시지를 확인하기 위해 비밀번호를 눌렀지만, 기계는 메시지가 한 개도 없다고 알려주었다.

보슈가 전화기를 귀에 대고 멍하니 서서 엘리노어를 생각하고 있는데, 갑자기 그녀의 목소리가 들렸다.

"해리, 당신이야?"

"엘리노어?"

"응."

"전화는 왜 안 받았어?"

"나한테 온 전화일 거라고는 생각하지 않았거든."

"언제 집에 들어왔어?"

"어젯밤에. 당신을 기다렸어. 열쇠를 놔둬 준 거 고마워."

"천만에…. 엘리노어, 어디 갔다 왔어?"

잠깐 침묵이 흐른 후 그녀가 대답했다.

"라스베이거스. 차를 찾고… 통장 정리도 하고, 처리할 일들이 좀 있었어. 당신은 밤새도록 어디 있었어?"

"일했지. 새로운 용의자가 나타났어. 검거했고. 당신 아파트엔 가봤어?"

"아니. 뭐 하러. 난 그냥 할 일만 하고 내 차 갖고 돌아왔어."

"잠을 깨운 거라면 미안해."

"괜찮아. 어디 갔나 걱정은 됐지만, 혹시 일하는 중일까 봐 전화는 못 했어."

보슈는 앞으로 어쩔 거냐고 물어보고 싶었지만, 그녀가 자기 집에 있다는 생각만으로도 행복해서 이 순간을 망치고 싶지 않았다.

"얼마나 더 여기 묶여 있을지 모르겠어."

보슈가 말했다.

그때 경찰서의 육중한 뒷문이 열렸다가 쾅 하고 닫히는 소리가 났다. 발자국 소리가 형사과를 향해 다가오고 있었다.

"끊어야 돼?"

엘리노어가 물었다.

"어…."

에드거와 라이더가 형사실로 들어왔다. 라이더는 뭔가 무거운 게 들어 있는 갈색 증거물 가방을 들고 있었다. 에드거는 뚜껑이 닫혀 있는 판지 상자를 들고 있었는데, 누군가가 상자 옆면에 매직마커로 'X-mas'라고 적어놓은 게 눈에 띄었다. 에드거는 싱글벙글 웃고 있었다.

"응. 끊어야겠어."

보슈가 말했다.

"알았어, 해리, 나중에 봐."

"거기 있을 거야?"

"여기 있을 거야."

"알았어, 엘리노어. 최대한 빨리 들어갈게."

보슈는 전화를 끊고 나서 고개를 들고 동료들을 바라보았다. 에드거는 아직도 싱글벙글이었다.

"크리스마스 선물이야, 해리. 이 안에 파워스를 넣어 왔어."

에드거가 말했다.

"신발이야?"

"아니, 신발은 없었어. 신발보다 훨씬 더 좋은 거."

"보여줘 봐."

에드거는 상자 뚜껑을 들고 맨 위에 놓여 있던 마닐라 봉투를 꺼냈다. 그러고는 보슈가 들여다볼 수 있도록 상자를 기울여 주었다. 보슈가 휘파람을 불었다.

"메리 크리스마스."

에드거가 말했다.

"세어봤어?"

보슈가 고무줄로 한 묶음씩 묶어놓은 지폐 다발을 바라보면서 물었다.

"다발마다 그 위에 액수가 적혀 있어요. 전부 합해보니까 딱 48만 달러더라고요. 한 푼도 안 쓴 거죠."

라이더가 말했다.

"멋진 선물이지, 안 그래, 해리?"

에드거가 흥분해서 말했다.

"그래, 멋져. 어디 있었어?"

"다락. 마지막으로 둘러봤던 곳이야. 고개를 다락 위로 내밀었는데 저 상자가 바로 내 눈 앞에 떡 하니 놓여 있는 거 있지?"

에드거가 말했다.

보슈는 고개를 끄덕였다.

"그랬군. 다른 건?"

"매트리스 밑에서 이걸 발견했어."

에드거는 마닐라 봉투에서 사진 뭉치를 꺼냈다. 6×4 크기 사진이었고, 각 장마다 왼쪽 하단 구석에 사진을 찍은 날짜가 디지털로 인쇄가 되어 있었다. 보슈는 탁자 위에 사진을 늘어놓고 귀퉁이만 조심스럽게 잡아 들어 올려서 자세히 살펴보았다. 그러면서 에드거도 자기처럼 사진을 조심스럽게 다뤄주었기를 바랐다.

첫 번째 사진은 미라지 호텔 앞 주차 대행 서비스 정차장에서 차에 타고 있는 토니 앨리소를 찍은 것이었다. 다음 사진에서는 토니 앨리소가 루크 고션이라고 알고 있었던 남자와 이야기를 나누면서 돌리스 출입문을 향해 걸어가고 있었다. 밤에 찍은 거라 배경이 어두웠고 멀리서 찍은 사진이었지만, 클럽의 출입구에 있는 휘황찬란한 네온 간판 덕분에 앨리소와 고션을 쉽게 알아볼 수 있었다.

그다음에 나온 사진들은 같은 장소에서 찍은 것이긴 했지만 하단에 나온 날짜가 바뀌어 있었다. 젊은 아가씨가 클럽을 나와 앨리소의 차로 걸어가고 있는 모습을 찍은 사진들이었다. 보슈는 그녀를 알아보았다. 레일라였다. 토니와 레일라가 미라지 호텔 수영장에 누워 있는 사진도 몇 장 있었다. 마지막 장에서는 토니가 가무잡잡하게 그을린 몸을 레일라의 의자 위로 기울이고 그녀와 키스를 하고 있었다.

보슈는 고개를 들고 에드거와 라이더를 바라보았다. 에드거는 또 히죽 웃었지만, 라이더는 아니었다. 에드거가 말했다.

"생각했던 대로야. 놈은 라스베이거스까지 쫓아가서 앨리소를 살펴봤어. 그건 놈이 모든 사실을 미리 알고 미리 계획했다는 뜻이지. 놈과 앨리소의 마누라가 함께 말이야. 둘 다 낚은 거야, 해리. 년놈은 사전 모의를 하고 숨어서 기다렸다가 일을 해치운 거야. 둘 다 이제 확실히 낚았어."

"그럴 수도 있겠군."

보슈가 라이더를 바라보며 말을 이었다.

"왜 그렇게 표정이 어두워, 키즈?"

라이더는 고개를 가로저었다.

"모르겠어요. 그냥 너무 쉬워보여서요. 집이 아주 깨끗했어요. 낡은 신발 한 짝도 없고, 베로니카가 그곳에 발을 들여놓은 적이 있었다는 표시도 전혀 없었어요. 그리고 이런 것들을 너무 쉽게 발견한 것도 마음에 걸려요. 마치 우리 눈에 잘 띄도록 전시를 해놓은 것 같았어요. 신발은 없애버리면서 사진은 매트리스 밑에 놔뒀다는 게 말이 되요? 돈을 가지고 있고 싶었던 것은 이해하지만, 그걸 꼭꼭 숨겨놓지 않고 다락에 그냥 놔둔 건 뭔가 석연찮아요."

라이더는 사진과 현금을 가리키며 말했다. 보슈는 고개를 끄덕여 동의를 표하고 나서 의자에 등을 기댔다.

"당신 말이 맞는 것 같아. 놈이 그 정도로 어리석지는 않거든."

보슈가 말했다.

그는 이번 일이 고션의 집에서 권총이 발견된 일과 유사하다고 생각했다. 그때도 일이 너무 쉽게 풀린다고 생각했었다.

"함정 같아. 베로니카 앨리소가 놓은 함정. 파워스는 이 사진들을 베로니카에게 갖다 줬을 거야. 그리고 파워스는 없애버리라고 했겠지만, 베로니카는 없애버리지 않았던 거지. 만약을 위해 갖고 있었던 거야. 그녀가 이 사진들을 파워스의 침대 밑에 밀어 넣어 놓고 다락에 현금을 갖다 뒀겠지. 다락은 올라가기가 쉬웠어?"

보슈가 말했다.

"쉬웠어요. 접이식 사다리가 있었죠."

라이더가 말했다.

"잠깐만. 그 여자가 뭐 하러 파워스한테 함정을 놓았겠어?"

에드거가 물었다.

"처음부터는 아니었겠지. 대비책이었을 거야. 일이 틀어지기 시작하면, 우리가 너무 가까이 다가오면, 파워스를 총알받이로 내세우려고 했던 걸 거야. 어쩌면 여행 가방을 찾아오라고 파워스를 내보내고 나서 자기는 사진과 현금을 가지고 놈의 집으로 갔을지도 몰라. 언제부터 일이 시작됐는지는 모르지. 하지만 우리가 자기 집에서 이런 것들을 찾아냈다는 말을 들으면, 파워스는 눈알이 튀어나올 정도로 깜짝 놀랄걸. 그건 그렇고, 키즈, 그 가방엔 뭐가 들어 있는 거야? 카메라?"

보슈가 말했다.

라이더는 고개를 끄덕이더니 가방을 열지는 않고 탁자 위에 올려놓기만 했다.

"망원렌즈가 장착된 니콘 카메라하고, 그걸 구매한 신용 카드 영수증이에요."

보슈는 고개를 끄덕이고는 생각에 잠겼다. 이 사진들과 돈을 가지고 파워스를 공략할 방법을 찾아내야 했다. 그의 자백을 받아낼 좋은 도구였다. 제대로 써먹어야 했다.

에드거가 헷갈린다는 표정으로 끼어들었다.

"잠깐만, 잠깐만. 난 아직도 이해가 안 가. 뭐 때문에 함정이라는 거야? 놈이 현금과 사진을 갖고 있다가 나중에 잠잠해지고 나면 나누기로 한 건지도 모르잖아. 그런데 왜 그 여자가 놈한테 함정을 놓았다고 생각하는 거야?"

보슈는 라이더를 쳐다보다가 다시 에드거를 쳐다보았다.

"키즈 말이 맞으니까. 너무 쉬워."

"우리가 아무런 단서도 갖고 있지 않다고, 자기는 안전하다고 생각했는지도 모르잖아. 우리가 거기 숲 속에서 불쑥 튀어나오기 전까지는 말이야."

보슈는 고개를 가로저었다.

"글쎄, 모르겠어. 자기 집에 이런 것들이 있다는 걸 알고 있었다면, 나하고 얘기할 때 그렇게 당당하게 굴지는 못했을 것 같아. 함정이라는 생각이 들어. 그 여자가 놈에게 모든 걸 덮어씌운 거야. 그 여자를 연행해 오면, 분명히 놈이 자기한테 집착하고 있었다고 말할 거야. 배우 물 좀 먹었으니까, 어쩌면 놈과 관계를 가지긴 했는데 자기는 다 끝냈다고 말하겠지. 그런데 놈이 자기를 놔주지 않는다고. 놈이 자기를 독차지하려고 남편을 죽였다고 우길 거야."

보슈는 의자에 등을 기대고 동료들을 바라보며 반응을 기다렸다.

"그럴듯하네요. 정말로 그 여자가 그럴 것 같아요."

라이더가 말했다.

"우린 그 말을 믿지 않지만 말이지."

보슈가 말했다.

"그럼 그 여자는 이 일로 뭘 얻는 건데? 돈은 남자의 침대 밑에 숨겨두면서 포기했고. 그럼 뭐가 남지?"

에드거가 끝까지 버티면서 물었다.

"집, 자동차, 보험, 회사를 처분하고 남는 것. …그리고 지금까지의 삶에서 탈출할 기회."

보슈가 말했다.

그러나 이것은 설득력이 별로 없는 대답이었고 보슈도 그 사실을 알고 있었다. 50만 달러는 미끼로 사용하기에는 너무 큰돈이었다. 이것이 그가 생각해낸 시나리오에서 드러난 유일한 결점이었다.

"남편을 죽여버렸잖아요. 어쩌면 그 여자에겐 그게 가장 중요한 성과였는지도 모르죠."

라이더가 말했다.

"앨리소는 몇 년 전부터 바람을 피우고 돌아다녔어. 그런데 왜 이제

와서? 이번에는 뭐가 달라서?"

에드거가 말했다.

"모르죠. 하지만 우리가 모르는 뭔가 다른 일이 있었던 거예요. 그게 뭔지를 알아내야겠죠."

라이더가 말했다.

"그래, 행운을 빌어."

에드거가 말했다.

"좋은 생각이 떠올랐어. 그 다른 일이라는 게 뭔지 파워스는 알고 있을 거야. 놈을 좀 속여야겠어. 방법도 알겠고. 키즈, 베로니카가 출연한 그 영화 비디오테이프, 아직도 갖고 있어?"

보슈가 말했다.

"〈위험한 욕망〉이요? 네. 제 서랍에 있는데요."

"가져와서 과장실에서 틀 준비를 해놔. 난 커피를 더 가지고 들어갈게."

보슈는 현금이 든 상자에서 'X-mas'라고 적힌 면이 가슴 쪽으로 오게 해서 안고 3호 취조실로 들어갔다. 그냥 평범한 상자처럼 보이기를 바랐다. 보슈는 파워스가 상자를 알아보는지 유심히 살폈지만, 알아보지 못한 것 같았다. 파워스는 보슈가 자리를 떴을 때와 똑같은 자세로 앉아 있었다. 허리를 꼿꼿하게 펴고, 두 팔은 마치 자기가 원해서 그렇게 한 것처럼 뒷짐을 진 채였다. 그는 후반전을 시작할 준비를 끝내고 기다리고 있는 듯 무표정한 눈으로 보슈를 바라보았다. 보슈는 상자가 파워스의 눈에 띄지 않도록 바닥으로 내려놓고 의자를 꺼내 다시 그의 맞은편에 앉았다. 그러고는 팔을 내려 상자를 열고 녹음기와 파일 폴더를 꺼내서 탁자 위에 올려놓았다.

"말했잖아요, 보슈 형사, 녹음은 안 된다고. 저 거울 반대편에서 비디오로 찍고 있으면, 그것도 내 권리를 침해하는 겁니다. 조심하쇼."

"녹화도 안 하고 녹음도 안 해, 파워스. 이건 너한테 뭘 들려주려고 갖고 온 거야. 자, 어디까지 했더라?"

"덤빌래, 닥칠래 하는 데까지요. 날 풀어주던가, 내 변호사를 들여보내줘요."

"아, 그런데, 몇 가지 일이 생겼어. 네가 무슨 결정을 내리기에 앞서 알아두는 게 좋을 것 같아서 말해줄게."

"좆 까지 마쇼. 이젠 정말 지겹다 지겨워. 전화나 갖다줘요."

"카메라 갖고 있어, 파워스?"

"전화기나… 카메라? 카메라는 왜요?"

"카메라가 있어, 없어? 쉬운 질문인데 왜 이렇게 꾸물거려?"

"있죠. 요즘 세상에 카메라 없는 인간도 있나? 카메라가 왜요?"

보슈는 잠깐 파워스의 표정을 살폈다. 보슈는 설전의 판도가 조금씩 바뀌고 있는 것을 느꼈다. 파워스의 기세가 꺾이고 보슈 자신이 서서히 우세해지고 있었다. 그것이 분명히 느껴졌다. 보슈는 입가에 엷은 미소를 머금었다. 이 순간부터 자신이 수세에 몰리기 시작했다는 것을 파워스가 알게 하고 싶었다.

"지난 3월에 라스베이거스에 갈 때 카메라 갖고 갔어?"

"글쎄. 그럴지도. 휴가를 갈 때마다 갖고 다니니까요. 그게 범죄인 줄은 몰랐네요. 좆 같은 새끼들. 다음번엔 또 어떤 걸 생각해낼까?"

파워스가 능글맞게 웃었지만 보슈는 웃지 않았다.

"그 여행도 휴가였나?"

보슈가 조용히 물었다.

"그럼요, 휴가였죠."

"희한하네. 베로니카는 그렇게 말 안 하던데."

"난 라스베이거스 여행이나 그 여자에 대해서는 아무것도 몰라요."

잠깐 동안이었지만 파워스는 보슈를 외면했다. 처음이었다. 보슈는 판세가 바뀌고 있다는 것을 다시 한 번 느꼈다. 지금 그는 잘하고 있었다. 그걸 느낄 수 있었다. 파워스의 기세는 눈에 띄게 꺾였다.

"알고 있으면서 왜 그래, 파워스. 그 여자에 대해서도 아주 잘 알고 있잖아. 그 여자가 모든 걸 자백했어. 지금 다른 취조실에 있어. 그 여자, 생각보다 약하더군. 난 너한테 돈을 걸었는데 잃게 생겼어. 왜 그런 말 있잖아, 덩치가 큰 놈이 넘어지면 더 심하게 다친다는 말. 난 네가 불 줄 알았는데, 그 여자가 먼저 불어버렸네. 에드거와 라이더가 좀 전에 자백을 받아냈어. 범죄현장 사진을 보고 죄책감이 들었나 봐. 모든 걸 털어놨어, 파워스. 전부 다."

"뻥치시네요. 재미없거든요. 전화는 어딨죠?"

"그 여자 말은 이래. 네가…."

"듣고 싶지 않아요."

"넌 도난 신고를 받고 출동한 날 밤에 베로니카를 처음 만났어. 그때 눈이 맞았는지 두 사람은 곧 로맨스를 즐기게 됐지. 추억으로 남을 만한 연애 한 번 한 거지. 그런데 그녀는 금방 정신을 차렸어. 아직도 남편을 사랑했거든. 남편이 출장을 많이 다니면서 바람을 피우고 돌아다닌다는 건 알고 있었지만, 그런 일에 익숙해져 있었어. 그녀에겐 남편이 필요했어. 그래서 너하고의 관계를 끊어버렸지. 문제는, 그녀 말에 따르면 말이야, 넌 떨어져 나가질 않았어. 계속 치근거리면서, 전화를 걸고, 그녀가 집을 나갈 때면 그녀를 쫓아다니곤 했어. 그녀는 겁이 나기 시작했어. 어떡하면 좋을까 궁리했겠지. 남편한테 가서 내가 잠깐 만났던 남자가 자꾸만 나를 쫓아다닌다고 말해야 할까? 그녀는…."

"완전 타고난 뻥쟁이군, 보슈 형사. 뻥 까지 마쇼!"

"그때부터 넌 토니를 미행하기 시작했어. 토니가 문제라는 걸 알았거든. 토니가 장애물이었으니까. 그래서 넌 그 여자 몰래 토니를 뒤쫓기 시작했어. 라스베이거스까지 따라가서 토니가 하는 짓을 지켜봤지. 그가 무슨 일을 하고 있는지 알아냈고, 경찰의 의심을 받지 않고 그를 죽이는 방법을 생각해냈어. 이른바 트렁크 뮤직이지. 문제는 넌 그 노래를 따라 부를 수가 없다는 거야, 파워스. 우리가 너에 대해 다 알고 있거든. 베로니카의 도움을 받아 널 잡아넣을 생각이야."

파워스는 탁자를 내려다보았다. 눈과 턱 주위의 피부가 긴장으로 탱탱해져 있었다.

"정말 허튼소리의 대가십니다, 보슈 형사님."

그가 고개도 들지 않고 빈정거렸다. 그러고는 말을 이었다.

"듣는 것도 진력이 나네. 그 여자가 다른 취조실에 있다고요? 말도 안 되는 소리. 그 언덕 위 저택에 앉아 있겠죠. 제발 통하지도 않는 후진 술수 좀 그만 부려요."

고개를 든 파워스가 입가를 씰룩이며 비열하게 웃었다. 그러고는 말을 이었다.

"경찰한테 이런 뻥을 치는 거요, 지금? 기가 막히는군. 뻔한 거짓말 좀 그만해요. 속이 빤히 들여다보여요, 보슈. 쪽팔림을 자초하고 있는 거 아쇼?"

보슈는 녹음기로 팔을 뻗어 재생 버튼을 눌렀다. 베로니카 앨리소의 목소리가 비좁은 취조실 안을 가득 채웠다.

"그였어요. 그는 미쳤어요. 너무 늦어버릴 때까지 그를 막을 수가 없었어요. 그러고 나선 누구에게도 말할 수가 없었어요. 왜냐하면…."

보슈는 녹음기를 껐다.

"이 정도면 됐겠지? 이걸 틀어주는 것도 규칙 위반이야. 하지만 네가 네 입장을 제대로 알고 있어야 한다고 생각했어. 같은 직장 동료에 대한 배려라고나 할까."

보슈는 더 이상 말을 하지 않고 파워스가 서서히 분노하는 모습을 지켜보았다. 그의 눈을 보니 분노가 끓어오르고 있는 것이 보였다. 그는 손가락 하나 까딱할 수도 없는 것 같았고, 갑자기 돌처럼 굳어져버린 듯했다. 그러나 가까스로 진정을 하고 냉정을 되찾았다.

"그건 그냥 그 여자의 말일 뿐이에요. 절대로 확실한 증거가 될 수 없지. 그녀의 공상일 뿐이니까."

파워스가 조용한 목소리로 말했다.

"그럴 수도 있겠지. 이것들만 없으면 말이야."

보슈는 파일 폴더를 열어 사진 뭉치를 꺼내 파워스 앞으로 던졌다. 그러고는 손을 뻗어 파워스가 하나하나 잘 볼 수 있도록 조심스럽게 부채꼴로 펴주었다.

"그 여자 말이 사실이라는 걸 보여주는 좋은 증거 같지 않아, 파워스?"

보슈는 사진들을 들여다보는 파워스를 지켜보았다. 파워스는 다시 한 번 분노가 폭발하기 직전까지 갔지만, 이번에도 가까스로 억제했다.

"아니, 전혀. 그 여자가 직접 찍었을 수도 있잖아요. 이런 건 누구라도 찍을 수 있죠. 그 여자가 이걸 건네면서 그런 말을 했다고 해서…. 당신들은 그 여자 말에 홀딱 넘어갔나보군, 안 그래? 그 여자가 한 말이 전부 사실이라고 믿고 있군."

"그랬으면 좋겠는데, 이 사진들은 그 여자가 준 게 아니거든."

보슈는 파일 속에서 수색 영장 사본을 꺼냈다. 그러고는 팔을 뻗어 사진들 위에 사본을 올려놓았다.

"다섯 시간 전에 우린 팔리사데스에 있는 워런 램버트 판사의 집으로 이 영장을 팩스로 보냈어. 판사가 서명을 해서 다시 보내줬고. 에드거

형사와 라이더 형사가 네가 사는 방갈로에 가서 한참 있다가 왔어. 압수한 물건들 중에 망원렌즈가 달린 니콘 카메라가 있었고. 그리고 이 사진들도 있었지. 이건 매트리스 밑에서 발견됐어, 파워스."

보슈는 파워스의 머릿속에 이 모든 정보가 입력될 시간을 주기 위해 말을 멈췄다. 잠시 후 그는 바닥에서 상자를 집어 올렸다.

"아, 찾은 게 하나 더 있군. 이게 크리스마스 물건들하고 함께 다락에 있었대."

보슈가 상자에서 지폐 다발을 여러 개 집어 들고 탁자 위로 던지자 지폐 다발이 사방으로 튕겨 나갔고, 바닥으로 떨어지는 것도 몇 개 있었다. 그는 상자를 거꾸로 들고 흔들어 다 쏟아내고 상자에 남은 게 없는지 확인한 다음, 상자를 바닥에 던졌다. 그러고는 파워스를 쳐다보았다. 파워스의 휘둥그레진 눈이 두꺼운 지폐 다발을 좇아 다니고 있었다. 보슈는 게임이 끝났다는 것을 알았다. 그리고 이건 베로니카 앨리소 덕분이라는 사실도 알고 있었다.

보슈가 조용히 입을 열었다.

"솔직히 말해서 난 네가 이 정도까지 어리석다고는 생각 안 해. 사진과 현금을 집 안에 그냥 놔둘 정도로 말이야. 물론 이제까지 형사 일을 하면서 이보다 더 미친 짓도 많이 보긴 했지. 하지만 이 일을 갖고 내기를 한다면, 난 네가 이것들을 집 안에 두지 않았기 때문에 집 안에 있었다는 사실조차 몰랐다는 데 돈을 걸겠어. 하지만 친구, 난 이래도 좋고 저래도 좋아. 널 잡았고 사건을 종결할 테니까. 내가 바라는 건 그뿐이니까. 그 여자도 잡아넣으면 좋겠지만, 잡아넣지 못해도 상관없어. 어차피 그 여자의 도움이 필요할 테니까. 사진과 그녀의 진술과 다른 증거들을 합치면, 널 살인죄로 기소하는 건 식은 죽 먹기야. 게다가 숨어서 기다리고 있다가 살인을 했다는 사실도 추가하면, 특수살인죄가 되는 거야, 파워스. 네 앞에 놓여 있는 건 둘 중 하나겠지. 주삿바늘이거나 LWP."

보슈는 마지막 약자를 '엘-왑'이라고 발음했다. 범죄자들뿐만 아니라 경찰이라면 누구나 그것이 '보석 없는 무기징역(life without parole)'을 뜻한다는 것을 알고 있을 것이었다.

보슈가 말을 이었다.

"어쨌든 전화를 갖다줄 테니까 변호사한테 연락해. 능력 있는 변호사를 선임하는 게 좋을 거야. O. J. 심슨 사건 변호사들처럼 법정에서 떠들어대기 좋아하는 인간들은 피하는 게 좋을걸. 법정 밖에서 최선을 다하는 사람을 골라야 할 거야. 협상가."

보슈는 일어서서 문을 향해 돌아서서 걸어갔다. 문 손잡이를 잡고 파워스를 돌아보았다.

"유감이야, 파워스. 네가 경찰이고 해서, 난 그 여자보다는 네가 빠져나오기를 바랐었어. 엉뚱한 사람을 망치로 치고 있는 기분이군. 하지만 어쩌겠어. 대도시에서의 삶이 다 그런 걸. 누군가는 맞아야 하니까."

보슈가 돌아서서 문을 열었다.

"망할 년!"

파워스가 증오를 담은 낮은 목소리로 또박또박 내뱉었다.

그러고는 뭐라고 중얼거렸는데 보슈는 알아듣지 못했다. 보슈는 다시 그를 돌아보았다. 그러나 이럴 땐 아무 말도 하지 말아야 한다는 것을 알고 있었다.

"다 그년 생각이었소. 처음부터 끝까지 전부 다. 그년이 나를 속이더니 이젠 당신을 속이고 있는 거요."

파워스가 말했다.

보슈는 더 말이 나오려나 싶어 잠깐 기다렸지만 그뿐이었다.

"나하고 얘기하겠다는 뜻이야?"

"그래요, 보슈, 와서 앉아요. 다 말해줄 테니까."

오전 9시, 보슈는 과장실에 앉아 책상 앞에 앉아 있는 빌리츠 과장에게 상황 보고를 했다. 손에 든 플라스틱 컵은 비어 있었지만, 커피가 더 필요하다는 것을 잊지 않게 해줄 물건이 필요했기 때문에 컵을 쓰레기통으로 던져버리지 않고 있었다. 지칠 대로 지쳐 있었고 눈가에는 다크서클이 너무 짙어서 꼭 판다 곰처럼 보였다. 줄곧 커피를 마셔대고 담배를 피워 대서 입안이 텁텁했다. 지난 스무 시간 동안 먹은 거라고는 초콜릿 바밖에 없어서 위장이 뒤틀리는 것 같았다. 그러나 기분은 날아갈 것 같았다. 마지막 라운드에서 파워스를 이겼고, 이런 전투에서 중요한 건 마지막 라운드뿐이었다.

"그러니까, 전부 다 자백했단 말이야?"

빌리츠가 물었다.

"자기 입장에서요. 모든 걸 베로니카 앨리소에게 덮어씌우고 있습니다. 충분히 이해할 수 있는 일이죠. 그녀가 다른 취조실에 앉아서 모든 죄를 자기한테 덮어씌우고 있다고 믿고 있으니까요. 그래서 파워스는 베로니카 앨리소를 천하에 없는 악녀로 만들고 있어요. 마치 그 여자를 만나기 전까지는 불순한 생각은 단 한 번도 해본 적이 없었다는 듯이 말이죠."

보슈는 컵을 입에 대는 순간 비어 있다는 것을 깨달았다.

"하지만 일단 베로니카 앨리소를 불러들이고, 파워스가 자백하기 시작했다는 걸 그 여자가 알면, 그땐 그 여자의 입장에서 본 사건 전모를 듣게 될 겁니다."

보슈가 말했다.

"제리와 키즈는 언제 나갔어?"

보슈는 손목시계를 보았다.

"40분쯤 전에요. 곧 들어오겠네요."

"당신은 왜 안 갔어?"

"글쎄요. 파워스는 내가 낚았으니까, 베로니카 앨리소는 두 사람한테 넘긴 거죠. 공평하게 하고 싶어서."

"조심하는 게 좋을 거야. 계속 그런 식으로 행동하면 왕재수라는 명성을 잃을 수가 있어."

보슈는 웃으면서 컵을 내려다보았다.

"그러니까 파워스의 진술 요지가 뭐야?"

빌리츠가 물었다.

"요지는 우리가 예상했던 것과 거의 똑같아요. 파워스가 도난 신고를 받고 앨리소의 집으로 올라간 그날부터 일이 시작된 겁니다. 파워스 말로는 여자가 먼저 작업을 걸었다더군요. 둘은 곧 밀애를 즐기기 시작했죠. 파워스는 히든 하이랜즈를 순찰하는 일이 점점 더 잦아졌고, 베로니카는 토니가 출근하고 난 오전이나 라스베이거스에 가고 없을 때 파워스의 방갈로로 찾아갔어요. 파워스의 말을 들어보면, 그녀가 그를 쥐락펴락하고 있었습니다. 섹스가 황홀했대요. 파워스란 놈, 제대로 걸려든 거죠."

"그러고 나서 베로니카는 파워스에게 토니를 미행하게 시켰고."

"그렇죠. 파워스의 첫 번째 라스베이거스 행 임무는 간단명료했습니다. 그녀의 지시대로 토니를 미행하는 거였죠. 파워스는 시키는 대로 했고 토니와 젊은 아가씨가 함께 있는 사진 뭉치와 토니가 그곳에서 누구를 만나고 왜 만나는가에 대한 많은 의문을 갖고 돌아왔어요. 파워스는 멍청이가 아니었어요. 토니가 뭔가 구린 일에 관여하고 있다는 것을 직감했죠. 파워스 말로는 베로니카가 토니의 사업에 대해 자세히 설명해 줬다더군요. 자질구레한 일까지 다 알고 있었고 마피아 조직원들 이름을 다 알고 있었답니다. 베로니카는 또 얼마나 많은 돈이 걸려 있는 일인지도 말해줬대요. 그때 계획의 초안이 잡힌 거랍니다. 그녀가 파워스에게 토니가 사라져야 한다고, 그러고 나면 단둘이 남게 될 거라고, 그리고 거액의 돈이 남게 될 거라고 말했답니다. 그녀는 토니가 돈을 몰래 빼돌리고 있었다고 말했다더군요. 생크림 케이크에서 생크림 핥아먹듯 몇 년에 걸쳐서 야금야금 빼돌리고 있었다고요. 그렇게 모은 돈이 적어도 2백만 달러는 된다고 했답니다. 게다가 토니를 죽이고 토니에게서 뺏은 돈도 있었죠."

보슈는 일어서서 빌리츠의 책상 앞을 서성거리면서 이야기를 계속했다. 너무 피곤해서 오래 앉아 있으면 옆으로 쓰러질 것만 같았다.

"어쨌든, 그게 두 번째 라스베이거스 행의 목적이었어요. 파워스는 토니를 한 번 더 지켜봤죠. 일종의 연구 조사였습니다. 그리고 파워스는 토니에게 돈을 건네주는 남자도 미행했어요. 루크 고션이요. 파워스는 고션이 FBI 요원이라는 건 전혀 몰랐습니다. 베로니카와 파워스는 고션이 멍청한 심부름꾼이라고만 생각하고 토니가 고션이라는 조폭에게 살해된 것처럼 보이게 할 계획을 세웠어요. 트렁크 뮤직이죠."

"뭐가 그렇게 복잡해."

"그러게요. 좀 복잡하죠. 파워스는 모든 건 다 베로니카가 꾸민 거라고 말하고 있는데, 내 생각엔 사실인 것 같습니다. 파워스는 똑똑하긴 하지만 이 모든 걸 계획할 만큼 머리가 비상한 건 아니거든요. 이 모든 건 베로니카의 계획이었고, 파워스는 기꺼이 공범이 되었죠. 다만 그녀는 그가 모르는 뒷문을 만들어 놓긴 했지만요."

"파워스가 뒷문이었군."

"네. 우리가 너무 가까이 다가오면 총알받이로 쓰려고 그에게 덫을 놓았던 겁니다. 파워스는 베로니카에게 자기 집 열쇠를 줬다고 말했어요. 시에라 보니타에 있는 방갈로예요. 그 여자는 이번 주 언젠가 거기에 가서 사진을 매트리스 밑에 밀어 넣어 놓고 돈이 든 상자를 다락에 놓아뒀던 겁니다. 똑똑한 여자죠. 멋진 함정이고요. 제리와 키즈한테 연행되어 와서 무슨 말을 할지 뻔해요. 전부 파워스 짓이라고, 그가 자기한테 너무 빠져서 집착하게 됐다고, 그와 몇 번 잔 건 사실이지만 자기는 정신을 차리고 관계를 끊었다고 말하겠죠. 파워스가 혼자서 자기 남편을 죽인 거라고 주장할 거고요. 무슨 일이 벌어졌는지 알았을 땐, 자기는 아무 말도 할 수 없었다고 하겠죠. 파워스가 자기가 시키는 대로 하라고 협박을 했다고요. 다른 선택의 여지가 없었다고 말할 겁니다. 파워스는 경찰이고, 시키는 대로 하지 않으면 모든 혐의를 자기에게 뒤집어씌우겠다고 협박했다고 할 걸요."

"그럴듯한 얘기군. 배심원단한테도 먹힐 것 같은데. 그 여자가 그대로만 진술하면 걸어 나올 수 있을 거야."

"그럴지도 모르죠. 하지만 아직도 할 일이 몇 가지 더 남았습니다."

"생크림 케이크는?"

"좋은 질문이에요. 파워스가 말한 2백만 달러는 토니 앨리소의 계좌에는 나타나지 않았어요. 파워스 말로는 베로니카가 그 돈은 안전 금고에 있다고 했다는데, 거기가 어딘지는 말하지 않았답니다. 어쨌든 어딘가에 있겠죠. 찾아야 해요."

"실제로 존재한다면 말이지."

"실제로 존재할 거라고 생각해요. 그 여자는 파워스에게 혐의를 뒤집어씌우기 위해 파워스의 집에 50만 달러를 몰래 숨겨뒀습니다. 덫을 놓기 위해 쓰기에는 엄청난 돈이죠. 어딘가에 2백만 달러를 숨겨놓지 않은 이상은요. 그래서 우린…."

보슈는 과장실 유리 벽을 통해 형사과 사무실을 내다보았다. 에드거와 라이더가 과장실을 향해 걸어오고 있었다. 베로니카 앨리소의 모습은 보이지 않았다. 그들은 다급한 표정으로 과장실로 들어왔고, 보슈는 그들이 무슨 말을 할지 알 것 같았다.

"여자가 사라졌어요."

에드거가 말했다.

보슈와 빌리츠는 아무 말 없이 그들을 바라보았다.

"어젯밤에 튄 것 같아요. 자동차들은 그대로 있는데 집 안에는 아무도 없었어요. 뒷문으로 몰래 들어가 봤더니 비어 있더라고요."

에드거가 말했다.

"옷이랑 보석은?"

보슈가 물었다.

"그대로 있어. 몸만 빠져나간 것 같아."

"정문 경비실은 확인해봤어?"

"그럼, 경비실도 확인했지. 어제 그 여자 집을 찾은 방문객이 두 명 있었어. 첫 번째는 4시 15분에 들어간 택배원이었어. 리걸 이글(Legal Eagle) 메신저 서비스 직원이었지. 그 친구는 5분 후에 나왔어. 그다음엔 어젯밤 늦게 찾아온 방문객이 한 명 있었어. 존 갤빈이라고 이름을 말했다더군. 그 여자는 미리 정문 경비실에 전화해서 그 이름을 알려주면서 그가 나타나면 들여보내라고 일러뒀대. 경비원이 차량 번호를 적어놔서 조회를 해봤어. 라스베이거스에서 온 허츠 렌터카였어. 거기 전화해보려고 해. 어쨌든 갤빈은 오늘 새벽 1시까지 거기 머물렀어. 우리가 숲에서 파워스를 낚고 있을 때쯤에 뜬 거야. 그 여자도 갤빈과 함께 간 게 틀림없어."

"그 시간에 근무를 했던 경비원에게 전화해봤는데요. 갤빈이 혼자 떠났는지 아닌지 기억을 못하더라고요. 어쨌든 어젯밤에 앨리소 부인을 본 기억은 없다고 했어요. 하지만 그녀가 뒷좌석에 엎드려 있었을 수도 있죠."

라이더가 말했다.

"그 여자 변호사가 누군지 알아?"

빌리츠가 물었다.

"네. 닐 덴턴이고요, 센츄리 시티에 사무실이 있어요."

"좋아. 제리, 당신은 허츠 렌터카를 계속 추적해줘. 그리고 키즈, 자넨 덴턴한테 가서 토요일에 택배원을 보낼 만큼 중요한 일이 뭐였는지 알아봐."

"네. 그런데 느낌이 안 좋아요. 잠수 탄 것 같아요."

에드거가 말했다.

"그럼 우리도 바다 속으로 들어가서 찾아봐야지. 서둘러."

빌리츠가 말했다.

에드거와 라이더는 살인전담팀 자리로 돌아갔고, 보슈는 새로운 상황에 대해 생각하면서 잠자코 서 있었다.

"그 여자한테 사람을 붙여놨어야 했었나?"

빌리츠가 물었다.

"지금 와서 생각해보면, 그래야 됐을 것 같네요. 하지만 우린 공식적으로는 수사에서 제외되어 있잖습니까. 붙여놓을 사람이 없었어요. 게다가 한두 시간 전까지만 해도 그 여자가 범인이라는 구체적인 증거가 없었잖아요."

빌리츠는 괴로운 표정으로 고개를 끄덕였다.

"지금부터 15분 안에 아무런 정보도 얻지 못하면 지명 수배해."

"네."

"그리고 파워스 말이야, 얘기 안 하고 있는 게 있을까?"

"글쎄 모르죠. 아마 있을 거예요. 그리고 왜 이번이냐 하는 문제가 아직 남아 있습니다."

"무슨 말이야?"

"토니 앨리소는 여러 해 동안 라스베이거스를 들락거렸고 갈 때마다 돈이 가득 든 여행 가방을 가져왔습니다. 파워스 말에 따르면 여러 해 동안 생크림을 핥아먹었고, 또 거기에 애인을 많이 두고 있었어요. 베로니카도 다 알고 있었죠. 다 알고 있어야 했고요. 그런데 작년이나 내년이 아니고 왜 올해에, 지금 일을 저질렀을까요?"

"어쩌면 그렇게 사는 것에 넌더리가 났는지 모르지. 때가 딱 들어맞았을 수도 있고. 파워스가 나타나니까 갑자기 모든 게 분명해진 것일 수도 있잖아."

"그럴지도 모르죠. 파워스한테 물었더니 모른답니다. 하지만 뭔가 숨기고 있는 것 같았어요. 다시 한 번 찔러보려고요."

빌리츠는 잠자코 있었다.

보슈가 말을 이었다.

"아직도 우리가 모르는 비밀이 있어요. 뭔가가 있습니다. 그 여자가 그 얘길 해주기를 바라야죠. 그녀를 찾아내면 말이죠."

빌리츠는 그런 건 기대도 하지 말라는 듯 손을 내저었다.

"파워스 진술, 녹화해뒀어?"

빌리츠가 물었다.

"녹화 녹음 다요. 키즈가 4호실에서 지켜보고 있었어요. 놈이 자백하겠다고 말하자마자 키즈가 녹화를 시작했습니다."

"피의자의 권리 고지했어? 녹화 테이프에 나와 있나?"

"그럼요, 다 들어 있어요. 놈은 이제 옴짝달싹할 수 없게 됐습니다. 보시고 싶다면, 테이프 가져올게요."

"됐어. 웬만하면 그 친구 얼굴은 안 보고 싶어. 그 친구한테 뭘 약속하진 않았지?"

보슈는 대답을 하려다가 멈췄다. 3호 취조실에 갇혀 있는 파워스가 지르는 고함 소리가 문에 막혀 작게 들려왔다. 과장실 유리 벽으로 내다보니 에드거가 자기 자리에서 일어서서 무슨 일인지 확인하려고 취조실을 향해 걸어가고 있었다.

"이제 와서 변호사를 원하는 것 같은데요. 그러기엔 좀 늦어버렸는데…. 어쨌든 약속한 거 없습니다. 특수살인죄 혐의는 빼달라고 검사한테 말은 해보겠지만 어려울 거라는 말은 했고요. 저 안에서 진술한 내용만 가지고도 아무거나 골라잡을 수 있어요. 살인 모의, 잠복 혐의, 청부 살인."

"검사를 불러들여야 할 것 같군."

"네. 딱히 생각해둔 사람이 없거나 신세를 진 사람이 없으면, 로저 고프 검사를 요청하세요. 이건 그 사람 스타일 사건이고, 언젠가 신세를 진 적도 있어서요. 일을 망치지도 않을 겁니다."

"나도 로저 알아. 그 사람한테 부탁해보지. …그리고 위에도 알려야 해. 야호, 아주 신나는군. 부국장한테 전화해서 당신이 참견하지 말라고 단호하게 지시한 사건 수사를 당신 부하들이 몰래 진행해오다가 경찰관을, 그것도 살인죄로 체포했다고 보고하는 일은 날마다 할 수 있는 일이 아닌데."

보슈는 미소를 지었다. 자기라면 그런 전화를 걸어야 하는 상황에서 빌리츠처럼 농담이 나오지는 않을 것 같았다.

"이번에는 정말 떠들썩해질 겁니다. 경찰국이라는 얼굴에 시퍼런 멍이 한 개 더 늘어나겠죠. 그건 그렇고, 제리와 에드거 말로는 이번 사건과 관련된 것이 아니라서 압수하지는 않았는데, 파워스의 집에서 섬뜩한 물건들을 발견했답니다. 나치 용품들이요. 백색 가루 같은 것들도요. 이 문제를 알아서 처리하라고 부국장한테 알려놓는 게 좋을 것 같아요."

"알려줘서 고마워. 어빙 부국장하고 통화할 때 꼭 말해줘야지. 그는 그런 사실이 세상에 알려지는 걸 절대로 원치 않을 거야."

에드거가 열린 문 안으로 고개를 들이밀었다.

"파워스가 오줌이 마려워서 더 이상 못 참겠다는데요."

에드거가 빌리츠를 보면서 말했다.

"데리고 갔다 와."

빌리츠가 말했다.

"수갑 풀지 마."

보슈가 덧붙였다.

"뒷짐을 진 상태로 수갑을 차고 있는데 어떻게 오줌을 누란 말이야? 내가 꺼내주기라도 하란 말이야? 어림 반 푼어치도 없지."

빌리츠가 웃음을 터뜨렸다.

"그럼 손을 앞으로 오게 해서 수갑을 다시 채워. 잠깐만 기다려, 하던 이야기 마저 하고 곧 갈 테니까."

보슈가 말했다.

"알았어. 3호실로 와."

에드거가 자리를 떴고 보슈는 그가 취조실로 이어지는 복도를 향해 걸어가는 모습을 유리 벽 너머로 지켜보았다. 잠시 후 빌리츠를 돌아보니, 에드거의 항변이 우스운지 아직도 웃고 있었다. 보슈는 심각한 표정을 지었다.

"부국장한테 보고 전화할 때 나를 파세요."

"무슨 뜻이야?"

"오늘 아침에 내가 전화해서 나쁜 소식을 전하기 전에는 이런 사실을 까맣게 모르고 있었다고 말해도 난 상관없다는 뜻입니다."

"웃기는 소리 하지 마. 우린 살인사건을 종결했고 살인을 저지른 경찰관을 거리에서 집어냈어. 이 일에 있어서 좋은 점이 나쁜 점보다 더 많다는 사실을 이해하지 못하면, 그러면… 에이, 몰라, 엿 먹으라 그래."

보슈는 미소를 지으면서 고개를 끄덕였다.

"과장님은 화통해서 좋아요."

"고마워."

"천만에요."

"그리고 그레이스라니까."

"맞다, 그레이스."

보슈는 빌리츠 과장이 마음에 든다는 생각을 하면서 취조실로 이어지는 짧은 복도를 걸어가 3호실의 열린 문 안으로 들어섰다. 에드거는 파워스의 팔목에 수갑을 채우고 있었다. 그의 두 손은 앞으로 옮겨져 있었다.

"부탁 하나 합시다, 보슈 형사. 앞쪽 홀에 있는 화장실을 쓰게 해주쇼."

파워스가 말했다.

"왜?"

"뒤쪽 화장실로 가면 아는 사람이 볼지 몰라서 그러죠. 누구한테라도 이런 모습을 들키고 싶지 않아요. 게다가 사람들이 내 모습을 보고 화를 내면 당신들도 골치 아파질 텐데."

보슈는 고개를 끄덕였다. 일리 있는 말이었다. 파워스를 라커룸으로 데려가면, 상황실 순경들 전부가 그들을 보고 질문을 던지고, 심지어 상황을 모르는 그 순경들 중 일부는 화를 낼 수도 있었다. 앞쪽 홀에 있는 화장실은 일반 시민용 화장실이었지만, 일요일 오전 이렇게 이른 시각에는 비어 있을 것이어서, 남의 눈에 띄지 않게 파워스를 데려갔다 올 수 있었다.

"좋아. 그럼 앞쪽으로 가자."

보슈가 말했다.

그들은 파워스를 앞세우고 로비 접수대를 지나 행정실이 늘어서 있는 복도를 지나갔다. 일요일이라 행정실에는 아무도 없고 문이 닫혀 있었다. 보슈가 파워스와 함께 홀에 서 있는 동안 에드거가 화장실에 들어가 누가 있는지 확인하고 나왔다.

"아무도 없어."

에드거가 화장실 안에서 문을 연 상태로 말했다.

보슈는 파워스를 뒤따라 들어갔고, 파워스는 세 개의 소변기 중 가장 멀리 있는 소변기 앞으로 걸어갔다. 보슈는 문 옆에 섰고 에드거는 줄지어 있는 세면대 옆, 파워스의 한쪽 편에 섰다. 파워스가 볼일을 다 보고 세면대 앞으로 걸어갔다. 그가 걷는 동안 보슈는 그의 오른쪽 신발 끈이 풀려 있는 것을 보았다. 에드거도 그것을 본 것 같았다.

"신발 끈 다시 매, 파워스. 걸려 넘어져서 예쁜 얼굴을 다치고 나서, 경찰의 가혹 행위니 어떠니 징징대는 건 못 봐주거든."

에드거가 말했다.

파워스는 걸음을 멈추고 신발을 내려다보더니 다시 고개를 들어 에드거를 바라보았다.

"그러지."

파워스가 말했다.

파워스는 먼저 손을 씻고 종이 수건으로 닦은 후 신발 끈을 매기 위해 오른발을 들어 세면대 가장자리에 걸쳐놓았다.

"신발 새로 샀네. 새 신발은 꼭 끈이 안 묶여 있더라, 안 그래?"

에드거가 말했다.

파워스의 등이 문 쪽을 향하고 있어서 보슈는 파워스의 얼굴을 볼 수 없었다. 파워스는 고개를 들고 에드거를 바라보았다.

"좆 까지 마, 깜둥이 새끼야."

에드거는 한 대 얻어맞은 것처럼 깜짝 놀랐고, 곧 혐오감과 분노가 가득한 표정이 되었다. 그는 파워스를 한 대 칠 작정인데 보슈가 말리고 나설 건지 말 건지 가늠해보고 싶은 듯 보슈를 흘끗 바라보았다. 파워스가 기다렸던 순간이 바로 이때였다. 그는 재빨리 세면대에서 발을 내리고 에드거를 향해 몸을 날려 에드거를 타일 벽으로 밀어붙이고 꽉 눌렀다. 수갑을 찬 두 손이 위로 올라오더니 왼손은 에드거의 셔츠 앞자락을 움켜쥐었고, 오른손은 작은 권총을 들고 깜짝 놀란 에드거의 목에 총부리를 들이댔다.

보슈가 화장실 중간쯤에 와서야 그 총을 보았다. 그 순간 파워스가 고함을 치기 시작했다.

"뒤로 물러서, 보슈. 안 물러서면 네 파트너는 골로 갈 줄 알아. 그걸 바라나?"

파워스는 고개를 돌리고 보슈를 돌아보았다. 보슈는 걸음을 멈추고 두 손을 들었다.

"잘했어. 이제, 아주 천천히 총을 꺼내서 저기 첫 번째 세면대 속에 떨어뜨려."

파워스가 말했다.

보슈는 꼼짝도 하지 않았다.

"빨리."

파워스가 낮은 목소리로 단호하게 말했다.

보슈는 파워스가 쥐고 있는 소형 권총을 바라보았다. 25밀리미터 구경 레이븐 권총으로, 순경들이 선호하고 보슈 자신이 순경이었을 때도 좋아했던 것이었다. 파워스의 손안에 있으니 꼭 장난감 총 같았다. 그렇게 작지만 치명적인 무기였고, 양말이나 신발에 쏙 들어가서 바지를 내리면 보이지 않았다. 보슈는 에드거와 라이더가 처음에 파워스의 몸수색을 제대로 하지 않았다는 것을 깨달았다. 저렇게 근거리에서 레이븐을 발사하면 에드거가 죽을 거라는 생각도 들었다. 자신의 무기를 버리는 것은 그의 모든 본능에 반하는 일이었지만, 다른 도리가 없었다. 파워스는 악에 받쳐 있었고, 그런 사람은 생각을 깊이 하지 않았다. 아무리 가능성이 희박한 일이라고 해도 무턱대고 감행했다. 살인자였다. 보슈는 손가락 두 개로 서서히 총을 꺼내 세면대 속으로 떨어뜨렸다.

"아주 잘했어, 보슈. 이젠 세면대 밑으로 들어가 앉아."

보슈는 파워스가 시키는 대로 하면서도 그에게서 눈을 떼지 않았다.

"에드거, 이젠 네 차례야. 총을 바닥으로 떨어뜨려."

파워스가 말했다.

에드거의 총이 타일 바닥으로 떨어졌다.

"이젠 세면대 밑으로 들어가 동료 옆에 앉아. 빨리."

"파워스, 이건 미친 짓이야. 어딜 가려고 그래? 도망갈 수는 없어."

"누가 도망간대, 보슈? 수갑을 꺼내서 한쪽을 네 왼쪽 팔목에 채워."

보슈가 지시대로 하자 파워스는 수갑 한쪽을 세면대 아래 파이프 사이에 끼우라고 명령했다. 그러고는 에드거에게 비어 있는 수갑을 오른쪽 팔목에 차라고 지시했다. 에드거가 그렇게 하자 파워스가 미소를 지었다.

"옳지, 잘했어. 몇 분은 잡아놓을 수 있겠군. 이제 수갑 열쇠를 줘야지. 둘 다. 이쪽으로 던져."

파워스는 바닥에서 에드거의 수갑 열쇠를 집어서 자기 두 손에 묶인 수갑을 풀었다. 그러고는 피가 통하게 하려고 재빨리 마사지를 했다. 파워스는 웃고 있었지만, 보슈는 그가 자신이 웃고 있는 것도 모를 거라고 생각했다.

"자, 어디 한번 볼까."

파워스는 세면대 속에서 보슈의 총을 집어 들었다.

"좋은데, 보슈. 무게도 적당하고 밸런스도 좋고. 내 것보다 낫군. 몇 분만 빌려도 되지?"

그제야 보슈는 파워스의 계획을 알아차렸다. 파워스는 베로니카를 찾아갈 작정이었다. 보슈는 접수대 쪽으로 등을 보이고 자기 자리에 앉아 있는 키즈가 떠올랐다. 그리고 자기 사무실에 앉아 있는 빌리츠 과장도. 그들은 너무 늦어버릴 때까지 파워스를 보지 못할 것이다.

"그 여자는 여기 없어, 파워스."

보슈가 말했다.

"뭐? 누구?"

"베로니카. 거짓말이었어. 우린 그 여자를 검거하지 못했어."

파워스의 얼굴에서 미소가 서서히 사라졌고 대신 집중하는 심각한 표정이 떠올랐다. 보슈는 지금 그가 무슨 생각을 하고 있는지 알 수 있었다.

"그 목소리는 그 여자가 출연한 영화에서 나온 거야. 내가 비디오테이프에서 그 부분만 따로 녹음했지. 그 취조실 복도로 돌아가면, 거긴 막다른 골목이야. 거기에는 아무도 없고 도망갈 구멍도 없어."

파워스의 얼굴 피부가 긴장으로 탱탱해졌다. 분노가 치밀어 올라 얼굴이 점점 더 벌게지더니, 뜬금없이 미소가 피어올랐다.

"똑똑한 놈. 그래? 그년이 거기 없다는 걸 날 보고 믿으라는 거야, 지금? 이게 뻥이겠지, 아까 것이 아니라. 무슨 말인지 알겠어?"

"뻥 아냐. 거기 없어. 네 자백을 받고 나서 그 여자를 검거하려고 했어. 한 시간 전에 언덕으로 올라갔는데, 집에 없었어. 어젯밤에 떠난 거야."

"벌써 여길 떴다면, 그럼 어떻게…."

"그 부분은 거짓말이 아니었어. 돈과 사진들은 정말로 네 집에 있었어. 네가 갖다놓은 게 아니라면, 그 여자가 한 거야. 너한테 덫을 놓은 거지. 그 총 내리고, 다시 이야기를 해보자고. 깜둥이라고 부른 거 에드거한테 사과하면, 이 작은 소동은 없었던 걸로 할게."

"아, 그러니까, 도주죄는 포기하고 살인죄만 뒤집어씌우시겠다?"

"말했잖아, 검사한테 잘 말해보겠다고. 지금 검사가 여기로 오고 있는 중이야. 우호적인 사람이야. 공정하게 처리할 거야. 우리가 정말로 원하는 건 그 여자야."

"멍청한 새끼!"

파워스가 고함을 질렀다. 그러고는 금방 목소리를 낮췄다.

"내가 그년을 원한다는 건 모르겠어? 넌 네가 날 이겼다고 생각하지? 저 취조실 안에서 나를 무너뜨렸다고 생각하지? 네가 이긴 게 아니야, 보슈. 내가 원해서 말을 한 거야. 내가 널 속여먹었는데 그것도 모르고 있었지? 넌 내가 필요했기 때문에 나를 믿기 시작했어. 수갑을 앞으로 옮기게 해준 건 실수였어, 보슈."

파워스는 보슈가 자기 말을 곱씹을 수 있도록 잠깐 말을 멈췄다.

"그년하고 만날 약속이 되어 있었는데, 무슨 일이 있더라도 지켜야겠어. 여기 없으면, 내가 찾아가야지."

"어디 있을지 알아야 찾아갈 거 아냐."

"어딘들 못가겠어. 게다가 내가 자기를 쫓는다는 것도 모를 텐데. 가야겠어."

파워스는 쓰레기통에 씌워져 있는 비닐봉지를 잡아 빼서 안에 든 쓰레기를 바닥에 쏟았다. 그러고는 보슈의 총을 봉지에 넣고 나서 세 개의 세면기에 있는 수도꼭지를 모두 최대로 틀어놓았다. 폭포처럼 쏟아지는 물이 세면기 타일에 부딪히면서 물소리가 엄청나게 크게 들렸다. 파워스는 에드거의 권총도 집어서 비닐봉지에 넣었다. 그러고는 비닐봉지를 몇 번이나 똘똘 말아서 안에 든 권총 두 자루를 꽁꽁 감추었다. 레이븐 권총은 쉽게 꺼낼 수 있도록 경찰복 바지 앞주머니에 넣었고, 수갑 열쇠는 소변기에 넣고 물을 내렸다. 그러고는 수갑에 묶인 채 세면대 밑에 앉아 있는 두 형사는 쳐다보지도 않고 문을 향해 걸어갔다.

"안녕, 떨떨이들."

파워스는 어깨 너머로 이 말을 던진 후 사라졌다.

보슈는 에드거를 쳐다보았다. 그들이 고함을 지르더라도 들을 사람이 아무도 없을 것 같았다. 일요일이어서 행정실은 전부 비어 있었다. 그리고 형사과 사무실에도 빌리츠와 라이더 둘만 있을 뿐이었다. 게다가 물소리까지 크게 나니, 그들의 고함 소리를 듣는다고 해도 무슨 소린지는 알아듣지 못할 것이다. 빌리츠와 라이더는 늘 그렇듯 유치장에서 나는 소리일 거라고 생각할 것이다.

보슈는 몸을 돌려 두 발을 세면대 아래쪽 벽에 댔다. 그리고 발을 지렛대 삼아 지탱한 채 파이프를 끌어당겨 뜯어내기 위해 세면대 배수관 파이프를 잡았다. 그런데 파이프가 굉장히 뜨거웠다.

"망할 자식!"

보슈가 파이프를 놓으면서 소리쳤다.

"뜨거운 물을 틀어놨어."

"이제 어떡하지? 놈이 도망갔는데."

"자네 팔이 더 기니까 저 위로 팔을 뻗어서 수도꼭지 좀 잠가 봐. 뜨거워 죽겠어. 파이프를 잡을 수가 없어."

보슈가 에드거의 팔을 끝까지 밀어 받쳐준 덕분에 에드거는 간신히 수도꼭지를 만질 수 있었다. 물을 졸졸 흐르는 정도로 줄이는 데 몇 초가 걸렸다.

"이제 차가운 물을 틀어. 이걸 좀 식혀야지 만지지."

보슈가 말했다.

몇 초가 더 흐른 후, 보슈는 다시 한 번 시도했다. 배수관 파이프를 잡고 벽에 댄 두 다리를 힘껏 밀었다. 에드거도 파이프를 두 손으로 꽉 잡고 똑같은 자세를 취했다. 에드거의 힘이 보태지자 세면대 밑의 접합 부분이 끊어지면서 파이프가 떨어져 나갔다. 머리 위로 쏟아지는 물을 맞으며 그들은 파이프가 떨어져 나가 생긴 공간으로 수갑을 빼냈다. 그들은 일어서서 소변기 앞으로 걸어갔고, 보슈는 바닥 체에 걸려 있는 수갑 열쇠를 발견했다. 그는 열쇠를 집어 들고 더듬거리면서 수갑을 풀었다. 열쇠를 에드거에게 건네고 나서, 물바다가 된 바닥을 철벅거리며 문을 향해 달려갔다.

"물 좀 잠가줘."

보슈는 문밖으로 뛰어나가면서 소리쳤다.

그는 단숨에 복도를 달려가 형사과 사무실로 들어갔다. 형사과는 비어 있었고, 과장실 유리 벽 너머에도 아무도 없었다. 그때 쾅쾅 두드리는 소리와 라이더와 빌리츠의 비명 소리가 어느 방 안에서 작게 들려왔다. 보슈는 취조실 복도로 달려갔고, 취조실 문이 한 개만 빼고 전부 열려 있는 것을 보았다. 파워스가 빌리츠와 라이더를 3호실에 가둔 후 베로니카 앨리소를 찾아 일일이 문을 열어본 것이다. 보슈는 3호실 문을 열어준 후 재빨리 형사과로 되돌아가서 경찰서 후문으로 이어지는 복도로 달려갔다. 육중한 금속 문을 발로 밀고 뒤쪽 주차장으로 나갔다. 어깨에 둘러멘 권총집이 비어 있는데도 본능적으로 만지면서, 주차장과 주유소를 훑어보았다. 파워스는 그림자도 보이지 않았지만, 주유기 옆에 순경 두 명이 서 있었다. 보슈는 그들에게 다가갔다.

"파워스 봤어?"

"네. 방금 떠났는데요. 우리 차를 뺏어 타고요. 빌어먹을, 도대체 무슨 일입니까?"

둘 중 나이가 많은 순경이 말했다.

보슈는 대답하지 않았다. 눈을 감고 고개를 숙이고는 속으로 자신을 향해 욕설을 퍼부었다.

여섯 시간 후, 보슈와 에드거와 라이더는 자기 자리에 앉아 과장실에서 진행되고 있는 회의를 말없이 지켜보고 있었다. 과장실 안에는 빌리츠 과장과 르밸리 경감, 어빙 부국장, 채스틴을 포함하여 감찰계 형사 세 명, 그리고 경찰국장과 보좌관이 복잡한 버스 안에 있는 사람들처럼 모여 앉아 있었다. 로저 고프 검사는 스피커폰으로 연결된 상태였다. 과장실 문이 열려 있어서 검사의 목소리가 들렸다. 그러나 잠시 후에 문이 닫혔고, 회의 참석자들이 밖에 앉아 있는 세 형사의 운명을 결정하고 있는 것 같았다.

경찰국장은 팔짱을 끼고 고개를 숙인 채 비좁은 방 한가운데에 서 있었다. 가장 늦게 도착해서, 지금 보고를 받고 있는 것 같았다. 이따금씩 고개를 끄덕이긴 했지만 말은 별로 하지 않았다. 보슈는 파워스 문제를 어떻게 처리하느냐가 회의의 주제라는 것을 알고 있었다. 살인을 한 경찰관이 탈주를 했다. 이 사실을 언론에 알리는 건 자학 행위겠지만, 보슈는 다른 방법이 없을 거라고 생각했다. 벌써 파워스가 갈 만한 곳은 다 뒤져보았지만 찾아내지 못했다. 그가 징발해간 순찰차는 언덕 위 페어홀름 드라이브에 버려진 채로 발견되었다. 닐 덴턴 변호사의 자택과 사무실뿐만 아니라 파워스의 방갈로와 앨리소의 자택 밖에서 잠복근무를 하고 있는 감시팀도 아무런 성과가 없었다. 이제 언론에 도움을 요청할 때가 되었다. 범죄자가 된 경찰관의 사진을 6시 뉴스에 내보낼 때가 된 것이다. 보슈는 경찰국장이 회의에 참석한 것은 기자 회견을 가질 계획이기 때문일 거라고 추측했다. 그렇지 않으면, 어빙 부국장에게 문제 처리를 일임했을 것이다.

보슈는 라이더가 무슨 말인가 했다는 사실을 깨달았다.

"미안. 뭐라고?"

"쉬는 동안 뭐하실 거냐고요."

"글쎄. 얼마나 쉬느냐에 달렸겠지. 배치 기간 한 개만 받으면, 집 손질이나 끝내야지, 뭐. 두 개 이상 받으면, 돈을 벌 방법을 찾아봐야 할 거고."

배치 기간은 15일이었다. 규정 위반의 정도에 따라 정직은 배치 기간 한 개, 두 개 하는 식으로 내려졌다. 보슈는 경찰국장이 가벼운 처분을 내리지는 않을 것이라고 확신했다.

"설마 우릴 자르지는 않겠지, 안 그래, 해리?"

에드거가 물었다.

"그건 아니겠지. 하지만 저 사람들이 어떤 식으로 말을 하느냐에 따라 달라질 수 있어."

보슈가 과장실 유리 벽을 돌아보는 순간 마침 국장도 밖을 내다보았고 둘의 눈이 마주쳤다. 국장이 고개를 돌렸다. 좋은 조짐이 아니었다. 보슈는 단 한 번도 개인적으로 국장을 만난 적이 없었고, 앞으로도 만날 일은 없을 것이다. 국장은 시민들의 요구에 부응하기 위해 영입된 외부 인사였다. 경찰 행정가로서의 능력이 출중해서가 아니라 외부 인사가 필요했기 때문에 영입된 것이다. 거구의 흑인 남자였고 대부분의 살이 허리 주변에 모여 있었다. 그를 좋아하지 않는 많은 경찰들은 그를 '배둘레햄 국장'이라고 불렀다. 보슈는 그를 좋아하는 경찰들은 뭐라고 부르는지 궁금했다.

"죄송해요, 해리 선배."

라이더가 말했다.

"뭐가?"

보슈가 물었다.

"총을 놓친 거요. 제가 몸수색을 했어요. 발까지 찬찬히 다 짚어 봤는데도, 그걸 발견하지 못하다니. 어떻게 된 건지 모르겠어요."

"신발 안에 들어갈 만큼 작은 총이었어. 당신만 잘못한 거 아냐, 키즈. 우리 모두 잘못한 게 있지. 나하고 제리는 화장실에서 일을 망쳤잖아. 놈을 좀 더 잘 감시했어야 했는데."

보슈가 말했다.

라이더가 고개를 끄덕이긴 했지만 아직도 비참한 기분이란 것을 보슈는 알 수 있었다. 그가 고개를 들고 과장실을 바라보니 회의가 끝난 것 같았다. 경찰국장과 보좌관에 뒤이어 르밸리 경감과 감찰계 형사들이 과장실을 나와 앞쪽 출입문을 통해 형사과를 나갔다. 차가 후문 주차장에 있다면 한참을 돌아가는 거지만, 살인전담팀 옆을 지나가면서 보슈와 팀원들을 마주치지 않아도 된다는 이점이 있었다. 또 다른 불길한 징조군, 보슈는 생각했다.

다들 나가고 나서 과장실에는 어빙 부국장과 빌리츠 과장만 남았다. 빌리츠가 유리 벽 너머로 보슈를 바라보더니 셋 다 들어오라고 손짓을 했다. 세 형사는 천천히 일어서서 과장실로 들어갔다. 에드거와 라이더는 자리에 앉았지만 보슈는 서 있었다.

"부국장님."

빌리츠가 어빙에게 발언권을 주었다.

"좋아. 들은 대로 전하지."

어빙 부국장은 몇 가지 메모를 해 놓은 종이를 내려다보았다.

"세 사람은 승인받지 않은 수사를 실시하고 피의자 수색 이송 절차를 따르지 않았기 때문에 무급 정직 2 배치 기간, 유급 정직 2 배치 기간에 처할 거야. 이 징계는 연속적으로 집행될 거고. 2개월 정직이야. 그리고 물론 징계 내용이 자네들의 인사 기록에 올라가게 될 거야. 절차에 따라 자네들은 경찰권리위원회에 항소할 수 있어."

어빙 부국장은 잠깐 말을 멈췄다. 보슈가 예상했던 것보다 더 중한 징계였지만 아무런 내색도 하지 않았다. 에드거의 한숨 소리가 들렸다. 항소를 하더라도 경찰국장이 내린 징계 내용이 번복되는 일은 거의 없었다. 번복하려면 권리위원회 위원인 경감 세 명 중 두 명이 자기들의 최고사령관 의견에 반대표를 던져야 했다. 감찰계 수사관의 결정을 뒤집는 건 그리 어렵지 않아도, 경찰국장의 결정을 뒤집는 건 정치적인 자살행위였다.

어빙이 말을 이었다.

"하지만 국장님은 다른 상황 발전과 평가가 있을 때까지 정직 처분의 집행을 유예하셨네."

세 사람이 부국장의 마지막 말에 대해 생각하는 동안 방 안에 침묵이 흘렀다.

"유예라뇨, 무슨 말입니까?"

에드거가 물었다.

"국장님이 기회를 한 번 더 주셨다는 뜻이야. 하루이틀 안으로 일이 일단락되기를 바라시네. 자네들은 내일 출근해서 수사를 계속 진행하도록 해. 검사와도 얘기가 됐어. 기꺼이 파워스를 기소하겠다더군. 내일 출근하면 제일 먼저 사건을 송치하게. 이미 수배령도 내렸고, 두 시간쯤 후엔 국장님이 언론에도 알릴 거야. 우리가 운이 좋으면, 그 친구가 여자를 찾아내거나 해코지를 하며 돌아다니기 전에 검거할 수 있겠지. 그러니까 우리에게 행운이 찾아오면, 자네들한테도 행운이 찾아올 거야."

"베로니카 앨리소는 어떻게 됐습니까? 그 여자도 기소한답니까?"

"아직은 아니야. 파워스를 다시 잡아들이기 전에는 안 할 거야. 고프 검사는 자백을 담은 녹음 테이프도 파워스가 없으면 무용지물이라고 했어. 파워스를 증인석에 앉히지 못하면 그 여자에게 불리한 증거로 그 테이프를 사용할 수가 없을 거라고 하더군. 사용한다고 해도 파워스가 없는 상태라면 그 여자는 어떤 불리한 증인하고라도 맞서 싸워 이길 수가 있다고도 했고."

보슈는 바닥을 내려다보았다.

"그러니까 파워스가 없으면, 그 여자는 풀려난다는 말씀이군요."

"그럴 것 같아."

보슈는 고개를 끄덕였다.

"기자들한테는 뭐라고 말씀하실 겁니까? 국장님이 말입니다."

보슈가 물었다.

"있는 그대로 말씀하실 걸세. 자네들은 몇 가지 부분에서는 수사를 잘 해줬지만, 나머지 부분에서는 썩 좋지는 않았어. 전반적으로 볼 때, 오늘은 경찰국에 좋은 하루가 될 것 같지는 않군."

"그래서 우리가 두 달이나 정직을 당한 겁니까? 경찰의 치부를 드러낸 메신저라서요?"

어빙은 입을 앙다물고 오랫동안 보슈를 노려보다가 대답했다.

"대답할 가치도 없는 질문이군."

어빙은 라이더와 에드거를 바라보며 말을 이었다.

"자네 둘은 이제 나가 보게. 용무 끝났으니까. 난 보슈 형사하고 다른 문제 이야기를 좀 해야겠어."

보슈는 두 동료가 나가는 것을 바라보면서 자기가 마지막에 한 말에 대해 어빙에게 욕을 먹을 각오를 했다. 왜 그런 말을 했는지 알 수가 없었다. 그러나 그 말이 부국장의 심기를 건드린 것은 확실했다.

그러나 라이더가 과장실 문을 닫고 난 후 어빙은 전혀 다른 문제를 꺼냈다.

"보슈 형사, 내가 이미 연방 수사국 사람들과 접촉을 해서 그쪽 관련 문제를 해결했다는 말을 해주려고 남으라고 했네."

"어떻게 그렇게 하셨습니까?"

"오늘 발생한 상황을 고려해볼 때 자네는 그 연방 요원 집에 증거를 몰래 숨겨둔 일과는 아무런 관련이 없는 게 분명해졌다고, 백 퍼센트 확실해졌다고 말했지. 범인은 파워스라고 알려줬고, 따라서 자네의 행동에 관한 우리의 내사를 종결할 거라고 전했네."

"감사합니다, 부국장님. 감사합니다."

보슈는 이야기가 끝났다고 생각하고 문을 향해 걸어갔다.

"형사, 내 말 아직 안 끝났네."

보슈가 그를 향해 돌아섰다.

"국장님이 이 문제에 대해 보고를 받으시더니 그래도 걸리는 게 있다고 하시더군."

"그게 뭡니까?"

"채스틴 형사가 수사를 진행하면서 자네가 중죄 전과자와 관계가 있다는 사실을 알아냈지. 그건 나도 신경이 쓰이는 문제야. 그래서 자네한테서 그 관계가 지속되지 않을 거라는 확답을 받고 싶군. 그 확답을 국장님께 전하고 싶고."

보슈는 잠깐 머뭇거렸다.

"그런 확답을 드릴 수가 없습니다."

어빙은 바닥을 내려다보았다. 턱 근육이 또 탱탱해지고 있었다. 마침내 그가 말했다.

"실망이군, 보슈 형사. 우리 경찰국은 자네 편을 많이 들어줬어. 나도 그랬고. 난 자네한테 문제가 생길 때마다 자네 편을 들어줬지. 자네는 결코 쉬운 사람이 아니었지만, 난 자네가 이 경찰국과 이 도시가 필요로 하는 재능을 갖고 있다고 생각해. 그 때문에 자네 편을 들어준 거야. 그런데 자넨 나를 비롯해서 자네 편을 들어주던 소수의 사람들까지 잃고 싶은 건가?"

"그건 아닙니다."

"그럼 내 충고를 받아들이고 옳은 일을 하게, 보슈 형사. 옳은 일이 뭔지는 자네가 잘 알고 있을 거야. 내가 해줄 수 있는 말은 그뿐이야."

"알겠습니다, 부국장님."

"이상."

집에 도착한 보슈는 집 앞 모퉁이에 먼지를 뒤집어 쓴 포드 에스코트 한 대가 서 있는 것을 보았다. 네바다 번호판을 달고 있었다. 집 안으로 들어가니, 엘리노어 위시가 식탁 위에 일요일자 〈타임스〉의 항목별 광고란 페이지를 펼쳐놓고 앉아 있었다. 불을 붙인 담배가 신문 옆 재떨이 속에 놓여 있었고, 그녀는 검정색 마커로 구인 광고에 동그라미를 치는 중이었다. 이것을 본 보슈는 기뻐서 가슴이 두근거렸다. 그녀가 일자리를 찾고 있다면, 그 말은 그녀가 여기 LA에 여기 이 집에 그와 함께 머물 거라는 뜻이었다. 그러고 보니 이탈리아 식당의 음식 냄새가, 매콤

한 마늘 향이 집 안에 가득했다.

보슈는 식탁을 돌아가서 엘리노어의 어깨에 손을 얹고 머뭇거리면서 그녀의 뺨에 입을 맞췄다. 그녀는 그의 손을 부드럽게 토닥였다. 그러나 그가 허리를 펴고 일어서면서 보니까, 그녀는 구인 구직란을 보고 있는 게 아니라 샌타모니카에 있는 가구를 갖춘 아파트 임대 광고를 보고 있었다.

"뭘 만들고 있는 거야?"

보슈가 물었다.

"나만의 스파게티 소스. 기억나?"

보슈는 기억난다고 고개를 끄덕였지만 사실은 아니었다. 5년 전 엘리노어와 함께 지냈던 날들에 대한 기억은 그녀의 모습, 그녀와 사랑을 나눴던 시간들, 그리고 그 후에 일어난 일에 대한 것뿐이었다.

"라스베이거스는 어땠어?"

무슨 말이라도 해야 할 것 같아서 보슈가 물었다.

"라스베이거스가 라스베이거스지, 뭐. 절대로 그리워하지 않을 곳. 다시 돌아가지 못해도 전혀 문제가 안 되는 곳."

"여기서 살 곳을 찾고 있는 거야?"

"슬슬 찾아보는 게 좋을 것 같아서."

예전에 엘리노어는 샌타모니카에 살았었다. 보슈는 침실에 발코니가 있었던 그 아파트를 기억했다. 발코니로 나가면 바다 냄새가 났고 난간 위로 몸을 내밀면 오션파크 대로가 보였다. 지금은 그런 곳을 얻을 여유가 없을 것이다. 아마도 링컨 대로 동쪽에 있는 동네를 찾아보고 있을 것 같았다.

"서두를 필요 없어. 여기 좀 더 머물러도 돼. 경치 좋지, 한적하지…. 그냥… 그러니까, 천천히 고르라고."

보슈가 말했다.

엘리노어는 보슈를 올려다보면서 무슨 말을 하려다가 멈췄다. 잠시 침묵이 흐른 후 그녀가 말했다.

"맥주 마실래? 몇 병 사왔어. 냉장고에 있어."

보슈는 무슨 말을 하려던 거였냐고 캐묻지 않고 고개를 끄덕인 후 부엌으로 들어갔다. 조리대 위에 크락팟(저온, 장시간 요리용 도기 냄비의 상표명－옮긴이)이 있는 것을 보자 엘리노어가 산 것인지 라스베이거스에서 쓰던 것을 가져온 것인지 궁금해졌다. 그는 냉장실 문을 열어보고 미소를 지었다. 그녀는 그의 취향을 기억하고 있었다. 냉장실 안에는 헨리 웨인하드 병맥주가 줄지어 놓여 있었다. 그는 두 병을 꺼내 식당으로 가져왔다. 한 병을 따서 그녀에게 준 후, 자기 것도 땄다. 둘은 동시에 말문을 열었다.

"미안. 먼저 말해."

엘리노어가 말했다.

"아냐, 당신이 먼저 해."

"정말?"

"그럼. 뭔데?"

"오늘 일이 어떻게 됐는지 물어보려던 거였어."

"아. 잘 풀린 일도 있고 잘 안 풀린 일도 있어. 피의자의 자백을 받아냈어. 그 부인을 포기하고 다 불었어."

"토니 앨리소의 부인?"

"응. 전부 그 여자가 계획한 거였어. 그 친구 말에 따르면. 라스베이거스 건은 연막 작전이었어."

"잘됐네. 그런데 잘 안 풀린 일은 뭐야?"

"우선 우리가 검거한 피의자가 경찰이고, 그리고…."

"저런!"

"놀랍지? 그런데 더 놀라운 건, 놈이 도망을 갔다는 거야."

"도망을 갔다고? 도망을 갔다니, 그게 무슨 소리야?"

"탈주를 했다고. 경찰서에서 도망쳤어. 부츠 속에 레이븐 권총을 숨겨 놓고 있었어. 몸수색을 철저히 하지 않았던 거야. 놈이 소변이 급하다고 해서 에드거와 내가 화장실로 데려갔는데, 우리가 딴 데를 보는 사이에 놈이 자기 신발 끈을 밟았나 봐. 일부러 말이야. 에드거는 신발 끈이 풀어진 걸 보고 다시 매라고 했는데, 놈이 레이븐을 꺼냈어. 우릴 잡아두고 화장실을 나가더니 뒤쪽 주차장으로 가서 순찰차를 집어타고 튀었어. 경찰복을 입은 채로 말이야."

"세상에, 그런데 아직도 발견이 안 됐어?"

"그게 여덟 시간 전의 일이야. 행방이 묘연해."

"하지만 경찰복을 입고 순찰차를 타고 어딜 갈 수 있겠어?"

"아, 차는 버리고 달아났어. 이미 발견됐지. 그리고 어디에 있든, 경찰복은 이미 벗어던졌을걸. 놈은 극우 백인 우월주의에 빠져 있었던 것 같아. 어딜 가든 묻지도 따지지도 않고 옷을 구해다줄 친구들이 있을 게 분명해."

"듣고 보니 아주 못된 경찰 같네."

"맞아. 웃기는 게 뭔 줄 알아? 지난주에 피해자의 시체를 발견한 사람이 바로 그놈이었어. 자기 순찰 구역 안에서. 그런데 놈이 경찰이었기 때문에 난 놈을 전혀 의심하지 않았어. 그날 놈을 처음 본 순간부터 개자식이라는 건 알았지만, 시체를 발견한 순경으로만 봤지 다른 의심은 전혀 안 들었어. 놈은 그럴 걸 미리 알았던 거야. 그리고 우리가 서둘러 현장을 정리하게 하려고 할리우드 볼에서 콘서트가 열리는 시각에 맞춰 발견한 척 일을 꾸몄던 거지. 상당히 똑똑했어."

"아니면 그 여자가 상당히 똑똑했거나."

"맞아. 아마도 그 여자 생각이었을 거야. 어쨌든 그 첫날 일이, 놈을 의심해보지 않았다는 사실이 오늘 놈을 놓친 것보다 더 화가 나. 놈을 살펴봐야 했었어. 시체를 발견한 사람이 범인일 경우가 자주 있거든. 그런데 놈의 경찰복이 내 눈을 멀게 했던 거야."

엘리노어가 의자에서 일어서서 보슈에게 다가왔다. 그러고는 그의 목을 끌어안고 얼굴을 바라보며 부드럽게 미소를 지었다.

"잡을 거야. 걱정하지 마."

보수는 고개를 끄덕였다. 그들은 키스를 했다.

"아까 말하려던 게 뭐였어? 둘이 동시에 말하려고 했잖아."

엘리노어가 말했다.

"아…. 생각이 안 나는데."

"그럼 중요한 게 아니었나보다."

"여기서 나와 같이 살자고 말하고 싶었어."

엘리노어는 보슈가 자기 눈을 볼 수 없게 고개를 숙이고 그의 가슴에 머리를 기댔다.

"해리…."

"그냥 한번 살아보자. 난… 이렇게 오랜 세월이 흘렀다는 게 실감이 안 나. 난 그냥… 난 그냥 당신과 함께 있고 싶어. 당신을 돌봐줄 수 있어. 당신은 안전하다고 느낄 거고, 여기서 새로운 삶을 준비할 수 있어. 뭐든 원하는 일자리를 찾을 수 있고."

엘리노어는 보슈에게서 떨어져서 그의 눈을 들여다보았다. 이 순간 그는 어빙의 경고 따위는 안중에도 없었다. 오직 그녀를 놓치지 않기 위해 무슨 일이든 해야겠다는 생각밖에 없었다.

"하지만 오랜 세월이 흘렀어, 해리. 이런 식으로 다시 시작할 수는 없어."

보슈는 고개를 끄덕이고는 눈을 내리깔았다. 그녀의 말이 맞다는 건 알았지만, 아무래도 상관없었다.

"난 당신을 원해, 해리. 다른 누구도 아닌 당신. 하지만 천천히 신중하게 생각하고 싶어. 우리 둘 다 확신이 들 때까지 천천히."

"난 벌써 확신이 드는데."

"그렇게 믿고 싶을 뿐이겠지."

"샌타모니카는 여기서 너무 멀어."

엘리노어는 미소를 짓다가 소리를 내어 웃으면서 고개를 절레절레 저었다.

"그럼 놀러 올 때마다 자고 가면 되겠네."

보슈는 다시 고개를 끄덕였고 둘은 오랫동안 포옹을 했다.

"그거 알아? 당신과 있으면 많은 것을 잊게 돼."

보슈가 엘리노어의 귀에 대고 속삭였다.

"나도 그래."

그녀가 대답했다.

둘이 사랑을 나누는 동안 전화벨이 울렸지만, 전화 건 사람은 자동 응답기로 넘어가자 메시지를 남기지 않고 끊었다. 나중에 보슈가 샤워를 하고 나오자 엘리노어는 또 전화가 왔었는데 이번에도 메시지를 남기지 않고 끊더라고 전했다.

엘리노어가 파스타를 만들려고 물을 끓이고 있는 동안 세 번째로 전화벨이 울렸고, 이번에는 자동 응답기로 넘어가기 전에 보슈가 전화를 받았다.

"여보세요? 보슈?"

"그런데요, 누구십니까?"

"로이 린델. 루크 고션이라고 하면 더 쉬울까?"

"알아. 조금 전에 두 번 전화 건 사람도 당신이었어?"

"그래. 왜 전화 안 받았어?"

"바빴어. 웬일이야?"

"그 여자였다며?"

"뭐?"

"토니 마누라."

"그래."

"그 파워스라는 친구는 아는 사람이었어?"

"아니. 한두 번 본적은 있지만."

보슈는 린델에게 뭐든 새로운 정보를 주고 싶지는 않았다.

린델은 지루한 듯 수화기에 대고 크게 한숨을 쉬었다.

"결국 그렇게 됐군. 언젠가 자기는 조이 마크스보다 마누라가 더 무섭다고 하더니."

"그래? 그런 말을 했어? 언제?"

보슈는 갑자기 흥미가 생겨서 물었다.

"정확하게 기억은 안나. 어느 날 새벽에 클럽에서 이야기를 나누는데 그러더라고. 영업이 끝난 시각이었어. 토니는 나랑 잡담을 하면서 레일라를 기다리고 있었지."

"린델, 이 얘기 해줘서 정말 고마워. 또 뭐라고 했어?"

"이봐, 이젠 뭐든 말해줄 수 있어. 전에는 말해주고 싶어도 할 수가 없었지. 난 연극배우처럼 다른 사람 역할을 하고 있었잖아. 경찰하고는 상종도 안 하는 조직원 역할. 그리고 나서는… 난 당신이 날 감옥에 처넣으려고 눈에 불을 켜고 달려드는 줄 알았어. 그래서 어떤 것도 말해주고 싶지 않았다고."

"그런데 지금은 아니군."

"그래, 맞아. 이봐, 보슈, 다른 친구들한테서는 전화 못 받았지? 하지만 난 이렇게 전화해주잖아. FBI 요원들 중에서 당신한테 우리가 실수했다 미안하다고 말해줄 사람이 나 말고 또 있을 것 같아? 어림도 없지. 하지만 난 당신 스타일이 마음에 들어. 사건에서 손을 뗀 척해놓고 슬며시 뒤에 가서 수사를 벌였잖아. 그래서 이 망할 놈의 사건을 해결하고. 그러려면 용기와 뚝심이 필요하지. 아주 마음에 들어."

"마음에 든다고? 고마워, 로이. 토니 앨리소가 자기 마누라에 대해서 또 뭐라고 했냐니까?"

"별말 없었어. 그냥, 마누라가 차갑다고 했어. 자기가 꽉 잡혀 산다더군. 마누라한테 멸시와 조롱을 받으면서 산다고 했어. 그래도 이혼은 못한다고 했어. 이혼하면 재산의 절반을 줘야 하고, 마누라가 자기의 사업과 사업 동료들에 관해 다 알고 있어서 못한다고 그러더라고. 무슨 말인지 알거야."

"그럼 왜 조이 마크스한테 가서 마누라를 죽여 달라고 부탁하지 않았을까?"

"그 여자가 오래전부터 조이와 아는 사이였고 조이가 그녀를 좋아했기 때문이겠지. 예전에 그녀를 토니한테 소개시켜준 사람도 바로 조이였어. 토니는 조이를 찾아가서 그녀를 죽여 달라고 부탁하면 일언지하에 거절을 당할 뿐만 아니라 그 얘기가 그녀의 귀에까지 들어갈 거라는 걸 알았을 거야. 그렇다고 다른 사람을 찾아가 부탁한다고 해도, 결국에는 조이에게 보고가 됐을 거고. 조이가 그런 일에 있어서 최종 결정권자고, 토니가 독자적으로 그런 일을 꾸미고 다니면서 돈세탁 일을 위험에 빠뜨리는 것을 원하지 않았을 테니까."

"그 여자가 조이 마크스와 아는 사이였다는 건 어떻게 그렇게 잘 알아? 지금 조이에게 돌아가 있는 걸까?"

"말도 안 돼. 토니는 조이에게 합법적인 돈을 낳아주는 황금 거위였어. 그런데 그녀가 그 황금 거위를 죽인 거야. 그런데 받아줄까? 조이가 세상에서 제일 소중하게 생각하는 게 돈인데."

보슈와 린델은 한동안 말이 없었다. 마침내 보슈가 말했다.

"그건 그렇고 당신은 이제 어떻게 되는 거야?"

"조이 마크스 조직 사건? 오늘 밤에 라스베이거스로 돌아가. 내일 아침에 대배심 앞에 앉을 거고. 앞으로 적어도 2주 정도는 증인석에 앉아야 할 것 같아. 배심원들한테 해줄 재미있는 얘기가 많지. 그리고 크리스마스 때까지는 조이 일당을 일망타진할 수 있을 거야."

"경호원을 대동하고 다녀."

"아, 그럼, 혼자는 못 다니지."

"행운을 빌어, 린델. 솔직히 말해서, 나도 당신 스타일이 마음에 들어. 물어보고 싶은 게 있어. 그 안가와 사모아인 형제에 대해서는 왜 얘기를 해줬어? 당신 배역과는 어울리지 않는 것 같은데."

"얘기를 해줄 수밖에 없었어, 보슈. 당신이 겁을 잔뜩 줬잖아."

"내가 진짜로 당신을 그들에게 넘겨 죽게 할 거라고 생각했어?"

"확실히는 몰랐고, 그리고 그게 걱정거리는 아니었어. 당신은 전혀 눈치채지 못했지만 항상 나를 지켜주는 친구들이 있었어. 하지만 조이네 일당은 그 여자를 죽일 거라는 생각이 들었어. 그리고 난 연방 요원이야. 그런 일을 막는 게 내 임무지. 그래서 말해준 거야. 그런데도 내가 비밀 정보원이라는 걸 알아차리지 못하는 게 놀라웠어."

"꿈에도 생각 못했어. 당신 실력이 대단했던 거야."

"하긴, 난 속여야 할 사람은 반드시 속였지. 이만 끊을게. 나중에 보자고, 보슈."

"그래. 아, 린델?"

"왜?"

"조이 마크스는 토니 앨리소가 자기 돈을 빼돌리고 있다는 생각을 해봤을까?"

린델이 웃음을 터뜨렸다.

"포기라는 걸 모르는 사람이군, 안 그래, 보슈?"

"그럴지도."

"그 정보는 수사의 일부라서 말해줄 수 없어. 공식적으로는."

"비공식적으로는 어때?"

"비공식적으로 당신은 나한테서 이런 이야기를 듣지 않았고, 난 당신과 이야기를 나눈 적이 없는 거야. 어쨌든 당신 질문에 대답을 하자면, 조이 마크스는 모두가 자기 돈을 빼돌리고 있다고 생각했어. 아무도 믿지 않았지. 내가 몸에 도청 장치를 붙이고 조이를 만날 때마다, 얼마나 조마조마했는지 모를 거야. 조이가 언제 가슴을 더듬을지 몰랐거든. 조이 밑에서 일한 지 1년이 지나고 나서도 조이는 가끔씩 내 가슴을 더듬었어. 그래서 도청 장치를 겨드랑이에 붙이고 있어야 했어. 언제 한번 심심하면 겨드랑이에 테이프를 붙였다가 떼어 봐. 얼마나 아픈데."

"조이가 토니도 의심했어?"

"그 얘기를 하려던 참이야. 그럼, 조이는 토니도 돈을 빼돌리고 있다고 생각했지. 나도 빼돌린다고 생각했을 텐데, 뭐. 그리고 어느 정도까지는 허용해줬어. 조이는 누구나 생기는 게 있어야 행복을 느낀다고 생각했거든. 하지만 토니는 허용된 수준을 넘어서고 있다고 생각한 것 같아. 직접적으로 그런 말을 한 적은 한 번도 없었지만, 여기 LA로 사람을 보내 토니를 미행한 적이 두세 번 있었거든. 그리고 비벌리힐스에 있는 토니의 주거래 은행 직원을 구워삶아서, 매달 토니의 거래 내역서 사본을 받아보고 있었어."

"그래?"

"그래. 그래서 이상한 돈이 입금되어 있으면 알고 있었을 거야."

보슈는 잠깐 머리를 굴려보았지만, 더 물어볼 게 떠오르지 않았다.

"그런데 그건 왜 물어, 보슈?"

"아, 그냥, 갑자기 파워스가 했던 말이 생각나서. 토니의 아내가 남편이 몰래 빼돌린 돈이 2백만 달러나 된다고 말했대. 어딘가에 숨겨놨겠지."

수화기 너머에서 린델이 휘파람을 불었다.

"엄청난 금액이군. 조이가 그 사실을 알았다면 당장 쳐 죽였을 것 같은데. 그걸 허용된 수준이라고 부르진 않지."

"몇 년에 걸쳐 누적이 되니까 그만큼 됐겠지. 조금씩 갖다가 모아뒀을 거야. 그리고 토니는 시카고와 애리조나에 있는 조이 친구 몇 명을 위해서도 돈세탁을 해주고 있었어. 기억나지? 그 친구들한테서도 돈을 빼돌렸을 거고."

"그럴 수 있지. 이봐, 보슈, 일이 어떻게 됐는지 나중에 알려줘. 난 비행기 타러 가야겠어."

"한 가지만 더."

"보슈, 빨리 버뱅크 공항에 가야 한다니까."

"라스베이거스에 사는 존 갤빈이라는 남자에 대해 들어본 적 있어?"

갤빈은 베로니카 앨리소가 사라진 날 밤 마지막으로 그녀를 방문한 남자의 이름이었다. 잠깐 침묵이 흐른 후 린델은 들어보지 못한 이름이라고 대답했다. 그러나 침묵이 보슈가 들은 진짜 대답이었다.

"확실해?"

"한 번도 못 들어봤다니까, 그러네. 그만 끊을게."

보슈는 수화기를 내려놓고 나서 식당 식탁 위에 놓여 있던 서류 가방을 열고 방금 린델한테서 들은 내용을 적어놓으려고 수첩을 꺼냈다. 엘리노어가 한 손에는 은 식기를 다른 손에는 냅킨을 들고 부엌에서 나왔다.

"누구야?"

"린델."

"누구?"

"루크 고션이라는 이름으로 활동했던 FBI 요원."

"왜 전화했대?"

"사과하려고 한 것 같아."

"이상한데. 거기 사람들은 어떤 일에 대해서도 사과하지 않는 게 보통인데."

"공식적인 전화가 아니었어."

"아, 그럼 남자 대 남자로 마음을 터놓는 전화?"

그녀의 말이 정확하게 맞아서 보슈는 미소를 지었다.

"이건 뭐야?"

엘리노어가 은 식기를 내려놓고 서류 가방에서 〈위험한 욕망〉 비디오테이프를 꺼내면서 물었다.

"아, 이거 토니 앨리소가 제작한 영화야?"

"응. 토니가 할리우드에 남긴 유산의 일부지. 베로니카가 출연한 영화야. 키즈한테 주기로 해놓고 깜빡했네."

"당신은 벌써 봤어?"

보슈가 고개를 끄덕였다.

"나도 보고 싶은데. 재미있어?"

"형편없어. 하지만 보고 싶다면 또 보지, 뭐."

"그래도 괜찮아?"

"그럼."

저녁을 먹으면서 보슈는 엘리노어에게 사건에 대해 상세하게 설명해 주었다. 엘리노어는 질문을 거의 하지 않았고, 그들은 천천히 편안한 침묵 속으로 빠져 들어갔다. 그녀가 만든 볼로네즈 파스타가 환상적인 맛이어서 보슈는 침묵을 깨고 칭찬을 했다. 그녀가 적포도주도 한 병 땄는데, 그것도 맛이 좋았다. 보슈는 포도주 칭찬도 했다.

식사가 끝난 후 그들은 접시들을 싱크대에 넣어두고 거실로 나가서 영화를 보았다. 보슈는 소파 등걸이에 한 팔을 올려놓고 앉아서 엘리노어의 목을 가볍게 어루만졌다. 그 영화를 또 보니 지루해서 금방 딴 생각에 빠지게 되었다. 보슈는 이날 하루 동안 일어난 일들을 떠올려보았다. 가장 오래 생각한 것은 토니가 빼돌렸다는 돈이었다. 보슈는 베로니카가 벌써 그 돈을 수중에 넣었는지, 아니면 어떤 곳에 숨겨놓아 그녀가 찾으러 가야 했던 것인지 궁금했다. 적어도 LA 안에 있는 은행은 아니었다. 이 도시에 있는 은행 계좌는 전부 다 확인을 해보았다.

그렇다면 남은 건 라스베이거스였다. 토니 앨리소의 여행 기록을 보면 지난 10개월간 그는 로스앤젤레스와 라스베이거스를 벗어난 적이 없었다. 빼돌린 돈을 은행에 넣어뒀다면, 그 돈에 쉽게 접근할 수 있는 곳을 골랐을 것이다. 그 돈이 여기 없다면, 거기에 있을 것이다. 그리고 베로니카는 어제까지는 집을 나선 적이 없었기 때문에, 그녀가 아직은 그 돈을 가지고 있지 않다는 추론이 가능했다.

전화벨이 울려서 보슈의 추리를 방해했다. 보슈는 조심스럽게 소파에서 일어서서 엘리노어의 영화 감상을 방해하지 않으려고 부엌으로 가서 전화를 받았다. 미라지 호텔의 행크 메이어 주간 보안실장이었는데 목소리가 전혀 그 친구 같지 않았다. 두려움에 떨고 있는 소년의 목소리였다.

"보슈 형사님, 형사님을 믿어도 되죠?"

"그럼, 믿어도 되고 말고, 행크. 무슨 일이야?"

"일이 생겼습니다. 무슨 일이 일어났다고요. 어, 형사님 때문에 제가 알아서는 안 될 어떤 일을 알게 된 것 같습니다. 저는 이 모든 일이… 어떻게 해야 할지 도무지…."

"잠깐만, 잠깐만, 행크. 진정하고 무슨 일인지 말해 봐. 침착하라고. 무슨 일인지 말해주면 해결할 수 있을 거야. 무슨 일이든 해결할 수 있어."

"저는 지금 사무실에 있습니다. 컴퓨터에 입력된 앨리소 씨의 베팅 영수증에 주의 깃발을 달아놨더니 집으로 연락이 왔더군요."

"그래서?"

"오늘 밤에 누군가가 상금을 찾아갔답니다."

"그래, 찾아갔군. 누가?"

"제가 컴퓨터에 국세청 주의 깃발을 달아놨었습니다. 그건 출납원이 수령자에게 운전면허증 제시를 요구하고 사회보장번호를 받아놔야 한다는 뜻이죠. 세금 신고를 위해서 말입니다. 이 영수증은 겨우 4천 달러 짜리긴 했지만, 그래도 깃발을 달아놨었습니다."

"그래, 그런데 누가 영수증을 들고 와서 돈을 받아갔단 말이야?"

"존 갤빈이라는 남자가요. 주소지가 라스베이거스였고요."

보슈는 조리대 위로 윗몸을 숙이고 전화기를 귀에 바싹 갖다 댔다.

"언제 찾아갔어?"

보슈가 물었다.

"오늘 밤 8시 30분에요. 아직 두 시간도 안 지났네요."

"이해가 안 가는군, 행크. 그런데 왜 그렇게 겁을 집어먹은 거야?"

"누가 영수증을 들고 와서 현금으로 바꿔가는 즉시 집으로 연락해달라고 컴퓨터에 지시 사항을 입력해놨었습니다. 연락이 왔더군요. 호텔로 가서 수령자에 대한 보고를 들었죠. 가능한 한 빨리 형사님께 연락을 드리려고요. 그러고 나서 곧장 비디오실로 갔습니다. 존 갤빈이라는 남자 얼굴 좀 보고 싶어서요."

그는 거기서 말을 멈췄다. 그의 입에서 이야기를 끌어내는 게 이를 빼는 것 같이 힘이 들었다.

"그래서? 누구였어, 행크?"

보슈가 물었다.

"선명하게 찍힌 장면이 있더군요. 알고 보니 제가 아는 사람이었는데, 존 갤빈이 아닌 다른 이름으로 알고 있는 사람이었습니다. 어, 아시다시피, 문제가 생길 때마다 법 집행 기관과 접촉하고 협조하는 것이 제 임무기 때문에…."

"그래, 알아, 행크. 누구였냐니까?"

"비디오를 봤습니다. 아주 선명하더군요. 존 갤빈은 제가 아는 사람입니다. 메트로 경찰국의 경감이죠. 이름은…."

"존 펠튼."

"어떻게…."

"나도 아는 사람이니까. 내 말 잘 들어, 행크. 자넨 나한테 이 이야기를 하지 않은 거야, 알았어? 우린 이야기를 한 적이 없어. 그렇게 하는 게 최선이야. 자네한테 가장 안전할 거야. 알았어?"

"네, 그런데… 그런데 일이 어떻게 될까요?"

"자넨 걱정할 필요 없어. 내가 알아서 처리할 거고 메트로에서는 아무도 모를 거야. 알았지?"

"네. 그런데 저는…."

"행크, 그만 끊어야겠어. 고마워, 자네한테 신세를 졌군."

보슈는 전화를 끊고 나서 전화번호 안내로 전화를 걸어 버뱅크 공항 사우스웨스트 항공 사무소 전화번호를 물었다. 그는 라스베이거스로 가는 항공편의 대부분이 사우스웨스트와 아메리카 웨스트 항공편이라는 것과 두 항공사 모두 같은 터미널을 사용한다는 것을 알고 있었다. 그는 사우스웨스트 사무소로 전화를 걸어 로이 린델을 호출해달라고 부탁했다. 기다리는 동안 그는 손목시계를 보았다. 린델과 통화한 지 한 시간 이상 지났지만, 린델이 통화할 때 내비쳤던 것처럼 그렇게 바쁘지는 않았을 거라고 생각했다. 전화를 끊으려고 바쁜 척했을 거라고 추측했다.

수화기 저편에서 누군가가 보슈에게 누구를 기다리고 있느냐고 물었다. 보슈가 린델의 이름을 반복하자, 그는 잠시 기다리라고 했고, 딸깍 소리가 두 번 들리고 나서 린델의 목소리가 들렸다.

"네, 로이 린델입니다. 누구시죠?"

"린델, 이 개자식."

"누구야?"

"존 갤빈은 존 펠튼이었어. 당신은 예전부터 그걸 알고 있었고."

"보슈? 보슈, 무슨 일이야?"

"조이가 메트로에 심어놓은 사람이 펠튼이었어. 당신은 당연히 그 사실을 알고 있었고. 그리고 펠튼이 마크스를 위해 일을 할 때는 존 갤빈이라는 이름을 사용했어. 이것도 당신이 알고 있었던 사실이고."

"보슈, 그런 건 말할 수 없어. 우리 수사와 관…."

"당신들 수사가 어떻게 되든 신경 안 써. 당신은 아직도 자신이 어느 편인지 헷갈리나 본데 정신 좀 차려, 린델. 펠튼이 베로니카 앨리소를 잡아갔어. 그 말은 조이 마크스가 그 여자를 잡아갔다는 뜻이겠지."

"지금 무슨 소리 하는 거야? 말도 안 되는 소리를 하고 있어."

“모르겠어? 그들은 토니가 빼돌린 돈에 대해 알고 있는 거야. 조이는 자기 돈을 다시 찾고 싶어 하고, 그래서 그녀가 그 돈을 토해내도록 압박하고 있는 거지.”

“그런 건 어떻게 알았어?”

“그냥 알았다.”

보슈는 갑자기 엘리노어가 예전에 했던 말이 떠올라 부엌 문을 통해 거실을 내다보았다. 엘리노어가 영화를 보다 말고 그를 쳐다보며 무슨 전화냐는 듯이 눈썹을 치켜떴다. 보슈는 상대편이 마음에 안 든다는 뜻으로 고개를 저었다.

“나도 라스베이거스로 갈 거야, 린델. 그리고 그들이 어디 있을지 알 것 같아. 당신들도 참여하고 싶어? 이젠 메트로에는 전화하면 안 되겠고.”

“어떻게 그 여자가 거기 있다고 확신해?”

“조난 신호를 보냈으니까. 낄 거야, 빠질 거야?”

“낄 거야. 전화번호를 알려줄게. 거기 도착하면 그 번호로 전화해줘.”

보슈는 전화를 끊고 나서 거실로 들어갔다. 엘리노어는 비디오를 끄고 앉아 있었다.

“더는 못 보겠어. 역겨워. 무슨 일이야?”

“라스베이거스에서 토니 앨리소를 미행할 때 앨리소가 여자 친구와 함께 은행으로 들어갔다고 했었지?”

“응.”

“어느 은행이야? 어디에 있는?”

“어… 플라밍고에 있었어. 더 스트립 동쪽, 파라다이스 대로 동쪽편. 은행 이름은 글쎄… 실버 스테이트 내셔널이었던 것 같아. 그래, 맞아. 실버 스테이트.”

“플라밍고에 있는 실버 스테이트 , 확실해?”

"응, 확실해."

"그리고 그 아가씨가 계좌를 개설하는 것 같았고?"

"응, 하지만 백 퍼센트 확실한 건 아냐. 혼자 미행하면 그게 문제야. 거긴 지점이 작아서 안에서 오래 머물 수가 없었어. 그 아가씨가 계좌 서류에 서명을 하고 토니는 그냥 보고 있는 것 같았어. 하지만 난 금방 밖으로 나가서 밖에서 기다려야 했어. 토니가 나를 알고 있었거든. 내 얼굴을 보면 미행이 들통 날 테니까."

"알았어. 거기 가봐야겠어."

"오늘 밤에?"

"오늘 밤에. 전화부터 몇 통 걸고."

보슈는 부엌으로 돌아가서 그레이스 빌리츠 과장에게 전화를 걸었다. 그녀에게 방금 알게 된 사실과 자신의 예감을 설명하면서 커피를 한 주전자 끓였다. 그녀에게서 출장 허가를 받아낸 후, 에드거와 라이더에게 차례로 전화를 걸어 한 시간 후에 할리우드 경찰서에서 그들을 태워가기로 약속했다.

보슈는 커피를 한 잔 따라 들고 조리대에 기대서서 깊은 생각에 잠겼다. 펠튼. 앞뒤가 맞지 않는 것 같았다. 메트로 경찰국 경감이 조이 마크스 조직의 스파이라면, 보슈가 가져온 지문이 고션의 것과 일치한다는 사실을 알았을 때 왜 그렇게 신속하게 고션을 잡으려고 뛰어들었을까? 한동안 이 문제에 대해 골똘히 생각한 보슈는 펠튼이 고션을 몰아낼 기회라고 생각하고 달려들었던 게 틀림없다고 결론을 내렸다. 고션이 사라지면 라스베이거스 지하 세계에서 자신의 위상이 커질 거라고 생각했을 것이다. 어쩌면 조이 마크스가 자기에게 빚진 기분이 들게 만들려고 고션을 암살할 계획까지 짜놓았을 수도 있다. 조이 마크스의 조직이 경찰국에 심어놓은 스파이가 펠튼이라는 사실을 고션이 알고 있다는 걸 펠튼이 몰랐거나, 고션이 그 사실을 다른 사람한테 알리기 전에 고션을 제거할 계획이었던 거라는 생각이 들었다.

보슈는 입을 델 것처럼 뜨거운 커피를 한 모금 마신 후 이런 생각들을 잠시 제쳐두기로 했다. 거실로 돌아가 보니 엘리노어는 여전히 소파에 앉아 있었다.

"가는 거야?"

"응. 제리와 키즈를 태워서 가야돼."

"왜 오늘 밤에?"

"내일 아침 은행이 문을 열기 전에 가 있어야 하니까."

"베로니카가 거기 나타날 거라고 생각해?"

"그런 예감이 들어. 우리가 그랬던 것처럼 조이 마크스도 자기가 토니를 죽이지 않았다면 다른 사람이 그랬을 것이고, 그 사람은 자기와 가까운 사람일 거라는 생각을 하게 된 것 같아. 그리고 그 사람이 지금 자기 돈을 갖고 있을 거라고 생각한 거고. 조이 마크스는 오래전부터 베로니카를 알고 있었고 그녀가 이런 일을 저질렀을 거라고 생각했겠지. 그래서 펠튼을 그녀에게 보내 살펴보고 정말로 그녀가 저지른 거라면 그녀를 처치하고 돈을 가져오게 했지. 그런데 어떻게 했는지는 몰라도 베로니카가 펠튼을 설득해서 위기를 모면했어. 아마 라스베이거스에 있는 안전 금고에 조이한테서 빼돌린 돈 2백만 달러가 들어 있다고 말해줬겠지. 그래서 펠튼은 그녀를 죽이지 않고 데리고 간 걸 거야. 베로니카는 그들이 안전 금고에 접근할 때까지만 살아 있을 거야. 그녀는 펠튼에게 남편의 마지막 베팅 영수증을 줬을 거야. 그가 그걸 현금으로 찾아갈 것이고 우리가 그걸 지켜보고 있을 거라고 생각해서 말이지."

"그런데 왜 내가 본 그 은행에 있을 거라고 생각해?"

"토니가 여기 LA 은행들과 거래한 기록은 우리가 다 갖고 있으니까.

그 돈은 여기 은행에는 없어. 그리고 파워스 말로는 토니는 자기가 죽기 전에는 베로니카가 접근할 수 없는 안전 금고에 빼돌린 돈을 넣어뒀다는 거야. 베로니카한테서 그렇게 들었대. 그 말은 그녀가 그 금고의 서명인이 아니었다는 얘기지. 그래서 그 돈이 라스베이거스에 있을 거라고 추측하는 거야. 지난 한 해 동안 토니가 LA를 떠나서 갔던 데가 라스베이거스밖에 없거든. 그리고 어느 날 여자 친구를 데리고 가서 계좌를 개설하려고 한다면, 기존 거래 은행으로 데려가지 생판 모르는 은행으로 데려가겠어?"

엘리노어가 고개를 끄덕였다.

"재미있군."

보슈가 말했다.

"뭐가?"

"결국 이 모든 일이 은행 범죄가 되어 버렸잖아. 토니 앨리소 살인사건이 주인공이 아니라 그가 빼돌려서 은닉한 돈이 주인공이었어. 살인사건이라는 부작용을 낸 은행 범죄. 우리가 처음 만난 것도 그런 사건 때문이었잖아. 은행 범죄."

엘리노어는 고개를 끄덕이고는 먼 곳을 응시하며 그때를 생각했다. 보슈는 괜히 그런 기억을 끄집어냈다고 후회했다.

"미안해. 다시 생각해보니 그렇게 재미있는 일은 아니군."

보슈가 말했다.

소파에 앉아 있는 엘리노어가 고개를 들고 그를 바라보았다.

"해리, 나도 같이 가."

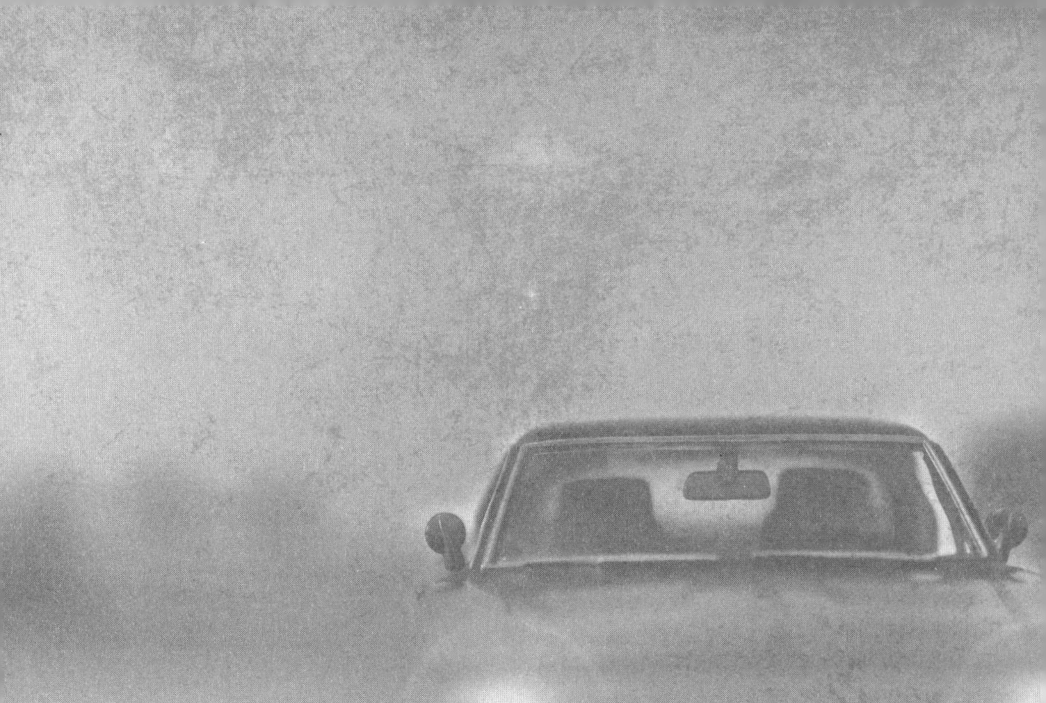

08 비밀의 끝

엘리노어 위시가 미행하며 지켜보는 동안 토니 앨리소가 여자 친구를 데려갔던 실버 스테이트 내셔널 은행 지점은 작은 상가의 한 모퉁이, 라디오색(미국의 전자 제품 유통회사 – 옮긴이) 대리점과 라 푸엔테스라는 멕시코 식당 사이에 위치해 있었다. 월요일 새벽 FBI 요원들과 LA 경찰국 형사들이 수사 진지를 마련하기 위해 주차장으로 들어섰을 때 주차장 안은 대체로 비어 있었다. 은행은 9시에 문을 열었고 다른 상점들도 10시는 되어야 하나둘씩 문을 열기 시작할 것이다.

상점들이 닫혀 있어서 요원들이 감시 초소를 정하기가 쉽지 않았다. 주차장에 정부 차 네 대가 모여 서 있는 건 대놓고 광고를 하는 짓이나 마찬가지였다. 한 블록 전체 길이의 주차장 안에 서 있는 다른 차는 다섯 대밖에 없어서 너무 눈에 띄었다. 주차장 바깥쪽 가장자리 줄에 네 대가 서 있었고, 은행에서 가장 가까운 첫 번째 줄에 오래된 캐딜락 한 대가 주차되어 있었다. 캐딜락에는 번호판이 달려 있지 않았고, 앞 유리에는 거미줄이 쳐져 있었으며, 창문은 전부 열려 있고, 열려 있는 트렁크를 사슬과 맹꽁이자물쇠로 억지로 잡아매놓고 있는 상태였다. 버려진 지 꽤 오래된 것 같은 슬픈 외관을 하고 있었다. 어쩌면 그 주인도 피살됐는지 몰랐다. 사막에서 길을 잃고 헤매다가 오아시스를 몇 미터 앞에 두고 갈증으로 죽어가고 있는 사람처럼, 캐딜락은 돈이 가득 들어 있는 은행 바로 옆에서 완전히 멈춰 서고 말았던 것이다.

현장 주변 상황을 파악하기 위해 차를 타고 주변을 두세 번 돌아본 요원들은 캐딜락을 가림막으로 사용하기로 결정하고, 기름투성이의 티셔츠를 입은 요원이 캐딜락의 엔진 뚜껑을 열고 그 밑에 서서 고장 난 엔진을 고치는 척하기로 했다. 그리고 캐딜락 바로 옆에는 지원 병력 요원 네 명이 탄 소형 밴을 주차시켜 놓았다. 그날 아침 7시에 그들은 그 밴을 타고 연방 정비소로 가서 양 옆면에 붉은색 페인트로 '라 푸엔테스 멕시코 식당-since 1983'이라고 광고 문구를 그려 넣었다. 그들이 8시에 밴을 타고 주차장으로 돌아왔을 때는 페인트가 아직도 마르는 중이었다.

9시가 되자, 주차장 안으로 차들이 들어오기 시작했다. 주로 상점 직원들이었고, 은행이 문을 열자마자 업무를 보기 위해 나온 실버 스테이트 고객도 몇 명 있었다. 보슈는 연방 수사국 차 뒷좌석에 앉아서 주차장을 지켜보았다. 린델과 베이커라는 요원이 앞좌석에 앉아 있었다. 그들이 탄 차는 플라밍고 거리에서 은행이 위치한 상가의 맞은편에 있는 주유소의 주유기 옆에 서 있었다. 에드거와 라이더는 플라밍고 거리를 좀 더 달려가 은행에서 멀찌감치 떨어진 지점에서 FBI 차에 타고 있었다. 현장 주변에는 FBI 차가 두 대 더 있었는데, 한 대는 정차하고 있었고 한 대는 천천히 돌아다니는 중이었다. 상가 주차장에 차가 더 많이 들어차서 FBI 차가 들어가도 눈에 띄지 않으면 린델이 차를 몰고 주차장으로 들어가기로 되어 있었다. 그리고 FBI 소속 헬리콥터 한 대가 상가 위 상공을 넓게 선회할 예정이었다.

"문을 연다."

자동차에 장착된 무전기에서 누군가가 보고했다.

"알았다, 라 푸엔테스."

린델이 응답했다.

연방 수사국 차량마다 기존의 페달 옆에 무전기 페달이 장착되어 있고 햇빛 가리개 위에는 마이크가 설치되어 있어서, 운전자는 발로 페달을 밟기만 하면 무전 교신이 가능했고, 그 때문에 마이크를 입에 갖다 대고 교신을 하다가 신분이 노출되는 위험을 피할 수 있었다. 보슈는 LA 경찰국도 드디어 그런 장비를 도입한다고 들었지만, 마약전담팀과 특수감시팀에 제일 먼저 돌아갈 것이 분명했다.

"린델, 무전 교신을 하려다가 실수로 브레이크를 밟은 적은 없어?"

보슈가 물었다.

"아직은. 왜?"

"아니 그냥 이 신비의 장비가 어떻게 작동이 되는지 궁금해서."

"장비만 좋으면 뭘 해, 쓰는 사람이 잘 써야지."

보슈는 하품을 했다. 마지막으로 잠을 잔 게 언제였는지 기억도 나지 않았다. 보슈와 에드거와 라이더는 밤새도록 라스베이거스로 달려와 도착한 후에는 작전 계획을 짜느라고 밤을 꼬박 새웠다.

"당신 생각은 어때, 보슈? 금방 나타날까, 아니면 시간이 좀 걸릴까?"

린델이 물었다.

"오전 중으로 나타날 거야. 돈을 찾고 싶을 거니까. 기다리고 싶지 않을 거고."

"그럴 수도 있겠군."

"늦게 나타날 거라고 생각해?"

"나라면 그럴 것 같아. FBI든, LA 경찰국이든, 파워스든, 다른 누구든, 여기 숨어서 지켜보고 있는 사람이 있으면 햇볕에 통닭구이가 되어버리게 말이야. 무슨 뜻인지 알지?"

"그래, 알아. 여기 하루 종일 죽치고 있으면 정작 때가 되더라도 아주 민첩하게 움직이지는 못할 거란 말이군."

그 말을 마친 보슈는 한동안 잠자코 뒷좌석에 앉아서 린델을 관찰했다. 린델이 머리를 자른 게 눈에 들어왔다. 이제는 보슈가 머리 꽁지를 자른 흔적이 전혀 남아 있지 않았다.

"그리워질 것 같아?"

보슈가 물었다.

"뭐가?"

"비밀 요원 일. 조직원의 삶."

"아니, 슬슬 지겨워지고 있었어. 돌아와서 행복해."

"여자들이 그립지 않을까?"

린델이 재빨리 베이커의 눈치를 살피더니 백미러로 보슈를 바라보았다. 그 눈이 그런 소리는 집어치우라고 말하고 있었다.

"주차장 상황 지금 어떤 것 같아, 돈?"

린델이 화제를 바꾸기 위해 베이커에게 물었다.

베이커는 주차장을 살펴보았다. 서서히 차들이 들어차고 있었다. 같은 상가 건물 안에서 은행 정반대편 맨 끝에 베이글 가게가 있었는데, 현재 주차장으로 들어오고 있는 차들 대부분이 거기 가려고 오는 차들이었다.

"가서 베이글 가게 옆에 주차해도 될 것 같아. 이젠 별로 눈에 띄지 않겠는데."

베이커가 말했다.

"그렇다면 좋아."

린델이 말했다. 그는 햇빛 가리개를 향해 고개를 약간 들고 무전 교신을 했다.

"아아, 라 푸엔테스, 여기는 로이 로저스. 우린 지금 우리 자리로 들어간다. 베이글 가게에서 지켜보겠다. 위치는 당신들의 후방이다."

"로저('알았다'라는 뜻의 무선 교신 용어 – 옮긴이). 로이, 내 궁둥이가 그렇게 좋은가?"

"미친놈."

린델이 말했다.

그들이 새로운 감시 초소에서 한 시간 동안 지켜보았지만 아무 일도 일어나지 않았다. 린델은 더 가까이 다가가, 은행과는 주차장 길이의 절반 정도 떨어진 곳에 있는 카지노 학원 앞에 차를 댈 수 있었다. 수업이 있는 날이라 미래의 딜러 몇 명이 차를 대고 있어서, 눈에 띌 위험성이 적었다.

린델이 오랜 침묵을 깼다.

"난 잘 모르겠어, 보슈. 그들이 나타날 것 같아, 안 나타날 것 같아?"

"그냥 예감일 뿐이라고 했잖아. 하지만 아직도 난 여기가 맞다고 생각해. 여기 와보니까 그런 생각이 더 확고해졌어. 지난주에 앨리소가 묵었던 미라지 호텔 객실에서 종이 성냥을 한 개 발견했어. 라 푸엔테스 성냥이더라고. 그들이 나타나든 나타나지 않든, 토니는 저기 저 은행에 안전 금고를 얻은 게 틀림없어."

"여기 내 친구 돈을 안으로 들여보내 물어보는 게 어떨까? 토니의 안전 금고가 없으면 시간 낭비 그만하고 철수할 수 있잖아."

"당신 마음대로 해."

"그렇지, 그렇게 고분고분해야지."

몇 분 동안 긴장된 침묵이 흘렀다.

"파워스는 어떻게 된 거야?"

린델이 물었다.

"파워스가 뭐?"

"여기 안 보이잖아, 보슈. 오늘 아침에 여기 도착했을 땐 놈이 여기 나타나서 그 여자를 찾아내 벌집으로 만들 거라고 흥분해서 떠들어댔잖아. 그런데 어디 있는 거야?"

"나도 모르지, 린델. 하지만 우리가 여길 찾아낼 만큼 똑똑하다면, 놈도 그럴 거라고 봐야지. 어쩌면 토니를 미행하면서 금고가 어디 있는지 알아냈으면서도, 자백할 땐 빼놓았는지도 모르고."

"그럴 수도 있겠지. 어쨌든 놈이 여기 나타나는 건 어리석은 짓이야. 우리가 여길 지키고 있다는 걸 알아야 할 텐데."

"어리석은 정도가 아니지. 자살행위야. 하지만 놈은 그런 건 안중에도 없을 거야. 베로니카 앨리소를 죽여 버리겠다는 생각에만 사로잡혀 있을걸. 그러다가 자기도 총알을 맞는다고 해도 할 수 없다고 생각할 거야. 아까도 말했지만 그녀가 경찰서에 있다고 생각했을 때 놈은 가미카제 공격이라도 할 판이었어."

"놈이 열을 좀 식혔기를 기도하자고."

"저기!"

베이커가 소리를 질렀다.

보슈는 베이커의 손가락이 가리키는 주차장 모퉁이를 바라보았다. 흰색 리무진 한 대가 나타나 천천히 은행으로 다가가고 있었다.

"세상에. 이렇게 멍청한 놈을 두목으로 모셨다니."

린델이 말했다.

보슈에겐 리무진은 모두 똑같아 보였는데, 린델과 베이커는 그 차를 알아보았다.

"조이 마크스야?"

"그의 리무진이야. 저렇게 측면이 흰색인 타이어를 좋아하지. 이탈리아 새끼라 별수 없나 봐. 난… 아냐, 그가 저 안에 타고 있을 리가 없어. 이렇게 쉬운 놈이면 내가 2년 동안 공들인 게 너무 허무하잖아."

리무진이 은행 앞 주차선에 멈춰 섰다. 그러고는 아무런 움직임이 없었다.

"봤나, 라 푸엔테스?"

린델이 물었다.

"그렇다, 봤다."

밴 안에서 하는 말을 리무진 안에 있는 사람이 엿들을 수 없는데도 속삭이는 목소리였다.

린델이 말했다.

"어, 1조, 2조, 3조, 대기하라. 닭장 속에 여우가 들어온 것 같다. 에어조단, 추가 상황이 발생할 때까지 쉬기 바란다. 돌아다니면서 겁을 주면 곤란하다."

이 말에 지상에 있는 세 개 조와 헬리콥터가 '로저'를 합창했다.

"생각이 바뀌었다. 3조, 남서쪽 출입구 옆으로 올라와 대기하기 바란다."

린델이 말했다.

"로저."

마침내 리무진 문이 열렸지만 보슈한테는 잘 안 보이는 쪽이었다. 보슈는 숨을 죽인 채 기다렸고, 잠시 후 존 펠튼 경감이 리무진에서 내렸다.

"야호."

무전기에서 환희에 찬 속삭임이 들렸다.

펠튼은 상체를 굽히고 열린 문 안으로 손을 들이밀었다. 베로니카 앨리소가 나타났다. 펠튼이 그녀의 팔을 꽉 잡고 있었다. 그리고 트렁크 뚜껑이 자동으로 열리는 것과 동시에 다른 남자 한 명이 리무진에서 내렸다. 가슴 주머니 위에 타원형의 이름표가 실로 꿰매져 있는 셔츠에 회색 바지를 입은 그 남자가 트렁크로 걸어가는 동안, 펠튼은 허리를 굽히고 리무진 안에 남아 있는 사람에게 무슨 말을 했다. 그러면서도 베로니카의 팔은 절대로 놓지 않았다.

그제야 보슈는 베로니카의 얼굴을 흘끗 바라보았다. 족히 30미터는 떨어져 있었지만, 그녀의 얼굴에서 두려움과 피곤을 읽을 수 있었다. 아마도 그녀는 이제까지 살면서 가장 긴 밤을 보냈을 것 같았다.

두 번째 남자는 트렁크에서 붉은색 공구 상자를 꺼내 들고 펠튼과 베로니카의 뒤를 따라갔다. 펠튼은 아직도 베로니카의 팔을 꽉 잡고 주위를 두리번거리면서 은행을 향해 걸어가고 있었다. 보슈는 펠튼이 잠깐 동안 밴을 바라보다가 다른 데로 고개를 돌리는 것을 보았다. 밴 옆면에 페인트로 적어놓은 식당 광고 덕분에 의심을 하지 않는 것 같았다. 빈틈없는 준비가 빛을 발하는 순간이었다.

펠튼은 낡은 캐딜락 옆을 지나가면서 허리를 굽히고 엔진 뚜껑 밑에서 일하고 있는 남자를 바라보았다. 위험인물이 아니라고 판단한 펠튼은 허리를 똑바로 펴고 은행의 유리문을 향해 걸어갔다. 그들이 안으로 사라지기 전, 보슈는 베로니카가 헝겊 가방을 쥐고 있는 것을 보았다. 빈 채로 접혀 있는 것 같아서 크기는 정확하게 알 수가 없었다.

보슈는 그들이 안으로 완전히 사라질 때까지 숨을 참고 있었다.

린델이 햇빛 가리개에 대고 말했다.

"펠튼, 여자, 드릴공, 이렇게 세 명이다. 드릴공이 누군지 아는 사람?"

무전기는 몇 초 동안 잠잠하더니 대답하는 목소리가 들렸다.

"너무 멀리 떨어져 있어서 확실하진 않지만 모리 폴락 같다. 조이의 조직원들을 위해 일하고 있는 금고, 열쇠 따기 전문 기술자다."

"알았다. 나중에 확인해보지. 지금 베이커가 들어가서 계좌를 개설할 거다. 5분 기다렸다가, 콘론이 들어간다. 무전기 세트 점검 실시."

베이커와 콘론은 옷 속에 착용하고 있는 무전기 세트와 무선 이어폰과 팔목에 찬 마이크를 점검했다. 점검을 마친 후, 베이커가 차에서 내리더니 상가 앞 인도를 성큼성큼 걸어서 은행으로 향했다.

"모리스, 산책 요망. 라디오색 확인 바람."

린델이 말했다.

"로저."

주차장의 남서쪽 출입구 근처에 주차된 차에서 보슈가 새벽 회의에서 보았던 요원 한 명이 나오더니 주차장을 가로질러 걸어가기 시작했다. 모리스와 베이커는 3미터 정도 떨어져서 길을 가로질러 갔지만 서로 아는 척을 하지 않았고, 아직도 은행 앞 주차선에서 공회전을 하고 있는 리무진을 향해 눈길조차 주지 않았다.

그다음 5분은 꼭 한 시간처럼 느껴졌다. 무덥기도 했지만, 보슈는 기다림의 긴장감과 안에서 무슨 일이 벌어지고 있나 하는 궁금증 때문에 연신 땀을 흘리고 있었다. 베이커는 은행 안으로 들어간 뒤 딱 한 번 무전을 보냈다. 그는 수사 대상들이 안전 금고실에 있다고 속삭였다.

"알았다. 콘론, 들어가기 바란다."

베이커가 들어가고 5분이 지나자 린델이 지시했다.

보슈는 베이글 가게 쪽에서 걸어오고 있는 콘론을 보았다. 잠시 후 그는 은행으로 들어갔다.

그다음 15분은 아무 일도 없이 고통스럽게 흘러갔다. 마침내 린델이 침묵을 깨기 위해 입을 열었다.

“다들 잘하고 있나? 그렇다면 마이크를 두드리기 바란다.”

잠시 후 마이크를 톡톡 치는 소리가 일제히 들렸다. 무전기가 다시 조용해지려는 순간, 베이커의 다급한 속삭임이 들려왔다.

“그들이 나온다. 나온다. 뭔가 잘못된 것 같다.”

보슈가 은행 문을 보고 있는데 잠시 후 펠튼과 베로니카가 걸어 나왔다. 경감은 아직도 그녀의 팔을 꽉 잡고 있었다. 그 뒤로 드릴공이 붉은색 공구 상자를 들고 걸어 나왔다.

펠튼은 이번에는 주변을 살피지 않았다. 리무진을 향해 곧장 걸어갔다. 지금은 그가 헝겊 가방을 가지고 있었는데 보슈가 보기에 크기가 커진 것 같지는 않았다. 은행에 들어가기 전에도 베로니카는 겁먹고 피곤해보였지만, 지금은 극심한 공포로 얼굴이 일그러져 있었다. 거리가 멀어서 확실히 알 수는 없었지만, 울고 있는 것 같았다.

세 사람이 아까 갔던 길을 되짚어 와서 낡은 캐딜락 옆을 지나쳐 리무진에 가까워지자 리무진 안에서 문이 열렸다.

린델이 요원들에게 지시를 내렸다.

“내가 시작 신호를 하면 작전 개시한다. 내가 리무진 앞쪽을 맡는다. 3조는 내 뒤에서 지원 바란다. 1조와 2조는 리무진 뒤쪽을 맡는다. 통상적인 차량 단속이다. 라 푸엔테스, 당신들은 와서 리무진 안에 있는 사람들을 끌어내기 바란다. 신속하게. 총격전이 시작되면 다들 십자포화를 조심하기 바란다. 십자포화를 조심하라.”

알았다는 응답이 들어오고 있는 동안 보슈는 베로니카를 바라보았다. 그녀는 자기에게 죽음이 다가왔다는 것을 알고 있는 것 같았다. 그녀의 표정은 보슈가 그녀의 남편의 얼굴에서 보았던 표정과 희미하게 나마 닮아 있었다. 게임이 끝났다는 것을 아는 것 같은 표정.

보슈는 그녀 뒤에 서 있는 오래된 캐딜락의 트렁크 뚜껑이 갑자기 튕겨 올라가는 것을 보았다. 그리고 그 속에서 파워스가 용수철이 튕기듯 튀어 나왔다. 파워스는 땅으로 내려서면서 야생 동물 같은 목소리로 한 단어를 울부짖었다.

"베로니카!"

보슈는 앞으로 절대 잊을 수 없을 듯한 그 울부짖음을 분명히 들었다.

베로니카와 펠튼과 드릴공이 소리가 난 곳을 돌아보는 순간, 파워스는 두 손을 들어 올렸다. 두 손 다 총을 쥐고 있었다. 그 순간 보슈는 살인 경찰의 왼손에서 자신이 공들여 광택을 낸 스미스 앤 웨슨 권총이 반짝이는 것을 보았다.

"총이다! 저지하라! 저지하라!"

린델이 소리쳤다.

린델은 차에 시동을 걸고 가속 페달을 밟았다. 차가 앞으로 튀어나가 리무진을 향해 달려가기 시작했다. 그러나 보슈는 그들이 할 수 있는 일은 아무것도 없다는 사실을 알았다. 너무 멀리 있었다. 보슈는 그 장면을 침울하게 지켜보았다. 마치 페킨파(미국의 유명 영화감독. 〈철십자 훈장〉, 〈와일드 번치〉 같은 영화를 감독했으며, 잔혹한 폭력 장면을 슬로우 모션으로 표현한 것이 특징－옮긴이) 영화에 나오는 슬로우 모션 장면을 보는 것 같았다.

파워스가 두 자루의 총을 다 쏘면서 리무진을 향해 걸어가자 탄피가 우수수 튀어나와 어깨 너머로 호를 그리면서 날아갔다. 펠튼은 자기 총을 꺼내려고 재킷 안으로 손을 집어넣다가 집중 사격을 당해 제일 먼저 쓰러졌다. 다음은 베로니카 차례였다. 도망치거나 몸을 숨기려고 하지 않고 가만히 서서 살인자를 바라보고 있던 그녀는 총알을 맞고 보도 위로 쓰러졌지만, 리무진이 가리고 있어서 보슈는 쓰러진 그녀의 모습을 볼 수가 없었다.

파워스는 계속 총을 쏘면서 다가갔다. 드릴공은 공구 상자를 떨어뜨리고 두 손을 번쩍 들고는 총알의 동선 밖으로 뒷걸음질을 치기 시작했다. 파워스는 드릴공 따위는 안중에도 없는 것 같았다. 보슈는 파워스가 쓰러진 베로니카를 향해 총을 쏘고 있는 것인지 리무진의 열린 문 안으로 총을 쏘고 있는 것인지 알 수가 없었다. 리무진이 움직이기 시작했다. 처음에는 타이어가 헛돌다가 이윽고 움직였고, 뒷문이 열린 채로 달려가기 시작했다. 그러나 잠시 후 운전사가 주차선의 좌회전 표지판을 보지 못했는지 그대로 달려가 주차한 차들을 정면으로 들이박았다. 운전사가 재빨리 튀어나와 베이글 가게 쪽으로 달려가기 시작했다.

파워스는 도망가는 운전사는 조금도 신경 쓰지 않았다. 그는 어느새 펠튼이 쓰러진 곳에 다다라 있었다. 펠튼 경감의 가슴 위로 보슈의 총을 떨어뜨리더니 펠튼의 손 옆 땅바닥에 놓여 있는 헝겊 가방을 향해 손을 뻗었다.

파워스는 가방을 땅에서 집어 들고 나서야 비어 있다는 것을 알아차린 것 같았다. 그때 그의 뒤에 있던 밴의 문이 전부 열리더니 산탄총을 든 요원 네 명이 차에서 내렸다. 기름투성이 티셔츠를 입은 요원은 캐딜락 옆으로 돌아오고 있었고, 엔진 속에 감춰두었다가 꺼낸 권총으로 파워스를 겨누었다.

접근하고 있는 FBI 차에서 끼익하는 타이어 소리가 나자 빈 더플백을 내려다보던 파워스가 고개를 들었다. 그는 더플백을 떨어뜨리고는 뒤에 있는 요원 다섯 명을 향해 돌아섰다. 이젠 총이 한 자루밖에 없었지만 양손을 들어 올리고 총을 쏠 자세를 취했다.

요원들이 총을 발사하기 시작했고, 보슈는 파워스가 땅에서 붕 떠올랐다가 은행 고객의 것으로 보이는 픽업트럭의 엔진 뚜껑 위로 떨어지는 것을 보았다. 파워스의 등이 먼저 엔진 뚜껑 위로 떨어졌다. 그는 쥐고 있던 권총을 놓쳤고 권총이 엔진 뚜껑 위에서 땅으로 툭 떨어졌다. 8초 동안의 총격전 소음도 시끄러웠지만, 총이 땅으로 떨어진 후에 찾아온 고요는 더 시끄러웠다.

파워스는 사망했다. 펠튼도 사망했다. 조셉 마르코니 또는 조이 마크스로 알려져 있었던 쥬세페 마르코니도 사망했다. 리무진 뒤쪽 부드러운 가죽 좌석 위에 그의 시신이 피가 흥건한 채 널브러져 있었다.

베로니카 앨리소는 죽어가고 있었다. 가슴 위쪽에 두 방을 맞았고, 입안에서 피거품이 일어나고 있는 것으로 보아 폐가 완전히 파열된 게 틀림없었다. FBI 요원들이 현장을 확보하려고 뛰어다니는 동안 보슈와 라이더는 베로니카에게 다가갔다.

베로니카는 두 눈을 뜬 상태였지만 눈에서 물기가 사라지고 있었다. 그곳에 없는 누군가를 혹은 무언가를 찾는 것처럼 두 눈이 사방을 두리번거렸다. 턱이 움직이기 시작하더니 무슨 말을 했는데 보슈는 알아들을 수가 없었다. 그는 그녀 옆에 쭈그리고 앉아 그녀의 입에 귀를 갖다 댔다.

"어, 얼음을 가… 갖다 줄래요?"

베로니카가 속삭였다.

보슈는 고개를 돌려 그녀를 바라보았다. 말이 이해가 가지 않았다. 그녀가 또 말을 하기 시작하자 그는 다시 그녀의 입에 귀를 갖다 댔다.

"따, 따, 땅바닥이 너… 너무 뜨거워요. 어, 어, 얼음 좀 갖다 줘요."

보슈는 그녀를 바라보며 고개를 끄덕였다.

"얼음 오고 있어요. 곧 올 겁니다. 베로니카, 돈은 어디 있죠?"

베로니카 앨리소 옆에 허리를 굽히고 두 손을 땅바닥에 대던 보슈는 그녀의 말이 맞다는 걸 깨달았다. 아스팔트의 열기 때문에 손바닥이 타들어가는 것 같았다. 그녀의 대답은 겨우 알아들을 수 있었다.

"적어도 그, 그들은… 그들은 가지지 못했어요."

베로니카가 젖은 기침을 심하게 하기 시작했다. 보슈는 그녀의 가슴에 피가 가득 차서 오래 견디지 못할 거라는 걸 알았다. 그는 무엇을 해야 할지 이 여자에게 무슨 말을 해야 할지 알 수가 없었다. 지금 그녀의 가슴에 들어가 박힌 총알이 자기 것이라는 걸, 자기가 파워스의 탈주를 막지 못했기 때문에 그녀가 죽어가고 있다는 것을 깨달았다. 그녀에게 용서를 구하고 싶은 생각이, 일이 이렇게 잘못되기가 얼마나 쉬운지 그녀도 잘 알고 있을 거라고 말하고 싶은 생각이 들었다.

보슈는 베로니카에게서 고개를 돌려 주차장을 바라보았다. 사이렌 소리가 점점 더 크게 들렸다. 그러나 그동안 총상 환자들을 많이 본 보슈는 그녀에게는 구급차가 필요 없다는 것을 알고 있었다. 그는 다시 그녀를 내려다보았다. 그녀의 얼굴은 아주 창백했고 근육은 점차 늘어졌다. 입술이 다시 한 번 움직이자 보슈는 고개를 숙이고 귀를 갖다 댔다. 이번에는 거친 숨소리밖에 들리지 않았다. 그녀의 말을 알아들을 수가 없어서 그녀의 귀에 대고 다시 말해달라고 속삭였다.

"내, 내…따… 놔…."

보슈는 고개를 돌려서 베로니카 앨리소를 바라보면서 혼란스러운 표정으로 고개를 저었다. 그녀의 얼굴에 짜증스러운 표정이 나타났다가 사라졌다. 그녀가 남아 있는 기력을 다 모아 분명하게 말했다.

"제, 제발… 내 딸은 놔줘요."

보슈는 베로니카의 말이 마음속에 들어올 때까지 그녀의 눈을 바라보고 있었다. 그러고는 자기도 모르게 그녀에게 고개를 한 번 끄덕여주었다. 잠시 후 베로니카 앨리소는 보슈가 지켜보는 가운데 사망했다. 그녀의 두 눈이 초점을 잃었고, 그는 그녀가 세상을 떠난 것을 알 수 있었다.

보슈가 일어서자 라이더가 그의 표정을 살폈다.

"선배, 뭐래요?"

"글쎄, 무슨 말인지 모르겠어."

보슈와 에드거와 라이더는 린델의 FBI 차 트렁크에 기대서서 연방 요원들과 메트로 경찰국 형사들이 범죄현장으로 몰려드는 것을 지켜보았다. 린델은 상가 전체를 범죄현장으로 지정하고 봉쇄 지시를 내렸다.

"와, 이 친구들은 범죄현장도 우리하고는 스케일이 다르구만."

에드거가 놀라서 말했다.

세 사람은 이미 진술을 했다. 이제는 수사에서 완전히 손을 뗀 상태였다. 그들은 사건의 목격자일 뿐이었고 구경꾼에 불과했다.

FBI 라스베이거스 지부의 총책임자인 특수 요원이 현장에 나와 수사를 지휘했다. FBI는 네 개의 취조실이 있는 이동식 주택을 현장에 가져다 놓았고, 요원들이 그 안에 들어가 앉아서 총격전 목격자들의 진술을 받고 있었다. 시신들은 아직 그대로였다. 노란 비닐에 덮인 채 인도 위와 리무진 속에 누워 있었다. 그 밝은색이 상공을 맴도는 방송사 헬기들에게는 좋은 화면을 제공해주었다.

보슈는 린델에게서 수사 진행 상황을 전해들을 수 있었다. 파워스가 적어도 네 시간 동안 트렁크 속에 숨어 있었던 캐딜락의 소유주를 추적한 결과 로스앤젤레스 북동쪽에 있는 사막 마을인 팜데일에 사는 사람인 것으로 밝혀졌다. 그 소유주는 이미 FBI의 수사 기록에 올라 있었다. 지난 2년 동안 독립기념일마다 자기 동네에서 반정부 시위를 벌였던 백인 우월주의자였다. 그리고 2년 전 오클라호마 시 연방 법원 폭파 사건으로 기소된 테러리스트들의 변호 비용을 모금하고 다녔던 것으로도 알려져 있었다. 린델은 보슈에게 FBI 라스베이거스 지부장이 파워스를 도운 그 캐딜락 소유주를 살인모의죄로 검거하도록 체포 영장을 청구토록 지시했다고 전했다. 파워스의 계획은 훌륭했다. 캐딜락 트렁크 안에는 두꺼운 카펫과 담요 여러 장이 깔려 있었다. 트렁크를 닫힌 상태로 유지해주었던 사슬과 맹꽁이자물쇠는 안에서 열 수가 있었다. 그리고 트렁크와 범퍼에서 녹이 슬어 떨어져 나간 작은 구멍들을 통해서 파워스는 총을 들고 밖을 살피면서 적절한 때가 오기를 기다릴 수 있었다.

드릴공은 모리 폴락이 맞았는데, 행복감에 도취되어 요원들에게 잘 협조를 하지 못했다. 자기가 노란색 비닐을 뒤집어쓰고 누워 있지 않다는 사실이 마냥 감격스러운 것이었다. 그는 린델을 비롯한 연방 요원들에게 그날 아침에 조이 마크스가 자기를 데리러 와서 작업복으로 갈아입고 공구 상자를 들고 나오라고 지시했다고 진술했다. 리무진을 타고 이곳으로 오는 동안에는 별 이야기가 오고 가지 않아서 어떤 상황인지는 몰랐다고 했다. 다만 여자가 두려움에 떨고 있었던 것은 분명하다고 말했다.

은행에 들어간 베로니카 앨리소는 은행 직원에게 남편의 사망 증명서 사본과 유언장, 토니 앨리소의 유일한 상속인인 그녀에게 그의 안전금고에 대한 접근권을 허가한다는, 라스베이거스 시 법원의 법원 명령서를 제시했다. 접근이 허가되었고, 앨리소 부인이 남편의 열쇠를 찾을 수 없었다고 말했기 때문에 금고를 드릴로 뚫어 강제로 열었다.

문제는 폴락이 금고를 열었을 때 금고 안은 텅텅 비어 있었다는 사실이었다.

"이게 말이나 돼?"

린델이 이 사실을 보슈에게 전한 후에 말했다.

"이 모든 게 헛수고였다니. 그 2백만 달러 내가 꿀꺽하려고 했는데. 물론 당신하고 나눠 가지려고 했지. 공평하게 절반씩 나눠 가지려고, 보슈."

"아깝군. 금고실 출입 기록은 살펴봤어? 토니가 마지막으로 안전 금고에 왔다간 게 언제야?"

보슈가 말했다.

"그게 또 흥미로워. 토니는 지난 금요일에 왔었어. 살해당하기 열두 시간쯤 전에 찾아와서 금고를 비웠어. 무슨 예감 같은 게 있었나 봐. 알고 있었던 거야, 보슈. 알고 있었어."

"그럴지도."

보슈는 미라지 호텔 토니의 방에서 발견했던 라 푸엔테스 종이 성냥에 대해 생각했다. 토니는 담배를 피우지 않았지만, 레일라가 자랐던 집 재떨이에는 담배꽁초가 수북했었다. 토니가 그 금요일에 금고를 비우고 라 푸엔테스에서 식사를 했다면, 그가 그 식당 성냥을 자기 방으로 가져가게 된 유일한 이유는 그 성냥을 필요로 하는 사람과 식당에 함께 있었기 때문이었을 것이다.

"이제 문제는 그 돈이 어디 있느냐 하는 거야. 찾기만 하면 압수할 수 있을 텐데. 조이는 이젠 그 돈이 필요 없는데로 갔고."

린델이 말했다. 그러면서 리무진을 바라보았다. 뒷문이 여전히 열려 있었고, 마르코니의 다리 하나가 노란색 비닐 밑으로 삐져나와 있었다. 연한 파란색 바지를 입은 다리, 검은색 가죽 단화, 흰 양말. 그것이 보슈가 본 조이 마크스의 마지막 모습이었다.

"은행 사람들이 협조를 잘 해줘, 아니면 움직일 때마다 영장을 요구해?"

보슈가 물었다.

"협조적이야. 지점장이 사시나무 떨듯 떨고 있어. 날마다 지점 문밖에서 학살극이 일어나는 건 아니니까."

"그럼 안전 금고 사용자 명단에서 그레첸 알렉산더라는 이름이 있는지 찾아봐달라고 해줘."

"그레첸 알렉산더? 그게 누구야?"

"당신도 아는 사람. 레일라."

"레일라? 지금 농담하는 거야? 토니가 그 계집애한테 2백만 달러를 던져주고 자기는 가서 죽임을 당했다고?"

"확인이나 해 봐, 로이. 해볼 가치가 있으니까."

린델이 은행 문을 향해 출발했다. 보슈는 자기 동료들을 쳐다보았다.

"제리, 자네 총을 돌려받고 싶어? 부숴버리거나 증거물로 가져가기 전에 빨리 말해야할 거 같은데."

"내 총?"

에드거는 찡그린 얼굴로 노란색 비닐에 덮인 시신을 바라보았다.

"아냐, 해리, 됐어. 재수 옴 붙을 것 같아. 돌려받고 싶지 않아."

"그래. 나도 그렇게 생각해."

보슈가 말했다.

보슈가 한동안 이런저런 생각을 하고 있는데 그의 이름을 부르는 소리가 들렸다. 돌아보니 은행 문 앞에서 린델이 부르고 있었다. 보슈는 그곳으로 향했다.

"용한데. 안전 금고를 빌렸더라고."

린델이 말했다.

보슈가 린델과 함께 은행 안으로 들어가 보니, 연방 요원 몇 명이 놀란 표정의 은행 직원들을 조사하고 있었다. 린델은 그를 지점장 책상으로 안내했다. 지점장은 서른 살쯤 되어 보이는 갈색 곱슬머리의 여자였다. 책상에 놓인 명패에는 진 코너스라고 적혀 있었다. 린델은 그녀의 책상에 있던 파일을 들어서 보슈에게 보여주었다.

"그녀는 여기에 안전 금고를 빌렸고 토니 앨리소를 서명인으로 세웠어. 토니는 살해당하기 전 금요일에 자기 금고를 비우는 것과 동시에 이 금고를 빌렸어. 내 생각엔 말이야, 자기 금고를 비우고 그 안에 있던 것을 그녀의 금고에 다 옮겨 넣었을 것 같아."

"그랬겠지."

보슈는 파일 속에 들어 있는 안전 금고실 출입 기록을 보았다. 출입 기록은 3×5 크기의 카드에 수기로 적혀 있었다.

"그러니까 이제 그녀의 금고에 대한 압수 수색 영장을 발부받아서 드릴로 열어보는 거야. 밖에 있는 모리가 아주 협조적이니까 데려와서 시키면 되겠군. 그 돈을 압수하면 연방 정부 예산이 그만큼 많아지는 거야. 물론 당신들하고 공평하게 나눌 거고."

린델이 말했다.

보슈가 그를 바라보았다.

"그런 숭고한 명분이 있으면 뚫어 봐. 하지만 그 안에는 아무것도 없을걸."

보슈는 출입 기록 카드의 마지막에 적힌 내용을 가리켰다. 그레첸 알렉산더는 닷새 전, 그러니까 토니 앨리소가 살해된 그다음 주 수요일에 혼자 찾아와서 금고를 열었다. 린델은 오랫동안 그 내용을 노려보다가 입을 열었다.

"이런, 세상에. 다 꺼내갔을까?"

"그랬겠지."

"개, 여길 떴지, 안 그래? 개를 찾고 있었잖아. 찾았어?"

"아니, 못 찾았어. 나도 떠야할 것 같군."

"떠난다고?"

"진술도 끝났고 혐의도 없고. 나중에 또 보자고, 로이."

"그래, 보슈."

보슈가 은행 문을 향해 걸어갔다. 문을 여는데, 린델이 쫓아왔다.

"그런데 왜 돈을 몽땅 걔 금고에 넣었을까?"

린델은 아직도 출입 기록 카드를 들고 있었고, 열심히 노려보면 답이 보이기라도 할 것처럼 카드를 노려보았다.

"확실히는 모르겠지만 추측해본 건 있어."

"뭔데, 보슈?"

"개를 사랑했던 거지."

"토니가? 그런 애를?"

"남의 일은 모르는 거야. 사람들은 별의별 이유로 살인을 해. 이와 마찬가지로 별의별 이유로 사랑에 빠질 수 있지. 사랑이 오면 잡아야 해. 그런 애든 아니면… 다른 어떤 여자든."

린델은 고개만 끄덕였고 보슈는 문밖으로 걸어 나갔다.

보슈와 에드거와 라이더는 택시를 타고 FBI 라스베이거스 지부로 가서 자기들이 타고 온 차를 찾았다. 보슈는 노스 라스베이거스에 있는 그레첸 알렉산더가 자랐던 집에 잠깐 들르자고 말했다.

"거기 없을 거야, 해리. 지금 웃자고 하는 소리지?"

에드거가 말했다.

"거기 없다는 것 알아. 그 부인과 이야기 좀 하고 싶어서 그래."

보슈는 헤매지 않고 쉽게 그 집을 찾아서 진입로에 차를 댔다. 마쓰다 RX7은 아직 거기에 있었고 그동안 조금도 움직이지 않은 것 같았다.

"금방 나올 거니까 차에 남아 있고 싶으면 있어도 돼."

"난 들어갈래요."

라이더가 말했다.

"난 남아서 에어컨을 계속 틀어놓고 있을게. 그리고 처음엔 내가 운전할게, 해리."

보슈와 라이더가 차에서 내리자 에드거도 따라 내려서 차를 돌아가 운전석에 탔다.

보슈가 현관문을 두드리자 금방 문이 빠끔 열렸다. 노부인은 차 소리를 들었거나 차를 보고 문을 열어줄 준비를 하고 있었던 것 같았다.

"당신."

노부인이 5센티미터 정도의 문틈으로 보슈를 내다보며 말했다.

"그레첸은 아직 안 왔수."

"압니다, 알렉산더 부인. 부인과 말씀을 나누고 싶어서 왔습니다."

"나? 뭣 때문에?"

"잠깐만 안으로 들어가도 되겠습니까? 밖이 너무 더워서요."

부인은 체념한 표정으로 문을 열어주었다.

"덥기는 집 안도 마찬가지라우. 온도를 27도 밑으로 낮출 여유는 없어서 말이유."

보슈와 라이더는 집 안 거실로 갔다. 그는 라이더를 할머니에게 소개했고, 세 사람 모두 의자에 앉았다. 지난번에 소파가 푹 꺼졌다는 게 기억난 보슈는 이번에는 소파 끝에 살짝 걸터앉았다.

"좋아요, 무슨 일로 오셨나? 왜 나랑 이야기를 하고 싶다는 거유?"

"부인 손녀의 어머니에 대해서 알고 싶어서요."

보슈가 말했다.

부인의 입이 헤 벌어졌고, 보슈가 보기에 라이더도 그녀만큼 놀란 것 같았다.

"걔 엄마? 걔 엄마는 오래전에 집을 나갔수. 자기 자식을 나 몰라라하고 떠난 아주 몹쓸 어미지. 걔 엄마 얘기는 꺼내지도 말아요."

"언제 나갔습니까?"

"오래전이유. 그레첸이 기저귀도 못 뗐을 때였지. 그레첸을 부탁한다고, 잘 있으라고 적어놓은 쪽지 한 장 달랑 남기고 사라졌더라고."

"어디로 갔습니까?"

"그걸 내가 어떻게 알겠수. 알고 싶지도 않고. 나가고 나니까 아주 속이 시원하던데, 뭘. 그렇게 예쁘고 어린 딸내미를 버리고 갔수. 전화 한 통 없었고, 딸내미 사진 한 장 보내달라고 연락 한 번 안 왔었지."

"그런데 그레첸 엄마가 살아 있다는 건 어떻게 아셨습니까?"

"몰랐수. 벌써 오래전에 어디 가서 죽었는지도 모르지."

그녀는 거짓말이 서툴렀다. 거짓말을 할 땐 목소리가 커지고 화를 내는 유형이었다.

"아뇨, 알고 계셨잖아요. 그레첸의 엄마가 돈을 부쳐줬죠, 안 그렇습니까?"

보슈가 말했다.

노부인은 침울한 표정으로 오랫동안 자신의 두 손을 내려다보았다. 그 모습은 보슈의 추측이 맞았다고 말해주고 있었다.

"얼마나 자주 보내줬습니까?"

"1년에 한두 번. 자기가 한 일을 보상하기엔 턱없이 모자랐지."

보슈는 얼마면 충분했겠느냐고 묻고 싶었지만 참았다.

"돈을 어떻게 보내왔습니까?"

"우편으로요. 전부 현금으로. 캘리포니아 주 셔먼 오크스에서 보냈두만. 항상 그 동네 소인이 찍혀 있었다우. 그런데 지금 와서 그런 얘긴 왜 묻수?"

"따님 이름이 뭡니까, 부인?"

"걔는 첫 남편과의 사이에 낳은 아이라우. 그때 내 성이 길로이였수. 그러니까 걔 성도 마찬가지고."

"제니퍼 길로이."

라이더가 베로니아 앨리소의 실명을 되뇌었다.

노부인은 놀란 표정으로 라이더를 바라보았지만 어떻게 알았냐고 물어보지는 않았다.

"그냥 제니라고 불렀수. 어쨌든 내가 그레첸을 떠맡았을 때, 난 재혼을 한 몸이었고 새 성을 갖고 있었지. 난 그레첸이 학교에서 친구들한테 놀림을 당하지 않도록 그레첸한테도 내 성을 붙여줬수. 다들 내가 걔 엄마라고 생각했고, 우리 둘 다 아무 불만 없었수. 굳이 진실을 알려줄 필요도 없었고."

보슈는 고개를 끄덕였다. 이제야 모든 것이 맞아떨어졌다. 베로니카 앨리소는 레일라의 엄마였다. 토니 앨리소는 엄마에게서 딸에게로 옮겨간 것이다. 더 이상 물어볼 말도 하고 싶은 말도 없었다. 보슈는 부인에게 감사 인사를 한 후 먼저 나가라는 뜻으로 라이더의 등을 살짝 건드렸다. 현관 계단으로 나선 보슈는 멈춰 서서 도로시 알렉산더를 돌아보았다. 그는 라이더가 차를 향해 몇 걸음 걸어갈 때까지 기다렸다가 입을 열었다.

"레일라한테서, 아니 그레첸한테서 연락이 오면 집에 오지 말라고 전해주십시오. 최대한 여기서 멀리 떠나 있으라고 전해주십시오."

그가 고개를 저으며 말을 이었다.

"절대로 집에 오면 안 된다고 말입니다."

노부인은 아무 말도 하지 않았다. 보슈는 낡아빠진 바닥 깔개를 내려다보며 잠깐 기다렸다. 노부인이 끝까지 아무 말이 없자 보슈는 목례를 하고 차를 향해 걸어갔다.

보슈는 운전석 뒷좌석에 앉았고 라이더는 앞의 조수석에 앉았다. 둘이 차에 타고 에드거가 진입로를 빠져나가기 시작하자, 라이더가 보슈를 돌아보았다.

"선배, 그런 건 어떻게 다 알아냈어요?"

"마지막 말 때문에. 베로니카의 마지막 말. '내 딸은 놔줘요.' 그랬거든. 그때 알았어. 그리고 둘의 얼굴이 닮기도 했어. 전에는 그걸 깨닫지 못했지만 말이야."

"그 아가씬 본 적도 없잖아요."

"사진은 본 적 있어."

"뭐야? 뭐가 어떻게 됐는데?"

에드거가 물었다.

"토니 앨리소는 레일라가 누군지 알았을까요?"

라이더가 에드거의 말은 못 들은 척하고 보슈에게 물었다.

"글쎄. 알고 있었다면, 그가 그렇게 죽임을 당한 이유를 이해하기가 더 쉽지. 받아들이기가 더 쉽단 말이야. 어쩌면 그가 베로니카에게 과시를 했는지도 모르지. 그래서 베로니카를 극으로 치닫게 했는지도 몰라."

"그럼 레일라 혹은 그레첸은요?"

에드거는 혼란스러운 표정으로 앞뒤를 돌아봤다가 도로를 봤다가 하느라 정신이 없었다.

"아마도 모르고 있었던 것 같아. 알았다면 할머니에게 이야기했을 것 같은데, 할머니는 모르고 있었거든."

"토니가 단지 베로니카를 괴롭히기 위해 그 아가씨를 이용한 거라면, 왜 그 많은 돈을 몽땅 그 아가씨의 금고에 넣었을까요?"

"그레첸을 이용하다가 사랑에 빠졌을 수도 있지. 정확한 건 절대로 알 수 없을 거야. 어쩌면 금고의 돈을 그레첸의 금고로 옮긴 날 살해당한 건 순전히 우연의 일치였는지도 몰라. 국세청이 조사를 한다니까 현금을 딴 데로 옮겨놓았던 건지도 모르니까. 국세청이 안전 금고에 대해 알고는 접근 금지를 시킬까 봐 겁이 났는지도 모르지. 생각해볼 수 있는 다른 이유도 많을 거야. 하지만 이제는 정말 모르고 넘어가는 거야. 다들 죽고 없으니까."

"그 아가씨만 빼고요."

에드거가 차를 갓길로 빼서 급정거를 했다. 우연히도, 그들은 매디슨에 있는 돌리스의 맞은편에 있었다.

에드거가 단호한 목소리로 말했다.

"무슨 일인지 말해줘. 당신들이 집 안으로 들어가 이야기를 하는 동안 난 차에 남아서 차를 시원하게 만들어 놓고 있었는데, 날 이렇게 무시하고 아무 얘기도 안 해주면 어떡하느냐고. 자, 말해 봐. 도대체 지금 무슨 이야기를 하는 거야?"

에드거가 백미러로 보슈를 노려보고 있었다.

"운전 계속해, 제드. 플라밍고 호텔에 도착하면 키즈가 다 말해줄 거야."

차가 힐튼 플라밍고 호텔의 둥근 진입로로 들어가 출입문 앞에 서자 보슈가 뛰어내렸다. 그는 여러 줄의 슬롯머신을 피해가면서 미식축구 경기장 크기의 카지노를 재빨리 가로질러 걸어가 포커장에 다다랐다. 엘리노어는 그들이 일을 끝내고 올 때쯤 거기 있겠다고 했었다. 그날 아침 엘리노어가 언젠가 토니 앨리소가 그레첸 알렉산더와 함께 들어가는 것을 봤던 은행 위치를 알려준 후 그들은 그녀를 플라밍고 호텔에 내려줬었다.

포커장 안에는 게임이 진행 중인 테이블이 다섯 개가 있었다. 보슈는 재빨리 플레이어들을 둘러보았지만 엘리노어는 보이지 않았다. 카지노를 둘러보려고 뒤를 돌아보자, 그녀가 거기 서 있었다. 오랜 세월이 흐른 후 둘이 처음 만났던 그날 밤 그가 그녀를 찾아 두리번거리고 있을 때 나타났던 것처럼.

"해리."

"엘리노어. 게임을 하고 있을 거라고 생각했는데."

"당신 생각 때문에 게임을 할 수가 없었어. 다 잘 됐어?"

"그래, 다 잘 됐어. 이제 떠날 거야."

"잘됐네. 이젠 라스베이거스가 싫어."

보슈는 말을 꺼내기 전에 잠깐 망설였다. 떨리는 목소리가 나오려고 했지만, 다시 마음을 다잡고 말했다.

"떠나기 전에 들르고 싶은 곳이 한 군데 있어. 전에 얘기했던 것 때문에. 내 말은 당신도 결심을 했다면 말이야."

한동안 보슈를 바라보고 있던 엘리노어의 얼굴에 행복한 미소가 피어올랐다.

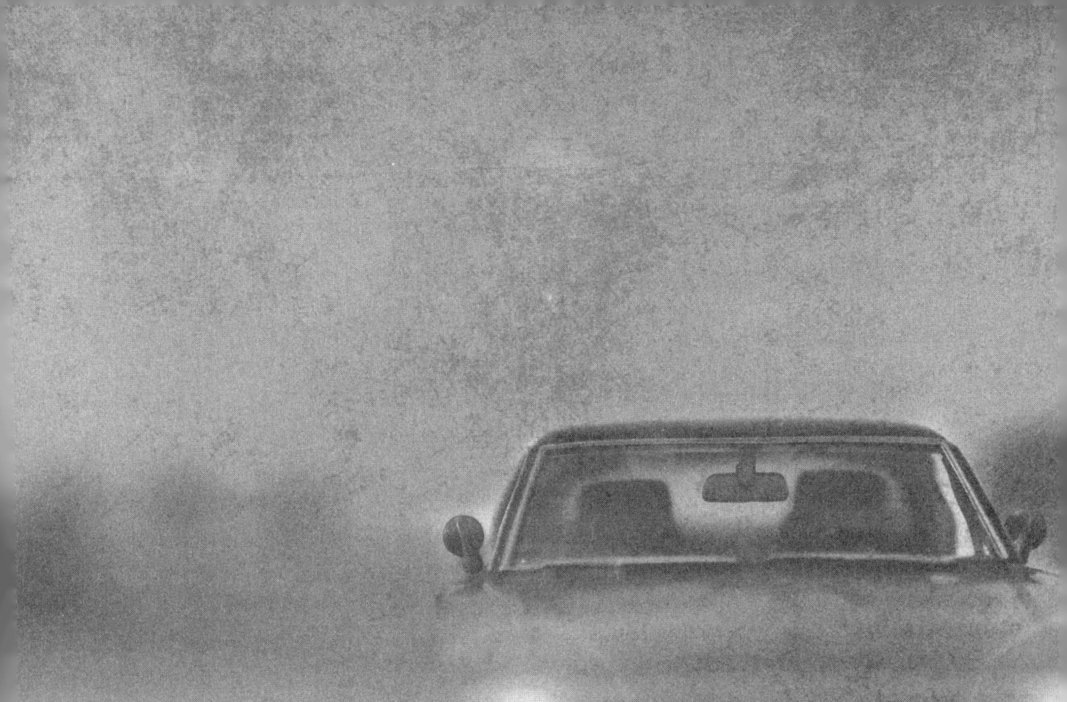

09 복수

파커 센터 6층 반짝반짝 윤을 낸 리놀륨 복도를 걸어가는 보슈는 걸을 때마다 일부러 뒤꿈치에 힘을 주어 쾅쾅 내디뎠다. 세심하게 관리가 잘 된 바닥에 흠집을 내주고 싶었다. 그는 감찰계 문을 열고 들어가서 접수대 뒤에 앉아 있는 비서에게 채스틴을 만나러 왔다고 말했다. 비서가 약속이 되어 있느냐고 묻자 보슈는 채스틴 같은 인간하고는 약속을 하지 않는다고 말했다. 비서가 보슈를 노려보자 그도 마주 노려보았다. 결국에는 그녀가 수화기를 들고 구내번호를 눌렀다. 그녀는 수화기에 대고 속삭이더니 수화기를 가슴에 대고 보슈를 올려다보다가 그가 들고 있는 구두 상자와 파일도 쳐다보았다.

"무슨 일인지 물으시는데요."

"나에 대한 내사가 헛수고가 된 일 때문이라고 전해요."

비서가 몇 마디를 더 속삭이고 나서야 기계음과 함께 접수대 옆에 달린 하프 도어가 열렸다. 보슈는 감찰계 형사실로 들어갔다. 그곳에 줄지어 있는 책상에 수사관들이 앉아 있었다. 채스틴이 그 중 한 책상 앞에서 일어섰다.

"여긴 어쩐 일이야, 보슈? 용의자 탈주를 막지 못해서 정직 먹었잖아."

채스틴은 보슈가 징계당한 사실을 다른 동료들에게 알리려고 일부러 큰 소리로 말했다.

"국장님이 기간을 일주일로 줄여주셨어. 그 정도면 휴가지, 뭐."

보슈가 말했다.

"그건 1차전에 불과해. 난 아직도 자네 사건을 수사 중이거든."

"그 일 때문에 온 거야."

채스틴은 보슈가 저번 주에 제인과 함께 들어갔던 취조실을 가리켰다.

"들어가서 얘기하지."

"아니, 얘기할 거 없어, 채스틴. 그냥 보여주기만 하면 되니까."

보슈가 말했다.

그는 들고 있던 파일을 책상 위로 떨어뜨렸다. 채스틴은 그대로 서서 파일을 펼쳐보지는 않고 그냥 쳐다만 보았다.

"이게 뭔데?"

"수사 종결 선언서. 열어 봐."

채스틴은 의자에 앉아서 혐오스럽고 가치도 없는 하찮은 일을 한다는 듯 큰 소리로 한숨을 쉬며 파일을 열었다. 맨 위에는 경찰국의 내사 규정집에서 한 장을 복사해온 것이 놓여 있었다. 감찰계 형사들에게 있어서 내사 규정집은 경찰국 내 일반 경찰관들과 수사관들에게 있어서 형법전과 마찬가지였다.

그 사본은 기지의 범죄자, 중죄로 유죄 판결을 받은 전과자 혹은 범죄 조직원과 경찰관의 교제에 관한 내사 규정에 관한 것이었다. 규정에 따르면 그런 교제는 엄격히 금지되어 있었고 해고를 당할 수 있는 중한 규칙 위반이었다.

"보슈, 뭐 하러 이런 걸 복사까지 해가지고 와. 나한테 규정집이 있는데."

채스틴이 말했다.

그는 보슈가 무슨 속셈으로 이러는지 몰랐고 동료들이 자기 책상에 앉아 일하는 척하면서도 이쪽을 훔쳐보며 귀를 기울이고 있다는 사실을 알고 있었기 때문에 가벼운 농담처럼 말을 던졌다.

"그래? 그럼 당신 책을 가져와서 맨 아랫줄을 읽어 봐. 예외조항."

채스틴은 사본의 맨 아래를 내려다보았다.

"'단 해당 경찰관이 혈연이나 혼인을 통해 가족 관계임을 입증할 수 있다면 예외가 성립된다. 예외가 성립되면, 해당 경찰관은….'"

"됐어, 거기까지."

보슈가 말했다.

채스틴이 파일에 들어 있는 다른 것도 볼 수 있도록 보슈는 손을 뻗어 사본을 꺼내들었다.

"거기 있는 건 네바다 주 클라크 카운티에서 발급받은 결혼 증명서야. 나와 엘리노어 위시와의 결혼을 증명하는 서류지. 그래도 믿지 못하겠다면, 그 밑에 있는 선서 진술서 두 장을 봐. 내 동료들이 결혼식에 참석했거든. 신랑 신부 들러리로."

채스틴은 서류를 뚫어지게 바라보았다.

"게임 끝이야, 친구. 당신이 졌어. 그러니까 내 삶에 들이밀었던 그 궁둥이 좀 치워줘."

보슈가 말했다.

채스틴은 의자에 등을 기댔다. 벌게진 얼굴에 어색한 미소를 띠고 있었다. 그는 이제 다들 자기를 보고 있다는 걸 알았다.

"감찰계의 조사를 피하려고 결혼을 했단 말이야?"

"아니, 이 멍청한 자식아. 난 한 여자를 사랑하기 때문에 결혼한 거야. 그게 사람들이 결혼하는 이유라고."

채스틴은 아무 대답도 하지 못했다. 그는 고개를 젓다가, 손목시계를 보더니, 이 일은 별것 아니라는 듯이 서류를 정리하는 척 부산을 떨었다.

"그래, 할 말이 없을 거라고 생각했어. 또 보자고, 채스틴."

보슈가 말했다.

그는 자리를 뜨려고 돌아서다가 다시 채스틴을 향해 돌아섰다.

"아, 깜빡할 뻔했군. 당신 정보원한테 우리 거래가 끝났다고 알려줘."

"무슨 정보원 말이야, 보슈? 거래라고? 도대체 무슨 소리야?"

"당신의 OCID 정보통 말이야. 피츠제럴드든 누구든."

"난 도대체 무슨 말인지 모르…."

"아냐, 당신은 잘 알고 있어, 채스틴. 내가 당신을 모르나. 엘리노어 위시 건은 당신 머리에서 나온 것일 수가 없어. 당신은 피츠제럴드 부국장과 줄이 닿아 있었지. 그가 그녀에 대해 알려준 거야. 그였거나 그의 부하 직원들 중 한 사람이 말해줬겠지. 누구였든 난 관심 없어. 어쨌든 난 그와의 거래를 끝냈으니까. 그에게 그렇게 전해줘."

보슈가 들고 있던 구두 상자를 높이 들어서 흔들었다. 그 안에서는 비디오테이프와 오디오테이프가 덜그럭거리고 있었지만, 채스틴은 그 상자 안에 무엇이 있는지, 어떤 의미가 있는 것들인지 전혀 모르고 있는 게 틀림없었다.

"그렇게 전해줘, 채스틴. 그럼 나중에 또 보자고."

보슈가 다시 작별 인사를 했다.

보슈는 감찰계 사무실을 나와, 접수대 앞에 잠깐 멈춰 서서 비서에게 엄지손가락을 들어보였다. 복도를 걸어가던 그는 왼쪽으로 돌아서 엘리베이터를 타러 가지 않고, 오른쪽으로 돌아서 경찰국장실의 이중문을 열고 들어갔다. 국장의 부관인 경위가 경찰복을 입고 접수대 책상 뒤에 앉아 있었다. 보슈가 모르는 사람이어서 더 좋았다. 보슈는 그에게로 걸어가서 구두 상자를 책상에 내려놓았다.

"무엇을 도와드릴까요? 이건 뭡니까?"

"구두 상자입니다, 경위님. 국장님께서 지금 당장 보고 듣고 싶어 하실 테이프가 몇 개 들어 있습니다."

보슈는 나가려고 문을 향해 걸어갔다.

"잠깐만요. 이게 뭔지 국장님이 아실까요?"

부관이 말했다. 보슈는 대답하지 않았다.

보슈는 부관이 이름이 뭐냐고 소리쳐도 뒤도 한 번 돌아보지 않고 문을 향해 걸어갔다. 이중문을 통과해 나와서 엘리베이터를 향해 걸었다. 기분이 좋았다. 자기가 경찰국장한테 전한 불법 테이프에서 어떤 결과가 나올지는 모르겠지만, 자기가 할 일은 다 했다는 생각이 들었다. 좀 전에 채스틴에게 구두 상자를 흔들어 보인 것은 그 일이 피츠제럴드의 귀에 들어가게 하기 위해서, 그리고 이 모든 일이 보슈 혼자서 꾸민 일이라는 걸 알리기 위해서였다. 빌리츠 과장과 라이더가 OCID 책임자로부터 비난을 받는 일은 없을 것이다. 피츠제럴드가 원한다면 보슈를 뒤쫓겠지만, 보슈는 그런 일은 없을 거라고 생각했다. 피츠제럴드는 더 이상 그를 책잡을 거리가 없었다. 피츠제럴드뿐만 아니라 어느 누구도.

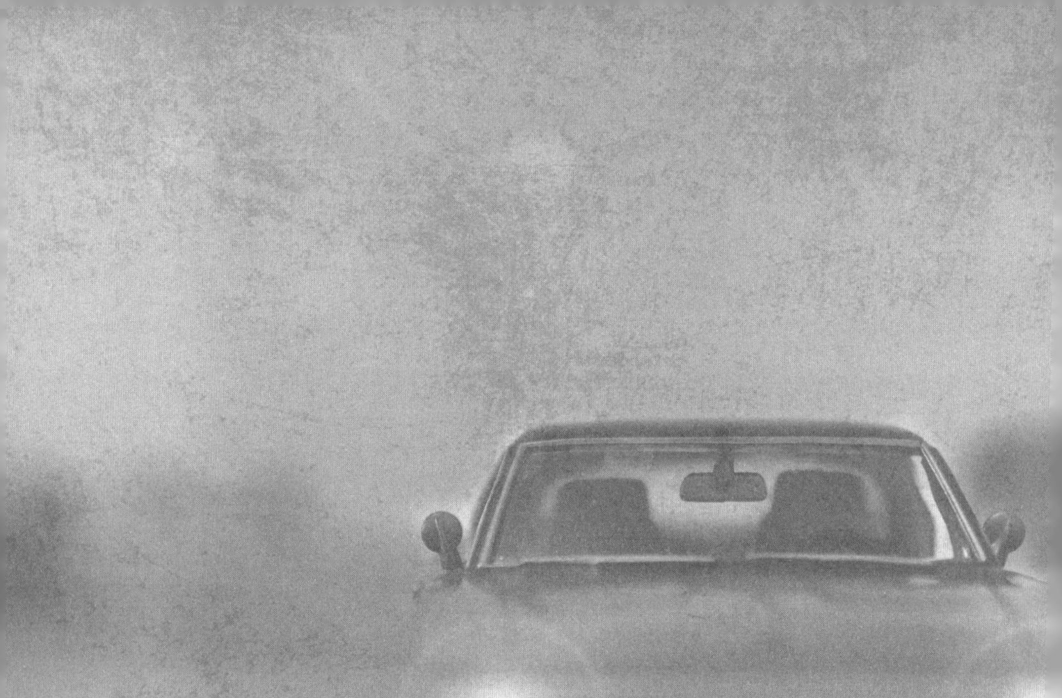

10 치유의 해변

이틀간 방에만 틀어박혀 있다가 해변으로 나온 첫날이었다. 보슈는 등을 기대고 눕는 긴 의자에 도무지 적응이 되지 않았다. 사람들은 햇볕에 드러누워 살갗을 태우는 이런 일을 대체 왜 하나 싶었다. 그는 온몸에 로션을 떡칠해 미끌미끌한 느낌이 별로였고, 발가락 사이에는 모래가 끼여 있어 까끌까끌했다. 엘리노어가 빨간색 수영복을 사다줘서 입긴 입었는데 너무 바보 같고 표적이 된 것 같은 느낌이 들었다. 그래도 해변에 있는 남자들 일부가 입고 있는 것처럼 딱 달라붙은 삼각팬티는 아니어서 그나마 다행이었다.

보슈는 팔꿈치로 몸을 지탱하며 윗몸을 들고 주변을 둘러보았다. 하와이는 정말 환상적인 곳이었다. 아주 아름다워서 꼭 꿈속의 낙원 같았다. 그리고 여자들도 아름다웠다. 특히 엘리노어가. 그녀는 보슈 옆 긴 의자에 누워 있었다. 두 눈은 감고 입가에는 옅은 미소를 머금은 채였다. 엉덩이 부분이 깊이 파인 검은색 원피스 수영복 차림이라 햇볕에 잘 그을린 탱탱하고 늘씬한 다리가 더 매력적으로 보였다.

"뭘 보고 있어?"

엘리노어가 눈을 뜨지 않은 채 물었다.

"아무것도. 그냥… 편하지가 않아. 산책이라도 갈까 하고."

"책이라도 가져와서 읽으면 어때, 해리? 여기선 편히 쉬어야지. 신혼여행의 목적이 그거잖아. 섹스, 휴식, 맛있는 음식, 좋은 동반자."

"흠, 그중 두 개는 나쁘지 않군."

"음식이 뭐가 맘에 안 들어?"

"음식은 아주 좋은데."

"이런."

엘리노어는 팔을 뻗어 보슈의 팔을 툭 때렸다. 그러고 나서 그녀도 두 팔꿈치로 몸을 지탱하고 윗몸을 일으켜 햇빛을 받아 반짝이는 푸른 바닷물을 지그시 바라보았다. 저 멀리에 몰로키니 섬(하와이 마우이 해안 근처에 있는 초승달 모양의 섬－옮긴이)의 등뼈가 보였다.

"여긴 정말 아름다워, 해리."

"그러게."

그들은 한동안 말없이 앉아서 물가를 거닐고 있는 사람들을 구경했다. 보슈는 윗몸일으키기를 하듯 일어나 앉았다. 햇볕이 어깨 위를 따갑게 내리비치고 있었다. 좋은 느낌이 들기 시작했다.

물가를 따라 유유히 걷고 있는 한 여자가 보슈의 눈에 들어왔다. 그녀는 해변에 있는 모든 남자들의 관심을 한몸에 받고 있었다. 키가 크고 늘씬한 몸매에 갈색빛이 감도는 긴 금발은 바닷물에 젖어 있었다. 피부는 구릿빛이었고 수영복이라고 할 수도 없는 것을, 검은색의 삼각형 천 조각들과 끈 몇 개가 전부인 수영복을 입고 있었다.

그녀는 보슈 앞을 지나가면서 선글라스를 낀 보슈를 바라보았고, 보슈는 그녀의 얼굴을 살펴보았다. 낯익은 곡선과 턱 모양이었다. 보슈가 아는 여자였다.

그때 엘리노어가 보슈에게 속삭였다.

"해리, 저 아가씨… 그 댄서 같은데. 당신이 가지고 있었던 사진 속에 있는 아가씨 말이야. 토니와 함께 있는 걸 내가 봤던."

"레일라."

보슈는 엘리노어의 말에 대답을 한 게 아니라 그 이름을 한번 불러보고 싶어서 말했다.

"그 아가씨 맞지, 그치?"

"응. 난 우연이라는 걸 믿지 않았는데."

그가 말했다.

"FBI에 전화할 거야? 지금 이 섬에 그 돈이 있을 텐데."

보슈는 그녀가 멀어져 가는 것을 계속 지켜보았다. 이제 그에게 등을 보이고 걷고 있었는데, 그 각도에서는 그녀가 벌거벗은 것처럼 보였다. 수영복 끈만 보였다. 그 순간 갑자기 눈부신 햇빛이 보슈의 선글라스를 비췄고, 그녀의 모습이 일그러졌다. 그녀는 그 번쩍이는 햇빛과 태평양에서 다가오는 엷은 안개 속에서 서서히 사라졌다.

"아니, 아무한테도 전화 안 할 거야."

마침내 보슈가 말했다.

"왜?"

"저 여자는 아무 짓도 하지 않았으니까. 어떤 남자가 돈을 줘서 받았을 뿐이잖아. 그건 잘못이 아니지. 게다가 그를 사랑하고 있었고."

그는 멀리 사라지는 여자를 바라보면서 베로니카의 유언을 생각했다.

"어쨌든, 그 돈 때문에 안달하는 사람이 있겠어? FBI? LA 경찰국? 수많은 경호원을 대동하고 다니는 시카고 교외의 뚱뚱한 조폭 두목? 신경 안 써. 전화 안 할 거야."

보슈는 마지막으로 레일라 혹은 그레첸을 바라보았다. 그녀와의 거리는 이제 아주 멀었다. 그녀는 걸어가면서 바다를 바라보고 있었다. 여자의 얼굴이 햇빛을 받아 반짝였다. 보슈는 그녀에게 고개를 끄덕여 보였지만, 물론 그녀는 보지 못했을 것이다. 그러고 나서 그는 긴 의자에 드러누워 두 눈을 감았다. 그러자 햇빛이 그의 피부 속으로 들어와 치유를 시작하는 것이 느껴졌다. 잠시 후에는 엘리노어의 손이 그의 손을 포개 잡았다. 그는 미소를 지었다. 안전하다는 느낌이 들었다. 이 세상 어느 누구도 다시는 그에게 상처를 줄 수 없을 것 같은 느낌이 들었다.

〈끝〉

마이클 코넬리 작품 연보

* 장편 소설 작품에 한정하였음.

원제	원서 출간연도	시리즈명	번역판 출간제목	번역판 출간연도
The Black Echo	1992	해리 보슈 시리즈 1	블랙 에코	2010
The Black Ice	1993	해리 보슈 시리즈 2	블랙 아이스	2010
The Concrete Blonde	1994	해리 보슈 시리즈 3	콘크리트 블론드	2010
The Last Coyote	1995	해리 보슈 시리즈 4	라스트 코요테	2010
Trunk Music	1997	해리 보슈 시리즈 5	트렁크 뮤직	2011
Angels Flight	1999	해리 보슈 시리즈 6	앤젤스 플라이트	2011
A Darkness More Than Night	2001	해리 보슈 시리즈 7	다크니스 모어 댄 나잇	2011
City of Bones	2002	해리 보슈 시리즈 8	유골의 도시	2010
Lost Light	2003	해리 보슈 시리즈 9	로스트 라이트	2013
The Narrows	2004	해리 보슈 시리즈 10	시인의 계곡	2009
The Closers	2005	해리 보슈 시리즈 11	클로저	2013
Echo Park	2006	해리 보슈 시리즈 12	에코 파크	2013
The Overlook	2007	해리 보슈 시리즈 13	혼돈의 도시	2014
9 Dragons	2009	해리 보슈 시리즈 14		
The Drop	2011	해리 보슈 시리즈 15		
The Black Box	2012	해리 보슈 시리즈 16		

원제	원서 출간연도	시리즈명	번역판 출간제목	번역판 출간연도
The Poet	1996	잭 매커보이 시리즈 1	시인-자살노트를 쓰는 살인자	2009
The Scarecrow	2009	잭 매커보이 시리즈 2	허수아비-사막의 망자들	2010
Blood Work	1998	테리 매케일렙 시리즈 1	블러드 워크-원죄의 심장	2009
A Darkness More Than Night	2001	테리 매케일렙 시리즈 2		
The Lincoln Lawyer	2005	미키 할러 시리즈 1	링컨 차를 타는 변호사	2008
The Brass Verdict	2008	미키 할러 시리즈 2	탄환의 심판	2012
The Reversal	2010	미키 할러 시리즈 3		
The Fifth Witness	2011	미키 할러 시리즈 4		
The Gods of Guilt	2013	미키 할러 시리즈 5		
Void Moon	2000			
Chasing the Dime	2002		실종-사라진 릴리를 찾아서	2009

트렁크 뮤직_해리 보슈 시리즈 Vol.5

1판 1쇄 발행 2011년 4월 12일
1판 3쇄 발행 2013년 5월 30일
2판 1쇄 인쇄 2015년 1월 22일
2판 1쇄 발행 2015년 1월 30일

지은이 마이클 코넬리
옮긴이 한정아

발행인 양원석
본부장 송명주
편집장 김지연
해외저작권 황지현, 지소연
제작 문태일, 김수진
영업마케팅 김경만, 정재만, 곽희은, 임충진, 이영인, 장현기, 김민수,
임우열, 윤기봉, 송기현, 우지연, 정미진, 이선미, 최경민

펴낸 곳 ㈜알에이치코리아
주소 서울시 금천구 가산디지털2로 53, 20층(가산동, 한라시그마밸리)
편집문의 02-6443-8846 **구입문의** 02-6443-8838
홈페이지 http://rhk.co.kr
등록 2004년 1월 15일 제2-3726호

ISBN 978-89-255-5523-2 (04840)
978-89-255-5518-8 (set)